KB249823

어느 사랑의 실험

창 비 세 계 문 학 단 편 선
독일

창비세계문학단편선-독일편

어느 사랑의 실험

초판 1쇄 발행 / 2010년 1월 8일
초판 7쇄 발행 / 2023년 5월 22일

지은이 / 알렉산더 클루게 외
엮고 옮긴이 / 임홍배
펴낸이 / 강일우
책임편집 / 황혜숙
펴낸곳 / (주)창비
등록 / 1986년 8월 5일 제85호
주소 / 10881 경기도 파주시 회동길 184
전화 / 031-955-3333
팩시밀리 / 영업 031-955-3399 편집 031-955-3400
홈페이지 / www.changbi.com
전자우편 / lit@changbi.com

한국어판 ⓒ (주)창비 2010
ISBN 978-89-364-7176-7 03850
ISBN 978-89-364-7975-6 (전9권)

어느
사랑의
실험

알렉산더 클루게 외 지음

임홍배 엮고 옮김

창 비 세 계 문 학 단 편 선
독일

창비

독일문학사에서 현대적인 의미의 단편소설이 등장하기 시작하는 것은 18세기 후반이다. 그후 이백년이 넘는 시기를 대상으로 한 권 분량의 대표적인 단편소설을 고르기란 쉽지 않았지만, 몇가지 원칙과 기준을 고려했다. 무엇보다 독일문학의 특성을 잘 농축해서 보여주는 다양한 형식과 주제를 포괄하여 독일인 특유의 사고방식과 생활감정을 구체적으로 실감하고 독일 단편소설의 독특한 스타일과 다양한 문제의식을 엿볼 수 있게 했다. 그리고 해당 시대의 새로운 감수성과 현실인식을 독창적인 개성으로 소화해낸 문제작을 발굴하여 단편소설의 새로운 영역들을 보여주고자 했다. 그리하여 일반독자들은 작품을 읽는 과정에서 현실을 다른 눈으로 보고 느끼고 생각할 수 있는 신선한 자극을 얻고, 전공학생이나 창작 지망생의 입장에서는 단편소설의 다양한 가능성들을 집중적으로 생각해볼 수 있는 계기가 되기를 기대한다. 이러한 요건들을 최대한 충족시키기 위해, 이미 해당 작가의 대표작이 국내에 번역되어 있는 부득이한 경우를 제외하고는 가능하면 아직까지 국내에 번역 소개된 적이 없는 새로운 작품들을 선정했다. 번역과 관련해서는 가능하면 해당 작가와 작품의 문체가 살아날 수 있도록 원문에 충실하게 옮기되 우리말의 흐름으로도 자연스럽게 읽을 수 있도록 배려했다.

차례

Johann Wolfgang von Goethe

| 요한 볼프강 폰 괴테 |

1749~1832

프랑크푸르트의 부호 집안에서 태어나 독일문학사상 최초로 작가 생시에 이미 세계문학의 거목으로 평가받은 대문호이다. 국내에 번역 소개된 대표작만 언급하면 소설 『젊은 베르터의 슬픔』 『빌헬름 마이스터의 수업시대』 『빌헬름 마이스터의 편력시대』 『친화력』 등이 있다. 희곡으로 필생의 대작 『파우스트』가 불후의 명작으로 남아 있다. 시·소설·희곡의 모든 장르에서 빼어난 작품을 남겼을 뿐 아니라, 이십대 후반부터 평생동안 바이마르 공국(公國)의 국정에 참여했고, 자연현상에 대해서도 수많은 실험과 관찰을 기록으로 남겼는데 국내에 번역 소개된 『색채론』이 대표적인 업적이다. 오늘날의 기준으로 말하면 인문·사회·자연과학의 모든 분야를 지칠 줄 모르고 탐구한, 세계문학에서 전무후무한 '종합적 지성'을 갖춘 작가이다.

■   정직한 법관 Der ehrliche Prokurator

　　　문학의 영원한 주제인 인간본성의 문제를 프랑스혁명기의 시대상황과 연결시킨 작품이다. 줄
거리를 무심코 따라 읽으면 인간의 마음속에는 그 어떤 시련과 유혹에도 굴하지 않는 선한 항심(恒心)이
자리잡고 있다는 것을 강조하는 '도덕교훈담'처럼 읽힌다. 그러나 자세히 읽어보면, 인간의 마음은 미풍
에도 흔들리는 갈대와 같아서 언제든지 표변할 수 있고, 그것이 한 개인의 종잡을 수 없는 본능적 욕구에
기인할 뿐 아니라, 근현대사회를 이끌어가는 '자본'과 '권력'의 논리에 따라 부추겨지는 운명적 사태라는
것을 절묘한 아이러니로 묘파한 작품이다.

정직한 법관

이딸리아의 어느 항구도시에 한 상인이 살고 있었는데, 그는 젊은 시절부터 부지런하고 똑똑하기로 평판이 자자했고, 해상무역으로 큰 재산을 모았다. 직접 알렉산드리아로 가서 값진 물건들을 사들이거나 교환했고, 거기서 사들인 물건들을 고향도시에 풀어놓거나 북유럽 지역으로 되파는 수완도 있었다. 그는 일하는 것을 가장 큰 낙으로 알았고, 그러다보니 호사로운 여흥을 즐길 겨를도 없었다. 그렇게 해서 그의 재산은 해가 다르게 불어났다.

그는 쉰살이 될 때까지 한눈팔지 않고 그렇게 일에만 매달렸고, 보통사람들이 인생의 재미를 즐기려고 서로 어울려 노는 모임들에는 관심도 없었다. 게다가 이 고장 여인네의 장점을 두루 갖춘 미모의 여성들한테도 거의 무관심했는데, 다만 그런 미인들이 장신구와 귀중품 욕심이 많다는 걸 익히 알고 이따금 그런 점을 이용해서 장사나 했을 뿐이다.

그러던 어느날 물건을 잔뜩 실은 그의 배가 고향도시의 항구에 들어올 때 마침 특히 어린아이들을 위한 연례축제가 열리고 있었다. 예배를 마친 소년소녀들이 갖가지 옷차림으로 모습을 드러냈는데, 행렬을 짓거나 무리를 지어 흥겹게 시내를 한 바퀴 돌고나서는 넓게 트인 야외광장에 모여 온갖 놀이를 즐기면서 여러 가지 솜씨와 재주를 선보였으며, 그럴듯한 시합을 벌여 조그만 상품들을 타기도 했다. 그런데 상인은 이런 모습들을 지켜보면서 자신의 심경에 변화가 올 줄은 꿈에도 몰랐다.

상인은 처음에는 이 축제를 그저 즐거운 마음으로 구경했을 뿐이다. 하지만 생기발랄한 아이들과 기뻐하는 부모들을 한참 지켜보면서, 이렇게 많은 사람들이 눈앞의 기쁨과 달콤한 희망을 즐기는 모습을 보고 나서 자신의 처지를 돌아보자 불현듯 너무 외롭게 살고 있다는 느낌이 들었다. 그리고 그의 인생에서 처음으로 혼자 사는 빈집이 싫어지기 시작했다. 그는 속으로 자기 자신을 원망했다.

'아, 나는 불행한 사람이구나! 어째서 이렇게 뒤늦게 눈이 뜨인 거지? 어째서 이렇게 늙어서야 인간을 행복하게 해줄 수 있는 유일한 보물을 알아차린 것일까? 그렇게 열심히 살아왔건만! 수많은 위험도 감수했건만! 그 댓가로 내가 얻은 게 뭐지? 집안에 재물이 가득하고, 침구에는 귀금속이 박혀 있고, 가구는 귀중품으로 장식되어 있지만, 이런 재물이 내 마음을 기쁘게 해주거나 만족시켜주지는 못한다. 이런 재물은 끼리끼리 유유상종으로 불어나는 속성이 있다. 보석을 하나 장만해놓으면 하나 더 구해오라 하고, 금붙이가 하나 생기면 하나 더 구해오라고 한다. 이것들은 내가 주인이라는 걸 알아보지 못하고, 쉴새 없이 나한테 '어서 달려가서 우리와 똑같은 것들을 구해오세요! 황금은 황금만 좋아하고, 보석은 보석만 좋아해요!' 하고 아우성이다. 이것들은 평생 나한테 그렇게 명령해왔고, 나는 이것들한테서는 결코 기쁨을 얻을 수 없다는 걸 뒤늦게 깨달았구나. 갈 날이 그리 멀지 않은 이제야 깨닫고 한탄하는구나. 나는 이 보물들을 즐기지 못할 것이며, 내가 죽은 뒤에도 즐길 사람이 없다! 이 보석들로 사랑하는 여인을 치장

해준 적이라도 있었던가? 이 보석들로 딸을 예쁘게 꾸며준 적이나 있었던가? 이렇게 많은 재물이 쌓여 있건만 이 재물을 나눠가질 피붙이 하나 없고, 내가 죽고나면 엉뚱한 사람이 이 재산을 헤프게 탕진하고 말 것이다.

아, 오늘 저녁이면 행복한 부모들이 아이들을 식탁에 둘러앉혀놓고 아이들의 재주를 칭찬해주고 착한 일을 하도록 북돋아줄 것이다! 내 처지에 비하면 그들은 얼마나 행복한가! 눈에는 기쁨이 빛나고, 아이들을 보면 희망이 샘솟겠지! 그런데 이제 나는 그런 희망을 잡을 수 없단 말인가? 내가 벌써 노인네가 된 것일까? 하지만 늦었다는 걸 알긴 알았으니, 아직은 기회가 있는 게 아닐까? 아직 인생을 다 산 것도 아닌데. 그래, 이 나이에 결혼을 생각한다고 해서 황당한 것도 아니고, 더구나 내가 가진 재산이면 얌전한 여자를 얻어서 행복하게 해줄 수 있을 것이다. 그리고 집에 아이들이 뛰어노는 모습을 그려보고, 늦게 거둔 이 열매들이 얼마나 큰 기쁨을 안겨줄지 상상해보라. 하늘의 뜻으로 너무 일찍 자식이 생겨서 짐이 되고 인생이 고단해지는 것에 비하면 오히려 얼마나 다행한 일인가.'

그는 이렇게 속으로 혼잣말을 하면서 결심을 굳혔고, 자기 배에서 일하는 심복 둘을 불러 생각을 털어놓았다. 평소에 어떤 일도 마다 않는 두 사람은 이번에도 서둘러 이 도시에서 가장 젊고 아름다운 처녀를 수소문했다. 든든한 후원자인 주인이 일단 여자한테 관심을 가진 이상 최고의 여성을 찾아드려야 했던 것이다.

주인의 특사들 못지않게 주인 자신도 열성을 다했다. 그는 여기저기 다니면서 물어보고 사람도 직접 보고 평판도 들어보고 한 끝에 마침내 원하던 여성을 찾았다. 그 무렵 이 도시를 통틀어 최고의 미인이라 해도 손색 없는, 열여섯살쯤 되는 처자였다. 교육도 잘 받고 잘 자란 그 여성의 자태와 사람됨은 너무나 사랑스러웠고 최고의 신붓감이 틀림없었다.

남편의 생시에나 사망 후에나 가장 값나가는 재산은 아름다운 부인에게 귀속되도록 하는 간단한 법적 절차를 밟은 후에 아주 성대하고 흥겨운 결혼식을 올렸다. 그리고 상인은 바로 결혼식 날부터 비로소 난생처음으로 부를 제대로 소유하고 누리고 있다는 느낌이 들었다. 이제 그는 기뻐하며 가장 아름답고 값진 옷감으로 아름다운 부인에게 옷을 해주었다. 그리고 사랑하는 부인의 가슴과 머리에 보석장신구들을 달아주자 보석들은 보석함에 넣어두었을 때와는 사뭇 딴판으로 빛났다. 반지 역시 부인의 손에 끼워주자 이전과는 비교할 수 없이 돋보였다.

그리하여 상인은 이제 부를 제대로 느끼게 되었을 뿐 아니라, 이전보다 더 부유해진 느낌이 들었다. 그의 재물은 부인에게 나눠주고 요긴하게 쓰일수록 더욱더 불어나는 듯한 느낌이 들었던 것이다. 두 부부는 이런 식으로 일년 동안 너무나 흡족한 생활을 했다. 그리하여 상인은 바깥세상을 누비며 열심히 일하는 생활에 대한 애정을 가정에서 느끼는 행복감과 완전히 맞바꾼 것처럼 보였다. 하지만 오래된 습관은 그렇게 쉽게 사라지지 않는 법이며, 일찍부터 추구해온 인생행로를 잠시 벗어날 수는 있지만 완전히 포기할 수는 없다.

상인 역시 다른 사람들이 배를 타고 나가거나 무사히 항구로 귀환하는 것을 볼 때마다 다시 옛날의 열정이 꿈틀거리는 것을 느꼈다. 심지어 때로는 집에서 부인 곁에 있을 때면 답답하고 불안한 느낌마저 들었다. 이처럼 시간이 지날수록 다시 일을 하고 싶은 욕구가 점점 커졌고, 마침내 너무나 일을 하러 나가고 싶은 나머지 이제는 자신이 너무나 불행하다는 느낌마저 들었으며, 결국 몸까지 아프기 시작했다.

그는 스스로에게 물었다.

'이제 나는 어떻게 되는 거지? 뒤늦게 오랜 생활방식을 버리고 새로운 생활방식을 취한다는 게 얼마나 어리석은 일인지 이제야 똑똑히 깨닫는구나. 우리가 늘 추구하고 행해와서 체질이 되어버린 것을 과연 어떻게 생각에서, 아니 몸에서 쫓아낼 수 있단 말인가? 물고기가 물에서 놀고 새가 자유로운 허공에서 놀듯이 살아온 내가 재물이 가득한 집안에서 이 모든 부를 빛내주는 꽃 옆에, 젊고 아름다운 부인 옆에만 붙어 있다니 난 도대체 어떻게 될까? 이러다가는 이런 생활에서 만족을 얻고 부를 누리기는커녕 모든 걸 다 잃을 것만 같다. 더이상 벌어들이는 것도 없지 않은가. 쉬지 않고 일해 재물만 쌓아올리려고 애쓰는 사람을 어리석다고 하는 것은 옳지 않다. 왜냐하면 열심히 일하는 것 자체가 곧 행복이고, 쉬지 않고 노력하는 삶의 기쁨을 아는 사람한테는 벌어들인 재물이 아무런 의미가 없기 때문이다. 일을 못 해서 비참해지고, 움직이질 않아서 병이 났는데, 내가 뭔가 결단을 내리지 못한다면 이러다간 얼마 못 가서 죽게 생겼구나.

물론 젊고 사랑스러운 부인한테서 멀리 떨어져 있는 것은 상당한 모험이다. 남자의 마음을 자극하는 매력적인 처자에게 청혼해서 결혼을 하고, 그러다가 얼마 후에 부인을 완전히 혼자 내버려두는 게 과연 온당한 일일까? 그러면 부인 쪽에서는 심심해하다가 다른 감정이 생기고, 그러다보면 욕구가 동하게 되지 않을까? 벌써부터 젊은 녀석들과 근사하게 빼입은 멋쟁이들이 우리 집 창가를 오락가락하고 있지 않은가? 그들은 지금도 벌써 교회나 공원에서 우리 집사람의 이목을 끌려고 애쓰고 있지 않은가? 내가 떠나면 대체 무슨 일이 벌어질 것인가? 기적이라도 일어나서 아내한테 별 탈이 없기를 빌어야 할까? 그건 안 될 말이다. 그 나이, 그 외모에 사랑의 기쁨을 자제할 수 있기를 기대하는 것은 어리석은 일이다. 만약 내가 떠나가면, 그랬다가 돌아왔을

때는 아내의 애정과 정조, 그리고 집안의 명예까지 몽땅 잃어버릴 것이다.'

한동안 이런 생각과 의구심으로 속을 끓이느라 그의 건강상태는 극도로 악화되었다. 아내와 친척과 친구들은 그로 인해 큰 근심걱정에 싸였지만, 막상 병의 원인은 알아낼 수가 없었다. 상인은 다시 한번 자기 자신과 대화를 나누면서 이런저런 생각을 해보았다.

'어리석은 인간이로다! 이런 병세가 계속되다가는 조만간 죽을 텐데 그뒤에 다른 남자한테 갈 여자를 지키겠다고 이토록 속을 태운단 말이냐! 병이 위중해져서 여자들 중에 최고의 보물인 아내를 잃게 생겼다면, 우선 목숨을 보전할 방도를 찾아보는 게 그나마 더 현명한 처사가 아닐까? 멀쩡하게 두 눈 뜨고 있는 남편들도 자신의 보물이 다른 사람 손에 넘어가는 걸 막지 못해 자기가 갖지 못한 것을 아쉬워하며 꾹 참고 있는 판인데! 내 목숨이 달려 있다면 과감하게 보물도 포기해야 하지 않겠는가?' 이런 혼잣말로 자기 자신에게 경고를 보내면서 상인은 심복들을 불렀다. 그리고 예전 방식대로 배에 짐을 싣고 만반의 채비를 갖추라고 명을 내렸고, 바로 다음번 순풍이 불 때 출항하겠다고 알렸다. 그러고 나서 부인한테는 이렇게 해명했다.

"오늘 내 거동을 보면 짐작하겠지만 나는 여행을 떠날 채비를 하고 있소. 이상하게 생각하지는 마오. 솔직히 말하면 한번만 더 배를 타고 바다 건너로 나갈 생각이오. 슬퍼하지 마오. 당신에 대한 사랑은 변함없고, 앞으로도 평생 변함없을 거요. 나는 내가 지금까지 당신 곁에서 누린 행복의 소중함을 잘 알고 있소. 그리고 마음속에서 자꾸만 왜 빈둥거리고 있느냐는 질책의 소리만 들리지 않는다면, 그 행복을 더 순수하게 느낄 수 있을 거요. 오랫동안 해오던 일을 다시 해보고 싶은 생각이 꿈틀거리고, 나의 오랜 습관이 다시 날 끌어당기고 있소. 제발,

내가 다시 알렉산드리아를 볼 수 있게 해줘요. 이번에는 거기에 가고 싶은 마음이 그 어느 때보다 간절하다오. 당신을 위해 값진 옷감과 최고급 보석들을 구해올 생각이라오. 나는 모든 재물과 재산을 당신한테 맡길 테니, 마음대로 쓰도록 해요. 당신 부모님이나 친척들까지도 말이오. 내가 없는 시간은 금방 지나갈 테고, 우리가 다시 만날 때는 몇 배의 기쁨을 맛보게 될 거요."

사랑스러운 부인은 눈물을 글썽이며 너무나 다정한 어조로 남편을 원망했고, 남편이 없는 동안에는 절대로 즐거운 시간을 보내지 않을 거라고 다짐했다. 그리고 남편을 막을 수도 없고 속박하고 싶지도 않으니 대신 떠나가 있는 동안에도 자기만 생각해달라고 했다.

그러고 나서 남편은 몇가지 업무와 집안일에 대해 부인과 이런저런 얘기를 나눈 다음, 잠시 뜸을 들이다가 이렇게 말했다.

"한가지 마음에 걸리는 게 있는데, 내가 솔직히 얘기하더라도 이해해주기 바라오. 제발 부탁인데, 내 말을 오해하지 말고, 내가 이런 걱정을 하는 것도 당신을 사랑하기 때문이라는 걸 알아주기 바라오."

그러자 부인이 말했다. "무슨 말씀을 하시려는지 알겠어요. 남자들이 으레 생각하듯이 우리 여자들이 지조가 없다고 여기시고, 그래서 저 때문에 걱정하시는 거죠. 당신은 지금까지는 제가 젊다고 좋아해놓고선 막상 당신이 없으면 제 마음이 가벼워져서 다른 남자의 유혹에 넘어갈 거라고 생각하시는군요. 그런 생각을 탓하진 않겠어요. 남정네들은 으레 그렇게 생각하니까요. 하지만 제 가슴에 손을 얹고 자신있게 말씀드릴 수 있어요. 당신이 아닌 그 어떤 남자도 저한테 특별한 인상을 줄 수 없고, 설령 좋은 인상을 준다 하더라도 제가 사랑의 의무를 지키며 걸어온 길에서 벗어나게 하지는 못할 거예요. 걱정하지 마세요. 당신이 돌아오면 당신의 아내가 여전히 당신만 사랑한다는 걸 똑똑히 확인하실 수 있을 거예요. 당신이 외출했다가 다시 제 품으로 돌아오는 저녁이면 늘 그렇듯이 말이에요."

그러자 남편이 말을 받았다.

"당신의 심성을 믿을 테니 그 마음 변치 않기 바라오. 하지만 극단적인 경우도 한번 생각해봅시다. 그런 경우에 대비해서 나쁠 건 없지 않소. 당신도 알겠지만, 당신의 매력적인 미모는 이 도시 청년들의 이목을 끌고 있소. 내가 떠나고 없으면 그들은 지금까지보다 더 노골적으로 당신한테 추파를 던질 거고, 어떻게 해서라도 당신한테 접근해서 환심을 사려고 안간힘을 쓸 거요. 지금은 내가 이렇게 버젓이 당신 곁에 버티고 있으니 망정이지, 내가 없다면 아무리 당신 남편의 모습이 어른거려도 이 집 문턱이나 당신 마음의 문을 넘보지 못할 까닭이 없잖소. 당신은 성품이 고결하고 착한 사람이오. 하지만 누구나 본능의 욕구 또한 느끼게 마련이고, 그 자체를 나쁘다고 할 수는 없소. 본능의 욕구는 언제나 우리의 이성과 갈등을 일으키는데, 대개는 이성을 압도하게 마련이오. 제발, 내 말을 막지 마오! 내가 떠나고 없으면 당신은 아무리 아내 된 도리로 날 생각한다 하더라도 남자와 여자가 서로에게 끌리게 마련인 그런 욕구를 느낄 거요. 내가 얼마 동안은 당신이 원하는 대상이 될 수 있을 거요. 하지만 사람의 인연이란 알 수 없는 것이어서, 나를 위해 마음속에 품은 연정을 다른 사람이 거둬갈 수도 있는 거요. 제발, 참고 내 말을 끝까지 들어봐요!

물론 당신은 그런 가능성을 부정하고, 나 역시 그때가 빨리 오길 바라지는 않소. 하지만 만약 당신이 옆에 남자가 없고 사랑의 기쁨이 없어서 더이상 견디기 힘들어지더라도, 내가 있던 자리에 경박한 자를 앉히지는 않겠다고 약속해주기 바라오. 그런 인간은 여자의 정절은 물론 명예까지 더럽힐 우려가 크기 때문이오. 그런 자들은 여자를 원해서가 아니라 쓸데없는 허영심에 들떠서 아무 여자한테나 집적거리고, 여자를 갈아치우는 것을 자랑으로 아는 인간들이오. 그러니 애인을 찾고 싶거든 자격이 있는 사람을 구하기 바라오. 겸손하고, 함부로 떠벌리지 않고, 비밀을 지켜줌으로써 더 큰 사랑의 기쁨을 누릴 줄 아는 그런 사람 말이오."

이야기가 여기에 이르자 아름다운 부인은 더이상 괴로운 심정을 감추지 못하고 그때까지 참고 있던 울음을 터뜨리면서 눈물을 펑펑 쏟았다. 부인은 남편을 뜨겁게 포옹한 다음 이렇게 소리쳤다.

"저를 어떻게 생각하시든간에 저는 당신이 어느정도는 불가피하다고 여기는 그런 죄는 절대로 저지르지 않겠어요. 혹시라도 제가 그런 생각을 품는다면 땅이 갈라져서 저를 집어삼켜도 좋아요. 그러면 우리 인생의 달콤한 미래를 약속해주는 복된 희망은 다 사라지는 거예요. 제발 불신일랑 말끔히 거두시고, 하루 빨리 당신을 다시 제 품에 안기 바라는 희망만 남겨주세요!"

남편은 온갖 방식으로 부인을 달래주고서 다음날 아침 출항했다. 항해는 순조로워서 이내 알렉산드리아에 닿을 수 있었다.

그러는 사이에 그의 부인은 엄청난 재산으로 온갖 호사와 편안한 생활을 즐겼으나 바깥출입은 자제했고 되도록이면 부모와 친지들 외에는 아무도 만나지 않았다. 남편의 사업은 충직한 아랫사람들이 잘 이끌어가고 있었다. 부인은 대저택의 화려한 방들을 오가면서 매일같이 기쁜 마음으로 남편을 생각했다.

부인은 이렇듯 거의 집안에만 틀어박혀 조용한 생활을 하고 있었지만, 이 도시의 청년들은 가만있지 않았다. 그들은 수시로 그녀의 방 창가를 서성댔고, 밤이 되면 음악과 노래로 관심을 끌어보려고 안달했다. 이제 혼자가 된 아름다운 부인은 처음에는 이런 작태들이 불쾌하고 성가셨으나, 얼마 지나지 않아서 그런 풍경에 익숙해졌다. 그리하여 밤만 되면 이 젊은이들이 과연 어떤 사람들일까 하는 생각까지는 하지 않아도 한참 동안 쎄레나데를 들으며 즐거운 기분에 잠겼고, 그러다가 남편의 빈자리가 생각나 자기도 모르게 한숨을 내쉬었다.

부인은 미지의 숭배자들이 지쳐 나가떨어지길 바랐으나, 그들은 지치긴커녕 갈수록 더 열을 올리고 더 끈질기게 달려들었다. 그리하여 이제 부인은 반복해서 들려오는 악기소리와 사람의 목소리, 멜로디까지 구분할 수 있게 되었고, 그러다가 드디어 이 미지의 청년들이 과연 누구인지 알고 싶어졌으며, 그중에 누가 제일 열성인지도 알고 싶은 호기심을 더이상 참을 수 없게 되었다. 그리하여 부인은 그저 시간 때우는 셈치고 그런 호기심을 확인할 기회들을 굳이 마다하지 않았다.

이제 부인은 수시로 커튼이나 창문 틈새로 길거리를 내다보면서 창가를 서성대는 사람들을 눈여겨보았고, 그중에서 가장 오래 버티고 있는 남자들을 하나하나 구별해서 살펴보았다. 대개는 잘생기고 멋지게 빼입은 젊은이들이었지만, 아니나다를까 행동거지라든가 전반적인 어투에서는 경박함과 허영심이 역력히 드러났다. 그들은 아름다운 부인을 향한 흠모의 정을 있는 그대로 순수하게 표현하기보다는, 이 미인의 집에 관심이 있다는 걸 과시함으로써 남의 이목을 끌려고 안달하는 것처럼 보였다.

부인은 이따금 속으로 웃으면서 혼잣말을 중얼거렸다.

'정말이지 남편은 현명한 생각을 했구나! 내가 애인을 사귈 때 지켜야 할 기준에 따르면, 나의 관심을 끌려고 애쓰는 저 사람들은 모두 낙제거든. 어쩌면 저들 중에 내 마음에 드는 사람이 있을지도 모르는데 말이야. 남편은 어느정도 나이가 지긋해야 현명함과 겸손함과 과묵함이 몸에 밴다는 걸 알았던 거야. 사람들은 머리로는 그런 미덕을 존중

하지만, 그런 미덕이 상상의 날개를 달아주거나 연정을 자극하지 않는 것도 사실이야. 그러니까 우리 집앞에 진을 치고 있는 귀여운 남자들은 그런 신뢰감을 주지 못하니까 접근해서는 안되고, 그런가 하면 내가 신뢰할 만한 남자들은 전혀 매력이 없는 거야.'

생각이 이렇게 분명하게 정리되자 안심이 된 부인은 창가에 서성이는 젊은이들이 들려주는 음악과 그들의 외모를 즐기는 일에 점점 더 몰입하게 되었고, 자기도 모르는 사이에 가슴속에 불안한 욕구가 꿈틀거리기 시작했다. 마음을 다잡아보려고 했을 때는 이미 때가 늦었다. 이 젊고 선량한 부인은 미처 상상도 못한 일이지만, 외롭고 한가로운 생활, 편안하고 풍족한 생활은 난데없는 욕망을 무럭무럭 키우는 온상인 것이다.

부인은 남편이 워낙 세상 돌아가는 이치에 밝고 사람에 대한 판단이 정확하다는 것은 익히 알고 있었으나, 여자의 마음까지 이렇게 훤히 꿰뚫어볼 줄 안다고 생각하니 깜짝 놀라면서도 조용히 한숨을 내쉬었다. 그러면서 속으로 이런 생각이 들었다.

'그러니까 내가 그토록 극구 부인했던 일이 실제로 일어날 수 있고, 그래서 남편은 이런 경우에 대비해 신중하고 현명하게 처신하라고 미리 조언해주었던 거야! 하지만 얄궂은 우연의 장난으로 어느새 까닭 모를 욕망이 꿈틀대고 있는데, 신중함과 현명함이 과연 무슨 소용이 있을까! 내가 알지도 못하는 사람을 어떻게 찾아야 하지? 설령 그런 사람과 친해진다 한들 과연 이 욕망을 풀 수 있는 기회가 오긴 할까?'

이런 생각들을 수없이 곱씹는 사이에 아름다운 부인의 마음은 이미 걷잡을 수 없는 상태로 치닫고 있었다. 마음을 다른 데로 돌리려고 해도 아무 소용이 없었다. 창가를 서성이는 청년들마다 모두 호감이 느껴졌고, 감정을 자극했으며, 외로움을 견디지 못해 그렇게 생겨난 감정들은 자꾸만 그녀의 상상 속에 매력적인 남자들의 모습을 떠올리게 했다.

그러던 차에 이 도시의 새로운 소식들을 친지들한테 전해들을 기회가 있었는데, 그중에는 어느 젊은 법관에 관한 이야기도 있었다. 그 청년은 볼로냐에서 대학을 마치고 바로 이 고향도시로 돌아왔다고 했다. 그는 사람들 사이에 칭찬이 자자했다. 학식이 뛰어날 뿐 아니라, 젊은 이들한테는 찾아보기 힘든 현명함과 능숙한 일솜씨를 겸비했고, 게다가 외모도 준수하고 이를 데 없이 겸손하기까지 하다는 것이었다. 그는 검사로 재직하고 있는데, 시민들의 신망이 두텁고, 판사들도 그를 존중한다고 했다. 그는 매일 시청에 나가서 업무를 본다고 했다.

아름다운 부인은 그렇게 완벽한 청년에 대한 얘기를 듣자 사귀어보고 싶었고, 이왕이면 남편이 일러준 기준에 맞게 자신의 마음을 열어줄 남자로 삼았으면 하고 은근히 바랐다. 그런데 마침 그 청년이 매일 자기 집앞을 지나간다는 얘기를 듣고는 눈이 번쩍 뜨였다. 그리하여 그녀는 시청 출근시간 무렵이 되면 바깥 동정을 유심히 살폈다. 그러다가 마침내 문제의 청년이 지나가는 모습을 발견하고는 가슴이 두근거렸다. 청년의 준수한 용모와 젊음에 매력을 느낀 것은 당연했는데, 다른 한편 청년의 겸손해 보이는 태도를 보고는 은근히 걱정이 되었다.

부인은 그렇게 며칠 동안 청년을 몰래 관찰하던 끝에 그의 관심을 끌고 싶은 욕구를 더이상 견딜 수 없게 되었다. 정성스레 옷을 차려입고 발코니로 나간 부인은 길거리를 내려오는 청년을 보고는 가슴이 콩닥거렸다. 하지만 청년은 평소와 다름없이 생각에 잠긴 듯 눈을 내리깔고 차분한 걸음으로 아주 의젓하게 지나갔고, 절세의 미인이 발코니에 서 있다는 건 전혀 알아채지 못한 듯했다. 부인의 실망이 얼마나 컸겠으며, 또 얼마나 무안했겠는가!

부인은 청년의 눈길을 끌려고 이런 식으로 여러 날 동안 시도해보았지만 아무 소용이 없었다. 청년은 평소와 똑같은 자세로 걸어갔고, 다른 곳에 눈길 한번 주지 않았다. 그런데 부인 쪽에서는 청년을 관찰하면 할수록 이 청년이야말로 바로 자기한테 필요한 남자라는 생각이 절실해졌다. 그녀의 연정은 날이 갈수록 뜨거워져서 마침내 주체할 수 없는 상태가 되고 말았다.

　그녀는 속으로 이런 생각이 들었다.

　'고결하고 사려깊은 남편은 자기가 떠나가고 없으면 내가 이렇게 되리라는 걸 예견했던 거야! 내가 애인 없이는 지낼 수 없을 거라는 예상은 적중했어! 그런데 정말 운좋게 내 마음에도 쏙 들고 남편의 뜻에도 합당한 청년을 발견했고 아무도 모르게 이 사람과 사랑의 기쁨을 즐길 수 있는데, 이렇게 애간장만 태워야 한단 말인가? 기회를 놓치는 자는 어리석은 법! 뜨거운 사랑의 감정을 억지로 억누르는 것은 어리석은 짓이야!'

　이런 생각을 수없이 하면서 아름다운 부인은 청년에게 접근할 방도를 궁리하는 데 골몰했고, 그러다가도 문득문득 자신이 없어지면 마음이 심란해서 갈팡질팡했다. 하지만 이런 일에 부닥치면 으레 그렇듯이, 오래도록 억눌러온 격한 감정이 마침내 분출하여 사람의 마음을 붕 띄워놓으면 평소에는 신경이 쓰이던 근심걱정과 두려움, 조심성과 체면, 주변상황과 가정의 의무 따위는 거들떠보지 않게 되는 법이다. 그리하여 부인은 단숨에 결단을 내려서 집안일을 돌봐주는 젊은 하녀를 사랑하는 남자한테 전령으로 보내기로 했고, 어떤 댓가를 치르더라도 기필코 이 남자를 차지하겠다고 작심했다.

　하녀는 얼른 달려가서 청년을 만났고, 때마침 여러 친구들과 함께 식사를 하려던 청년에게 주인마님이 일러준 대로 한치의 오차도 없이 인사를 전했다. 그런데 이 젊은 법관은 이 뜻밖의 기별에 조금도 놀라지 않았다. 그는 부인의 남편 되는 상인과는 어릴 적부터 잘 아는 사이였고, 지금은 상인이 부재중이라는 것도 익히 알고 있었으며, 상인이 결혼을 했다는 풍문도 멀리서 전해들었던 터라, 아마도 남편 부재중에 홀로 남게 된 부인이 중요한 문제로 법률적인 도움을 필요로 하나보다, 하는 정도로 생각했던 것이다. 그래서 그는 부인의 뜻을 잘 알았으며 식사를 마치는 대로 지체없이 마님을 찾아뵙겠다고 대답했다. 아름다운 부인은 사랑하는 남자를 곧 만나 이야기를 나눌 수 있을 거라는 말을 듣고는 날아갈 듯이 기뻤다. 그녀는 서둘러서 최고로 좋은 옷으로 차려입고, 재빨리 머리 매무새를 예쁘게 다듬고, 방을 아주 깔끔하게 치우고 단장했다. 방바닥에는 오렌지 잎사귀와 꽃잎을 뿌려놓았으며, 소파에는 최고급 보를 씌웠다. 그렇게 해서 청년이 오기 전까지의 짧은 시간은 정신없이 바쁘게 지나갔는데, 평소 같으면 그 정도의 시간을 때우려면 지루해서 몸살이 났을 터였다.

마침내 청년이 나타나자 부인은 방망이질하는 가슴을 누르며 청년을 맞이했고, 자신은 침대에 앉으면서 상대방에게 침대 맡에 있는, 등받이 없는 낮은 의자에 앉으라고 권할 때는 거의 제정신이 아니었다. 이제 소원대로 청년이 바로 눈앞에 앉아 있었지만 부인은 아무 말도 하지 못했다. 무슨 말을 해야 할지 미리 생각해두지 못했던 것이다. 청년역시 부인 맞은편 자리에 잠자코 앉아 있었다. 마침내 부인은 용기를 내어 입을 열었는데, 말을 하면서도 마음이 조마조마했다.

"이곳 고향도시로 돌아오신 지 얼마 되지 않았다고 들었습니다만, 그런데도 가는 곳마다 재능이 뛰어나고 믿을 만한 분이라고 평판이 자자하더군요. 저 역시 어떤 중요하고 특별한 문제 때문에 당신을 믿고 말씀을 드리고자 합니다. 그런데 제가 드릴 말씀은 사실 법관보다는 고해신부님한테 털어놓는 쪽이 더 적절한 내용이랍니다. 저는 일년 전에 어느 기품있고 부유한 남자와 결혼을 했답니다. 남편 되는 사람은 함께 사는 동안 제가 함부로 바깥출입을 못하게 무척이나 신경을 썼답니다. 그런데 멀리 여행도 하고 장사도 하고 싶은 마음을 참지 못한 남편이 얼마 전에 제 품을 떠나지만 않았어도 남편의 그러한 평소 태도를 탓하진 않겠어요.

그런데 남편은 사려깊고 공정한 사람인지라 자기가 집을 떠나는 게 나한테 잘못하는 거라는 걸 느꼈던 모양입니다. 그리고 젊은 여자를 보석이나 진주를 함에 넣어두듯 꼼짝 못하게 가둬둘 수 없다는 것도 익히 알고 있었습니다. 젊은 여자란 먹음직스러운 과일들이 주렁주렁 열려 있는 과수원과도 같아서 괜히 옹고집을 부려 울타리를 몇년씩이나 꼭 채워두면 다른 사람은 물론 과수원 주인 자신도 과일 맛을 못 보게 된다는 것까지도 남편은 깨닫고 있었답니다. 그래서 남편은 떠나기 전에 제가 애인 없이는 못 견딜 거라고 진지하게 단언했답니다. 그러면서 애인을 사귀어도 좋다고 허락해주었을 뿐 아니라, 저 자신도 모르는 제 속을 꿰뚫어보고는 만약 그런 연정이 생기면 스스럼없이 마음 가는 대로 따르겠다는 다짐까지 저한테 받아냈습니다."

부인은 잠시 말을 멈추었으나, 청년의 눈길에서 일이 아주 잘 풀릴 것 같은 조짐이 느껴지자 다시 용기를 얻어 고백을 계속했다.

"남편은 여러가지 생각 끝에 저더러 남자를 사귀어도 좋다고 허락해주었을 텐데, 막상 조건은 딱 하나뿐이었습니다. 남편은 저한테 아주 신중해야 한다면서, 점잖고 믿을 만하고 현명하고 비밀을 지켜줄 만한 남자를 골라야 한다고 신신당부를 했답니다. 그다음 이야기는 알아서 짐작해주셨으면 해요. 제가 당신한테 얼마나 빠져 있는지 맨 정신으로는 차마 말씀드리지 못하겠어요. 이렇게 다 믿고 말씀드렸으니 제 희망과 소망이 어떤 것인지도 알아주셨으면 해요."

젊고 매력적인 청년은 잠시 깊은 생각에 잠기더니 이렇게 대답했다.

"저를 믿고 이런 말씀까지 해주시고, 또 저를 귀하게 여겨주셔서 이런 기쁨을 누리게 해주시다니 몸 둘 바를 모르겠습니다. 부인께서 부인의 기품에 비해 처지는 남자를 고르신 건 아니라는 것만은 확신하셔도 좋습니다. 우선 법관의 입장에서 제 생각을 말씀드리겠습니다. 부군 되시는 분께서 스스로의 잘못을 그렇게 명확히 자각하셨다니 법관의 입장에서 무척 놀라울 따름입니다. 먼 나라로 여행 가면서 젊은 아내를 혼자 두고 가는 남자는 이를테면 자기 소유의 재산 중에 어떤 품목에 대한 일체의 소유권을 완전히 포기한다는 것을 공공연한 행동으로 보여주는 사람과 다를 바 없기 때문입니다. 그런 경우 임자 없는 물건을 가장 먼저 보는 사람이 차지할 권리가 있듯이, 임자 없는 물건 신세가 된 젊은 여자가 감정에 이끌려 마음에 들고 신뢰할 만한 애인을 주저 없이 사귄다면 그것은 너무나 자연스럽고도 합당한 일이라 여겨집니다.

더구나 지금 부인의 경우처럼 남편 자신이 잘못을 자각하고 자신이 금할 수 없는 것을 홀로 남겨진 아내한테 즐기라고 당당히 허락까지 해주었다면 두말할 나위 없겠지요. 외간남자를 사귀어도 감수하겠다고 했으니 남편한테 잘못하는 것도 아닌 셈입니다."

여기까지 말을 마친 청년은 갑자기 눈매가 사뭇 달라지면서 아름다운 부인의 손을 잡더니 격정적인 어조로 말을 계속했다. "부인을 받들어 모실 남자로 저를 택하셨다니 이런 행운을 맛보기는 난생처음입니다." 그는 부인의 손에 입을 맞추며 소리쳤다. "저는 그 어떤 남자보다도 부인께 모든 것을 바치고 지극한 애정을 쏟으며 충직하게 받들어 모시겠다고 자신있게 말씀드릴 수 있습니다!"

이러한 다짐까지 듣자 아름다운 부인은 크게 안도했다. 심지어 청년에게 열렬한 애정표현도 서슴지 않았다. 부인은 청년의 손을 꼭 잡고 가까이 다가가서 청년의 어깨에 머리를 기댔다. 하지만 이런 자세는 오래가지 못했다. 잠시 후 청년 쪽에서 살며시 몸을 뺐던 것이다. 그는 슬퍼하는 표정으로 이렇게 말했다.

"그런데 이렇게 얄궂은 경우가 또 있을까요? 너무나 달콤한 감정을 즐겨야 할 바로 이 순간에 무자비하게 제 감정을 뿌리치고 부인 곁을 떠나야 하다니요. 저는 부인의 품에서 기다리고 있을 행복을 지금 당장은 맛볼 수 없는 처지에 있습니다. 아, 유예기간이 끝날 때까지 제발 이 황홀한 희망이 사라지지 않기를!"

청년이 이처럼 아리송한 말을 하자 부인은 조바심이 나서 그 이유를 물었다.

청년은 이렇게 대답했다.

"볼로냐에서 공부가 끝나가던 무렵 저는 장래 진로에 합당한 준비를 하기 위해 밤낮으로 공부에 전력을 기울이다가 그만 중병에 걸리고 말았습니다. 목숨이 위태로울 정도는 아니었으나 체력과 정신력이 완전히 거덜날 판이었죠. 너무 괴롭고 고통스러운 나머지 저는 성모마리아께 맹세했습니다. 저를 낫게 해주신다면 일년 동안 철저한 금욕생활을 하고 일체의 도락(道樂)을 멀리하겠다고 다짐했더랬습니다. 그리하여 저는 지금까지 벌써 열달째 추호도 어김없이 맹세를 지켜오고 있는데, 그사이 몸이 많이 좋아진 걸 생각하면 지난 열달이 결코 긴 기간은 아니었다고 생각됩니다. 그동안 이런 생활도 견딜 만해졌고, 여러 가지 적응도 되었고, 잘 알고 지내던 좋은 사람들과 굳이 어울리지 않아도 지낼 만하게 되었습니다. 하지만 지금은 앞으로 남은 두달이 천년만년 길게만 느껴집니다. 두 달이 지나면 지금은 상상도 할 수 없는 행복을 맛볼 수 있을 테니까요! 부디 앞으로 남은 두달이 너무 길다고 절 잊지 마시고, 선선히 저한테 베풀어주신 호의를 거두지 마시기 바랍니다!"

청년이 이런 말까지 하자 부인은 너무나 뿌듯했고, 청년이 잠시 생각하는 듯하다가 다음과 같이 말을 계속하자 더더욱 우쭐해졌다.

"제가 지금까지 어떤 방식으로 맹세를 지켜왔는지 방법을 말씀드리고 또 저의 유예기간을 줄여달라고 부탁을 드리려니 차마 입이 떨어지지 않는군요. 방금 저는 누군가가 제가 하는 것과 똑같이 엄격하고 확실하게 금욕을 지켜 남은 기간의 절반이라도 제 몫의 부담을 덜어줄 수만 있다면 저는 그만큼 빨리 자유로워지고, 우리 둘의 소망도 그만큼 빨리 이룰 수 있을 거라고 생각해보았습니다. 사랑스러운 부인, 우리의 행복을 앞당기는 뜻에서 우리 앞에 가로놓인 장애의 일부를 함께 치워주시지 않겠습니까? 저는 오직 확실히 믿을 수 있는 사람한테만 저의 맹세를 지키는 일에 동참해달라고 부탁할 수 있습니다. 저의 금욕생활은 아주 엄격하기 때문입니다. 하루에 두끼만 빵과 물로 식사를 하고, 밤에는 딱딱한 침상에서 불과 몇시간만 잠을 자야 하고, 업무가 아무리 많아도 수시로 기도를 드려야 한답니다. 오늘처럼 부득이하게 회식자리에 참석해야 하는 일이 생기더라도 제 의무를 소홀히할 수는 없기 때문에, 식탁에 놓여 있는 온갖 진수성찬의 유혹을 견뎌내야만 합니다. 부인께서 저와 똑같이 한달 동안 이러한 계율을 준수하실 수만 있다면 애인을 얻는 기쁨은 더더욱 배가될 것입니다. 이처럼 가상한 노력을 통해 부인 스스로의 힘으로 애인을 얻는 셈이 되니까요."

부인은 자신의 애틋한 연정을 가로막고 있는 장애물 얘기를 듣자 속이 상했다. 하지만 청년에 대한 사랑이 실제로 당사자를 눈앞에 보면서 더더욱 커졌기 때문에 이렇게 출중한 청년을 확실히 차지할 수만 있다면 그 어떤 시련도 달게 받아들일 수 있을 것 같았다. 그래서 그녀는 더없이 다정다감한 어조로 이렇게 대답했다.

"사랑하는 친구분! 당신의 건강을 되찾는 기적은 저한테도 너무나 소중한 일이기 때문에 당신의 맹세를 지키는 일에 기꺼이 동참하고 금욕생활을 제 의무로 삼겠어요. 당신을 사랑한다는 걸 직접 보여드릴 기회가 생겨서 너무 기뻐요. 당신과 똑같은 생활을 준수하겠어요. 당신이 그만해도 좋다고 하기 전에는 그 어떤 난관이 닥치더라도 당신이 인도해준 이 길에서 절대로 벗어나지 않을 거예요."

청년은 자신의 맹세를 함께 이행하는 데 필요한 준수사항들을 아주 자세히 일러주고나서, 조만간 다시 찾아와 그녀가 계획대로 실행하고 있는지 확인해볼 거라고 하고는 물러갔다. 청년은 손도 잡아주지 않고, 키스도 해주지 않고, 거의 무심한 눈길로 작별을 고했지만, 부인은 청년을 그렇게 보내는 수밖에 다른 도리가 없었다. 부인은 이 기이한 계율을 지키는 일에서 행복감을 느꼈다. 생활방식을 완전히 뜯어고치려면 이것저것 할일이 많았다. 우선 청년을 맞기 위해 방에 뿌려두었던 아름다운 나뭇잎과 꽃잎부터 치웠다. 그러고는 푹신푹신한 침대를 치우고 그 대신 딱딱한 침상을 들여놓았으며, 난생처음 빵과 물로만 허기를 겨우 채우고는 밤이 되자 딱딱한 침상에서 잠을 잤다. 다음날에는 속옷들을 가위질하고 다시 기워서 전에 빈민구호소와 병원에 기부하기로 약정했던 옷가지를 정해진 숫자만큼 만들었다. 결코 편치 않은 이런 생소한 일들로 분주한 가운데 그녀는 언제나 사랑스러운 애인의 모습을 떠올리고, 조만간 맛보게 될 기쁨을 상상하면서 마음이 들떴다. 이런 생각들에 잠겨 있노라면 적게 먹을수록 오히려 마음은 더 뿌듯해지는 것 같았다.

그렇게 일주일이 지나갔다. 불과 일주일 만에 원래 장밋빛으로 발그스레하던 뺨은 어느새 핏기를 잃고 파리해지기 시작했다. 몸에 딱 맞던 옷들도 헐렁해졌고, 팔팔하게 생기가 넘치던 온몸이 나른해지면서 기운을 잃기 시작했다. 바로 그때 애인이 나타나 그녀에게 다시 기운과 생기를 북돋아주었다. 그는 일단 작심한 일이니 끝까지 잘 견디라고 타일렀고, 자신의 경우를 예로 들어 격려해주면서 이제 곧 아무런 거리낌 없이 함께 기쁨을 맛볼 수 있는 날을 기약했다. 그는 그런 말을 하면서 잠깐 앉아 있다가 다시 오겠다고 하고는 금방 사라졌다.

부인은 이왕 좋은 뜻으로 하는 일이려니 하고 전보다 더 열성을 기울였고, 엄격한 다이어트도 꿋꿋하게 견뎌냈는데, 이러다가 정말 몸져누우면 어쩌나 할 만큼 지극정성을 쏟았다. 그렇게 또 일주일이 지난 다음 다시 찾아온 애인은 그녀의 모습을 보고 너무나 안쓰러워하면서, 이 힘든 시련의 시간도 벌써 절반이 지나갔다는 말로 다시 기운을 차리게 해주었다.

그런데 시간이 흐를수록 아름다운 부인은 난생처음 해보는 금욕과 기도와 그밖의 여러 가지 생소한 일들이 점점 더 힘들기만 했고, 지나친 금식 때문에 유유자적하면서 풍족한 자양분을 섭취해오던 몸이 완전히 망가질 것만 같았다. 마침내 두 발로 몸을 가누기도 힘들 정도가 되었고, 따스한 계절인데도 몸에서 사그라지는 온기를 채우고 그나마 몸이라도 추스르려면 두겹 세겹으로 옷을 껴입어야만 했다. 그리하여 드디어 제대로 몸을 가누기도 힘들어지자 결국 꼼짝 못하고 몸져누워 자리보전을 하는 신세가 되고 말았다.

그러고 있으려니 오만 가지 생각이 들었다. 이 기이한 생활을 하기까지 얼마나 많은 상상을 했던가! 그런데 불과 열흘이 채 지나기도 전에 이런 생활이 이토록 힘들게 느껴지다니! 그런데도 정작 이처럼 혹독한 희생을 권유한 남자는 코빼기도 보이지 않다니! 그런데 이처럼 암울한 시간을 견디는 와중에도 마음은 완전히 정상을 회복해서 모종의 결심을 굳혔다. 그러던 어느날 애인이 찾아와 그녀의 침대 머리맡에 있는, 처음으로 사랑의 고백을 했던 바로 그 의자에 앉아 사랑의 표시처럼 느껴질 법한 다정다감한 어조로 얼마 동안 뭐라고 말하던 차에, 그녀는 웃는 표정으로 상대방의 말을 끊으면서 이렇게 말했다.

"이젠 그렇게 채근하실 필요 없어요. 이제 며칠 남지도 않았는데, 당신이 저를 위해 신신당부한 일은 참을성있게, 자신있게 해낼 수 있어요. 그런데 이젠 아무리 진심을 다해도 고마워할 여력마저 없네요. 당신은 제 자신을 지키게 해주셨던 거예요. 원래 제 모습을 되찾도록 해주신 거죠. 이제야 알겠어요. 제가 이렇게 온전히 부지하고 있는 건 오직 당신 덕분이라는걸요.

그래요! 제 남편은 워낙 생각이 깊고 현명해서 여자의 마음을 알았던 거예요. 그러니까 남편은 자신이 잘못해서 아내의 가슴에 키운 불씨를 굳이 탓하지 않을 만큼 공정한 사람이고, 더구나 본능의 욕구 앞에서는 남편의 권리마저 접을 줄 알 만큼 마음이 넓은 사람이에요. 그런데 당신도 정말 사려깊고 좋은 분이에요. 사람의 마음속에는 충동적인 감정 말고도 그런 감정을 제어하면서 균형을 유지하게 해주는 그 무엇이 있다는 걸 깨우쳐주셨으니까요. 당연히 제 것이라고 여기던 보물도 포기할 수 있게 해주고, 가장 뜨거운 소망도 단념할 수 있게 해주셨잖아요. 당신은 온갖 미망과 희망의 미로로 저를 이끌어 이런 것들을 똑똑히 가르쳐주셨어요. 하지만 이제는 그 어떤 미망과 희망에도 휘둘릴 필요가 없어요. 이젠 우리 자신이 각자 나름대로 얼마나 강하고 선할 수 있는지 분명히 깨달았으니까요. 우리 인간의 자아는 마음속 깊은 곳에 언제까지고 조용히 숨죽이고 있다가 결국 자기가 주인이라는 걸 깨우쳐주죠. 적어도 예전엔 그랬다는 기억을 상기시키면서라도, 우리 자신의 본연의 모습을 끊임없이 일깨워주고 있어요. 잘 가세요! 저를 그저 친구로 여기신다면 앞으로도 편안한 마음으로 볼 수 있겠지요. 저한테 해주신 것처럼 이곳 시민들한테도 베풀어주세요. 소유권 문제로 생기는 분쟁들을 해결하는 일에만 매달리지 마시고, 비근한 조언과 사례를 실감나게 제시해주세요. 그리하여 누구나 마음속에 올곧은 미덕의 힘이 보이지 않는 곳에서도 싹트고 있다는 걸 깨우쳐주세요. 그러면 모든 사람들이 당신을 우러러볼 거고, 이 나라의 총독이나 최고의 영웅보다 더 영광되게 이 나라의 아버지로 받들 거예요."

■ 더 읽을거리

이 작품이 수록되어 있는 소설 『독일 피난민들의 담화』는 아직까지 국내에 번역 소개되지 않았고, 따라서 이 작품 역시 국내 초역으로 선보인다. 그렇지만 이 작품에 나오는 '상인'의 캐릭터는 괴테의 대작에 등장하는 인물들과 무관하지 않다. 『파우스트』 1부에서 왜 파우스트가 순진무구한 그레트헨을 죽음으로 몰아갔는지, 그리고 『파우스트』 2부의 파우스트가 왜 백성들을 죽음으로 몰아갔는지 되새기면 이 작품의 핵심이 보인다. 아울러, 전란의 외중에서 가정과 세상의 평화에 대한 지극한 염원을 담은 희곡 『타우리스의 이피게니에』(김주연 외 옮김, 민음사 1999)를 함께 읽어보기 바란다.

Johann Ludwig Tieck

| 요한 루트비히 티크 |

1773~1853

티크는 독일 낭만주의를 대표하는 작가의 한 사람으로, 소설과 희곡 작품 외에 낭만주의 작가들이 선호한 동화도 많이 발표하였다. 삶의 불가사의한 마성(魔性)을 다룬 동화 「금발의 에크베르트」와 인간의 허영심과 세태를 풍자한 장편소설 『장화 신은 고양이』가 유명하다. 또한 세르반떼스의 『돈 끼호떼』를 완역하였고, 낭만주의의 대표적 이론가인 슐레겔(Schlegel) 형제가 미완의 번역으로 남긴 셰익스피어 희곡전집도 완결지었다.

■　　기발한 페르머 Fermer, der Geniale

　　　　이 작품의 주인공 페르머는 자기가 읽은 통속 베스트쎌러 작품들에 나오는 등장인물을 모방하
여 자신의 감정을 연출하며, 장차 대단한 작가가 될 것이라는 과대망상에 들떠 있다. 따라서 자기 자신을
객관화하여 볼 수 있는 능력이 전무하기 때문에 시종일관 희극적인 상황을 연출한다. 페르머의 공상 및 과
대망상이 현실과 어떻게 대비되는가를 주목해서 읽기 바란다.

기발한 페르머

페르머는 대학에서 돌아오자마자 두근거리는 가슴을 안고 애인이 사는 거리를 향해 갔다. 이렇게 애인을 찾아가다가 죽어도 원이 없겠다는 생각이 들 만큼 온몸의 피가 머리로 쏠렸다.

거리는 다소 한산했고, 가는 도중에 마음에 걸리는 이런저런 생각들을 짚어볼 만한 시간 여유는 있었다. 그는 혼잣말을 중얼거렸다. "그녀가 아직도 나만 좋아하는 걸까? 어째서 한동안 그녀한테서 편지를 받지 못했지? 아뿔싸! 그녀가 변심이라도 했으면 어쩌지……"

이런 생각으로 얼굴이 달아오른 페르머는 골목길에서 짐꾼이 지고 오는 기다란 목재에 부딪힐 뻔했다. 짐꾼보다 젊은 페르머가 화가 나서 막 욕을 퍼부으려 하자 짐꾼은 "조심해야죠!" 하고 선수를 쳤다.

페르머는 욕을 몇마디 해주고는 다시 근심걱정에 잠겼다. 벌써 애인의 집앞에 다다랐고, 창가에 여자의 모습이 어른거리는 것도 같았다.

페르머는 재산이 있었고, 양친은 이미 돌아가셨다. 사람들이 흔히 말하듯이 그는 그저 재미로 대학을 다녔다. 바깥세상에 나가 이런저런 대화에 낄 수 있으려면 모름지기 배워야 하는 법이다. 바로 이런 게 누구도 부인할 수 없는 학문의 유익함이 아니겠는가.

페르머는 초인종을 눌렀고, 하인이 문을 열어주었다. 층계를 따라 이층으로 올라가자 루이제는 그녀의 방에 있었다.

그는 격식은 생략하고 대뜸 그녀에게 달려가 그녀를 품에 안았다. 예로부터 이런 식의 포옹이야말로 연인들의 특권인 것이다. 그는 엄청난 희열에 잠겨 있었지만, 그러면서도 평소와 달리 애인이 자기만큼 진심어린 반응을 보이지 않는 것 같다는 생각이 들었다. 하지만 지금은 어차피 서로 즐기는 시간이므로 그 정도로 만족했다.

얼마 후 그는 큰 소리로 말을 꺼냈다.

"어째서 그렇게 오랫동안 편지를 보내지 않았어? 어떻게 내 마음을 그토록 불안하게 할 수 있지? 내가 얼마나 힘들었는지 당신은 상상도 못할 거야. 내 모든 희망, 모든 계획이 산산조각나는 심정이었다고. 끓어오르는 고통으로 가슴이 저미는 것 같았다니까."

루이제는 눈을 내리깔며 말했다.

"형편이 좋지 않았어요. 아버지가 편찮으셨고, 언제나 당신한테 제 편지를 전해주던 친구마저 여행을 가고 없었어요."

페르머: "루이제, 그러는 사이에 정말 끔찍한 생각이 들었다니까. 당신이 변심했다고 생각했지. 여자들의 경박한 마음에 대해 소설책에서 읽었던 모든 장면들이 떠올랐다니까. 단 하루도 잠을 이루지 못했어. 내가 얼마나 마음고생을 했는지 당신은 상상도 못할 거야."

루이제: "어쩜 좋아요, 제 생각만 하셨군요!"

페르머: "다시 당신을 품에 안으니 정말 좋아! 이렇게 다시 당신의 눈을 음미하고, 당신의 달콤한 목소리를 들으니 정말 좋아! 당신을 보기 전까지는 내 마음의 조화가 송두리째 풍비박산나고, 영원 따위는 믿지 않게 되었고, 온몸의 신경이 떨렸는데 말이야."

루이제: "너무 끔찍해요!"

페르머 : "그럼, 끔찍하다마다! 사랑하는 사람들이 서로 떨어져 있는 거야말로 지상의 지옥이지. 그런데 당신은 내가 기대한 만큼 기뻐하지 않는 것 같아. 나는 천상의 행복을 맛보는 황홀한 기분인데, 당신은……"

루이제 : "저도 너무 기뻐서 정신을 못 차리겠어요."

그때 하녀가 와서 아버지께서 찾으신다고 했다. 연인들은 다시 한번 서로를 가슴에 꼭 껴안고는 헤어졌다.

길거리에 나온 페르머는 소설의 주인공이라도 된 듯한 기분이 들었다. 그는 잠시 더 산책을 했는데, 몇몇 아는 사람한테는 말을 걸기도 했으나 대부분의 지인들은 완전히 모른 체했다. 산책을 마치고 그는 집으로 돌아왔다.

페르머는 미남 축에는 들지 못했다. 눈은 파란색이 아니고 부드럽다거나 영리하다는 느낌도 주지 못했는데, 다만 오기(傲氣)의 불꽃만은 살아 있었다. 그렇다고 소설에 등장하는 애인이나 주인공들이 무척 선호하는 짙은 갈색 눈도 아니었다. 굳이 진실을 말하자면, 그의 눈은 그저그런 평범한 갈색에 가까웠다. 키도 작고, 안색은 누리끼리했으며, 곰보자국 같은 수두 흉터가 얼굴 곳곳에 남아 있었다.

누가 굳이 일러주지 않더라도 이 대목에서 내가 작가로서 지켜야 할 첫번째 규칙을 어기고 있다는 것쯤은 나도 알고 있다. 그런 규칙 정도는 어린애들도 달달 외우고 있는데 말이다. 하지만 나한테는 무엇보다 진실이 가장 소중하고, 그래서 사랑에 빠진 이 청년을 그렇게 묘사했을 뿐이다. 시중에 유통되는 문학작품들을 두루 섭렵하고 거기에 나오는 남녀 주인공들의 모습을 종합해본 독자라면, 우리 독일인들 사이에는 얼마나 많은 미(美)의 이상들이 판을 치고 있는지 깜짝 놀랄 것이다. 조각가와 화가들이 아름다운 모델이 너무 없다고 노상 징징대는 것도 도저히 이해 못할 것이다. 여행할 때마다 나는 책에서 읽었던 그 많은 멋진 연인들이 어디 있나 하고 도시면 도시, 시골이면 시골을 열심히 뒤져보았지만 번번이 허사였다. 그후로는 천사의 시선이니 독수리의 눈매니 하며 형언할 수 없이 아름답게 묘사된 용모와 온갖 매혹적인 묘사가 마음에 들지 않았다. 더이상 그런 걸 믿을 수 없었기 때문이다.

집에 돌아온 페르머는 먼저 우체부가 배달해온 편지가 없는지 하인에게 물어보았다. 하인은 편지 한통을 건네주었다. 봉인(封印)에 찍힌 서명을 보고는 "그러면 그렇지!" 하고 쾌재를 부르며 봉인을 뜯고 편지를 읽었다.

내 영혼을 바쳐 사랑하는 당신께!

제가 어떻게 당신을 잊을 수 있겠어요? 그런 일은 있을 수 없어요! 당신이 떠나간 지도 벌써 하루하고 반나절이 되었는데, 아직도 여기 계시는 것처럼 당신의 모습이 눈앞에 어른거려요. 당신이 들려주신 달콤한 사랑의 맹세가, 당신이 사랑으로 찾은 힘찬 표현들이 아직도 귓가에 생생해요. 당신 말씀이 옳아요. 특별한 감정은 특별한 방식으로 표현해야죠. 당신이 추천해주신 책들을 읽고 있어요. 지금 막 『노르트하우젠의 마술(馬術) 시합』(1795년에 나온 크라머(K. G. Kramer)의 통속소설—옮긴이)이라는 소설을 읽고 있어요. 이 작품에 대한 소감을 좀 써보내주세요. 저는 이 소설의 대범한 묘사에 완전히 반했어요. 제가 워낙 위대한 작품에는 민감하잖아요.

당신 생각을 하고, 당신 꿈을 꿔요. 저는 앞으로 어떻게 될지 모르겠어요. 육개월 후면 저한테 힘든 시절이 닥칠 거예요. 그렇지만 그때가 되면 제가 지금 쓰는 이름보다 더 멋진 이름이 생길지도 모르겠어요.

당신이 사랑하는 나네테 B.

페르머는 나네테의 사랑과 정신적 깊이에 너무나 큰 감동을 받았다. 그는 경탄하는 마음에 잠겨 어쩔 줄 몰라 하다가 자기가 하품을 하고 있다는 걸 깨달았다. 그러고는 오늘 저녁 중으로 이 소중한 편지에 답장을 해주려고 서둘러 자리에 앉았다. 그는 지금 자신이 처해 있는 기묘한 낭만적 상황에 놀라움을 금치 못했다. 그는 다시 자리에서 일어나서 방안을 왔다갔다했다. 마음을 진정시키려고 서가에서 책을 한 권 꺼내 읽기 시작했는데, 『클라비고』(1774년에 발표된 괴테의 초기 희곡. 버림받은 소녀의 비극을 다룬 작품—옮긴이)였다. 그는 작품을 읽다가 문체가 너무나 강렬해서 훌쩍거리기 시작했는데, 나네테를 생각하니 가슴이 끓어올라 루이제는 잠시 잊기로 하고 편지를 썼다.

내 영혼을 바쳐 사랑하는 그대에게!

그대 곁을 떠나온 후로 이 세상이 이렇게 공허하고 쓸쓸할 수가 없소. 어디를 가도 그대 모습이 눈앞에 어른거린다오. 방금 마차에서 내리자마자 당신의 편지를 읽었소. 편지에서 당신의 손 모양을 떠올리니 온몸의 혈관을 타고 기쁨이 솟구친다오.

『노르트하우젠의 마술시합』은 확실히 독일문학에서 가장 강렬한 인상을 주는 작품 중 하나라 할 수 있소. 당신도 똑같은 느낌을 받았다니 우리의 영혼이 어쩌면 이토록 닮았는지 모르겠소! 우리 독일이 배출한 수많은 영웅들과 위대한 작가들을 생각하면 정말 독일을 우러러보게 된다오. 이제 나도 슬슬 나설 때가 된 것 같소. 너무 오랜 시간을 하릴없이 보냈는데, 이제 조국이 나를 원하는 것 같소.

피곤해서 편지를 짧게 쓰는 것을 양해하기 바라오. 시계가 벌써 새벽 두시를 치는구려. 당신을 생각하며 잠자리에 들겠소.

레오폴트 페르머

그는 편지를 봉인하고, 다시 자리에 앉아서 읽다 말았던 『천재』(그로쎄 후작의 소설──원주: 작품과 작가 모두 허구임──옮긴이)라는 작품을 계속 읽기 시작했는데, 결말이 어떻게 될지 무척 궁금하기도 했고, 사실은 시계가 겨우 저녁 일곱시를 쳤기 때문이기도 했다. 그러고서 아주 근사한 저녁식사를 하고, 다시 침대에 드러누워 『천재』를 계속 읽다가 책을 덮고 단잠에 빠졌다.

다음날 아침에 일어나자 그는 평소처럼 한동안 창밖을 내다보면서 파이프 담배를 피웠는데, 꼭 이 시간이면 하루 중 다른 때는 전혀 떠오르지 않는 오만 가지 상상이 떠올랐다.

길을 지나가던 사람들과 몇차례 인사를 나눈 다음 그는 혼잣말을 중얼거렸다.

"나는 바보가 아닌가? 지금의 내 처지를 그대로 묘사한 작품은 『클라비고』가 아니라 『스텔라』(1775년에 발표된 괴테의 희곡──옮긴이)잖아! 완전히 빼다 박은 것처럼 똑같네!"

그는 테이블로 돌아가 커피를 마시면서 『스텔라』를 읽었다. 책을 읽으면서 그는 생각했다. 어떤 인간, 어떤 상황도 딱 들어맞게 표현해주는 문학작품이 있다는 건 좋은 일이야. 지금 내 처지가 여기에 그대로 묘사되어 있군. 작가가 지금의 나를 직접 보고 쓴 것 같단 말이야. 나네테는 좀머 부인(괴테의 『스텔라』에서 페르난도라는 장교를 사이에 두고 스텔라와 삼각관계에 있는 여성. 「해설」 참조──옮긴이)이고, 루이제는 감정에 들떠 있는 스텔라(괴테의 동명 희곡의 여주인공—옮긴이)잖아. 아! 우리 남자들은 걸핏하면 여자들의 가슴에 불을 지른다니까!

그는 책을 다 읽고, 동판화로 찍은 속표지 삽화를 한번 들춰보았다. 그러고는 자리에서 일어나 거울 앞에 다가섰다. 그는 폼을 잡으면서 혼잣말을 중얼거렸다.

"그래, 성미가 불같은 사람들은 서로 운명이 닮을 수밖에 없지. 젊고, 가슴이 뜨겁고, 천재적인 사람이 어떻게 육십 먹은 노인네처럼 살 수 있겠어? 어떻게 그런 노인네의 감정으로 느낄 수 있겠어? 하지만 내 가슴에는 피가 끓는데, 막상 머리로 뭔가 생각하려고만 하면 상상력이 달아난단 말이야. 좌우간 누군가가 내 모습을 제대로 묘사해줄 수만 있다면 틀림없이 재미있는 작품이 될 거야."

그는 뿌듯한 자부심을 느끼면서 다시 창밖을 내다보았는데, 건너편 집 창가에 아주 매력적인 여성의 얼굴이 눈에 띄었다. 그는 그녀를 관찰하기 시작했고, 그쪽에서도 이쪽을 유심히 보고 있는 것 같았다. 그러다가 그는 인사를 건넸고, 여자 쪽에서도 알아봐줘서 고맙다는 뜻으로 답례를 했다. 그는 다시 창가에서 물러나 밤모임에 나갈 때나 입는 조끼를 걸치고, 가지고 있는 파이프 중에 가장 좋은, 산호로 만든 파이프를 물고는 다시 창가로 다가갔다. 미지의 미인은 미소를 보내왔고, 그 역시 미소로 응답했다. 남녀가 처음 주고받는 미소는 서로 사랑한다는 징표나 다름없다. 적어도 페르머가 인간에 대해 알고 있는 기본 상식으로는 그랬으며, 실제로 대학에서 그에게 관심을 보인 여성들을 관찰해본 결과 틀림없는 사실이었다.

옷을 차려입은 페르머는 건너편 집의 흥미로운 여성이 누구인지 하인한테 물어보고는, 어느 육군대위의 부인이라는 걸 알게 되었다. 그는 기상천외의 궁리를 하면서, 가까운 까페로 들어갔다. 정계의 동향을 파악하는 데 요긴한 지식을 귀동냥해 시세(時勢)에 뒤처지지 않기 위해서였다. 까페에 앉아 금세 갖가지 실속있는 수확을 거두고 있는 참인데, 홀의 한쪽 구석자리에서 사랑하는 루이제의 이름이 입에 오르내리는 대화가 들려왔다. 그는 그쪽 자리에 신경이 쓰여 피트(William Pitt, 1759~1806. 달변가로 유명한 영국 정치가 ― 옮긴이) 플랜은 잊어버리고, 이야기하고 있는 사람들 곁으로 다가갔다.

루이제가 약혼을 했으며 이주일 후면 결혼식을 올릴 거라는 얘기를 듣는 순간 페르머는 자신의 귀를 믿을 수 없었다. 하지만 키가 크고 체격이 좋은 한 남자가 그쪽 자리로 다가가자 좌중이 축하인사를 건네고 남자도 흔쾌히 받아들이는 것을 보고는 더이상 의심할 여지가 없었다.

페르머는 평소에 즐겨 끼어드는 카드놀이도 잊어버리고는 담배 파이프를 주머니에 집어넣고 모자와 지팡이를 집어들고 까페에서 나와 총총걸음으로 이리저리 발걸음을 옮겼다.

그는 아예 큰 소리로 외쳤다.

"인간이여! 인간이여! 거짓과 독을 품은 악어가슴이었구나! 그녀가 흘린 눈물은 맹물이었고, 가슴은 무쇠가슴이었구나! 입술로는 키스를 하면서, 가슴에는 칼을 품고 있었구나! 오, 간악한 인간이여! 정말 내 인내심을 시험하자는 건가."

페르머는 이런 식으로 계속 떠들어댔다. 완전히 카를 모어(쉴러의 『군도』에 나오는 의적 무리의 두목 ― 옮긴이)의 어투였다. 화가 치민 나머지 카를 모어의 어투는 지금 그가 처한 상황에 어울리지 않는다는 것도 알아차리지 못했다. 하긴 누군들 격정에 사로잡혀 있는 마당에 그런 사소한 문제에 신경을 쓰겠는가.

행인들이 그런 페르머를 유심히 관찰하기 시작했다. 그는 아주 큰 모자를 쓰고 있었고, 말을 타본 적도 없으면서 노상 가지고 다니는 찔렁거리는 박차(拍車)와 속물들이나 가지고 다닐 법한 굵은 지팡이를 들고 있었는데, 계속 떠들어대면서 두 손을 허공에 힘차게 휘저었던 까닭에 영문을 모르는 행인들이 그를 보고 미친 사람이라고 수군거려도 탓할 수 없는 노릇이었다.

한참 그렇게 떠든 후에 페르머는 애인의 집으로 달려갔다. 이층 계단을 득달같이 뛰어올라가 노크도 하지 않고 바로 애인의 방으로 들이닥쳤다. 그녀는 막 화장을 하려던 참이었는데, 그의 험악한 표정을 보고는 소스라치게 놀랐다.

"잔인한 인간!" 그는 이렇게 내뱉고는 꼼짝 않고 그녀를 노려보았다.

루이제는 분 바르는 스펀지를 손에서 빼놓아야 할지, 그대로 끼고 있어야 할지 몰라 머뭇거렸다.

"어쩐 일이세요?" 그녀가 겁에 질린 표정으로 물었다.

페르머 : "오! 아무것도 아냐! 아무것도 아냐!『여자의 지조』(통속작가 레온하르트 베히터(L. Wächter)의 『남자의 맹세와 여자의 지조』를 가리킴—옮긴이)에 다 나와 있는 얘기야! 다 그런 거지 뭐! 뱀처럼 간악한 여자 얘기지! 이젠 완전히 딴사람으로 보이는군, 루이제."

루이제 : "그럼, 제 얘기를 들으셨군요."

페르머 : "죄다 들었지! 죄다! 그러고도 어떻게 감히 나를 똑바로 쳐다볼 수가 있어? 두렵고 수치스러워서 죽는 시늉이라도 해야 하는 거 아냐?"

루이제 : "페르머……"

페르머 : "이 사기꾼! 아, 분해서 미치겠다! 도저히 용납할 수가 없어……"

페르머는 분을 삭이지 못해 화장분갑을 집어들더니 우지직 부러뜨려서 창밖으로 내던져버렸다.

루이제가 일어서면서 말했다.

"아무리 화가 나도 그러시면 어떡해요! 이제 뭘로 화장하라는 말이에요?"

페르머는 발을 쾅쾅 구르다가 방바닥에 나자빠졌다가 하더니, 다시 일어서서 거울 앞으로 다가섰다. 그리고 풀 죽은 목소리로 말했다.

"나한테 이런 충격을 주다니! 내 인생이 끝장날 날도 머지않은 것 같군. 당신보다는 차라리 죽음이 나를 더 가엾게 맞아주겠지."

루이제가 어조를 누그러뜨리며 말했다.

"어차피 이런 식으로 계속 만날 수는 없었잖아요. 언제까지나 들뜬 감정만 믿고 살 수는 없어요. 아버지 말씀이 옳아요. 먹고살 궁리도 해야죠. 당신이 화낼 것 같아서 아무 말도 못했던 것뿐이에요. 그런데, 보세요. 분갑 조각들이 어지럽게 굴러다니잖아요. 사람들이 저걸 보고 어떻게 생각할지도 좀 생각해보세요."

그녀는 슬픈 표정으로 분갑 조각들을 내려다보았고, 페르머는 그다음에는 테이블이라도 내던질 듯한 기세로 창밖을 내다보았다.

루이제가 말을 계속 이었다.

"당신이 이미 오래전에 저를 잊었다고 생각했어요."

"하지만 내 사랑을 담은 편지를 보냈지 않소."

"하지만 저는 당신이 단지 글쓰는 연습을 하기 위해 편지를 보내시는 줄로만 알았어요. 게다가 언젠가는 우리가 이런 식으로 교제하고 있다는 사실을 아버지가 알아차리지 않을까 늘 불안하기도 했고요."

"그럼 이젠 헤어져야 한단 말이오?" 페르머가 거의 울먹이면서 말했다.

"영영!" 루이제가 재빨리 말을 이었다.

"영영!" 페르머는 한숨을 쉬면서 루이제의 팔에 안겼다. "세월이 한참 지나면 우리가 또다시 만날 수 있을지 누가 알겠소."

"생각만 해도 가슴이 떨려요." 루이제가 말했다. "특히 이 모든 추억을 생각하면 더 그래요. 이플란트의 『지참금』(독일 작가 이플란트(A. W. Iffland, 1759~1814)의 희곡—옮긴이)에 나오는 아름다운 장면(고위관리의 부인이 젊은 애인에게 사심없는 사랑을 고백하는 장면—옮긴이)을 잘 아시죠?"
"그럼, 알다마다!" 이 말을 마지막으로 불행한 두 연인은 헤어졌다. 페르머는 너무 서둘러 이층 계단을 내려오다가 늘 들고 다니는 박차에 걸리는 바람에 부츠가 찢어지고 하마터면 계단 아래로 고꾸라질 뻔했다.

다시 집으로 돌아온 페르머는 자기 방에서 혼잣말을 중얼거렸다. "변함없는 나네테! 마음이 넓기도 하지! 이제야 그대의 가치를 알겠어."

그러고서 그는 방명록을 꺼내 루이제가 적어넣은 기념문구를 큰 엑스(X)자로 지워버렸다. 이제 그의 인생에서 그녀는 죽은 거나 다름없는 것이다. 그의 인생에서 뭔가 큰 획을 긋는 감동적인 순간이었다. 그는 이 불행의 증거물이 방명록의 맞은편 페이지를 더럽혀 불길한 조짐을 남기지 않도록 압지(壓紙)를 끼워두었다. 바로 맞은편 페이지에는 나네테가 기념글귀를 적어넣었던 것이다.

인생을 살다보면 모든 감정이 고갈되어서 그저 잠이나 자야 하는 때가 있게 마련이다. 지금 꼭 그런 상태인 페르머는 옷을 벗고, 부츠를 구두수선공한테 보내고, 침울한 기분으로 잠자리에 들었다. 하인이 다시 부츠를 찾아왔을 때 페르머는 코를 골며 곯아떨어져 있었다.

루이제는 책상 앞에 앉아 편지 심부름을 해주던 절친한 친구한테 다음과 같은 편지를 썼다. 그녀의 친구는 가까운 사람들의 몇몇 결혼식을 앞두고 인근의 소도시로 여행을 떠나, 아저씨 아주머니 등의 친지들과 함께 시골로 소풍을 가기도 하면서 봄날을 즐기고 있었다.

보고 싶은 친구에게!

페르머와 헤어졌단다. 정말 끔찍했어. 억지로 애원하다시피 해서
물러나게 했단다. 그 사람이 창밖으로 뛰어내려 개천에 빠지지 않은
것만 해도 천만다행이야. 그 사람이 그토록 끝없이 날 사랑할 수 있
을 거라고는 미처 생각 못했어. 지금 내 심정은 불안하기도 하고, 편
안하기도 해. 어떻든 고비는 넘겼으니까. 하지만 그 사람은 지금쯤
아마 너무 절망해서 제정신이 아닐 거야. 아마 정처없이 숲속을 헤매
면서 인간을 증오하고, 내 곁에 있을 때면 늘 경탄해마지 않았던 자
연풍경을 보지 않으려고 눈을 질끈 감고 있을 테지. 우리 여자들은
마음이 약한 동물인가봐. 이제야 그걸 확실히 알겠어. 곰곰이 따지면
발터 씨가 더 마음에 들거든. 그분이 더 잘생겼잖아. 게다가 아버지
말씀으로는 재산도 많대. 그분한테 내 인생을 의지하기로 했어. 내
결혼식에 와줄 거지?

루이제의 친구는 다음과 같은 답장을 보내왔다.

이곳 시골의 봄날은 너무 좋단다. 하지만 도시에서 벌어지는 일들
이 자꾸 생각나서 안타까워. 그리고 아직 마티존(Friedrich von
Matthison, 1761~1831. 주로 감상주의풍 작품을 쓴 독일 작가——옮긴이)의
작품은 읽을 엄두도 못 내고 있어서 안타까워. 하지만 내가 좋아하는
춤은 마음껏 출 수 있어서 좋아. 매일 저녁마다 신나는 춤판이 벌어
지는데, 특히 이곳 시장의 아들이 대단한 춤꾼인데다 사람도 아주 싹
싹해. 그분은 놀랍게도 포자 후작(쉴러의 희곡 『돈 카를로스』에 나오는 인

물. 왕비를 몰래 흠모하다가 암살당함——옮긴이)을 너무 닮았는데, 포자 후
작의 대사를 훤히 꿰고 있더라니까. 더 기쁜 마음으로 다시 만날 때
까지 잘 있어.

잠자리에서 일어난 페르머는 기운을 되찾고 마음도 진정되었다. 건
너편 집 창가에 미인이 다시 모습을 나타냈고, 그는 방안을 왔다갔다
했다. 그러다가 금방 다시 건너편 집 창가에 있는 미인을 바라보았고,
그녀에게 인사를 건넸다. 그는 열려 있는 창문에 바싹 다가앉아 우울
한 포즈를 취한 채 저쪽에서 자기를 알아봐주었으면 했다. 심지어 눈
물을 짜내보려고 안간힘을 쓰다가, 마침내 자기가 정말 울고 있다고
상상하니 눈물이 나왔고, 여러번 눈물을 닦았다. 손수건 틈으로 건너
집의 여성을 몰래 훔쳐보았더니 이번에도 저쪽에서 미소를 보내왔고,
그래서 그는 정말 서로 마음이 통했다고 판단했다.

건넛집 여성이 창가에서 물러나자 페르머는 이제 대학을 졸업하면
국민들이 자신한테 뭔가를 기대할 거라는 생각이 들었다. 그는 자신이
겪은 일들과 느낌과 감정을 곰곰이 생각해보고, 그 모든 이야기를 훌
륭한 문체의 기사소설로 써보기로 결심했다. 그러자 어느새 소설이 출
판되어 평단의 주목을 받고 판화 그림책으로도 팔려나갈 거라고 생각
하니 상상만 해도 기분이 좋았다. 그는 고급 종이를 꺼내 일단 소설제
목을 쓰고 이름도 썼다. 속표지에는 '첫번째 이야기'라는 소제목을 달
았다. 대화체로 써나갈 생각이었다. 소재를 다시 한번 꼼꼼히 생각해
보고, 등장인물의 의상도 좀더 세밀한 부분까지 생각해보았다. 그러고
는 다시 거울 앞에 서보았다가 창가로 가보았다가 하면서 이날 낮시간
의 대부분을 소설집필로 보냈다.

다음날 페르머는 다시 나네테의 상냥한 편지를 받았다. 나네테는 어

느 직공의 딸이었지만 언제나 폭넓은 사고를 개진해서 때로는 페르머 자신이 부끄러울 정도였다. 그는 소리쳤다. "이상형의 여성이야! 내가 쓰는 소설에서도 그대를 반드시 등장시킬 거야!" 그러면서 그는 편지에 입을 맞추었다. "아니지, 감사의 뜻을 표하기 위해서라도 그대를 여주인공으로 삼아야지. 그대가 보내온 편지들도 약간씩 바꾸어서 소설에 삽입할 거야. 지금 독자들과 후세의 독자들도 그대가 쓴 편지를 기쁜 마음으로 읽고, 그대가 보여준 여성다운 미덕에 감탄할 테니까."

그가 답장을 보내고 다시 편지를 받고 하기를 되풀이하는 사이에 루이제는 결혼식을 올렸고, 그는 소설을 계속 써나가면서 상상력을 충전하기 위해 다른 작품들도 찾아 읽고 산책도 하고 담배 파이프도 갈색으로 새로 하나 장만했다. 그리고 대위의 부인을 날마다 건너다보았다. 그런 식으로 석 달이 지났을 무렵 나네테의 편지도 끊어졌고, 페르머는 자신이 건넛집 창가에 나타나는 여성한테 죽기 살기로 반했다는 사실을 깨닫게 되었다.

정말 신기하게도 새로운 상황이 펼쳐진 것이다! 문제의 여성은 결혼한 몸이긴 했지만 남편을 사랑하지 않는 것이 분명했다. 대위는 보나마나 거칠고 감정이 메마른 사람일 터였다. 그러니 부인 쪽에서는 사랑과 독서, 그리고 고상한 대화에 굶주려 있을 것이다. 그녀는 페르머를 볼 때마다 늘 미소를 보내왔다. 사정이 이러한데 과감하게 그녀에게 사랑을 고백하지 않을 이유가 어디 있겠는가?

그는 과감한 행동을 단행했다. 하지만 딱히 다른 방도가 없었기에, 날씨가 따뜻한 어느날 그녀의 방 창문이 열려 있는 틈을 타 장문의 편지 한통을 방안으로 집어던졌다. 편지에 그의 모든 감정과 영원한 사랑을 낱낱이 토로했기 때문에 상대방이 까막눈이 아닌 다음에야 편지를 보낸 사람의 감정을 알아채지 못할 리가 없었다.

페르머는 사랑의 고백에 화답이 오기를 고대했다. 하지만 그후로 부인은 아예 창가에 모습을 드러내지도 않았다. 페르머가 극도로 불안한 상태에서 마음을 졸이고 있는데, 편지 한통이 날아왔다. 편지를 보내온 사람은 바로 대위였고, 대위는 자기 부인을 모욕한 댓가로 피의 복수를 하겠다고 벼르면서 결투를 신청했다.

페르머는 이 뜻밖의 결투신청에 질겁해서 소설이고 나네테고 새 애인이고 뭐고 간에 깡그리 잊어버렸다. 그는 방안에 틀어박혀서 자리에 앉아 편지를 다시 한번 읽어보았는데, 아무리 유심히 살펴보아도 편지 내용을 더 좋게 해석할 여지가 없었다. 그는 눈물을 흘리며 자신의 가혹한 운명과 때이른 최후를 원망했고, 자기가 죽으면 조국이 커다란 손실을 입게 되며 또 자신의 원대한 구상들이 모두 사장될 거라는 생각에 애통해했다. 그는 결투신청을 받아들이지 않기로 결심했다. 이런 식으로 사람을 죽이는 결투는 법으로도 금지되어 있었다. 젊은이가 엉뚱한 마음을 먹고 실수를 했기로서니 그렇다고 당장 목숨을 내놓아야 할 만큼 큰 잘못은 아니지 않은가. 요컨대 그는 아주 특별한 도덕적 결단을 내렸다. 더이상 대위의 부인을 사랑하지 않기로 결심한 것이다. 몸에 칼이 들어올지도 모를 위태로운 상황을 자초하는 것은 정말 온당치 않은 일이었다.

그런데 『얼굴을 물어뜯긴 프리드리히』(독일 작가 슐렌커르트(F. Schlenkert, 1757~1826)가 1785~86년에 발표한 역사소설로, 중세 독일의 지방태수 알브레히트 폰 마이센(1240~1314)을 소재로 한 것임. 마이센은 왕족의 딸 마가레테와 결혼했으나 마가레테를 멀리하고 정부를 가까이했는데, 마가레테와 이혼하려고 해도 당시 교회법이 허용하지 않자 하인을 시켜 마가레테를 교살하려 했다. 여주인을 불쌍히 여긴 하인은 음모를 털어놓고 마가레테의 도피를 도와주는데, 도망가기 전에 마지막으로 두 아이를 보려고 침실에 들렀던 마가레테는 마이센의 볼을 물어뜯고 도주했다──옮긴이)의 모습이 눈에 선하게 떠오르자 페르머는 이렇게 소리쳤다. "하지만 그렇게 되면 나는 겁쟁이가 되는 것 아닌가? 독일의 사내대장부가 이렇게 처신해도 된단 말인가? 위험 따위에 아랑곳하지 않는 것이야말로 진정한 용기가 아니겠는가? 그래, 위험이 따르지 않는다면 누구나 식은 죽 먹기로 용기있는 사람이 되겠지. 바야흐로 내 인생에서 가장 위대한 시기가 도래하는데 수치스럽게 몸을 사리다니. 그래선 안되지. 이 모험을 당당히 받아들여서 적에게 맞서야지."

페르머는 여태껏 한번도 자세히 살펴보지 않았던 자신의 칼을 유심히 살펴보았다. 그러고는 문학작품에서 끔찍한 결투 장면을 묘사한 대목들을 찾아 읽었는데, 얼마나 많은 독일의 영웅들이 목숨을 돌보지 않고 이런 모험을 감행했는지 전에 없이 생생하게 느낄 수 있었다.

페르머는 자신이 이 피의 결투에서 승자가 되는 모습을 떠올리자 그의 인생사에서 전혀 새롭고 흥미진진한 장이 펼쳐지는 듯해 자기도 모르게 경탄을 하고 너무나 기분이 흡족했다.

하지만 페르머는 자신에게 유리한 공상을 중단하고 이렇게 중얼거렸다. "그런데 다시 생각해보니 내 적수 역시 나를 조연급 정도로 등장시키는 흥미진진한 인생사의 주인공일 수 있겠는걸. 그렇게 되면 나는 이 미지의 사내의 명성을 드높이기 위해 등장하는 꼭두각시에 불과한 거야. 옛날 영웅들이 용기있는 사내대장부들을 죽이지 않았다면 죽은 자들을 소재로 한 그 숱한 옛 전설도 생겨나지 못했을 거야. 그런데 그들 중에 과연 어느 영웅이 나의 승리를 보장해주지?"

생각이 여기에 이르자 페르머는 다시 의기소침해졌다. 그는 누구에게도 자신이 처한 위험을 알리지 않고 좋은 쪽으로 결판나든 나쁜 쪽으로 결판나든 간에 평온한 마음가짐으로 운명의 순간을 기다리기로 했다.

하인이 저녁식사를 날라왔지만, 주인 페르머는 완전히 식욕을 잃은 상태였다. 주인이 너무 침통해하자 하인 요한은 무슨 걱정거리라도 있으시냐고 물어왔다. 페르머는 한숨을 내쉬고 고개를 돌리면서 아무 문제도 없다고 대답했다.

물러가 있던 하인은 방금 전 차렸던 것과 거의 똑같이 저녁상을 차려서 다시 페르머의 방에 들어왔다. 이런 경우는 전에 없던 일이었다. 하인은 주인이 혼자 힘들어하는 것을 두고 볼 수 없었던 것이다. 하인의 충직함에 감동받은 페르머는 하인의 목덜미에 얼굴을 묻고 흐느끼면서 소리쳤다. "요한! 나는 이제 죽네. 날이 밝으면 나는 저세상에 가 있을 거야."

요한은 깜짝 놀랐다. 밀린 월급을 지급해달라고 부탁할 참이었기 때문이었다. 하인은, 이상한 말씀을 하시고 식욕도 없으신 걸로 봐서 지금은 약간 제정신이 아닌 것 같다고 주인을 알아듣게 납득시키려고 애썼다. 하지만 페르머는 여전히 침울했고, 아무 말도 할 수 없지만 자기가 죽는다는 것만은 틀림없다고 했다.

입심 좋은 요한도 마침내 설득을 포기했고, 주인은 하인에게서 대단히 감동적인 작별인사를 받았다. 두 사람은 서로 부둥켜안고 울었다. 성품이 고결한 두 사람은 너무나 고통스러워했다.

요한도 잠자리에 들었다. 자정이 지날 무렵 페르머는 나네테 앞으로 짤막한 편지를 써두었다.

착한 당신에게,

잘 있어요. 언제까지나 영원히. 내 인생에서 당신을 만난 것을 감사드립니다. 당신과의 추억은 영원히 간직하겠습니다. 지금은 깜깜한 밤중입니다. 저는 날이 밝으면 지금보다 더 깜깜한 암흑을 맞이할 것입니다. 운명은 냉혹한 종소리로 나를 부르고 있으며, 나는 운명의 부름에 따라야만 합니다. 잘 있어요.

운명의 날이 밝았다. 페르머는 운명의 날이 닥쳐왔다는 사실이 믿기지 않았다. 그는 칼을 상의 품속에 집어넣고 시내를 떠났다. 사람들이 아직도 자고 있는 시각에 자기 혼자 이렇게 일찍 일어나서 죽으러 간다고 생각하니 덜컥 겁이 났다.

정해진 장소에 이르자 이미 대위가 칼을 뽑아 들고 서 있었다. 그 모습에 완전히 용기를 잃은 페르머는 몸을 벌벌 떨면서 대위 쪽으로 다가가 그의 앞에 한쪽 무릎을 꿇고는 다 죽어가는 목소리로 빌었다.

"나의 적이지만 아량이 넓은 분이시여! 이 젊은이를 살려주십시오. 그만 아무 생각 없이……"

대위는 날이 잘 선 칼등으로 페르머를 몇번 툭툭 치더니 이렇게 말했다.

"앞으로는 이런 바보짓 하지 말게나. 장난으로 그랬을 뿐이야. 내가 자네같이 한심한 녀석과 결투할 것 같나? 이만하면 따끔하게 혼이 났겠지. 나와 집사람은 이 우스운 장면을 연출하느라 배꼽을 잡고 웃었지."

대위는 칼을 칼집에 꽂아넣었다.

페르머는 지성을 다해 감사의 말을 하고는 황급히 시내로 돌아왔다. 요한은 주인이 살아 돌아오자 말할 수 없이 반가웠다. 페르머는 요한에게 밀린 급료에 선물도 하나 얹어주었다. 그러고는 잠자리에 들어서 곤하게 단잠을 잤다.

다시 잠에서 깨어난 페르머는 어느 때보다 기분이 좋았다. 보통 때보다 식사도 더 많이 했고, 보통 때보다 담배도 더 많이 피웠으며, 보통 때보다 옷도 더 잘 차려입었다. 그는 바야흐로 인생의 모든 보물을 이제부터 하나씩 새로 음미하려는 듯한 태세였다. 오후가 되자 그는 나네테에게 다음과 같은 편지를 썼다.

소중한 당신에게

위험은 지나갔고, 나는 살아났소. 하마터면 당신과 두번 헤어질 뻔했지만 하늘이 우리의 사랑을 굽어보셨소. 이제 나는 완전히 당신의 남자요. 모든 장애가 사라졌소. 정말 기쁘다오. 이제는 그 무엇도 감히 날 위협하지 못할 거요. 나는 이 정도의 위험에는 끄떡없소. 끓어오르는 혈기와 강인한 정신력으로 죽음의 위험을 당당히 물리쳤다오. 운명과 겨루어 승리해본 적이 없는 자는 결코 사내대장부라 할수 없을 거요. 이제 조용히 당신만을 위해 살아갈 거요. 오직 당신만 생각할 거요.

안녕.

페르머는 전날 밤 써둔 편지와 이 편지를 동시에 부쳤다. 한통은 기마우편으로, 다른 한통은 마차우편으로 발송해서 두 편지가 거의 동시에 도착할 수 있도록 했다.

페르머는 창밖을 내다보려다 말고 얼른 다시 고개를 돌렸다. 대위의 부인이 건너편 창가에서 밖을 내다보고 있었던 것이다.

페르머는 이제 진심으로 도시를 떠나 남은 여름 동안 시골마을에 세를 얻어 더 매력적인 시간을 보낼 계획을 세웠다. '미지의 인간혐오자' (독일 작가 코체부에(Kotzebue, 1761~1819)의 『인간혐오와 후회』(1789)를 암시 ―

옮긴이)로 농부들 틈에 묻혀 사람들의 호기심을 유발하고 인간들을 혐오하며 산다고 상상하니 멋지다는 생각이 들었다. 모든 인간들이 한통속의 배신자들이라 생각되었다. 루이제, 대위 부인, 대위는 모두 자기를 배신했으며, 나네테한테서도 편지가 끊긴 지 오래였다. 이만하면 세상을 저주할 이유는 충분했다. 사실 이보다 더 사소한 이유로도 세상을 저주하는 사람이 얼마나 많은가.

페르머는 마음에 드는 집 한채를 구해 하인과 함께 그리로 옮겨갔다. 마을은 시에서 반 마일밖에 떨어져 있지 않았다. 이사한 후 요한은 고생이 많았다. 그 역시 불행히도 주인이 무조건 혐오하는 '인간' 축에 들었기 때문이다. 주인은 툭하면 식사가 형편없다고 불평하고, 이내 지루하다고 불평하는가 하면, 마을에 커피집 하나 없다고, 이 고독을 견딜 수 있게 교제할 만한 분별있는 사람도 하나 없다고 욕을 해댔다.

페르머는 교회집사의 딸인 리셴이라는 처녀를 알게 되었다. 그녀는 소박하고 건강한 처녀였는데, 페르머가 가지고 다니는 박차에 혹해서 그를 아주 좋아하게 되었다. 페르머는 이따금 그녀의 아버지도 찾아뵙는 사이가 되었고, 리셴과 이야기를 나누면서 인간들을 욕하고 사악한 인간들을 책망하며 그녀와 마음을 터놓는 사이가 되었다.

리셴은 페르머 덕분에 인간을 혐오하는 법을 배웠고, 사람들과 어울리는 것보다는 고독을 좋아하게 되었으며, 그리하여 이제 두 사람은 서로 떨어질 수 없는 사이가 되었다. 페르머는 사랑에 빠졌고, 상대방 역시 그의 사랑에 똑같이 화답했다. 그런데 리셴은 책을 별로 읽지 않았기 때문에 처음에는 감상적인 기분으로 시작했던 이 사랑은 금방 남녀간의 자연스러운 사랑으로 바뀌었다. 그런데 둘 사이의 관계를 알아차린 아버지는 격분했다. 아버지의 분노를 진정시키기 위해 페르머는 리셴에게 청혼을 했고, 보름 안에 결혼식을 올리겠다고 약속했다.

그런데 나네테가 갑자기 마을에 나타났다. 그녀는 페르머를 찾으려고 도시를 다 뒤졌지만 허탕을 친 터였다. 그녀는 아버지의 집에서 도망쳐나왔고, 페르머의 곁에서 위안을 얻고자 했다. 그러자 모두가 절망에 빠졌다.

나네테는 무릎을 꿇고 주저앉아 울고불고 하더니 격정적인 어조로 소리쳤다.

"나는 곧 애엄마가 된단 말이에요!"(사실 누가 보아도 그렇다는 걸 바로 알 수 있었기 때문에 굳이 말할 필요도 없었다.) "제발, 레오폴트! 이 아이의 아버지가 되어주세요! 그러지 않으면 아무리 괴로워도 내 손으로 이 아이를 죽일 수밖에 없어요. 아이엄마의 애원을 당신의 가슴으로 받아주세요."

이윽고 나네테가 마음을 가라앉힐 무렵 이번에는 리셴이 나네테와 똑같은 어조로 말을 막 꺼내려던 참이었는데, 페르머가 위로금으로 수백 탈러(Taler, 옛 독일의 화폐단위—옮긴이)를 지급하겠다는 증서를 써주자 너그럽게 물러섰다. 그러면서 그녀는 자기한테 어느정도 재산이 있다는 걸 확인만 해주면 자기와 결혼하고 싶어하는 애인이 있다고 털어놓았다. 그 남자는 대학시절 어느 젊은 관리의 아들을 가르치는 가정교사였는데, 조만간 페르머의 고향도시에 있는 학교에 교사로 부임할 거라고 했다.

모두가 만족스러운 결과를 얻었다. 페르머는 부인과 함께 도시로 돌아갔고, 부인에게 계속 독서취미를 키워주었다. 그녀는 루이제와 친해졌다. 루이제, 그사이에 포자 후작과 결혼한 그녀의 친구, 나네테와 그녀의 남편은 서로 신뢰하는 친구 사이가 되어서 함께 책을 읽고, 토론하고, 그러다가 하품도 하는 모임을 꾸려갔다.

훗날 페르머는 작가가 되어 서점가에 다음과 같은 책들을 선보였다.

『사자처럼 용맹스럽고 곰처럼 힘센 영웅들』(애국설화 모음집, 3권)

『텔토프 정복』(브란덴부르크의 애국심을 보여주는 희곡, 6막)

『용감한 루돌프』(일명 '절벽을 건너뛰는 루돌프'로 통함, 2권)

Heinrich von Kleist

| 하인리히 폰 클라이스트 |

1777~1811

클라이스트는 프로이센의 유서깊은 군인귀족 집안에서 태어나 가문의 전통에 따라 사관학교를 거쳐 군인이 되었으나, 끝내 적응하지 못해서 군복을 벗고 뒤늦게 작가의 길로 들어섰다. 1810년 그가 창간한 『베를린 석간신문』(*Berliner Abendblätter*)이 1년 만에 당국의 검열이 심해지면서 발행이 중단되고, 그의 연극작품도 검열로 공연 중단사태를 맞으면서 거의 원고료로 먹고살아야 할 만큼 생활고에 시달리던 클라이스트는 서른넷의 나이에 한 여성과 동반자살했다. 희곡집과 소설집 각 한권 분량의 작품만 남겼지만, 그의 작품은 고전주의나 낭만주의 어떤 조류에도 속하지 않는 독특한 스타일로 높이 평가된다.

■　　주워온 자식 Der Findling

　　　　이 작품은 괴테의 「정직한 법관」과 거의 흡사한 소재를 취하고 있고, 괴테의 작품에서 반어적
암시에 그쳤던 부분을 부정적인 쪽으로 극대화하고 있다. 따라서 괴테의 작품에 대한 패러디로 읽어도 무
방하다. 두 작품을 비교해서 읽어보면 각 작품에 숨겨진 의미들이 더 분명히 드러날 수 있을 것이다.

주워온 자식

로마에 사는 안또니오 삐아찌는 부유한 부동산 매매업자로, 이따금 거래를 위해 장거리 여행을 할 때가 있었다. 그럴 때면 대개 젊은 부인 엘비레를 혼자 집에 남겨두고 가면서, 친척들한테 잘 보살펴달라고 부탁했다. 한번은 첫 부인한테서 태어난 열한살짜리 아들 빠올로를 데리고 라구사(오늘날 지명으로는 유고슬라비아의 도시 두브로브니크와 이딸리아의 시칠리아 남동부에 위치한 행정구역 및 그 수도의 이름인데, 삐아찌가 마차로 이동하는 것으로 보아 전자에 해당될 것으로 짐작된다—옮긴이)로 여행을 가게 되었다. 그런데 공교롭게도 바로 그 무렵 라구사에서는 흑사병 비슷한 전염병이 막 번지기 시작해 도시와 그 일대를 공포의 도가니로 몰아넣었다. 이미 여행을 떠난 뒤에 이 소식을 전해들은 삐아찌는 일단 도시 외곽에 머물면서 전염병이 어느 정도인지 탐문해보았다. 그런데 병이 하루가 다르게 점점더 심각하게 번지고 있어서 성문을 폐쇄할지도 모른다는 소문이 들려왔다. 사업상의 이해관계보다는 아들 걱정이 앞섰던 삐아찌는 마차를 빌려 타고 그곳을 떠났다.

그런데 도시를 막 벗어났을 때 웬 사내아이 하나가 마차 옆으로 다가와 구걸하는 시늉을 하며 그가 앉아 있는 쪽으로 손을 내밀었는데, 표정이 몹시 불안해 보였다. 삐아찌는 마차를 멈추게 했다. 그러고는 뭘 원하느냐고 묻자 사내아이는 순진한 표정으로 자신은 전염병에 걸렸으며, 추적자들에게 쫓기고 있고, 만약 잡히면 아버지 어머니가 이미 죽어나간 병원에 수감될 거라고 했다. 그러니 제발 이 도시에서 죽는 걸 면할 수 있게 자기를 데려가달라고 애원했다. 사내아이는 노인네의 손을 꼭 잡고 손에 입을 맞추면서 울음을 터뜨렸다. 삐아찌는 이런 말을 듣고 기겁해서 아이를 멀찌감치 밀쳐내려고 했는데, 바로 그 순간 아이의 안색이 바뀌더니 정신을 잃고 땅바닥에 쓰러졌다. 그러자 마음이 약해진 노인네는 울컥 불쌍한 생각이 들어서 아들과 함께 마차에서 내려 사내아이를 마차에 태우고 가던 길을 계속 갔는데, 이 아이를 어떻게 해야 할지에 대해서는 아무 대책이 없었다.

그다음 역참(驛站)에 당도하자 삐아찌는 이 아이를 어떻게 처리하면 좋을지 역참의 주인 부부와 의논했다. 하지만 그러던 중에 이미 삐아찌 일행의 동태를 파악한 경찰에 체포되었고, 경찰관의 감시하에 그와 아들과 니꼴로──병든 아이의 이름이었다──는 다시 라구사로 호송되고 말았다. 삐아찌가 이런 조치는 너무 가혹하지 않냐고 항변해도 소용없었다. 라구사에 도착하자 세 사람은 추적자들의 감시하에 병원으로 호송되었다. 병원에 있는 동안 삐아찌 자신은 병에 감염되지 않았고, 니꼴로 역시 병이 나았다. 하지만 열한살짜리 아들 빠올로는 니꼴로한테 병을 옮아 감염된 지 사흘 만에 죽고 말았다.

다시 성문이 개방되었다. 삐아찌는 아들을 묻어주고나서 떠나도 좋다는 경찰의 허가를 받아냈다. 그는 슬픔을 가누지 못한 채 마차에 올랐고, 옆자리가 비어 있는 것을 보자 손수건을 꺼내 뚝뚝 흘러내리는 눈물을 닦았다. 바로 그때 니꼴로가 손에 모자를 들고 마차 옆으로 다가와 잘 가시라고 인사를 했다. 그러자 삐아찌는 마차 밖으로 몸을 내밀고는 격하게 흐느끼느라 떠듬거리는 목소리로 자기와 함께 갈 생각이 없냐고 물어보았다. 노인네의 말뜻을 금방 알아차린 니꼴로는 고개를 끄덕이며 정말요, 그럼 너무 좋죠, 하고 선뜻 응했다. 삐아찌가 병원 관리자들한테 이 소년을 데려가도 좋냐고 묻자 그들은 히죽거리면서, 이 아이는 이제 하늘에서 떨어진 애나 다름없고 아무도 찾을 사람이 없으니 당연히 그래도 좋다고 했다. 그리하여 삐아찌는 아이를 번쩍 들어올려 마차에 태워서 아들 대신 로마로 데려갔다.

도시의 성문들이 한눈에 보이는 길에 이르러서야 이 부동산업자는 소년을 찬찬히 살펴보았다. 표정이 다소 굳어 있긴 했지만 아주 잘생겼고, 소박하게 빗어내린 까만 머리칼이 이마 아래로 흘러내려 얼굴에 그늘이 졌으며, 진지하고 영리해 보이는 얼굴 표정은 전혀 변화가 없었다. 노인네는 이것저것 물어보았으나, 소년은 묻는 말에만 짤막하게 대답하고는 다시 아무 말 없이 혼자 생각에 잠겨 두 손을 바지주머니에 찔러넣은 채 구석자리에 앉아서 마차 밖으로 스쳐가는 대상들을 경계하는 듯한 눈초리로 골똘히 살펴보고 있었다. 그리고 이따금 소리없이 주머니에서 호두를 한 주먹씩 꺼내 이빨로 깨먹었는데, 그러는 사이에 삐아찌는 눈물을 훔쳤다.

로마의 집에 당도하자 삐아찌는 젊고 예쁜 부인 엘비레에게 그사이에 있었던 일을 간단히 설명해주고는 소년도 소개해주었다. 엘비레는 평소에 끔찍이 좋아했던 어린 빠올로 생각에 슬픔을 참지 못하고 섧게 울었으나, 그러면서도 낯선 손님처럼 뻣뻣하게 서 있는 니꼴로를 안아주고는 빠올로가 쓰던 침대를 잠자리로 사용하라고 일러주었으며, 빠올로가 입던 옷가지도 모두 니꼴로한테 내주었다. 삐아찌는 니꼴로를 학교에 보내 읽기와 쓰기, 산수를 배우게 했다. 그리고 니꼴로가 자기한테 화를 안겨주었다는 사실 때문에 오히려 더더욱 니꼴로한테 정을 쏟았는데, 그건 쉽게 납득할 수 있는 일이었다. 그리하여 불과 몇주가 지나지 않아 삐아찌는 엘비레의 동의를 얻어 니꼴로를 아예 양자로 입적하였다. 엘비레 역시 이미 나이가 있는 남편한테서 자식을 기대할 수 없는 형편이었다. 얼마 후에는 니꼴로한테 사무보조원 자리를 주겠다는 제의가 들어왔으나 삐아찌는 거절했는데, 여러 가지 생각하는 바가 있어서 그 정도 일자리에는 만족할 수 없었던 것이다. 그러다가 결국 니꼴로를 아예 자기 대신 사무실에 앉혀놓고 업무를 보게 했고, 이리저리 얽혀 있는 복잡한 업무를 너무나 열심히 훌륭하게 처리해내는 니꼴로를 보고는 무척 뿌듯했다. 이제 진짜 아버지 같은 정이 생긴 삐아찌는 니꼴로가 아들로서 전혀 나무랄 데 없다고 생각했으나, 단 하나 위선적인 신앙이라면 질색인 삐아찌로선 아들 니꼴로가 까르멜 교단(12세기경 이스라엘에서 창시되어 15세기경 유럽 전역에 전파된 교파로, 명상과 전도에 열성을 기울인 것으로 알려져 있다—옮긴이)의 수도사들과 어울리는 것이 께름칙했다. 까르멜 교단의 수도사들은 때가 되면 이 젊은이한테 노인네의 유산으로 상당한 재산이 굴러들어올 거라고 계산하고 니꼴로한테 굉장히 잘 보였던 것이다. 어머니 되는 엘비레 역시 니꼴로가 아들로서 손색이 없다고 생각했으나, 다만 나이에 비해 너무 일찍 여자를 밝히는 듯해서 걱정스러웠다. 아닌게아니라 니꼴로는 열다섯의 나이에 수도사들이 알선해준 크사비에라 따르띠니라는, 까르멜 교단 주교(主教)의 정부(情婦)로 알려져 있는 여자의 유혹에 넘어가 제물이 되었다. 니꼴로는 노인네의 엄명에 못 이겨 어쩔 수 없이 그 여자와의 관계를 끊긴 했으나, 엘비레가 보기에는 니꼴로가 여자 문제에는 자제력이 별로 없었고, 그렇게 생각할 만한 여러 가지 근거가 있었다. 하지만 니꼴로는 스무살 되던 해 엘비레의 사촌뻘 되는 꼰스딴짜 빠르께라는 젊고 귀여운 아가씨와 결혼을 하게 되었는데, 원래 제노바 태생인 그 아가씨는 로마에 와서 엘비레의 보살핌을 받으며 교육을 받아온 터였다. 어떻든 니꼴로의 결혼과 더불어 그가 여자 문제로 최악의 사태는 일으키지 않도록 원천봉쇄를 하는 데까지는 성공한 것처럼 보였다. 부모들은 니꼴로가 이 결혼을 받아들이자 흡족해했고, 만족의 표시로 엄청난 예물과 살림살이를 장만해주었는데, 그 덕분에 으리으리한 저택의 화려한 세간들을 상당히 축내야만 했다. 삐아찌는 예순살이 되자마자 아버지가 아들을 위해 할 수 있는 마지막 조치를 취했다. 즉 자기 몫의 자산을 조금만 남기고 부동산 거래의 밑천이 되는 전재산을 정식 법절차를 밟아 아들한테 상속해주었다. 그러고는 사업에서도 완전히 손을 떼었고, 어차피 바깥사람들과 교제하는 데 별 뜻이 없는 착한 아내 엘비레와 더불어 조용한 은거생활에 들어갔다.

그런데 엘비레의 가슴 한켠에는 남모를 슬픔이 있었는데, 어린시절 가슴에 사무쳤던 어떤 일이 아직까지도 잊혀지지 않았던 탓이다. 엘비레의 아버지 필립뽀 빠르께는 제노바의 부유한 염색업자였는데, 사업의 특성상 그의 집 뒤쪽은 네모난 돌들로 축대를 쌓아올린 바닷가에 면해 있었다. 그리고 창문마다 바다 쪽으로 몇미터씩 튀어나와 있는 발코니들이 길게 이어져 있어서 염색한 옷감을 널어 말리는 용도로 사용되었다. 그런데 엘비레가 열세살 되던 해 어느날 밤 집에 큰불이 났다. 온 집안 방으로 동시에 불이 번지면서 마치 타르와 유황이 타듯이 빠지직하는 불길이 솟아오르자 겁에 질린 엘비레는 층계를 통해 달아나다가 자기도 모르는 사이에 발코니로 나오게 되었다. 공중에 매달린 것이나 다름없게 된 불쌍한 소녀는 어떻게 빠져나가야 할지 속수무책이었다. 드디어 창틀에까지 불이 옮겨붙었고, 바깥바람을 받은 불길은 발코니로 번지기 시작했는데, 엘비레가 아래를 내려다보니 보기만 해도 아찔한 망망대해였다. 하는 수 없이 하늘에 계시는 모든 성인들께 가호를 빌고는 그나마 덜 나쁜 쪽을 택해 바다로 막 뛰어내리려는 순간, 갑자기 발코니 입구 쪽에서 제네바의 명문가 출신으로 보이는 한 청년이 나타나더니 외투를 발코니 위로 날려 엘비레를 감싸고는 아주 과감하고도 민첩하게 발코니에 널려 있던 축축한 옷감을 붙잡고 엘비레와 함께 바닷물로 미끄러져 내려왔다. 때마침 항구에 떠 있던 곤돌라들이 두 사람을 건져올렸고, 사람들이 환호하는 가운데 두 사람을 해안으로 데려다주었다. 그런데 청년은 엘비레의 집을 지나가다가 처마 끝에서 떨어진 돌에 머리를 맞고 크게 다쳐서 정신을 잃고 길바닥에 쓰러지고 말았다. 사람들은 젊은이를 그의 부친이 기거하는 저택으로 실어갔고, 후작은 아들이 좀처럼 회복될 기미를 보이지 않자 이딸리아 각지에서 용하다는 의사들을 불러왔다. 의사들은 여러 차례 두개골 절개수술을 해서 뇌에서 뼛조각들을 제거했다. 하지만 하늘도 무심해서 그 어떤 의술을 동원해도 도무지 차도를 보이지 않았다. 그사이 청년의 어머니가 아들을 돌봐달라고 엘비레를 불러왔는데, 청년은 아주 간혹 엘비레의 손을 잡고 겨우 일어섰다. 청년은 그렇게 꼬박 삼년 동안 극심한 고통을 겪으며 병상에 누워 있었고, 그러는 동안 엘비레는 한시도 그의 곁을 떠나지 않았으나, 결국 청년은 마지막으로 엘비레한테 다정하게 손을 한번 내밀고는 숨을 거두었다.

삐아찌는 후작 집안과 상거래를 유지하고 있던 터라 바로 그 집에서 청년을 간호하고 있던 엘비레를 알게 되었고, 청년이 죽은 지 이년 후에 엘비레와 결혼했다. 그래서 삐아찌는 엘비레 앞에서 그 후작청년의 이름을 꺼내거나 청년을 상기시킬 만한 얘기를 하지 않으려고 무척 조심했다. 그 청년 얘기만 나오면 엘비레의 다정다감한 마음이 격렬하게 요동친다는 걸 잘 알고 있었던 것이다. 젊은이가 자기 때문에 고초를 겪다가 죽었던 시절을 조금이라도 상기시키는 얘기만 나오면 엘비레는 가슴이 미어져서 눈물을 흘렸고, 그러면 아무리 애를 써도 멈출 길이 없었다. 그 시절이 떠오르면 그녀는 때와 장소를 가리지 않고 울음을 터뜨렸는데, 나중에는 아무도 위로해줄 엄두를 내지 못하고 그저 가만히 내버려두었다. 그 어떤 수단도 소용이 없고 엘비레 혼자 괴로움을 눈물로 쏟아내도록 가만두는 수밖에 없다는 걸 익히 겪어서 알고 있었기 때문이다. 그런데 엘비레가 이렇게 자주 이상하게 설움을 터뜨리는 이유를 삐아찌 말고는 아무도 알지 못했다. 그녀는 생전에 단 한 번도 그 사건과 관련되는 이야기를 입밖에 낸 적이 없었기 때문이다. 그래서 사람들은 엘비레가 결혼 직후 심한 열병을 앓고 나서 신경이 많이 쇠약해졌기 때문이겠거니 하고 짐작할 따름이었고, 그런 짐작이 기정사실로 굳어지자 사태의 원인을 더이상 따져보려고 하지 않았다.

그런데 한번은 니꼴로가 아내한테는 친구 집에 초대받았다는 핑계를 대고 몰래 크사비에라 따르띠니와 함께—아버지의 엄명에도 불구하고 관계를 완전히 끊지는 못했다—카니발에 다녀온 적이 있었다. 그는 카니발에서 어쩌다가 제노바 기사의 가면을 쓰게 되었고, 가면을 쓴 채로 이미 온 식구가 잠든 늦은 밤에 귀가했다. 하필 그때 노인네가 갑자기 속이 안 좋다고 하는 바람에 엘비레는 한밤중에 하녀를 부르기가 뭣해서 응급처방을 해주려고 자리에서 일어나 식초병을 가지러 주방으로 갔다. 엘비레가 의자를 딛고 올라서서 구석에 있는 찬장을 열고 유리병과 그릇들 틈에서 식초병을 찾고 있는데, 바로 그때 니꼴로가 현관문을 살며시 열고 들어와 등불을 켜서 마루에 걸어두고는 넓은 거실을 지나가고 있었다. 깃털이 달린 모자에 외투를 걸치고 칼까지 차고 있어서 영락없는 기사 차림이었다. 니꼴로는 엘비레를 보지 못한 채 아무 생각 없이 자기 방 쪽으로 걸어갔고, 방문이 잠겨 있어서 멈칫했다. 바로 그때 그의 등뒤로 주방에 있던 엘비레가 니꼴로를 보더니

병과 잔을 손에 든 채 마치 눈에 보이지 않는 번개라도 맞은 것처럼 서 있던 의자에서 굴러떨어져 마룻바닥에 쓰러지고 말았다. 깜짝 놀라 안색이 창백해진 니꼴로는 몸을 돌려서 불의의 사고를 당한 엘비레 쪽으로 달려가 도와주려고 했다. 하지만 넘어지면서 난 소리 때문에 틀림없이 노인네가 방에서 나올 거고, 그러면 또 잔소리를 듣게 될 거라는 걱정이 들자 누구를 돌보고 자시고 할 생각이 싹 사라졌다. 그래서 그는 평소에 엘비레가 허리춤에 차고 다니는 열쇠 꾸러미를 다급하게 끌러 자기 방 열쇠를 빼내고는 열쇠 꾸러미를 거실에 내던지고 자기 방으로 사라졌다. 이내 삐아찌가 불편한 몸을 이끌고 잠자리에서 나와 엘비레를 일으켜세웠고, 곧이어 삐아찌가 울린 초인종 소리를 들은 남녀 하인들이 등불을 들고 나타났다. 니꼴로 역시 잠옷 차림으로 나타나 무슨 일이냐고 물었다. 하지만 엘비레는 너무 놀란 나머지 혀가 굳어서 말을 할 수 없었기 때문에, 결국 이 물음에 답할 수 있는 사람은 니꼴로 말고는 아무도 없는 셈이었고, 그리하여 이 사건의 내막은 영원한 비밀로 묻히게 되었다. 사지를 벌벌 떨고 있던 엘비레는 침대로 옮겨졌고, 그때부터 꽤 여러 날 동안 심한 고열로 몸져누워 있어야 했다. 하지만 엘비레는 워낙 젊고 건강한 여성의 자연적인 치유력 덕분에 이 불의의 사고를 이겨냈고, 후유증으로 특이한 우울증이 생긴 것 말고는 몸도 상당히 좋아졌다.

그렇게 한 해가 지난 후 니꼴로의 아내 꼰스딴짜는 해산을 하게 되었는데, 그녀가 낳은 아이와 함께 그만 산욕(産褥)으로 죽고 말았다. 사람됨이 어질고 반듯한 꼰스딴짜가 죽은 것만 해도 애통한 일이었는데, 그녀가 죽자 사이비 신앙에 열을 올리고 여자를 밝히는 니꼴로의 고질병이 걷잡을 수 없이 도졌기 때문에 더더욱 원통한 일이었다. 니꼴로는 슬픔을 달랜다는 핑계를 대고 하루종일 까르멜 수도회의 예배당에서 빈둥거렸다. 그리고 부인의 생시에도 부인을 사랑하지 않았으며 줄곧 바람을 피웠다는 사실 또한 금방 들통났다. 심지어 아직 꼰스딴짜를 땅에 묻기도 전에 이런 일까지 있었다. 초저녁 무렵 엘비레는 임박한 장례식 준비를 의논하려고 니꼴로의 방에 들어갔을 때 니꼴로는 앞치마를 두르고 화장을 한 젊은 여자와 함께 있었다. 크사비에라 따르띠니의 하녀라는 걸 금방 알아볼 수 있었다. 엘비레는 그런 꼴을 보자 눈을 내리깔고 아무 말 없이 되돌아나왔다. 엘비레는 삐아찌는 물론 집안 식구들 중 누구한테도 이 일에 대해 말하지 않았고, 다만 생시에 니꼴로를 무척 사랑했던 꼰스딴짜의 시신 옆에 털썩 무릎을 꿇고는 슬피 울었을 뿐이다. 그런데 마침 시내에 나갔다가 돌아온 삐아찌가 집에 들어서면서 그 하녀와 마주쳤다. 이 여자가 무슨 용무로 이 집에 왔는지 금방 알아차린 삐아찌는 여자한테 호통을 치고나서 달래고 얼러서 여자가 들고 있던 편지를 손에 넣었다. 방으로 올라가서 편지를 읽어보니 니꼴로가 크사비에라한테 만나고 싶으니 한시 바삐 장소와 시간을 잡아달라고 다급하게 부탁하는 내용이었다. 삐아찌는 책상 앞에 앉아 필체를 흉내내 크사비에라의 이름으로 답장을 썼다. "지금 당장, 어두워지기 전에, 막달레나 교회에서 봐요." 그러고는 니꼴로가 알아보지 못하게 낯선 인장으로 편지를 봉인하고나서, 이 편지가 방금 크사비에라한테서 온 것처럼 니꼴로의 방에 갖다주게 했다. 계략은 완전히 성공했다. 니꼴로는 부리나케 외투를 걸치더니 아직도 꼰스딴짜가 관 속에 누워 있다는 건 까맣게 잊은 채 집을 나갔다. 그러자 삐아찌는 모욕감에 치를 떨면서 다음날로 예정되어 있던 성대한 장례식을 취소한 후, 꼰스딴짜의 시신이 누워 있는 관을 인부들한테 지게 하고는 엘비레와 몇몇 친척만 데리고 사람들 눈에 띄지 않게 막달레나 교회에 들어가서, 원래 꼰스딴짜의 시신을 안치하기로 되어 있던 석실에 시신을 안치하라고 일렀다. 외투를 걸친 채 어두컴컴한 예배당 홀에 서 있던 니꼴로는 어디서 많이 본 듯한 장례행렬이 다가오는 것을 보고는 흠칫 놀라면서, 관 뒤에 따라오는 노인한테 이게 어찌된 일이며 누구의 장례를 지내는 거냐고 물었다. 그러자 기도서를 손에 든 노인은 고개를 들지 않고 크사비에라 따르띠니를 장사지낸다고 대답했다. 그러고는 니꼴로가 보든 말든 관을 열었고, 함께 온 친지들이 차례로 고인의 명복을 빈 다음, 다시 관을 닫고 석실에 안치했다.

이 일로 톡톡히 망신을 당한 니꼴로는 엘비레를 불같이 미워하게 되었다. 온 식구들이 보는 앞에서 노인네한테 욕을 먹은 건 결국 엘비레가 일러바쳤기 때문이라고 생각했던 것이다. 여러 날이 지나도록 삐아찌는 니꼴로한테 일언반구도 하지 않았다. 그런데 꼰스딴짜 몫의 유산을 챙기려면 노인네의 환심을 사야 했기 때문에 하는 수 없이 니꼴로는 어느날 저녁 노인네의 손을 잡고는 짐짓 잘못을 뉘우치는 표정을 지으면서 맹세코 앞으로는 두번 다시 크사비에라를 만나지 않겠다고 다짐했다. 물론 이 약속을 지킬 생각은 눈곱만큼도 없었다. 집안식구들이 그에게 거부감을 보일수록 그는 반항심이 뻗쳤고, 우직한 노인네의 감시를 피하는 기술도 갈수록 교묘해졌다. 그런데 이 무렵 니꼴로는 크사비에라의 하녀와 함께 방에 있을 때 엘비레가 문을 열고 들어오려다 말고 다시 돌아나가던 때의 모습이 그렇게 예쁠 수 없다는 생각이 문득 들었다. 불쾌감 때문에 뺨이 살짝 달아오른 모습은 거의 감정표현이 없는 평소의 표정과 달리 너무나 매력적이었다. 엘비레가 이따금 바깥바람을 쐬러 나오지도 않는 것이 너무 이상할 정도였다. 마음만 먹으면 그럴 기회는 얼마든지 있었을 텐데. 그런데 니꼴로 자신은 바깥바람을 쐬러 나갔다가 길가의 꽃을 꺾었다고 엘비레한테 호되게 당하지 않았던가. 니꼴로는 정 그렇다면 엘비레가 자기한테 안겨준

수모를 노인네한테 되갚아주겠다고 단단히 별렀고, 호시탐탐 이 계획을 실행에 옮길 기회만 노렸다.

하루는 삐아찌가 외출하고 없는 사이 니꼴로가 엘비레의 방 옆을 지나가는데, 방안에서 사람 말소리가 들려서 의아한 생각이 들었다. 옳거니 하고 망측한 희망에 들뜬 니꼴로는 몸을 숙여 열쇠구멍으로 방안의 동정을 살폈다. 그런데 이럴 수가! 니꼴로는 자기 눈을 믿을 수 없었다. 엘비레가 황홀경에 취해 누군가의 발치에 엎드려 있었던 것이다. 상대가 누군지는 알아볼 길이 없었으나, 엘비레가 사랑에 겨운 목소리로 '꼴리노'라고 속삭이는 것만은 아주 분명히 들었다. 니꼴로는 두근거리는 가슴을 누르며 복도의 창문에 바싹 붙어 몰래 그 방 출입문 쪽을 지켜보았다. 그러자 얼마 안 있어 살며시 문고리를 잡는 소리가 들려왔고, 니꼴로는 드디어 이 거짓 성녀의 정체를 폭로할 수 있는 절호의 기회가 왔다는 생각이 들었다. 당연히 외간남자가 나오겠거니 하고 잔뜩 숨을 죽이고 있는데, 모습을 나타낸 것은 엘비레였고 함께 나오는 남자는 없었다. 엘비레는 무덤덤하고 차분한 눈길로 멀찍이 떨어져 있는 니꼴로를 흘낏 보면서 방에서 나왔다. 그녀는 직접 짠 아마포 한 폭을 팔에 끼고 있었다. 그녀는 허리춤에서 열쇠를 꺼내 방문을 잠그고는 난간을 짚으며 조용히 층계를 내려갔다. 니꼴로는 이 감쪽같은 위장과 이성에 무심한 체하는 태도야말로 파렴치와 교활함의 극치라는 생각이 들어서, 엘비레가 시야에서 사라지자마자 잽싸게 달려가 마스터 키를 가져왔다. 그러고는 경계하는 눈초리로 주위동정을 얼른 살피고는 방문을 몰래 열었다. 그런데 놀랍게도 방안에는 아무도 없었다. 구석구석을 다 뒤져보아도 사람 비슷하게라도 생긴 거라고는 전혀 찾아볼 수 없었고, 다만 젊은 기사를 실물 크기로 그린 그림 한 점이 나왔을 뿐이다. 그 그림은 붉은색 비단 휘장으로 가려진 벽감(壁龕. 장식용 조각상이나 꽃병 등을 놓을 수 있게 벽을 발코니처럼 우묵하게 파낸 공간——옮긴이) 안쪽에 세워져 독특한 색깔의 조명을 받고 있었다. 니꼴로는 자신을 노려보고 있는 그림 속의 커다란 눈과 마주치자 여러 생각들이 한꺼번에 몰려와서 가슴이 울렁거리고 이유 없이 흠칫 놀랐다. 하지만 복잡한 생각들을 채 추스를 겨를도 없이 이러다가 엘비레한테 들키면 또 혼날 거라는 걱정이 앞서 혼란스러운 마음으로 다시 방문을 잠그고 그 자리를 떠났다.

니꼴로는 이 이상한 사건을 곰곰이 생각하면 할수록 자기가 찾아낸 그림이 관건이라는 생각이 들었고, 이 그림 속의 인물이 과연 누구인지 알고 싶은 호기심에 점점 뜨겁게 달아올랐다. 이 그림 속 남자의 발치에 엎드려 있던 엘비레의 모습을 똑똑히 목격했기 때문이다. 그리고 그 남자가 바로 이 유화 그림 속의 젊은 기사라는 것은 너무나 분명했다. 니꼴로는 혼란스러운 심정을 주체하지 못하고 크사비에라 따르띠니를 찾아가 자기가 겪은 기이한 일을 털어놓았다. 따르띠니는 그렇지 않아도 니꼴로와의 교제에서 부닥치는 곤란이 모두 엘비레 때문이라고 벼르고 있던 참에 그녀를 무너뜨리는 일이라면 니꼴로와 죽이 맞아서, 엘비레의 방안에 세워져 있다는 그 그림을 직접 한번 봤으면 했다. 평소에 따르띠니는 이딸리아 전역의 귀족사회에 두루 발이 넓다는 걸 자랑해온 터라, 만약 문제의 인물이 단 한번이라도 로마에 온 적이 있고 어느정도 지명도가 있는 인물이라면 누군지 알아맞힐 수 있을 거라고 했다. 그러던 차에 마침 어느 일요일에 삐아찌 부부는 친척을 방문하기 위해 시골로 여행을 떠났다. 니꼴로는 집이 비었다는 걸 알자마자 득달같이 크사비에라한테 달려갔고, 크사비에라는 낯선 여인네로 분장한 다음 추기경과의 사이에서 태어난 어린 딸을 데리고 엘비레의 방에 있는 그림과 자수를 구경한다는 핑계를 대고는 안으로 들어갔다.

그런데 문제의 그림을 가려놓은 휘장을 걷자마자 크사비에라의 딸 끌라라가 "어머나, 어쩜 이럴 수가! 니꼴로 아저씨잖아요, 그렇지 않아요 아저씨?" 하고 니꼴로를 가리키면서 소리쳤다. 니꼴로는 소스라치게 놀랐다. 크사비에라 역시 할말을 잃었다. 아닌게아니라, 그림을 살펴보면 볼수록 니꼴로와 너무 닮았던 것이다. 특히 몇달 전 몰래 함께 카니발에 갔을 때의 기억을 더듬어보니 그때 기사복장을 입은 니꼴로와 영락없이 빼닮은 모습이었다. 니꼴로는 자기도 모르게 얼굴이 화끈 달아오르는 걸 얼버무리려고 꼬마 끌라라한테 입을 맞추면서 말했다. "그래, 저 그림 속의 남자가 나하고 닮긴 닮았구나. 그런데 이런 건 말이다, 너를 보고 자기가 아빠라고 생각하는 사람이 너하고 닮은 것과 같은 이치란다!" 하지만 니꼴로가 뭐라고 하든 질투심이 잔뜩 끓어오른 크사비에라는 거울 앞에 서서 니꼴로를 흘낏 쳐다보면서, 이젠 그림 속의 인물이 누구든 관심 없어요, 하고 쏘아붙였다. 그러고는 쌀쌀맞게 작별인사를 하고 방에서 나갔다.

니꼴로는 크사비에라가 나가자마자 이 얄궂은 조화에 한껏 마음이 들떴다. 카니발에 갔던 날 밤중에 홀연히 나타난 그를 보고 엘비레가 충격으로 쓰러졌던 이상한 일을 다시 떠올리자 기분이 썩 좋았다. 미덕의 귀감처럼 여겨져온 이 여자의 가슴에 정열의 불을 지폈다는 생각에, 드디어 복수의 기회가 왔다는 생각에 신이 났다. 단칼에 정욕도 풀고 복수도 할 수 있겠다는 생각이 들자 그는 안달이 나서 하루 빨리 엘비레가 돌아오기만 기다렸다. 엘비레와 눈길 한번만 통하면 아직은 다소 흔들리는 확신도 확고해질 터였다. 니꼴로는 아무 거리낌 없이 이런 몽상에 한껏 몸이 달아올랐는데, 다만 한 가지 걸리는 게 있다면 열쇠구멍으로 엘비레가 그림 앞에 엎드려 있던 모습을 훔쳐보았을 때 엘비레가 그림 속의 남자를 '꼴리노'라고 불렀다는 생각이 났다는 것이다. 그런데 이 나라에 흔치 않은 이 이름에는, 까닭은 알 수 없지만, 그의 가슴에 달콤한 몽상을 더더욱 부추기는 묘한 울림이 있었다(실제로 '꼴리노'는 '니꼴로'의 애칭으로 통하기도 하는데, 몽상에 들뜬 니꼴로는 그런 사실조차 까맣게 잊고 있다. 또한 조금 뒤에 니꼴로 자신도 깨닫게 되지만 '꼴리노'(Colino)라는 이름은 '니꼴로'(Nicolo)라는 이름의 자모음을 순서만 다르게 배열한 이른바 철자바꾸기(Anagramm)로 조어가 되어 있으므로, 니꼴로는 무의식중에 꼴리노라는 이름에서 친화력을 느끼고 있다—옮긴이). 게다가 눈으로 본 것과 귀로 들은 것 중에 어느 쪽이 더 미더운지 저울질해보면 당연히 그의 정욕을 한껏 뜨겁게 자극하는 쪽으로 마음이 쏠렸다.

그러는 사이 시골에서 며칠을 보낸 엘비레가 돌아왔다. 그런데 엘비레는 이번에 들렀던 조카의 집에서 로마 구경을 하고 싶어하는 친척 아가씨 한명을 데려와서 그 아가씨한테 신경을 써주어야 했고, 그래서인지 마차에서 내릴 때 니꼴로가 아주 다정하게 손을 잡아주었는데도 그저 무심하게 흘낏 바라보기만 할 뿐이었다. 몇주 동안 엘비레는 그 아가씨를 돌봐주느라 전에 없이 분주하게 보냈다. 엘비레와 손님은 생기발랄한 젊은 아가씨가 관심을 보일 만한 구경거리를 찾아서 로마 시내와 교외를 누비고 다녔다. 그리고 가게를 지켜야 한다는 이유로 이 나들이에 단 한번도 초대받지 못한 니꼴로는 다시금 엘비레를 생각하면 최악의 기분이 되었다. 그는 분을 삭이지 못한 채 엘비레가 남몰래 흠모하는 그림 속의 청년을 다시 생각해보았다. 그러다가 제발 빨리 사라져주기를 바라던 친척 아가씨가 드디어 떠난 날 저녁 무렵 엘비레는 니꼴로한테는 말을 걸 생각도 않고 꼬박 한시간 넘게 식탁에 앉아 자질구레한 집안일을 하고 있었는데, 그런 엘비레의 모습을 보고 있으려니 니꼴로는 분해서 가슴이 터질 것 같았다. 그런데 며칠 전에 삐아찌가 상아로 만든 작은 글자조각을 찾았다. 상아로 만든 그 알파벳 글자조각들은 니꼴로가 어릴 때 글씨를 배울 때 쓰던 것으로, 이젠 아무도 쓸 일이 없게 되자 이웃에 사는 꼬마한테 주려고 했던 것이다. 하녀는 오래된 물건들을 뒤지다가 결국 '니꼴로'(Nicolo)라는 이름을 만들수 있는 글자조각 여섯개밖에 찾지 못했다. 하녀가 이웃집 소년을 잘모르다보니 다른 글자조각들에는 신경쓰지 못했을 수도 있고, 아니면 오래된 물건들을 치울 때 니꼴로의 이름자만 남기고 내버렸을 수도 있었다. 어떻든 니꼴로는 팔을 식탁에 괸 채 침울한 생각에 속을 끓이며 식탁 위에 놓여 있는 글자조각들을 만지작거리고 있었다. 그러다가 정말 우연히 자기 이름의 철자로 '꼴리노'라는 이름이 만들어질 수 있다는 걸 발견하고는 깜짝 놀랐는데, 이렇게 놀라기는 난생처음이었다. 자기 이름의 철자 순서만 바꾸면 꼴리노가 될 줄은 꿈에도 몰랐던 니꼴로는 꺼져가던 희망이 순식간에 되살아나면서 주저하는 눈빛으로 옆에 앉아 있는 엘비레를 바라보았다. 두 이름이 이렇게 일치하는 것이 그저 우연만은 아니라는 생각에 기쁨을 억누르며 이 절묘한 발견이 얼마나 엄청난 사건인지 속으로 헤아려보았다. 그러고는 글자조각을 만지작거리던 손을 식탁에서 내려놓고 두근거리는 마음으로 엘비레가 고개를 들어 '꼴리노'라는 이름을 봐주기만을 학수고대했다. 과연 그의 기대는 헛되지 않았다. 엘비레도 심심했던지 글자조각에 눈길을 주었는데, 그녀는 다소 근시였기 때문에 아무 생각 없이 몸을 숙여 가까이서 글자를 확인했다. 니꼴로는 짐짓 무덤덤한 표정으로 그런 엘비레의 모습을 바라보았는데, 엘비레는 글자를 확인하자마자 아주 불안한 눈길로 니꼴로의 안색을 흘낏 살폈다. 그러고는 이루 말할 수 없이 슬픈 표정에 잠긴 채 하던 일거리를 다시 집어들었으나, 눈물이 방울방울 가슴에 떨어져내리고 얼굴이 살짝 붉어졌는데, 그러면서도 니꼴로 쪽에서는 이 눈물이 보이지 않을 거라고 생각했다. 하지만 굳이 엘비레

쪽을 보지 않고도 그녀의 이 모든 심적 동요를 충분히 직감한 니꼴로는 엘비레가 이런 식으로 철자순서를 바꾸어 니꼴로 자신의 이름을 몰래 감추어왔다고 철석같이 믿게 되었다. 그는 엘비레가 단번에 글자조각들을 살며시 쓸어모으는 걸 지켜보았다. 엘비레가 하던 일을 그만두고 자리에서 일어나 침실로 사라지자 이제 비로소 엘비레의 속마음을 확실히 확인했다는 생각에 그의 거친 욕망은 한껏 부풀어올랐다. 니꼴로가 막 자리에서 일어나 엘비레를 따라가려고 하던 참에 삐아찌가 집안으로 들어섰다. 삐아찌가 하녀한테 엘비레는 어디 있냐고 묻자 하녀가 대답했다. "몸이 안 좋으신지 방에 누워 계세요." 삐아찌는 별로 놀라는 기색도 없이 몸을 돌려 엘비레가 어떤지 보려고 방으로 들어갔다. 십오분쯤 후에 삐아찌가 다시 방에서 나오더니 엘비레가 오늘은 저녁 생각이 없다는 말만 전해주고는 더이상 아무말도 없었다. 그러자 니꼴로는 지금까지 겪어온 온갖 수수께끼 같은 일들의 내막이 한꺼번에 다 풀리는 것 같았다.

　다음날 아침 삿된 희열에 들뜬 니꼴로가 어제 밝혀진 사실을 과연 어떻게 이용해먹을까 하고 궁리하던 차에 크사비에라한테서 전갈이 왔다. 엘비레와 관련해 그가 흥미를 가질 만한 얘기를 해줄 테니 자기 집으로 와달라는 것이었다. 크사비에라는 자기를 먹여살려주는 주교를 통해 까르멜 수도원의 수도사들과 아주 긴밀한 관계를 유지하고 있었다. 그런데 엘비레가 이따금 바로 그 수도원에 고해성사를 하러 갔기 때문에, 엘비레가 속으로만 품고 있는 은밀한 감정에 대해 니꼴로 자신의 부적절한 욕망에 화답이 될 만한 희소식을 들을 수 있을 거라고 믿어 의심치 않았다. 그런데 크사비에라는 유난히 짓궂게 인사를 하더니, 간이침대에 앉은 니꼴로를 일으켜세워 자기가 앉아 있는 소파에 앉히고는 살살 웃으면서 이렇게 말했다. "알고 보니 엘비레가 사랑하는 남자는 벌써 십이년 전에 무덤에 묻힌 죽은 사람이네요. 원래 이름은 알로이시우스(이 세례명에 해당되는 성자 알로이시우스(Aloysius, 1568~91)는 흑사병 환자를 돌보다가 병에 감염되어 죽었음――옮긴이) 폰 몽페라(이딸리아 북단에 있는 지명 몬떼라또의 프랑스식 표기――옮긴이) 후작이었대요. 빠리에 사는 숙부가 어릴 적에 맡아 키웠는데, 숙부의 성을 따라 꼴랭이라는 프랑스 성씨를 쓰다가 나중에 이딸리아에 와서 살면서 장난삼아 꼴리노로 개명했다나요. 바로 이 사람이 엘비레의 방에 붉은 비단 휘장으로 가려놓은 벽감 안에 있는 그림의 실제 인물이에요. 제노바에 사는 이 청년 기사는 성품이 고결해서 어린 엘비레를 불구덩이에서 구해주고는 그때 입은 부상으로 죽고 말았대요." 이런 얘기를 듣자 니꼴로는 말할 수 없이 떨떠름한 기분이 되었다. 크사비에라는 말을 마치고는 잠시 뜸을 들이더니 이 얘기는 비밀이니 절대 누구에게도 발설하면 안된다고 주의를 주었다. 그녀는 절대로 발설하지 않겠다고 다짐하고 까르멜 수도원에 있는 어떤 사람한테 이 얘기를 전해들었는데, 원래는 이 얘기를 해준 사람 자신도 이 비밀을 발설해서는 안되는 사람이라고 했다. 니꼴로는 안색이 붉으락푸르락하면서 아무 염려 말라고 다짐을 했다. 크사비에라는 고소하다는 표정으로 니꼴로를 짓궂게 바라보았고, 니꼴로는 이 이야기가 자신에게 안겨준 당혹감을 감추려야 감출 길이 없었다. 바로 그때 볼일이 생겼으니 가게로 와달라는 전갈이 온 덕분에 니꼴로는 간신히 궁지에서 벗어날 수 있었다. 그는 윗입술을 흉하게 일그러뜨린 채 모자를 집어들고 또 오겠다고 하고는 방에서 나갔다.

　니꼴로는 수치심과 음욕(淫慾)과 복수심에 끓어올라서 듣도 보도 못한 해괴망측한 짓을 실행에 옮길 궁리에 열중했다. 그는 엘비레의 순수한 영혼을 계략으로 속여서 접근하는 수밖에 없다는 걸 분명히 알게 되었다. 마침 삐아찌가 며칠 예정으로 시골로 여행을 떠나자마자 그는 자신이 궁리해낸 사탄의 계략을 실행에 옮기기 시작했다. 그는 몇달 전 몰래 카니발에 갔다가 밤늦게 귀가하면서 엘비레의 눈에 띄었던 당시와 똑같은 복장을 준비했다. 망또와 검과 깃털 달린 모자를 그림 속의 남자가 입고 있는 것과 똑같은 제노바 산(産)으로 장만해서 몸에 걸치고는, 엘비레가 잠자러 가기 직전 무렵 그녀의 방에 몰래 숨어들어 벽감에 세워져 있는 그림에는 검은 천을 씌우고, 엘비레의 우상인 그림 속의 귀족청년과 똑같은 자세로 손에는 막대기 하나를 들었다. 망측한 욕망을 키우다보니 신경이 곤두선 덕분에 준비는 완벽하게 되었고, 시간계산도 정확했다. 니꼴로가 준비를 마치자마자 바로 엘비레가 방에 들어오더니 평소처럼 조용히 옷을 벗고 벽감을 가리고 있는 비단 휘장을 젖혔는데, 그가 서 있는 걸 보더니 "꼴리노! 내 사랑!"하고 외치고는 정신을 잃고 마룻바닥에 쓰러지고 말았다. 니꼴로는 벽감 쪽에서 나왔다. 그는 잠시 엘비레의 매력적인 육체를 감상하느라 정신이 팔려서 멍하니 서서, 사신(死神)의 입맞춤에 순식간에 핏기를 잃기 시작하는 아리따운 자태를 바라보았다. 하지만 꾸물거릴 시간이 없었기 때문에 얼른 엘비레를 팔로 안아 일으키고는, 그림을 가렸던 검은 천을 찢어낸 다음, 구석에 있는 침대로 엘비레를 옮겼다. 그러고 나서 방문을 걸어잠그려고 문 쪽으로 갔는데, 알고 보니 방문은 이미 잠겨 있었다. 그리고 엘비레가 다시 깨어나더라도 천상에서 내려온 듯한 그의 환상적인 모습에 저항하지 못할 거라는 자신감이 생기자 그는 다시 침대로 돌아가 엘비레의 가슴과 입술에 뜨거운 키스를 퍼부으며 엘비레가 깨어나게 하려고 용을 썼다. 하지만 정의의 여신이 이 파렴치한 행각을 주시하고 있었는지, 아직 며칠 더 있어야 돌아올 거라고 생각했던 삐아찌가 바로 이때 돌아와서 집안에 발을 들여놓고 있었다. 집안이 조용했으므로 엘비레가 벌써 자는 모양이라고 생각했던 삐아찌는 발소리를 죽이고 복도를 지나왔고, 엘비레의 방 열쇠는 늘 가지고 다녔기에 소리 없이 방문을 열고는 기척도 없이 방안에 들어섰다. 니꼴로는 벼락이라도 맞은 듯이 벌떡 일어섰다. 이제는 뭐라고 변명해도 자신의 비행을 감출 도리가 없어지자 얼른 노인네의 발치에 털썩 엎드려 앞으로는 절대로 마님을 바로 쳐다보지도 않겠다고 다짐하면서 용서를 빌었다. 사실 노인네 역시 이 문제를 조용히 처리하고 싶었다. 노인네의 팔에 안겨 있던 엘비레가 마침내 깨어나 노인네한테 뭐라고 몇 마디 했고, 노인네는 아무 말 없이, 엘비레는 혐오스러운 눈길로, 사색이 되어 있는 니꼴로를 바라보았다. 엘비레가 완전히 정신을 차리자 노인네는 여전히 아무 말 없이 그녀가 쉬고 있는 침대 위쪽의 휘장을 젖혀 벽에 걸려 있던 채찍을 집어들고는, 방문을 활짝 열더니 니꼴로한테 당장 이 집에서 나가라고 했다. 하지만 타르튀프(몰리에르의 희극 『타르튀프』(1663)의 주인공. 자기한테 선행을 베풀어준 은인의 부인을 넘보고 재산까지 가로채려다가 법의 심판을 받는다—옮긴이)에 뒤지라면 서러워할 이 위인은 이대로 나가면 빈털터리가 된다는 걸 금방 알아차리고는 바닥에서 벌떡 일어서서 이 집에서 나가야 할 사람은 바로 당신이라고 당당하게 소리쳤다. 법적 효력이 완벽하게 보장된 서류상으로 바로 자기가 이 집의 주인이기 때문에, 누가 뭐래도 자신의 권리를 주장할 수 있다는 것이었다! 삐아찌는 자신의 귀를 의심했다. 이 전대미문의 파렴치한 작태에 그만 맥이 풀린 그는 채찍을 치워버리고는 모자와 지팡이를 집어들고 오랜 친구인 변호사 발레리오 박사를 찾아갔다. 초인종을 누르자 하녀가 나와서 문을 열어주었고, 친구의 방에 들어서자마자 뭐라고 말을 꺼내기도 전에 그는 정신을 잃고 침대 옆에 쓰러지고 말았다. 발레리오 박사는 나중에는 엘비레까지 데려와 삐아찌와 함께 자기 집에 묵게 하고는, 다음날 아침이 되자 바로 법원으로 달려가서 법적으로는 여러 가지 유리한 입장에 있는 이 천하의 악당을 체포할 수 있게 조치를 취해보려 했다. 하지만 이렇게 삐아찌가 한때 이 악당한테 물려주었던 재산의 소유권을 박탈하기 위해 헛수단을 강구하는 사이, 니꼴로는 전재산의 소유권이 명시되어 있는 상속증서를 들고 까르멜회 교단의 친구들을 찾아가 이 바보 같은 늙은이가 자기를 쫓아내려고 하니 보호해달라고 요청했다. 때마침 주교는 크사비에라를 떼어낼 궁리를 하고 있던 참이었는데, 니꼴로가 크사비에라와 결혼하겠다고 선뜻 응하자 악의 세력은 간단히 승리를 거두었다. 주교가 실력을 행사해 당국은 니꼴로의 재산소유권을 인정하는 한편, 삐아찌에게는 이 문제로 더이상 분란을 일으키지 말라고 판결을 내렸던 것이다.

그 판결이 있기 바로 전날 삐아찌는 불쌍한 엘비레를 묻었다. 엘비레는 그 해괴한 일로 인해 고열에 시달리다가 숨을 거두고 말았던 것이다. 이 이중의 상실에 괴롭다 못해 분에 사무친 삐아찌는 판결문을 주머니에 쑤셔넣고 집으로 돌아왔는데, 분이 끓어올라 힘이 솟구친 그는 체질상 원래 약한 니꼴로를 바닥에 내동댕이치고는 머리를 벽에다 짓이겼다. 집안에 있던 사람들이 현장으로 달려왔을 때는 이미 사태가 종결된 뒤였다. 삐아찌는 니꼴로를 양쪽 무릎 사이로 틀어죄고서 그의 입에 판결문을 쑤셔넣고 있었다. 일이 끝나자 삐아찌는 순순히 무기를 내려놓고 일어섰다. 삐아찌는 감옥에 수감되었고, 심문을 거친 후 사형선고를 받았다.

그런데 교권과 세속권력이 분리되어 있지 않은 교회국가에서는 법에 따라 죄인이 사형에 처해지기 전에 성직자 앞에서 속죄하고 종교적인 사면을 받도록 되어 있었다. 그러나 삐아찌는 사형판결을 받고도 이 속죄와 사면의 절차를 한사코 거부했다. 교회 측에서는 온갖 종교적 수단을 동원해 그의 행위가 처벌받아 마땅하다는 것을 시인하게 하려 했으나 아무런 소용이 없었다. 그러자 죽음이 바로 코앞에 닥치면 겁이 나서 뉘우치는 마음이 생길 거라고 판단하여 삐아찌를 교수대로 끌고 갔다. 교수대 옆에 서 있던 신부는 최후의 심판이라도 고지하는 듯한 어조로 죄인의 영혼이 곧 떨어지게 될 지옥의 온갖 끔찍한 광경들을 늘어놓았다. 그리고 다른 쪽에 서 있던 또다른 신부는 죄를 사해줄 성체를 손에 들고 영원한 안식처인 천국을 찬양했다. 그러고는 두 신부가 죄인에게 동시에 물었다. "구원을 받겠느냐?" 그러자 삐아찌는 싫다고 대답했다. 신부는 "왜 싫으냐?" 하고 물었다. 삐아찌가 대답했다. "나는 천당에 갈 생각이 없소. 나는 지옥 중에서도 가장 밑바닥으로 갈 것이오. 니꼴로라는 놈이 천당에는 못 갔을 테니, 지옥에서 그놈을 다시 찾아내 지상에서 못다한 복수를 마저 하고 말 거요." 그러고는 교수대 사다리로 올라가더니 형리한테 어서 직무를 수행하라고 호령했다. 하지만 죄인이 아직 죄를 뉘우치지 않았으므로 어쩔 수 없이 사형은 집행되지 못했고, 이 불행한 죄인은 법의 보호를 받아 다시 감방으로 보내졌다. 사흘 동안 똑같은 상황이 되풀이되었으나 결과는 매번 마찬가지였다. 사흘째 되던 날에도 교수대에 매달리지 못하고 사다리를 내려와야 했던 삐아찌는 온몸을 부르르 떨면서 양손을 높이 쳐들고 자기를 지옥에 가지 못하게 하는 비인간적인 법률에 저주를 퍼부었다. 그러고는 악마의 무리가 모두 몰려와서 자기를 데려가달라고 소리쳤다. 그리고 맹세하기를, 그의 유일한 소원은 어서 처형되어 저주를 받는 거라고 단언했고, 지옥에 가서 다시 니꼴로라는 놈을 잡을 수만 있다면 최고의 성직자로 받들어지는 수장의 먹살이라도 잡겠다고 별렀다. 삐아찌의 이런 발언이 교황에게 보고되자 교황은 속죄의 절차 없이 처형하라고 명했다. 성직자는 한 사람도 배석하지 않은 가운데 인적이 끊긴 어두운 밤, 삐아찌는 델 뽀뽈로 광장(로마의 구시가지 북쪽 끝에 있는 광장으로 '인민광장'이라는 뜻 —옮긴이)에서 교수형에 처해졌다.

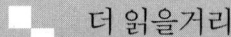

더 읽을거리

최근 국내에 완역된 클라이스트 소설집 『버려진 아이』(진일상 옮김, 책세상 2005)에 수록되어 있는 중단편 소설들을 읽어보면 클라이스트 소설의 다양한 묘미를 느낄 수 있다.

Johann Peter Hebel

| 요한 페터 헤벨 |

1760~1826

헤벨은 스위스의 바젤에서 태어나 김나지움 학생 때부터 독일의 칼스루에로 이주하였고 에어랑엔 대학에서 신학을 공부한 후 김나지움 교사로 봉직하면서 루터교회의 지역교구장을 지낸 신학자이기도 하다. 따뜻한 인간애와 독실한 신앙을 바탕으로 짤막한 형식 속에 삶의 지혜를 담아낸 '달력이야기'의 대가로, 괴테와 똘스또이도 그의 이야기 솜씨를 극찬했으며, 헤세는 헤벨을 '독일 문학사에서 가장 뛰어난 이야기꾼'이라고 평했다.

■ 뜻밖의 재회 Unverhoftes Wiedersehen

　　독일문학사에서 소설의 기본원리를 가장 간결한 형식으로 농축시킨 작품으로 꼽힌다. 개인의
운명과 세계사, 인간사와 자연사가 맞물려가는 형국을 주의깊게 살펴보는 것이 작품이해의 관건이다.

뜻밖의 재회

스웨덴의 팔룬에서 오십여년 전에 한 젊은 광부가 곧 아내가 될 어여쁜 예비신부한테 키스를 하면서 이렇게 말했다. "싼타 루치아 축일[1]에 신부님이 우리의 사랑을 축복해주실 거야. 그럼 우리는 어엿한 부부가 되는 거고, 우리만의 보금자리를 꾸리는 거야." 그러자 어여쁜 예비신부가 사랑스러운 미소를 지으며 말했다. "우리의 보금자리에는 평화와 사랑이 넘칠 거예요. 그리고 당신은 나의 전부가 되는 거예요. 당신이 없는 데서 사느니 차라리 무덤 속이 나을 거예요." 그런데 신부님이 두 사람을 앞에 세워놓고 신도들을 향해 이 두 사람이 부부의 연을 맺는데 장애사유가 있으면 고지하기 바란다고 두번째로 외쳤을 때, 죽음이 찾아왔다. 다음날 아침 젊은이는 검은색 작업복이 장례복장이 될 줄은 꿈에도 모르고 예비신부의 집앞을 지나가면서 그녀의 방 창문을 두드리며 아침인사를 했으나, 그날 저녁인사는 영영 하지 못했다. 광산에서 영영 돌아오지 못하게 된 것이다. 그날 아침 예비신부는 결혼식때

---

1) 성녀 싼타 루치아를 기리는 가톨릭 축일. 12월 13일에 해당되는데, 일년중 해가 가장 짧은 날로 친다.(이 작품에서만 '옮긴이주'를 각주로 처리한다.)

신랑한테 선물로 주려고 빨간 리본이 달린 검은 목도리를 손수 만들었으나, 신랑이 영영 돌아오지 못하게 되자 목도리를 치워버렸고, 신랑을 생각하며 울었으며, 신랑을 영원히 잊지 못했다. 그렇게 세월이 흐르는 사이 포르투갈의 도시 리사본이 지진으로 파괴되었고,[2] 7년전쟁[3]이 지나갔고, 프란츠 1세[4] 황제가 서거했고, 예수회 교단이 폐쇄되었고,[5] 폴란드가 분할점령되었으며,[6] 마리아 테레지아[7] 여왕이 서거했고, 슈트루엔제가 처형되었고,[8] 미국이 독립했으며, 프랑스와 스페인 연합군이 지브롤터를 공격했으나 점령하지 못했다.[9] 터키군이 헝가리의 베테라니 요새를 지키던 슈타인 장군을 포위공격했고,[10] 요제프 황

---

2) 1755년 11월 1일 리사본에 대지진이 일어나서 도시 전체가 파괴되고 십만여명이 희생된 재난을 가리킴.

3) 1756~63년 프로이센과 영국 연합군과 오스트리아, 프랑스, 러시아 연합군이 슐레지엔 영토분할과 오스트리아 왕위계승 문제를 둘러싸고 벌인 전쟁.

4) 신성로마제국 황제(재위기간 1745~65) 프란츠 1세(1708~65)를 가리킴.

5) 1775년 예수회 교단에서 왕족들의 고해성사 내용을 문서로 기록해둔 사실이 발각되어 오스트리아 전역에 예수회 교단이 폐쇄된 사건을 가리킴.

6) 1772년 오스트리아와 프로이센이 폴란드를 분할점령한 사건을 가리킴.

7) 오스트리아의 마리아 테레지아(1717~80) 여왕을 가리킴.

8) 덴마크 왕의 주치의를 지내다가 나중에 귀족작위를 받고 왕실의 고위직에 오른 요한 프리드리히 슈트루엔제(J. F. Struensee, 1737~72)를 가리킴. 정계에 입문한 슈트루엔제는 언론출판의 자유, 고문제도의 폐지, 학교제도의 개혁 등을 추진했으나 이를 못마땅히 여긴 정적들이 마틸데 왕비와의 염문설을 빌미로 그를 체포한 후 비밀재판을 거쳐 코펜하겐 성 문앞 광장에서 교수형에 처했다.

9) 이베리아 반도 남단에 위치한 전략요충지 지브롤터는 스페인 왕위계승전쟁(1701~14)에 가담한 영국이 1704년부터 점령하고 있었음.

10) 1788년 8월 당시 오스트리아-합스부르크 왕국의 영토이던 헝가리를 터키군이 침공해 베테라니 요새를 포위공격한 사건을 가리킴. 슈타인은 결국 항복하긴 했으나 이십일 동안 영웅적으로 버틴 공로를 인정받아 마리아 테레지아 훈장을 받았다. 그런데 슈타인의 직급은 장군이 아니라 소령이었는데, 당시보다 한 세기 전에 이 요새에서 똑같이 터키군에 대항했던 베테리니 장군과 혼동했거나, 일부러 두 사건을 하나로 합친 것으로 보인다.

제[11]도 서거했다. 스웨덴의 구스타프 왕이 러시아령 핀란드를 점령했고,[12] 프랑스 혁명과 더불어 기나긴 전쟁이 시작되었으며, 레오폴트 2세[13] 황제도 무덤 속으로 갔다. 나폴레옹이 프로이센을 점령했고,[14] 영국군이 코펜하겐을 포격했으며,[15] 그러는 중에도 농부들은 씨를 뿌리고 양식을 거두었다. 방앗간 주인은 곡식을 빻았고, 대장장이는 쇠를 벼렸으며, 광부들은 광맥을 찾아 지하갱도를 파내려갔다. 그런데 1809년 팔룬의 광부들이 세례 요한 축일[16] 무렵 두 갱도 사이를 뚫으려고 지하 백오십 미터나 되는 깊은 곳에서 굴을 파다가 쇄석과 황산염수가 뒤섞인 흙더미에서 젊은이의 시신 한 구를 발견했는데, 시신은 황산염수에 절어 있긴 했지만 전혀 부패하거나 손상되지 않은 채 고스란히 보존되어 있었다. 마치 겨우 한 시간 전에 죽은 사람처럼, 혹은 작업을 하다가 잠시 잠이 든 사람처럼, 얼굴 윤곽도 또렷했고 나이도 정확히 알아볼 수 있었다. 광부들이 시신을 지상으로 끌어내긴 했으나 그때는 이미 부모 친지들이 모두 세상을 떠난 지 한참 뒤여서, 잠을 자는 듯한 이 젊은이를 알아보는 사람은 아무도 없었고, 이 젊은이가 언제 사고를 당했는지 아는 사람도 없었다. 그러던 차에 어느날 갱도에 들어갔다가 다시는 나오지 못한 이 광부의 약혼녀가 마침내 나타났다. 그사이 머리카락이 하얗게 세고 얼굴이 쭈글쭈글해진 약혼녀는 지팡이를 짚고 현장에 와서 신랑을 알아보았다. 노인네는 슬퍼하기보다는 오히

---

11) 신성로마제국 황제(재위기간 1765~90) 요제프 2세(1741~90)를 가리킴.
12) 스웨덴과 러시아의 전쟁(1788~90)을 기화로 스웨덴이 핀란드를 점령한 사건을 가리킴.
13) 신성로마제국 황제(재위기간 1790~92) 레오폴트 2세(1747~92)를 가리킴.
14) 나폴레옹이 1806~1807년 프로이센과의 전쟁에서 승리한 것을 가리킴.
15) 1807~1808년 영국함대가 코펜하겐에 포격을 가한 것을 가리킴.
16) 가톨릭 축일의 하나로 6월 24일. 서양에서는 일년 중 해가 가장 긴 날로 친다.

려 기쁘게 반기면서 사랑하는 남자의 시신 앞에 털썩 주저앉더니 격한 감정을 이기지 못해 한참 어깨를 들썩이며 흐느끼다가, 겨우 감정을 추스르고나서 이렇게 말했다. "내 약혼자라우. 이 사람을 잃고 오십년 동안이나 슬퍼했는데, 하느님이 보살피사 내가 죽기 전에 이렇게 다시 만나게 해주시는구려. 결혼식을 일주일 앞두고 갱도에 내려갔다가 다시 못 나왔더랬지." 둘러서 있던 사람들은 이런 얘기를 듣고는 모두 안타까워하며 눈시울을 적셨다. 한때의 약혼녀가 이젠 곧 스러질 듯한 꼬부랑 할머니의 몰골로 여전히 젊음의 아름다움을 간직하고 있는 신랑 앞에 서 있는 걸 보고는 모두들 마음이 짠해졌다. 어언 오십년의 세월이 흘렀건만 노인네의 가슴에는 젊은 시절 간직했던 사랑의 불꽃이 다시금 반짝 타올랐다. 하지만 신랑은 입을 열어 미소로 응답하지도 않았고, 눈을 떠서 신부를 알아보지도 못했다. 그러고 있다가 마침내 노인네는 광부들을 시켜 시신을 자신이 기거하는 조그만 거처로 옮기게 했다. 시신을 교회묘지에 안장할 때까지 이 시신을 모실 권리가 있는 사람은 한때의 약혼녀인 노인네가 유일했던 것이다. 다음날 광부들이 교회묘지에 무덤을 파고 시신을 옮기는 동안 노인네는 시신에 빨간색 리본이 달린 검은 비단목도리로 둘러주고는, 장례식이 아니라 결혼식이라도 치르듯 화사한 예복 차림으로 따라왔다. 교회묘지에 이르러 사람들이 시신을 무덤에 안치하고 흙을 덮는 동안 노인네는 이렇게 말했다. "이제 고이 주무시구려. 신방이 선선하겠지만, 한 열흘 정도만 참고 기다리시우. 난 이제 할일도 없으니 금방 따라가려우. 지금은 캄캄하겠지만, 금방 동이 틀 거유." 그렇게 말하고는 무덤가를 떠나다가 노인네는 다시 한번 뒤를 돌아보면서 이렇게 중얼거렸다. "지신(地神)께서 일단 돌려주셨으니, 두번 다시 거두어가진 않으시겠지."

■ 더 읽을거리

헤벨의 달력이야기 중에 청소년의 눈높이에 맞는 작품들을 골라서 번역한 선집이

『캘린더 이야기』(창작과비평사 1991)로 국내에 소개되어 있다.

Hugo von Hofmannsthal

| 후고 폰 호프만스탈 |

1874~1929

호프만스탈은 빈에서 대대로 방직업을 해온 유복한 집안에서 태어났다. 김나지움에 다니던 10대 후반부터 이미 필명으로 시, 소설, 희곡을 발표하기 시작한 조숙한 천재였다. 집안의 압력으로 처음에는 빈 대학에서 법학을 공부했으나 중도에 포기하고, 프랑스문학으로 바꾸어 박사학위까지 마쳤다. 작곡가 리하르트 슈트라우스의 대표작 가극의 대본도 그의 작품이며, 리하르트 슈트라우스, 막스 라인하르트와 함께 잘츠부르크 음악제를 만든 장본인이기도 하다. 호프만스탈은 19세기 말의 상징주의 등 다양한 세기말 사조를 흡수하면서도 독특한 언어감각으로 그 시대의 불안과 위기의식을 예민하게 형상화한 빈 모더니즘의 대표적인 작가로 꼽힌다.

■ 672일째 밤의 동화 Das Märchen der 672. Nacht

이 작품은 유아론자이자 유미주의자인 주인공의 의식에 포착된 대상을 작가의 개입이나 여과 없이 그대로 서술하는 형식을 취하고 있다. 주인공의 의식상태가 현실의 대상을 어떻게 변형시키는지, 그리고 점차 실제 현실과 어떤 방식으로 괴리를 일으키는지 세심하게 살펴보는 것이 작품 이해의 지름길 이다.

672일째 밤의 동화

1

아주 잘생긴 한 젊은 상인의 아들이 양친을 여의고 스물다섯살이 되면서부터 사람들과 어울리는 것에 싫증이 나고 남의 집을 출입하거나 손님을 맞는 것도 귀찮아졌다. 그는 집안의 방들을 거의 다 폐쇄해버렸고, 잘 따르고 마음에 드는 남녀 하인 네명을 제외하고는 하인들도 모두 내보냈다. 그는 친구들한테는 아무런 관심이 없었고, 아무리 아름다운 여성에게도 호감을 느끼지 못했을 뿐 아니라 가까이 있는 것조차 견디지 못했다. 이런 식으로 그는 점점 더 고독한 생활에 빠져들었고, 그런 생활이 그의 성품에 가장 잘 어울리는 것처럼 보였다. 그러면서도 사람을 기피하지는 않아, 곧잘 거리로 나가거나 공원에서 산책을 하면서 사람들의 얼굴을 관찰했다. 몸단장을 소홀히하지도 않아서 잘생긴 손에도 신경을 썼고, 집안 장식에도 신경을 썼다. 아름다운 양탄자와 비단 등의 옷감, 목각으로 장식되고 양탄자가 걸려 있는 벽, 상들리에와 금속제 식기류, 유리 혹은 자기로 된 술잔 등을 더없이 소중하게 여겼다. 그리하여 그는 점차 이 세상의 모든 형상과 색채들이 자기 집의 가재도구들에 생생하게 투영되어 있다는 것을 느끼게 되었다. 그리고 복잡하게 서로 어우러져 있는 장식 문양(紋樣)들이 곧 이 세상의 감춰진 신비를 상징하는 마법의 형상이라는 것을 깨달았다. 거기에는 온갖 동물의 형상과 꽃들의 형상이 담겨 있었고, 꽃들이 동물로 변하기도 했다. 돌고래와 사자, 사자와 튤립, 진주와 아칸서스(식물 이름. 코린트식 건축에서 아칸서스 잎 모양의 장식을 가리키기도 함——옮긴이) 등이 출몰하기도 했다. 또한 육중한 기둥들이 단단한 바닥과 힘을 겨루는 모습도, 세상의 모든 물이 위로 솟구쳤다가 다시 아래로 떨어지는 모습도 발견했다. 그리고 이 모든 운동의 축복과 평온한 휴식의 숭고함, 춤추는 듯한 움직임과 죽음 같은 평온도 발견했다. 온갖 꽃과 꽃잎들의 다채로운 색깔, 온갖 들짐승 가죽의 다양한 색깔, 온갖 인종들의 다양한 얼굴색, 귀금속들의 다채로운 색깔, 사납게 몰아쳤다가 평온하게 반짝이는 바닷물결의 색깔 들도 발견했다. 심지어 달과 별들, 신비로운 천체, 별들의 신비로운 윤무(輪舞)와 어우러진 쎄라핌(세 쌍의 날개가 달린 천사. 『구약성서』 「이사야서」 6장 2절 참조——옮긴이) 천사의 날갯짓까지도 있었다. 그는 자신의 소유인 이 장엄하고 심오한 아름다움에 한껏 도취되어 있었고, 날이 갈수록 아름다움을 더해가는 가재도구들로 인해 그가 느끼는 공허함은 갈수록 줄어들었다. 가재도구들이 이제는 죽어 있는 하찮은 물건들이 아니라 인류의 위대한 유산이자 신성한 작품처럼 생각되었다.

하지만 그러면서도 그는 이 모든 사물과 그 아름다움을 하찮게 여겼다. 그는 죽음에 대한 상념에서 좀처럼 벗어나지 못했다. 왁자지껄 떠들거나 웃는 사람들 사이에 있을 때도, 한밤중에도, 식사를 할 때도 종종 죽음의 중압감에 짓눌렸다.

그렇지만 병이 있는 것은 아니었기 때문에 죽음에 대한 생각이 무섭다기보다는 오히려 뭔가 화려하고 대단한 느낌을 주었는데, 특히 아름다운 상념에 빠져 있거나 소년시절의 아름다움 혹은 고독의 아름다움에 도취되어 있을 때 그런 느낌이 가장 강렬했다. 상인의 아들인 이 청년은 거울 앞에 서 있을 때나 시인들의 싯구절을 읽을 때, 자신의 부유함과 현명함을 떠올릴 때면 대단한 자부심을 느꼈던 것이다. 그래서 "그대의 발길은 그대가 죽을 곳으로 인도할지니"와 같은 음침한 경구들도 그의 마음을 무겁게 하지는 않았다. 그런 글귀를 읽어도 마치 사냥을 하다가 길을 잃고 미지의 숲에서 진기한 수목들 사이를 오가며 신선하고도 신비로운 체험을 맛보는 왕처럼 근사한 기분이 들었다. 그럴 때면 그는 "이 집이 완공되면 죽음이 찾아오리라"(작가는 1893년 11월에 쓴 일기에서 이 문장을 적어넣고 '터키 격언'이라고 밝혔다——옮긴이)고 말했고, 삶의 진기한 전리품들로 가득한 완공된 저택 혹은 궁성을 날개 달린 사자들이 떠받치고 있는 가운데 그 궁성의 다리 위로 죽음이 서서히 다가오고 있는 것을 목격했다.

그는 완벽하게 고독한 생활을 하려고 했지만 네 하인이 마치 개처럼 그의 주위를 맴돌았고, 하인들과는 거의 말을 하지 않았지만 그들이 끊임없이 자신을 잘 보필해줄 궁리만 하고 있음을 어떤 형태로든 느낄 수 있었다. 그 역시 때때로 하인들에 대한 생각에 잠기게 되었다.

집안살림을 돌보는 하녀는 노파였다. 노파의 죽은 딸은 이 상인의 아들의 어린시절 보모였다. 노파의 다른 자식들도 모두 죽고 없었다. 노파는 아주 조용한 성격이었고, 핏기 없는 얼굴과 창백한 손에서는 고령의 냉기가 스며나왔다. 하지만 노파가 늘 집안에 있었기 때문에, 또 그녀가 가까이 있으면 그가 무척 좋아하는 어린시절과 어머니의 목소리에 대한 기억이 주위에 감돌았기 때문에 그는 이 노파를 좋아했다.

노파는 그의 허락을 얻어서 먼 친척뻘 되는 소녀를 집안에 들였는데,

나이가 열다섯이 될까말까했고 무척 과묵한 소녀였다. 소녀는 자기 자신에 대해 몹시 엄격했고, 속을 알기 힘들었다. 한번은 소녀가 성마른 성격에 무슨 영문인지 계속 흥분하더니 창문을 타고 마당으로 뛰어내렸는데, 다행히 어린아이처럼 가벼운 몸이 정원에 쌓아둔 흙더미 위에 떨어져서, 돌멩이에 부딪혀 한쪽 어깨뼈가 부러지는 정도에 그쳤다. 소녀를 침대에 눕히는 동안 주인 청년은 자신의 주치의를 불러 소녀를 치료하게 했다. 저녁때는 직접 소녀의 상태가 어떤지 살펴보았다. 소녀는 눈을 감고 있었다. 그는 처음으로 오랫동안 차분하게 소녀를 관찰할 수 있었는데, 이상하게도 조숙한 우아함이 엿보이는 얼굴에 흠칫 놀랐다. 하지만 입술은 아주 얇았고, 아름답지도 않았을뿐더러 어쩐지 섬뜩한 느낌을 주었다. 그런데 갑자기 눈을 뜬 소녀가 차갑고 험악한 표정으로 그를 째려보더니 화가 난 듯 입술을 앙다물고는 통증을 무릅쓰고 벽쪽으로 돌아누웠는데, 그래서 아픈 쪽 어깨를 바닥에 대고 눕는 자세가 되었다. 그 순간 소녀의 창백하던 얼굴이 연둣빛으로 변하더니 정신을 잃고 다시 원래 상태대로 죽은 듯이 꼼짝도 하지 않았다.

주인 청년은 소녀의 몸이 회복되고나서 한동안 소녀와 마주쳐도 말을 걸지 않았다. 두어번은 소녀가 이 집에서 지내기 불편해하는지 노파에게 물어보았지만, 노파는 번번이 그렇지 않다고 대답했다. 그가 집에 남겨두기로 결심한 유일한 남자하인을 처음 만난 것은 페르시아 왕의 명을 받들어 이 도시에 상주하고 있는 한 외교관의 집에서 저녁식사를 할 때였다. 그때 이 하인이 그의 시중을 들어주었는데, 너무나 싹싹하고 사려깊으면서도 공손해서 그는 이 하인을 관찰하는 것이 다른 손님들의 얘기를 듣는 것보다 더 즐거웠다. 그리고 나서 꽤 여러 달이 지난 후 길거리에서 우연히 그 하인과 마주쳤는데, 하인이 그날 저녁때와 똑같이 진중하고 공손한 태도로 인사를 올리고는 도와드릴 일이 없는지 물어오자 그는 정말 기분이 좋았다. 그는 오디처럼 보랏빛이 감도는 얼굴과 너무나 공손한 태도를 보고는 그 하인을 금방 알아보았다. 그는 당분간 이 하인을 집안에 들이기로 하고, 그때까지 집에 두고 있던 젊은 남자하인 둘을 내보냈다. 이때부터는 식사 때나 다른 일을 할 때나 이 진지하고 겸손한 하인만 시중을 들게 했다. 주인 청년은 밤에는 외출해도 좋다고 했지만 하인은 그 기회를 거의 사용하지 않았다. 그는 주인한테만 매달려 주인이 뭘 원하는지 미리 척척 알아서 시중을 들고, 주인이 무엇을 좋아하고 무엇을 싫어하는지 말없이 알아맞히는, 정말 보기 드문 하인이어서 그에 대한 주인의 애정은 날이 갈수록 더 깊어졌다.

주인은 이 하인 혼자 식사 시중을 들게 하긴 했지만 이따금 과일이며 케이크 등을 그릇에 담아 차리는 일은 다른 하녀에게 시켰다. 그 하녀는 노파의 친척 되는 작은 소녀보다 불과 두어살 위였다. 이 소녀는 멀리서 보아서는, 마치 어른거리는 횃불의 조명을 받는 무희의 얼굴이 아름답게 보이지 않듯이, 특별히 아름답다고 할 수 없었다. 그렇지만 형언할 수 없이 아름다운 눈썹과 매력적인 입술이 매일 가까이서 소녀를 보는 주인의 마음을 사로잡았다. 그리고 그 멋진 몸이 감정 없이 천천히 움직이는 모습을 지켜보고 있노라면 이 세계의 감추어진 신비를 표현하는 불가사의한 언어를 접하는 것만 같았다.

여름 더위가 기승을 부려서 후덥지근한 열기가 시내 건물들 사이로 떠다니고 보름달이 뜬 무더운 밤이면 텅 빈 거리에 먼지바람이 일 무렵, 주인은 네명의 하인을 대동하고 별장으로 여행을 떠났다. 주인 소유의 별장은 그늘진 산들로 둘러싸인 좁은 산속 계곡에 자리잡고 있었다. 그곳에는 부자들 소유의 이런 별장들이 많이 있었다. 계곡 양쪽에서 골짜기로 폭포가 쏟아져서 공기가 선선했다. 달은 거의 언제나 산들에 가려서 보이지 않았고, 검은 절벽들 뒤편으로는 커다란 흰 구름들이 두둥실 피어올라 희미하게 빛나는 하늘 위로 장엄하게 떠다니다가 반대편으로 사라졌다. 수많은 폭포와 정원 쪽에서 불어오는 서늘한 바람이 나무벽을 훑고 지나가는 이 별장에서 상인의 아들은 평소와 다름없는 나날을 보냈다. 산 너머로 해가 뉘엿뉘엿 넘어가는 오후 시간이면 그는 대개 옛날 어느 유명한 왕(알렉산더 대왕(기원전 356~23)을 가리키는 것으로 짐작됨. 이 작품을 쓰던 무렵 작가는 알렉산더 대왕을 소재로 한 희곡 집필을 구상하고 있었음──옮긴이)이 치른 전쟁들을 기록한 책을 읽었다. 그는 수천명에 이르는 적군의 기마병들이 고함을 지르며 말머리를 돌리거나 적군의 전차들이 가파른 강어귀까지 내몰리는 대목들을 읽다가 이따금 문득 자기를 바라보는 네 하인의 시선이 느껴졌다. 그는 고개를 들지 않고도 하인들이 말없이 각자의 방에서 자기를 바라보고 있다는 것을 알아차렸다. 그는 그만큼 하인들을 잘 알고 있었다. 하인들이 자기 자신보다 더 강인하게, 더 열심히 살고 있다는 것도 느낄 수 있었다. 그는 자신의 삶에 대하여 가벼운 감동 혹은 의아한 느낌이 들었고, 그런 느낌 때문에 까닭 없이 가슴이 답답했다. 그는 늙은 하인들이 죽음을 향해 살아가고 있다는 것을 마치 가위눌렸을 때처럼 또렷하게 느낄 수 있었다. 그들은 그가 익히 아는 행동거지를 쉴새없이 조금씩 바꿔가면서 매 시간을 그렇게 살아가고 있었다. 그런가 하면 두 소녀가 공기도 없는 듯한 황량한 삶으로 나아가고 있다는 것도 분명히 느껴졌다. 잠이 깨자마자 잊혀지는 무서운 꿈을 꿀 때처럼 섬뜩하고 괴로운 심정으로 두 소녀의 인생의 중압감이 속속들이 느껴졌다. 하지만 정작 당사자들은 전혀 그런 줄 모르고 있었다.

때때로 그는 불안감에 굴복하지 않으려고 자리에서 일어나 이리저리 서성이기도 했다. 발치에 놓여 있는 현란한 색깔의 석영을 바라보고 있노라면 풀밭과 흙에서 올라오는 서늘한 기운과 더불어 상큼한 카네이션 향기가 코끝을 스쳤고, 중간중간 아릿할 정도로 진한 헬리오트로프(향수나 요오드팅크 원료로 쓰이는 꽃 이름. 양꽃마리라고도 함——옮긴이) 꽃향기도 몰려왔다. 하지만 그러는 사이에도 하인들의 시선이 느껴져 다른 생각은 할 수가 없었다. 그는 고개를 들지 않고도 노파가 자기 방 창가에 앉아 핏기 없는 손을 햇볕에 그을린 창턱에 올려놓고 있으며, 핏기 없고 가면 같은 얼굴이 결코 사멸하지 못하는 멍한 검은 눈의 안식처로 점점 섬뜩하게 변해가고 있다는 것을 알 수 있었다. 고개를 들지 않고도 남자하인이 잠시 창가에서 물러나 장롱에서 뭔가를 꺼내고 있다는 것을 알아차렸다. 올려다보지 않고도 그는 하인이 다시 창가로 돌아올 순간을 기다리면서 알 수 없는 불안을 느꼈다. 정원에 나가 수목이 우거진 곳에 이르러 잘 휘어지는 나뭇가지들을 두 손으로 젖히면서 지나가는 동안 간간이 나뭇가지와 우거진 넝쿨 사이로 비취색으로 촉촉하게 반짝이는 하늘이 조금씩 모습을 드러냈다. 그는 이 아름다운 하늘에만 온 신경을 집중하려고 했지만, 오로지 두 소녀가 자기를 내려다보고 있다는 생각만이 뼛속까지 파고들었다. 나이가 더 든 소녀 쪽은 나른하고 슬픈 시선과 뭔지 알 수 없는 것을 바라는 표정으로 그를 괴롭혔고, 더 어린 소녀 쪽은 짜증을 내다가 비웃다가 하는 날카로운 눈초리로 더더욱 그를 괴롭혔다. 머리를 숙인 채 왔다갔다하거나 라일락 줄기 곁에 앉아 줄기를 버팀목에 묶어주거나 나뭇가지 때문에 몸을 숙이는 동안에도 두 소녀가 끊임없이 자기를 똑바로 지켜보고 있다는 생각을 떨칠 수 없었다. 아니, 그들은 그의 삶 전체를, 한 인간의 가장 깊은 곳을, 그의 은밀한 인간적 약점을 주시하고 있었다.

이 삶에서 달아날 수 없다는 무서운 중압감, 끔찍한 불안감이 몰려왔다. 하인들이 끊임없이 자기를 관찰하고 있다는 사실보다 더 섬뜩한 것은, 이 하인들 때문에 그가 쓸데없이 피곤한 방식으로 자기 자신에 대해 계속 생각하지 않을 수 없게 된다는 사실이었다. 게다가 이들의 시선을 피해 달아나기에는 정원이 너무 자그마했다. 그런데 이들과 아주 가까이 있을 때면 불안감이 말끔히 사라져서 조금 전에 느꼈던 것도 거의 잊어버릴 정도였다. 그럴 때면 하인들을 전혀 의식하지 않게 되거나 차분하게 그들의 움직임을 지켜볼 수도 있었고, 하인들이 너무나 믿음직스러워서 그들의 인생에 대한 무한한 연민의 정을 몸으로 느낄 수도 있었다.

어린 소녀와는 아주 가끔 층계나 현관에서 마주쳤을 뿐이다. 하지만 다른 세 명과는 한 방에 있을 때가 잦았다. 한번은 거울을 비스듬히 비추어서 나이가 많은 쪽 소녀를 관찰할 기회가 있었다. 소녀는 반이층 높이로 돋우어 지은 별실을 지나오고 있었는데, 거울에 비친 모습은 마치 저 깊은 곳에서 다가오고 있는 것처럼 보였다. 소녀는 느릿느릿 힘들게, 그러면서도 바른 자세로 걸어오고 있었다. 양손에 어두운 색깔의 청동으로 만든 인도의 신상(神像)을 들고 오느라 무거웠던 것이다. 소녀는 길쭉한 손으로 신상의 장식된 발을 잡고 있었다. 어두운 색깔의 그 여신상들은 소녀의 허리께에서부터 관자놀이 높이까지 닿았는데, 죽은 사물의 무게가 살아 있는 사람의 부드러운 어깨에 의지하고 있는 형국이었다. 신상의 어두운 색 머리에는 뱀 모양으로 생긴 험악한 입이, 이마에는 사납게 생긴 세 개의 눈이 달려 있었으며, 차갑고 딱딱한 느낌을 주는 머리카락은 무시무시하게 장식되어 있었다. 여신상의 머리는 소녀의 느린 걸음걸이에 맞추어 소녀의 살아 숨쉬는 뺨언저리에서 움직이며 이따금 아름다운 관자놀이께를 스쳤다. 그런데 소녀는 여신상들을 소중하게 섬긴다기보다는 오히려 자신의 육체의 아름다움에 홀려 있는 것 같았다. 소녀는 어둡게 변색된 육중한 순금 장신구를 하고 있었고, 빛나는 이마 양옆으로는 커다란 달팽이 모양으로 머리를 땋아 올렸는데, 그 용모가 마치 전쟁에 나온 여왕처럼 보였다. 그는 너무나 아름다운 소녀의 용모에 반했지만, 동시에 소녀를 품에 안아봤자 부질없다는 것도 잘 알고 있었다. 이 하녀의 아름다움이 그의 마음에 선망의 감정을 불어넣긴 해도 욕정을 불러일으키지는 않는다는 것을 잘 알고 있었기에 그는 소녀를 더 오래 관찰하지 않고 방에서 나와 좁은 골목길로 나갔다. 그러고는 이상한 불안감에 사로잡힌 채 집과 정원들 사이로 좁고 그늘진 길을 따라 계속 걸었다. 그는 마침내 정원사들과 화초장사들이 모여 사는 강가에 이르렀다. 거기서 그는 자신을 혼란과 불안에 빠뜨린 하녀의 아름다움에서 풍기는 향기와 똑같은 달콤한 매력을 한순간이라도 편안히 즐길 수 있게 해줄 향기와 모양새를 갖춘 꽃을—그래봐야 허사라는 걸 잘 알면서도—한참이나 찾았다. 선망 어린 시선으로 유리로 된 후덥지근한 온실 안을 헛되이 뒤지고 있는 동안에도, 다시 밖으로 나와서 이미 어둑어둑해지는 기다란 화단 위로 몸을 구부리고 있는 동안에도, 그의 머릿속에는 자기도 모르게, 자신의 의지와 상반되게, 어느 시인의 싯구절이 자꾸만 떠올라 마음이 심란했다.

바람에 일렁이는
카네이션 줄기 속에서,
무르익은 곡식의 향기 속에서
그대는 내게 그리움을 불러일으켰네.
하지만 내가 그대를 발견했을 때
그대는 내가 찾던 그대가 아니라
그대의 영혼을 나눠 가진 자매들이었네.

2

이 무렵 편지 한통이 날아와 그를 다소 불안하게 만들었다. 그 편지에는 발신자 이름이 없었다. 편지를 쓴 사람은 그가 데려온 남자하인이 죄를 지었노라고 애매한 방식으로 고발했는데, 이전에 섬기던 주인즉 페르시아 외교관의 집에서 일할 때 혐오스러운 범죄를 저질렀다는것이었다. 이 미지의 발신자는 그 하인을 몹시 증오하는 것 같았고, 온갖 위협적인 언사를 늘어놓았다. 상인의 아들에게도 거의 협박에 가까운 불손한 어조를 썼다. 하지만 그 남자하인이 구체적으로 어떤 죄를지었는지는 알아낼 길이 없었고, 또한 이름도 밝히지 않고 요구사항도언급하지 않은 발신자가 도대체 무슨 목적으로 이 편지를 썼는지도 짐작할 도리가 없었다. 그는 이 편지를 여러 번 읽으면서, 아주 불쾌한방식으로 하인을 잃게 될지도 모른다는 생각이 들자 몹시 불안해졌다.곰곰이 생각할수록 더더욱 화가 치밀었고, 이 하인들 중에 한명이라도잃는다는 것은 생각만 해도 견딜 수 없었다. 그는 이 하인들과 일상적으로, 그리고 다른 모종의 보이지 않는 힘에 의해, 완전히 한몸처럼 서로 엮여 있었던 것이다.

화가 머리끝까지 치민 그는 방안을 왔다갔다하다가 저고리와 허리띠를 내동댕이치고는 발로 짓이겼다. 누군가가 자신이 가장 아끼는 소유물을 모욕하고 협박해서 그 자신에게서 달아나게 만들고 그가 좋아하는 것을 부인하게 만들려고 이런 일을 꾸민 것만 같았다. 그는 자기 자신이 처량하게 여겨졌고, 이런 순간이면 으레 그렇듯 자기 자신이 어린아이처럼 여겨졌다. 네 하인이 집밖으로 끌려나가는 모습이 눈에 어른거렸고, 그가 살아온 인생이 송두리째 소리없이 그에게서 달아날 것만 같았다. 슬프고도 달콤한 모든 추억들, 자신도 의식하지 못하는 온갖 기대들, 말로는 표현할 수 없는 모든 것이 어딘가로 내팽개쳐져서 완전히 무시당하고 허섭스레기 취급을 당할 것만 같았다. 그는 자신이 획득한 모든 것에 불안한 애정을 쏟아부었던 아버지를 난생처음으로 이해했다. 어린시절 그는 아버지가 그럴 때마다 화가 치밀었다. 아버지는 아치형 지붕의 상점에 쌓여 있던 온갖 값진 물건들과, 그의 인생에서 막연하고도 가장 절실한 소망의 신비로운 산물인 귀여운 철부지 자식들한테 그런 애정을 쏟았던 것이다. 그는 과거의 위대한 왕도 영토를 빼앗기면 틀림없이 분해서 죽었을 거라는 생각이 들었다. 왕은 서쪽 바다에서부터 동쪽 바다에까지 이르는 광대한 영토를 다스리겠다고 꿈꾸었을 테지만, 왕이 정복한 영토는 너무나 광대해서 정작 왕의 세력권이 미치지도 못했을 것이며, 오로지 자신이 이 영토를 정복했고 이 영토의 왕이라는 생각으로 위안을 삼았을 것이다.

그는 자신을 너무나 불안하게 만드는 이 사건을 정리하기 위해 모든 조치를 강구하기로 결심했다. 그는 하인한테는 편지에 관해 아무 말도 하지 않고 별장을 나서서 혼자 마차를 타고 시내로 나갔다. 시내에서 우선 페르시아 왕의 외교사절이 머무는 저택을 찾아갈 생각이었다. 그 집에 가면 어떻게든 사태해결의 실마리를 찾을 수 있을 거라는 막연한 희망을 품고 있었던 것이다.

그런데 도착했을 때는 늦은 오후라 집에는 아무도 없었다. 외교관은 물론 그를 수행하는 젊은이들도 보이지 않았다. 요리사와 나이든 말단 서기만이 어둑어둑해지는 저녁 공기를 쐬며 대문에서 들어가는 통로 쪽에 앉아 있었다. 하지만 이들이 너무나 꼴사납게 퉁명스러운 어조로 짤막한 대답만 했기 때문에 그는 마음이 조급해져서 이들에게 등을 돌리고는 다음날 적당한 시간에 다시 찾아오기로 마음먹었다.

시내에 있는 그의 집에는 하인을 한명도 남겨두지 않았기 때문에 대문을 잠가놓은 터였다. 그래서 그는 마치 타향 사람처럼 이날 밤 묵을 곳을 찾아봐야겠다고 생각했다. 그는 마치 외지인이라도 된 듯한 기분으로 호기심을 가지고 낯익은 거리들을 거닐다가 이 계절이면 거의 물이 말라 있는 작은 강변에 이르렀다. 거기서부터는 생각에 잠긴 채 합법적인 영업을 하는 창녀들이 많이 모여사는 초라한 거리를 따라 걸었다. 그다음부터는 길을 제대로 찾아가는지는 별로 신경쓰지 않고 다시 오른쪽 길로 접어들었더니 아주 황량하고 쥐 죽은 듯이 조용한 막다른 골목이 나왔고, 골목길 끝에는 탑처럼 높고 가파른 계단이 이어져 있었다. 그는 계단을 올라가 자기가 왔던 길을 뒤돌아보았다. 작은 집마당들이 시야에 들어왔다. 여기저기 창문에 드리워진 붉은 커튼들과 볼썽사납게 너저분한 꽃들도 눈에 띄었다. 물이 마른 강바닥이 넓게 드러난 모습을 보자 까닭 모를 슬픔이 밀려왔다. 그는 계단을 다 올라가서 위쪽 주거구역에 다다랐는데, 전에 와본 적이 있는 곳인지 도무지 생각이 나지 않았다. 그럼에도 언덕 아래로 여러 갈래의 길이 만나는 교차로를 보는 순간 불현듯 꿈을 꾸는 듯한 기분이 들면서, 전에 와본 적이 있다는 생각이 들었다. 그는 계속 길을 걷다가 어느 보석상 앞에 다다랐다. 이 구역의 분위기에 어울리게 아주 초라한 가게였는데, 진열대에는 전당포나 장물아비한테서나 구했을 법한 볼품없는 장신구들이 잔뜩 쌓여 있었다. 보석에 대해서는 일가견이 있는 상인의 아들이 보기에 이 보석상에는 그런대로 쓸 만한 물건이라고는 거의 없었다.

그런데 문득 유행이 지난 장식품 하나가 눈에 띄었다. 얇은 금붙이에 녹주옥(綠珠玉)으로 장식한 그 물건은 그의 집 하녀로 있는 노파를 연상시켰다. 어쩌면 노파가 젊었던 시절에 이 비슷한 장신구를 몸에 지니고 있는 것을 보았을지도 모른다. 빛이 바래어 멜랑꼴리한 느낌을 주는 옥 역시 노파의 나이와 외모에 어울릴 것 같았다. 유행이 지난 낡은 디자인 역시 그 비슷한 서글픈 느낌을 주었다. 그래서 그는 그 장신구를 사려고 천장이 낮은 가게 안으로 들어섰다. 보석상 주인은 근사하게 차려입은 손님이 들어오자 무척 반기면서, 진열대에는 내놓지 않은 더 값나가는 물건들을 보여주겠다고 했다. 그는 주인 노인에 대한 예의상 이것저것 꺼내오도록 내버려두긴 했지만, 막상 더 구입할 생각도 없었을뿐더러 고적하게 사는 처지에 딱히 이런 물건들을 선물할 사람도 없었다. 이윽고 더이상 견디기 힘들어서 가게에서 나오고 싶었지만, 주인 노인의 자존심을 상하지 않게 하려니 난감했다. 그래서 그는 작은 물건 하나를 더 산 다음 바로 가게에서 나가기로 마음먹었다. 무심코 주인의 어깨 너머로 보니까 반쯤 망가진 조그만 은제(銀製) 손거울이 눈에 띄었다. 그러자 그의 마음속에 들어 있는 또다른 거울에 검은 머리의 청동제 여신상을 양손에 들고 있는 소녀의 모습이 비쳤다. 그 순간 그 소녀가 풍기는 매력의 대부분은 나이 어린 여왕의 자태를 연상시키는 몸매의 아름다움, 다시 말해 어린아이처럼 공손한 우아함을 드러내는 어깨며 목덜미에 있다는 걸 얼핏 깨달았다. 소녀의 목덜미에 얇은 금목걸이를 여러 겹으로 매어주면 근사하겠다는 생각도 얼핏 스쳤다. 유치해 보이기도 하겠지만, 다른 한편 자기 몸을 단단히 무장하고 있다는 걸 경고하는 뜻도 되는 것이다. 그래서 그는 그런 목걸이를 좀 보여달라고 했다. 주인 노인은 한쪽 문을 열더니 두번째 방으로 들어오라고 했다. 역시 천장이 낮은 거실이었는데, 거기에는 유리장과 뚜껑이 없는 진열대에 갖가지 장신구들이 잔뜩 있었다. 그는 그중에서 금방 마음에 드는 목걸이를 발견하고는 주인한테 두 가지 물건을 합친 가격을 물었다. 하지만 주인 노인은 고풍스러운 안장 장식품들을 한번 보라고 권했는데, 기이한 모양으로 생긴 안장 장식품에는 중간급 수준의 귀금속들이 박혀 있었다. 하지만 그는 장사꾼 아들이기 때문에 말을 탈 일은 없을뿐더러 말을 탈 줄도 모르며, 옛것이든 최신형이든 안장에는 관심이 없다고 대답하고는 이미 구입한 물건 값으로 금화 한닢과 은화 한닢을 지불했고, 이제는 그만 가게를 나가야겠다는 의사를 표했다. 주인 노인이 아무 말 없이 근사한 비단 포장지로 목걸이와 녹주옥 장신구를 각각 따로 포장하는 동안 상인의 아들은 이 방에서 유일한, 격자창살이 달린 낮은 창문을 통해 무심코 바깥을 내다보았다. 분명히 이웃집 것으로 보이는, 잘 가꾸어진 꽃밭이 눈에 들어왔다. 꽃밭 저쪽으로는 두 채의 유리온실과 높은 담벼락이 보였다. 그는 이 유리온실을 구경하고 싶어져서 주인한테 그쪽으로 가는 길을 물어보았다. 주인은 두 개의 조그만 포장물품을 그에게 건네주고는 옆방을 지나 마당으로 그를 안내했다. 마당은 작은 철제 격자덧문을 통해 이웃집 정원과 연결되어 있었다. 주인은 덧문 앞에 서서 쇠막대기로 덧문을 한번 후려쳤다. 정원은 아주 조용했고 이웃집에는 인기척도 없었는데, 보석상 주인이 그에게 당부하기를 아주 조용히 온실을 구경하고, 만약 이웃집 주인이 나타나 누구냐고 묻는 곤란한 상황이 생기거든 그와 잘 아는 사이니 자기를 찾으라고 했다. 그러고는 덧문을 단번에 밀쳐 열어주었다. 상인의 아들은 곧장 담벼락을 따라 걸어가 가까이 있는 유리온실로 들어갔다. 온실 안에는 아주 신기하게 생긴 수선화며 아네모네, 그리고 난생처음 보는 신기한 화초들이 가득해서 한참 보고 있어도 전혀 싫증이 나지 않았다. 한참 그러고 있다가 하늘을 쳐다보니 어느새 해가 지붕 너머로 넘어간 뒤였다. 그는 주인도 없는 낯선 정원에 이대로 계속 있어서는 안되겠다 싶어 온실 바깥으로 나가서 유리벽 안으로 온실을 한번 둘러보고는 여기서 나갈 생각이었다. 두번째 온실을 유리벽을 통해 구경하면서 천천히 걸어가다가 그는 갑자기 소스라치게 놀라서 주춤했다. 자기와 똑같이 생긴 누군가가 온실 안쪽에서 유리벽에 얼굴을 바싹 대고 그를 지켜보고 있었던 것이다. 잠시 후 마음을 진정하고 다시 보니 어린아이였다. 기껏해야 네살이나 될까 말까한 여자아이가 하얀색 옷을 입고 창백한 얼굴을 유리벽에 바싹 붙이고 있었다. 그런데 좀더 가까이 가서 보고는 다시 한번 소스라치게 놀라 등골이 오싹하면서 목이 조이는 것 같고 가슴이 오그라들었다. 꼼짝 않고 화난 표정으로 그를 노려보고 있는 그 꼬마가 어찌된 영문인지 그의 집 하녀로 있는 열다섯살짜리 소녀를 닮았던 것이다. 그것도 완전히 빼닮았다. 밝은색 눈썹, 가늘게 떠는 섬세한 콧방울, 얇은 입술까지도 똑같았다. 한쪽 어깨를 약간 쳐들고 있는 자세까지도 집에 있는 열다섯살짜리 하녀와 똑같았다. 오로지 이 꼬마아이의 모든 생김새가 그를 질겁하게 만든다는 점만 빼고는 완전히 똑같았다. 그는 이 형언할 수 없는 두려움이 어디에서 유래하는지 도무지 알 수 없었다. 다만 이 상황에서 몸을 돌리면 등뒤에서 유리벽을 통해 꼬마가 자기를 노려볼 것이며, 그런 상황은 더더욱 견딜 수 없다는 것만은 분명히 알 수 있었다.

그는 불안한 마음으로 재빨리 온실 입구 쪽으로 가서 안으로 들어가보려고 했다. 출입문은 바깥에서 빗장으로 잠겨 있었다. 그는 아주 단단히 잠겨 있는 빗장을 작은 손가락이 아플 정도로 힘껏 밀쳐 문을 열고는 아이가 있는 쪽으로 달려갔다. 아이는 그를 향해 다가오더니 아무 말 없이 연약하고 작은 손으로 그의 무릎을 밀쳐 그를 바깥으로 밀어내려 했다. 그는 아이가 넘어지지 않게 하려고 애썼다. 그런데 아이 가까이 있으니까 두려움이 사라졌다. 몸을 숙여 아이의 얼굴을 살펴보았더니 피부는 백지장처럼 창백했고, 두 눈은 분노와 증오로 떨고 있었으며, 까닭 모를 분을 삭이지 못해 작은 이로 윗입술을 앙다물고 있었다. 그는 꼬마소녀의 짧고 부드러운 머리칼을 쓰다듬어주었고, 그러자 잠시 불안감이 사라졌다. 그 순간 집의 하녀로 있는 소녀의 머리칼이 얼핏 생각났다. 언젠가 그 소녀가 눈을 감고 죽은 듯이 자기 침대에 누워 있을 때 소녀의 머리칼을 쓰다듬어준 적이 있었던 것이다. 그 생각이 들자 다시 등에 소름이 쫙 끼치면서 얼른 손을 빼고 말았다. 이제 꼬마는 더이상 그를 밖으로 몰아내려고 하지 않았다. 꼬마는 몇걸음 뒤로 물러서더니 정면을 똑바로 바라보았다. 하얀 천으로 포장한 인형처럼 연약한 몸매에 무서울 정도로 창백하고 상대를 경멸하는 표정이 역력한 어린아이의 얼굴을 바라보고 있자니 도저히 견딜 수 없었다. 그는 너무 무서운 나머지 관자놀이 부위와 목젖이 따끔거렸고, 그러는 중에도 손으로는 무심코 주머니 속에 들어 있는 뭔가 차가운 물건을 만지작거리고 있었다. 손에 잡힌 것은 은화 몇닢이었다. 그는 은화를 꺼내 몸을 숙이고는 꼬마에게 주었다. 어떻든 은화는 반짝거리고 짤랑거리니까. 꼬마는 은화를 받아들더니 일부러 그의 발치에 떨어뜨렸고, 은화는 목재 널빤지를 이어붙여서 댄 바닥의 틈새로 굴러떨어져 사라지고 말았다. 그러더니 꼬마는 그의 등뒤로 돌아서 천천히 걸어갔다. 그는 잠시 꼼짝 않고 서 있었는데, 꼬마가 밖으로 나갔다가 다시 그가 있는 쪽으로 다가와 유리벽 바깥에서 자기를 노려볼지도 모른다고 생각하니 너무 겁이 나서 가슴이 방망이질했다. 당장 온실에서 나가고 싶었지만, 꼬마가 정원에서 사라질 때까지 좀더 기다리는 편이 나을 성싶었다. 어느새 유리온실 안이 어둑어둑해지고, 식물들의 모양도 기이하게 바뀌기 시작했다. 멀찌감치 어둑어둑한 곳에서 검은 나뭇가지들이 뜻모를 위협을 하면서 심상치 않은 모습을 드러내기 시작했고, 그 뒤로는 하얀색 빛이 가물거렸는데, 마치 꼬마가 거기에 서 있는 것 같았다. 한쪽 널빤지 위에는 인조 화초를 심은 화분들이 한줄로 놓여 있었다. 그는 잠시라도 불안감을 덜어볼 요량으로 인조 화분의 꽃들을 하나씩 세어보았다. 꽃잎들은 딱딱해서 살아 있는 꽃과는 사뭇 다른 느낌을 주었는데, 마치 눈구멍이 튀어나온 험상궂은 가면 같았다. 꽃을 다 세고 나서 그는 출입문 쪽으로 가서 바깥으로 나가려고 했다. 그런데 문이 열리지 않았다. 꼬마가 바깥에서 빗장을 걸어 잠가놓은 것이다. 그는 고함을 지르려고 했지만, 자신의 목소리만 들어도 무서울 것 같았다. 그는 주먹으로 유리벽을 두들겼다. 정원과 집은 죽은 듯이 고요했다. 등뒤에서 관목들이 바스락거리는 소리만 들려왔다. 이 소리는 잎사귀들이 후덥지근한 공기를 못 이겨 가지에서 떨어지면서 나는 소리일 거야, 하고 그는 자신을 안심시켰다. 그래도 두근거리는 가슴을 진정할 수 없어 나무와 넝쿨들이 어지럽게 얽혀 있는 어두컴컴한 쪽을 뚫어지게 바라보았다. 그러자 어둑어둑한 뒤쪽 벽으로 검은색 선으로 만들어진 사각형 같은 것이 보였다. 그는 그쪽을 향해 기다시피 걸어갔다. 많은 화분이 굴러떨어져 깨지고, 키가 크고 가는 화초줄기들과 바스락거리는 부채꼴 모양의 잎사귀들이 머리 위로 혹은 등뒤에서 기괴하게 쓰러지는 것에도 아랑곳하지 않았다. 검은색 사각형은 출입문의 실루엣이었다. 문을 밀자 열렸다. 시원한 공기가 그의 얼굴을 스쳤다. 등뒤로는 화초줄기들이 부러지는 소리와 넘어져서 짓눌려 있는 잎사귀들이 나지막이 바스락거리는 소리가 마치 천둥의 여운처럼 들려왔다.

그가 들어선 곳은 양쪽으로 담장이 나 있는 좁은 통로였다. 위로는 탁 트인 하늘이 보였고, 통로 양쪽의 담장은 사람의 키높이 정도밖에 되지 않았다. 그런데 대략 열다섯 발자국 정도 되는 곳에서 통로가 담장으로 막혀 있어서 그는 다시 한번 갇히고 말았다는 생각이 들었다. 그는 머뭇거리면서 통로 끝으로 걸어갔다. 통로 끝에 다다르자 다행히 오른쪽 담장이 사람이 드나들 수 있을 만큼 뚫려 있었는데, 뚫린 구멍에서부터 건너편의 평평한 지붕 위로 허공을 가로질러 널빤지 다리가 설치되어 있었다. 건너편 지붕의 정면에는 나지막한 철제 창살문이 닫혀 있었고, 지붕 양쪽은 높은 민가 건물들로 막혀 있었다. 마치 부두의 승강장과 선박을 연결해주는 잔교(棧橋)처럼 널빤지 다리가 건너편에 닿는 지점에 작은 덧문이 나 있었다.

상인의 아들은 한시바삐 이 무서운 곳에서 벗어나고 싶었기 때문에 당장 한쪽 발을 널빤지 다리 위에 올려놓고 다른쪽 발도 올려놓은 다음 건너편 정면만 바라보면서 건너가기 시작했다. 그런데 운수 사납게도 그는 사방이 벽으로 둘러싸인, 수십층 높이는 되어 보이는 아득한 구덩이 위의 허공에 서 있다는 걸 알아차리게 되었다. 정강이와 무릎이 속수무책으로 후들후들 떨리고 현기증이 나면서 이젠 죽는구나 하는 생각이 들었다. 그는 쪼그리고 앉은 다음 눈을 감은 채 앉은걸음으로 나아갔다. 이윽고 앞을 더듬던 손에 창살문의 문살이 잡혔다. 그는 문살을 꽉 움켜잡았고, 그 반동으로 덧문이 열렸다. 덧문이 열리면서 나는 끼익 하는 쇳소리는 죽음의 입김처럼 그의 몸을 관통했고, 그가 붙잡고 매달려 있던 덧문은 그가 있는 쪽으로, 아득한 심연 쪽으로 열리고 있었다. 정신적으로 기진맥진한 그는 용기를 완전히 잃고 매끄러운 쇠막대기들을 잡고 있던, 어린애 손이나 다름없는 손가락의 힘이 풀리고 쇠막대기들을 놓쳐 추락하면서 벽에 부딪치는 아찔한 상황을 미리 직감했다. 하지만 그의 발이 널빤지에서 채 떨어지기 전에 문은 멈추었고, 그는 벌벌 떨리는 몸을 단숨에 날려서 덧문 안쪽의 단단한 바닥으로 떨어졌다.

하지만 목숨을 건졌다고 기뻐할 계제가 아니었다. 이 몹쓸 생고생에 화도 나고 어리벙벙한 상태에서 그는 주위를 살피지도 않고 아무 집이

나 들어가서 낡은 계단을 따라 내려갔다가 다시 반대편 집밖으로 나왔다. 평범해 보이는 지저분한 골목길이 나왔다. 그는 너무나 속이 상하고 기진맥진해서 어떻게 하면 기분을 풀 수 있을까 하는 궁리는 엄두도 내지 못했다. 모든 것이 이상하게만 느껴졌다. 그는 인적이 없는 텅빈 골목길을 따라 길이 나오는 대로 자신이 아는 방향을 향해 계속 걸어갔다. 그쪽으로 가면 이 도시에서 부자들이 사는 동네가 나올 테고, 거기서는 하룻밤 묵을 곳을 찾을 수 있을 터였다. 한시바삐 잠자리에 눕고 싶은 생각이 간절했다. 자신의 널찍한 침대가 얼마나 멋진지 생각하니 어린애처럼 어서 자기 침대로 돌아가고 싶었다. 그리고 옛날의 위대한 왕이 정복한 왕들의 공주들과 결혼식을 올릴 때면 자기 자신과 가족들을 위해 마련하게 한 침대들도 생각났다. 왕 자신의 침대는 금으로 만들고, 신부들을 위한 침대는 은으로 만들었을 것이며, 독수리의 머리에 사자의 몸뚱이를 한 영물(靈物)과 날개 달린 황소가 침대를 떠받치고 있었을 것이다. 이런 생각에 잠겨 있는 사이에 그는 지붕이 낮은 집들이 모여 있는 동네에 들어섰는데, 그곳은 병사들의 숙소였다. 그는 그렇거나 말거나 개의치 않았다. 격자창살이 있는 어느 창가에 앉아 있던 얼굴이 누리끼리하고 눈매가 처량해 보이는 두 병사가 그를 향해 뭐라고 소리치는 것 같았다. 그래서 그는 고개를 들었는데, 방안에서는 여러 가지 냄새가 뒤섞여 가슴을 아주 답답하게 하는 역한 냄새가 풍겨왔다. 병사들이 그에게 뭘 원하는지 알 수 없었다. 어떻든 무심코 지나가는 사람을 방해한 것은 사실이므로 그는 그 집 대문 앞을 지나갈 때 연병장 쪽을 들여다보았다. 연병장은 무척 넓고 스산해 보였는데, 날이 저물 무렵이라 그런 느낌이 더했다. 사람은 별로 없어 보였고, 연병장을 에워싸고 있는 집들은 지붕이 낮고 지저분해 보이는 누런 색깔이었다. 그래서인지 연병장은 더 황량하고 더 넓어 보였다.

마당 한쪽에는 대략 스무 마리가량의 말이 일렬로 말뚝에 매어져 있었다. 말 한마리마다 그 앞에 지저분한 삼베로 만든 기마복을 입은 병사가 한명씩 무릎을 꿇고 앉아 말발굽을 씻어주고 있었다. 저 멀리서는 비슷한 복장을 한 수많은 병사들이 두명씩 줄지어서 성문을 통과해 나오고 있었다. 병사들은 저마다 등짝에 무거운 배낭을 메고 발을 질질 끌며 천천히 걸어오고 있었다. 병사들이 가까이 다가오자 뚜껑이 열려 있는 무거운 배낭 안에 빵이 들어 있는 것이 보였다. 그는 병사들이 이 추악하고 고약한 짐짝을 지고 다른쪽 성문을 통해 사라져가는 모습을 지켜보면서, 그들의 육체의 슬픔이 담겨 있는 배낭에 어떻게 빵을 넣어갈 수 있을까 하는 생각이 들었다.

그러고서 그는 각자의 말 앞에 무릎을 꿇고 말발굽을 씻어주고 있는 병사들 쪽으로 가보았다. 이 병사들도 서로 생김새가 비슷했고, 창가에 앉아 있던 병사들이나 빵을 나르던 병사들과도 비슷해 보였다. 아마 이웃 마을에서 온 병사들인 듯했다. 이들 역시 서로 거의 아무 말도 하지 않았다. 병사들은 말의 앞다리를 받치고 있기가 무척 힘이 드는지 고개를 이리저리 흔들면서 지쳐 보이는 누리끼리한 얼굴을 쳐들고 마치 강풍을 만났을 때처럼 몸을 앞으로 구부린 자세로 일하고 있었다. 말들은 대체로 못생기고 인상도 아주 고약해서 귀는 머리 뒤쪽에 달려 있었고 윗입술은 위로 치켜올라가서 윗이빨 어금니까지 드러나 보였다. 또한 대체로 눈알을 험상궂게 부라렸고, 비스듬하게 벌어진 콧구멍으로 코웃음을 치듯이 쉴새없이 숨을 내뿜는 이상한 버릇도 있었다. 죽 늘어서 있는 말들 중에서도 마지막에 서 있는 말이 특히 더 힘이 세고 가장 못생겼다. 그 말은 커다란 이빨로 자기 발굽을 씻어주는 병사의 어깨를 물어뜯으려 들었다. 그 병사는 다 씻은 말발굽을 다시 닦아 말리는 중이었다. 볼이 움푹 들어가고 지친 눈에 죽음의 쓸쓸함이 배어 있는 병사를 보자 상인의 아들은 말할 수 없이 측은한 생각이 들었다. 그는 이 비참한 병사한테 뭔가를 선사해서 잠시라도 기분 전환을 시켜주려고 주머니를 뒤져 은화를 찾았다. 하지만 은화는 없었다. 마지막 남은 은화를 온실 안에서 꼬마에게 주려고 했던 일이며, 꼬마가 사나운 표정으로 은화를 그의 발치에 내던진 일이 생각났다. 그래서 그는 금화를 꺼내려고 했다. 이번 여행을 위해 일고여덟개 정도의 금화를 챙겨온 터였다.

바로 그 순간 말이 고개를 돌려 그를 바라보았다. 역시 볼썽사납게 귀가 머리 뒤쪽에 달려 있었고, 눈 위에서 못생긴 머리 위쪽으로 비스듬하게 흰 줄이 나 있었기 때문에 눈알을 부라리는 꼴이 한층 더 사악하고 사나워 보였다. 이 추악한 몰골을 보자 상인의 아들은 오랫동안 잊고 있었던 한 인간의 얼굴이 번개처럼 뇌리에 스쳐갔다. 여느 때 같으면 그 인간의 생김새를 실제 모습 그대로 떠올리기란 불가능했을 것이다. 그런데 지금 바로 눈앞에서 그 모습 그대로를 보고 있는 것이다. 하지만 이 얼굴을 통해 떠오르는 추억 자체는 그다지 또렷하지 않았다. 다만 열두살 무렵의 일이었다는 것, 그리고 껍질을 벗긴 달콤하고 따뜻한 복숭아 향기와 관계있는 일이었다는 것 정도만 생각났다.

그리고 몹시 못생긴 어느 가난한 사람의 일그러진 얼굴도 생각났다. 그는 아버지의 가게에서 그 사람 얼굴을 딱 한번 본 적이 있었다. 그 사람은 커다란 금괴 하나를 가지고 있었는데, 그 금괴가 어디서 났느냐고 물어도 도무지 대답하지 않아서 사람들이 그를 위협하고 있었고, 그래서 그의 얼굴은 공포로 일그러져 있었다.

이윽고 그 가난한 사람의 얼굴이 사라지자 그는 다시 안주머니에 손을 넣어 금화를 찾기 시작했다. 그러다가 갑자기 이유는 알 수 없지만 금화를 주는 건 곤란하겠다는 생각이 들어서 주춤주춤 주머니에서 손을 빼낸 다음 비단으로 포장한 녹주옥 장신구를 말의 발치 쪽으로 던졌다. 그러느라고 그가 몸을 구부리자 말은 있는 힘을 다해 그의 옆구리를 발굽으로 걷어찼고, 그 바람에 그는 뒤로 나동그라졌다. 그는 큰소리로 신음하면서, 옆구리의 통증 때문에 무릎을 높이 쳐들고 발끝으로는 땅바닥을 계속 쳤다. 그러자 병사 몇명이 일어서더니 그의 어깨와 정강이를 잡고 들어올렸다. 병사들의 옷에서는 냄새가 났다. 조금전 방안에서 길거리로 풍겨나오던 바로 그 고약하고 역한 냄새였다. 그 냄새를 맡으면서 그는 아주 오래전에 어디에서 이런 냄새를 맡았는지 생각해내려 했다. 바로 그때 그는 깜박 정신을 잃었다. 병사들은 그를 들고 천장이 낮은 계단을 올라가더니 어두컴컴하고 기다란 통로를 따라가다가 그들이 사용하는 방들 중 한 곳에 들어가서 그를 낮은 철제 침상에 눕혔다. 그러고 나서는 그의 옷을 뒤져 목걸이와 일곱개의 금화를 챙겼고, 그가 쉴새없이 신음하자 딱했는지 응급의를 부르러 갔다.

얼마 후 눈을 뜬 그는 통증을 느꼈다. 통증보다 더 힘들고 깜짝 놀랄 일은 이 적막한 방에 혼자 있다는 사실이었다. 그는 동공이 아픈 것을 참으며 가까스로 눈을 옆으로 돌렸다. 그러자 아까 연병장에서 보았던 것과 똑같이 생긴 빵 세 조각이 선반 위에 놓여 있었다.

그외에 낮은 침대들, 침대 속을 채운 마른 갈대 냄새, 그리고 예의 고약하고 역한 냄새 말고는 방안에 아무것도 없었다.

그는 얼마 동안 통증과 죽음의 불안에 완전히 짓눌려 있었다. 죽음의 불안에 비하면 통증쯤은 차라리 위안이 되었다. 얼마 후 그는 잠시 죽음의 불안을 잊고 도대체 이 모든 일이 어찌된 영문인지 생각해보았다.

그러자 또다른 불안감이 엄습했다. 역시 고통스럽긴 하지만 죽음의 불안에 비하면 덜 힘든 불안감, 이번이 처음은 아닌, 그리고 이제는 극복했다고 생각했던 불안감이었다. 그래서 그는 두 주먹을 불끈 움켜쥐고 자기를 죽음으로 몰아넣은 하인들을 저주했다. 하인 한명은 그가 시내로 나오게 만들었고, 노파는 보석가게에 들어가게 만들었으며, 나이 많은 소녀는 뒷방에 들어가게 만들었고, 어린 하녀와 똑같이 심술궂게 생긴 아이는 유리온실 안으로 들어가게 만들었으며, 그 유리온실에서 나와 아찔한 구름다리를 건너온 끝에 다시 말발굽에 맞고 쓰러졌던 것이다. 그런 기억들을 더듬으면서 그는 정체를 알 수 없는 엄청난 불안에 사로잡혔다. 그리고 통증이 아니라 마음의 고통 때문에 어린아이처럼 흐느껴 울었다. 그때 빠드득 이를 가는 소리가 들려왔다.

그는 너무나 쓰라린 심정으로 지나온 삶을 되돌아보면서 자신이 좋아했던 모든 것을 부정했다. 그는 자신의 때이른 죽음을 너무나 증오했기에 자신을 여기까지 끌고 온 자기 인생 자체도 증오했다. 사납게 몰아치는 증오심이 그의 마지막 남은 기력을 소진시켰다. 그는 정신이 오락가락하는 상태에서 잠깐 선잠이 들었다. 다시 깨어나 여전히 혼자 방에 있는 것을 알고 소리를 지르려고 했으나 목소리가 나오지 않았다. 마침내 그는 담즙을 토했고, 그다음에는 피를 토했으며, 그러고는 숨을 거두었다. 표정이 일그러지고 위아래 입술이 젖혀져 이와 잇몸이 다 드러난 그의 얼굴은 낯설고 사악한 느낌을 주었다.

■. **더 읽을거리**

호프만스탈은 문학사적인 비중에 비해 국내에 제대로 소개되지 않은 작가이다. 곽복록 교수가 번역한 작품선집 『호프만스탈』(지식공작소 2001)에 대표적 희곡 「바보와 죽음」, 그리고 호프만스탈의 문학관을 집약한 「찬도스 경의 편지」가 수록되어 있다. 빈 모더니즘의 전반적 개괄은 인성기 교수의 저서 『빈 모더니즘』(연세대출판부 2005)이 유익한 참고가 된다.

Thomas Mann

| 토마스 만 |

1875~1955

토마스 만은 북독일의 항구도시 뤼벡에서 부유한 곡물무역상의 아들로 태어나 20대 초반부터 소설을 발표하기 시작했다. 『부덴브로크 일가』(1901) 『마의 산』(1924) 『요셉과 그의 형제들』(1933~43) 『파우스트 박사』(1947) 등의 대작을 남겼고, 1929년 노벨문학상을 수상했다. 1933년 히틀러 집권 후 스위스로 피신했다가 1938년 다시 미국으로 망명했고, 종전 후 스위스로 귀환했다. 토마스 만의 소설은 독일 시민계급의 부침과 유럽 정신사에 대한 깊은 통찰을 보여준다.

■ 루이스헨 Luischen

　「루이스헨」(1897)은 토마스 만이 22세 때 쓴 작품이다. 미모의 젊은 아내가 거구의 뚱보 남편을 파티 석상에서 자극적인 음악으로 '쇼크사'시키는 '희대의 스캔들'을 통해 작가는 경제적 부의 축적에도 불구하고 물질적 욕구와 동물적 본능만 남은 기형적 인간형을 신랄하게 풍자하고 있다. 서술방식으로 보면 토마스 만의 소설에서는 드물게 그로테스크 풍으로 일관하는 작품이다. 보쉬(Bosch)의 「환락의 정원」 같은 그림을 보면 동물의 몸통에 나무뿌리처럼 생긴 다리를 가진 기괴한 괴물인간이 등장하는데, 그처럼 서로 어울릴 수 없는 요소의 결합을 통해 기괴한 효과를 연출하는 것이 그로테스크의 본령이다. 「루이스헨」에서 변호사의 기괴한 인상과 기이한 부부관계, 그리고 파티의 '클라이맥스' 장면도 그런 관점에서 읽기 바란다.

루이스헨

1

세상에는 아무리 대담한 문학적 상상력을 동원해도 도저히 상상하기 힘든 결혼사례들이 있게 마련이다. 그런 경우는 그저 있는 그대로 받아들이는 도리밖에 없다. 마치 연극에서 얼간이 노인네와 생기발랄한 미인이 사랑의 모험으로 결합하더라도 있는 그대로 받아들일 수밖에 없듯이. 연극에서 그런 결합은 우스꽝스러운 효과를 정교하게 연출하기 위한 각본으로 이미 전제되어 있는 것이다.

변호사 야코비 씨의 부인으로 말하면, 젊고 예쁘고 비상한 매력을 풍기는 여자였다. 그녀는 삼십년 전에 안나, 마르가레테, 로자, 아말리에라는 이름이 들어가는 세례명을 받았으나, 당시부터 이미 사람들은 이네 이름의 첫 글자를 합쳐 그냥 암라라고 불렀다(안나(Anna), 마르가레테(Margarethe), 로자(Rosa), 아말리에(Amalie)의 첫 글자들을 합쳐서 '암라'(Amra)로 불렀다는 뜻──옮긴이). 암라라는 이름의 이국적인 어감은 그녀의 용모와 너무 잘 어울렸다. 숱이 많고 부드러운 짙은 밤색 머리칼은 좁은 이마부터 양옆으로 가르마를 타고 빗어내렸다. 하지만 피부는 완벽하게 남방계의 주황색이었고, 그 피부로 빚어진 용모 역시 남쪽나라의 태양에 무르익은 듯이 보였는데, 무위도식하는 사람 특유의 께느른한 풍만함은 옛날 터키 황후의 용모를 연상시켰다. 관능적 욕망과 나태함이 배어 있는 동작 하나하나에서 풍기는 이러한 인상에 걸맞게 그녀는 아무리 뜯어봐도 머리보다는 가슴이 발달한 여자였다. 그녀가 매력이 느껴질 만큼 좁은 이마 위로 예쁜 갈색 눈썹을 잔뜩 추켜올리고 독특한 표정을 지으면서 맹한 갈색 눈으로 누군가를 흘겨보면 상대방은 이 여자가 가슴보다 머리가 덜 발달한 여자라는 걸 단번에 알아차릴 수 있었다. 하지만 자신이 그런 여자라는 사실을 모를 만큼 단순하지는 않았다. 그래서 그녀는 자신의 그러한 약점이 노출되는 것을 피하기 위한 간단한 방편으로 되도록이면 말을 아꼈다. 사실 미인이 좀처럼 입을 열지 않는다고 해서 흠이 되지는 않는 것이다. 그런데 '단순하다'는 말은 그녀의 성품에 가장 어울리지 않는 말이었다. 그녀의 눈빛은 그저 맹하기만 한 것이 아니라 모종의 음탕한 교활함도 풍겼으며, 그런 눈빛을 보면 이 여자가 서슴없이 화(禍)의 불씨를 뿌리고도 남을 여자라는 걸 알 수 있었다…… 그녀의 코는 옆에서 보면 콧등의 선이 강하고 도톰한 느낌을 주었다. 하지만 입술이 풍만하고 큰 입만큼은 완벽하게— '관능적'이라는 말을 굳이 피하자면—아름답다고 할 수 있었다.

주위 사람을 불안하게 하는 이 여자가 그러니까 마흔살쯤 된 변호사 야코비 씨의 부인이다. 그런데 남편 되는 변호사를 보면 의아한 느낌이 들었다. 그는 몸집이 비대했다. 아니, 단순히 비대한 정도가 아니라 보기 드물게 우람한 거구의 뚱보였다. 언제나 회색 바짓가랑이 속에 감춰져 있는, 기형의 원통기둥처럼 생긴 그의 다리는 코끼리 다리를 떠올리게 했으며, 살집이 쿠션처럼 부풀어오른 등짝은 곰의 등을 연상시켰다. 그리고 불룩하게 튀어나온 배에는 초록색이 섞인 회색 저고리를 곧잘 걸쳤는데, 그의 몸집과 기묘한 대조를 이루는 이 저고리의 단추를 겨우 하나만 채우고 있어서 단추를 풀기만 하면 저고리의 양쪽 날개가 용수철처럼 어깨까지 되감겨 올라갔다. 이 우람한 몸통 위로는 몸통에 비해 작은 머리가 얹어져 있었고, 목은 있는지 없는지 분간이 되지 않을 정도였다. 실눈에는 물기가 고여 있었고, 코는 땅딸막한 주먹코였으며, 양쪽 볼은 살집 때문에 축 늘어져 있었고, 입언저리가 울상으로 처져 있는 작은 입은 양쪽 볼에 가려 보일락 말락 했다. 둥근 머리와 코언저리에는 밝은 금색의 뻣뻣한 털이 듬성듬성 나 있었는데, 이뿐만 아니라 온몸의 맨살에 털이 나 있어서 마치 너무 많이 먹어서 비대해진 개를 떠올리게 했다…… 이 변호사의 비대한 몸집이 건강의 적신호라는 것은 누가 봐도 금방 알 수 있었다. 키로 보나 몸집으로 보나 엄청난 거구인 그의 몸은 근육이라곤 전혀 없는 비곗덩어리였던 것이다. 그리고 부어오른 얼굴로 갑자기 피가 쏠려서 벌겋게 달아올랐다가는 갑자기 입이 실룩거리면서 안색이 핼쑥해지는 것도 종종 관찰할 수 있었다……

이 변호사가 하는 일은 별로 없었다. 하지만 부인 쪽의 결혼지참금까지 합해서 상당한 재산을 보유하고 있었고 자식도 없었기 때문에 이 부부는 카이저 가(街)에 있는 쾌적한 저택에 살면서 활발한 사교계 생활을 영위하고 있었다. 그런데 이 부부의 사교계 생활은 전적으로 부인 쪽의 취향에만 맞추어졌다. 변호사 남편은 마지못해 그런 교제에 응하는 처지였기 때문에 그런 생활에서 행복감을 맛보기란 불가능했다. 이 뚱보 사내는 성격이 아주 묘했다. 온 세상 사람들 누구한테나 한없이 정중하고 공손하게 대하고 굽실거리는 것으로 말하면 이 사내를 따라올 자가 없을 것이다. 그런데 드러내놓고 말하긴 뭣한 얘기지만, 그의 과잉친절과 아부근성이 모종의 인간적 약점에 기인한다는 사실은 누구나 알아차릴 수 있었다. 다시 말해 소심하고 자신감이 없기 때문에 그런 태도를 취했으며, 그런 그의 모습을 보면 측은하면서도 역겨운 느낌이 들었다. 자기 자신을 비하하면서도 비겁함과 허영심 때문에 다른 사람들한테 잘 보이려고 하는 사람만큼 꼴불견도 없다. 이 변호사의 경우가 바로 그러했다. 확실히 그는 자기비하가 너무 지나쳐 최소한의 품위도 지키지 못하는 위인이었다. 이를테면 어떤 여성을 자기 테이블에 앉히려고 할 때면 능히 이런 식으로 말하고도 남는 사람이었다. "경애하는 부인, 제가 좀 역겨운 인간이긴 하지만 제발 너그러운 아량으로 제 테이블에 좀 앉아주시겠습니까?" 게다가 자기 자신을 농담거리로 삼을 줄 아는 넉살도 없는 위인이었기 때문에, 그런 말을 할 때면 죽을상으로 애교를 떠느라 괴로운 표정을 짓는 통에 오히려 거부감만 주었다. 다음의 에피소드 역시 실제로 있었던 일이다. 어느 날 이 변호사는 산책을 하다가 체격이 건장한 짐꾼이 끄는 손수레의 한쪽 바퀴에 발이 세게 치였다. 짐꾼이 뒤늦게 수레를 멈추고 뒤돌아보자 변호사는 어쩔 줄 몰라하면서, 하얗게 질린 얼굴을 실룩거리며 모자를 벗고 몸을 깊숙이 숙여 절을 하면서 "정말 죄송합니다!" 하고 더듬더듬 사과했다. 그런 일을 당하면 격분하는 게 정상이 아닌가. 그런데 이 기묘한 뚱보는 언제나 모종의 양심의 가책에 시달리는 것처럼 보였다. 가령 부인과 함께 이 도시의 가장 번화가인 레르헨베르게 가(街)에 나타나면 그는 절묘하게 탄력적인 걸음으로 걸어가는 부인 암라 쪽을 이따금 소심한 눈길로 훔쳐보면서, 온 사방을 향해 열심히 초조하게 줄곧 인사를 해댔는데, 마치 소위 계급장을 단 하급장교라도 나타나면 겸손하게 굽실거리면서 자기가 이렇게 예쁜 미인을 아내로 차지하고 있어서 미안하다고 사과라도 할 듯한 태도였다. 그리고 억지로 다정한 표정을 지은 입을 보면 제발 자기를 비웃지 말아달라고 애원이라도 하는 듯했다.

2

도대체 암라가 어떤 연유로 변호사 야코비 씨와 결혼했는지는 이미 암시했으므로 그 문제는 더 언급하지 않기로 하겠다. 그런데 남편 쪽에서는 부인 암라를 사랑했다. 게다가 이런 체형의 사람한테서는 좀처럼 보기 드물게 너무나 열렬히 사랑했다. 그리고 그의 됨됨이에 걸맞게 너무나 공손하고 겁먹은 태도로 사랑했다. 저녁 늦게 암라가 높은 창문에 주름이 지고 꽃무늬가 수놓인 커튼이 드리운 넓은 침실에서 침대에 드러누워 쉬고 있을 때면 종종 남편이 침실로 찾아왔는데, 너무나 조용히 다가왔기 때문에 발소리도 들리지 않고 오로지 방바닥과 가구가 천천히 옷자락에 스쳐 바스락거리는 소리밖에 들리지 않았다. 그는 그렇게 부인의 육중한 침대 옆으로 다가와 무릎을 꿇고는 아주 조심스럽게 부인의 손을 잡았다. 그러면 암라는 눈썹을 추켜올리고는 취침등의 희미한 불빛에 비친 남편의 끔찍한 모습을 욕정을 풀지 못해 골이 난 표정으로 물끄러미 바라보았다. 그러는 사이에 남편은 펑퍼짐한 손을 떨면서 조심스럽게 부인의 속옷 팔자락을 걷어올리고는 애처롭게 부어오른 얼굴을 부인의 팔꿈치 안쪽에——그러니까 팔뚝의 팽팽한 갈색 피부와 대조되는 흰색 살결 위로 파란 실핏줄이 보이는 쪽에——파묻었다. 그러고는 기어들어가는 목소리로 떨면서, 제정신이 있는 사람이면 일상생활에서 흉내내기 힘든 어투로 이렇게 속삭이기 시작했다. "암라, 사랑하는 암라! 내가 방해가 되는 건 아니겠지? 아직 잠들지 않은 거지? 여보, 나는 하루종일 당신이 얼마나 예쁜지, 내가 당신을 얼마나 사랑하는지, 줄곧 그 생각만 했어! …… 내가 하는 말을 잘 들어봐(정말 뭐라고 말해야 할지 나도 잘 모르겠지만)…… 나는 당신을 너무 사랑해. 그래서 어떤 때는 가슴이 오그라드는 것 같고, 도대체 뭐가 뭔지 모르겠어. 내 기력으로는 감당할 수 없을 만큼 당신을 사랑해! 당신은 아마 내 심정을 이해하지 못하겠지만, 언젠가는 내 말을 믿게 될 거야. 그래서 당신이 나한테 그저 고맙다는 말을 딱 한번만 해주었으면 해. 당신에 대한 나의 사랑 같은 사랑은 인생에서 가치가 있는 거니까…… 그리고 당신이 설령 나를 사랑할 수는 없더라도 절대로 나를 배신하거나 속이지는 않겠다는 말만 해줘. 나에 대한 고마움의 표시로, 그저 고마움의 표시로 말이야…… 내가 이렇게 당신한테 찾아오는 건 이 부탁을 하기 위해서야. 제발, 진심으로 부탁이야……"
이런 말은 대개 변호사가 똑같은 자세로 꿇어앉아서 소리죽여 흐느껴 우는 것으로 끝이 났다. 그러면 암라도 마음이 약해져서 남편의 머리를 쓰다듬으며, 마치 주인의 발바닥을 핥으려고 다가오는 개를 어르는 듯한 어투로 목소리를 길게 뽑으면서 몇차례 이렇게 말해주곤 했다. "그―래! 그―래! 착한 녀석―!"

　암라의 이런 태도는 확실히 정숙한 부인네가 보일 만한 것은 아니었다. 이왕 말이 나온 김에 지금까지 숨겨온 사실을 털어놓을 때가 된 것 같다. 그러니까 암라는 겉으로 말은 그렇게 하면서도 실제로는 남편을 속이고 있었다. 아예 남자의 이름까지 밝히면, 알프레트 로이트너라는 남자와 정을 통하고 있었다. 이 남자는 그런대로 재주가 있는 젊은 음악가로, 흥겨운 가락의 소품들을 작곡해서 스물일곱의 나이에 벌써 제법 명성을 얻고 있었다. 체격이 호리호리한 이 청년은 얼굴이 밉상은 아니었고, 머리는 숱이 많지 않은 금발이었으며, 짐짓 꾸민 눈웃음을 사방에 흘리고 다녔다. 요컨대 요즘 흔해빠진 조무래기 예술가 타입이었다. 다시 말해 자신의 예술에는 그다지 기대를 걸지 않고 우선 행복하고 매력적인 인간이 되고 보자는 예술가, 알량한 재주를 이용해 자신의 인간적 매력을 돋보이게 하려고 골몰하는 예술가, 그러면서 사람들과 어울릴 때는 세상물정 모르는 천재 행세를 하는 그런 예술가 타입이다. 그런 예술가 타입은 짐짓 순진한 척하고, 도덕 따위는 우습게 알고, 양심의 가책을 모르며, 매사에 유쾌하기만 하고, 자기만족에 빠져 있으며, 설령 병을 앓더라도 병을 즐길 수 있을 만큼은 건강하고, 그들의 허영심은 아직 세상 쓴맛을 모를 때까지는 그나마 애교로 봐줄 만하다. 그런데 자기가 행복하다고 생각하는 이런 부류의 조무래기 예술가들은 여자들과 시시덕거리며 유유자적하는 평소의 태도로는 감당할 수 없는 심각한 불행과 고난이 닥치면 속절없이 무너지고 만다. 그들은 품위를 지키면서 불행을 감내할 줄 모르며, 고난이 닥치면 속수무책으로 파멸하고 마는 것이다…… 이 문제를 논하자면 끝이 없으니 이 정도만 해두기로 하겠다. 어떻든 로이트너 씨는 제법 그럴싸한 곡들을 선보였다. 특히 왈츠와 마주르카 춤곡이 주종목이었다. 물론 왈츠와 마주르카 춤을 즐기는 여흥은 이제 상당히 일반화되어서, 이런 춤곡의 어느 한 소절에서라도 독창적인 요소를 보여주지 못하면 (적어도 내가 이해하는) '음악' 축에 들기도 힘들지만 말이다. 그런데 로이트너 씨의 춤곡에서는 조(調)바꿈을 하면서 새로 시작되는 부분이나 화음의 구사에서 간혹 위트와 재치, 신경을 자극하는 효과를 발휘하는 부분이 독창적인 요소라 할 수 있었는데, 그의 춤곡은 오로지 그런 효과를 위해 작곡된 듯했고, 실제로 그런 대목이 진지한 전문가들의 관심을 끌기도 했다. 원래 이 단조로운 박자의 춤곡이 이상하게도 애처로운 우수의 느낌을 곧잘 풍겼으며, 그러다가도 갑자기 잽싸게 무도회장의 흥겨운 분위기로 넘어가는 것이다……

어떻든 암라 야코비는 이 음악가 청년한테 막무가내로 몸이 달아올라 있었는데, 청년 역시 그녀의 유혹을 마다할 만큼 품행이 바른 위인은 아니었다. 그리하여 둘은 틈만 나면 때와 장소를 가리지 않고 밀회를 즐겼고, 그렇게 벌써 여러 해째 불륜관계를 맺고 있었다. 두 사람의 관계는 온 도시 사람들 모두가 알고 있었고, 모두들 암라의 남편 등뒤에서 입방아를 찧어댔다. 그렇다면 암라의 남편은 이런 사실을 알고 있었을까? 하지만 암라는 너무나 맹한 여자여서 양심의 가책으로 괴로워하지도 않았고, 따라서 이런 내막이 들통날 일도 없었다. 암라가 완전히 시치미를 떼고 너무나 천연덕스럽게 행동했기 때문에 변호사 남편은 근심걱정으로 한없이 마음을 졸이면서도 정작 부인한테 이렇다 할 혐의를 품을 수 없었던 것이다.

    3

만인의 가슴을 설레게 하는 봄이 이 고장에도 찾아왔고, 암라는 봄날을 즐기려고 기발한 아이디어를 짜냈다.

"크리스티안!" 그녀가 말을 꺼냈다. 변호사 남편의 이름은 크리스티안이었다. "파티를 한번 열어야겠어요. 새로 빚은 봄철맥주를 기념해서 성대한 잔치를 벌이자고요. 하지만 음식준비는 아주 간단히해요. 송아지 고기구이만 준비하고, 대신 사람들을 많이 불러요."

"그러지 뭐." 변호사 남편이 대답했다. "그런데 조금만 더 미루면 안될까?"

암라는 남편의 말에는 대꾸도 하지 않고, 곧장 세세한 준비사항을 이야기하기 시작했다.

"잘 알겠지만, 우리가 사용할 홀이 비좁아 보일 정도로 손님이 많아야 해요. 비어홀도 따로 있고, 정원도 딸려 있고, 출입문이 큰 홀이 있는 장소를 빌려야 자리도 넉넉하고 답답하지 않을 거야. 당신도 그렇게 생각하지요? 내가 일순위로 찍어놓은 장소는 레르헨베르게 가 끝자락에 있는 벤델린 씨 저택의 커다란 홀이에요. 그 집 홀이 지금 비어 있고, 맥주 뽑는 기계가 설치된 비어홀과 주방은 통로 하나로 연결되어 있거든요. 그 홀을 근사하게 장식하고, 긴 테이블을 놓고 봄맥주를 마시는 거예요. 춤도 추고 음악도 즐기고, 어쩌면 연극도 한 토막 즐길 수 있겠네요. 그 집 홀에 작은 무대가 설치되어 있거든요. 어떻든 이 연극이 특히 중요해요…… 좌우간 아주 독창적인 파티가 될 테니 마음껏 즐기자고요."

암라가 이렇게 말하는 동안 변호사 남편은 안색이 다소 노랗게 질리면서 입언저리가 아래로 실룩거렸다. 그는 부인의 말에 이렇게 대꾸했다.

"진심으로 기대가 돼요, 사랑하는 암라. 당신 좋을 대로 알아서 해요. 당신이 준비를 맡아줘."

4

암라는 파티 준비에 착수했다. 그녀는 다양한 부류의 남녀 지인들과 상의했고, 벤델린 씨 댁을 직접 찾아가 그 집에 있는 큰 홀을 빌려놓았다. 파티를 멋지게 장식할 흥겨운 프로그램을 짜는 일을 도와주겠다고 나선 자원자들과, 도와달라고 부탁을 받은 사람들로 준비모임까지 꾸렸다. 준비모임은 궁정배우 힐데브란트 씨의 부인이자, 가수로 활동하는 여성을 제외하고는 모두 남자로만 구성되었다. 힐데브란트 씨도 준비위원으로 참여했고, 그밖에 고위공무원 비츠나겔 씨, 젊은 화가, 알프레트 로이트너 씨 등이 포함되어 있었는데, 비츠나겔 씨의 주선으로 대학생 몇명이 동원되어 흑인춤도 선보이기로 했다.

암라가 파티를 열기로 작정한 지 불과 일주일 만에 파티 준비를 의논하기 위해 카이저 가에 있는 암라의 집 쌀롱에서 준비모임이 소집되었다. 암라의 집 쌀롱은 장식가구들이 즐비하게 들어차 있는 아담하고 따뜻한 공간이었는데, 바닥에는 두꺼운 양탄자가 깔려 있고, 등받이가 없는 기다란 소파에는 방석이 여러 개 놓여 있었으며, 야자나무 화분, 가죽커버를 씌운 영국제 흔들의자 등이 있었다. 그리고 받침다리가 옆으로 벌어져 있고 플러시 천을 씌운 마호가니 식탁 위에는 갖가지 명품들이 놓여 있었다. 벽난로도 있었는데, 난로에는 아직까지도 약하게 불을 지피고 있었다. 그리고 식탁의 검은색 돌판 위에는 맛깔나게 속을 채운 햄버거 접시들과 유리잔 쎄트, 셰리주(酒)를 담은 큰 유리병 두 개 등이 놓여 있었다. 암라는 야자나무 그늘이 드리운 소파의 쿠션에 기댄 채 다리를 살짝 꼬고 앉아 여느 때와 다름없이 고혹적인 자태를 뽐내고 있었다. 아주 얇고 밝은색의 씰크 블라우스로 젖가슴을 가리고 있었고, 어두운 색 계통의 두꺼운 천으로 만들어진 치마에는 커다란 꽃무늬가 수놓여 있었다. 그녀는 좁은 이마로 흘러내리는 밤색 머리칼을 이따금 한쪽 손으로 쓸어넘겼다. 가수인 힐데브란트 부인 역시 암라의 옆자리에 앉아 있었는데, 머리를 붉게 염색하고 승마복을 입고 있었다. 두 여성의 맞은편에는 남자들이 반원형으로 좁게 자리를 잡았다. 남자들 자리 한가운데는 바깥주인인 변호사가 앉아 있었다. 아주 낮은 가죽의자에 앉아 있는 그의 모습은 이루 말할 수 없이 불행해 보였으며, 이따금 무거운 호흡으로 숨을 삼킬 때면 마치 메스꺼운 속을 다스리느라 안간힘을 쓰는 것 같았다. 가벼운 테니스복 차림을 한 알프레트 로이트너 씨는 의자에 가만히 오래 앉아 있을 수 없다면서 벽난로에 기대선 채 싹싹하고 흥겨운 표정을 짓고 있었다.

힐데브란트 씨는 듣기 좋은 목소리로 영국가곡에 대해 이야기하고 있었다. 검은색 양복을 말쑥하게 차려입은 그는 로마 황제 씨저의 머리처럼 두상(頭狀)이 기품있게 잘생기고 몸가짐이 당당했는데, 교양을 갖춘 궁정배우인 그는 학식이 풍부하고 예술취향이 세련된 사람이었다. 그는 곧잘 입센과 졸라와 똘스또이의 문학세계를 평하는 것으로 말문을 열었는데, 그의 의견에 따르면 이 세 작가는 똑같이 그릇된 목표를 추구했다고 했다. 하지만 이날만큼은 좌중의 수준을 고려해서 대수롭지 않은 화제로 이야기를 이끌어가고 있었다.

「마리아는 원래 그래!」(작가가 지어낸 가상의 노래이름. 토마스 만의 장편소설 『부덴브로크 일가』에도 같은 노래이름이 나오며, 행실이 바르지 못한 여성을 빗대어 놀리는 노래라고 설명되어 있다—옮긴이)라는 근사한 노래를 아시지요?" 힐데브란트 씨가 말했다. "다소 경박한 구석이 있긴 하지만, 아주 인상적이지요. 그리고 또 유명한 곡으로……" 힐데브란트 씨는 이런 식으로 몇곡을 파티무대에 올리자고 제안했고, 좌중은 그의 제안에 따르기로 했으며, 힐데브란트 부인이 이 곡들을 부르기로 했다. 힐데브란트 씨 자신은 유명인사들을 흉내내는 연기를 하기로 했다. 그런가 하면 유난히 어깨가 처지고 금발 턱수염을 기른 젊은 화가는 마술사를 흉내내는 연기를 하기로 했다. 이런 식으로 만사가 순조롭게 의논되어 파티 프로그램을 다 짰다고 생각했는데, 여러 가지 그럴싸한 제스처를 구사할 줄 알고 얼굴에 칼자국이 있을 정도로 한창때에는 거칠게 놀았다는 비츠나겔 씨가 딴죽을 걸었다.

"좋습니다. 모든 프로그램이 정말 흥겨워 보입니다. 그런데 한가지만 더 말씀을 드리고자 합니다. 제 생각에는 아직도 뭔가 빠져 있는 것 같아요. 그러니까 뭔가 핵심이랄까 클라이맥스가 될 만한 게 빠져 있는 것 같습니다. 아주 특별한 것, 완전히 허를 찌르는 것, 흥겨운 분위기를 최고조로 끌어올려줄 뭔가가 필요합니다. 요컨대 그게 뭐가 될지는 여러분 의견에 맡기겠습니다. 저한테 뾰족한 아이디어가 있는 건 아니거든요. 하지만 막연한 느낌으로는……"

"지당한 말씀입니다!" 벽난로에 기대고 있던 로이트너 씨가 미성의 테너 목소리로 맞장구를 쳤다. "비츠나겔 씨 말씀이 옳아요. 대미를 장식할 핵심이 필요해요. 어디 한번 생각해봅시다……" 그는 잽싼 손놀림으로 빨간색 허리띠의 매무새를 바로잡으면서 뭔가를 탐색하는 눈초리로 좌중을 둘러보았다. 그의 표정은 정말 매력적이었다.

힐데브란트 씨가 말을 받았다. "에, 그러니까 유명인사를 흉내내는 연기 정도로는 클라이맥스가 못 된다고 하시면……"

좌중은 모두 비츠나겔 씨의 의견에 동조했다. 정말로 웃겨주는 핵심이 필요하다는 거였다. 심지어 바깥주인조차 고개를 끄덕이며 낮은 목소리로 이렇게 말했다. "그렇습니다. 특별히 흥겨운 게 필요해요." 그러자 모두들 궁리를 하느라 생각에 잠겼다.

그렇게 일분 정도 대화가 중단되었고, 골똘한 궁리를 하느라 이따금 짤막한 한숨소리만 새어나왔는데, 침묵이 끝나갈 무렵 기묘한 상황이 벌어졌다. 암라는 소파의 방석에 등을 기댄 채 가는 손가락에 길게 기른 손톱을 생쥐처럼 부지런히 물어뜯으면서 기묘한 표정을 짓고 있었다. 입언저리에 도는 묘한 미소, 거의 미친 여자처럼 보일 정도로 맹한 미소에서는 색정을 못 견뎌 안달하는 표독스러움마저 느껴졌다. 암라는 크게 뜬 눈을 반짝거리며 천천히 벽난로 쪽을 훑어보면서 젊은 음악가와 잠시 눈을 마주쳤다. 그러다가 갑자기 몸을 확 돌려서 남편이 앉아 있는 쪽으로 상체를 기울였다. 그러면서 양손을 사타구니 사이에 밀어넣은 채 상대방을 휘감아 집어삼킬 듯한 시선으로 남편의 얼굴을 바라보았는데, 안색이 눈에 띄게 창백해지더니 느릿한 어조로 남편한테 또박또박 이렇게 말했다.

"크리스티안, 당신이 마지막에 여가수로 나서면 좋겠어요. 씰크로 만든 빨간색 유아용 복장을 하고서 춤도 추는 거예요."

이 쌀막한 말은 엄청난 반향을 불러일으켰다. 젊은 화가만이 좋은 게 좋다는 식으로 억지웃음을 지었을 뿐, 힐데브란트 씨는 표정이 돌처럼 굳어지면서 옷소매를 터는 시늉을 했고, 대학생들은 헛기침을 하면서 손수건을 꺼내 과장되게 큰 소리로 코를 풀었다. 힐데브란트 부인은 얼굴이 새빨갛게 달아올랐는데, 그런 모습은 여간해서 보기 드물었다. 비츠나겔 씨는 아예 자리에서 일어나 빵을 가지러 갔다. 당사자인 변호사 남편은 낮은 안락의자에 괴로운 자세로 앉아서 안색이 노래지더니 겁먹은 미소를 지으며 주위를 두리번거리면서 이렇게 더듬거렸다.

"하지만…… 나한테는, 그런 재주가 없지 않소…… 그럴 것까지 있겠소…… 제발 봐줘요……"

알프레트 로이트너까지도 걱정스러운 표정을 감추지 못했다. 그는 얼굴이 살짝 붉어지는가 싶더니 고개를 앞으로 내밀고 암라의 눈을 쳐다보았는데, 그의 눈에는 무슨 영문인지 모르겠다는 당혹스러움과 뭔가를 탐색하려는 기색이 엿보였다.

하지만 정작 암라 자신은 남편에 대한 채근을 조금도 늦추지 않은 채 역시 무게를 실은 어조로 하던 말을 계속했다.

"거기다가 노래까지 부르면 금상첨화죠, 크리스티안. 로이트너 씨가 노래를 작곡하고 직접 피아노 반주도 해주는 거예요. 그러면 이번 파티에서 가장 멋지고 효과 만점인 클라이맥스가 될 거예요."

잠시 침묵이 흘렀다. 숨이 막힐 듯한 침묵이었다. 잠시 후 다시 기묘한 일이 벌어졌는데, 로이트너 씨가 마치 암라의 생각에 전염이라도 된 듯 흥분해서 한걸음 앞으로 나서더니 감격에 겨워 떨리는 목소리로 재빨리 이렇게 말했다.

"제발 그러세요, 변호사님. 기꺼이 작곡해드릴 용의가 있습니다…… 노래를 부르셔야 합니다. 춤도 추셔야 하고요…… 이번 파티에서 우리가 상상할 수 있는 최고의 클라이맥스가 될 겁니다…… 두고 보면 아실 겁니다. 틀림없다니까요. 제가 지금까지 작곡한 곡과 앞으로 작곡할 곡을 통틀어 최고의 작품이 될 겁니다…… 빨간 유아복이라! 아, 부인께서는 정말 예술가라니까요! 예술가라고요! 예술가가 아니고서야 어떻게 이런 생각을 할 수 있겠어요! 제발 부탁이니, 이 역할을 수락해주세요! 그럼 저도 뭔가 보여드리겠습니다. 틀림없이 해내겠습니다. 두고 보시라니까요……"

그러자 좌중의 분위기도 금방 풀어졌고, 모두가 동조했다. 짓궂은 심보에서든 예의를 차리기 위해서든 모두가 변호사한테 달려들어 통사정을 했다. 심지어 힐데브란트 부인은 브룬힐데(중세 독일의 영웅서사시 『니벨룽겐의 반지』에 나오는 왕녀. 여기서는 힐데브란트 부인이 바그너의 오페라 「니벨룽겐의 반지」에 나오는 브룬힐데 역의 목소리를 흉내내고 있다는 뜻―옮긴이) 배역의 노래라도 부르듯이 큰 소리로 이렇게 말하기까지 했다. "변호사님은 원래 익살도 많고 잘 웃기시는 분이잖아요!" 그러자 이번에는 변호사가 말을 꺼냈는데, 안색은 여전히 다소 노랬지만 어조는 제법 단호하고 당당했다.

"여러분, 제 말을 좀 들어보세요. 이럴 땐 제가 뭐라고 해야 하죠? 잘 아시겠지만 저는 적임자가 아닙니다. 사람을 웃기는 재주는 없잖아요. 뿐만 아니라…… 여러 말 할 것 없이 전 안하겠습니다. 유감스럽지만 그런 역할은 감당할 수 없어요."

변호사는 이런 식으로 완강하게 못하겠다는 뜻을 표명했다. 암라는 더이상 이 화제에 끼지 않고 심드렁한 표정으로 뒷전에 물러나 앉아 있었다. 로이트너 씨 역시 아무 말도 하지 않고 뭔가를 골똘히 생각하는 듯 양탄자의 아라베스크 무늬만 바라보고 있었다. 그리하여 마침내 힐데브란트 씨는 화제를 돌려서 다른 이야기를 시작했고, 잠시 후 마지막 문제에 대한 결정을 내리지 못한 채 모임은 파했다.

그날 저녁 암라가 눈을 뜬 채 잠자리에 누워 있는데 남편이 무거운 걸음으로 방에 들어오더니 의자를 침대 곁으로 끌어와 앉으면서 풀이 죽은 목소리로 이렇게 말했다.

"내 말 좀 들어봐, 암라. 솔직히 말하면 걱정돼서 마음이 무거워. 오늘 내가 손님들한테 너무 쌀쌀맞게 대하고 면전에서 무안을 주었다 하더라도, 정말이지 일부러 그런 건 아니야. 혹시 당신이 정말 그렇게 생각한다면 용서를 빌게……"

암라는 잠시 아무 말 없이 눈썹을 이마 위로 천천히 추켜올렸다. 그러고는 어깨를 으쓱하면서 이렇게 말했다.

"뭐라고 대답해야 할지 모르겠네요. 당신이 그렇게 나올 줄은 꿈에도 몰랐어요. 당신은 당신이 참여해서 파티의 프로그램을 지원해달라는 제안을 불친절한 말투로 거절했다고요. 당신한테도 기분좋은 일이고, 모두들 당신이 꼭 참여해야 한다고 생각했는데도요. 당신은 모든 사람들한테, 부드러운 말로 표현하자면, 너무나 큰 실망을 안겨주었어요. 거칠게 역정을 내는 바람에 모임의 분위기를 망쳤다고요. 손님을 초대하는 주인의 도리가 아니잖아요……"

변호사는 고개를 떨군 채 한숨을 내쉬면서 대꾸했다.

"아니야, 암라. 역정을 내려고 했던 게 아냐. 내 말을 믿어줘. 난 누구한테도 모욕을 주고 싶지 않고, 누구한테도 불쾌한 인상을 주고 싶지 않아. 그래도 내가 볼썽사납게 굴었다면 얼마든지 만회할 용의가 있어. 어차피 함께 웃자고 벌이는 일이고, 나쁜 뜻은 없는 장난일 뿐인데, 못할 게 뭐가 있어. 파티 분위기를 망치고 싶진 않아. 얼마든지 할게……"

다음날 오후 암라는 '준비점검'을 한다는 핑계를 대고 다시 외출했다. 그녀는 홀츠 가 78번지에 내려서 그녀를 기다리는 남자가 사는 삼층으로 올라갔다. 그녀는 침대에 드러누워 사랑의 환락을 즐기면서 남자의 머리를 가슴에 껴안은 채 격정적으로 이렇게 속삭였다.

"우리가 손을 맞잡고 해내는 거야! 그 사람이 노래를 부르고 춤을 추고 하도록 우리가 끌고 가는 거야. 의상은 내가 준비할게……"

그리고 두 사람은 온몸에 짜릿한 전율을 느끼면서 꾹 눌러 참았던 웃음을 발작처럼 터뜨렸다.

5

파티를 열어서 아무런 거리낌 없이 성대하게 여흥을 즐기려고 하는 사람은 누구나 레르헨 가에 있는 벤델린 씨 저택의 연회장을 가장 선호했다. 쾌적한 포어슈타트 가에 면해 있는 높은 창살대문을 지나면 거의 공원을 방불케 하는 정원이 나오는데, 그곳이 바로 연회장 부지이고 정원 한가운데 널찍한 연회장 건물이 자리잡고 있다. 하나의 좁은 통로를 따라 식당과 주방, 비어홀이 서로 연결되어 있는 연회장 건물은 중국풍과 르네쌍스풍을 익살스럽게 혼합해 오색찬란한 칠을 한 목조건물이었다. 대규모 인원을 수용할 수 있는 이 연회장의 커다란 날개식 출입문들은 날씨가 좋을 때면 열어두어서 수목의 시원한 기운이 안으로 통하게 했다.

파티가 열리는 날, 형형색색으로 매단 전등 불빛이 연회장으로 몰려오는 마차들을 멀리서부터 반겨주었다. 높은 대문의 창살들과 정원의 나무들, 그리고 연회장 건물 전체가 온통 다채로운 색깔의 꼬마전구들로 장식되어 있었고, 연회장 내부의 광경 또한 보는 사람의 눈을 즐겁게 했다. 천장 아래로는 꽃과 색종이를 씌운 꼬마전구들을 매단 장식용 줄이 즐비하게 드리워져, 각종 깃발과 꽃다발, 조화(造花) 등으로 장식되어 있는 사방 벽에 설치된 수많은 전등과 함께 홀 전체를 눈부시게 밝히고 있었다. 홀의 한쪽 끝에는 무대가 설치되어 있었는데, 무대 양옆으로 잎이 넓은 관상수 화분이 놓여 있었고, 붉은 막(幕)에는 화가의 솜씨가 엿보이는 수호신의 형상이 엷은 색조로 그려져 있었다. 홀의 다른 쪽 끝에서부터 거의 무대 바로 앞까지 화초로 장식된 기다란 식탁들이 죽 이어져 있었는데, 변호사 야코비 씨가 초대한 손님들은 그 식탁에 자리를 잡고 앉아 봄맥주와 송아지 요리를 풍성하게 즐기고 있었다. 법조계 인사들, 장교들, 사업가들, 예술가들, 고위관리들과 그들이 대동한 부인과 딸들까지 합해 초청객 규모는 족히 백오십명은 넘어 보였다. 손님들의 옷차림은 아주 단순해서 남자들은 검은색 양복 차림, 여성들은 옅은색의 봄철 연회복 차림이었는데, 격식에 매이지 말고 마음껏 즐기자는 게 이날 파티의 규칙이었기 때문이다. 남자들은 각자 직접 잔을 들고 양옆 벽 쪽에 설치되어 있는 커다란 맥주통에서 맥주를 받아왔다. 전나무와 갖가지 꽃들, 사람들, 맥주와 음식물 냄새가 뒤섞여 달짝지근하고 후덥지근한 공기로 잔치 분위기를 돋우는 휘황찬란한 넓은 홀에서는 식기가 달그락거리는 소리, 수많은 사람들이 뭐라고 떠들어대는 소리, 큰 소리로 웃어대거나 점잖게 웃는 소리, 근심걱정을 잊고 마음껏 웃어대는 소리 등이 뒤섞여 정신이 없을 지경이었다. 그러는 사이에 변호사는 어쩔 줄 몰라하면서 무대에서 가까운 끝쪽 자리에 앉아 있었다. 그는 술도 별로 마시지 않았고, 옆자리에 앉아 있는 참사관 부인 하버만 여사에게 이따금 힘들게 뭐라고 말을 걸었다. 숨을 몰아쉴 때는 입언저리가 아래로 처지면서 불쾌한 표정을 지었고, 퉁퉁 부어오르고 침울하고 당혹한 기색이 역력한 흐릿한 눈으로 흥겨운 소동을 멀거니 바라보고 있었는데, 시끌벅적하고 흥겨운 잔치 분위기가 견딜 수 없이 슬프고 도저히 납득할 수 없다는 듯한 표정이었다.

드디어 커다란 케이크들이 식탁에 올라왔고, 때맞추어 달콤한 포도주를 마시면서 축사가 시작되었다. 궁정배우 힐레브란트 씨는 고대 그리스 문학의 글귀까지 포함해 온통 고전작품에 나오는 문구만 인용해가면서 봄맞이 맥주축제를 예찬했다. 비츠나겔 씨는 근사하고 대단히 세련된 동작으로 이 파티에 참석한 여성들을 위해 건배를 제안했는데, 가까이 있는 꽃병에서 꽃을 한줌 집어들고는 한송이씩 뽑아들면서 손님들 중의 특정한 여성에 견주었다. 그는 맞은편 자리에 얇은 노란색 실크 연회복을 입고 앉아 있던 암라 야코비를 "노란 장미보다 더 예쁜 장미꽃"으로 추어올렸다.

그러자 곧바로 암라는 가르마를 탄 부드러운 머리칼을 쓸어넘기고는 눈썹을 추켜올리면서 남편한테 한마디하라고 진지한 표정으로 눈짓을 보냈다. 그러자 뚱보 남편이 일어나 볼썽사납게 일그러진 미소를 지으면서 어쭙잖은 말을 몇마디 더듬거렸는데, 그 바람에 축제 분위기가 완전히 썰렁해지고 말았다. 한두 사람이 억지로 꾸며낸 환호성을 보냈을 뿐, 한순간 숨막히는 침묵이 흘렀다. 하지만 금세 흥겨운 분위기가 되살아났고, 어느새 사람들은 담배를 피워물고 거나한 자세로 자리에서 일어나 소란스럽게 직접 식탁을 치우기 시작했다. 이제 춤을 출 때가 되었던 것이다.

어느새 열한시가 넘었고, 흥청망청한 분위기는 최고조에 달했다. 손님들 중 일부는 신선한 공기를 쐬려고 휘황찬란한 조명이 밝혀진 정원으로 몰려나갔고, 일부는 홀에 그대로 남아서 삼삼오오 짝을 지어 담배를 피우고 잡담을 나누거나 다시 맥주통을 따서 선 채로 맥주를 마셨다. 그때 무대 쪽에서 힘찬 트럼펫 소리가 울리면서 손님들을 모두 홀 안으로 불러들였다. 관악기와 현악기 주자들로 구성된 악단이 입장해 무대 앞쪽에 자리를 잡았다. 빨간색 글씨로 쓴 프로그램 안내문이 게시되었고, 여성들은 의자에 앉고 남자들은 여성들 뒤쪽 혹은 양옆에 서 있었다. 잔뜩 기대에 부푼 정적이 감돌았다.

이윽고 소규모 악단이 화려한 서곡을 연주하기 시작하면서 무대의 막이 올랐다. 그러자 현란하게 튀는 옷차림에 입술을 새빨갛게 칠하고 꼴사납게 분장한 흑인 몇명이 등장해 이를 딱딱 부딪치는 소리를 내면서 야만적인 괴성을 지르기 시작했다. 여기서부터 시작되는 공연이 사실상 암라가 주최한 이 파티의 정점이 될 터였다. 관객들의 열광적인 환호성이 터져나왔고, 요령있게 짠 프로그램이 하나씩 진행될수록 분위기는 한층 더 고조되었다. 분가루를 뿌린 가발을 쓰고 나온 힐데브란트 부인은 길다란 지팡이로 바닥을 치면서 엄청나게 높은 목소리로 「마리아는 원래 그래!」를 불렀다. 마술사 역을 맡은 젊은이는 갖가지 마술계보의 마크가 새겨져 있는 프록코트를 입고 나와 기상천외한 묘기를 보여주었고, 힐데브란트 씨는 괴테, 비스마르크, 나폴레옹을 기가 막히게 똑같이 흉내내었다. 이 공연이 막바지로 접어들 무렵에는 출판사 편집장으로 있는 비젠슈프룽 박사가 '봄맞이 맥주축제의 사회적 의의'라는 제목으로 유머러스한 강연을 했다. 드디어 마지막 프로

그램을 앞두고 긴장된 분위기는 최고조에 이르렀다. 신비의 베일에 싸인 이 피날레 프로그램의 문구는 아예 월계관으로 그 둘레를 장식해서 눈에 띄게 강조해놓았는데, 그 제목은 다음과 같았다. '루이스헨. 노래와 춤. 음악: 알프레트 로이트너.'

홀의 분위기가 술렁거리고 사람들이 서로 의미심장한 시선을 주고받는 사이 악단 주자들은 악기들을 내려놓았고, 그때까지 출입문에 기대서서 무심한 표정으로 입을 벌린 채 말없이 담배만 피우고 있던 로이트너 씨가 암라 야코비와 함께 무대막 앞쪽 한가운데 놓여 있는 피아노로 다가가서 나란히 자리를 잡았다. 그는 상기된 표정으로 악보를 신경질적으로 뒤적거리기 시작했고, 반면 안색이 다소 창백해진 암라는 한쪽 팔을 의자팔걸이에 걸친 채 청중석을 골똘히 바라보고 있었다. 청중이 일제히 목을 빼고 기다리고 있는 사이에 날카로운 시작신호가 울렸다. 로이트너 씨와 암라가 프로그램의 도입부로 효과음을 몇 마디 치고 있는 동안 무대의 막이 오르고 루이스헨이 모습을 드러냈다.

거구의 주인공이 처량하고도 볼썽사나운 분장을 하고 곰이 춤을 추는 듯한 걸음걸이로 힘겹게 등장하는 동안 청중 사이에서는 놀라서 얼이 빠진 분위기가 순식간에 번져나갔다. 문제의 주인공은 다름아닌 변호사였던 것이다. 새빨간 씰크로 만든, 주름이 없고 헐렁한 옷이 발치까지 흘러내려 흉물스러운 몸통을 감싸고 있었고, 밀가루로 분칠한 흉한 목덜미가 드러나 보이도록 어깨에 바짝 붙여 소매를 짧게 재단한 옷이었다. 기다란 연노란색 장갑으로 팔의 비곗살을 가리고 있었으며, 머리에는 길쭉한 금발가발을 쓰고 있었는데, 머리에 꽂은 초록색 깃털이 이리저리 까딱거렸다. 가발 아래로는 퉁퉁 부어오르고 안색이 누런 얼굴에 억지로 쾌활한 기분을 쥐어짜내려는 불행한 사람의 표정이 역력히 드러났다. 양볼의 살은 쉴새없이 아래위로 실룩거려서 측은해 보이기까지 했고, 눈 주위를 빨갛게 색칠한 작은 눈은 한사코 바닥만 내려다보려고 안간힘을 쓰고 있었다. 이 뚱뚱한 사내는 힘겹게 한 발씩 걸음을 옮기면서 양손으로 옷자락을 모아쥐거나 팔을 맥없이 들어올리며 양손의 집게손가락을 추켜세워 보였는데, 그것 말고는 다른 동작을 전혀 할 줄 몰랐다. 그러고는 주눅이 들어 기어들어가는 목소리로 피아노 반주에 맞추어서 얼토당토않은 노래를 부르기 시작했다.

이 딱한 인물이 지금처럼 심하게 괴로워하면서 흥겨운 분위기에 완전히 찬물을 끼얹은 적은 일찍이 없었다. 그로 인해 분위기가 고약하게 뒤틀려서 청중들은 모두 숨이 막힐 것 같았다. 뭔가에 홀린 듯 이 광경을 지켜보고 있는 사람들, 피아노 앞에 앉아 있는 한쌍의 남녀와 무대 위의 부부를 번갈아 지켜보고 있는 수많은 사람들은 하나같이 속으로 섬뜩한 기분이 들었다. 모두가 숨죽여 지켜보는 가운데 이 희대의 스캔들은 오분가량 계속되었다.

그다음에 이 사건의 현장에 있었던 사람이라면 평생 잊지 못할 일이 벌어졌다. 그러면 이 끔찍하고도 복잡미묘한 짧은 순간에 과연 어떤 일이 벌어졌는지 상황을 재현해보기로 하겠다.

'루이스헨'이라는 제목의 우스꽝스러운 노래는 익히 알려진 것으로, 다음 구절은 누구나 익히 기억하고 있을 것이다.

왈츠와 폴카 춤을
나만큼 잘 추는 사람은 없다네.
나는 루이스헨, 서민 출신이라네.
숱한 남자들의 애간장을 녹였다네.

상당히 긴 세 개의 소절마다 이 멋대가리 없고 경박한 후렴구가 이어진다. 그런데 알프레트 로이트너는 이 노랫말에 새로운 가락을 붙여 걸작을 만들어냈다. 그는 통속적이고 익살스러운 곡 중간에 느닷없이 클래식 음악의 멜로디를 집어넣는 특유의 스타일을 극단으로 밀고 나간 것이다. 첫 소절에서 올림다장조로 진행되는 멜로디는 제법 맵시가 있지만 통속의 극치를 보여준다. 그런데 여기에 인용한 후렴구가 시작되면서 박자가 빨라지고 불협화음이 등장하는데, 나단조로 바뀌면서 점점 빨라지는 이 불협화음을 듣고 있노라면 그다음에는 올림바장조로 바뀔 거라는 느낌이 든다. 이 불협화음은 후렴구의 둘째 마디까지 계속되는데, 불협음의 긴장이 최고조에 이르는 셋째 마디 시작부분 다음에는 올림바장조가 이어져서 불협화음이 해소되어야 자연스러운 흐름을 타는 것이다. 그런데 그런 기대와 달리 곡은 기상천외의 방식으로 반전되었다. 가히 독창적이라 해도 좋을 발상으로 특유의 스타일을 구사하면서 멜로디는 그냥 바장조로 툭 바뀌는데, 루이스헨의 두번째 음절을 '루이—스헨'으로 낮은 음으로 길게 늘이면서 이어지는 멜로디는 뭐라고 말할 수 없이 기막힌 효과를 연출했다. 그것은 완벽하게 허를 찌르는 반전으로, 듣는 사람의 신경을 집요하게 건드려서 등줄기에 소름이 확 끼칠 정도였다. 깊이 감춰져 있던 것을 들춰내는 경이로운 효과, 잔혹할 만큼 돌발적으로 비밀의 베일을 벗기는 효과, 마치 무대를 가리고 있던 막이 찢어져나가는 듯한 효과였다.

바장조 화음이 시작되면서 변호사 야코비는 춤을 멈추었다. 그는 마치 발이 얼어붙은 것처럼 무대 한가운데 멍하니 붙박혀 서 있었다. 양손의 집게손가락은 여전히 추켜세우고 있었는데, 한쪽 손은 조금 낮게 들고 있었다. 노래는 '루이스헨'의 '이—'에서 뚝 끊어졌다. 그리고는 아무 소리도 나오지 않았다. 거의 동시에 피아노 반주도 급작스럽게 중단되었고, 그러는 사이에 기괴하고 우스꽝스러운 몰골의 주인공은 짐승처럼 고개를 쑥 내민 채 충혈된 눈으로 허공을 멍하게 쳐다보고 있었다. 그는 사람들로 가득찬 휘황찬란한 홀을 멀거니 바라보고 있었다. 이 스캔들의 파장은 사람들을 모조리 증발시켜버릴 듯한 기세로 번져나갔다. 숨막히는 침묵이 흐르는 가운데 변호사 야코비는 청중들의 얼굴을 뚫어지게 바라보았는데, 더러 호기심에서 고개를 쳐들고 있거나 인상을 찌푸리고 있는 사람도 있었고, 조명 때문에 유난히 밝게 보이는 얼굴도 있었다. 그와 눈이 마주친 청중은 너나없이 그제야 알겠다는 표정으로 그의 앞쪽 아래 피아노 앞에 앉아 있는 한 쌍의 남녀와 그를 번갈아 쳐다보고 있었다. 숨소리 하나 들리지 않는 끔찍한 침묵이 흐르는 동안 그는 점점 크게 벌어지는 눈으로 심상치 않은 표정을 지으며 천천히 청중과 문제의 남녀를 번갈아 두리번거렸다. 그러다가 갑자기 뭔가를 알아챘다는 표정이 그의 얼굴에 언뜻 스치더니 얼굴로 피가 쏠리면서 그가 입고 있는 옷색깔처럼 새빨갛게 달아올랐다가 금방 안색이 밀랍처럼 누렇게 시르죽었다. 그리고 이 뚱보는 쿵 하는 소리를 내면서 바닥에 쓰러졌다.

그가 쓰러지는 순간까지도 홀 안에는 정적이 감돌았다. 잠시 후 여기저기서 비명소리가 들리고 대소동이 벌어졌다. 한 젊은 의사를 포함해 그나마 인정머리가 있는 몇사람은 악단석에서 무대 위로 뛰어올라갔고, 무대의 막이 내려졌다……

암라 야코비와 알프레트 로이트너는 서로 외면한 채 여전히 피아노 앞에 앉아 있었다. 로이트너는 고개를 앞으로 푹 숙인 채 아직까지도 바장조 멜로디의 여운에 귀를 기울이고 있는 듯한 자세로 꼼짝 않고 있었다. 암라는 예의 새대가리로는 이 돌발사태의 의미를 얼른 파악할 수 없었기에 완전히 얼이 빠진 표정으로 주위를 두리번거리고 있었다……

그리고 얼마 안 있어 검은 턱수염을 기르고 표정이 진지한 유대인 청
년 의사가 홀에 다시 나타났다. 그를 문가로 데려가서 빙 둘러선 몇몇
남자들에게 그는 어깨를 으쓱해 보이면서 이렇게 말했다.

"끝났습니다."

더 읽을거리

토마스 만의 소설에서 음악적 기교가 소설의 서술기법 및 주제와 완벽하게 맞아떨어
지는 대표작으로 중편소설 「트리스탄」(특히 바그너의 「트리스탄과 이졸데」 모티프가 등장하
는 제9절)을 꼽을 수 있다. 그리고 망명기의 대작 『파우스트 박사』에서는 작곡가를 주인공으로
내세워서 음악을 독일 정신사의 패러다임으로 설정하는 한편, 히틀러 체제의 야만적 광기를
비판하고 있다.

Arthur Schnitzler

| 아르투어 슈니츨러 |

1862~1931

슈니츨러는 오스트리아 빈의 유명한 의사집안에서 태어나 의학을 전공했고, 스물셋부터 10년 동안 아버지의 병원에서 의사생활을 하는 중에 작품활동을 시작했다. 호프만스탈과 더불어 빈 모더니즘의 양대 거목인 슈니츨러는 보통사람들의 일상심리를 사회적 금기와 결부하여 분석하는 데 탁월한 솜씨를 발휘한 작가로, 지인이었던 프로이트는 슈니츨러를 일컬어 '그 누구도 따라올 수 없는 공평무사하고도 대담한 심층심리의 탐구자'라고 격찬했다.

■   장님 제로니모와 그의 형 Der blinde Geronimo und sein Bruder

한순간의 엉뚱한 오해로 장님 제로니모는 형이 그동안 구걸해서 생긴 돈을 줄곧 '꼬불쳤다'고
여기는데, 그러한 제로니모의 태도를 지난 20년 동안 가슴에 쌓였던 형에 대한 원망과 결부지어 생각하면
사소한 오해가 아니다. 한편 동생에 대한 형의 극진한 사랑은 동생의 눈을 잃게 한 죄책감과 맞물려 있다.

장님 제로니모와 그의 형

　장님 제로니모는 자리에서 일어나 테이블 위 포도주 잔 옆에 놓여 있던 기타를 집어들었다. 첫 마차들이 달려오는 소리가 멀리서 들려왔다. 이제 그는 익히 아는 통로를 따라 열려 있는 출입문 쪽으로 가서, 식탁들이 늘어서 있는 앞마당으로 통하는 나무계단을 따라 내려갔다. 형이 뒤따라왔고, 두 형제는 습하고 차가운 바람을 피할 요량으로 등을 벽 쪽으로 대고 계단 바로 옆에 자리를 잡았다. 바람은 열려 있는 대문을 통해 축축하고 지저분한 땅바닥을 훑으며 들이쳤다.

　스텔비오 협곡(이딸리아 북단의 티롤 지방으로 이어지는 협곡——옮긴이)을 통과하는 모든 마차는 이 오래된 음식점과 이어져 있는 어둠침침한 아치형 대문 통로를 어김없이 지나갈 터였다. 이딸리아에서 티롤 지방(이딸리아 북단에서 오스트리아 남단까지 이어져 있는 알프스 고산지대——옮긴이)으로 가려는 여행객들한테는 여기가 고산지대로 접어들기 전의 마지막 쉼터인 셈이었다. 하지만 오래 머물 곳은 못 되었다. 바로 여기까지가 그나마 길이 평탄한 셈이긴 했지만, 길 양옆은 깎아지른 절벽이어서 시야가 트이지 않았기 때문이다. 이딸리아인 장님 제로니모와 그의 형 까를로는 여름철 몇달은 이곳에 상주하다시피 했다.

우편마차가 도착했고, 연이어 다른 마차들도 따라왔다. 외투를 입고 폭이 넓은 머플러를 두른 여행객들 대부분은 마차 안에 그대로 앉아 있었고, 몇몇은 마차에서 내려 초조한 걸음으로 대문 사이를 왔다갔다했다. 날씨가 점점 나빠지더니 이윽고 차가운 비가 몰아쳤다. 며칠 동안 날씨가 반짝 하더니 갑자기 가을이 너무 빨리 오는 것 같았다.

장님 제로니모가 기타 반주에 맞추어 노래를 부르기 시작했다. 그는 이따금 갑자기 괴성처럼 들리기도 하는 고르지 않은 목소리로 노래를 불렀는데, 술을 한잔 걸치면 늘 그런 식이었다. 때로는 들어주는 사람 없는 하소연이라도 하듯이 고개를 높이 쳐들기도 했다. 하지만 검은 턱수염을 짧게 기르고 입술이 파리한 얼굴 표정만큼은 조금도 바뀌지 않았다. 그의 형 역시 거의 꼼짝도 하지 않고 옆에 서 있었다. 그는 들고 있는 모자에 누군가가 동전 한닢을 떨어뜨려주면 고맙다고 고개를 주억거리면서 선심을 베푼 사람의 얼굴을 정신나간 사람처럼 흘낏 쳐다보았다. 하지만 그러다가도 금방 거의 울상을 지으며 시선을 돌려 동생처럼 허공을 쳐다보았다. 그는 장님인 동생한테는 비치지 않는 빛이 자기 눈에는 비친다는 걸 미안해하는 듯한 표정을 짓고 있었다.

"포도주 한잔만 갖다줘." 제로니모가 그렇게 말하면 형은 언제나 고분고분 시키는 대로 했다. 형이 계단을 올라가는 동안 제로니모는 다시 노래를 부르기 시작했다. 그는 이미 오래전부터 자기 자신의 목소리를 듣지 않았는데, 그렇게 해야 가까이에서 일어나는 일을 알아차릴 수 있었다. 지금은 아주 가까운 데서 두 사람이 귀엣말을 주고받는 소리가 들려왔다. 젊은 남자와 젊은 여자의 목소리였다. 제로니모는 이 두 사람이 이 길을 몇번이나 왕래했을지 생각해보았다. 앞을 못 보는데다 대개는 취해 있어서 때로는 매일 똑같은 사람들이—어떤 때에는 북쪽에서 남쪽으로, 어떤 때에는 남쪽에서 북쪽으로—이 협곡을 지나가는 듯한 느낌이 들었던 것이다. 그래서 이 젊은 남녀 역시 오래 전부터 익히 알던 사람들로 생각되었다.

까를로가 내려와 포도주 잔을 내밀었다. 제로니모는 젊은 커플을 향해 잔을 높이 쳐들고 건배를 했다. "안녕하세요, 좋은 여행 되십시오!"

"고마워요." 젊은 남자는 그렇게 인사를 했으나, 여자 쪽에서 얼른 남자를 끌고 갔다. 여자는 이 장님을 보자 기분이 상했던 것이다.

이번에는 마차 한대가 떠들썩한 일행을 태우고 도착했다. 아버지, 어머니, 세 아이, 그리고 가정부가 탄 마차였다.

"독일 사람들이네." 제로니모가 낮은 목소리로 까를로에게 말했다.

아버지 되는 사람은 아이들한테 동전을 한닢씩 주어서 거지가 들고 있는 모자에 던져넣게 했다. 아이들이 동전을 던져넣을 때마다 제로니모는 고맙다고 고개를 숙여 절을 했다. 맏이인 사내아이는 겁이 나면서도 호기심을 이기지 못해 장님을 바라보았다. 까를로는 그 꼬마를 자세히 살펴보았다. 저런 꼬마애들을 볼 때마다 까를로는 제로니모가 불의의 사고로 실명했을 때가 꼭 저애만 했는데, 하는 생각이 들었다. 어언 이십년이 지났지만 그날 일은 지금도 생생하게 기억에 남아 있어서 하나도 빠짐없이 되살아난다. 어린 제로니모가 풀밭에 쓰러져서 귀청이 찢어지도록 울부짖는 소리가 지금도 귓전에 울리고, 하얀색 정원 담벼락에 햇살이 눈부시게 쏟아지던 장면이 지금도 눈에 선하며, 바로 그 순간 울려퍼지던 일요일 교회 종소리가 지금도 그대로 들려온다. 그날 까를로는 노상 하던 대로 담장 옆에 서 있는 물푸레나무를 향해 입으로 불어서 쏘는 총으로 볼트를 쏘고 있는 중이었다. 그러다가 동생 제로니모의 비명을 듣는 순간, 옆을 지나가던 동생이 볼트를 맞아 다쳤구나 하는 생각이 퍼뜩 들었다. 그는 손에 들고 있던 총을 힘없이 떨어뜨리고 창문을 타넘어 정원으로 달려갔다. 동생은 풀밭에 쓰러져 양손으로 얼굴을 감싸쥔 채 비명을 지르고 있었다. 오른쪽 볼을 타고 목덜미 쪽으로 피가 흘러내리고 있었다. 거의 동시에 밭에서 일하던 아버지가 뜰로 통하는 덧문을 열고 달려왔다. 아버지와 까를로는 비명을 지르는 아이 옆에 무릎을 꿇고 앉아 어쩔 줄 몰라했다. 이웃 사람들도 달려왔다. 바네띠 할머니가 나서서 어린 동생의 손을 얼굴에서 떼어냈다. 그다음에는 대장간집 아저씨가 나섰는데, 당시 까를로는 그 아저씨 밑에서 대장간 일을 배우고 있는 중이었고, 아저씨는 간단한 응급처치법 정도는 아는 사람이었다. 아저씨는 동생의 오른쪽 눈이 실명했다는 걸 금방 알아차렸다. 저녁 무렵 포쉬아보에서 모셔온 의사도 어떻게 손을 써볼 도리가 없었다. 뿐만 아니라 다른 쪽 눈에도 위태로운 조짐이 보인다고 완곡하게 일러주었다. 의사의 말은 적중했다. 그로부터 일년 후 제로니모한테는 세상이 깜깜한 암흑으로 바뀌었다. 처음에는 어른들이 더 자라면 고칠 수 있을 거라고 제로니모를 달랬고, 제로니모 역시 그 말을 믿는 눈치였다. 하지만 영영 고칠 수 없다는 걸 잘 아는 까를로는 밤낮을 가리지 않고 포도밭 자락이며 숲속길을 헤매고 돌아다녔고, 거의 자살하기 일보 직전의 상태였다. 그러던 중에 까를로가 믿고 따르던 신부님이, 살아남아 동생을 위해 인생을 바치는 것이 곧 그의 의무라고 알아듣게 타일러주었다. 까를로는 신부님 말씀이 옳다고 생각했다. 동생이 한없이 불쌍했다. 어린 동생 곁에서 머리를 쓰다듬어주거나, 이마에 입을 맞추거나, 옛날이야기를 해주거나, 집 뒤에 있는 밭으로 나가 포도밭 사이를 걷는 걸 도와줄 때만 그나마 괴로움을 누그러뜨릴 수 있었다. 얼마 지나지 않아서 대장간 일을 배우는 것도 소홀히하게 되었다. 동생 곁에서 떨어지고 싶지가 않았던 것이다. 그리고 얼마 후에는, 아버지가 일을 계속 배우라고 하면서 걱정했지만 과연 대장간 일을 계속 배워야 할지 판단이 서지 않았다. 그러던 어느날 까를로는 제로니모가 이제는 자신의 불행을 더이상 하소연하지 않는다는 걸 알게 되었다. 까를로는 금방 그 이유를 알아차렸다. 제로니모는 이제 자신이 하늘도, 언덕도, 길도, 사람들도, 빛도 영영 볼 수 없다는 걸 알게 된 것이다. 그러자 까를로는 전보다 더 괴로웠다. 일부러 이런 불행을 초래한 건 아니라고 마음을 진정시켜보려고 해도 소용이 없었다. 그리고 이따금 아침 일찍 잠이 깨 옆에 누워 자고 있는 동생을 바라볼 때면 동생이 잠에서 깨어나는 것을 지켜보기가 너무 괴로워서 뜰로 뛰쳐나갔다. 매일같이 아침에 일어나면 이미 죽은 눈으로 영영 꺼져버린 빛을 찾는 듯한 동생의 모습을 차마 지켜볼 수 없었다. 그 무렵 까를로는 동생이 목소리가 좋으니 음악공부를 시키면 좋겠다는 생각이 떠올랐다. 그리하여 톨라의 음악 선생님이 일요일이면 가끔 들러 동생한테 기타 치는 법을 가르쳐주었다. 그 무렵만 해도 앞을 못 보는 제로니모는 새로 익힌 기타 연주가 장차 그의 밥벌이 밑천이 될 줄은 물론 몰랐다.

그해 여름날 그 불행한 사건이 있고부터 이미 노년에 접어든 레가르디 씨 집에는 좋지 않은 일이 연이어 들이닥쳤다. 해마다 농사는 흉작이었다. 노인네가 절약해 모아두었던 얼마 안되는 돈마저 친척한테 사기를 당해 날리고 말았다. 그리고 노인네 자신은 어느 무더운 여름날 밭에서 뇌졸중으로 쓰러져 그 자리에서 세상을 떴다. 노인네가 남긴 건 빚뿐이었다. 보잘것없는 집과 밭마저 빚잔치로 팔려나갔고, 맨손에 오갈 데 없는 처지가 된 형제는 마을을 떠났다.

그때 까를로의 나이 스무살, 제로니모의 나이 열다섯살이었다. 형제는 그때부터 정처 없이 떠도는 거지생활을 시작해 오늘에 이르렀다. 까를로는 처음에는 둘이 먹고살 만한 일자리를 궁리해보았지만 그런 일자리는 좀처럼 나오지 않았다. 게다가 제로니모가 한곳에 가만히 붙어 있지 못하고 자꾸만 어디로든 떠나자고 했다.

이렇게 이딸리아 북쪽 끝과 띠롤 남쪽 자락 사이로 나 있는 길과 협곡을 오가며 거지생활을 해온 지 어언 이십년이 되었다. 형제는 여행객들이 북적거리는 이 일대만 줄곧 맴돌았다.

까를로는 처음 한동안은 햇빛이나 수려한 경치를 보면 가슴이 미어지는 것 같았다. 세월이 한참 흐른 후 심한 고통은 사라졌으나, 가슴 아픈 연민의 정은 그대로 남아 자신도 모르는 사이 심장의 박동이나 호흡에까지 배어 있었다. 하지만 제로니모가 취하는 걸 보면 그도 기분이 좋아졌다.

독일 가족이 탄 마차도 떠나갔다. 까를로는 늘 하던 대로 계단의 맨 아래칸에 걸터앉았고, 제로니모는 팔을 늘어뜨리고 고개를 쳐든 채 그대로 서 있었다.

식당 종업원으로 일하는 마리아가 식당에서 나왔다.

"오늘은 많이 벌었나요?" 그녀가 아래를 향해 큰 소리로 물었다.

까를로는 꼼짝 않고 그대로 앉아 있었다. 제로니모는 몸을 숙여 땅바닥에 있던 포도주 잔을 들더니 마리아를 향해 건배를 해 보였다. 마리아는 날이 어두워지면 이따금 두 형제가 앉아 있는 식당 옆자리에 다가앉았다. 제로니모는 마리아가 예쁘다는 것도 안다.

까를로는 고개를 내밀고 길거리 쪽을 내다보고 있었다. 바람이 들이치고 비가 세차게 쏟아지는 소리에 마차가 다가오는 소리도 파묻혔다. 까를로는 다시 일어나서 동생 옆에 자리를 잡았다.

마차가 도착하는 사이에 제로니모는 노래를 부르기 시작했다. 마차 안에 타고 있는 사람은 한명뿐이었다. 마부는 서둘러 말을 마차에서 풀어주고는 황급히 식당으로 올라갔다. 승객은 갈색 우비로 몸을 꼭 감싼 채 한동안 마차 안에 그대로 앉아 있었다. 노랫소리는 전혀 들리지 않는 모양이었다. 잠시 후 그가 마차에서 내리더니 마차 주위를 분주하게 왔다갔다했다. 그러면서 손을 따뜻하게 하려고 줄곧 비벼댔다. 그제야 거지가 있다는 걸 알아챈 모양이었다. 그는 거지 형제 앞으로 다가가 한참 찬찬히 살펴보았다. 까를로는 가볍게 고개를 숙여 인사하는 시늉을 했다. 이 여행객은 아주 젊고, 수염이 없는 얼굴이 잘생겼으나 눈매는 불안했다. 그렇게 한참 거지 형제 앞에 서 있던 여행객은 다시 여기를 떠날 때 통과하게 될 맞은편 대문 쪽으로 급히 가더니 비가 오는데다 안개까지 끼어서 전망이 신통치 않자 짜증스러운 표정으로 고개를 설레설레 저었다.

"어때 보여?" 제로니모가 형한테 물었다.

"아직은 아니야." 까를로가 대답했다. "하지만 떠날 무렵엔 주겠지."

여행객은 다시 돌아오더니 마차 기둥에 몸을 기대고 섰다. 제로니모는 다시 노래를 부르기 시작했다. 이번에는 젊은이 쪽에서도 갑자기 상당히 흥미롭게 듣는 눈치였다. 그때 마부가 나타나 말을 다시 마차에 매었다. 젊은이는 그제야 생각이 났다는 듯 주머니를 뒤지더니 까를로한테 일 프랑을 주었다.

"아이구, 감사합니다요, 고맙습니다요!" 까를로가 고맙다는 인사를 했다.

여행객은 다시 마차에 오르더니 우비 입은 몸을 단속했다. 까를로는 바닥에 있던 잔을 들고 나무계단을 올라갔다. 제로니모는 노래를 계속 불렀다. 젊은 여행객은 마차 밖으로 고개를 내밀더니 우쭐함과 서글픔이 뒤섞인 표정으로 고개를 가로저었다. 그런데 갑자기 무슨 생각이 들었는지 슬며시 미소를 흘렸다. 그러더니 두어 걸음밖에 떨어져 있지 않은 장님 거지한테 물었다.

"이름이 뭐냐?"

"제로니모라고 합니다요."

"그래, 제로니모, 속지 않게 조심해." 바로 그때 계단 맨 위에 마부가 나타났다.

"무슨 말씀이신지요? 속다니요?"

"나는 네 옆에 있는 친구한테 이십 프랑짜리 금화를 주었거든."

"아이쿠, 정말 감사합니다요!"

"그래, 그러니까 조심하란 말이다."

"제 형인걸요. 형은 날 속이지 않아요."

젊은이는 잠시 머뭇거리면서 머리를 굴리는 듯했고, 그러는 사이에 마부가 마부석에 올라타고 떠날 채비를 하고 있었다. 젊은이는 다시 마차 안으로 고개를 집어넣으면서 고개를 갸웃거렸는데, 마치 그래, 과연 어떻게 될지 어디 한번 운에 맡겨보자, 하고 말하는 듯한 표정이었다. 그리고 마차는 떠나갔다.

마차가 떠나가는 동안 제로니모는 두 손을 열심히 흔들면서 감사의 뜻을 표했다. 그때 식당에서 막 나온 까를로의 목소리가 들려왔다. 까를로는 아래쪽을 향해 소리쳤다. "제로니모, 올라와! 식당 안은 따뜻해. 마리아가 불을 피웠거든."

제로니모는 고개를 끄덕이고 기타를 팔 사이에 끼고 계단 옆을 짚으며 계단 쪽으로 갔다. 그는 계단에 올라서자마자 소리쳤다. "한번 만져보게 해줘! 금화를 만져본 지가 까마득하잖아!"

"무슨 소리야?" 까를로가 되물었다. "무슨 애길 하는 거냐?"

계단을 다 오른 제로니모는 양손으로 형의 머리를 잡고 얼굴을 맞대었다. 기쁨이나 애정을 표현할 때면 늘 하는 몸짓이다. "까를로 형, 세상에는 어진 사람도 있어, 안 그래!"

"그럼. 지금까지 모은 거 합하면 이 리라하고 삼십 센트야. 여기 오스트리아 동전도 하나 있는데, 오십 센트짜리는 돼 보여."

"그럼 이십 프랑은 어디 있어? 이십 프랑 말이야!" 제로니모가 소리
쳤다. "나도 안단 말이야!" 그는 비틀거리며 식당 안으로 들어가 의자
에 털썩 주저앉았다.

"뭘 안다는 거니?" 까를로가 물었다.

"농담 그만해! 내 손에 한번 올려놔봐! 금화를 만져본 지가 까마득
하잖아!"

"무슨 소릴 하는 거야? 내가 어디서 금화를 구해와? 이삼 리라가 전
부라니까."

그러자 제로니모는 테이블을 쾅 내리쳤다. "이제 좀 그만해! 그만하
라고! 나 모르게 꼬불치려는 거야?"

까를로는 걱정스럽고 어리둥절한 표정으로 동생을 바라보았다. 그는
동생 옆에 바싹 다가앉아 달래듯이 팔을 꼭 잡아주었다. "너 모르게 꼬
불치는 거 없어. 어떻게 그런 생각을 할 수 있니? 도대체 나한테 금화
를 줄 사람이 세상에 어디 있겠니."

"하지만 그 양반이 그랬다니까!"

"누구 말이야?"

"거 있잖아, 왔다갔다하던 젊은 양반 말이야."

"뭐라고? 정말 무슨 얘기 하는지 모르겠다."

"그 양반이 나한테 그랬다니까. 이름이 뭐냐고 묻더니 속지 않게 조
심하라고 했단 말이야."

"네가 꿈을 단단히 잘못 꾼 모양이구나, 제로니모. 말도 안되는 소리
야!"

"말도 안된다고? 내가 분명히 들었다니까. 내가 귀는 멀쩡하잖아.
속지 않게 조심해, 금화를 주었으니까, 아니, 이십 프랑짜리 금화를 주

었으니까,라고 분명히 말했다니까 그래."

그때 음식점 주인이 들어오며 말했다. "그런데 왜 그러고들 있어? 오늘은 영업 안할 거야? 방금 사두마차가 왔는데."

"어서 가자!" 까를로가 소리쳤다. "어서 가자니까!"

하지만 제로니모는 자리에서 일어나지 않았다. "왜? 내가 왜 가야 하지? 그래봤자 무슨 소용이야? 어디 형이 한번 해보지그래."

까를로는 동생의 팔을 잡아끌었다. "그만하고 내려가자니까!"

제로니모는 입을 다물고 형을 따라갔다. 하지만 계단을 내려오면서도 계속 투정을 부렸다. "나하고 얘기 좀 해! 얘기 좀 하자니까!"

까를로는 도대체 무슨 일이 있었는지 영문을 알 수 없었다. 제로니모가 갑자기 미쳤나? 화를 잘 내긴 했지만 이런 식으로까지 말한 적은 없었던 것이다.

방금 도착한 마차에는 영국사람 둘이 타고 있었다. 까를로는 그들 앞쪽에 모자를 들고 섰고, 제로니모는 노래를 불렀다. 그중 한 사람이 마차에서 내리더니 까를로의 모자에 동전 몇닢을 던져주었다. 까를로는 "감사합니다요" 하고 인사하고는 자기도 모르게 "이십 센트나 되네" 하고 중얼거렸다. 하지만 제로니모의 표정은 변함이 없었다. 그는 노래를 계속 불렀다. 영국인 둘을 태운 마차도 떠나갔다.

형제는 말없이 계단을 올라갔다. 제로니모는 의자에 앉았고, 까를로는 난롯가에 서 있었다.

"왜 아무 말도 안 하는 거야?" 제로니모가 물었다.

"너한테 말한 그대로가 전부야." 까를로가 약간 떨리는 목소리로 대꾸했다.

"뭐라고 했는데?" 제로니모가 재차 물었다.

"그 사람 미쳤나보다."

"미쳤다고? 그것 참 근사한 말이군! 네 형한테 이십 프랑을 주었다, 하고 말하는 사람이 미쳤다 이거지! 에이, 그런데 어째서 속지 않게 조심하라고 했을까, 응?"

"그래, 미친 사람은 아닌지도 모르겠다…… 하지만 우리처럼 불쌍한 사람들한테 장난치는 사람들도 있단다……"

"에이, 무슨 소리를 하는 거야!" 제로니모가 소리쳤다. "장난을 쳐? 그래, 그렇게 말할 수밖에 없겠지. 그렇게 말할 줄 알았어!" 그러고는 탁자 위에 놓여 있는 포도주 잔을 다 비웠다.

"제발, 제로니모!" 까를로는 그렇게 소리쳤으나 기가 막혀서 말도 제대로 나오지 않았다. "대체 내가 왜 그러겠니…… 넌 또 왜 그런 생각을 하고……"

"어째서 형 목소리가 떨리는 거지? 어째서……?"

"제로니모, 너한테 분명히 말하지만, 난……"

"에이, 형 말은 못 믿겠어! 이젠 웃기까지 하네…… 형이 웃고 있다는 거 다 안다고!"

그때 아래쪽에서 사환이 부르는 소리가 들려왔다. "이봐, 장님 양반, 손님들 왔어!"

형제는 건성으로 일어서서 계단을 내려갔다. 마차 두대가 동시에 도착해 있었는데, 한대에는 남자 셋이, 다른 한대에는 노인 부부가 타고 있었다. 제로니모는 노래를 불렀다. 까를로는 그 옆에 맥없이 서 있었다. 이제 어떻게 해야 하지? 동생이 나를 믿지 않다니! 어떻게 이런 일이 있을 수 있지? 그런 생각을 하면서 제로니모를 바라보았다. 동생 역시 맥없는 목소리로 노래를 부르고 있었는데, 옆에 있는 형한테 신경 쓰는 눈치였다. 동생의 이마 위로 여태까지 한번도 보지 못한 골똘한 생각의 흔적이 얼핏 스쳐갔다.

마차들은 벌써 떠나갔지만, 제로니모는 노래를 멈추지 않았다. 까를로는 노래를 그만하라고 말할 엄두가 나지 않았다. 뭐라고 해야 좋을지 난감했다. 자기 목소리가 다시 떨릴까봐 겁도 났다. 그때 위쪽에서 웃는 소리가 들려왔다. 마리아였다. "그런데 어째서 여태까지 노래를 부르는 거야? 계속 그러고 있으면 오늘은 국물도 없어!"

제로니모는 멜로디를 이어가던 중간에 뚝 그쳤다. 그의 목소리와 기타줄이 동시에 끊어지는 듯한 소리와 함께 노래가 멎었다. 그러고서 그는 다시 계단을 올라갔고, 까를로가 그 뒤를 따랐다. 식당에 들어가자 까를로는 동생 옆에 앉았다. 이제 어떻게 해야 하지? 다시 동생을 달래보는 수밖에 다른 도리가 없었다.

"제로니모, 너한테 맹세하는데…… 다시 한번 생각해봐, 제로니모. 어떻게 그런 생각을 할 수 있니, 어떻게 내가……"

제로니모는 말이 없었다. 그의 죽은 눈은 창밖으로 희뿌연 안개를 내다보는 것 같았다. 까를로는 하던 말을 계속했다. "그래, 그 사람이 미치지는 않았다 해도, 뭔가 착각했는지도 모르잖아…… 그래, 그 사람이 착각한 거야……" 하지만 그렇게 말하면서도 자기가 하는 말을 자기 자신도 믿지 못하겠다는 느낌이 들었다.

제로니모는 못 참겠다는 듯이 자리에서 벌떡 일어섰다. 하지만 까를로는 이야기를 계속했다. 이번에는 격한 어조로 말했다. "내가 뭣 때문에 그러겠니? 너도 알잖아. 절대 너보다 많이 먹고 많이 마시지 않는다는 거. 새 점퍼를 하나 사도, 네가 입고 있는 것보다 좋은 건 안 산다는 거 알잖니…… 나한테 뭣 때문에 그렇게 큰돈이 필요하겠어? 설령 큰돈이 생긴들 그걸로 내가 뭘 하겠니?"

그러자 제로니모는 이를 가는 듯한 목소리로 쏘아붙였다. "거짓말하지 마! 거짓말이라는 거 다 알아!"

"거짓말 하는 거 아니야, 제로니모! 난 거짓말 안해!" 까를로가 기겁을 하고 말했다.

"에이, 왜 그래. 그 여자한테 벌써 줬지, 그렇지? 아니면 나중에 주기로 했나?" 제로니모가 고함을 질렀다.

"마리아 얘기냐?"

"그럼 마리아 말고 누가 있어? 에이, 거짓말쟁이, 도둑놈!" 그러면서 제로니모는 한자리에 앉아 있기도 싫다는 듯 형을 옆으로 밀쳐냈다.

까를로는 자리에서 일어섰다. 그는 동생을 노려보다가 식당을 나와 계단을 거쳐 마당으로 내려왔다. 눈을 크게 뜨고 엷은 갈색 안개 속에서 저 멀리 아래쪽으로 이어져 있는 도로를 바라보았다. 이제 비는 잦아들었다. 까를로는 바지주머니에 손을 찔러넣고 야외로 나갔다. 동생한테 쫓겨난 듯한 심정이었다. 도대체 어떻게 된 영문일까? …… 도무지 이해할 수 없었다. 그 사람은 대체 어떤 인간일까? 일 프랑을 주고는 이십 프랑을 줬다고 하다니! 틀림없이 그럴 만한 이유가 있었을 것이다…… 까를로는 혹시 어디선가 누군가와 원수진 일이 없는지 곰곰이 되새겨보았다. 혹시 그런 사람이 있다면 복수를 하려고 다른 사람을 보냈을지도 모를 일이었다…… 하지만 아무리 돌이켜보아도 누구한테 모욕을 준 일도 누구하고 다툰 적도 없었다. 그는 지난 이십년 동안 음식점 마당에서 혹은 길가에서 모자를 들고 구걸한 것 말고는 아무 짓도 하지 않았다…… 그럼 혹시 여자 때문에 나한테 악감정을 품은 사람이라도 있나? …… 하지만 여자를 만난 지도 한참 되었다. '라로자' 식당에서 일하던 여자가 마지막이었는데, 그건 벌써 작년 초의 일이었다…… 하지만 그 여자 때문에 질투할 사람이 있을 리는 만무했다…… 도무지 영문을 모르겠군! …… 내가 알지 못하는 저 넓은 세상에는 도대체 어떤 인간들이 살고 있을까? ……도처에서 사람들이 몰려왔다…… 그들에 대해 도대체 뭘 알고 있지? …… 네 형한테 이십 프랑을 주었다고 제로니모한테 말한 그 낯선 사람은 도대체 무슨 생각 으로 그런 말을 했을까? ……도무지 모르겠어…… 이제 어떻게 해야 하지? …… 제로니모가 자기를 믿지 않는다는 생각이 불현듯 분명해졌 다…… 그건 도저히 견딜 수 없었다. 뭔가 대책을 세워야만 했다…… 그는 급히 오던 길을 되돌아갔다.

까를로가 식당 안으로 들어갔을 때 제로니모는 긴 의자에 드러누워 있었고, 형이 들어온 줄도 모르는 것 같았다. 마리아가 두 사람한테 먹 고 마실 것을 가져다주었다. 두 사람은 묵묵히 먹기만 했다. 마리아가 접시를 치우는 동안 제로니모가 갑자기 웃음을 터뜨리면서 그녀한테 물었다. "그걸로 도대체 뭘 살 거야?"

"도대체 무슨 얘기야?"

"말해봐, 뭘 살 거냐고? 새 치마? 귀걸이?"

"이 친구가 대체 나한테 무슨 소릴 하는 거야?" 그녀가 까를로 쪽을 보고 물었다.

그러는 사이 마당에서 짐을 실은 화물마차가 굉음을 울리며 들어오 는 소리와 왁자지껄하는 사람들 소리가 들려오자 마리아는 급히 아래 로 내려갔다. 잠시 후 마부 셋이 들어와서 한쪽 테이블에 자리를 잡았 다. 주인이 그들 쪽으로 가서 인사를 건넸다. 마부들은 험한 날씨 때문 에 욕을 늘어놓았다.

"오늘밤에는 눈까지 온다지." 그중 한명이 얘기했다.

그러자 다른 한명이 십년 전 팔월 중순에 협곡에서 눈을 만나 얼어죽 는 줄 알았다는 얘기를 했다. 마리아가 마부들 테이블에 함께 끼어 앉 았고, 사환도 그 자리로 가서 저 아래 보르미오에 사는 부모님 안부를 물었다.

다시 여행객들을 태운 마차가 한대 도착했다. 제로니모와 까를로는 아래로 내려가, 제로니모는 노래를 부르고 까를로는 그 옆에 모자를 들고 섰다. 여행객들은 적선을 해주었다. 이제 제로니모는 아주 차분해졌다. 그는 때때로 "얼마야?" 하고 묻고는 까를로의 대답에 가볍게 고개를 끄덕였다. 그러는 사이 까를로는 생각을 가다듬어보려고 했다. 하지만 아무리 궁리해보아도 뭔가 아주 고약한 일이 벌어졌고 자기가 완전히 속수무책이라는 막막한 느낌밖에 들지 않았다.

형제가 다시 식당으로 올라갔을 때 마부들은 왁자지껄 떠들며 웃어대고 있었다. 그중 가장 젊어 보이는 마부가 제로니모한테 소리쳤다. "어디 한곡 뽑아보라고! 돈은 줄 테니까! 정말이지?" 그러면서 젊은 마부는 일행한테 돈을 주겠다는 다짐을 받았다.

그때 막 붉은 포도주 병을 들고 오던 마리아가 참견했다. "오늘은 귀찮게 하지 마세요. 기분나쁜 일이 있나봐요."

그런데 제로니모는 아무런 대답도 않고 식당 가운데로 걸어가더니 노래를 부르기 시작했다. 그가 노래를 마치자 마부들은 박수를 쳤다.

"까를로, 이리 오게!" 그중 한명이 불렀다. "우리도 저 아래 있는 손님들처럼 자네 모자에 돈을 넣어줄 테니까!" 그들 중 한명이 까를로를 부르고는 작은 동전 한닢을 높이 쳐들고 그가 내민 모자에 동전을 떨어뜨릴 듯한 자세를 취했다. 그때 제로니모가 마부의 손을 잡고 이렇게 말했다. "저한테 주세요! 저한테요! 엉뚱한 데로 샐지도 모르거든요!"

"엉뚱한 데라니?"

"에이, 다 아시면서! 마리아의 가랑이 사이로요!"

모두가 폭소를 터뜨렸다. 주인도, 마리아도. 다만 까를로만이 꼼짝않고 서 있었다. 제로니모가 이런 농담을 한 적은 한번도 없었는데!……

"우리하고 합석하세!" 마부들이 소리쳤다. "자네 정말 재미있는 친구로군!" 그러면서 마부들은 제로니모한테 자리를 만들어주기 위해 옆으로 조금씩 당겨 앉았다. 일행은 점점 더 시끌벅적하게 떠들어댔다. 제로니모 역시 평소보다 크고 흥겨운 목소리로 이야기에 끼어들었고, 쉴새없이 마셔댔다. 마리아가 자리로 돌아오자 제로니모는 마리아를 자기 몸 쪽으로 바싹 끌어당기려 했다. 그러자 마부 중 한명이 껄껄 웃으면서 말했다. "자넨 이 여자가 예쁘다고 생각하나? 이 여자는 늙고 못생겼다고!"

그러거나 말거나 앞을 못 보는 제로니모는 마리아를 품에 안으며 말했다. "모두들 멍청하구먼요. 내가 눈이 없다고 못 보는 줄 아슈? 지금 까를로가 어디 있는지도 안다 이겁니다. 에이! 저기 난롯가에 서 있잖아요. 손은 바지주머니에 찔러넣고, 웃고 있구먼요."

그러자 모두들 까를로가 있는 쪽을 쳐다보았다. 까를로는 입을 벌린 채 난롯가에 기대서서 정말로 씽긋 웃고 있었다. 마치 동생을 거짓말쟁이로 만들어서는 안될 것처럼.

그때 사환이 들어왔다. 어두워지기 전에 보르미오에 닿으려면 서둘러야 한다고 했다. 마부들은 자리에서 일어서면서 떠들썩하게 작별인사를 하고는 밖으로 나갔다. 두 형제는 다시 식당에 단둘이 남게 되었다. 평소 같으면 대개는 잠시 눈을 붙일 시간이었다. 이른 오후 이맘때면 늘 그렇듯이 식당에는 정적이 감돌았다. 테이블 위에 머리를 처박고 있는 제로니모는 잠이 든 것 같았다. 까를로는 식당 안을 오락가락하다가 자리에 앉았다. 피로가 몰려왔다. 악몽을 꾸고 있는 것만 같았다. 온갖 상념이 떠올랐다. 어제, 그저께, 그리고 동생과 함께 지내온 모든 날들이 하나씩 떠올랐고, 특히 따사로운 여름날 동생과 함께 걸었던 하얀 시골길이 자꾸만 생각났다. 하지만 그 모든 기억들이 까닭 없이 너무나 아득히 멀어져서 이제는 두번 다시 그럴 수 없을 것 같았다.

오후 늦게 티롤에서 우편마차가 왔고, 얼마 안 있어 우편마차와 마찬가지로 남쪽으로 내려갈 마차들이 왔다. 그렇게 해서 형제는 네번을 더 마당으로 내려가야 했다. 마지막 손님을 보내고 올라왔을 때는 어느덧 저녁놀이 지고 있었고, 나무로 된 천장에서 늘어뜨린 석유등에 불을 붙였다. 인근 채석장에서 일하는 인부들이 돌아왔다. 그들은 식당 아래쪽으로 이백보쯤 떨어진 곳에 목재 가건물을 지어 숙소로 쓰고 있었다. 제로니모는 그들과 합석했고, 까를로는 혼자 자기 자리를 지키고 있었다. 이 외로움이 아주 오래전부터 계속되어온 듯한 느낌이 들었다. 저쪽 자리에서 제로니모가 거의 고함을 지르다시피 떠들썩하게 웃으면서 어린시절 이야기를 하고 있는 소리가 들려왔다. 제로니모는 어린시절에 직접 보았던 온갖 것들을, 사람과 사물들을 지금도 생생하게 기억하고 있었다. 아버지가 들에서 일하던 모습, 담장 곁에 물푸레나무가 서 있는 조그만 뜰, 지붕이 낮았던 그들 소유의 집, 신발가게 집의 어린 두 딸, 교회 뒤에 있던 포도밭, 심지어 어렸을 적에 거울에 비쳤던 자기 얼굴 생김새까지도 생생히 기억하고 있었다. 까를로는 이 모든 이야기를 얼마나 자주 들었던가. 그런데 오늘은 도저히 그 이야기를 참고 들을 수가 없었다. 이전과는 전혀 다른 느낌이 들었던 것이다. 제로니모가 하는 말 한마디 한마디가 다른 뜻으로 다가왔고, 자신을 겨냥한 얘기처럼 들렸다. 까를로는 다시 식당에서 나와 도로를 따라 걸어갔다. 이제 길은 완전히 어둠에 잠겨 있었다. 비는 그쳤고, 공기가 무척 차가웠다. 이대로 계속 저 어둠속으로 끝없이 걸어가다가 길가의 아무 구덩이에나 몸을 눕히고 잠이 들어서 다시는 깨어나지 말았으면 하는 생각이 간절했다. 그런 생각에 잠겨 있던 차에 갑자기 마차 소리가 들려왔다. 등불을 두개 매단 마차가 점점 다가오고 있었다. 지나갈 때 보니 마차 안에는 두 남자가 타고 있었다. 둘 중 수염이 없고 얼굴이 갸름한 사람이 어둠속에서 등불에 비친 까를로의 모습이 어른거리자 화들짝 놀랐다. 까를로는 그 자리에 선 채로 모자를 벗었다. 이윽고 마차 불빛도 사라졌다. 까를로는 다시 칠흑 같은 어둠 속에 홀로 남게 되었다. 그는 갑자기 흠칫하며 놀랐다. 난생처음 어둠이 무섭다는 생각이 들었다. 단 일분일초도 이 어둠을 견딜 수 없을 것 같았다. 그 두려움은 의식이 멍한 상태에서도 앞 못 보는 동생에 대한 괴로운 연민의 감정과 기묘하게 뒤섞여서, 그는 동생이 있는 식당을 향해 쏜살같이 달려갔다.

식당에 들어서자 조금 전에 마차를 타고 지나갔던 두 남자가 테이블에 자리를 잡고 붉은 포도주를 마시면서 아주 심각한 표정으로 이야기를 나누고 있었다. 두 사람은 까를로가 들어온 것도 알아차리지 못하는 듯했다.

다른 테이블에는 아까와 마찬가지로 제로니모가 인부들 틈에 끼어 있었다.

문간에 들어서자마자 주인이 말했다. "도대체 어디 처박혀 있다 온 거야, 까를로? 동생을 저렇게 혼자 두면 어떡해?"

"무슨 일이 있었나?" 까를로가 깜짝 놀라 물었다.

"제로니모가 저 사람들한테 한턱낸다고 저러고 있잖아. 나야 뭐 아무래도 상관없지만, 그래도 이제 곧 힘든 계절이 닥쳐온다는 것도 생각해야지."

까를로는 동생한테로 가서 "일어서자!" 하고 팔을 잡았다.

"왜 그러는 거야?" 제로니모가 소리를 버럭 질렀다.

"자러 가자고." 까를로가 말했다.

"날 내버려둬! 내버려두라고! 돈을 버는 건 나란 말이야. 내 돈이니까 내 맘대로 할 수 있는 거 아냐! 형이 다 꼬불치면 안되지! 여러분들은 형이 나한테 다 준다고 생각하는지 모르겠는데, 천만에 말씀! 나는 앞을 못 보는 장님이잖아! 하지만 세상에는 좋은 사람들도 있어. 형한테 이십 프랑을 주었다고 말해주는 사람도 있다, 이거야!"

인부들이 폭소를 터뜨렸다.

"그만 하면 됐어. 어서 가자!" 그러면서 까를로는 동생을 잡아끌다시피 해서 층계를 올라가 형제가 숙소로 쓰고 있는 어둠침침한 지붕밑 방으로 들어갔다. 올라가는 내내 제로니모는 고래고래 소리를 질렀다. "그래, 이제는 들통났지! 이젠 알겠어! 그래, 어디 두고보자고! 그 여자는 어디 있는 거야? 마리아는 어디 있어? 여자도 어디에 꼬불쳤나? 이보라고, 내가 형을 위해 노래도 불러주고 기타도 쳐주고 하는데, 내 덕에 먹고사는 형이 도적질을 해!" 그러더니 짚을 넣은 담요 위로 쓰러졌다.

복도에서 희미한 불빛이 새어들어왔다. 복도 저편으로 이 집의 유일한 손님방으로 통하는 문이 열려 있었고, 손님이 묵을 잠자리를 정리해주는 마리아가 보였다. 까를로는 동생 앞에 서서 쓰러져 자는 모습을 바라보았다. 얼굴은 부어올랐고 입술은 파리했으며 땀에 전 머리칼이 이마에 달라붙어 있었다. 실제 나이보다 훨씬 늙어 보였다. 그제야 뭔가 감이 오기 시작했다. 앞을 못 보는 동생의 불신은 오늘 갑자기 생긴 게 아니라 이미 오래전부터 속에서 꿈틀댔던 게 분명했다. 단지 불신을 터뜨릴 계기가 없었거나, 말을 꺼낼 용기가 없었을 뿐이다. 까를로가 동생을 위해 해준 모든 일은 이제 수포로 돌아갔다. 뉘우쳐도 소용 없었고, 그의 인생을 다 바쳤는데도 헛수고가 되었다. 그럼 이제 어떻게 해야 한단 말인가? 앞으로도 매일같이 이 끝없는 어둠속을 헤매

며 동생을 데리고 다니면서 동생을 위해 구걸해야 한단 말인가? 이런
생활이 언제까지 계속될지도 알 수 없고, 그래봤자 돌아오는 건 불신
과 욕설뿐인데? 동생이 나를 도둑놈이라고 여긴다면, 지금 내가 하는
역할은 아무 상관도 없는 그 누구라도 해낼 수 있고, 오히려 더 잘해낼
수도 있다. 그래, 혼자 내버려두고, 영영 헤어지는 거야. 그게 상책이
야. 그러면 제로니모도 제 잘못을 깨닫게 되겠지. 그러면 사람한테 속
고 도둑질당하고 외롭고 비참한 게 어떤 건지 똑똑히 알게 될 테니까.
그럼 나는 어떻게 되는 거지? 나는 무슨 일을 새로 시작해야 하지? 그
래, 아직 늙지는 않았잖아. 홀몸이라면 이것저것 새로 시작할 수 있어.
식당 종업원 같은 일자리는 널려 있어. 하지만 까를로는 머릿속으로는
이런 생각을 하면서도 동생한테서 눈을 떼지 않았다. 불현듯 동생이
혼자 있는 모습이 떠올랐다. 햇볕이 내리쬐는 길가 바위에 혼자 앉아
서 허연 눈을 치뜨고 하늘을 바라보겠지만, 아무리 햇살이 쨍쨍해도
눈이 부시지도 않고, 언제나 주위를 감싸고 있는 깜깜한 어둠속을 손
으로 더듬어야만 할 것이다. 그러자 동생한테는 이 세상에서 의지할
사람이라곤 자기밖에 없고, 그 역시 동생밖에 없다는 생각이 들었다.
동생에 대한 사랑이 자신의 인생 전부라는 걸 깨달았다. 그리고 동생
이 언젠가는 형의 사랑에 응답해주고 형을 용서해줄 거라고 굳게 믿었
기 때문에 지금까지 아무리 비참한 생활도 묵묵히 감내할 수 있었다는
걸 처음으로 아주 명확하게 깨달았다. 이 희망을 하루아침에 포기할
수는 없었다. 동생한테 자기가 없어선 안될 존재이듯 자기한테도 동생
은 꼭 필요한 존재였다. 동생을 혼자 두고 떠날 수는 없었다. 절대로
그럴 수 없었다. 동생의 불신을 묵묵히 감수하든지, 그런 의심이 전혀
근거가 없다는 것을 납득시킬 수 있는 방도를 찾아야만 했다…… 그
래, 그거야! 어떻게 해서든 금화 하나를 구할 수만 있다면! 그러면 내

일 아침에 동생한테 이렇게 말할 수 있겠지. "내가 이걸 따로 보관해두었던 것은 네가 인부들과 술을 마시느라 다 써버릴까봐 그랬던 거야. 너한테 맡기면 누가 훔쳐갈까봐 걱정되기도 했고." ······아냐, 정말 다른 방도가 없을까······

나무계단 쪽에서 발소리가 가까워졌다. 여행객들이 자러 오는 모양이었다. 그때 갑자기 어떤 생각이 뇌리에 스쳤다. 건넌방으로 가서 낯선 투숙객들한테 오늘 있었던 일을 사실대로 털어놓고, 이십 프랑만 적선해달라고 하면 어떨까. 하지만 그래봤자 전혀 가망이 없을 거라는 사실을 금방 깨달았다. 자신의 이야기를 믿어주지 않을 게 뻔했다. 그런데 아까 깜깜한 데서 자신이 갑자기 마차 옆에 나타나자 안색이 창백해 보이던 사람이 소스라치게 놀랐던 일이 그제야 생각났다.

까를로는 이부자리에 드러누웠다. 방안은 깜깜했다. 인부들이 뭐라고 떠들면서 무거운 발걸음으로 나무계단을 내려가는 소리가 들려왔다. 그러고는 곧바로 양쪽 대문이 닫혔다. 사환이 마지막으로 한번 더 계단을 오르내리는 소리가 들리고는 온 집안이 조용해졌다. 이제는 제로니모가 코고는 소리밖에 들리지 않았다. 까를로 역시 이런저런 생각을 하다가 비몽사몽간에 잠이 들었다. 그가 깨어났을 때는 아직도 한밤중이었다. 그는 창문쪽을 바라보았다. 눈을 바짝 뜨고 보니까 칠흑 같은 어둠속에서 짙은 회색 사각형이 눈에 들어왔다. 제로니모는 여전히 술기운에 곯아떨어져 단잠을 자고 있었다. 까를로는 날이 새면 또 어떻게 하나 하는 생각에 벌써 몸이 떨려왔다. 전날 밤의 일과 내일 벌어질 일, 그리고 장차 수없이 벌어질 일들을 생각하니 앞으로 견뎌야 할 외로움에 몸서리가 쳐졌다. 왜 어젯밤에 용기를 내지 못했을까? 어째서 투숙객을 찾아가 이십 프랑을 적선해달라고 구걸하지 못했을까? 어쩌면 자기 신세를 가엾게 여겼을지도 모르는데. 하지만 다시 생각해

보니 그러지 않은 게 다행이었다. 그런데 어째서 다행이지? …… 그는 잔뜩 힘을 주면서 일어나 앉아 두근거리는 가슴을 만져보았다. 어째서 구걸하지 않은 게 다행인지 알 것 같았다. 만약 투숙객들이 적선을 거절했다면 그들 역시 자기 말을 믿지 않는다는 뜻이 되는 셈이다. 하지만 그래도…… 그는 희뿌옇게 밝아오기 시작하는 회색 사각형을 골똘히 쳐다보았다…… 의지와 상반되게 자꾸만 뇌리에 맴도는 생각을 뿌리치려고 안간힘을 썼다. 그건 안돼! 절대로 안돼! …… 건너편 방의 문은 잠겨져 있고, 더구나 투숙객들이 벌써 일어났을 수도 있었다…… 하지만 어둠 속에서 차츰 밝아오는 창문은 곧 날이 샌다는 걸 의미했다.

까를로는 자리에서 일어나 자기도 모르게 창문 쪽으로 다가가 차가운 유리창에 이마를 기댔다. 그런데 내가 왜 일어난 거지? 생각을 하려고? …… 한번 해보려고? …… 내가 무슨 생각을 하는 거지? …… 그건 안될 일이었다. 그건 범죄가 아닌가. 그런데 정말 죄가 될까? 그저 재미삼아 천릿길을 마다 않고 여행을 하는 사람들한테 이십 프랑이 무슨 의미가 있을까? 이십 프랑쯤이야 없어져도 알아채지 못할 것이다…… 그는 문쪽으로 가서 문을 살며시 열었다. 두 걸음이면 닿을 건넌방 문은 닫혀 있었다. 복도 기둥에 박혀 있는 못에 옷가지가 걸려 있었다. 까를로는 옷을 더듬었다…… 그래, 사람들이 지갑을 주머니에 넣어두고 자면 인생이 아주 수월하게 풀릴 텐데. 그러면 굳이 구걸하러 다닐 필요도 없잖아…… 하지만 주머니는 텅 비어 있었다. 이런, 이제 어떻게 하지? 그는 다시 방으로 돌아와 자리에 드러누웠다. 어쩌면 덜 위험하고 더 정당하게 이십 프랑을 마련할 방도가 있을지도 몰랐다. 구걸해서 생긴 돈에서 매번 몇센트씩 모아두었다가 이십 프랑이 차면, 그러면 그걸 금화로 바꾸면 되지 않을까…… 하지만 그러려면 도대체 얼마나 걸릴까. 여러 달, 아니 꼬박 일년은 걸릴 것이다. 아, 제발 용기를 내보자! 그는 다시 복도로 나가서 건넌방 문을 바라보았다…… 그런데 위에서 바닥까지 수직으로 보이는 저 검은 띠는 뭐지? 이럴 수가? 문이 잠겨 있지 않단 말인가? ……그런데 내가 왜 이렇게 놀라지? 벌써 여러 달째 문을 잠가놓지 않았는데. 무엇 때문에 문을 잠가? 그제야 지난여름 동안 이 방에 손님이 든 것은 세번뿐이었다는 게 생각났다. 두번은 직공들이, 한번은 발을 다친 여행객이 이용했었다. 문은 닫혀 있지 않았다. 이제 용기만 내면 되었다. 그러면 행운이 굴러오는 것이다! 그런데 어디까지 용기를 내야 하지? 최악의 경우 두 여행객이 깰 수도 있다. 그러면 핑계를 둘러댈 수도 있겠지. 그는 문틈으로 방안을 들여다보았다. 아직은 상당히 어두워서 침대 위에 두명이 자고 있는 형체만 어렴풋이 눈에 들어올 뿐이었다. 가만히 귀를 기울이자 편안하게 고른 숨소리가 들려왔다. 까를로는 문을 살며시 열고는 맨발로 소리 죽여 방안으로 들어섰다. 창문 맞은편 벽쪽으로 침대 두개가 나란히 놓여 있었다. 방 한가운데에는 탁자가 있었다. 까를로는 탁자가 있는 데까지 살금살금 걸어갔다. 탁자 위를 더듬으니 열쇠 꾸러미와 면도칼, 소책자 한권이 손에 잡혔다. 다른 건 아무것도 없었다…… 그러면 그렇지, 어떻게 지갑을 탁자 위에 두고 자겠어! 아, 지금이라도 방에서 나갈 수 있다! …… 하지만 손 한번 잘 놀리면 복이 굴러오는데…… 그는 탁자 옆에 있는 침대 쪽으로 다가갔다. 안락의자 위에도 뭔가 놓여 있었다. 권총이었다. 까를로는 흠칫했다…… 이걸 얼른 챙겨두는 게 좋지 않을까? 어째서 권총을 옆에 두고 자는 거지? 손님이 잠을 깨서 자기가 들어온 걸 알기라도 하면…… 하지만 그래도 별일 없을 거야. 손님, 벌써 세시가 되었습니다, 일어나시지요, 하면 그만이지…… 그는 권총을 그대로 두었다.

까를로는 좀더 으슥한 곳까지 살금살금 걸어갔다. 맞은편 안락의자에 옷가지가 걸려 있었다…… 바로 이거야! 지갑이 손에 잡혔다. 그는 지갑을 꺼내들었다. 바로 그때 침대가 살짝 삐걱거리는 소리가 들렸다. 그는 잽싸게 침대 발치에 엎드려 몸을 숨겼다…… 다시 한번 침대가 삐걱거리는 소리가 들렸고, 깊은 숨을 토해내는 소리, 목이 그르렁거리는 소리가 들리더니 다시 조용해졌다. 방안은 아주 조용했다. 까를로는 지갑을 손에 쥔 채 바닥에 엎드려서 때를 기다렸다. 이제 아무 소리도 들리지 않았다. 어느새 먼동이 트면서 방안이 차츰 밝아지기 시작했다. 까를로는 겁이 나서 일어서지 못하고 살금살금 기어서 몸이 빠져나갈 수 있을 만큼 널찍하게 열려 있는 방문을 통과해 복도까지 나온 다음에야 깊은 숨을 들이마시면서 살그머니 일어섰다. 지갑을 열어보았다. 주머니가 세겹으로 되어 있고 왼쪽과 오른쪽 주머니에 은화 잔돈이 들어 있었다. 지퍼로 잠겨 있는 가운데 주머니를 열었더니 이십 프랑짜리 금화 세개가 들어 있었다. 잠시 그중에 두개를 집을까 하는 생각도 들었으나 이내 유혹을 물리치고 금화 하나만 꺼내고는 다시 지갑을 닫았다. 그러고는 무릎으로 살살 기어가서 방문 사이로 방안을 들여다보았더니 방안은 여전히 매우 조용했다. 그는 지갑을 밀쳐서 두번째 침대 밑까지 미끄러져 가게 했다. 손님이 아침에 일어나면 틀림없이 지갑이 소파에서 떨어졌나보다 하고 생각할 것이다. 까를로는 천천히 몸을 일으켰다. 그때 마룻바닥이 살짝 삐걱거리는 소리가 났고, 그와 동시에 방안에서 사람 소리가 들려왔다. "무슨 소리지? 대체 무슨 소리야?" 까를로는 숨을 죽인 채 얼른 두 걸음을 뒷걸음질해서 자기 방으로 들어섰다. 그러고는 안심하고 가만히 귀를 기울였다…… 다시 한번 건넌방에서 침대가 삐걱거리는 소리가 들리더니 조용해졌다. 그는 손가락 사이로 금화를 쥐어보았다. 드디어 성공했구나! 성공이야! 이제는 이십 프랑짜리 금화가 있으니 동생한테 이렇게 말할 수 있다. '이젠 보다시피 내가 도둑놈이 아니라는 걸 알겠지!' 그리고 우리는 날이 밝는 대로 남쪽으로 떠나는 거야. 보르미오로, 그리고 또 벨틀린을 지나서, 그러고는 티라노로, 또 다시 에돌레로, 그리고 브레노로…… 그렇게 계속 가면, 지난해에도 그랬듯이, 마침내는 이세오 호수에까지 다다르겠지…… 그런다고 의심하는 사람은 아무도 없을 거야. 마침 그저께 주인한테 "며칠 안으로 남쪽으로 내려가야겠네"라고 말했으니까.

날이 밝으면서 방안으로 아침놀이 희미하게 비쳐들었다. 제발 제로니모가 빨리 일어나면 좋으련만! 새벽길이 얼마나 상쾌한데! 해가 뜨기 전에 떠날 수 있겠지. 주인한테 인사를 하고. 사환과 마리아한테도. 그러고는 떠나는 거야…… 두 시간만 걸어가면 계곡 입구에 다다르고, 그때면 제로니모한테 말을 꺼낼 수 있겠지.

제로니모가 목이 마른지 입맛을 쩝쩝 다시면서 기지개를 폈다. 까를로는 "제로니모!" 하고 불러서 동생을 깨웠다.

"응, 왜 그래?" 그러면서 제로니모는 양손으로 바닥을 짚고 일어나 앉았다.

"제로니모, 일어나."

"왜 그래?" 제로니모는 죽은 눈으로 형 쪽을 바라보면서 물었다. 까를로는 제로니모가 지금 어제 일을 생각하고 있다는 걸 안다. 그리고 동생이 다시 취하기 전에는 어제 일에 대해 한마디도 하지 않을 거라는 것도 안다.

"제로니모, 이제 날이 추워지니까 떠나야겠다. 올해는 날씨가 좋아질 것 같지 않아. 그러니 그만 떠나는 게 좋겠어. 점심 무렵이면 볼라도레까지는 갈 수 있을 거야."

제로니모가 일어났다. 집안 여기저기서 인기척이 들리기 시작했다.

아래쪽 마당에서는 주인이 사환과 얘기를 하고 있었다. 까를로는 일어서서 아래층으로 내려갔다. 그는 언제나 일찍 일어났고, 동틀 무렵이면 곧잘 길거리로 산책을 나갔다. 그는 주인이 있는 쪽으로 가서 말했다. "이젠 떠나야겠어."

"아니, 오늘 벌써 떠나려고?" 주인이 되물었다.

"그래. 벌써 이렇게 춥고 바람도 차서 마당에 서 있기가 그러네."

"그럼 할 수 없지. 보르미오에 가거든 발데티한테 안부 좀 전해주게. 그리고 잊지 말고 석유 좀 보내달라고 하고."

"그래, 전해주지. 그리고 오늘밤 잠자리도 좀 부탁했으면 싶은데." 그러면서 그는 가방을 집어들었다.

"그건 걱정 말게." 주인이 말했다. "그렇지 않아도 자네 동생한테 이십 센트를 주려던 참이네. 동생 얘기는 나도 들었네. 그럼 잘 가게."

"고맙네." 까를로가 말했다. "아무튼 뭐 서두를 필요는 없으니 느긋하게 출발하려고 해. 자네가 오두막에 갔다가 돌아오면 떠나려고. 보르미오가 어디로 사라지지는 않을 테니까, 안 그래?" 까를로는 웃으면서 나무계단을 올라갔다.

방안에 있던 제로니모가 "이젠 떠날 준비가 됐어" 하고 말했다.

"얼른 가자." 까를로가 채근했다.

그리고 방구석에 놓여 있는 낡은 함에서 그동안 모아둔 몇푼 안되는 돈을 꺼내 봉지에 쌌다. 그러고는 이렇게 말했다. "날은 좋은데 제법 춥구나."

"그런 것 같네." 제로니모가 맞장구를 쳤다. 형제는 방을 나왔다.

"조용히 내려가자." 까를로가 말했다. "어젯밤에 온 손님 둘이 이 방에 묵고 있거든." 두 사람은 조심해서 아래층으로 내려갔다. "주인이 너한테도 안부 전하더라. 오늘밤에 잠잘 비용으로 이십 센트까지 주더구나. 지금 막 오두막으로 나갔는데, 두어 시간은 있어야 돌아올 거야. 내년에나 다시 보지 뭐."

제로니모는 아무 대답도 하지 않았다. 형제는 아침놀이 비치는 도로를 따라 걸어갔다. 까를로는 동생의 왼팔을 잡아주었고, 두 사람은 말 없이 계곡을 따라 내려갔다. 얼마 안 가서 어느새 도로가 길게 커브를 그리며 넓어지는 곳에 이르렀다. 계곡 아래쪽에서 안개가 피어올랐고, 높은 봉우리들은 구름에 잠겨 있었다. 까를로는 지금 말할까, 하고 생각했다.

하지만 까를로는 아무 말 없이 주머니에서 금화를 꺼내 동생한테 건네주었다. 동생은 오른손으로 금화를 받아들더니 그걸 얼굴과 이마에 대보면서 고개를 끄덕이며 말했다. "이럴 줄 알았어."

"그랬어?" 까를로가 의아한 표정으로 제로니모를 바라보면서 물었다.

"그 낯선 양반이 얘기해주지 않아도 알았을 거야."

"그래?" 까를로가 당황해서 말했다. "어제 내가 어째서 다른 사람들 앞에서는 금화를 받은 적이 없는 체했는지 이제 알겠지? 게다가 네가 한꺼번에 다 써버릴까봐 걱정도 됐고. 제로니모, 그렇다고 널 못 믿는다는 건 아니고, 네가 이제 점퍼를 살 때가 된 것 같아서. 속옷과 신발도 사고. 그래서……"

그러자 제로니모가 고개를 설레설레 저었다. "뭣 하러 또 사?" 그는 한손으로 점퍼를 만져보면서 말했다. "이만하면 아직 멀쩡한데. 따뜻하기도 하고. 더구나 이젠 남쪽으로 가잖아."

까를로는 어째서 제로니모가 좋아하지 않는지, 또 어제 일로 미안하다는 말을 하지 않는지, 납득이 되지 않았다. 까를로는 계속해서 말을 이었다. "제로니모, 내가 잘못한 거냐? 도대체 어째서 좋아하지 않니? 어떻든 금화가 우리 수중에 있잖아, 안 그래? 이젠 우리 거란 말이야.

내가 만약 어제 금화가 생겼다고 말했더라면 무슨 일이 벌어졌을지 어떻게 알아…… 너한테 얘기하지 않은 건 잘한 거야. 그렇다니까!"

그러자 제로니모가 소리쳤다. "거짓말 좀 그만해, 형! 이젠 질렸어!"

까를로는 걸음을 멈추고 동생의 팔을 놓으며 말했다. "난 거짓말 안했어."

"난 알아. 형이 거짓말하는 거 다 안단 말이야! …… 노상 거짓말했으면서! …… 수백번도 더 속였잖아! ……이것도 형이 가지려고 하다가 찔리니까 준 거잖아!"

까를로는 고개를 떨구고 아무 말도 하지 않았다. 그는 다시 동생의 팔을 잡고 가던 길을 계속 갔다. 제로니모가 저런 식으로 말하다니, 마음이 아팠다. 하지만 이상하게도 어제만큼은 슬프지 않았다.

안개가 걷히기 시작했다. 형제는 한동안 말이 없다가 제로니모가 먼저 입을 열었다. "날씨가 따뜻해지네." 그는 그저 건성으로 그렇게 말했는데, 물론 이미 수백번도 더 한 말이었다. 그 순간 까를로는 제로니모는 전혀 마음이 바뀌지 않았구나, 하는 생각이 퍼뜩 들었다. 제로니모는 지금도 나를 도둑놈이라고 생각하는구나.

"배고프지 않니?" 까를로가 물었다.

제로니모는 고개를 끄덕이더니, 점퍼 주머니에서 치즈와 빵을 꺼내 먹기 시작했다. 요기를 한 후 두 사람은 다시 걷기 시작했다.

얼마 후 보르미오에서 오는 우편마차와 마주쳤다. 마부는 두 형제를 보고는 "벌써 내려오나?" 하고 소리쳤다. 다른 마차들도 마주쳤는데, 모두 위쪽으로 가는 참이었다.

"계곡에서 바람이 불어오네." 제로니모가 말했다. 바로 그때 길이 급하게 꺾이면서 저 아래로 벨틀린 마을이 보였다.

그렇구나, 마음이 조금도 바뀌지 않았어. 나는 저 때문에 도둑질까지

했는데, 그것도 허사가 되고 말았구나. 까를로는 생각했다.

계곡 아래 안개가 점점 엷어졌고, 내리쬐는 햇볕이 여기저기 안개 틈새로 비쳐들었다. 까를로는 이런 생각이 들었다. 이렇게 급하게 식당을 떠나온 건 잘못한 거야…… 지갑이 침대 밑에 떨어져 있으니 수상하게 여기지 않을까…… 그런데 내가 왜 그런 헛수고를 했지! 더이상 나빠질 게 뭐가 있다고. 형 때문에 눈을 잃은 동생이 형한테 도둑질당한다고 생각하고 있고, 벌써 십수년 동안이나 그런 생각을 해왔는데, 더 나빠질 게 뭐가 있지?

아래를 보니 하얀색 커다란 호텔이 아침 햇살을 받으며 서 있었고, 계곡이 넓게 트이기 시작하는 더 아래쪽으로 마을이 길게 이어져 있었다. 형제는 말없이 계속 걸었다. 까를로는 줄곧 동생의 팔을 잡고 있었다. 호텔 주차장을 지나갈 때는 가벼운 여름옷을 입은 투숙객들이 테라스에 앉아서 아침식사를 하는 모습이 눈에 들어왔다. "어디서 쉬면 좋겠니?" 까를로가 물었다.

"'독수리 식당'에서. 늘 그랬잖아."

형제는 마을 끝에 있는 작은 식당으로 들어갔다. 두 사람은 자리를 잡고 포도주를 시켰다.

"왜 이렇게 이른 철에 내려오나?" 주인이 물었다.

까를로는 주인의 물음에 약간 당황하면서 대답했다. "그렇게 이른가? 오늘이 구월 십일인가 십일일 아냐?"

"지난해에는 훨씬 늦게 내려왔잖아."

"위쪽은 벌써 무척 추워." 까를로가 말했다. "어젯밤에는 으스스하더라고. 정말이야. 그런데 잊지 말고 저 위에 석유 좀 배달해주게."

식당 안은 후덥지근했다. 까를로는 이상하게 불안했다. 빨리 밖으로 나가서 큰길을 따라 티라노로, 에돌레로, 이세오 호수로, 그보다 더 멀리까지 가고 싶었다. 그는 자리에서 벌떡 일어났다.

"벌써 떠나려고?" 제로니모가 물었다.

"오늘 점심때까지 발라도레에 닿아야지. 마차 손님들이 대개 '사슴 식당'에서 점식식사를 하잖니. 길목이 좋은 집이지."

형제는 다시 걷기 시작했다. 이발사 베노치가 이발소 앞에서 담배를 피우고 있었다. 그가 알은체를 했다. "그동안 잘들 지냈나? 위쪽 날씨는 어때? 간밤에는 눈까지 왔다면서?"

"그럼, 그랬지." 까를로는 얼른 대답하고는 발길을 재촉했다.

이제 마을도 멀어졌고, 초원과 포도밭 사이로 나 있는 도로는 점점 넓어지고 있었다. 길 옆에서는 콸콸거리는 시냇물 소리가 들려왔다. 하늘은 파랗고 청명했다. 왜 이런 짓을 했지, 하고 까를로는 생각했다. 동생의 옆모습을 바라보았다. 표정이 평소와 다름없잖아? 그렇다면 언제나 날 불신했다는 뜻인데. 난 언제나 혼자였구나. 제로니모는 언제나 날 미워했고. 그런 생각이 들자 까를로는 몸이 천근같이 무거워졌고, 자기를 짓누르는 이 고통에서 영영 헤어날 수 없을 것 같았다. 그리고 온 천지에 햇살이 가득하건만 옆에서 걷고 있는 제로니모처럼 눈앞이 캄캄해지는 것 같았다.

형제는 한동안 그렇게 계속 걸었다. 이따금 제로니모가 이정표가 새겨진 바위에 걸터앉아 쉬거나, 둘이서 함께 다리 난간에 기대앉아 쉬기도 했다. 다시 마을이 나왔다. 마차들이 서 있는 식당이 보였고, 마차에서 내린 승객들이 이리저리 거닐고 있는 모습도 보였다. 하지만 두 형제는 그 식당 앞에서 구걸을 하지 않고 마을을 지나쳐서 다시 탁 트인 큰길로 나왔다. 해가 거의 중천에 떠 있었다. 점심때가 가까운 모양이었다. 따지고 보면 평소와 다름없는 날이었다.

"발라도레 탑이 보이네." 제로니모가 말했다. 까를로는 고개를 들고 올려다보았다. 제로니모가 저렇게 먼 거리에 있는 것을 정확히 식별하다니 놀라웠다. 정말 지평선 위로 발라도레의 탑이 나타났던 것이다. 그리고 상당히 떨어진 거리에서 누군가가 두 사람이 있는 쪽으로 걸어오고 있는 모습도 눈에 띄었다. 까를로는 자기가 마치 통행에 방해라도 되듯이 벌떡 일어났다. 행인은 점점 가까이 다가오고 있었다. 좀더 가까이서 보니 경찰이었다. 이렇게 도로를 따라 걸을 때 경찰과 마주치는 일은 흔했다. 그렇지만 까를로는 흠칫 놀랐다. 알고 보니 삐에뜨로 떼넬리 경관이었다. 지난 오월에 '라가찌 식당'에서 형제는 이 경관과 합석한 적이 있었는데, 당시 그는 언젠가 강도한테 칼에 찔려서 죽을 뻔했다는 무용담을 들려주었다.

"어떤 사람이 서 있네." 제로니모가 말했다.

"떼넬리 씨야, 경찰관 말이야." 까를로가 일러주었다.

형제는 경찰관 옆을 지나갈 참이었다.

"안녕하십니까, 떼넬리 씨!" 까를로는 이렇게 인사하고는 경찰관 앞에서 걸음을 멈췄다.

그러자 경찰관이 말했다. "일이 공교롭게 되었군. 발라도레 경찰서까지 잠시 함께 가줘야겠어."

"에이, 무슨 말씀이세요!" 제로니모가 아무 영문도 모르고 말했다.

하지만 까를로는 안색이 창백해졌다. 그는 속으로 생각했다. 어떻게 이런 일이 가능하지? 금화 때문은 아닐 거야. 그사이 이 아랫동네 사람이 금화 사건을 알 리가 없잖아.

"이제 남쪽으로 이동하는 모양이군." 경찰관이 웃으며 말했다. "자네들한테는 아무 탈 없을 거야. 그냥 함께 가주기만 하면 돼."

"형은 왜 아무 말이 없어?" 제로니모가 채근했다.

"그래, 내가 한번 말해볼게…… 경찰관 나리, 대체 무슨 영문인지 좀 알 수 없을까요?……우리가 대체 뭘 어쨌다고…… 아니, 제가 뭘 어쨌다고…… 정말 무슨 영문인지 모르겠군요……"

"공교롭게 그렇게 됐어. 자넨 잘못한 게 없을 거야. 난 자네를 잘 아니까. 어떻든 지급전보를 받았는데, 자네 둘을 붙잡아두라는 거야. 자네들한테 혐의가 있다는 거야. 그것도 혐의가 아주 짙다나. 저 위쪽 사람들이 돈을 도둑맞았다는 거야. 하지만 자네들이 결백하다는 걸 입증할 수 있겠지. 그럼 어서 가자고!"

"어째서 아무 말 않는 거야, 형?" 다시 제로니모가 채근했다.

"응, 말해볼게. 그래, 말해보지 뭐……"

"어서 가자니까! 무슨 생각들을 하느라고 그렇게 멍하니 서 있어? 햇살도 뜨거운데. 한 시간만 걸으면 도착할 거야. 어서 가자고!"

까를로는 평소와 다름없이 제로니모의 팔을 잡았고, 두 사람은 천천히 걸음을 옮겼다. 경찰관이 뒤에서 따라왔다.

"형, 왜 아무말 않는 거야?" 제로니모가 재차 다그쳤다.

"왜 자꾸 그래, 제로니모? 무슨 이야기를 하라는 거야? 좀 있으면 모든 게 밝혀질 텐데. 나도 모르겠다……"

그때 어떤 생각이 뇌리를 스쳐갔다. 조사를 받기 전에 동생한테 사실대로 털어놓을까? …… 아냐, 그러면 안돼. 경찰관이 우리 이야기를 엿들을 테니까…… 뭐가 중요한지 한번 생각해보자. 재판을 받을 때는 사실대로 얘기할 수 있겠지. 이렇게 말할 거야. 재판장님, 제 경우는 보통의 도둑질과는 다릅니다. 그러니까 제가 왜 이 금화를 훔치게 되었는지 말씀드리면…… 그러면서 까를로는 어떻게 하면 사건의 전말을 명료하고 알아듣기 쉽게 설명할 수 있을지 생각해보았다. 어제 어떤 신사분이 마차를 타고 왔습니다…… 아마 정신이 좀 이상한 사람이었던 모양입니다. 아니면 착각했는지도 모르겠습니다만…… 그리

하여 저는······

하지만 이 얼마나 황당한 이야기인가! 이런 이야기를 누가 믿어줄까?······ 길게 해명할 시간도 주지 않을 것이다. 이 황당한 이야기를 믿어줄 사람은 아무도 없다······ 제로니모도 안 믿을 텐데······ 까를로는 이런 생각을 하면서 제로니모의 옆모습을 바라보았다. 앞을 못 보는 제로니모는 이미 오래전부터 길을 걸을 때면 고개를 아래위로 흔들었지만, 표정은 변함이 없었고, 눈동자가 없는 눈은 허공을 응시하고 있었다. 그때 까를로의 뇌리에 또다른 생각이 스쳐갔다. 사실대로 얘기하면 제로니모는 어떻게 생각할까? 틀림없이 이렇게 생각할 것이다. 그런 줄은 몰랐네. 형이 내 돈뿐만 아니라 다른 사람 돈까지 훔치는 줄은 몰랐어······ 그럴 수도 있겠네. 눈이 멀쩡하니까, 멀쩡한 눈을 이용해서······ 그래, 제로니모는 그렇게 생각할 것이다. 틀림없어······ 그런데 나한테 돈이 없다고 해도 빠져나갈 도리가 없을 거야. 재판관도 날 믿지 않을 테고, 제로니모도 날 믿지 않을 테니. 그들은 나를 감옥에 처넣을 테고, 제로니모는······ 이런, 제로니모한테 금화가 있으니 제로니모도 나처럼······ 더이상 생각을 이어갈 수 없었다. 모든 게 너무나 혼란스러웠다. 도무지 이 모든 일이 어쩌다가 이렇게 꼬였는지 도무지 이해할 수 없었다. 다만 한 가지 분명한 것은, 일년 정도 감옥살이는 달게 받아들일 자신이 있다는 것이었다······ 혹시 제로니모가 오직 자신 때문에 형이 도둑질을 했다는 걸 알아주기만 한다면 십년이라도 기꺼이 감방에서 썩을 수 있었다.

그때 제로니모가 갑자기 걸음을 멈추었고, 그래서 까를로 역시 제자리에 멈춰서지 않을 수 없었다.

"왜 그래? 무슨 일이야?" 경찰관이 짜증스럽다는 듯이 말했다. "어서 가자니까! 어서 걸어!" 그런데 제로니모가 기타를 털썩 땅바닥에 떨어뜨리고는 두 손을 뻗어 형의 얼굴을 더듬는 걸 보고는 어리둥절해졌다. 제로니모는 입술을 까를로의 입에 갖다대면서, 역시 영문을 몰라서 어리둥절해 있는 형에게 키스를 했다.

"이놈들이 돌았나?" 경찰관이 한마디했다. "어서 가자니까! 어서! 나는 햇볕에 타는 거 안 좋아해."

제로니모는 바닥에 떨어져 있는 기타를 말없이 집어들었다. 까를로는 깊은 숨을 내쉬면서 다시 동생의 팔을 잡아주었다. 어떻게 이런 일이? 동생이 자기한테 화를 내지 않잖아? 동생도 마침내 진실을 깨달은 걸까? 까를로는 긴가민가하면서 동생의 옆모습을 바라보았다.

"빨리 가자니까!" 경찰관이 다시 다그쳤다. "자꾸 꾸물거릴 거야!" 그러면서 까를로의 옆구리에 주먹을 한방 먹였다.

까를로는 동생의 팔을 꼭 잡고 발걸음을 옮겼다. 발걸음이 전에 없이 가벼웠다. 제로니모가 부드럽고 행복한 표정으로 미소를 머금고 있는 걸 보았던 것이다. 눈을 잃기 전 어린시절 이후로 이런 표정을 보기는 처음이었다. 까를로의 얼굴에도 미소가 번졌다. 이제는 절대로 나쁜 일은 생기지 않을 것이다. 법정에서도, 이 세상 어디에서도. 이제 동생을 되찾았으니까…… 아니, 생전처음으로 동생의 사랑을 확인했으니까……

■ 더 읽을거리

이 작품은 얼핏 옛날이야기 같은 느낌을 주지만, 인간의 근원적인 고독을 문제삼고 있다는 점에서 현대적인 주제를 다루고 있다. 이 작품에서는 다분히 사실주의적인 심리묘사가 '모더니스트' 슈니츨러에게서 어떻게 변화하는지, 영화 「아이즈 와이드 셧」(Eyes Wide Shut)의 원작으로 국내에도 번역 소개되어 있는 『꿈의 노벨레』(1926; 한국어판 백종유 옮김, 문학과지성사 1997)를 읽어보기 바란다.

Hermann Hesse

| 헤르만 헤쎄 |

1877~1962

헤르만 헤쎄는 스위스 접경의 독일 삼림지대에 자리잡은 소도시 칼프에서 유서깊은 선교사 집안에서 태어났다. 원래는 부모의 뜻에 따라 신학교에 입학했으나 1년 만에 뛰쳐나왔고 김나지움도 중도에 그만두는 등 방황의 성장기를 보냈다. 10대 후반부터 서점에서 일하면서 독학으로 작가수업을 쌓아 20대 초반부터 시와 소설을 발표하기 시작했다. 헤쎄에게 최초로 작가적 명성을 안겨준 소설 『페터 카멘찐트』(1903)를 발표한 후부터 서점 일을 그만두고 전업작가의 길로 들어섰다. 대표작으로 『데미안』(1919) 『황야의 이리』(1927) 『나르치스와 골트문트』(1930) 『유리알 유희』(1943) 등의 소설과 수많은 시와 그림을 남겼으며, 1946년 노벨문학상을 수상했다. 낭만주의와 신비적 경건주의의 영향을 많이 받은 헤쎄는 청년기의 방황과 정신적 성숙을 다룬 성장소설과 문명비판적 작품을 주로 썼다.

■ 짝짓기 Die Verlobung
별도의 길잡이가 필요 없을 만큼 남녀노소 누구나 쉽고 재미있게 읽을 수 있는 작품이다.

짝짓기

히르셴 가(街)에는 조그만 포목점이 하나 있는데, 이 포목점은 이웃 가게들과 마찬가지로 시대의 변화에 휩쓸리지 않고 그런대로 잘 운영되고 있었다. 포목점 주인은 이십년씩 단골로 찾아오는 손님한테도 헤어질 때면 "다음에도 꼭 들러주세요!" 하고 당부하길 잊지 않았다. 단골손님 중에는 이따금 들러 리본이나 끈실을 다발로 사가는 노파도 두엇 있었다. 손님 시중은 시집 안 간 주인딸과 여점원이 함께 맡았고, 주인 자신은 아침부터 저녁까지 가게 안에서 줄곧 다른 일로 분주했는데, 일하는 내내 말 한마디하지 않았다. 일흔살은 되어 보이는 주인은 체격이 아주 작았고, 뺨은 보기좋게 불그스레했으며, 갈색 수염을 짧게 기르고 있었다. 벌써 오래전에 대머리가 되었을 법한 머리에는 언제나 꽃무늬와 꼬불꼬불한 문양의 자수가 놓인 둥글고 뻣뻣해 보이는 모자를 쓰고 있었다. 그의 이름은 안드레아스 온겔트라고 하는데, 이 도시의 진짜 토박이로 신망이 두터운 사람이었다.

이 과묵한 포목점 주인은 누가 보아도 특별한 구석이라곤 없는 사람이었다. 그는 몇십년째 똑같아 보여서, 이 노인네한테도 과연 젊은시절이 있었을까 싶기도 하면서 다른 한편으로 몇십년째 더 늙지도 않은 것 같았다. 하지만 안드레아스 온겔트에게도 소년시절, 청년시절이 있었다. 그 연배의 노인네들한테 물어보면 어릴 적에는 사람들이 그를 '꼬마 온겔트'라고 불렀고 본인의 의사와 관계 없이 나름대로 유명세를 탄 인물이었다는 걸 알 수 있었다. 그는 지금으로부터 삼십오년쯤 전 온 동네를 떠들썩하게 한 '사건'의 주인공이기도 했는데, 예전 같으면 누구나 총각시절에 으레 겪게 마련인 그런 사건이었지만, 요즘은 아무도 이런 이야기를 하려고도 들으려고도 하지 않을 것이다. 그 사건은 안드레아스 온겔트의 결혼에 얽힌 것이었다.

안드레아스는 학교에 다닐 때부터 이미 말이 없었고 친구들과도 어울리지 않았다. 그는 어딜 가나 꿔다놓은 보릿자루 신세에 사람들의 구경거리가 되는 듯한 자격지심이 들었는데, 성격이 너무 소심하고 얌전해서 누구한테나 먼저 양보하고 자리를 내주었다. 그는 선생님들을 한없이 우러러보았으며, 학급 친구들한테는 일말의 경탄이 섞인 두려움을 느끼고 있었다. 그가 길거리에 나다니거나 놀이터에서 노는 모습은 볼 수 없었고, 아주 가끔 하천에서 목욕하는 모습만 눈에 띌 뿐이었다. 겨울철이 되면 그는 동네 개구쟁이가 눈을 뭉치는 것만 봐도 지레 몸을 움츠리면서 고개를 자라머리 모양으로 집어넣었다. 하지만 집에서는 혼자서 잘 놀았다. 누나들이 어릴 적에 가지고 놀던 인형도 곧잘 상대해주었고, 장난감 가게 세트도 곧잘 가지고 놀았는데, 밀가루와 소금과 모래 따위를 저울로 달아 작은 봉지에 담았다가 다시 봉지를 비우고 내용물을 서로 바꿔 담은 다음 다시 저울로 달아보기도 했다. 곧잘 어머니를 도와 간단한 집안일도 거들었고, 어머니 대신 물건을 사러 가거나 정원에 심어놓은 채소에서 달팽이를 잡기도 했다.

안드레아스의 학급 친구들은 그를 곧잘 골탕먹였으나 정작 본인은 한번도 화를 내는 법이 없었고 친구들이 무슨 짓을 해도 나쁘게 여기지 않는 눈치였다. 그는 대체로 순탄하고 만족스러운 생활을 하고 있었다. 자기 또래들과 주고받지 못하는 감정을 그는 인형한테 쏟았다. 아버지는 일찍 돌아가셨고 그는 늦둥이로 태어났는데, 어머니는 안드레아스가 좀 다르게 컸으면 싶으면서도 그대로 내버려두었고, 온순하게 자신을 따르는 아이한테 연민이 섞인 애정을 쏟았다.

어느덧 꼬마 안드레아스도 학교를 졸업했고, 졸업 후에는 윗동네 시장에 있는 디어람 씨 섬포에서 수습기간을 거쳤다. 이때부터 안드레아스의 딱한 처지에 변화가 오기 시작했다. 열일곱살쯤 되던 이 무렵, 정에 목말라하던 그가 사뭇 색다른 쪽으로 관심을 보이기 시작했던 것이다. 여전히 키가 작고 소심한 이 소년은 점점 더 눈을 크게 뜨고 소녀들을 두리번거리면서 가슴속에 이성을 향한 애정을 키우기 시작했고, 그의 애정이 응답받을 가망이 희박할수록 애정의 불꽃은 더더욱 활활 타올랐다.

여러 연배의 소녀들을 접하고 관찰할 수 있는 기회는 얼마든지 있었다. 수습기간이 끝나자 안드레아스는 고모가 운영하는 포목점에서 일하게 되었는데, 훗날 그가 떠맡게 될 바로 그 가게였다. 가게에는 아이들과 학교에 다니는 꼬맹이 소녀들, 학교를 졸업한 아가씨들이나 노처녀들, 하녀들과 부인네들이 매일같이 드나들면서 리본이나 아마포, 옷감에 댈 가죽이나 자수견본 따위를 샀는데, 때로는 옷감이 좋다고 칭찬하기도 하고 때로는 나쁘다고 타박하기도 했으며, 물건값을 깎기도 했고, 어떤 옷감이 좋을지 추천해달라고 했다가 정작 추천한 물건은 보지도 않고 엉뚱한 물건을 고르는 경우도 있었고, 샀던 물건을 다시 바꾸어가는 경우도 있었다. 안드레아스는 어떤 경우에도 손님을 공손하게 대했다. 그는 서랍장을 열어 옷감을 꺼내기도 하고, 사다리를 타고 오르락내리락하기도 하고, 옷감을 펼쳐 보였다가 다시 접어 포장하기도 하고, 손님의 주문을 받아적기도 하고, 가격을 알려주기도 했다. 그러면서 그는 가게를 찾아오는 소녀들한테 반했는데, 일주일마다 흠모의 대상이 바뀌었다. 그는 어떤 실, 어떤 명주옷감이 좋다고 얘기해주면서도 얼굴이 빨개졌고, 영수증을 건네줄 때는 손이 떨렸으며, 얌전한 자태로 가게를 나가는 예쁘장한 소녀에게 문을 열어주면서 다음에 또 와주세요, 하고 인사할 때는 가슴이 콩닥거렸다.

예쁜 소녀들한테 잘 보이려다보니 안드레아스는 싹싹하고 조심스러운 태도가 몸에 배였다. 아침마다 밝은 금발의 머리도 공들여 손질했고, 옷도 아주 깔끔하게 차려입었으며, 콧수염이 거뭇거뭇 자라는 모습을 초조하게 바라보았다. 손님을 맞을 때면 우아하게 인사하는 법도 배웠고, 옷감을 펼쳐 보일 때면 왼쪽 손바닥으로 가게마루를 짚고는 한쪽 다리에 몸무게를 실은 자세로 섰다. 그러면서 아주 세련된 미소를 지었는데, 차분하게 입언저리만 살짝 움직이는 미소부터 아주 기쁜 표정으로 환하게 웃는 미소에 이르기까지 어떤 미소도 자유자재로 지어 보일 수 있었다. 그밖에 그는 근사한 표현을 찾는 일에도 열성을 쏟았는데, 그가 찾아낸 말은 대개 부사어들이었고, 새롭게 찾아낸 근사한 표현들을 열심히 익혔다. 그는 원래 말주변이 없고 말할 때는 쭈뼛거렸으며 일찍부터 주어와 술어가 포함된 완전한 문장으로 말해본 적이 드물었던 터라 새롭게 찾아낸 신기한 어휘들에 주로 의지했고, 뜻이야 어찌되었든, 상대방이 듣든 말든 간에, 그런 어휘들을 구사함으로써 자신이 나름대로 말재간이 있다는 착각에 빠져들었다.

누군가가 안드레아스에게 "오늘 날씨가 근사한데" 하고 말을 걸어오면 그는 이렇게 대꾸했다. "그럼요…… 정말 그렇네요…… 그렇다마다요……" 또 여자 손님이 "이 아마포가 질긴가요" 하고 물어오면 그는 이렇게 말했다. "그럼요…… 틀림없습니다…… 그러니까 확실히

질기다고 할 수 있죠……" 또한 누군가가 안부를 물어오면 이렇게 대답했다. "고맙습니다요…… 물론 잘 지내죠…… 아주 잘 지냅니다." 그리고 특별히 존대해야 할 중요한 고객에게는 가령 "그럼에도 불구하고 말입니다만…… 좌우당간 말입니다…… 결코 그렇다고 볼 수는 없겠는데요……"라는 식의 완곡한 표현도 할 줄 알았다. 그럴 때면 고개를 갸우뚱하게 기울이고 혼신의 힘을 다해 최대한 공손한 자세로 말했다. 그런데 보통 사람에 비해 다소 긴 목이야말로 그의 몸에서 가장 인상적인 부분이었다. 그의 목은 가늘고 길쭉했는데, 목젖이 유난히 크고 많이 움직였다. 이 왜소하고 홀쭉한 점원이 손님이 묻는 말에 떠듬거리며 대답할 때면 마치 그의 몸에서 목이 삼분의 일은 차지하는 듯한 느낌을 주었다.

자연이 사람한테 재능을 배분할 때는 다 뜻이 있는 법이다. 안드레아스의 유난히 긴 목이 말재주와는 비례하지 않았지만, 아니 바로 그렇기 때문에, 열정적인 가수의 기질은 그만큼 더 돋보였다. 그는 노래를 무척 좋아했다. 그가 "어떻든 간에"라든가 "정 그러시다면" 하고 딴에는 상황에 어울리는 어휘를 구사해서 흐뭇하다 해도, 노래를 부를 때와는 비교도 할 수 없었다. 학교에 다닐 때만 해도 노래 소질은 드러나지 않았으나, 변성기를 완전히 지나자 노래 실력은 갈수록 피어나기 시작했다. 하지만 남들은 그 사실을 몰랐다. 워낙 소심한 성격 때문에 그는 혼자 있을 때만 남몰래 자신의 은밀한 재주를 확인했던 것이다.

저녁때 식사를 하고 잠을 자기 전까지 한시간 남짓 동안 그는 자기 방에서 불도 켜놓지 않은 채 노래를 부르며 시적인 황홀경에 도취되었다. 그의 목소리는 높은 테너에 가까웠는데, 그는 제대로 성악교육을 받지 못한 공백을 흥을 돋우어 메우려고 했다. 노래를 부를 때면 그의 눈에는 촉촉한 윤기가 흘렀고, 멋지게 가르마를 탄 머리는 한껏 뒤로 젖혔으며, 음의 높낮이에 따라 목젖이 오르락내리락했다. 그의 십팔번은 「강남 갔던 제비 돌아오면」이었다. '또 떠나가네, 이별은 너무나 슬퍼'라는 소절에서는 떨리는 목소리로 음을 길게 뽑았고, 때로는 눈물까지 글썽였다.

안드레아스의 일솜씨는 하루가 다르게 좋아졌다. 그래서 집안에서는 그에게 몇년 동안 대도시 경험을 시켜줄까 하는 궁리를 하고 있었다. 하지만 그가 없으면 가게가 제대로 돌아가지 못할 정도가 되어서 고모는 그를 놓아주려 하지 않았다. 더구나 고모는 나중에 이 가게를 안드레아스한테 물려줄 생각이었으므로 평생 먹고살 걱정은 따로 하지 않아도 될 만큼 형편도 좋았다. 하지만 안드레아스가 가슴에 품은 그리움은 풀 길이 없었다. 그가 또래의 아가씨들한테 눈길을 주고 상냥하게 대해도 아가씨들 입장에서는 그가 우스꽝스럽게만 보였던 것이다. 그는 또래의 아가씨들 모두를 좋아했기 때문에 아가씨들 중에 누군가가 한걸음만 안드레아스 쪽으로 다가와주었어도 그는 얼른 상대를 붙잡았을 것이다. 하지만 그가 점점 더 교양있는 어휘를 구사하고 점점 더 향기로운 화장품을 사용하는데도 그에게 호응을 보인 아가씨는 없었다.

단 한명 예외가 있긴 했으나, 이 경우에는 안드레아스 쪽에서 거의 관심을 보이지 않았다. 파울라 키르혀라는 그 아가씨는 키르혀스포일레라고도 불렀는데, 언제나 안드레아스한테 상냥하게 대했고, 진지하게 호감을 가진 듯했다. 물론 썩 젊지도 예쁘지도 않은데다 나이는 안드레아스보다 몇살 위였고, 그다지 눈에 띄는 인물이 아니었다. 하지만 사람이 아주 착실한데다 유복한 수공업자 집안의 귀한 딸이었다. 길거리를 지나가다가 안드레아스가 그 아가씨한테 인사를 건네면 아가씨 쪽에서는 상냥하고 진지한 어조로 고맙다며 인사를 받았다. 그리고 그 아가씨가 가게에 오면 다정하고 소박하고 겸손한 태도를 보였기 때문에 안드레아스로서는 시중들기가 편했고, 아가씨는 그의 설명을 너무나 진지하게 경청했다. 그런 연유로 안드레아스는 이 아가씨가 싫지 않았고 신뢰감도 갖게 되었지만, 여자로서 관심을 갖지는 않았다. 그리하여 그 아가씨는 안드레아스가 퇴근한 후에는 전혀 생각하지 않는 몇 안되는 노처녀들 축에 들게 되었다.

안드레아스는 때로는 근사한 새 신발에 때로는 멋진 스카프에 희망을 걸었다. 차츰 뻣뻣해지는 콧수염에도 신경을 쓴 것은 물론이어서, 마치 자기 눈처럼 소중하게 가꾸었다. 그러다가 드디어 행상하는 장사꾼한테서 굵직한 비취가 박혀 있는 금반지도 하나 샀다. 당시 그의 나이 스물여섯이었다.

안드레아스가 서른살이 되어도 결혼할 가능성이 요원해 보이자 어머니와 고모는 옆에서 거들 필요가 있겠다고 생각했다. 벌써 고령에 접어든 고모는 자기가 살아 있는 동안에 포목점을 물려줄 생각인데, 단 나무랄 데 없는 처자와 결혼을 해야 한다는 조건을 달았다. 이런 제안에 자극을 받은 어머니 역시 발벗고 나섰다. 어머니는 여러 가지 궁리를 하던 끝에 그럴듯한 방안이 떠올랐다. 아들을 동호인 모임 같은 데 가입시켜 사람들도 많이 접하고 여자들과 교제하는 법도 익히게 할 생각이었다. 아들이 노래를 좋아한다는 걸 익히 알고 있던 터라 그걸 빌미 삼아 아들한테 노래교실에 들어가보면 어떻겠냐고 운을 뗐다.

안드레아스는 사람들과 어울리는 것이 꺼려지긴 했으나 일단 그러겠다고 했다. 그리고 진지한 음악이 더 마음에 드니까 노래교실보다는 교회성가대 쪽이 더 좋겠다고 했다. 하지만 진짜 이유는 교회성가대에 마르가레트 디어람 양이 속해 있었기 때문이었다. 디어람 양은 안드레아스가 수습근무를 했던 가겟집 주인의 딸로 아주 예쁘고 명랑한 스무살이 조금 넘은 아가씨였다. 그녀는 안드레아스가 가장 최근에 좋아하게 된 아가씨였다. 얼마 전부터는 그나마 나이가 대충 맞는 아가씨들이 부쩍 줄어든데다가, 특히 나이도 맞고 예쁘기까지 한 아가씨는 디어람 양을 제외하면 찾아보기 힘들었다.

어머니는 아들이 성가대에 들어가겠다는 걸 만류할 뾰족한 수가 떠오르지 않았다. 성가대 쪽은 노래교실에 비하면 즐겁게 어울리는 저녁 모임이나 파티가 절반도 채 안될 것이다. 하지만 대신 구성원들이 훨씬 더 유복한 집안 출신이고, 양갓집 딸들이 많으니 안드레아스가 노래연습이나 정식합창을 할 때 그 아가씨들과 접촉할 기회도 많을 터였다. 그리하여 어머니는 지체없이 다 큰 아들을 데리고 성가대 지휘자를 찾아갔다. 학교 선생님으로 나이가 지긋한 지휘자는 두 사람을 친절하게 맞아주었다.

"어서 오세요, 온겔트 씨." 지휘자가 먼저 말을 꺼냈다. "우리 성가대에 들어오고 싶은 거죠?"

"예, 정말 그렇습니다만, 저……"

"전에도 노래를 불러본 적이 있나요?"

"그럼요, 다시 말씀드리자면, 어느정도는……"

"좋아요. 그럼 어디 한번 들어보죠. 가사를 다 외우는 노래가 있으면 아무거나 한곡 불러보세요."

그러자 안드레아스는 소년처럼 얼굴이 빨개지더니 도무지 노래를 시작하려 들지 않았다. 하지만 다시 선생님이 채근하고 거의 화를 낼 듯한 표정을 짓자 마침내 안드레아스는 간신히 부끄러움을 극복하고는 차분하게 앉아 있는 어머니 쪽을 체념한 눈길로 바라보면서 그의 십팔번을 부르기 시작했다. 그는 노래 분위기를 살려서 첫 소절을 막힘 없이 불렀다.

그러자 지휘자 선생님은 그만하면 됐다고 손짓했다. 그리고 다시 정중한 어조로 말했다. 노래는 썩 잘 불렀는데, 연가(戀歌)풍으로 부르는 걸 보니 세속음악 쪽에 더 소질이 있는 것 같으니까 노래교실을 알아보는 게 어떻겠냐고 했다. 그러자 안드레아스는 당황해서 뭐라고 더듬거리며 말하려 했으나, 어머니가 대신 나섰다. 아들이 노래를 정말 잘 부르는데 오늘은 다소 당황한 것 같으니 아들을 받아주시면 정말 고맙겠다, 노래교실은 분위기도 전혀 다르고 그리 점잖은 곳도 아니지 않느냐, 그리고 매년 교회 기부금도 꼬박꼬박 내왔다, 요컨대 호의를 베풀어 시험기간만큼이라도 아들을 받아주면 좋겠다, 그러고서 지켜보면 되지 않겠느냐, 하는 요지였다. 그러자 지휘자 선생님은 교회음악은 그저 여흥으로 부르는 노래와는 다르며 게다가 성가대 합창석이 꽉 찼다고 듣기 좋은 말로 다시 타일렀다. 하지만 결국 어머니는 지휘자를 설득하는 데 성공했다. 서른살이 넘은 사람이, 더구나 어머니의 지원까지 받으며 성가대에 들어오겠다는 경우는 노년의 지휘자가 처음 겪는 일이었다. 이렇게 나이든 청년이 성가대에 들어온다는 게 전에 없던 일이고 마땅치도 않았지만, 이런 희한한 경우도 다 있구나 하는 생각에 속으로 웃음이 나오기도 했다. 지휘자는 안드레아스한테 다음번 연습시간을 알려주고는 미소를 지으며 모자를 배웅했다.

수요일 저녁 안드레아스는 제시간에 맞추어 노래연습을 하는 교실로 찾아갔다. 부활절 축제를 위한 합창곡을 연습하는 중이었다. 하나둘씩 모여드는 남녀 단원들은 새로 들어온 단원에게 아주 다정하게 인사를 건네면서 스스럼없이 대해주었고 다들 성격이 명랑해서 안드레아스는 더없이 기뻤다. 마르가레트 디어람도 나타나 신입 단원에게 다정한 미소로 고개를 끄덕이며 인사를 건넸다. 이따금 뒤에서 나직한 웃음 소리가 들리긴 했지만, 다른 사람들이 자기를 우습게 보는 데는 이골이

난 안드레아스는 개의치 않기로 했다. 그런데 역시 성가대의 일원인 키르혀스포일레 양은 뒷전에 물러선 채 진지한 표정으로 잠자코 있기만 해서 안드레아스는 의아한 느낌이 들었다. 알고 보니 그녀는 성가대 중에서도 노래실력을 인정받는 축에 속했다. 전에는 늘 그에게 호의를 가지고 친절하게 대해주었는데 지금은 이상하게 냉담했고, 심지어 그가 여기까지 밀고 들어온 걸 불쾌해하는 눈치였다. 하지만 키르혀스포일레가 그와 무슨 상관이란 말인가?

  안드레아스는 노래를 부를 때 아주 조심했다. 학교에서 악보 보는 법은 대충이나마 익힌 터였고, 목소리를 낮추어서 다른 사람들이 부르는 대로 몇박자씩은 따라 부르긴 했으나, 전체적으로 노래솜씨에 자신이 없었고 도대체 이런 상태가 나아지기나 할지 은근히 걱정스러웠다. 지휘자는 그가 당황해하는 걸 보고 우습기도 하고 딱하다는 생각도 들어서 그에게 신경을 써주었고, 헤어질 때는 "계속 열심히 하다보면 차츰 나아질 겁니다" 하고 다독거려주었다. 그날 저녁 내내 안드레아스는 마르가레트 가까이에서 수시로 그녀를 바라볼 수 있는 즐거움을 맛보았다. 예배를 드리기 전이나 예배를 드린 후 합창석에서 노래를 부르는 성가대에서 테너를 맡은 단원들이 여성 단원들 바로 뒤쪽에 선다는 것이 생각났다. 그러자 이번 부활절 합창 때는 물론이고 앞으로 합창할 기회가 있을 때마다 디어람 양을 가까이에서 마음껏 바라볼 수 있을 거라고 생각하니 뛸 듯이 기뻤다. 하지만 자신의 키가 너무 작아서 다른 단원들 틈에 서면 아무것도 볼 수 없을 거라는 생각이 들자 다시 속이 상했다. 그래서 그는 동료 남자단원 중 한 친구에게 장차 합창석에 설 때 겪게 될 이러한 애로사항을 더듬거리면서 간신히 털어놓았는데, 물론 진짜 이유는 말하지 않았다. 그러자 동료단원은 웃으면서 충분히 잘 보일 수 있도록 키를 높여줄 테니 걱정하지 말라고 했다.

연습이 끝나자 서로 작별인사도 하는 둥 마는 둥 하고 모두 뿔뿔이 흩어졌다. 몇몇 청년들은 여성들을 집에까지 바래다주었고, 더러 맥주를 마시러 가는 축도 있었다. 안드레아스는 어두컴컴한 학교 건물 앞 공터에 쓸쓸하게 혼자 서서 다른 친구들을, 정확히 말하면 마르가레트의 뒷모습을 조마조마한 심정으로 바라보다가 낙담한 표정을 지었다. 바로 그때 키르혀스포일레가 바로 그의 곁을 지나갔는데, 그가 모자를 벗는 시늉을 하며 인사를 건네자 그녀가 먼저 말을 걸어왔다. "집에 가는 길이세요? 그럼 가는 길이 같으니까 함께 가시죠." 그는 고맙다고 하고는 그녀 옆에 나란히 서서 삼월이라 공기가 쌀쌀하고 습한 거리를 따라 집 쪽으로 발걸음을 옮겼다. 헤어질 때 잘 자라는 인사말을 주고받은 것 말고는 함께 걸어가는 내내 서로 아무 말도 하지 않았다.

다음날 마르가레트 디어람이 포목점에 들렀고 안드레아스는 시중을 들어주었다. 그는 온갖 옷감을 꺼내 보이면서 마치 비단이라도 되는 듯 그 장점을 일일이 설명해주었고, 손에 든 자를 바이올린의 활처럼 우아하게 다루었으며, 어떤 사소한 동작에도 감정과 우아함을 실었다. 그러면서 마르가레트가 어제 만났던 일과 성가대와 합창연습에 대해 뭐라고 한마디해주기를 은근히 기대했다. 과연 그녀는 가게를 나가려다 말고 이렇게 말했다. "노래도 하신다니 정말 뜻밖이에요, 온겔트 씨. 노래하신 지 오래되었나요?" 그리고 그가 두근거리는 가슴을 누르며 "아, 예, 그렇다기보다는 뭐…… 굳이 말하자면……" 하고 어물거리는 사이에 그녀는 어느새 가볍게 고개를 까딱 하고는 골목길로 사라졌다.

안드레아스는 속으로 "그렇지! 옳거니!" 하고 쾌재를 부르며 달콤한 미래를 꿈꾸느라 옷감을 정리할 때 난생처음으로 양털이 반쯤 섞인 혼방털실과 순모(純毛)털실을 혼동하고 말았다.

그러는 사이에 부활절이 점점 가까워지고 있었다. 부활절 주간 성회(聖灰)의 금요일(부활절 일요일 전의 금요일로, 예수가 십자가에 못 박힌 것을 애도하는 날―옮긴이)과 일요일에도 성가대의 합창이 있을 예정이어서 한 주에 여러 차례 합창연습을 하게 되었다. 안드레아스는 매번 제시간에 가서 합창을 조금이라도 망치지 않으려고 안간힘을 다했고, 다른 동료들 역시 모두들 호의를 가지고 그를 대해주었다. 단지 키르혀스포일레만이 그에게 뭔가 불만이 있는 듯했는데, 그로 인해 그는 기분이 언짢았다. 그래도 키르혀스포일레가 유일하게 완전히 신뢰할 수 있는 여성이건만. 어쨌거나 그가 그녀와 나란히 함께 귀가하는 것도 정해진 일과처럼 되었다. 사실 집까지 배웅해주고 싶은 사람은 마르가레트였으나 도저히 말을 꺼낼 용기가 나지 않았다. 그래서 포일레와 동행하게 되었던 것이다. 처음 몇번째 함께 집으로 가는 길에는 서로 아무 말도 하지 않았다. 그렇게 몇번이 지나간 다음 포일레는 왜 그렇게 말이 없냐고, 자기가 겁나기라도 하냐고 타박하듯이 물었다.

"아, 아뇨!" 그는 흠칫 놀라 떠듬거리며 대답했다. "그런 건 아니고…… 그렇다기보다는…… 정말 아니에요…… 그 반대인걸요……"

그녀는 소리 없이 웃으면서 다시 물었다. "노래 부르는 건 어때요? 노래 부르는 게 좋아요?"

"무, 물론이죠. 아, 아주, 저, 정말, 좋아요."

그녀는 고개를 설레설레 젓더니 목소리를 차분하게 깔면서 말했다. "당신하고는 정말 이렇게 대화를 하기 힘든가요, 온겔트 씨? 대답할 때마다 본인 생각을 솔직히 말하지 못하고 빙빙 돌려서 표현하고 있잖아요."

그러자 안드레아스는 사면초가에 몰린 표정으로 그녀를 바라보면서 뭐라고 알아들을 수 없는 말을 떠듬거렸다.

"좋은 뜻으로 이런 말씀 드리는 거예요." 그녀가 말을 계속했다. "당신도 자신이 그런 줄 알고 계시죠?"

그러자 안드레아스는 열심히 고개를 끄덕였다.

"알고 있다니 다행이군요! 당신은 도대체 '어째서요'니 '좌우당간'이니 '굳이 말하자면'이니 하는 말밖에 할 줄 모르나요?"

"예, 그럼요, 비록…… 물론……"

"또 '그럼요, 비록, 물론' 타령이네요. 퇴근 후에 저녁때 어머님이나 고모님이랑 이야기를 나누기라도 하나요? 도대체 우리말로 대화가 되나요? 어머님이나 고모님하고 대화가 된다면 저나 다른 사람들한테도 그렇게 해보세요. 그럼 조리있게 이야기를 나눌 수 있잖아요. 그럴 생각 없어요?"

"천만에요. 앞으론 틀림없이 그러죠. 확실히……"

"그럼 좋아요. 훌륭한 결심을 한 거예요. 이젠 저도 당신과 대화를 할 수 있게 됐네요. 하마터면 저만 혼자 말할 뻔했잖아요."

그러고서 그녀는 안드레아스와 이야기를 나누기 시작했는데, 안드레아스는 이런 대화가 아직 익숙지 않았다. 그녀는, 안드레아스가 성가대에서 노래도 못 부르고 단원들보다 나이도 한참 많은데 도대체 뭣하러 성가대에 나오느냐고, 단원들이 곧잘 그를 우스갯거리로 삼는 것도 모르냐고 따져 물었다. 그는 단원들이 자기를 놀리느라 하는 얘기들 때문에 모욕감을 느끼면 느낄수록 잘 대해주는 친구들의 호의가 더더욱 마음에 와닿는다고 얘기했다. 그는 거의 울상이 되어서 이젠 성가대에 나가지 않겠다고 냉정하게 다짐했다가도, 호의를 베풀어주는 친구들한테 고마움을 느낀다고 금세 말을 바꾸었다. 그러는 사이에 어느새 파울라의 집앞에 이르렀다. 파울라는 안드레아스에게 악수를 청하면서 진지한 어조로 말했다.

"안녕히 주무세요, 온켈트 씨. 이젠 잘될 거예요. 다음번에도 이런 식으로 함께 이야기하는 거예요, 그럴 거죠?"

안드레아스는 심란한 마음으로 귀가했다. 파울라가 직설적으로 했던 말들을 떠올리면 속이 상했다가도, 누군가가 이렇게 다정하고 진지하게 호의를 가지고 자기와 얘기해준다는 걸 생각하면 마음이 뿌듯해지고 위안이 되었다.

다음번 성가연습을 마치고 돌아오는 길에는 어느새 집에서 어머니와 얘기할 때처럼 그다지 막히지 않고 파울라와 얘기할 수 있게 되었다. 이렇게 이야기가 되자 그의 용기도 배가되었고, 파울라에 대한 믿음도 더욱 커졌다. 그리고 그 다음번 저녁에는 자기가 한 아가씨를 좋아한다는 것까지도 털어놓으려 했다. 그리하여 어이없게도 파울라가 자기 속마음을 알면 도와줄 거라고 철석같이 믿고 디어람의 이름까지 막 말하려던 참이었다. 그런데 파울라는 그 얘기를 하지 못하게 말을 가로막았다. 그녀는 그가 털어놓으려는 말을 갑자기 잘라버리고는 이렇게 말했다. "그러니까 결혼을 하고 싶다, 그거죠? 그것도 정말 잘 생각한 거예요. 이젠 나이도 있으니까요."

"나이라, 벌써 그렇게 됐네요." 그는 침울하게 그녀의 말에 수긍했다. 하지만 그녀는 그저 웃기만 했고, 그는 슬픈 심정을 달래지 못한 채 집으로 갔다. 다음번에 그는 이 이야기를 또 꺼냈다. 그러자 파울라는 그저 심드렁하게, 어떤 상대를 골라야 할지 제대로 알라고만 했을 뿐이다. 그러면서 한 가지 분명한 것은, 지금 그가 성가대에서 하는 역할은 그가 원하는 짝을 찾는 데 도움이 되지 않을 거라고 덧붙였다. 젊은 아가씨들 눈에는 구애자가 우스꽝스럽게만 보이는데, 도대체 무슨 생각으로 그런 사람한테 관심을 가지겠느냐는 거였다.

이런 말을 듣고 그는 무척 상심했지만 다시 분발해서 성회의 금요일에 부를 성가연습에 열중했다. 그날 안드레아스는 처음으로 합창석 무대에 오를 예정이었다. 이윽고 그날 아침이 밝아오자 그는 특별히 신경써서 근사한 실크 모자를 쓰고 정해진 시간보다 일찍 교회로 갔다. 그의 자리가 정해지자 그는 언젠가 키를 높일 수 있게 도와주겠다고 약속했던 젊은 친구한테 도움을 청했다. 과연 그 친구는 약속을 잊지 않은 듯 합창석 자리를 정돈하는 사람한테 뭐라고 신호를 보냈고, 그러자 그 사람은 눈을 찡긋 하고 웃으며 조그만 나무상자를 가져와 안드레아스가 설 자리에 놓더니 그 위에 올라서라고 했다. 그리하여 원래 키가 작은 안드레아스도 고참 테너 단원들과 대등한 위치에서 두루 시야가 트이고 그 자신도 버젓이 눈에 띌 수 있게 되었다. 다만 그런 자세로 서 있기가 힘들었고 자세가 불안정했기 때문에 몸의 균형을 잡느라 진땀을 뺐다. 그러면서 혹시 이러다가 넘어져서 난간 쪽에 있는 여성합창단 쪽으로 굴러떨어지면 어쩌나 하고 마음을 졸였다. 성가대 합창석의 앞쪽은 계단이 아주 좁았고 아래쪽 신도석으로 굴러떨어질 듯 경사가 급했던 것이다. 이런 연유로 신경이 쓰이긴 했지만, 대신 어여쁜 마르가레트 디어람의 뒷모습을 숨막힐 정도로 가까이에서 바라볼 수 있게 되어 흐뭇했다. 합창과 예배가 모두 끝나고 교회 문이 열리면서 종소리가 울리자 그는 기진맥진해서 안도의 한숨을 내쉬었다.

다음날 파울라는 안드레아스가 억지로 키를 높여서 주제넘어 보이기도 하고 우스꽝스러워 보이기도 했다고 핀잔을 주었다. 그러자 안드레아스는 앞으로는 키가 작은 걸 창피하게 여기지 않겠다고 약속하면서, 그래도 다음날 부활절 예배 때는 마지막으로 딱 한번만 더 발판을 이용하고 싶다고 했다. 그래야 나름대로 신경써서 발판을 구해준 친구도 무안하지 않게 배려해줄 수 있지 않느냐는 거였다. 파울라는, 발판을 갖다준 친구가 안드레아스를 놀려먹기 위해 일부러 그런 것도 모르냐고 한마디하려다가 차마 그 말만은 하지 못했다. 그녀는 고개를 설레설레 저으면서 그럼 그러라고 했다. 어쩌면 사람이 이렇게 맹할까 하는 생각에 짜증이 나면서도 무턱대고 사람을 믿는 한없는 순진함에 가슴이 찡하기도 했다.

부활절 일요일의 성가대 분위기는 전에 없이 성대했다. 장엄한 성가가 울려퍼지는 가운데 안드레아스는 등에 잔뜩 힘을 주고 몸의 균형을 잡았다. 그런데 성가대의 합창이 끝나갈 무렵 바짓자락이 발에 밟히는 바람에 몸이 기우뚱하면서 발판이 흔들거리기 시작하자 그는 질겁했다. 계단 아래로 굴러떨어지지 않게 되도록이면 몸을 움직이지 않고 꼼짝 않고 버티는 수밖에 다른 도리가 없었다. 그렇게 버티는 것까지는 그럭저럭 해내서 꼴사나운 웃음거리가 되는 사태는 모면했다. 단하나 문제가 있었다면, 가볍게 우지직 하는 소리가 나면서 테너 안드레아스의 키가 점점 작아지더니 겁에 질린 그의 얼굴이 아래로 가라앉다가 마침내 완전히 시야에서 사라지고 말았다는 것이다. 그리하여 지휘자도, 신도석도, 금발의 마르가레트의 아름다운 뒷모습도, 차례로 그의 시야에서 사라졌으나, 그나마 다행히 그는 무사히 바닥에 안착할 수 있었다. 그러는 동안 그보다 나이가 어린 남자 성가대원들이 히죽거리고 가까이 앉아 있던 초등학생 꼬마들 중 일부가 이 광경을 목격한 것을 제외하면 아무도 이런 사태를 눈치채지 못했다. 안드레아스가 이런 무참한 꼴을 당했든 말든 성가대는 절묘한 예술적 기교로 환희와 축복의 대미를 장식했다.

오르간 연주자의 송별음악이 울려퍼지는 가운데 사람들이 교회를 빠져나가는 동안 성가대 단원들은 여전히 합창석에 남아 이런저런 의논들을 했다. 매년 그래왔듯이 다음날 월요일에는 성가대가 소풍을 가기로 되어 있었기 때문이다. 안드레아스는 애당초 이 소풍에 잔뜩 기대를 걸어온 터였다. 그래서 그 와중에도 다시 용기를 내어 디어람 양에게 소풍에 함께 갈 생각이 없냐고 물었더니 그녀는 아무렇지도 않게 선선히 응답해주었다.

"당연히 함께 가야죠." 아름다운 아가씨는 차분한 어조로 대답하고는 불쑥 이렇게 물었다. "그런데 조금 전에 정말 아프지 않았어요?" 그러면서 그녀는 꾹 참았던 웃음을 터뜨리고는 안드레아스의 대답은 들을 생각도 않고 휑하니 가버렸다. 바로 그때 이 장면을 지켜보고 있던 파울라가 나타나 정말 딱하다는 표정으로 안드레아스를 째려보자 그는 마음이 더 뒤숭숭해졌다. 한순간 부풀어올랐던 용기도 제풀에 사그라졌고, 이미 어머니한테 소풍 얘기만 하지 않았어도 제발 소풍이고 성가대고 다 집어치우고 모든 희망을 포기하고 싶었다.

월요일은 날씨가 청명했다. 두시경 거의 모든 성가대원들이 가족 친지들과 함께 시의 위쪽 언덕에 있는 레르헨 가로 모여들었다. 안드레아스도 어머니와 함께 왔다. 그는 전날 밤 어머니한테 자기가 마르가레트를 좋아하는데 거의 가망은 없지만 내일 오후 소풍때 어머니가 좀 도와주면 그나마 나을지 모르겠다고 얘기한 터였다. 어머니는 풀이 죽어 있는 아들한테 힘닿는 대로 도와주겠다고 약속했지만, 아들의 짝이 되기에는 마르가레트가 너무 젊고 예쁘다는 생각이 들었다. 그렇지만 시도해서 나쁠 건 없었다. 중요한 건 안드레아스가 하루빨리 아내를 맞이하는 일이었다. 가게 때문에도 그랬다.

숲길이 상당히 가팔라 올라가는 데 힘이 들었기 때문에 일행은 이동 중엔 노래를 부르지 않았다. 그럼에도 온겔트 부인은 기운을 차리고 숨을 고르면서 아들한테 앞으로 몇시간 동안 어떻게 처신해야 하는지 단단히 일러주고는, 디어람 부인과 담소를 나누기 시작했다. 마르가레트의 어머니는 산길을 오르느라 숨이 가빠서 꼭 필요한 대답만 해주기도 버거웠지만, 온겔트 부인한테서 즐겁고 재미있는 이야기들을 들을 수 있었다. 온겔트 부인은 날씨가 정말 좋다는 얘기로 말문을 열면서 부활절 예배음악에 대한 소감을 한마디하고는, 디어람 부인의 화려한 외모를 칭찬하고 마르가레트의 봄옷이 정말 눈부시다고 말했다. 그다음에는 여자들 화장용품 얘기를 잠시 하다가, 올케가 운영하는 포목점이 근래 몇년 사이에 부쩍 잘된다는 얘기도 덧붙였다. 이런 말을 듣자 디어람 부인도 온겔트 부인의 아들을 칭찬하는 수밖에 없어서 이렇게 말해주었다. "아드님이 정말 취향이 고상하고 사업수완도 뛰어나더군요, 벌써 여러 해 전에 안드레아스가 견습사원으로 우리 점포에서 일할 때부터 바깥양반이 사업수완을 알아보더라고요." 안드레아스의 어머니는 이런 찬사를 듣자 날아갈 듯 기쁘면서도 자기도 모르게 한숨이 나왔다. "안드레아스는 물론 능력이 있고 앞으로 크게 될 거예요. 그 알짜배기 포목점도 벌써 그애 거나 다름없어요. 그런데 여자한테는 숙맥이라 그게 걱정이지 뭐예요. 그렇다고 여자한테 관심이 없는 것도 아니고, 신랑감으로 꼭 필요한 덕목도 다 갖추었는데, 자신있게 용기를 내지 못하는 거예요."

그러자 디어람 부인은 이 도시의 그 어떤 처자라도 안드레아스의 배필이 되기를 바랄 거라며 수심에 잠겨 있는 어머니를 위로해주었다. 그러면서도 물론 자기 딸은 털끝만큼도 염두에 두지 않았지만 온겔트 부인은 그런 말을 듣자 귀가 솔깃해졌다.

그러는 사이에 마르가레트는 다른 젊은이들과 어울려 멀찌감치 앞서 가고 있었는데, 일행 중 가장 젊고 쾌활한 친구들로 구성된 그 작은 무리에는 짧은 다리로 무척 힘들게 따라가는 안드레아스도 끼어 있었다.

일행은 보기 드물게 안드레아스한테 잘해주었다. 이 개구쟁이들한테는 이 꼬마 형이 사랑에 빠진 눈길로 낑낑거리면서 따라오는 모습이 재미있었던 것이다. 예쁜 마르가레트도 잘 대해주어서 수시로 짐짓 진지한 대화를 나누었는데, 그러자 안드레아스는 너무 기뻐서 흥분한 나머지 자꾸만 문장이 연결되지 않아 몸이 달았다.

하지만 즐거움은 오래가지 못했다. 이 불쌍한 친구는 차츰 등뒤에서 자기를 비웃는 말들을 알아차리게 되었고, 그런 비웃음에 적응할 수는 있어도 어쩔 수 없이 풀이 죽고 희망도 사그라졌기 때문이다. 하지만 되도록 그런 내색은 하지 않았다. 시간이 흐를수록 젊은이들은 점점 더 호기를 부렸고, 모든 농담과 익살이 그를 가리키고 있다는 것이 점점 더 분명해졌으나 안드레아스는 애써 모른 체하고 가능하면 큰 소리로 함께 따라 웃었다. 그러다가 결국 일행 중에 가장 짓궂은, 약방의 견습생으로 있는 키다리 녀석이 아주 우악스러운 장난으로 이 개구쟁이짓을 마무리했다.

일행은 잘생긴 참나무 고목 곁을 막 지나가는 중이었는데, 약방 견습생이 이 참나무의 맨 아래쪽 가지까지 손이 닿을 수 있는지 한번 시도해보겠다고 자청하고 나섰다. 여러 차례 점프해보았지만 손이 가지까지 닿지 않자 반원을 그리며 빙 둘러서 있던 구경꾼들이 그를 놀려댔다. 그러자 이 키다리는 꾀를 짜내 재치있게 자신의 명예를 회복하고 다른 친구를 자기 대신 웃음거리로 삼을 묘책을 찾아냈다. 그는 갑자기 키 작은 안드레아스를 꽉 잡더니 번쩍 들어올리면서 나뭇가지를 잡아보라고 했다. 기겁을 한 안드레아스는 화를 냈고, 몸이 흔들려 바닥에 떨어질까봐 겁이 나지만 않았어도 키다리의 요구에 응하지 않았을 것이다. 안드레아스는 하는 수 없이 나뭇가지를 움켜잡고 꼭 매달렸다. 그의 몸을 부축하고 있던 키다리는 안드레아스가 나뭇가지에 매달렸다는 걸 확인하고는 그만 손을 놓아버렸고, 안드레아스는 젊은이들의 폭소가 터지는 가운데 어쩔 줄 몰라하며 높은 나뭇가지에 매달려서 발을 버둥거리며 화난 목소리로 고함을 질러댔다.

"내려주세요!" 그가 다급하게 소리쳤다. "당장 다시 내려달란 말이에요! 어서요!"

안드레아스는 목이 메어 더이상 말이 나오지 않았고, 완전히 묵사발이 되도록 영영 씻을 수 없는 수모를 당했다는 생각이 들었다. 그런데도 약방 견습생은 이젠 혼자 힘으로 내려와보라고 했고, 그러자 모두들 박수를 치면서 환호성을 질렀다.

"한번 내려와보세요!" 마르가레트 디어람도 덩달아 소리쳤다.

"예, 그러지요" 하고 안드레아스가 대답하는 동안에도 마르가레트는 "어서 빨리요!" 하고 채근했다.

그런데 안드레아스를 이 지경으로 만든 고문관이 일행을 둘러보며 한마디했는데, 그 내용인즉 온겔트 씨가 성가대에 합류한 지도 벌써 삼주가 지났지만 아무도 이분의 노래를 들어본 적이 없으니, 일행이 보는 앞에서 노래를 한곡 부르기 전에는 이 높고 위태로운 자세를 모면할 수 없을 거라고 했다.

고문관이 말을 마치자마자 안드레아스는 노래를 하기 시작했다. 벌써 힘이 다 빠진 느낌이 들었던 것이다. 그는 거의 울먹이면서 '그 시간을 생각해봐요' 하고 노래를 부르기 시작했으나, 첫 소절을 채 끝내기도 전에 손에 힘이 풀리면서 비명을 지르며 아래로 떨어지고 말았다. 모두들 깜짝 놀랐다. 혹시 안드레아스가 다리라도 부러졌다면 일행은 잘못을 뉘우치며 동정심을 느꼈을 것이다. 그런데 안드레아스는 안색이 창백하긴 했으나 다친 데 없이 다시 일어나더니, 축축한 풀밭에 떨어져 있던 모자를 집어들어 조심스럽게 쓰고는 말없이 그 자리를 떠나 일행이 올라왔던 길을 되짚어서 내려갔다. 바로 다음 길모퉁이를 막 돌고나서 안드레아스는 길가에 주저앉아 한숨을 돌렸다.

그러고 있는데 약방 견습생이 나타났다. 그는 양심의 가책을 느껴서 안드레아스를 뒤따라왔던 것이다. 그는 잘못했다고 용서를 빌었으나 안드레아스는 묵묵부답이었다.

"정말 죄송하게 됐습니다." 약방 견습생이 재차 잘못을 빌었다. "원래 나쁜 의도로 그런 건 아니었습니다. 용서해주세요. 그리고 다시 함께 가셨으면 해요."

"됐으니 그만하세요." 안드레아스는 그렇게 말하면서 손사래를 쳤고, 약방 견습생은 시무룩해서 돌아갔다.

얼마 후 두번째 일행이 느린 걸음으로 올라왔는데, 대부분 나이든 사람들로 그중에는 안드레아스의 어머니와 마르가레트의 어머니도 있었다. 안드레아스는 어머니한테 가서 말했다.

"전 집으로 가겠어요."

"집이라니? 도대체 왜 그러니? 무슨 일 있었니?"

"그런 건 아니고요. 이래봤자 아무 소용없어요. 이젠 분명히 알겠어요."

"그래? 그런데 혹시 보자기 가방 선물은 받았니?"

"아뇨. 하지만 이제 소용없다는 걸 알았는데요 뭐……"

어머니는 아들의 말을 가로막고 아들의 손을 잡아끌었다.

"이제 고집 좀 그만 부리렴! 어서 가자꾸나. 잘될 거야. 커피 마시는 시간에 마르가레트 옆자리에 앉혀줄 테니 정신 바짝 차려."

안드레아스는 근심이 가득한 얼굴로 고개를 설레설레 저으면서도 마지못해 따라갔다. 키르헤스포일레가 그에게 말을 시키려고 해보았으나 금방 포기하고 말았다. 그가 전에 없이 격앙되고 분한 표정으로 말없이 앞만 보고 걸었기 때문이다.

삼십분쯤 후에 일행은 목적지에 도착했다. 작은 산간마을이었는데,

이곳 음식점은 커피맛이 좋기로 유명했고, 근처에는 옛날에 몰락한 기사들이 숙소로 사용했던 성이 폐허로 남아 있었다. 이제 음식점 안에서 바깥으로 식탁을 내와 이어 붙였고, 젊은이들은 의자와 벤치를 날랐다. 식기와 수저 등이 깔끔하게 차려졌고, 차와 수프와 접시요리와 빵 등을 주문했다. 온겔트 부인은 아들을 마르가레트의 옆자리에 앉히는 데 성공했다. 하지만 안드레아스는 그 자리의 잇점을 이용할 생각은 전혀 않고, 자신의 불행을 생각하면서 자포자기한 심정으로 멍하니 앞만 보고 있었고, 그의 어머니가 갖은 눈짓으로 말을 걸어보라고 채근하는데도 다 식은 커피를 건성으로 저을 뿐 한사코 입을 열지 않았다.

일행이 커피를 두 잔쯤 마셨을 무렵 젊은이들의 인솔자는 성터 쪽으로 가서 게임을 하기로 했다. 남녀 젊은이들은 계속 시끄럽게 떠들면서 자리에서 일어났다. 마르가레트 역시 자리에서 일어나면서 맥없이 앉아 있는 안드레아스한테 진주자수가 박혀 있는 예쁜 보자기 가방을 내밀면서 이렇게 말했다. "절 생각해서 간직해두세요, 온겔트 씨. 우린 게임하러 가요." 그는 고개를 끄덕이며 보자기 가방을 받아들었다. 마르가레트는 너무나 당연히 안드레아스가 나이든 사람들과 함께 어울릴 거고 게임에는 참석하지 않을 거라고 생각했던 것인데, 이젠 안드레아스도 마르가레트의 그런 태도를 대수롭지 않게 여겼다. 이제 그는 이 모든 내막을 왜 처음부터 간파하지 못했는지 스스로 의아할 따름이었다. 성가연습때 젊은 친구들이 이상하게 친절하게 대해주었던 일, 나무상자 사건, 그리고 이 모든 일을 왜 진작에 제대로 알아차리지 못했을까.

젊은 친구들이 떠나고 남아 있는 사람들은 커피를 더 마시면서 이야기를 나누고 있는 사이에 안드레아스는 사람들 눈에 띄지 않게 자리에서 일어나 정원 뒤로 가서 들판을 지나 숲 쪽으로 갔다. 손에 들고 있던 예쁜 보자기 가방의 진주알이 햇살을 받아 화사하게 반짝거렸다. 그는 쓰러진 지 얼마 안 되어 보이는 나무 그루터기 앞에서 걸음을 멈추었다. 그는 손수건을 꺼내 아직도 물기가 촉촉한 나무 위에 깔고 앉았다. 그러고는 팔로 턱을 괸 채 서글픈 생각에 잠겼다. 그러다가 마르가레트가 준 화려한 보자기 가방이 다시 시야에 들어오는 동시에 젊은 친구들이 즐겁게 떠드는 소리가 바람결에 들려오자 고개를 더 푹 숙이고 어린애처럼 소리없이 울기 시작했다.

그는 그렇게 족히 한시간은 앉아 있었다. 그러는 사이 눈물도 말랐고 격한 감정도 가라앉았지만, 자신의 서글픈 처지와 아무리 애를 써도 가망이 없다는 생각이 그 어느 때보다도 더욱 또렷이 실감되었다. 그 때 누군가의 경쾌한 발소리와 옷자락이 끌리는 소리가 들려왔는데, 그가 자리에서 일어설 틈도 없이 이미 파울라 키르혀가 바로 옆에 와 있었다.

"정말 혼자 있는 거예요?" 그녀가 장난스럽게 물었다. 하지만 안드레아스는 아무 대답도 하지 않았고, 파울라는 그를 찬찬히 뜯어보더니 갑자기 태도를 진지하게 바꾸면서 여성스럽게 상냥한 어조로 물었다. "무슨 일 있었나요? 안 좋은 일이라도 있었어요?"

"아뇨." 안드레아스가 적절한 어휘를 찾을 생각도 하지 않고 힘없이 대답했다. "아닙니다. 다만 제가 젊은 친구들하고는 어울릴 수 없다는 걸 깨달았을 뿐입니다. 그리고 제가 그 친구들의 노리개 노릇을 했다는 것도 깨달았고요."

"이봐요, 그렇게 심하지는 않을 거예요……"

"그렇지 않습니다. 저는 그 친구들의 노리개였어요. 특히 여자들한테요. 제가 순진했던 게 잘못이고, 속없이 덤볐던 게 잘못이죠. 당신

말이 옳아요. 성가대에 가지 말았어야 하는 건데."

"다시 탈퇴하면 그만이잖아요. 그럼 만사가 해결되는 거예요."

"탈퇴하는 거야 어렵지 않죠. 내일, 아니 오늘 당장이라도 할 수 있어요. 하지만 그런다고 사정이 나아지는 건 아닙니다."

"어째서요?"

"저는 여전히 그 친구들의 웃음거리로 남게 될 테니까요. 그리고 이젠 그 어떤 아가씨도……"

그는 설움이 복받쳐서 말을 잇지 못했다. 그러자 파울라가 다정하게 그의 말을 받아주며 되물었다.

"이젠 그 어떤 아가씨도 어쨌다고요?"

그는 떨리는 목소리로 말을 계속했다. "이젠 그 어떤 아가씨도 저한테 관심을 가지지 않고 진지하게 대해주지도 않는다고요."

그러자 파울라가 뜸을 들이며 말했다. "온겔트 씨, 지금 잘못하고 있다는 거 알기나 하세요? 그럼 제가 당신한테 관심도 보이지 않고 진지하게 대해주지도 않는다는 말씀인가요?"

"그런 뜻은 아닙니다. 당신은 여전히 절 존중해준다고 생각해요. 하지만 그게 문제가 아니에요."

"그럼 도대체 뭐가 문제예요?"

"아, 그건 도저히 말씀드릴 수 없어요. 어떻든 다른 사람들은 모두 나보다는 형편이 낫다는 생각만 하면 완전히 돌아버릴 것 같아요. 나도 인간인데, 안 그래요? 문제는 나하고는, 나하고는 그 어떤 여자도 결혼하려고 하지 않는다는 겁니다."

꽤 긴 침묵이 흘렀다. 파울라가 다시 말을 꺼냈다.

"그럼 그동안에 여자한테 당신과 결혼할 생각이 있냐고 물어본 적이라도 있나요?"

"물어보다뇨! 아뇨, 그런 적 없어요. 누구한테 물어봐요? 아무도 날 원하지 않는다는 걸 이미 알고 있는데 어떻게 물어봅니까?" "그럼 당신은 여자 쪽에서 당신한테 다가와서 이렇게 말해주기라도 바라나요? 아, 온켈트 씨, 이런 말씀 드리긴 뭣하지만, 제발 소원인데 저와 결혼해주세요! 그런 말을 듣고 싶다면 어디 한번 얼마든지 기다려보세요."

"저도 그 정도는 압니다." 안드레아스가 한숨을 내쉬며 말했다. "파울라 양, 제가 그런 뜻으로 말한 건 아니라는 거 잘 아시잖아요. 그렇긴 하지만, 정말 어떤 아가씨가 저한테 그렇게 얘기해줄 정도로 호의를 가지고 저를 참고 받아줄 수만 있다면, 그럴 수만 있다면……"

"그럴 수만 있다면, 당신은 정말 큰맘 먹고 그런 여자한테 겨우 눈짓이나 보내거나, 자기한테 오라고 집게손가락을 까딱거릴 테죠! 이봐요, 제발! 당신은, 당신이라는 사람은……"

그녀는 더이상 말을 잇지 못하고 웃는 대신 눈물을 흘리며 그 자리에서 달아났다. 안드레아스는 비록 파울라가 눈물을 흘리는 걸 보지는 못했으나 그녀의 목소리가 떨리고 갑자기 달아나는 게 이상해서 그녀를 뒤따라 달려갔다. 그리하여 안드레아스가 다시 그녀와 나란히 함께 있게 되자 두 사람은 한동안 말이 없다가 갑자기 부둥켜안고 입을 맞추었다. 그렇게 해서 키 작은 안드레아스도 평생배필을 얻게 되었다.

안드레아스가 수줍어하면서도 당당하게 신부감의 팔짱을 끼고 음식점 마당으로 돌아왔을 때는 모두들 이미 떠날 채비를 마치고 두 사람을 기다리고 있던 참이었다. 여기저기 소동이 일어나고 경탄하는 사람, 고개를 설레설제 젓는 사람, 축하해주는 사람들이 나서는 사이에 예쁜 마르가레트가 안드레아스 앞으로 와서 물었다. "그런데 제가 드린 보자기 가방은 대체 어디다 놓고 온 거예요?"

그러자 예비신랑은 깜짝 놀라 어디에 두었다고 대답하고는 숲속으로 쏜살같이 달려갔고, 파울라도 그 뒤를 따랐다. 그가 한참 앉아서 울던 자리에 갈색 가랑잎 사이로 반짝거리는 보자기 가방이 보였고, 예비신부가 말했다. "이렇게 둘이서 다시 오니까 좋네요. 저기 당신 보자기 가방이 보여요."

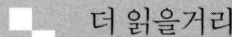

더 읽을거리

이 작품이 다소 심심하다고 생각되는 독자는 헤쎄의 본격적인 성장소설로 『데미안』이나 『나르치스와 골트문트』를 읽어보기 바란다.

Franz Kafka

| 프란츠 카프카 |

1883~1924

카프카는 체코 프라하의 유대계 중산층 가정에서 태어나, 당시 오스트리아-헝가리 제국의 속국이던 프라하의 중상류층 가정의 일반적인 관례에 따라 일찍부터 독일어로 교육을 받았다. 대학에서는 법학을 전공했고, 산업재해보험회사에 근무하면서 왕성한 창작활동을 병행했다. 『변신』『심판』『소송』『성』 등의 장편과 수많은 중단편 소설에서 카프카는 현대인의 불안과 부조리한 삶을 탁월하게 형상화한 작가로 평가받았다. 엘리아스 카네티는 카프카를 '20세기를 가장 순수하게 표현한 작가'로 일컬었고, 가르시아 마르께스는 카프카의 『변신』을 읽고 마술적 리얼리즘의 영감을 얻었다고 고백한 바 있다.

■   학술원에 드리는 보고 Ein Bericht für die Akademie

인간으로 진화한 원숭이의 경험담을 통해 인간사회의 강제적 규율, 부조리와 모순을 파헤친 작
품이다. 인간사회에서 당연시되는 가치규범을 원숭이 '빨간 페터'의 눈높이로 관찰할 때 제기되는 의문들
을 음미하면서 읽는 것이 좋다.

학술원에 드리는 보고

존경하는 학술원 제현(諸賢) 여러분!

여러분께서는 영광스럽게도 제가 원숭이로 살던 시절에 관해 학술원에 보고해달라는 과제를 주셨습니다.

그런데 저는 여러분의 기대만큼 이 과제에 부응할 자신이 없습니다. 저는 벌써 거의 오년째 원숭이 근성을 끊고 지내왔기 때문입니다. 달력으로 넘기면 짧은 기간이겠지만, 제가 한때 그랬듯이 네발로 정신없이 뛰어다니려면 한없이 긴 세월이지요. 지난 오년 동안 저는 훌륭한 분들도 만나보았고, 여러 가지 충고와 박수갈채도 받았고, 오케스트라 음악도 들었습니다만, 근본적으로 따지면 저는 혼자였습니다. 아무리 누가 옆에 있어주어도, 비유적인 표현을 쓰자면, 제가 있는 울타리에서 한참 떨어져 있는 것 같았습니다. 만약 제가 아집을 부려서 저의 원래 모습에 집착하고 젊은 시절의 추억에 연연했더라면 저는 이 보고를 도저히 할 수 없을 것입니다. 그 어떤 아집도 포기해야 한다는 것이야말로 제가 저 스스로에게 부과한 최고의 계율입니다. 저는 자유로운 원숭이로서 이 속박을 감수했지요. 그런데 아집을 포기하고 나니까 다른 한편 원숭이 시절의 기억들이 점점 가물가물해지더군요. 처음에는 사람들이 원하기만 하면 저는 얼마든지 원숭이로 되돌아갈 수 있었고, 그럴 가능성이 하늘땅만큼 열려 있었는데, 제가 급속도로 진화하자 그 가능성은 점점 낮아지고 협소해졌습니다. 사실 인간세상에서 사는 것이 더 편안하고 아늑하게 느껴졌습니다. 그리고 나를 과거에서 멀어지도록 사납게 몰아치던 태풍도 잠잠해졌습니다. 지금 부는 바람은 발꿈치를 시원하게 해주는 미풍밖에 안됩니다. 그리고 그 바람의 진원지이자 제가 통과해온 곳이기도 한 구멍은 이제 너무 아득히 멀어졌기 때문에, 설령 제가 거기까지 되돌아갈 힘과 의지가 충분하다 하더라도, 거기까지 되돌아가려면 살가죽이 벗겨질 정도로 달려야 할 것입니다. 솔직히 말씀드리면, 제가 이 문제를 자꾸 비유를 들어서 이야기하고는 있습니다만, 에, 솔직히 말씀드리면, 학술원 회원 여러분께서 원숭이 근성을 아무리 일찌감치 극복했다 하더라도 제가 달려온 거리만큼 아득하지는 않을 것입니다. 사실 지상에서 걸어다는 동물이라면 발바닥에 간지러움을 타는 건 다 똑같습니다. 침팬지 새끼나 위대한 아킬레우스나 똑같다, 이겁니다. 그건 그렇고, 여러분의 요청에 대해 아주 간단히 답변을 드리겠습니다. 이런 기회를 갖게 되어 정말 감개무량합니다. 제가 처음 배운 것은 악수였습니다. 악수는 마음이 열려 있다는 것을 뜻하지요. 경력의 정점에 서 있는 지금 저는 제가 처음 했던 악수에 대해 솔직하게 한마디하고자 합니다. 사실 저는 학술원에 본질적으로 새로운 내용을 보고드릴 것도 없고, 제 보고는 여러분이 요구하는 수준에는 훨씬 못 미칠 것입니다. 제가 아무리 잘해보려고 해도 이 정도밖에 안됩니다. 그렇긴 하나, 한때 원숭이였던 제가 인간세계로 진입해 확고하게 자리잡기까지의 경로 정도는 보여줄 수 있을 것입니다. 그런데 제가 자신감을 잃었더라면, 또한 문명사회의 수많은 위대한 곡예무대에서 제 위치를 확고하게 굳히지 못했더라면, 그나마 다음의 보잘것없는 보고마저도 준비하지 못했을 것입니다.

저는 황금해안 출신입니다. 제가 어떻게 붙잡히게 되었는지는 다른 사람들의 보고에 의거해 말씀드리겠습니다. 어느날 저녁 물을 마시려고 개천 한가운데까지 들어갔는데, 바로 그때 하겐벡(카프카가 활동하던 당시 유럽 최대의 동물수입회사 겸 곡예단 흥행업체 중 하나——옮긴이) 회사의 수렵원정대가——그후로 저는 그 원정대장하고 적포도주를 제법 여러 병 마시게 되었습니다만——개울가의 덤불숲에 매복하고 있었습니다. 그들은 총을 쏘았습니다. 저는 총을 맞은 유일한 원숭이였습니다. 두 방을 맞았습니다.

한 방은 얼굴에 맞았습니다. 가벼운 찰과상이긴 했지만, 살가죽이 벗겨져서 빨갛게 큰 흉터가 남았지요. 이 흉터 덕분에 저는 전혀 어울리지 않게도 '빨간 페터'라는 이름이 생겼는데, 정말 원숭이 같은 인간이나 지어냈을 법한 듣기 싫은 이름입니다. 그렇다면 얼마 전에 숨이 넘어간, 여기저기 얼굴이 팔린 그 훈련받은 원숭이 페터와 저의 차이가 고작해야 얼굴의 빨간 흉터뿐이라는 얘기가 되니까요. 이건 말이 나온 김에 드리는 말씀입니다.

그런데 두번째 총알은 엉덩이에 맞았습니다. 중상이었지요. 그 때문에 저는 지금도 약간 절룩거립니다. 최근에 신문에다 내 욕을 해대는 막돼먹은 인간들 중에 어떤 자가 쓴 글을 읽은 적이 있습니다. 제가 아직도 원숭이 근성을 완전히 극복하지는 못했다는 겁니다. 그 증거로, 손님이 찾아오면 자꾸 바지를 끌어내려 총알이 박혔던 자국을 보여주려고 한다는 겁니다. 그런 작자는 아예 글을 쓰지 못하게 손가락을 모조리 부러뜨려야 합니다. 에, 저는 마음에 드는 사람 앞에서 바지를 벗을 권리가 있다, 이겁니다. 제 엉덩이에는 잘 손질한 살가죽과 흉터밖에 없습니다. 파렴치하게——파렴치하다는 말은 제가 말하려는 의도에 부합하고 오해의 여지가 없는 말이지요――나한테 총을 쏘아서 생긴 흉터 말입니다. 모든 게 명백합니다. 아무것도 감출 수 없습니다. 대범한 생각을 품은 자는 진실이 걸린 문제에 대해서는 자질구레한 미사여구는 배격하는 법입니다. 그런데 만약 그 글을 쓴 작자가 손님을 맞아서 바지를 벗는다면, 그건 물론 얘기가 달라지죠. 그 자가 그런 짓을 하지 않는다면, 그나마 생각이 있다는 징표로 인정하겠습니다. 그런데 그 정도 생각이 있는 자라면 날 귀찮게 하지 말고 얌전하게 있어야 한다, 이겁니다!

하여간 그 당시 나는 총을 맞고 기절했다가 나중에 깨어나보니―― 여기서부터가 차츰 제가 기억하는 대로 드리는 말씀입니다만―― '하겐 백' 회사 소유의 증기선 중간층 선실 우리 안에 갇혀 있었습니다. 벽이 네 개인 정식 우리가 아니라, 세 개의 벽을 나무상자에 갖다 붙인 꼴이었습니다. 그러니까 나무상자의 옆면이 네번째 벽이었던 셈입니다. 우리는 너무 낮아서 일어설 수도 없었고, 너무 좁아서 앉을 수도 없었습니다. 그래서 줄곧 떨리는 무릎을 감싸안고 쪼그리고 앉아 있었습니다. 더구나 처음에는 어떤 인간도 보기 싫고 그냥 어두컴컴한 데 처박혀 있고 싶었기 때문에, 몸을 상자 쪽으로 돌리고 있어서 쇠창살이 살을 파고들었습니다. 예로부터 야생동물을 가둘 때는 그렇게 하는 게 제일 좋다고들 하는데, 제 경험을 돌이켜볼 때 인간적인 견지에서 보자면 그건 부인할 수 없는 사실입니다.

하지만 당시만 해도 이런 생각은 하지 못했습니다. 난생처음으로 출구가 사라졌습니다. 적어도 앞쪽으로는 빠져나갈 방도가 없었습니다. 나무상자의 널빤지가 가로막고 있었으니까요. 상자의 옆면은 널빤지를 단단히 잇대어 만들어져 있었습니다. 물론 널빤지 사이에 빈틈이 있긴 했습니다. 처음 빈틈을 발견했을 때는 멋모르고 좋아했는데, 알고 보니 빈틈은 꼬리를 밀어넣기에도 너무 좁았고, 원숭이 힘으로는 도저히 더 크게 벌릴 수 없었습니다.

나중에 사람들이 해준 얘기에 따르면 저는 이상할 정도로 거의 끽소리도 내지 않아서 틀림없이 금방 죽고 말거나, 아니면 위태로운 고비를 잘 넘겨서 살아남으면 훈련을 아주 잘 받을 거라고 짐작했다고 합니다. 저는 위태로운 고비를 잘 넘겼습니다. 멍한 울음소리도 내고, 힘들게 벼룩도 잡고, 코코아 열매를 힘들게 핥기도 하고, 나무상자에 머리를 박기도 하고, 누군가 다가오면 이빨을 드러내며 겁도 주고——새로운 생활을 시작하면서 내가 처음 했던 행동은 이런 것들이었습니다. 그런데 무엇을 하든 언제나 출구가 없다는 느낌이 떠나질 않았습니다. 물론 그 당시 원숭이 입장에서 느꼈던 것을 지금 인간의 언어로 표현할 수밖에 없으니 정확한 표현이라고 할 수는 없겠죠. 하지만 원숭이 사회에서 통하는 오랜 진리를 이제는 다 잊어버렸지만, 그래도 제 이야기의 방향만큼은 그 진리와 부합한다고 단언할 수 있습니다.

그전까지는 출구가 수없이 많았는데, 이젠 출구가 없어졌습니다. 저는 꼼짝없이 갇힌 신세가 되고 말았습니다. 차라리 저를 어디에 못 박았더라도 그렇게 답답하지는 않았을 것입니다. 어째서 그러냐고요? 발가락 사이의 살을 한번 후벼파보세요. 그래도 감이 안 올 겁니다. 쇠창살에 등을 대고 몸이 두 동강 날 때까지 힘껏 밀어보세요. 그래도 감이 안 올 겁니다. 아무튼 저한테는 출구가 없었고, 출구를 만들어야 했습니다. 출구 없이는 살 수가 없으니까요. 언제까지 그렇게 나무상자의 벽만 쳐다보고 있다가는 죽을 것 같았습니다. 그런데 하겐벡 회사는 원숭이를 이렇게 나무상자에 붙박아놓습니다. 그래서 저는 원숭이 신세를 포기하기로 했습니다. 아주 명확하고 멋진 생각이었는데, 아마 배를 실룩거려서 그런 묘안을 찾아냈던 것 같습니다. 원숭이는 배로 생각하거든요.

그런데 제가 어떤 뜻으로 출구라는 말을 쓰는지 사람들이 제대로 이해하지 못할까 걱정이 됩니다. 저는 이 말을 가장 평범하고도 가장 완벽한 의미로 사용합니다. 저는 일부러 자유라고는 하지 않습니다. 거창한 감정에 들떠서 전면적인 자유라는 걸 들먹이려는 게 아닙니다. 원숭이 시절에는 자유가 뭔지 알았고, 또 그사이에 자유를 갈망하는 사람들을 만나보기도 했습니다. 그렇지만 저로 말할 것 같으면, 그때나 지금이나 자유는 원하지 않습니다. 말이 나온 김에 덧붙이자면, 사람들은 자유라는 말을 들먹여서 온갖 사기를 치거든요. 그리고 자유가 가장 숭고한 감정의 하나인 것과 마찬가지로, 자유로 인한 실망감 역시 가장 숭고한 감정의 하나입니다. 저는 곡예단 무대에 오르기 전에 종종 한 쌍의 곡예사가 천장에 매단 그넷줄에 매달려 곡예를 하는 걸 봅니다. 그들은 높이 날고, 그네를 타고, 도약하고, 서로의 팔을 잡고 곡예를 하기도 하고, 한 사람이 다른 사람의 머리칼을 이로 물고 곡예를 하기도 합니다. 그럴 때면 저는 이렇게 생각합니다, '저것도 사람들이 말하는 자유다. 자유자재로 움직이니까.' 그런데 저 숭고한 예술정신을 조롱하다니! 원숭이 같은 인간들은 그걸 보고 천장이 무너지게 웃어대기나 합니다.

그렇습니다. 저는 자유를 원하지는 않았습니다. 제가 원했던 건 오직 출구였습니다. 오른쪽도 좋고, 왼쪽도 좋고, 어느 쪽이라도 상관없었습니다. 다른 요구사항은 아무것도 없었습니다. 설령 실망하는 한이 있더라도 출구만을 원했습니다. 원하는 것이 크지 않았으니 실망도 그리 크지는 않았을 테지요. 어서 출구를 찾아가는 거야! 어서! 팔을 쳐들고 멍하니 서 있지만 말고, 나무상자에 기대 있지만 말고, 하고 생각했습니다.

지금 돌이켜보면, 제가 대단히 침착하지 않았더라면 도저히 빠져나올 수 없었을 거라는 생각이 분명히 듭니다. 실제로 제가 그사이에 이 정도로 성공할 수 있었던 것은 침착함 덕분입니다. 배에서 보낸 첫 시기에도 침착함을 잃지 않았죠. 그런데 저의 이 침착한 태도는 그 뱃사람들 덕분이기도 합니다.

  그들은 여러 가지 문제가 많았지만, 그래도 선량한 사람들이었습니다. 지금도 당시 그 사람들의 무거운 발소리가 꿈결에까지 들리던 일이 곧잘 생각납니다. 그들은 어떤 일도 아주 더디게 진행하는 습관이 있습니다. 가령 눈을 비비려고 하면 손을 마치 무거운 저울추처럼 들어올립니다. 그들의 농담은 거칠긴 했지만, 진심에서 우러나온 것이었습니다. 웃을 때면 기침이 날 정도로 심하게 웃어댔는데, 기침소리가 위태롭게 들리기도 했고 별거 아닌 것 같기도 했습니다. 그리고 항상 입에는 뭔가 뱉어낼 게 들어 있었는데, 어디에다 뱉든 간에 전혀 신경 쓰지 않았습니다. 그들은 제 몸에 있던 벼룩이 자기들한테 옮는다고 늘 투덜거렸습니다. 하지만 그렇다고 저한테 정색하고 화를 낸 적은 한번도 없었습니다. 그들은 원래 제 몸엔 벼룩이 많고 또 벼룩은 높이 뛰기 선수라는 걸 익히 알고 있어서 그저 그러려니 했던 거죠. 일이 없을 때면 그들 중 몇몇은 우리 주위에 반원형으로 빙 둘러앉았습니다. 말은 거의 없었고, 가끔씩 그저 서로 얼굴만 쳐다보았지요. 담배를 피울 때면 제가 기대고 있는 나무판자 쪽으로 담배연기를 뿜어댔습니다. 제가 꼼짝 않고 있으면 바짝 다가와 무릎을 꿇고 절 바라보았습니다. 어떤 사람은 막대기를 들고 제가 좋아하는 부위를 긁어주기도 했습니다. 물론 지금 와서 그런 배를 한번 타보겠냐고 하면 당연히 사절하겠지만, 당시 내가 중간층 선실에 갇혀서 겪은 일들이 꼭 나쁜 추억으로만 남아 있지는 않다는 것도 분명합니다.

저는 당시 이 사람들과 함께 있으면서 평온한 상태를 유지한 덕분에 도망치려는 시도는 해본 적이 없습니다. 지금 와서 생각해보면, 살아남고 싶으면 출구를 찾아야 했는데 도망치는 방식으로는 출구를 찾을 수 없다고 생각했던 모양입니다. 과연 도망칠 수 있었는지 지금도 모르겠습니다만, 원숭이라면 언제라도 도망칠 수 있다고는 생각합니다. 지금의 이빨 상태로는 보통의 호두껍데기를 까는 데도 조심해야 하지만, 당시에는 시간만 좀 들이면 우리의 자물쇠를 이빨로 갈아서 끊어버릴 수도 있었겠죠. 하지만 그랬던들 무슨 소용이 있었겠습니까? 아마 우리 밖으로 고개를 내밀자마자 사람들이 다시 잡아서 더 끔찍한 철창 안에 가두었겠지요. 아니면 몰래 다른 동물들이 있는 우리 안으로 도망칠 수도 있었겠지만, 그래봤자 건너편 우리 속에 있는 커다란 구렁이한테 칭칭 감겨서 숨이 넘어갔을 겁니다. 아니면 용케 갑판까지 들키지 않고 달아나서 바다로 뛰어내릴 수도 있었겠지요. 하지만 그래봤자 얼마 동안 바닷물에서 허우적거리다가 익사했을 겁니다. 다 무모한 짓들입니다. 당시만 해도 저는 사람들처럼 그런 것들을 계산할 능력이 없었지만, 환경의 영향을 받다보니 마치 그런 걸 계산이라도 한 듯이 처신할 수 있었던 겁니다.

당시 저는 계산할 줄은 몰랐지만, 아주 차분하게 관찰할 수는 있었습니다. 저는 뱃사람들이 왔다갔다하는 걸 지켜보았습니다. 언제나 똑같은 표정, 똑같은 동작이었습니다. 그래서 어떤 때는 이 사람들이 모두 동일 인물이 아닐까 하는 생각마저 들었습니다. 이 인간이라는 존재 혹은 인간의 무리들은 서로 누구의 방해도 받지 않고 돌아다녔습니다. 그때 한 가지 원대한 목표가 어렴풋이 떠올랐습니다. 저 인간들처럼 되면 나를 우리 밖으로 꺼내주겠다고 약속한 사람은 물론 아무도 없습니다. 하지만 기대가 충족될 거라고 덥석 믿기만 하면 전혀 기대하지 않던 곳에서 난데없이 기대를 충족시켜주겠다는 약속들이 튀어나오더군요. 이 사람들한테는 제 관심을 끌 만한 구석이라고는 전혀 없었습니다. 제가 만약 앞서 말씀드린 자유의 신봉자였다면 저는 틀림없이 이 사람들의 흐릿한 시선에 어른거리는 출구를 찾기보다는 차라리 바다로 뛰어내리는 쪽을 택했을 것입니다. 어쨌거나 저는 이 사람들을 아주 오랫동안 관찰했기 때문에 그런 생각도 할 줄 알게 되었고, 그렇게 관찰이 쌓이다보니 내가 나아갈 방향도 분명해졌습니다.

사람들의 흉내를 내는 건 아주 쉬웠습니다. 침을 뱉는 건 불과 며칠 만에 터득했습니다. 우린 서로의 얼굴에다 침을 뱉었습니다. 한 가지 차이가 있다면, 저는 그러고서 얼굴에 묻은 침을 깨끗이 핥아냈고, 인간들은 그러지 않았다는 것뿐입니다. 담배도 금방 노인네처럼 피울 수 있게 되었습니다. 엄지손가락으로 곰방대에 담배를 쟁여넣을 줄도 알게 되었습니다. 그러자 중간선실에 있던 사람들이 환호성을 질렀더랬지요. 그런데 빈 담뱃대와 담배를 채워넣은 담뱃대의 차이를 깨닫는 데는 상당한 시간이 걸렸습니다(담배맛을 알기까지는 한참 시간이 걸렸다는 뜻—옮긴이).

독주를 마시는 건 상당히 힘들었습니다. 냄새부터 고약했지요. 안간힘을 다했는데도 저 자신을 극복하고 술을 입에 대기까지는 여러 주가 걸렸습니다. 그런데 이상하게도 사람들은 저의 그러한 정신적 고투를 저의 다른 어떤 측면보다 진지하게 받아들였습니다. 당시에도 그랬지만 지금 돌이켜보아도 저는 그 사람들을 서로 분간하지 못하는데, 딱 한명은 분명히 생각납니다. 그 사람은 혼자 혹은 동료들과 함께 밤낮을 가리지 않고 수시로 찾아왔는데, 올 때마다 술병을 들고 와서 저를 가르쳤습니다. 그는 저를 파악하지 못했던 까닭에 제 존재의 수수께끼를 풀고 싶었던 겁니다. 그는 천천히 술병을 따고는 저를 가만히 지켜보았습니다. 제가 그의 말을 알아들었는지 살펴보는 눈치였습니다. 솔직히 말씀드리면, 저는 언제나 거칠고 뜨악한 눈길로 그를 쳐다보았습니다. 지구상에서 아무리 용한 선생도 저런 인간은 어떻게 가르쳐볼 도리가 없겠구나, 하는 생각이 들었거든요. 그는 술병을 따고서 입으로 가져갔습니다. 저는 그의 목젖이 보일 때까지 유심히 쳐다보았습니다. 그는 제 태도가 만족스러웠는지 고개를 끄덕이더니, 다시 술병을 입으로 가져갔습니다. 저는 서서히 뭔가를 깨닫는 느낌이 들자 너무 좋아서 끽끽 소리를 지르며 손발이 닿는 대로 온몸을 긁어댔습니다. 그 역시 즐거운지 다시 술병을 들고 한모금 마셨습니다. 저는 그 사람을 따라하고 싶은 마음이 너무나 간절해서 애를 태우다가 그만 우리 안에 똥오줌을 지리고 말았는데, 그러자 이번에도 그는 무척 흡족해하는 눈치였습니다. 그러고서 그는 이번에는 술병을 높이 쳐들더니 단숨에 다 마셔버렸습니다. 한수 가르쳐주겠다는 요량으로 고개를 뒤로 한껏 젖힌 채 말입니다. 저는 안달복달하다가 지친 나머지 더이상 따라하지 못하고 창살에 몸을 기댄 채 축 늘어져 있었습니다. 그러는 사이에 그 사람은 이것으로 이론수업은 마쳤다는 듯이 배를 쓰다듬으며 히죽 웃어 보였습니다.

그리고 나서 실습이 시작되었습니다. 이론수업만으로도 너무 지치지 않았냐고요? 물론 기진맥진한 상태였죠. 하지만 제 팔자가 원래 그런 걸 어떡합니까. 어떻든 저는 기운을 내어 저한테 내미는 술병을 움켜잡았습니다. 그리고 떨리는 손으로 병마개를 땄습니다. 첫 관문을 통과하는 데 성공하자 차츰 새로운 힘이 솟았습니다. 저는 술병을 들어 올렸습니다. 이 술이 지난번 그 술이 맞는지 분간할 여력도 없었습니다. 그러고는 술병을 입에 갖다댔는데, 너무 역해서 술병을 바닥에 내던져버렸습니다. 술병은 비어 있었고 남은 건 냄새뿐이었는데도 너무

역했습니다. 그렇게 해서 선생님을 슬프게 해드렸고, 저 자신은 더더욱 슬펐습니다. 술병을 던지고서 잊지 않고 멋지게 배를 쓰다듬으며 히죽 웃는 것까지는 해냈지만 그래도 선생님에게나 저에게나 위안이 되지는 못했습니다.

수업은 아주 자주 있었습니다. 제 선생님 칭찬을 한마디하자면, 저한테 화를 내지 않았다는 겁니다. 물론 이따금 제 털가죽을 담뱃불로 지지긴 했지만, 그러다가도 제 손발이 닿기 힘든 어떤 부위가 눋기 시작하면 다시 커다랗고 자비로운 손으로 불을 꺼주었습니다. 거듭 말씀드리지만, 그는 저한테 화를 내지 않았습니다. 그는 우리가 합심해서 원숭이 근성을 퇴치하는 투쟁을 벌이고 있으며 다만 제 쪽이 약간 더 힘든 역할을 맡고 있다는 걸 잘 알고 있었던 겁니다.

그러다가 마침내 선생님과 저는 함께 엄청난 개가를 올렸습니다. 어느날 저녁 제 앞에 많은 구경꾼들이 몰려들었는데——아마 잔치라도 있었는지 축음기를 틀어놓았고, 한 장교가 사람들 사이를 오가는 게 보였습니다——제가 우리 앞에 굴러다니는 술병들 중 하나를 무심코 집어들자 점점 더 관심을 보였고, 저는 수업에서 배운 대로 병마개를 따고 술병을 입에 갖다대고는 머뭇거리지도 않고, 입을 찡그리지도 않고, 뭘 아는 술꾼답게 눈을 둥그렇게 치뜨고 목젖에서는 꿀꺽거리는 소리를 내며, 그야말로 한병을 다 마셨습니다. 그러고는 도저히 못 견디겠다는 시늉이 아니라 예술가다운 포즈로 술병을 내던졌습니다. 배를 쓰다듬는 걸 잊어버리긴 했지만 말입니다. 하지만 대신 사람의 목소리로 짤막하고도 당당하게 "헬로!" 하고 외쳤습니다. 정신이 얼떨떨한 상태에서 저도 모르게 그런 말이 나왔던 겁니다. 어떻든 제가 그렇게 외치자 사람들은 놀라서 팔짝팔짝 뛰면서 "들어봐, 저놈이 말을 다 하네!" 하고 말했는데, 그 말은 땀이 흥건한 제 몸에 키스처럼 와닿았습니다.

거듭 말씀드리지만, 저는 인간의 흉내를 내고 싶은 유혹은 느끼지 않습니다. 단지 출구를 찾고자 흉내를 내는 것일 뿐, 다른 이유는 전혀 없습니다. 그런데 앞에서 말씀드린 개가도 별 효력이 없었습니다. 그러고는 다시 사람의 목소리가 나오지 않았던 것입니다. 목소리를 되찾는데는 여러 달이 걸렸습니다. 게다가 독주에 대한 거부감도 점점 커졌습니다. 하지만 제가 나아갈 방향은 이미 확고히 정해져 있었습니다.

함부르크에서 첫번째 조련사한테 넘겨졌을 때 저는 제 앞날에 두 가지 가능성이 있다는 걸 금방 깨달았습니다. 동물원으로 가든지, 곡예단으로 가든지 둘 중 하나였죠. 저는 망설이지 않았습니다. 저는 저 자신에게 이렇게 말했습니다. 곡예단 쪽으로 갈 수 있도록 최선을 다하라! 그게 출구였으니까요. 동물원으로 간다는 것은 다시 창살 우리 안에 갇힌다는 걸 의미했습니다. 다시 동물원으로 간다는 것은 곧 패배를 뜻했습니다.

학술원 제현 여러분, 그래서 저는 곡예를 배웠습니다. 누구나 어쩔 수 없는 상황에 맞닥뜨리면 배우게 마련입니다. 출구를 찾으려면 배워야만 했습니다. 저는 닥치는 대로 배웠습니다. 제 손으로 직접 제 몸에 채찍질을 하면서 배웠고, 힘든 훈련을 잘 견디지 못할 때면 제 손으로 제 살을 후벼팠습니다. 그러자 제 몸에 배어 있던 원숭이 근성은 순식간에 빠져나갔고, 오히려 저의 첫번째 선생님이 원숭이 꼴이 되어 수업을 중단하고 정신병원 신세를 지게 되었습니다. 다행히 얼마 안 있어 퇴원했지만 말입니다.

그런 식으로 저는 많은 선생님들을 갈아치웠습니다. 심지어 여러 명을 동시에 갈아치운 적도 있습니다. 그렇게 해서 제 능력에 확고한 자신감이 생기고, 다른 원숭이들도 제 발전을 모범으로 삼아 따르고, 저의 미래에 서광이 비치기 시작할 무렵, 저는 다른 원숭이들을 가르치는 일도 맡게 되었습니다. 저는 원숭이들을 다섯개의 방에 나누어 수용해놓고, 쉴새없이 이 방 저 방을 오가며 전원을 동시에 가르쳤습니다.

제가 경험한 발전의 감격은 이루 말로 다할 수 없습니다! 뭔가를 깨우칠 때면 온 사방에서 앎의 빛이 뇌 속으로 흘러들어오는 겁니다! 그런 깨우침에 행복했다는 것도 부인하지 않겠습니다. 하지만 솔직히 말씀드리면, 그러한 발전을 과대평가하지도 않습니다. 당시에도 그랬고, 지금은 더더욱 그렇습니다. 저는 지금까지 지구상에 전례가 없는 피눈물나는 노력 끝에 유럽인의 평균수준에 해당하는 교양인이 되었습니다. 겨우 그 정도면 별거 아니라고 하실지도 모르겠습니다. 하지만 제가 창살 우리를 벗어나 이 특별한 출구를, 인간으로 진화하는 출구를 찾아냈다는 측면에서 보자면 대단한 것이라 할 수 있습니다. 우리말 중에는 쥐도 새도 모르게 달아난다는 표현이 있습니다. 제가 바로 그런 셈입니다. 저는 쥐도 새도 모르게 달아났습니다. 자유는 선택할 수 없다는 것이 항상 전제되어 있었기에 다른 방도가 없었던 것입니다.

제가 발전해온 경로와 지금까지 추구해온 목표를 돌이켜보면 저는 한탄하지도 않고 그렇다고 만족하지도 않습니다. 두 손은 바지주머니에 찔러넣고, 테이블 위에는 포도주 병을 올려놓고, 반쯤 드러누운 자세로 안락의자에 앉아 저는 창밖을 내다봅니다. 그러다가 손님이 오면 예의바르게 접대를 합니다. 제 매니저는 대기실에서 기다리고 있습니다. 제가 들어오라는 신호를 보내면 그가 와서 제가 하는 얘기를 듣습니다. 저녁에는 거의 매일 공연이 있습니다. 이젠 더이상 올라갈 데가 없을 만큼 제 인기는 절정에 이르렀습니다. 연회장이나 학술회의장, 혹은 기분좋은 모임들에 참석했다가 밤늦게 집으로 돌아오면 초급훈련을 마친 조그만 침팬지 아가씨가 저를 맞아줍니다. 그러면 저는 원숭이의 방식대로 그녀와 즐거운 시간을 보냅니다. 하지만 낮에는 그녀를 보고 싶지 않습니다. 환한 대낮에 그녀의 눈을 보면 아직 훈련중인 짐승의 혼란스러운 당혹감이 느껴지기 때문입니다. 그것을 알아보는 건 저뿐이고, 저는 그런 눈빛은 도저히 견딜 수가 없습니다.

어떻든 전체적으로 보면 저는 제가 원하던 바를 달성한 셈입니다. 도대체 그렇게 애쓸 만한 가치가 있는 일이냐고 묻지는 마시기 바랍니다. 게다가 저는 그 어떤 인간의 판단도 듣고 싶지 않으며, 단지 지식을 전파하고자 보고할 따름입니다. 학술원의 제현 여러분 앞에서도 그저 그런 뜻으로 보고를 드린 것뿐입니다.

■ 더 읽을거리

전영애 교수가 번역한 카프카 중단편 선집 『변신·시골의사』(민음사 1998)에 수록되어 있는 작품들, 특히 짧은 이야기들과 비교하여 읽으면 카프카 문학의 다양한 폭과 깊이를 맛볼 수 있다.

Hermann Broch

| 헤르만 브로흐 |

1886~1951

헤르만 브로흐는 만학도이자 늦깎이 작가였다. 빈 근교의 방직공장을 경영하던 집안에서 태어나 방직전문학교를 나온 후 23세부터 41세까지 직접 공장을 운영했으며, 39세에 뒤늦게 빈대학에 입학하여 수학·물리학·심리학을 공부했고, 47세에 첫 장편소설을 발표했다. 오스트리아가 나치 독일에 합병된 직후 체포되었다가 풀려난 후 1938년 미국으로 망명하여 그곳에서 여생을 보냈다. 브로흐의 소설은 주로 1920, 30년대의 어두운 격동기를 배경으로 가치의 붕괴와 인간성의 몰락 양상을 진단하고 있는데, 작중인물의 몽상을 '의식의 흐름' 기법으로 묘사하면서 철학적 사색과 결합시키는 독특한 스타일을 구사한다.

■ 바르바라 Barbara

「바르바라」는 헤르만 브로흐의 미완성 장편소설 『현혹』(Die Verzauberung, 1935)에 독립된
단편으로 수록된 작품이다. 『현혹』은 알프스의 산간마을 주민들이 집단적 광기에 휩쓸려서 학살의 제의
(祭儀)를 벌이는 이야기로, 이 소설이 쓰일 무렵 역사의 전면에 등장한 히틀러 집단의 폭력적 광기를 예감
하면서 비판적으로 성찰한 작품이다. 「바르바라」는 등장인물인 50대 후반의 의사가 15년 전에 겪은 체험
을 회고하는 형식으로 서술되어 있다. 42세의 이 의사와 28세의 젊은 여의사 바르바라의 비극적 사랑이
야기를 통해 작가는 남녀의 소박한 사랑도 불가능하게 만드는 전체주의 시대의 암울한 시대상을 진단하
고 있다.

바르바라

전쟁(제1차 세계대전을 가리킴 —옮긴이)이 끝난 지 불과 몇해 지나지 않았을 때였다. 당시 마흔두살이던 나는 지방병원의 원장 대리 자리를 얻었고, 생화학 분야의 연구실적 덕분에 대학병원의 강의도 맡게 되었다. 아무런 희망도 없이 일에만 매달린 채 언제 끝날지 모르는 혹한기를 보내야만 했던 나에게 어느날 갑자기 봄날이 찾아온 것이다. 그해 봄, 파릇파릇 푸른빛이 감도는 어느 화창한 오후에 나는 그녀를 처음 보았다. 그녀는 말쑥하다고는 할 수 없는 가벼운 손가방을 들고 관리부 건물에서 나와 여성답지 않게 활기차고 씩씩한 걸음걸이로 똑바로 앞만 보면서 천천히 소아과 병동으로 가고 있었다. 처음에는 이 시간이면 아이들을 찾아오는 애엄마들 중 한 사람일 거라고 생각했다. 그런데도 나는 그녀가 불편한 손가방을 든 채 잠금장치가 있는 육중한 출입문을 간신히 열 때까지도 그쪽을 건너다보고 있었다. (나는 지금도 여전히 그러고 있지 않은가? 오늘도 나는 그 날개식 출입문이 부드럽게 찰카닥 닫히는 소리를 듣고 있다.) 그때 그녀의 옷차림은 특별히 눈에 띄지 않고 평범했지만 보통 사람과는 다른 모종의 분위기, 이를테면 눈에 보이지 않게 입김처럼 스쳐오는 색다른 분위기가 감돌았다.

그러자 이 병원 마당에 고작해야 어린 밤나무와 라일락밖에 남아 있지 않다는 사실이 실망스러웠다.

물론 이 첫인상은 금방 잊혀졌다. 그녀가 새로 채용된 의사로 이제 막 직업전선에 나섰다는 사실을 곧 알게 되었기 때문에 더 쉽게 잊혀졌는지도 몰랐다. 수석의사가 휴가를 떠나자 내가 총괄업무를 맡게 되었고, 그러면서 그녀와 좀더 가까이 접촉할 기회가 생겼다. 그녀의 전공실력은 주목할 만했다. 병원을 통틀어 가장 젊은 초보의사임에도 불구하고 학식이 풍부한데다 결단력도 있었고, 눈에 띄지 않게 단번에 소아과 분위기를 장악했으며, 그 과정에서 같은 부서 상급자들의 반발도 거의 없었다. 두 명의 동료의사는 데면데면한 사람들이었고, 소아과장인 M 교수는 이미 나이가 지긋해서 회진을 마치자마자 곧바로 귀가할 수 있게 된 것을 달가워하지 않을 이유가 없었다. 그렇다고는 해도, 그처럼 단숨에 소아과 분위기를 장악한다는 것은 대단한 인격의 소유자가 아니고는 불가능한 일이었다. 게다가 그녀는 머리로 배워서 된 의사가 아니라 정말 보기 드물게 타고난 의사였다. 그녀는 탁월한 안목으로 진찰을 했고, 환자의 고통을 꿰뚫어보는 비범한 직관력 덕분에 환자가 금방 마음을 터놓을 정도로 친해졌으며, 질병과 죽음에 맞선 싸움에서 든든한 동반자가 되어주었다. 이런 탁월한 능력으로 인해 누구도 그녀의 영향권에서 벗어날 수 없었다. 동료의사든 간호사든 간에 모두가 그녀의 손짓 하나하나에도 고분고분 따랐으며, 특히 아이들은 거의 자력(磁力)에 끌리듯이 순종했다. 그녀가 침상에 앉기만 해도 아이들은 얌전해지고 기분이 좋아져서 아픈 데가 금방 나을 거라고 믿게 되었다. 그리고 그녀가 병실을 걸어가면 꼬마 환자들은 하나같이 기대에 들뜬 시선으로 그녀 쪽을 쳐다보는 것이었다. 하지만 그녀가 구축한 카리스마는 애교와는 전혀 무관했다. 그녀는 누구한테도 살갑게 대하는 법이 없었고, 오히려 늘 화가 나서 언쟁이라도 벌일 태세로 퉁명스럽게 쏘아붙이거나 훈계하기 일쑤였다. 심지어 아이들도 살살 다루지 않았다. 보통 소아과 의사들이 아이들한테 접근하기 위해 그러하듯 응석을 받아주거나 세심하게 배려해주기는커녕, 이마를 찌푸리고 주의를 집중해서 사무적인 태도로 다루었는데, 아이들은 본능적으로 그런 태도를 순순히 받아들였다.

그녀는 아이들로 하여금 자기를 바르바라 박사님이라고 부르게 했고, 병원 전체의 간호사들 역시 이 호칭을 사용하게 되었다.

그녀가 권위적인 태도를 굽히지 않아서 사소한 실랑이를 벌일 때도 있긴 했지만, 그 점을 제외하면 나는 병원업무를 총괄하는 동안 그녀와 제법 잘 지낸 편이었다. 내가 그녀의 학식과 능력을 존중한다는 것을 그녀는 의식하고 있었고, 우리는 서로 좋은 동료로서, 좀더 정확히 말하자면 남녀 사이와는 무관하게, 원만한 협력관계를 유지했다. 특히 애교도 없고 대하기 거북한 이 열정적인 의사한테서 불과 몇주 전에 병원 마당을 가로질러 가던 미지의 여성을 상기시키는 흔적은 전혀 찾아볼 수 없었기에 더더욱 그랬다. 내가 마지막 회진을 할 때까지도 그런 관계는 유지되었다. 수석의사의 휴가가 끝나고, 이번에는 내가 휴가를 얻을 차례가 되었다. 따라서 내 소관이 아닌 분야에 대해서는 더이상 어떤 결정도 내리고 싶지 않았다. 그런데 공교롭게도 내가 총괄업무를 수행하던 막바지에 어떤 꼬마 환자의 수술 여부를 놓고 토론이 벌어졌다. 나는 외과의사들과 달리 성급하게 수술하는 데 반대하는 입장이었다. 결국 그녀는 내 주장에 동의하긴 했지만, 불평을 잊지 않았다. 이 문제가 일단락되고서 나는 이렇게 말했다.

"바르바라 박사, 그렇다고 우리가 절교할 것까진 없잖아요. 웬만하면 내 실험실에 자주 들러주었으면 해요."

"그거야 두고 봐야 알지요." 그녀는 여전히 불만조로 이렇게 대꾸하면서 소박하게 가르마를 탄 머리를 두 손으로 단정하게 빗어넘겼다. 그 순간 어째서 생기발랄한 그녀의 손에 시선이 끌렸는지, 또 어째서 바로 이런 게 여성미가 묻어나오는 여자의 손길이라고 느꼈는지 정말 알다가도 모를 일이었다. 나는 어린시절 이래로, 어머니가 마지막으로 머리를 빗어넘기시던 바로 그날 이후로, 단 한번도 그처럼 여자의 손길을 느껴본 적이 없었다. 그런데 어째서 바르바라의 손을 보면서 그리움의 정이 울컥 솟구치고, 종잇장처럼 구겨져 있던 내 인생 전부가 활짝 펴지고, 다시금 내 인생을 온전히 의탁할 데가 생긴 듯한 느낌이 들었던 것일까. 물론 그런 느낌이 또렷해진 것은 좀더 나중의 일이고, 그 순간에는 그저 이렇게 말했을 뿐이다.

"바르바라 박사, 당신은 훌륭한 의사예요. 하지만 마음만 먹으면 애엄마 역할은 더 잘할 것 같은데."

그러자 그녀의 얼굴에 너무나 진지한 기색이 언뜻 스쳤다. 그러더니 그녀는 웃으며 이렇게 말했다.

"선생님 능력으로 판단할 수 있는 건 제가 훌륭한 의사라는 것뿐이죠. 어떻든 그런 말을 들으니 기쁘네요."

내가 뭐라고 대답하려는데 어느새 그녀는 자리에서 일어섰다. 하지만 방문을 나서면서 내 쪽으로 몸을 돌리더니 "휴가 잘 보내세요" 하고 말해주었다.

그날 초여름 날씨에 병원 마당의 밤나무에는 밤꽃이 흐드러지게 피어 있었다. 밤나무는 너무 무성한 나머지 다소 지쳐 보였고, 금방 쏟아질 듯한 소나기에 밤꽃도 모두 떨어질 터였다. 그날 저녁 나는 가방에 짐을 챙겨놓고는 실험실 위층에 있는 숙소에서 창밖으로 상체를 내민 채 흰색과 담홍색이 어우러져 회색빛을 띤 나무들을 내려다보고 있었다. 망망대해처럼 굽이굽이 늘어서 있는 도시의 지붕들은 어둠이 깔리면서 희뿌연 안개와 연기 속에 잠겨들고 있었다. 저녁 어스름에 은은한 향기가 감도는 꽃무리는 한송이의 꽃봉오리처럼 희미한 빛을 발했고, 저 멀리 지평선 언저리의 언덕 위로 낮게 깔린 먹구름이 기세등등하게 꽃무리를 에워싸고 있었다. 저녁놀에 비친 꽃무리는 검붉은 머리털을 늘어뜨린 상앗빛 얼굴의 형상으로, 회색 눈을 하고 이루 형언할 수 없이 부드러운 미소를 환하게 짓는 것 같았다. 너무나 친숙한 풍경이었지만, 그런 미소가 내게 모습을 드러낸 건 처음 있는 일이었다. 나는 그 얼굴을 들여다보느라 눈을 뗄 수 없었고, 밤이 될 때까지 창가에 기대어 있었다. 그 밤은 한없이 부드럽고 여성적인 손길을 이 세계의 얼굴에 드리우고 있었다.

그날 내가 본 것은 헛것이 아니라 제2의 현실, 불현듯 모습을 드러낸 또다른 현실이었다. 그 현실은 그날 저녁에 모습을 드러내는 데 그치지 않고 다음날 아침 남쪽으로 여행하는 동안에도 줄곧 나를 따라왔다. 분명히 나는 그 현실을 떨쳐내려고 애썼다. 사십년 동안 쌓아올린 원래의 현실에서 밀려나는 듯한 아픔을 맛보았기 때문이다. 지금까지 살아온 모든 것에서 나를 떼어내려는 그 무엇인가가 작동하고 있다는 느낌이 들었다. 그러면서도 느닷없이 나를 사로잡은 이 새로운 세계와 접속할 수 있는 가능성은 미처 찾지 못했다. 앞으로 나아갈 수도 없고, 그렇다고 뒷걸음칠 수도 없는 상황이 엄습해오는 느낌이었다. 차라리 산속으로 달아나 빙하의 바람이 몰아치는 매서운 환경에서 영혼을 씻어내고 싶었고, 불청객처럼 찾아온 새로운 삶을 떨쳐내고 싶은 생각이 간절했다. 하지만 결단을 내릴 수 없었다. 풍경이 끊긴 곳, 풍경과는 무관한 곳에서, 그 새로운 삶과의 운명적 만남이 이루어질지도 모르고, 따라서 장소를 바꾸는 것으로는 전혀 도움이 되지 않을 거라고 생각했기 때문은 아니었다. 오히려 마치 거울이 사람 얼굴을 비추듯 나를 따라다니며 함께 움직이는 모종의 풍경에서 벗어날 수가 없었기 때문이다. 그것은 거울처럼 따라 웃기도 하고, 화를 내기도 하고, 진지하게 굳은 표정을 짓기도 하는, 사람과 똑같은 맥박으로 피가 도는 인간적인 풍경이었다. 그 풍경은 아릿한 향기를 풍기는 올리브나무 자락과 포도밭의 옅은 그늘, 월계수 숲의 짙은 녹음과 볕이 드는 황량한 떡갈나무 언덕, 회색 눈이 움푹움푹 들어가고 화난 표정을 짓기도 하고 구름을 몰고 오기도 하고 환하게 빛나기도 하는 땅덩어리 등 때와 장소를 가리지 않고 그 모습을 드러냈다. 도자기 빛깔처럼 고운 구름과 나란히 상앗빛을 띠기도 했고, 구름 아래 펼쳐진 바다에 반사되어 별처럼 반짝이는가 하면, 한밤중의 들판처럼 꿈을 품은 어둠으로 나타나기도 했고, 폭풍우가 몰아치는 바다의 형상으로 출현했다가 저 멀리 돛을 팽팽하게 당긴 어선이 반짝거리는 햇살을 가르며 지나갈 즈음에는 다시 평온을 되찾아 햇살이 쏟아지는 남쪽 바다 지중해의 초록빛으로, 푸른빛으로, 보랏빛으로 드러나기도 했다. 그리고 인간이 추구하는 통일성의 비유이자 궁극적인 인간애의 비유인 자연은 나에게 제2의 현실을 가리키는 비유로 다가왔다. 물론 풍경 자체가 여성적이라고 할 수는 없었다. 또 시시각각 변화하는 풍경의 다채로움은 모든 세속적인 것의 피안에, 삶과 죽음과 성(性)의 피안에 자리잡고 있었다. 그럼에도 그 풍경 속으로, 풍경의 비유 속으로 뛰어들고 싶은 간절한 마음은 나에게 제2의 현실을 선사한 여성에 대한 그리움과 불가분의 관계로 융합되었다. 사랑하는 사람에 대한 그리움은 내 가슴 깊이 묻어둔 기억에 대한 그리움과 하나로 결합되었다. 그리하여 바다는 한낮에 빛나는 광채든, 어둠 속에서 울리는 굉음이든, 희뿌연 아침안개 자욱한 고요함이든, 중력이 약해지는 저녁 무렵의 부드러운 노랫소리든, 겹겹이 밀려오는 파도의 물마루든 간에, 제아무리 모습을 바꾸어도 오로지 모든 것을 감싸는 그대의 형상으로만 다가왔다. 월계수가 일렁이고, 떡갈나무가 그늘을 드리우고, 소나무가 우거지고, 올리브꽃이 만발한 해안 역시 끝없이 아득한 하늘 언저리까지 이어져서 그대의 형상이 되었다. 그 형상은 보이는 것과 보이지 않는 것이 어우러진 풍요로움을 원천으로 하여 우리에게 제2의 현실을 선사하는 것이다. 그리고 이 제2의 현실은 그대의 위대한 존재를 알려주는 영상으로 선택되고, 그대의 심원하고 고향 같은 안정감은 내 존재의 근원적 안정감과 나란히 짝을 이루며, 그리하여 그대의 존재와 나의 존재는 동일한 무한에 감싸여 통일을 이루거니와, 이것이 곧 모든 그리움이 도달고자 하는 목표이다.

우리는 편지를 주고받지는 않았다. 짤막한 엽서 한장 주고받은 적도 없다. 우리는 운명적으로 지극히 안정감을 공유하고 있었지만, 운명은 특정한 표상세계에 대한 집착일 뿐임을 나는 잘 알고 있었다. 그리고 다른 어떤 직업인의 운명보다도 의사의 길에 들어선 사람의 운명은 끝없이 반복되는 죽음의 거대한 리듬에 제약받는다는 것도 잘 알고 있었다. 다시 말해 의사의 업은 인간이 언제 그랬냐는 듯이 성(性)의 굴레를 완전히 벗어던지는 죽음의 시간에 대한 상념에서 놓여날 수 없는 것이다. 끊임없이 그 죽음의 시간 속에 자기 자신을 놓고 바라보지 않는 사람은 죽음의 공포도 삶의 경외도 알지 못하며, 그런 사람은 결코 의사를 천직으로 타고난 사람이 아니다. 그리고 나의 직업생활에 복귀하는 것이 곧 어쩌면 보통사람의 세계보다 더 협소할지도 모르는 죽음에 관한 표상세계로 복귀한다는 뜻임을 잘 알기에, 나는 제2의 현실을 상실하지나 않을까 두려우면서도 동시에 차라리 그러한 상실을 소망하기도 했다. 뿐만 아니라, 설령 제2의 현실을 상실하지 않는다 하더라도, 내가 그리워하는 여인이 의사의 운명에 완전히 얽매여 있어서 도저히 벗어날 수 없다면 어쩌면 그리움을 혼자 간직해야 할지도 모른다는 생각에 두려우면서도 동시에 그런 상태를 소망하기도 했다. 그리고 거의 열다섯살 가까운 나이차가 우리 사이를 가로막고 있다는 생각이 들면 나는 일부러 그런 두려운 심정을 유지하려고 애썼다. 그렇게 해서라도 실망을 초래하는 사태를 막아보려고 했던 것이다. 하지만 사태는 다르게 진전되었다. 휴가를 마치고 일상생활로 돌아와서도 달라진 것은 아무것도 없었고, 오히려 벅찬 희열감만 점점 더 고조되었다. 지난날의 다른 기억들이 범접할 수 없을 만큼 그녀가 가까이 있다는 사실에 뛸 듯이 기뻤고, 그녀가 가까이 있음으로 인해 그리움이 생생하게 살아나서 기뻤고, 나로서는 어떤 것인지 상상도 할 수 없었던 여성다움이 너무나 가까이 느껴져서 기뻤다. 이제는 그녀와 마주서면 그녀의 손을 바라볼 필요도, 얼굴을 찬찬히 살펴볼 필요도 없어졌다. 물론 그녀를 바라보고 싶은 마음을 차마 끊을 수는 없었다. 하지만 그녀가 같은 인간으로서 그저 함께 있기만 해도 내가 자연풍경에서 겪은 체험이 우리 자신의 영혼 속에서 훨씬 더 다채롭게 펼쳐지고 있다는 사실을 마음속 깊이 깨달을 수 있었다. 풍경이 끊긴 곳에서는 무한의 세계가 영혼의 깊은 베일에 싸여 있었고, 그것은 모든 풍경을 감싸고 있기에 그 어떤 풍경보다 위대하다는 것도 알게 되었다. 그리고 내가 보았던 풍경을 더욱 거룩하고 신비롭게 해주고 생동감 넘치게 해주었던 그대의 여성적 존재는 현실로 인해 옹색해지지도 않을뿐더러 오히려 더 실감나고 더 다채로운 모습으로 거듭나고 있다는 것도 깨달았다. 영혼의 마지막 한올까지 남김없이 언제나 서로를 이성으로 느낄 수 있는 상태, 그것이 곧 우리가 이루 형언할 수 없는 존재의 균형상태에서 궁극적으로 도달할 수 있는 사랑이었다. 휴가에서 돌아와 다시 그녀를 만났을 때 내가 힘들게 내면의 소리에 귀기울여 깨달은 사실은 그런 것이었다. 어쩌면 그녀 역시 나와 비슷한 처지에 비슷한 느낌을 갖고 있을지도 모른다고 생각하니 나도 모르게 움찔했다. 그 이면에서 펼쳐질 끝모를 세계 역시 나를 멈칫하게 만들었다. 그럼에도 불구하고 나는 지난 몇주 동안 그녀가 나의 생각과 사모의 정을 알아챘을 거라고 믿어 의심치 않았다. 그녀는 우리 사이의 관계가 어떻게 진행되고 있는지 틀림없이 느꼈을 것이다. 그리고 그녀가 나한테 "다시 돌아오셔서 반가워요"라고 한 말이 듣기에 따라서는 인사치레의 빈말 같기도 했고, 다소 비아냥대는 불평조로 슬쩍 딴죽을 걸어보는 호전적 자세를 드러내는 것 같기도 했지만, 나는 분명 안도와 친밀감의 표시를 읽어낼 수 있었다. 나는 그녀의 어투를 흉내내어 인사를 받으며 말했다.

"어째서요? 내 도움이 필요한 일이라도 있었습니까?"

"아뇨, 그렇진 않았어요."

"아니면 그저 말다툼을 벌이기 좋은 파트너가 없었나보지요?"

"정말 그랬는지도 모르겠네요…… 전 늘 다투려고 덤비니까요."

"그럼 언제 한번 나를 정식으로 초대해주세요. 이젠 우발적으로 언쟁을 벌이지는 말자고요. 내가 다시 병원 총괄업무를 맡으려면 한참 걸릴 테니까요."

그녀는 실눈을 뜨고 나를 쳐다보더니 전혀 놀라는 기색 없이 그만하면 됐다는 식으로 대답했다. "좋아요…… 괜찮으시면 내일 저녁에 오세요." 우리는 그렇게 다시 만났다.

나는 저녁을 먹고 차를 마시러 그녀의 집에 갔다. 그리고 단도직입적으로 그녀를 사랑한다고 말했다. 그녀가 여성으로서, 인간으로서, 그리고 의사로서 갖춘 자질을 높이 평가하는 것보다도 훨씬 더 깊이 사랑한다고. 진정한 운명이 모두 그렇듯 도저히 말로는 설명할 수 없이 사랑한다고. 그러자 그녀가 침울한 어조로 말했다.

"그렇군요. 저도 알고 있어요."

"분명히 알아야 해요." 나는 재차 다짐을 해두었다. "첫째, 여성이라면 이런 상황이 무엇을 뜻하는지 잘 알 테니까요. 둘째, 이런 종류의 격한 감정은 어느 한쪽만 일방적으로 느끼지는 않으니까요…… 이건 한 개인만이 느끼는 감정이 아니라, 뭐랄까 초개인적인 감정이라 할 수 있지요. 남자의 허영심과는 전혀 무관한 신뢰 같은 것이에요……"

그녀는 오래도록 나를 똑바로 바라보더니 무덤덤하게 말했다.

"맞는 말씀 같아요."

그런데 이상하게도 그녀의 이 간단명료한 고백에도 나는 전혀 기쁘지 않았다. 이 무덤덤하고도 명료한 말은 표면상의 언표와는 반대되는 뜻을 담고 있는 것 같았다. 아니나 다를까 그녀는 이렇게 말을 이었다.

"그렇지만 전 선생님의 아내가 될 수 없어요. 호적상의 아내든 그냥 함께 사는 여자든 말이에요. 지금 저한테는 그런 게 중요하지 않아요."

왜냐고 묻고 싶은 마음이 굴뚝같았지만 그런 멍청한 질문은 하지 않기로 했고, 두 사람 모두 입을 다물었다. 열려 있는 창문 바깥의 공기는 칠월 밤의 더위와 차츰 가라앉는 대도시의 소음에 찌들어 있었다. 그녀가 침묵을 깨고 입을 열었다.

"단지 사랑만 하는 관계라면 간단하고 좋아요. 하지만 저는 그저 사랑만 원하는 게 아니라 아이를 원해요. 제 나이 스물여덟이에요. 아이를 가질 때도 되었죠. 아이를 갖지 않으면 사랑도 할 수 없어요. 그건 생각도 할 수 없어요. 안돼요."

그녀는 두 손으로 무릎에 깍지를 꼈다. 너무나 아름답고 여성적이면서도 강한 느낌을 주는 손이다. 가늘게 그린 여성스러운 눈썹 언저리에 그늘이 졌고, 갈색 눈을 크게 뜨고 조용히 나를 응시하고 있었다. 짙은 머리칼의 윤기도 여성스러웠고, 상앗빛 얼굴에 입술은 굳게 다물고 있었다. 그녀가 다시 말했다.

"안돼요. 그럴 순 없어요…… 직업을 가지고 결혼생활을 할 수는 없
어요……"

그러자 나는 결혼하고 아이를 낳은 여의사도 많으며, 인간적으로 더
중요한 문제가 걸려 있다면 직장생활은 포기할 수도 있지 않겠냐고 이
의를 제기했지만, 내가 듣기에도 진부한 소리 같았다. 그러고서 나는
"부부 중에 한쪽만 직장생활을 해도 충분하잖아요" 하고 희망에 들떠
서 말했다. 그러자 그녀가 미소를 지었다. 그녀의 얼굴에 피어난 미소
는 한겨울의 봄날씨처럼, 바다에 비친 햇살처럼 화사했다. 하지만 그
녀는 고개를 가로저으며 말했다.

"그저 한 가지 직업만 있다면야 그럭저럭 아이들을 키울 수도 있겠
지요. 하지만 또다른 직업이 있다면…… 놀라지 마세요. 어떻든 선생
님께는 설명을 드려야겠군요. 선생님은 모르셨겠지만, 전 공산당 행동
대원이에요. 그게 무슨 의미인지 선생님은 모르실 거예요……"

그녀가 공산당 행동대원이라는 사실이 과연 어떤 정치적 의미를 갖
는지 당시 나로서는 짐작도 할 수 없었다. 나는 자꾸만 내 마음에 빠져
서 이렇게 말했다.

"두 가지 일 모두 포기할 수도 있지 않을까요?"

그러자 그녀가 대꾸했다.

"선생님은 상상도 못하실 거예요. 전 그럴 수 없어요…… 안돼요. 그
럴 수 없어요. 물론 이런 생활이 어쩐지 자연스럽지 않다는 것도 잘 알
고, 또 사랑하는 남편과 함께 살면서 아이를 대여섯 명쯤 낳아서 시골
에서 살고 싶은 게 제 간절한 소망이라는 것도 잘 알아요. 그래요. 하
지만, 하지만, 하지만…… 그래요. 때로는 병원에 오는 아이들이 미울
때도 있어요. 그 아이들 때문에 제 아이를 갖지 못하니까요. 때로는 이

모든 정치활동도 싫어요. 인간다운 생활을 할 수 있는 여지를 앗아가 버리니까요. 하지만 전 다른 삶을 추구할 권리가 없다고 느껴져요. 그냥 이렇게 사는 수밖에 없어요. 그렇지 않으면 제가 바라는 만큼 강해 질 수가 없으니까요……"

"바르바라." 내가 말했다. "우리 모두 인생은 한번뿐이고, 그나마도 짧아요…… 자칫 잘못하면 우린 언제라도 인생을 내팽개칠 수도 있어요. 인생을 포기하지 마요……"

"이게 제 인생이에요. 그리고 제가 이런 일을 하는 것은 값싼 자존심 때문은 아니에요. 저한테 환상 따위 없어요…… 저는 뭔가에 홀렸어요. 고상한 뉘앙스를 빼고 말하면, 사람들이 정의라고 부르는 것에…… 달리 어떻게 해볼 도리가 없어요. 비참한 걸 너무 많이 보고 겪어서 이런 생각에 홀렸나봐요……"

그녀는 건성으로 담배를 피워물더니 말을 계속했다. "제가 보고 겪은 일이 저한테 왜 이런 결과를 가져왔는지는 설명하기 힘들어요…… 어쩌면 제가 정략결혼으로 태어난 자식이라서 그런지도 모르겠어요. 부모님의 결혼생활은 애초부터 역겹고 가증스럽기 짝이 없었어요…… 그래서 엄마는 재혼을 했는데, 이번에는 사랑으로 맺어진 결혼이었어요. 그런데 엄마는 남자한테 의존하는 성격이어서 첫번째 결혼과 반대로 이번에는 생활형편이 아주 힘들어졌어요. 두번째 남편은 사람이 좀 모자라고 질투심이 강해서 엄마의 전남편에 대한 분노와 전남편한테서 태어난 저에 대한 분노를 삭이지 못했어요. 그러면서도 두 사람은 서로 열렬히 사랑했는데, 그러다보니 남자의 그러한 분노와 혐오감이 엄마한테까지 물들었답니다…… 그래서 저는 두 사람 사이에 새로 태어난 아이들에 비하면 영락없는 의붓자식 취급을 당했어요. 저는 어린 아이가 당할 수 있는 온갖 부당한 대우를 묵묵히 견뎌야만 했어요……

그러다가 열다섯살이 되던 해에 무작정 집을 나왔고, 그때부터 말할 수 없이 비참한 생활이 시작되었죠. 육체적으로나 정신적으로 비참했고, 도덕적으로도 방탕했어요. 좋아하지도 않으면서 날 먹여살려주는 남자들과 관계를 가졌어요. 엄마가 합법적으로 그랬다면 난들 못할 이유가 어디 있냐고 생각했지요. 그래서 나는 부모에게 복수하겠다는 마음으로 기회만 있으면 욕망에 몸을 맡겼어요. 아무 생각도 없었어요. 사는 게 아니라 혼돈 자체였어요…… 그런데 그렇게 혼돈에 빠져서 갈 데까지 가다보니 차츰 공부가 하고 싶어지더라고요. 집에서는 공부도 못하게 했거든요…… 그러다가 뒤늦게 의사가 되고 싶다는 생각이 들었지요. 처음에는 불결한 것을 씻어내고 싶어서였어요. 그런 생각이 너무 강해서 내 자신과 주위의 더러운 것들에서 아주 더디게 벗어나는 과정을 거친 끝에 정말로 소망을 이루었어요…… 정말 의사가 된 거예요. 공부하는 동안 소아과 의사가 되겠다는 생각이 점점 더 분명해졌어요. 어른들이 나한테 잘못한 것을 다른 아이들한테 보상해주겠다고 생각했죠. 그런 부당한 일은 이제 사라져야 한다고 생각했어요. 그러다보니 이 세상에서 불의를 없애야 한다는 생각에 끌리게 된 거예요…… 물론 그렇게 추구하는 정의라는 것이 한낱 허상에 불과하다는 건 진작부터 알고 있었고, 지금은 더 확실히 깨닫고 있긴 해요. 결코 도달할 수 없는 인류의 목표죠. 전들 그 목표를 제대로 꿰뚫어볼 수 있겠어요. 하지만 그처럼 도달할 수 없는 그 무엇이 없다면 우린 살아갈 수 없어요. 인류의 막연한 미래를 위해, 언제 도래할지 알 수 없는 정의를 위해 사는 거죠……"

그녀는 말을 멈추더니 갑자기 화제를 돌려서 사진 한장을 가리켰다. 내가 사는 방과 마찬가지로 의사의 방답게 무미건조하게 흰 페인트가 칠해진, 그럼에도 여성의 체취가 느껴지는 듯한 이 방에서 유일하게 벽장식으로 걸려 있는 사진이었다.

"저분이 엄마예요." 그녀가 말했다. "경고의 표시로 저 사진을 걸어 두었죠…… 어쩌면 정의를 이루기 전까지는 아이도 낳지 말아야 할 인류에 대한 경고인지도 모르겠어요."

이런 추론이 멋쩍었는지 그녀가 다시 미소를 짓자 나는 동의한다는 뜻으로 이렇게 말했다. "정의를 이루기 전까지는 아이도 낳지 말아야 한다는 건 물론 지독한 모순이에요."

"그래요. 이런 생각으로 살다보면 여러 가지 난관에 부닥칠 거예요. 그건 분명해요…… 그렇지만 제가 공산주의 사상에 빠져들 수밖에 없었던 사정은 선생님도 이해할 수 있을 거예요. 그 이념이 정의에 기반을 두고 있기 때문이기도 하고, 또 집단을 위해 개인을 희생해야 한다는, 그 자체로 보면 아주 가혹한 요구 때문이기도 해요. 인간이 혼란과 곤경의 수렁에서 벗어나려면 그 길밖에는 없으니까요. 집단 속에 있을 때 혼란과 곤경을 가장 빨리 잊을 수 있거든요…… 정의가 서야 지상의 낙원이 가능해요……"

"정의를 위해 아이도 갖지 않겠다는 말인가요?"

그녀의 미소가 진지한 표정으로 바뀌었다.

"물론 억지로 안 가질 수야 없겠죠. 아이를 갖지 않는 건, 뭐랄까, 도달할 수 없는 이상을 포기하는 것과 마찬가지예요…… 그렇지만 오늘날 목표를 이루기 위해 해결해야 할 중대한 과제들이 산적해 있는데 개인적인 행복만 좇으며 사는 건 온당치 않아요…… 저 역시 그래요. 그러니까 아이를 갖고 싶어도……" 그녀는 입술을 오므리고 담배를 물었다. "선생님께 제가 살아온 이야기를 전부 말씀드려야겠다고 생각했어요. 단지 솔직하게 말씀드리고 싶었을 뿐이에요…… 연인들이 서로를 기쁘게도 하고 질투를 불러일으키기도 하는 그런 개인적 고백으로는 받아들이지 않으셨으면 해요…… 아이를 갖고 싶다고 애원하면 남자를 감동시킬 수 있다는 건 저도 알아요. 남편에다가 아버지까지 된다고 생각하면 당연히 그렇잖겠어요. 하지만 제가 말씀드린 전후사정이 서로의 생각에 영향을 주고, 그래서 선생님의 결혼의사도 수그러들었으면 해요. 제가 야속하게 생각되시겠지만요. 제 인생이 그런 구실을 만들어드리는 것 같네요."

그녀의 복소리는 점점 더 냉정해지다가 마지막에는 아예 쌀쌀맞은 어조가 되어 "차 한잔 더 드릴까요?"라고 물어왔다.

"당신을 사랑해요"라고 나는 말했다. 아니, 더 정확히 말하면, 나도 모르게 그런 말이 튀어나왔다. 그러자 그녀는 처음에는 화난 듯한 시선으로 내 눈을 빤히 쳐다보았다. 한없이 멀고도 한없이 가까운 서로의 시선. 그리고는 눈물이 그렁그렁하더니 울음을 터뜨리고 말았다.

"그래요, 난 당신을 사랑해요." 다시 나도 모르게 이렇게 말했다. 나는 결코 그녀를 떠날 수 없다는 걸 알고 있었다. "당신을 너무나 사랑해요. 당신을 영원히 사랑해요."

그러자 그녀는 화를 내며 "그만 가세요" 하고 쏘아붙였다. 구슬 같은 눈물이 볼을 타고 흘러내리고 있었다. 나는 그녀의 손을 잡았다. 그녀는 잠시 나에게 손을 맡겼다가 다시 손을 빼내더니 부드럽게 내 머리를 쓰다듬어주었다. 내가 삼십년 동안 한번도 느껴보지 못한 한없이 가볍고 부드러운 손길이었다. 그녀는 부드러운 어조로 애원하듯이 말했다. "가세요. 그만 가요."

마치 꿈에 홀린 듯, 또한 그 못지않게 명료하고 냉정하게 절대적인 확신을 느끼면서, 나는 그녀의 집에서 나왔다. 내가 젊었더라면 아마도 물러나지 않고 그녀의 무거운 영혼에서 오는 저항감을 무마해보려고 했을 것이다. 혹은 순순히 물러났다 해도, 야속하다는 생각보다는 낭만적인 기분에 젖었을 것이다. 그런데 나는 그녀가 야속하지도 않았고, 낭만적인 기분도 들지 않았다. 그도 그럴 것이 일단 자신과 자신의 운명에 대한 궁극적인 인식에 도달하면, 사멸한 감정은 야속한 심정을 자양분 삼아 꼭두각시 같은 허깨비로 되살아나서 인간 자신과 분리되기 때문이다. 그리고 이 여성이 앞뒤 재지 않고 털어놓은 우여곡절의 인생행로는 그녀를 소명에 부름받은 천직으로 인도하고 온전한 인간적 질서를 이루기 위해 자신을 바치고 묵묵히 인내하며 정진하는 길로 인도했다. 뿐만 아니라──그녀 자신도 거의 모르는 사이에──그녀의 인생행로는 그녀 자신의 고유한 자아에 도달하기 위해 나아갈 길을 비춰주는 지상의 거울이 되었다. 그것은 그녀가 지상에서 행하는 일을 비유로 삼아 자아에 도달하기 위해, 자아의 통일성에 도달하기 위해 통과해야만 했던 길이다. 그리하여 그것은 무엇으로도 측량할 수 없는 자아를 측량 가능한 것에 견주어 시험해보고 섭렵함으로써 자아의 그 무한한 어둠에서 벗어나 명료한 의식에 다다르기 위해 남자가 가야 할 길이 확실했다. 가혹한 성장기가 그녀를 남자의 길로 내몰았던 것이다. 그것은 애초부터 너무나 급진적인 길이었기에 정녕 세상의 위대한 구원자만이 지상의 완벽한 비유라는 전대미문의 목표를 향해 끝까지 매진할 수 있을 터였다. 보통 사람은, 더구나 여성은 감히 그 길을 가보겠다는 시늉도 할 수 없을 것이다. 이 여성의 경우가 그러하듯, 여성의 심성은 자신이 도달한 의식상태에 아랑곳하지 않고 너무나 조급하게, 너무나 고통스럽게 자기가 그 길을 가겠다고 나서서 기어이 끝장을 보려고 한다. 그런데 그녀의 이 확고부동한 의식이야말로 그녀가 지금 치르고 있는 내면의 투쟁을 겪고나면 거기서 벗어나서, 설령 지금의 확고부동한 의식을 더러는 포기하는 댓가를 치르더라도, 인격적으로 성숙할 거라는 확신과 신념을 나에게 심어주었다. 그리고 그녀가 갖고 싶어하는 아이를 위해서도 보통사람과 마찬가지로 자연스러운 심성과 원래의 본성을 일부라도 되찾을 것이다. 그렇게 된다면 그녀의 우려와는 달리 혹독하게 성취한 자기구원을 포기한다는 뜻이 아니라, 오히려 어쩌면 더 절실한 제2의 구원을 통해 자기 자신을 더욱 온전하게 한다는 뜻으로 받아들여야 할 것이다. 여성에겐 단연코 아이의 존재가 제2의 현실을 보증하는 바탕일진대, 요컨대 온전히 아이한테 헌신하는 것이야말로 그대의 든든한 버팀목이 되고 화목한 가정의 꿈인 것이다. 그대가 날 사랑하든, 아니면 다른 누군가를 사랑하든 말이다. 제대로 생각의 가닥이 잡혔는지는 모르겠으나, 나는 대충 그런 생각이 들었다. 그렇지만 내 생각이 틀리지 않았다면, 나에게 차오른 그 모든 확신은 그녀의 손길에서 나에게로 흘러들어온 것이었다. 그녀가 내 머리를 쓰다듬어주던 그 짧은 순간에 나는 그 손길이 나에게 우리의 가정을 일구자는 꿈을 심어주었다고 느꼈다. 꿈에서도 잊지 못할 간절한 소망이 아니던가. 나는 그대의 손길에서 확고부동한 그대의 존재감을 느꼈다. 그리고 자아와 자아의 통일성에 도달하는 길을 한없이 먼 곳에서 찾을 것이 아니라 바로 눈앞에서 체험할 수 있다는 것도 확실한 예감으로 깨달았다. 그대 자신의 모습이 드러나면서 그런 깨달음이 열린 것이다. 그대의 메아리에 귀를 기울이다가 스스로의 메아리를 듣게 되면서, 인간은 인간의 비유가 된다. 그리하여 자기 자신을 단념할 수 있게 되고, 위대한 자연의 비유에 귀의할 수 있게 되고, 존재와 우주 속에, 생성과 소멸의 동시적 순환 속에 침잠할 수 있게 되는 것이다. 인간이 피조물이면서 동시에 자기 존재를 만들어가는 자연의 일부가 되는 것이다. 인간존재의 풍경이 끊기는 곳에서 시작되는 근원은 공간의 삼차원에서 벗어나 우주를, 온전한 세계를 잉태해 모든 풍경을 자신 속에 품고 있는 것이다. 그것은 미래에 대한 확신이자 현재의 확신이기도 했고, 더욱이 과거에 대한 확신이기도 했다. 내가 그녀의 곁을 떠나왔으되 마음은 함께 있는 것처럼, 그녀의 기억은 곧 나의 기억이 며, 그녀가 겪은 모든 것은 고스란히 지금 나의 현실인 것이다. 이와 마찬가지로 나는 내 앞에 가로놓인 기다림이 더이상 시간을 재는 기다림이 아니라는 것도 확신하게 되었다. 그렇다. 그 기다림은 시간을 초월한 태초의 영역이자 자아의 거처인 영혼 속에서 시간을 초월해 무르익을 터였다. 우리가 함께 시간의 속박에서 벗어나는 구원, 우리가 맞이할 궁극의 현실에 생명을 불어넣는 구원에 의해 무르익을 터였다. 포근한 여름 하늘에 별들이 유영(遊泳)하고 있었다. 가없는 우주에 존재를 투영하면서, 이루 말로는 다할 수 없는 세계에 지상의 인간사를 풀어놓으면서. 나는 병원 마당을 가로질러 가면서 이 장엄한 사건이 무엇을 뜻하는지 분명히 깨달았고, 내 확신이 옳다고 느꼈다.

그런데 미래에 대한 나의 확신은 맞지 않았고, 이런저런 생각도 들어맞지 않았으며, 내가 품었던 희망은 절망으로 판가름나고야 말았다. 설령 그때 내가 다른 태도를 취했다 하더라도 사태가 호전되지는 않았을 것이며, 내가 어떻게 했더라도 결과는 마찬가지였을 것이다. 사랑받는 여인의 눈으로 보면 나는 분명히 바르게 처신했다. 그후 몇주 동안 서로 신뢰를 다질 수 있었던 것은 분명히 내 쪽에서 감정을 자제한 덕분이었다. 피차 신뢰와 긴장이 뒤엉켜 있는 관계였다. 어느날 아침 그녀는 봉인된 큼지막한 소포상자를 들고 나를 찾아왔다.

"선생님께 이런 부탁을 드리는 게 공정하지 않은 줄은 알아요. 제 부탁을 거절하지는 못하실 테니까…… 거북하시겠지만, 이 불법문서를 좀 숨겨주셨으면 해요. 하지만 선생님 방까지 수색하는 일은 절대로 없을 테니까, 너무 염려하지 마세요."

나는 순간적으로 화가 치밀다 못해 기가 막혔다. 나한테 호감을 보인

이유가 단지 정치적 술수로 나를 이용해먹으려는 전술적인 이용가치 때문이었단 말인가. 하지만 그녀의 눈매와 침울하고 차분한 태도에서 진심을 읽을 수 있었다.

"당신이 공정하지 않을 까닭이 없잖소." 내가 말했다. "아니면, 근사한 정치적 임무를 완수해 당신이 칭찬받는 것이 공정하다고 생각해 자신을 바치는 거요? 영화에서도 잘난 스파이들은 그렇게 하니까……"

하지만 그녀는 웃지 않았다.

"웃을 일이 아니에요. 정치도 그렇고, 사랑도 그래요…… 저한테는 둘 다 심각한 게 탈이에요…… 저도 모르겠어요……" 그러고서 그녀는 말이 없었다.

"당신 자신도 모르겠다고?"

"이 모든 게 너무 심각하니까요. 너무 심각하고, 너무 힘들어요. 선생님을 무정하게 대하는 것도…… 하지만 공정한 걸 따지다보면 혁명은 불가능해요. 어떻든 이게 우리 방식이죠……"

"무엇보다도 당신은 당신 자신한테 무정하고 불공정해요, 바르바라. 언제 후환이 닥칠지 염려돼요."

"그래요." 그녀가 대답했다. "벌써 후환이 닥치고 있는걸요. 하지만 선생님이 생각하시는 것과는 달라요…… 전 불량한 공산주의자가 되어가고 있어요. 의사로서도 마찬가지고요."

"내가 보기엔 그렇지 않아요."

"아니에요." 그녀가 말했다. 나는 소포상자를 치웠다. 그녀는 창밖을 내다보고 있었다. 가볍게 떨고 있는, 유리 같은 공기가 바깥에서는 대지의 기운에 흡수되어 감미로울 만큼 건조하게 작열하고 있었다. 이윽고 그녀가 몸을 돌리며 말했다.

"팔월은 잔인한 계절이에요. 수확의 계절이 다가오는 게 느껴지니까요…… 도시 한복판에서도……"

"바르바라." 내가 말했다. "손 좀 이리 줘봐요." 그녀는 지치고 서글픈 미소를 지었다.

"스파이의 손을요?"

"아니, 당신의 손 말이오."

"그러지 않는 게 좋겠어요." 그렇게 말하면서 그녀는 멀찌감치 물러섰다.

그 어떤 남자도 허영심이 없을 수는 없다. 나는 바로 그 무렵 일이 순조롭게 풀려 직장에서 성공을 거두었고, 내 전문분야의 명예욕을 충족시켰을 뿐 아니라, 사랑하는 여인 앞에서 당당한 자부심을 느낄 수도 있었다. 그렇듯 다소 어쭙잖으나마 납득할 만한 이유에서 나는 최근 연구성과에 대하여 의학학술회의에서 강연해달라는 청탁을 받고는 기꺼이 수락했다. 전날 바르바라와 작별인사를 나누었기에 나는 떠나던 날 정거장에 나온 그녀를 보고 깜짝 놀랐다.

"누구 마중하러 나왔어요?"

"아뇨. 누군가를 배웅하러 나왔어요."

그 누군가가 바로 나라는 것을 얼른 알아차리지 못하자 그녀는 웃었다. 하지만 내가 금방 말귀를 알아듣고 행복한 표정을 짓자 그녀는 또 웃었다. 하지만 기차가 출발하자 그녀는 더이상 웃지 않았다. 그녀는 햇살에 반짝이는 레일 사이에 놓여 있는 하얀색 콘크리트 홈에 서 있었다. 그녀는 윙크는 하지 않고 너무나 진지한 표정으로 가볍게 손을 들어 보였다. 나는 그 모습을 가슴에 간직해두었다. 그 모습은 내 마음속에 영원히 아로새겨져서 세세한 부분까지 변함없이 그대로 남아 있다. 그리고 당시의 여행에서 마주친 다른 모든 사물의 모습들은 결코 잃어버릴 수 없는 그녀의 모습에 의해 남김없이 채색되었다. 서쪽으로

늘어선 상앗빛 산봉우리를 향해 몰려가는 여름날 구름의 모습이 그러
했고, 기차가 굉음을 울리며 터널을 지날 때 잠깐 비친 횃불 사이로 언
뜻 모습을 드러냈다가 영영 사라져간 터널벽 보수공사 장면이 그러했
다. 또 곡물밭 사이의 도로변에 수확을 기다리며 늘어서 있는 나무들
의 모습이 그러했고, 어둠이 깔리기 시작하는 초원에서 마지막으로 귀
가하는 농부의 수레가 덜커덩거리는 소리도 없이 지나가는 모습이 그
러했다. 저녁나절의 평온을 간직한 들길은 농가에서 농가로 꼬불꼬불
이어져 있었고, 언덕을 오르락내리락하다가 다시 웅덩이에 가려 자취
를 감추기도 했다. 그것은 들판의 풍경으로 변신한 어떤 소녀의 형상
이었다. 그 모습 하나하나가 두 번 다시 볼 수 없게 사라져가고 있었지
만, 그럼에도 그 모든 모습은 변함없이 그대로 남아 있었다. 정거장에
서 작별하던 그녀의 모습과 더불어 영원히 내 기억 속에 닻을 내린 채,
결코 잃어버릴 수 없고 사그라질 수 없는 온전한 세계 속으로 흘러들
어와 조화로운 질서 속에 생생하게 살아 있었다. 사라져갈수록 점점
진실에 가까워지는 변함없는 현실로, 하나의 진실됨으로 살아 있었다.
그처럼 점점 더 커지는 진실됨의 근저에서 나는 뭔가를 크게 깨달았
다. 내가 그녀의 모습과 함께 간직한 그 깨달음은 우리가 작별하던 순
간 내린 결단에 말미암은 것으로, 우리 둘의 공동체가 무르익어가고
있다는 깨달음이었다. 당시 강연을 마치고나서 나는 그녀에게 처음으
로 편지를 썼다. 나의 행복한 깨달음에 가슴이 벅차올라 편지를 쓰지
않고는 배길 수가 없었다. 그녀가 보여준 신뢰와, 드디어 고향에 돌아
온 듯한 평온함과, 존재의 친밀감과, 이제 그녀를 온전히 받아들일 수
있다는 뿌듯함과, 지난 며칠 동안 가을로 접어드는 눈부신 햇살을 고
스란히 흡수한 그리움에 가슴이 벅찼다.
　여행에서 돌아오자 나는 곧바로 소아과를 찾아갔다. 바르바라는 위

층 병실에서 어린 소녀의 침상을 지키고 있었다. 그녀는 평소의 침착한 태도와는 사뭇 딴판으로 이상하게 흥분해 있었다. 소녀의 병세가 특이한 것도 아니어서 그녀가 흥분하는 것이 더 이상했다. 소녀는 바로 전날 교통사고로 입원했는데, 어느 모로 보나 뇌진탕 증세가 분명했기 때문이다. 맥박 저하와 불규칙, 체온 저하, 혼수상태 등이 스물네시간 이상 계속되고 있긴 했지만, 그런 증세 자체가 특이한 것은 아니었다. 순조롭게 피를 뽑아내고나서는 상태가 비교적 호전되기까지 했다. 요컨대 이 모든 정황으로 보아 사고로 인한 뇌진탕이 명백했다. 그런데도 바르바라는 이 소녀가 전부터 뇌일혈을 앓고 있었을 거라는 생각을 떨치지 못했다. 그러니까 두부절개술이나 요추절개로 당장 수술해야 치료가 가능하다는 것이었다. 내가 진찰하는 동안 그녀는 절망적이고 침울한 어조로 말했다.

"결정을 못 내리겠어요……"

"다른 의사들은 뭐라고 하던가요?"

그녀는 어깨를 으쓱했다. "한 사람도 예외 없이 모두 뇌진탕이라는 거예요…… 그래서 선생님께 여쭤보려고 했죠……"

그녀가 이렇게 우려하자 나도 다소 걱정이 되어서 이렇게 말했다. "당신이 진단하는 직관력이 믿을 만하다는 건 잘 알아요. 최소한의 근거만 제시해주면 무조건 당신 생각에 따르기로 하지요. 그렇지 않으면 나 역시 그냥 뇌진탕이라고 생각할 수밖에 없겠어요."

그러자 그녀는 더 절망적인 어조로 말했다. "제 신뢰도는 한물갔어요…… 이젠 제대로 보이지도 않고, 그저 막연히 짐작만 하니 불안해요…… 불안한 예측일 뿐이에요."

"당연히 그 정도 짐작만 가지고는 그런 대수술을 할 수는 없어요."

"그래요, 짐작만으로 그럴 순 없죠…… 바로 그게 문제예요…… 의사를 그만둬야 할 것 같아요."

얼른 보기에도 그녀는 너무 과민하게 반응했고 과로에 지쳐 있었다. 전날 밤을 꼬박 새운 게 분명했다.

내가 말했다. "바르바라, 당신은 지금 단지 신경이 예민해진 것뿐이에요…… 뭔가 헛것을 보고 있는 거라고요…… 이 아이의 증세는 단순요. 당신이나 나나 수없이 다루어온 단순한 경우라니까요…… 필요한 조치는 모두 취했으니까, 모르핀만 약간 투여하면 거뜬히 회복될 겁니다…… 괜히 이런 환자를 수술했다가 당신이나 내가 그 책임을 떠안을 수는 없어요…… 진정해요……"

그녀는 두 손을, 강하면서도 아름답고 여성적인 손을 가슴에 갖다대면서 말했다. "선생님 말씀이 옳은 것 같아요."

"아무리 생각해도 내 말이 틀림없이 맞다니까. 우선 당신한테 잠시 눈 좀 붙이라고 명령을 내리는 것도 무조건 옳은 일이고…… 그러는 동안 내가 당신 일을 보고 있을 테니까. 간호사한테 무슨 일이 생기면 연락하라고 일러두지요…… 하지만 아무 일 없을 거요……" 그녀는 그러겠다고 고개를 끄덕였다.

그때가 오후 다섯시 무렵이었다. 나는 밀린 일이 산더미처럼 쌓여 있었다. 간호사한테서 연락은 오지 않았고, 내가 다시 올라갔을 때는 상당히 늦은 밤이었다. 아니나다를까 바르바라는 아직도 잠을 자러 가지 않았고, 여전히, 아니 다시 아이 곁을 지키고 있었다. 이마에 얼음주머니를 대고 있는 아이는 내가 방을 나올 때와 똑같은 자세로 누워 있었다. 여전히 의식은 돌아오지 않았다. 그렇지만 나는 병세가 조금 호전되었다는 느낌을 받았다. 심장박동이 더 힘이 있었고, 편안해 보였으며, 얼굴도 덜 창백했고, 호흡도 더 깊어졌다.

"이제 그만하면 됐어요." 내가 말했다. "정상적으로 호전되고 있으니까……"

그러자 그녀가 이상하리만치 완강한 어조로 말했다. "요추절개 수술을 하려면 바로 지금 해야 해요. 안 그러면 때를 놓쳐요."

"제발, 제발 그만해요. 어째서 그렇게 생각해요? 마비증세라도 있습니까?"

"그렇지는 않아요."

그녀가 아이를 지켜보는 모습은 더이상 의사의 태도가 아니었다. 이제 호의를 접은 그녀의 눈에는 거의 증오심이 느껴질 정도로 노기와 불안감이 서려 있었다. 그녀가 맥없이 말했다.

"이젠 저도 모르겠어요……"

"괜찮다니까…… 나가서 바람 좀 쐬어요. 여기 있으면 당장은 당신 자신을 정신적 공황상태로 몰아가는 것 말고는 달리 할일이 없으니까…… 당신은 지금 제대로 판단할 수 없어요. 그럴 때가 있지…… 이 환자는 내일 다른 사람한테 맡기도록 해요. 이젠 갑시다……"

그녀는 내 말대로 순순히 일어섰다. "좋아요. 가요."

밤나무 아래 공기는 후덥지근했고, 대기가 무겁게 가라앉아 있었다. 시원한 공기를 쐬기 위해 우리는 병원 마당의 꼭대기에 있는 전망대로 이어지는 언덕길로 접어들었다. 우리는 아무 말도 하지 않았다. 피차 너무 긴장해 있었고, 중압감에 짓눌려 있었다. 좌우로 튀어나온 건물 벽들이 달도 없는 어둠속에서 희끄무레한 빛을 발하고 있었다. 이따금 공원 쪽 길에서 비치는 가로등 불빛이 창가에서 자라는 제라늄을 비추었다. 여기서 주인도 없이 자라면서 보는 사람을 즐겁게 해주는 제라늄은 불빛을 받아 기괴한 붉은빛을 띠고 있었다. 병실 유리창 안쪽에서는 야간조명등 불빛이 희미하게 새어나오고 있었다. 병실에는 허깨비처럼 인격은 없으나 두 발을 가진 존재들, 몸속에 병을 안고 있는 중

246

성적 존재들이 병에서 벗어나기를 기다리며 누워 있었다. 나는 이중으로 허깨비를 마주하는 듯한 느낌 속에서, 이 세상에 둘도 없는 존재, 바로 내 옆에 있는 존재야말로 그런 비인격의 세계에서 벗어나 여자로 돌아가야 한다고, 내 여자가 되어야 한다고 생각했다. 대기에서 그 어떤 소리도 들리지 않을 만큼 이상하게 맥빠진 날씨였다. 도시의 소음이 들려오긴 했지만 희미하게 시르죽어 있었다. 이윽고 우리는 전망대가 있는 곳에 다다랐다. 기념건축물 같기도 하고 사원의 탑 같기도 한 반(半)아치형의 전망대를 석제 벤치가 빙 둘러싸고 있었고, 깔끔한 부조(浮彫) 조각물로 장식되어 있었다. 거기서 보니 가을 하늘은 온통 도시의 불빛에 의해 허깨비처럼 조명을 받아 붉게 달궈진 둥근 천장 모양으로 뭔가를 기다리고 있는 듯했다. 불그스레하게 물든 매연 때문에 별은 보이지 않았다. 저 아래 사람들이 사는 집에서도 별은 보이지 않을 터였다. 가물거리는 지평선 언저리 위로 광채도 없이 흐릿하게 박혀 있는 점들은 별이라 하기도 민망했다. 우리는 돌로 만든 기념석상의 벤치에 앉았다. 나는 하마터면 이 기념석상이 뻣뻣하게 죽어 있는 지옥의 풍경이나 감상하라고 설치된 모양이라는 말이 튀어나올 뻔했다. 건물들 지붕 위로는 네온싸인 등불이 제자리에서 기계적으로 바뀌고 있었고, 거리에서 밀려오는 갖가지 소음 역시 시들하게 죽어 있었다. 자동차와 전철의 경적소리가 날카롭게 울렸지만, 이 모든 것은 쉴 새없이 움직이면서도 동시에 움직이지 않고 있었다. 도시의 경계까지 이어져 있는 가로등 불빛의 선도 움직이지 않았고, 사람들이 로봇처럼 움직이며 하는 일도 허깨비처럼 보이지 않았다. 인간의 시선이 사라진 메커니즘이 온 세상을 장악하고, 그 기세가 하늘까지 뻗쳐서 나무의 냄새와 나무 잎사귀들의 냄새마저 빼앗고는 자연과는 무관한 지옥의 형상으로 굳어지게 만들었다. 소음도, 빛도, 움직임도, 대기도 굳었다.

자연에서 동떨어진 인공도시에 둘러싸인 우리 자신도 그 비자연의 일부가 되어 보통의 사람살이와 사람들의 생각에 짓눌려 있었다. 우리는 하얀 가운을 입은 병원의 엔지니어로서, 그렇게 앉아 있었다. 인간사의 광기 어린 폭력에, 그 폭력을 조종하는 논리에 짓눌린 채로. 그 논리는 인간의 마음보다, 영혼보다, 신경체계보다, 자연의 원초적 힘보다도 더 강하다. 그렇지만 우리의 내면 깊은 곳에서는 고요한 창조의 숨결이 살아 숨쉬고 있었다. 부단히 스스로를 갱신하는 존재를 마주하며, 자신을 창조하고 또 거듭 창조하는 숨결. 아무것도 살아 움직이지 않는 이 밤의 풍경 속에서, 이슥한 밤 모든 움직임이 멎은 이 부동의 시간 속에서, 일체의 공간을 초월해 귀로 들을 수 없고 눈으로 볼 수 없는 이 무한의 캄캄한 터널 속에서, 붉게 달구어져 죽음을 잉태하는 비자연 속에서, 유일하게 살아 움직이는 숨결.

"그 아이는 죽을 거예요." 옆에서 바르바라의 목소리가 들려왔다. 그 목소리도 자연과 단절되고, 무미건조하고, 굳어 있고, 죽어가는 소리였다. 처음에는 나도 모르게 내가 속으로 혼잣말을 한 게 아닌가 싶었는데, 그녀를 쳐다보고, 역시 무미건조하게 다시 "죽을 거예요"라고 하는 그녀의 말을 듣고서야 나는 겨우 정신이 들었다.

"그래서 내가 당신을 이리로 데려온 걸까, 바르바라?"

그녀는 눈을 내리 감았다. 앞을 못 보는 사람이 다시 눈을 뜨려는 것처럼. 한참이 지나서야 그녀는 명확히 정리된 답을 내놓았다.

"이런 상황에서는 도저히 가망이 없어요. 벌써 이틀이나 지났는데…… 하지만 무슨 일이 있어도 하룻밤은 더 지켜보겠어요."

그녀가 지난 이틀의 경과를 언급하자 나는 내가 진작 신경썼어야 하는 문제에 생각이 미쳤다.

"이봐요, 바르바라. 당신 어제부터 물 한모금 마시지 않았지, 그렇지?"

그녀는 골똘히 생각하는 듯 말했다.

"그런가요? …… 정말 모르겠어요."

"그럼 들어가 쉬어요…… 차라도 한잔해요. 당신 방에서든 내 방에
서든…… 다행히 허기라는 원초적 본능은 거역할 수 없군그래. 뒤져
보면 적당한 요깃거리가 나올 거야."

그러자 그녀의 얼굴에 특유의 샐쭉한 표정이 다시 살아나서 나는 반
가웠다.

"정말 마음대로 명령하기예요? …… 먼저 아이부터 봐야겠어요. 그
러고서…… 그러고 나서, 봐요……"

"좋을 대로 해요. 그럼 내가 당신 대신 회진하지…… 명령권은 내놓
지 않을 거요. 어떻든 내가 당신의 상관이니까. 그래서 말인데, 난 지
금 당신한테 공식적으로 휴무를 명한 거요……"

그녀의 얼굴에 얼핏 밝은 표정이 스쳐갔다.

"그러실 필요 없어요, 수석의사님. 그러지 않아도 순번대로 쉴 차례
니까, 지금은 공식휴무인걸요. 걱정하지 마시고 편히 귀가하세요……
제가 아이 상태를 보고서 전화를 드릴게요."

"그럼 그사이에 차를 준비해놓지."

"그러세요" 하고 그녀는 황급히 자리를 떠났다.

그녀한테서 전화가 온 것은 한참이 지나서였다. 그사이에 나는 이미
차를 준비해놓았고, 홀아비 살림에서 먹을거리로 확보할 수 있는 것은
모조리 찾아놓았으며, 내가 할 수 있는 한 정성껏 차를 데워놓았다. 드
디어 전화벨이 울렸다.

"아이 상태는 어때요?"

"그대로예요. 조금 나아진 것도 같은데…… 이제 선생님 댁으로 가

겠어요."

"잘됐군. 차도 준비됐어요." 내가 말하는 사이에 그녀는 금세 수화기를 내려놓았다. 그녀가 곧 나타나리라는 기대에 들떠 나는 서둘러 나름대로 모양을 내서 음식 준비를 마치고는 옷가지를 옷장 안에 걸고, 아무렇게나 놓여 있던 세면도구도 서랍에 넣었다. 이제 내 조바심을 제외하면 방안에서 거치적거리는 것은 아무것도 없었다. 도착할 시간이 되었는데도 이상하게 그녀는 나타나지 않았다. 그녀가 걱정하는 바람에 나도 덩달아 걱정이 되어 불안해지기 시작했다. 틀림없이 그사이에 또 아이한테 내가 현장에서 거들어야 할 증세가 나타난 모양이라고 생각했다. 그래서 급하게 외투를 걸쳐입고 막 집을 나서려는 순간 복도에서 그녀의 다급한 발소리가 들려왔다. 내가 미처 문을 열기도 전에 노크 소리가 나고 그녀가 들어왔다. 내가 손님 맞을 채비를 해놓은 것을 보더니 그녀는 미소를 지었다. 내가 그녀 쪽으로 다가가려 하자 그제야 그녀는 몸을 돌려 출입문을 닫았다. 그녀가 내 목덜미를 감싸안는 팔의 감촉에서 이루 형언할 수 없는 모성애의 평온한 분위기가 느껴졌다. 깊이 감추어져 있었던, 그러나 이제 무르익어 결실을 기다리고 있는, 커다란 기억을 간직하고 있는 모성애. 드디어 고향을 찾은 것이다.

이런 것이 행복이라고 감히 말해도 좋을지 모르겠다. 어떻든 내가 느낀 것은 영혼의 충만함 그 자체였다. 눈에 보이는 세계의 피안에서, 어둠속에서도 투명하게 빛나는 그것은 그녀의 영혼의 풍경이었다. 나는 그 풍경을 보면서 눈을 감은 채 그녀를 바라보았다. 저녁을 맞이하는 그 풍경은 풍경이 끊긴 저 깊은 곳에서 살며시 베일을 벗으며 그 모습을 드러내기 시작했다. 그녀의 얼굴은 그 어떤 영혼의 기운으로 충만했다. 눈에 보이지 않게 그 모습을 드러낸 어둠도, 느낄 수 있는 세계의 피안에서 느껴지는 세계도, 그녀의 몸에서 느껴지는 숨결과 세포 하나하나까지도, 심지어 갈비뼈 하나하나까지도, 팔뚝과 팔꿈치와 손마디와 이까지도 여성적인 기운으로 충만했다. 나는 끝없이 꿈꾸는 여성적인 것에 흠뻑 빠져들었다. 기억과 망각이 하나가 되었고, 존재의 근원에 대한 참된 기억이 되었고, 태초의 세계에 대한 참된 기억이 되었다. 망망대해와 산들과 가라앉은 섬들의 깊디깊은 동굴 속에 흑암(黑暗)에 에워싸인 황금빛의 근원적 세계가 자리잡고 있었다. 무거운 비애를 품은 무중력의 세계, 언어가 도달할 수 없는 세계, 시선이 도달할 수 없는 세계, 꿰뚫어볼 수 없는 세계, 소리쳐 부를 수 없는 세계. 이 세계와 우주가 겹겹이 투영된 근원의 세계. 그 세계는 잃어버린 기억의 대륙 전체를 감싸안는 영겁의 순간에 충만한 존재의 영상들을 만들어내면서 그 모습을 감추었다. 그녀의 얼굴에는 은은한 빛이 흘렀다. 시간과 공간의 변화에도, 삶의 온갖 굴곡에도 매이지 않고, 어두운 밤하늘에 물결치는 별빛이었다. 그것은 나 자신의 망각에 파묻혀 있던 얼굴이었고, 나의 자아인 동시에 그녀의 자아였다. 깊은 휴식에 잠긴 얼굴, 한때 꿈꾸었고 지금도 꿈꾸는 얼굴. 극한의 아픔을 안고, 예감에 가득 차서, 깊은 평온의 빛을 발하며, 감각으로 육화되는 동시에 감각을 초월한 얼굴. 행복이란 이런 것일까? 침묵과 경탄과 평온이 깃든 이 궁극의 세계를 보려면, 내가 느끼는 행복이 얼마나 큰지 제대로 알려면, 그리고 내가 이미 얼마나 멀리 다른 자아로 변했는지 제대로 알려면, 깊은 곳을 보는 다른 눈이 있어야 할 것 같았다. 나는 이미 전혀 다른 자아로 변해 있었고, 다른 자아의 무한한 신비가 나를 포용하고 있었다. 본래의 자아 속에 머물고 있는 자만이 행복과 불행을 느낄 수 있다. 동물적 상태와 천사의 상태가 공존하는 이중의 근원을 볼 수 있는 자만이 온전한 영혼의 벌거벗은 아픔을 느끼면서 영혼의 희열과 고통을 아는 것이다. 온갖 경직에서 풀려난 나는 통일성의 비유 속으로 귀의할 수 있었다. 깊이를 헤아릴 수 없는 그 통일성은 저녁 어둠을 품고서 신비를 잉태한 채 되살아났다. 삶의 근원과 심연에서 흘러나오는 메아리를 들으면서 나는 꿈을 꾸듯 몽환적인 상태에서도 그 비유를 생생하게 느꼈고, 그 비유가 진실로 충만해지는 것을 느꼈다. 그리하여 그대를 발견했다. 그대는 나 자신이기도 하며, 모든 현실이 하나로 수렴된 존재이다. 그대에게서 울려나온 음악은 부드러운 힘과 부드러운 위안을 주면서, 동시에 존재를 깨우쳐주고는 놀랍도록 신성한 여운을 남기며 사라져갔다. 이것은 행복의 피안이었다. 물론 나중에 그녀가 떠나간 후에야 나는 그윽한 행복의 노랫소리를 들었다. 그것은 나의 내면에서 들려오는 소리가 아니라, 온 세상이 부르는 노랫소리였다. 나는 창가에 서 있었다. 하늘 아래 붉은 놀은 사라졌다. 밤공기는 상쾌했고, 하늘에는 별이 총총했다. 마법처럼 경직에서 풀려난 세계에서 미풍이 불어왔다. 말로 표현할 수 없는 것을 행복하게, 사랑스럽게, 부드럽게 노래부르면서. 은은한 바람이 아침바람의 첫 입김처럼 부드럽게 밤나무 우듬지를 스치고 지나갔다. 새 한 마리가 수줍게 지저귀며 고요한 정적을 반겼다.

이윽고 화사한 아침을 맞았다. 미소짓는 아침햇살은 거의 봄날 같았다. 공기가 너무나 부드러워서 마치 청량한 기운이 두둥실 떠다니는 것 같았고, 반짝이는 물결처럼 평화롭게 흘러가면서 평온을 안겨주었으며, 투명한 베일이 장난치듯 다채로운 모양으로 나부끼는 듯했다. 나는 제시간에 소아과로 갔다. 사실 소아과 병실에도 뭔가 결정적인 변화가 찾아왔을 거라고 확신하면서 단지 그것을 확인하러 갔을 뿐이다. 나는 그만큼 확신에 차 있었다. 아니나다를까, 아이는 혼수상태에서 깨어나 미소를 지었으며, 아이의 눈은 행복해 보이기까지 했다.

"의사 선생님은 어디 가셨지?" 나는 간호사에게 물었다.

"선생님은 오늘 휴무예요."

"그래도 전화 한번 해봐요. 그러니까, 아직 자고 있지 않다면 말이오…… 틀림없이 기뻐할 거요."

잠시 후 바르바라가 왔다. 하얀 가운을 입은 그녀는 진지하고 사무적인 태도로 침울하게 눈썹을 찡그렸다. 그녀는 아이들의 기대 어린 시선을 한몸에 받으며 침상을 한바퀴 다 돌더니 무미건조한 질문으로 인사를 대신했다.

"이 아이는 언제 깨어났나요?"

"벌써 어젯밤에 깨어났는걸요, 박사님." 나 대신 간호사가 대답했다.

그녀는 아이를 면밀히 진찰했다. 가슴과 호흡을 살펴보고는 걱정스럽게 뭔가를 골똘히 생각하는 표정을 짓더니 한참 있다가 말문을 열었다.

"이제 고비는 넘긴 것 같아요. 그러길 빌어야죠."

"정말로 고비는 넘겼어요." 내가 말을 받으며, 지나가는 말처럼 덧붙였다. "정말 기뻐요."

하지만 그녀는 내 말을 못 들은 체하며, 여전히 불안하게 생각에 잠긴 채 나직이 말했다.

"제발 일시적인 호전이 아니면 좋겠어요."

그녀의 태도가 너무나 진지해서 나는 아이의 운명뿐 아니라 나 자신의 운명도 위험에 처한 듯한 느낌마저 들었다. 뭔가 심상치 않은 조짐이 느껴졌다. 가슴을 얼어붙게 만드는 어떤 기운이 다시 다가오고 있는 듯했다. 딱딱하게 굳어버린 밤의 세계가 영혼의 어둠에 에워싸여 영혼 속으로 파고들면서 다가오고 있는 것 같았다.

"그건 아닐 거요." 나는 거의 외치다시피 했다. "아냐…… 이제 만사가 잘 풀릴 거야!"

"어떻든 얼음주머니는 계속 올려줘요." 그녀가 간호사에게 주문했다. "그리고 조금이라도 변화의 기미가 보이면 바로 나한테 전화해요." 그리고 그녀는 병실을 나갔다. 나 역시 실험실로 돌아왔다. 그때까지도 구름 한점 없는 날씨였다. 그럼에도 금방 날이 흐릴 것 같은 느낌을 떨칠 수 없었다. 푄 바람이 불어올 것 같았다. 공기가 무겁게 가라앉고 있었다.

밤이 되자 나는 다시 바르바라에게 전화를 했다. 전혀 기대하지 않았는데, 그녀는 나를 봤으면 했다. "그래, 금방 갈게요." 나는 하던 일을 모두 접어둔 채 마치 사랑에 빠진 사춘기 소년처럼 황급히 달려가서 불과 몇분 후에 그녀의 집에 도착했다.

"죄송해요." 그녀가 말했다.

나는 어리둥절했다. "대체 뭐가 죄송하다는 거요?!"

"당신, 저하고 사귀는 일이 쉽지 않을 거예요…… 저 자신도 너무 힘들어요."

나는 그녀를 끌어안으면서 그녀의 손을 잡아 내 머리쪽으로 가져다댔다.

어느 목요일이었다. 정말로 푄 바람이 불어대기 시작했다. 토요일이 되자 아이한테 마비증세가 나타나기 시작하더니, 일요일 밤늦게 아이는 숨을 거두었다. 뇌일혈 진단이 맞았고, 호전된 기미를 보인 것도 일시적인 증세였을 뿐이다.

그녀는 말없이 아이의 죽음을 받아들였다. 그녀가 완전히 딴사람이 된 것 같아 내 충격은 더 컸다. 나를 대하는 태도가 왠지 모르게 겉도는 것 같았다. 하긴 내가 진단을 잘못했다고 자책하지 않은 것은 사실이다. 어떻게 뇌진탕 환자마다 모두 두부절개나 요추절개 수술을 할 수 있겠는가! 인간관계에서 객관적 진실은 그다지 중요하지 않다. 어쩌면 그녀는 내가 권위를 앞세워 너무나 경솔하게 그녀의 진단에 반대했다고 여길지도 몰랐다. 만약 그런 이유로 나를 외면하는 것이라면 얼마든지 그녀가 옳다고 수긍할 수 있었다. 그런데 그녀가 그러지 않아서 오히려 가슴이 아팠다. 그녀는 죽은 아이를 언급하는 것 자체를 무조건 피했다. 그녀는 조용히 전보다 더 열성적으로 자신의 의무를 다할 뿐이었다. 그녀는 여전히 나한테 호감을 가지고 있는 것으로 보여서 나는 우리 둘의 미래에 대한 계획을 세우는 데만 골몰했고, 그녀의 일과 나의 사랑으로 죽은 아이 문제는 충분히 극복할 수 있을 거라고 기대했다. 과연 그후 삼주가 지난 어느날 그녀는 내 손을 잡더니 조용히 미소를 지으며 아이를 가진 것 같다고 차분하게 말하는 것이었다. 드디어 나의 기대는 실현되었고, 완전히 마음이 놓였다. 그 순간 나는 그녀를 꼭 끌어안고 아무 생각도 하지 않았지만, 많은 걸 깨달았다. 이 세상의 모든 현실은, 아니 이 세상 자체가, 인간의 가슴속에 깃들어 있다는 느낌도 들었다. 지상의 삶 속에 영원이 깃들어 있다는 것도 깨달았다. 우리 몸을 타고 흐르는, 태초에 대한 기억에서부터 궁극의 종말에 대한 예감에 이르기까지 흘러가는 그 시간부터 나는 그녀의 언어를 말이 아닌 노래로 깨달았다. 그리고 내가 사랑하는 여인과 그녀의 아이가 중심에 자리잡고 있는 우리의 존재가 확고한 정처를 마련했다는 것도 깨달았다. 나는 여전히 그녀를 끌어안은 채 어느새 우리의 장래계획과 계획을 실현할 방도에 대해 거듭 얘기했다. 그녀는 양미간을 모으고 갈색 눈으로 나를 바라보면서 사랑과 자애가 넘쳐흐르는 시선으로 미소를 지었다. 그런데 그것이 스스로도 믿지 못하는 사상누각을 쌓아올리는 사람의 미소였을 줄은 꿈에도 몰랐다. 당시에도 그럴 줄은 몰랐고, 그후로도 변함없는 그녀의 태도에서 설마 그런 속

셈이 숨어 있을 줄은 상상도 못했다. 내가 결혼 얘기를 꺼내면서 병원 일을 그만두고 조용한 시골로 이사를 가자고 하자 생각에 잠긴 듯한 그녀의 침울한 표정이 슬픈 미소로 바뀌더니 이렇게 말했다.

"아직 시간은 있어요…… 그 얘기는 나중에 해요."

그 이상은 아무것도 진행되지 않았다. 실제로 진행된 것은 일에 대한 그녀의 열성이 배가되었다는 사실뿐이었다. 그녀는 정상업무 외에도 내 실험실에서 혈청연구를 시작했을 뿐만 아니라 정치문제에도 다시 열을 올리기 시작해서, 저녁 근무가 없는 날이면 매일 바깥에서 일을 보았다. 그녀가 일종의 자기마취 상태에서 이 모든 일에 매달리고 있었다는 것을 나는 당시에는 미처 몰랐다. 오히려 나는 그녀가 하는 일에 내심 동조했다. 그녀가 내 실험실에서 작업을 하면 나는 그녀가 내 가까이에서 일하고 싶어하는 것이라 여겨서 기뻤다. 그리고 나로서는 전혀 관심 없는 정치문제에 관해서도 마찬가지였다. 그녀가 어떤 일은 성공을 거두었고 또 병원 안팎에서 조직하는 공산당 세포조직이 진전을 보이고 있다고 스스럼없이 얘기하는 것을 오히려 다행으로 여겼던 것이다. 그런 선전 투의 어조는 도무지 여성스럽지 않았지만, 그녀가 여성스럽지 않다고 느껴지는 구석은 티끌만큼도 없었고, 사람의 마음을 사로잡는 그녀의 설득력있는 어조에 나도 마음이 끌렸다. 하지만 내가 이처럼 그녀의 일에 관심을 가졌음에도 불구하고 근본적으로는 그녀의 세계에 다가갈 수 없었다는 사실, 그리고 우리가 함께 원했던 아이가 점점 더 뒷전으로 밀려나게 되었다는 사실, 그리하여 우리의 관계가 전혀 다른 차원으로 옮겨갔다는 사실을 나는 깨닫지 못했다. 딱 한번 의아한 생각이 든 적이 있긴 했다. 어느날 그녀는 실험실 책상 위로 몸을 숙이고 시험관을 손에 든 채 건성으로 지나가는 말처럼 "우리 아이 때문에 다른 아이가 죽어야만 했어요"라고 했던 것이다. 하지만 나는 못 들은 체했고, 그 일은 금방 잊혀졌다.

시월에 그녀는 사흘간 휴가를 냈다. 우리의 결혼과 관련해 결혼 후 유산상속 문제를 정리할 일이 있다는 이유에서였다. 그래서 급작스럽게 여행을 떠났지만 나는 이상하게 여기지 않았고, 나의 절대적인 확신도 전혀 흔들리지 않았다. 석 달 전에 내가 그녀의 사랑을 깨닫게 된 바로 그 플랫폼에서 우리는 작별인사를 나누었다. 그후 며칠 동안 신문지상에는 공산당 꾸데따 모의가 실패로 돌아갔고 장관을 암살하려는 기도가 미수에 그쳤음을 시사하는 기사가 보도되었다. 나는 신문을 건성으로 읽는 편이기 때문에 그런 기사에는 전혀 주의를 기울이지 않았다. 뿐만 아니라 그 무렵에는 병원 일이 무척 바빴는데, 그녀가 보고 싶어서 하루빨리 돌아오기를 고대하고 있던 터라 차라리 바쁜 것이 다행이었다. 그렇게 여러 날이 지났으나 그녀는 돌아오지 않았다. 대신, 그녀가 어느 호텔 방에서 음독자살했다는 소식이 날아들었다. 자살에 사용한 청산가리는 병원 실험실에서 가져간 것이었다.

그후 몇달 동안 어떤 일이 있었는지 나는 아무것도 기억나지 않는다. 훨씬 시간이 지난 후에 그녀가 언젠가 나한테 맡겨두었던 봉인된 상자가 우연히 눈에 띄었다. 처음에는 상자를 열기가 망설여졌다. 하지만 결국 상자를 열자 맨 위에 편지 한통이 놓여 있었다. 편지는 단 한 줄이었다. "당신을 정말 사랑했어요." 상자 안에 들어 있는 나머지 문서들은 상세한 꾸데따 작전계획서와 꾸데따가 성공할 경우 각 조직에 하달될 명령서 따위였다. 나는 그것들을 모조리 불태웠다.

■ 더 읽을거리
브로흐의 창작 스타일과 세계관이 집약되어 있는 대표작 『몽유병자들』(김경연 옮김, 현대소설사 1992)이 완역 소개되어 있다.

Ilse Aichinger

| 일제 아이힝어 |

1921~

일제 아이힝어는 잉에보르크 바흐만과 함께 현대 오스트리아 문학의 대표적인 여성작가이다. 아버지가 유대계라는 이유로 히틀러 점령치하에서 가족들이 많은 고초를 겪었으며, 종전 후 의과대학에 진학하였으나 곧 학업을 포기하고 작품활동을 시작했다. 첫 장편소설 『더 큰 희망』(1947)을 발표한 이래 시와 소설에서 다수의 문제작을 발표하였다. 아이힝어의 문학은 사물화된 세계를 다른 시각에서 보게 만드는 치열한 언어탐구를 그 특징으로 한다.

■　　달나라 이야기 Mondgeschichte

　　　　이 작품은 실연에 비관한 여성이 자살을 시도했다가 삶과 죽음의 경계에서 떠오르는 상념을 서
술한 것이다. 아무도 들여다볼 수도 없고 형언할 수도 없는 여성의 내면세계를 어떻게 가시적인 언어로
옮기고 있는가에 유의하여 읽기 바란다.

달나라 이야기

그녀가 자신의 고향 일대에서 가장 미인인지 아닌지는 아무도 몰랐다. 사람들은 오래전부터 그녀를 알고 지내는 사이여서 이러쿵저러쿵 판단을 내릴 처지가 아니었다. 하지만 어떻든 그녀는 그 나라 최고의 미인이었다. 그녀는 미스 핀란드이기도 했고, 미스 잉글랜드이기도 했는데, 어느 나라를 갖다붙여도 손색이 없었다. 그것만은 아무도 의심하지 않았다. 미인들이 모두 미인대회에 참가하지는 않았을 테니 누가 최고의 미인인지는 알 수 없지 않느냐고 이의를 제기하는 사람이 있다면, 아무리 아름다운 미인도 자세히 뜯어보면 흠이 있게 마련이라고 받아칠 수도 있었다. 그래서 자기가 미인인지 아닌지 판정받기를 꺼리는 여성이라면 미인대회를 꺼리는 것이 당연하고, 다른 한편으로는 누구나 미인대회에 참가할 권리가 있는 것이다.

그런데 전세계 최고의 미인을 가리는 미인대회에서는 그럴 권리가 인정되지 않아서 각 나라의 최고 미인들만 참가했다. 그중에 단 한명만이 비행기 추락사고로 참가하지 못했는데, 그 여성이 최고 미인일 수도 있겠지만, 죽은 사람들은 자동탈락이었다. 게다가 대개는 죽으면 살아 있을 때보다 더 아름다워지게 마련이다. 그래서 죽은 사람들은 죽는 그 순간부터 살아 있는 사람들한테 위협적인 존재가 될 수도 있다. 그런데 살아 있는 사람들 중 비행기 추락사고로 죽은 여성만큼 아름다운 여성은 없었으므로 그녀가 지구의 최고 미인으로 뽑혔고, 미스 유럽이나 미스 아메리카가 되었으며, 그러므로 세계미인대회를 한번 열어볼 만했다.

그녀는 아주 특별한 의상을 차려입고 세 척의 배가 호위하는 증기선을 타고 최종경연이 개최될 도시로 갔다. 그런데 이번에는 각 나라의 최고 미인은 참가할 권리가 없어서 여느 미인들과 마찬가지로 뒷전에 물러나 있어야 했다. 항구에 도착하자 축포와 군중의 환호성이 울렸고, 이 모든 장면이 전세계에 중계방송되었다.

그녀가 지구 최고의 미인으로 선발되는 순간, 장내 분위기가 숙연하게 가라앉았다. 그리고 사회자의 떨리는 목소리가 들려왔다. "청중 여러분께 미스 지구를 소개합니다!" 그러자 마이크 가까이에 서 있던 누군가가 픽 하고 웃음을 터뜨렸다. 그 순간 사회자는 이렇게 소리쳤다. "기술장애가 발생해서 중계방송을 중단해야겠습니다!"

그러자 모든 나라의 시청자들이 사회자의 목소리를 흉내내며 야유를 퍼부었다. 그런데 지구 최고의 미인이 된 이 여성은 '미스 지구'라는 호칭을 한사코 마다했다. 세계 최고의 미인이 되려고 엄청난 노력을 쏟았는데 이렇게 우스꽝스러운 호칭을 붙이는 건 말이 안된다고 단언했던 것이다. '미스 지구'라는 말은 품위가 없었다. 그런 호칭은 부모님 집의 정원에 있는 잡초와 지렁이를 연상시켰고('미스 지구'라고 할 때의 '지구'는 '흙'이라는 뜻도 있음—옮긴이), 그녀의 어린시절 펑퍼짐하고 빨갛던 얼굴을 떠올리게 했다. 그나마 공동묘지까지 생각나지 않은 게 천만다행이었다! 그녀는 이날 저녁 라디오 방송 인터뷰를 통해 자기 입장을 설명했지만, 왜 그런 생각이 드는지 납득할 만한 이유를 대지는 못했다. 그녀는 지구상의 모든 사람들이 '미스 지구'라는 말을 들으면 결코 듣기 좋은 말이 아니라는 걸 단번에 알아차릴 수 있다고 생각했다. 실제로 대부분의 사람들은 그 점을 금방 알아차렸다. 그리하여 심사위원단은 '미스 우주'로 호칭을 바꾸기로 합의했다.

그런데 심사위원 중에 한명이 이 새로운 호칭에 이의를 제기했다. 우주에는 태양도 있고 달도 있고 별도 있는데, 혹시 사람이 사는 별이 또 있을지 모르지 않느냐는 것이었다. 그러므로 미지의 별에 사는 인간들과 견주어보기 전에는 지구의 인간한테 '미스 우주'라는 호칭을 붙일 수는 없다는 거였다. 심사위원들은 이 반대의견이 황당하다고 기각하려 했지만 성공하지 못했다. 이 반대의견은 처음에는 심사위원들 사이에 폭소를 유발했고, 나중에는 불쾌감을 불러일으켰으며, 결국에는 심사위원단을 엄청난 혼란에 빠뜨렸다. 말을 듣고 보니 정말 은하수에 있는 별들을 다 뒤질 수는 없겠다는 생각도 들었다. 그렇다면 우리가 지구 외의 다른 별도 알아봤다는 제스처라도 취해야 할 게 아니냐고 의견이 모아졌다. 그러니까 우주를 향해 보내는 제스처가 필요했다. 그리고 심사위원들은 그런 제스처를 표현하기에 적절한 수단을 찾아냈다.

심사위원들은 그들이 뽑은 지구 최고의 미인을 그녀의 용모와 어울리는 달에 쏘아올려 보내기로 했다. 달에서 하룻밤만 보내면 될 터였다. 하룻밤을 보내고나서 아무도 경쟁자로 나서는 사람이 없으면 그녀의 용모는 합격한 셈이니 '미스 우주'라고 불러도 무방할 터였다.

날이 저물자 경찰은 세계최고 미인이 타고 있는 자동차를 안전하게 호송하느라 줄을 지어 따라가야 했다. 산들바람이 부는 광장에 이르자 붉은 노을로 밝게 물든 저녁하늘에는 벌써 달이 떠 있었다. 미인은 겁이 났지만 물러서지는 않았다.

당시만 해도 달나라 여행은 아직 초기 단계여서, 최초의 착륙장들을 건설하기 위해 파견되어 있던 기술자와 노동자들이 긴장 속에서 지구 최고의 미인이 탄 우주선이 착륙하는 광경을 지켜보았다. 우주선은 착륙 충격을 완화하기 위해 조금 굴러가다가 멈춰섰다. 달에 있던 사람들은 지구 최고의 미인을 달에 내려주었고, 심사위원들도 뒤따라 뛰어내렸다. 그들은 서로 얼싸안고 큰 소리로 흥겨운 이야기를 몇마디 주고받기도 하고 지구가 어디 있냐고 묻기도 하다가 마침내 입을 다물었다. 그들은 이상하게 생긴 새 모양의 가벼운 목재기둥에 몸을 기대고 서 있었는데, 기둥에서 음악소리가 흘러나오자 다들 어리둥절해했다.

　　달에서의 체류는 지구 최고의 미인에게 엄청난 고독감을 안겨주었다. 그녀는 지구에 있을 때도 원래 달이 뜨면 슬픔에 잠기곤 했는데, 그나마 지구에서는 밤마다 달빛이 비쳐 기분이 차츰 가라앉기라도 했다. 그런데 어째서 정작 달에 와서는 도저히 고독을 견딜 수 없을까 하고 곰곰이 생각해보니 이유는 딱 하나, 달에서는 달을 볼 수 없다는 사실 때문이었다. 하늘 가득히 반짝이는 별들도 이 절망감을 잊게 해줄 위안이 되지 않았다.

　　시간이라도 때우자는 생각에 그녀는 심사위원들을 대동하고 바위들 사이에 나 있는 길을 따라 이리저리 돌아다녀보았지만, 어딜 가도 똑같이 단조로운 풍경만 펼쳐졌다. 그녀는 자기를 수행하는 심사위원들한테 내심 화가 치밀었다. 일행은 분화구 가장자리까지 갔다가 얼른 되돌아오고 말았는데, 거기에는 손잡이 말뚝 같은 것이 하나도 설치되어 있지 않았기 때문이다. 심사위원들은 그녀의 내일 일정에 대한 계획들, 이를테면 지구에서 벌어질 무사귀환 축하연 같은 이야기로 기분 전환을 해보려고 했다. 하지만 심사위원들이 늘어놓는 말들은 이 지구 최고의 미인에게는 아주 나이 많은 노인네들이 더듬거리며 웅얼거리는 소리처럼 알아들을 수 없었고, 마치 아무리 애를 써도 생각나지 않는 추억들처럼 아득하게만 들렸다. 사실 여기까지 올 필요가 없었다. 달에 정말 사람이 살지 않는다면——누가 감히 달리 생각할 수 있을까 만은——여기서 판정을 내리고 자시고 할 것도 없으니까, 하고 그녀는 생각했다. 누가 우주 최고의 미인이지? 이쪽 나일까, 아니면 저쪽 나일까? 만약 이쪽 내가 최고의 미인이라면, 저쪽의 나는 최고 미인일 리가 없지. 그녀는 갑자기 불안감이 사라지면서 제발 달에도 사람이 살았으면 하는 생각이 간절해졌다.

그녀가 말이 없어질수록 심사위원들은 그녀를 즐겁게 해주려고 애를 썼다. 다만 그녀를 달로 쏘아 보내자는 아이디어를 냈던 사람만은 앞장서서 걸어가면서 그녀처럼 아무말이 없었다. 그녀는 그 심사위원한테 가장 화가 났다. 이미 한참 전부터 그가 자기를 가지고 장난친 거라고 의구심을 품어온 터였다. 그는 다음과 같은 신기한 현상을 처음 발견한 장본인이기도 했다. 즉 일행이 다시 착륙장 근처로 돌아왔을 때는 시계가 지구에서는 저녁모임이 시작될 아홉시를 막 넘긴 시각을 가리키고 있었는데, 바로 그때 조금 멀리 떨어져 있는 바위 뒤로 작은 형체가 희미하게 나타나더니 머뭇거리면서 계속 키가 커지다가 다시 멈추는 것을 똑똑히 보았던 것이다.

심사위원들은 저것이 달에 사는 귀뚜라미거나 개구리겠거니, 이도저도 아니면 달에 와 있는 노동자들 중 한명이겠거니, 하고 얼핏 생각했다. 하지만 누가 보아도 머리를 풀어헤치고 기다란 옷을 입은 처녀의 모습이 분명했다.

오필리아(셰익스피어의 희곡 『햄릿』에 나오는 오필리아를 가리킴——옮긴이)는 바위를 돌아 걸어오고 있었다. 그녀는 마치 아이들이 크리스마스 공연 때 입을 법한 하얀 드레스를 입고 있었다. 아직 좀 떨어져 있었기에 심사위원들은 저런 형체가 밝은 달빛 때문에 생기는지, 아니면 물이 계속 흘러나와서 생기는지 제대로 분간할 수 없었다. 그녀는 물가에 있는 돌을 하나씩 조심스럽게 밟으면서 천천히 걸어오고 있었는데, 발걸음을 옮길 때마다 그녀의 몸에서 물이 뚝뚝 떨어졌다. 그녀의 주위로 갖가지 수초와 화사한 수련이 뒤엉켜서 그녀를 계속 뒤따라오고 있었다. 젊은 날의 집착은 슬픈 법, 높은 나무에 겨우살이 덤불이 엉켜서 새도 없는 둥지가 생기는 것과 같다. 하지만 농부들이 일년에 한번씩 돌면서 그런 둥지들을 뜯어와 아이들 보라고 등불이 비치는 출입문 위쪽에 걸어두기도 하지 않던가?

오필리아는 고개를 살짝 숙인 채 한참 걸어올라오면서, 우주선 둘레에 파인 둥근 띠가 어떻게 생겼는지 보지도 않고 묘사했는데, 우주선 옆을 지나올 때는 마치 우주선이 양(羊)이라도 되는 듯이 쓰다듬었다. 심사위원들이나 노동자들 옆을 지나가더라도 아마 저렇게 쓰다듬어줄 것 같았다. 하지만 오필리아는 그들을 지나쳐가지 않았다. 그들은 오필리아를 에워싸고 아직도 지구에서 가져올 때의 온기가 남아 있는 차를 권했으며, 지구에서 방송으로 전파되는 음악에 맞추어 함께 춤을 추려고 했다. 그들은 오필리아에게 어디에서 왔느냐, 최근에 머무른 곳은 어디냐, 어떻게 아가씨 같은 미인이 이런 곳에서 쓸쓸하게 사느냐, 그리고 이 비슷한 의미 없는 질문들을 계속 해댔다. 그리고 지구 최고의 미인을 달로 쏘아 보내자고 제안했던 사람은 이럴 줄 알았다고 한마디했다.

지구 최고의 미인은 불안감에 사로잡혀 공정한 심사절차를 거치지 않고 오필리아를 우주 최고의 미인이라고 선포할 수는 없다고 소리쳤다. 하지만 그 말은 결과적으로 오필리아가 더 미인이라는 걸 인정하는 꼴이 되고 말았다. 그녀가 오필리아 옆에 다가서자 누가 봐도 오필리아가 훨씬 더 예뻐 보였던 것이다. 그러므로 굳이 신체 각 부위의 체형을 재볼 필요도 없었다. 결국 오필리아의 체형은 어느 부위를 막론하고 지구 최고 미인의 체형을 그저 한번 재보는 데 기준이 되는 척도 그 자체였다. 다른 부위는 차치하고, 오필리아의 드레스 솔기 아래로 보이는 맨발만 해도 비교가 되지 않았다!

그런데 오필리아는 일행 중에 유일하게 지구 최고의 미인한테서 한시도 눈을 떼지 않았다. 그리고 심사위원장이 오필리아 앞에 몸을 조아리면서, 배신자를 연상시키는(셰익스피어의 「햄릿」에서 햄릿의 정적들은 오필리아를 이용해 햄릿을 함정에 빠뜨리려 한다──옮긴이) 이름은 떼어버리고 오늘밤부터 '미스 우주'라는 이름을 쓰라고 하자, 오필리아는 초조한 어조로 다른 사람이 이 이름을 가져가고 젖은 속옷과 자기 몸에 붙어 다니는 수련도 함께 가져가지 않는 한, 그리고 자기 대신 이런 유배생활을 하지 않는 한, 이 이름을 떼어버릴 수 없다고 대답했다.

그러자 지구 최고의 미인은 발끈해서 어느새 우주선에 오를 채비를 하며 소리쳤다. "심사에서 진 것도 억울한데 그럼 나더러 젖은 속옷을 입고 걸을 때마다 발에 감기는 수초나 몸에 달고 다니면서 혼자 달에 남아 있으란 말이야?"

오필리아가 그녀의 손을 잡으면서 그런 건 아니라고 했다. 오필리아는 뭐라고 해명하려고 하다가, 심사위원들이 어리둥절해하는 모습이 우스워서 지구 최고의 미인과 함께 미소를 지었다. 심사위원들은 '미스 우주'라는 칭호가 이미 오필리아라는 이름과 영원히 결합되었다는 사실을, 별의 고독과, 오필리아의 얼굴에 비친 달빛과 물기와 영원히 하나로 결합되었다는 사실을 미처 깨닫지 못했던 것이다. 오필리아는 지구 최고의 미인에게 굳이 우주 최고의 미인이 되고 싶다면 기꺼이 자기 이름을 양보하겠노라고 속삭였다. 수초와 속옷까지도!

오필리아는 지구 최고의 미인을 심사위원들이 모여 있는 데서 떨어진 곳으로 데리고 갔는데, 지구 최고의 미인이 이런 제안을 곰곰이 따져볼 겨를도 없이 어느새 수초 덩굴들이 그녀의 머리며 목덜미에 달라붙었고, 벌써 시큼한 냄새를 풍기기 시작했다. 그녀가 갈라진 바위 위로 몇걸음 올라서자 어느새 수초들이 자기를 따라오는 소리가 들려왔고, 그녀는 공기가 서늘하고 탁 트인 곳을 향해 걸어갔다. 거기로 가면 좀 편하게 쉴 수 있을 것 같았다. 그러자 뒤에서 오필리아가 부르는 소리가 들려왔다. "드레스! 드레스를 놓고 갔잖아!" 지구 최고의 미인이 몸을 돌리자 어느새 젖은 드레스의 서늘한 촉감과 부드러운 습기가 만져졌는데, 고개를 들어보니 바로 코앞에 이 모든 사단의 열쇠를 쥐고 있는 바로 그 심사위원의 얼굴이 나타났다. 그는 "정말 아름답구나!" 하고 감탄했다. 그러고는 그녀를 바라보았다.

　그녀는 그런 칭찬을 듣고도 심드렁한 것이 이상했다. 자신이 도대체 무엇을 판정하는지도 모르는 심사위원의 말은 그녀에게 더이상 감동을 주지 못했다. 그녀는 몸에 붙은 수초를 떼어내고, 오필리아에게 다시 속옷을 가지라고 했고, 자기 몸에 뿌려지는 물기도 털어냈다.

　그녀는 지구로 돌아가기로 결심했다. 그리고 오늘밤중에라도 라디오 방송을 통해 이런 조건이라면 '미스 우주'라는 칭호를 사절하겠노라고 선언하기로 했다.

　그런데 오필리아가 우주선이 있는 데까지 그녀를 따라왔다. 우주선에 오르면서 오필리아의 슬픈 표정을 보자 그녀는 도로 우주선에서 내려 오필리아를 끌어안고는 오필리아의 어깨에 붙어 있는 긴 수초를 떼어내어 자기 몸에 붙였다. 그리하여 우주선 문이 닫히고 출발신호가 떨어지기 전에 그녀는 홀로 버려져 있는 오필리아의 짐을 조금 덜어주었다.

비행장에 착륙한 후 낯선 얼굴들이 그녀를 에워싸고 카메라 플래시를 터뜨리는 사이에 그녀의 눈길은 달을 찾고 있었지만, 병실 천장에는 달이 그려져 있지 않았다.

"어째서 그런 짓을 했어요? 의사들이 아가씨 폐에서 물을 빼내느라고 한참 애먹었다고요!" 옆 침상에 누워 있는 부인이 그녀 쪽으로 몸을 돌리면서 물어왔다. 그런 소리를 듣고나서 잠을 청하려 하자 또다른 누군가의 목소리가 들려왔다. "쉿! 저 아가씨 손에 붙어 있는 것 좀 떼어내주세요. 물에 빠질 때의 기억이 되살아나지 않게 말이에요." 하지만 그녀는 수초를 꼭 움켜쥐고 있었기 때문에, 그녀를 깨울까봐 아무도 건드릴 수가 없었다.

"어째서 물에 빠져 죽을 생각을 했어요?" 호기심 많은 여자가 또 물어왔다. 아가씨는 수많은 심사위원들과 그중 특정한 한명이 생각났다. 그의 얼굴이 다시 한번 어른거렸고, 강물에 빠져 허우적거리며 양팔을 뻗었고, 온몸에서 물기가 떨어져내렸다. 이제 보니 달도 여전히 그대로 있었다. 새벽구름 사이로 달이 부드럽고도 선연하게 모습을 드러내고 있었다.

"어째서……" 옆자리의 여자가 세번째로 물어왔다.

"나는 못생겼거든요. 어떻든 한 남자한테 예쁘게 보이지 않았다고요!"

"저런!" 여자는 딱하다는 듯이 한마디했다.

처녀는 다시 눈을 감았다. 수초덩굴에는 외롭게 버림받은 오필리아의 고독이 배어 있고 미인대회 심사위원들이 감히 판정할 수 없는 아름다움이 묻어 있다는 걸 저 여자한테 어떻게 설명한단 말인가.

Heinrich Böll

| 하인리히 뵐 |
1917~85

하인리히 뵐은 쾰른에서 태어나 2차대전 발발 직후 대학에 입학하였으나 곧바로 징집되어 전선에서 미군 포로로 잡혔다가 전쟁 후 풀려났다. 1947년 전쟁의 참상을 고발하는 첫 단편을 발표한 이래 전후 독일사회의 구조적 모순을 파헤치는 데 주력한 대표적인 참여작가로 꼽힌다. 대표작으로 장편소설 『여인이 있는 군상』(1972) 『카타리나 블룸의 잃어버린 명예』(1974) 등이 있으며, 1972년 노벨문학상을 수상하였다.

■ 　광고물 폐기자 Der Wegwerfer

　　하인리히 뵐의 「광고물 폐기자」는 1957년에 발표된 작품이다. 당시 서독사회는 전후 경제재건에 전력을 쏟을 때여서 '라인강의 기적'이라 일컫는 급속한 고도성장을 기록하고 있었다. 전쟁의 폐허 위에 단기간에 고도화된 자본주의 시장경제 질서가 구축되고 있었던 것이다. 이 단편은 그처럼 자본주의가 고도로 발전된 사회의 구조적 모순 중에서도 핵심적인 문제의 하나인 소비사회의 문제를 심층적으로 파헤친 작품이다. 상품과 자본의 메커니즘이 어떻게 주인공의 의식을 조종하고 황폐화시키는지에 촛점을 맞추어 읽기 바란다.

광고물 폐기자

    몇주 전부터 나는 혹시 직업이 뭐냐고 물을지도 모르는 사람들과는 접촉을 피하고 있는 중이다. 그래도 굳이 무슨 일을 하느냐고 밝히라면 나는 우리 시대 사람들로서는 깜짝 놀랄 어휘를 동원할 수밖에 없다. 그래서 나는 내 직업이 뭐라고 직접 말하기보다는 이렇게 글로 쓰는 추상적인 방법을 택하게 되었다.

    몇주 전까지만 해도 나는 언제라도 내 직업이 뭐라고 말할 용의가 있었다. 나는 내 직업이 발명가요 재야학자라고 말하고 싶은 걸 꾹 참았다. 궁하면 그저 학생이라고 할 수도 있었고, 거나하게 취기가 오르면 사람들이 알아보지 못하는 천재라고 할 수도 있었다. 나는 닳아빠진 넥타이로 인해 더욱 돋보일 근사한 명성을 떠올리면서 흐뭇해했고, 나를 믿지 못하는 가게주인한테 당당하게 외상거래를 요구하자 주인은 머뭇거리면서도 응해주었고, 나는 마가린과 커피 대용품과 싸구려 담배를 외투 주머니에 챙겨넣었다. 또 야외에서 노천욕을 했고, 아침 점심 저녁 끼니때마다 집시들이 마시는, 가공되지 않은 꿀을 마시면서 이 사회와 타협하지 않는 이런 생활방식에서 뿌듯한 행복감을 느꼈다.

    하지만 몇주 전부터 나는 매일 아침 일곱시 삼십분이면 론 가(街) 모퉁이에서 전철을 타고 다른 사람들과 마찬가지로 차장한테 공손하게 승차권을 보여주었고, 옷차림도 두 줄로 단추가 달린 회색양복과 초록색 셔츠에 초록빛이 감도는 넥타이까지 매었으며, 아침으로 먹을 빵을 넙적한 알루미늄 도시락에 담아 조간신문으로 둘둘 말아서 들고 갔다. 이렇게 나는 문제아 신세에서 벗어나는 데 성공한 버젓한 시민의 모습을 보여주었다. 세번째 정거장에 이르러 나는 빈민구호소가 있는 구역에서 승차한 나이 지긋한 여성 노동자들 중 한명에게 내 자리를 양보하고 일어섰다. 이렇게 사회적 동정심을 발휘하고는 선 채로 신문을 계속 읽으면서 나는 아침이라 붐비는 차 안에서 승객들이 실랑이를 벌이면 수시로 나서서 교통정리를 해주었다. 그리고 또 승객들한테 조잡하기 이를 데 없는 정치적 과오와 역사적 오류들을 바로잡는 이야기도 들려주었다. (이를테면 나치친위대와 미국은 다른 거라고 승객들한테 설명해주었다.)(나치친위대(SA)와 미국(USA)의 철자가 비슷하지만 서로 무관하다는 뜻—옮긴이) 그리고 누군가 담배를 빼물면 그 사람의 코앞에 점잖게 라이터를 갖다대고는 담배에 겨우 불이 붙을 수 있을 만큼만 담뱃불을 켜주어서 아침담배를 즐길 수 있게 해주었다. 이 정도면 내가 제대로 된 동료시민이라는 걸 충분히 보여준 셈이다. 나는 아직 젊기 때문에 사람들이 나의 이런 모습을 보면 '제대로 교육받은 사람'이라고 한마디 칭찬해줄 법도 했다.

나는 내 직업에 관한 궁금증을 사전에 봉쇄해줄 가면을 쓰는 데 확실히 성공했다. 아닌게아니라 나는 커피, 차, 조미료 등 냄새가 좋고 잘 포장된 물건들을 거래하는 교양있는 신사처럼 보인다. 때로는 사람의 눈을 즐겁게 해주는 보석이나 시계 등 값나가는 작은 물건들을 취급하는 사람으로 보이기도 할 것이다. 조상들이 상업에 종사하는 모습을 어두운 색깔로 그린 유화가 벽에 걸려 있는 쾌적하고 고풍스러운 가게에서 업무를 보는 사람, 열시경이면 부인한테 전화를 걸어 정열이 사라졌음에도 불구하고 사랑과 배려가 우러나오는 살가운 목소리로 말해줄 줄 아는 사람, 그런 사람들과 다를 바 없는 셈이다. 아침마다 슐리펜 가를 지나갈 때면 시청 공무원이 전철 승객들을 향해 "이 왼쪽 날개를 힘차게 밀어주십시오!" 하고 팔을 쳐들고 외치는 걸 볼 수 있었는데, 원래 오른쪽 날개라고 해야 맞지만(작중인물의 입장에서 소박하게 보면 전철 안에서 상대방을 내다보면 오른쪽 팔로 보인다는 의미도 되고, 작가의 비판적 의도에 비추어보면 1950년대말의 독일사회에서 제대로 된 좌익이 있기나 한가 하는 비판적 조소를 담고 있다고도 볼 수 있다―옮긴이) 자꾸 왼쪽 날개라고 저러니까 우스워서 참을 수 없었다. 나도 저 정도 농담은 알아들을 줄 안다. 나는 또 그날그날 벌어지는 사건들이라든가 스포츠복권 당첨 결과에 대해 서슴없이 내 의견을 말하기 때문에, 내가 입고 있는 양복의 품질이 말해주듯이, 생활형편이 유복하면서도 민주주의의 기본원칙들을 깊이 신뢰하면서 살아가는 사람으로 통한다. 나를 척 보면 한눈에 준법정신이 투철한 사람이라고 얼굴에 씌어 있어서, 유리로 만든 관(棺) 속에 잠들어 있는 백설공주(계모의 음모로 독이 든 사과를 먹고 정신을 잃은 백설공주가 유리관에 갇혀 있는 장면을 말함. 작가가 일부러 문맥에 어울리지 않는 부적절한 비유를 써서 작중인물의 어수룩한 성격과 공상벽을 드러내고 있다―옮긴이)처럼 얌전해 보일 것이다.

화물트럭이 전차를 추월하는 동안 잠시 트럭이 전철 차창의 배경 역할을 해주면(트럭이 전철의 창을 가려서 차창이 마치 거울 비슷하게 보인다는 뜻―옮긴이) 나는 차창에 비친 내 얼굴을 보면서 표정관리를 한다. 너무 생각에 잠긴 표정인데? 거의 괴로워하는 듯한 표정이잖아? 나는 너무 깊이 생각에 잠겼던 흔적을 능숙하게 지우고 표정을 고치는데, 소심해 보이지도 않고 그렇다고 친근해 보이지도 않는, 천박해 보이지도 않고 그렇다고 심오해 보이지도 않는, 그런 표정을 지어야 한다.

내 위장술은 성공한 것 같았다. 마리엔 광장 역에서 전차에서 내려 고풍스러운 상점들과 변호사 사무실, 깔끔한 관공서 사무실 등이 보기 좋게 들어서 있고 인파로 붐비는 구시가지를 통과해갈 때 아무도 내가 '우비아' 보험회사 건물의 뒷문으로 들어가는 것을 눈치채지 못했기 때문이다. '우비아' 보험회사로 말하면, 삼백오십명의 사람에게 일자리를 제공하고 매일 사십만명의 생존을 책임지는 대단한 회사다. 직원용 출입문을 지키는 수위는 웃으면서 나를 맞아주었고, 나는 수위 옆을 지나 지하실로 내려가서 일을 시작한다. 여덟시 삼십분, 직원들이 사무실로 몰려오기 전에 일을 끝내야 한다. 내가 이 자랑스러운 회사의 지하실에서 아침 여덟시부터 여덟시 삼십분까지 하는 일이란 오로지 뭔가를 없애는 일이다. 나는 뭔가를 없애는 일을 한다.

나는 여러 해 동안 내 직업을 설계하는 작업에 몰두했는데, 요모조모 따져보아서 그럴싸해 보이는 직업을 생각해내야만 했다. 그래서 나는 내 직업에 관한 논문도 여러 편 썼고, 내가 사는 방의 벽을 그래프들로 도배했는데, 그 그래프들은 지금도 내 방에 붙어 있다. 그런 식으로 X축과 Y축을 수없이 오르내리며 몇년을 보냈다. 나는 여러 가지 이론에 심취했고, 갖가지 공식들을 풀어낼 때면 짜릿한 희열을 맛보았다. 하지만 막상 내가 고안해낸 직업을 실행에 옮기고 내가 세운 이론들을 현실에 적용하려 들면, 마치 전략은 거창하게 세웠는데 막상 전술단계에서 작전이 꼬이는 장군처럼 매번 낭패를 겪어 속이 상했다.

나는 작업실에 들어가 양복 상의를 회색 작업복으로 갈아입고 지체 없이 작업에 착수했다. 아침 일찍 수위가 중앙우체국에서 실어온 자루 부대를 열고 양쪽 옆에 있는 나무함에 편지들을 집어넣는다. 내가 직접 고안해서 만든 이 나무함은 내가 일하는 작업대 위쪽의 좌우 벽에 각각 부착되어 있다. 그래서 나는 마치 수영선수처럼 그저 팔을 뻗어 신속하게 편지를 분류하기만 하면 되었다. 나는 우선 광고인쇄물이 들어 있는 우편물과 일반편지를 나눈다. 겉봉에 찍힌 소인(消印)만 확인하면 되기 때문에 아주 단순한 작업이다. 또 이 일을 할 때는 우편요금만 확인하면 여러 가지 번거로운 고민을 덜 수 있다. 여러 해 동안 실험을 거친 덕분에 나는 이 작업을 삼십분 안에 마칠 수 있었고, 이제 여덟시 삼십분이 되었다. 위쪽에서 사무실로 몰려들어가는 직원들의 발소리가 들려왔다. 내가 수위한테 신호를 보내면 수위는 분류된 편지들을 각 부서별로 전달한다. 매번 수위가 애들 책가방만한 양철통을 들고 와서 편지를 날라가는 모습을 볼 때마다 나는 저걸로 세 자루나 되는 우편물을 언제 다 나르나 하는 생각이 들어서 서글펐다. 나 같으면 다른 방식으로 멋지게 해낼 텐데. 우편물 분류이론을 확립하는 것이야말로 지난 몇년 동안 내가 혼자 연구에 열중했던 분야가 아니던가. 그런데 막상 수위한테 다른 방법을 권해도 도무지 말을 듣지 않았다. 자기만 옳다고 옹고집을 부린다고 행복한 것도 아닌데 말이다.

수위가 가고나서도 아직 내가 할일은 남아 있다. 산더미처럼 쌓여 있는 광고인쇄물 중에 혹시 편지가 잘못 섞여 있다든가, 소인을 잘못 찍은 우편물이나 광고물로 잘못 분류된 영수증 우편물 따위가 섞여 있지 않은지 가려내는 일이다. 그런데 이 일은 거의 매번 허탕을 친다. 우편 체계가 놀랄 만큼 정확해졌기 때문이다. 이 대목에서 나는 내 예상이 빗나갔다는 걸 인정하지 않을 수 없다. 나는 우편요금을 속이는 사람의 수를 너무 높게 잡았던 것이다.

하지만 하다못해 엽서 한장, 편지 한통, 인쇄물로 발송된 영수증 하나도 내 눈을 피해가지는 못한다. 아홉시 반경이면 나는 다시 수위한테 신호를 보내고, 그러면 수위는 나의 예리한 눈썰미로 가려낸 우편물을 부서별로 전달해준다.

이제 뭔가 좀 먹고 기운을 내야 할 때가 되었다. 수위의 부인이 커피를 날라다주고, 나는 알루미늄 통에 들어 있는 빵을 꺼내 아침식사를 하면서 수위의 부인과 그 집 아이들 이야기로 잡담을 나눈다. 그사이 알프레트는 산수성적이 좀 올랐습니까? 게르투르트는 국어과목에서 처진 걸 좀 메웠나요? 알프레트는 산수성적이 안 올라요. 게르투르트는 국어과목 처진 걸 메웠는데 말이에요. 토마토는 잘 익었나요? 토끼는 살이 올랐나요? 수박 실험은 성공했어요? 토마토는 제대로 익지 않았는데, 토끼는 살이 올랐습니다. 수박 실험은 아직 결과가 불투명하네요. 우리는 감자를 광에 저장하는 것이 좋은가 등의 진지한 문제들이나, 애들이 알아듣게 가르쳐줘야 하는가 아니면 저절로 깨우치도록 내버려두는 게 좋은가 등의 교육과 관련된 문제들을 열정적으로 토론한다.

그러다가 열한시 무렵이면 수위의 부인은 자리를 뜨는데, 그러면서 나한테 여행 광고물 몇장을 모아달라고 부탁하는 일이 많다. 그녀는 여행 광고물을 모으는 취미가 있는데, 그렇게 열성적으로 모으는 걸 보면 나도 모르게 웃음이 나온다. 여행 광고물과 관련해 나는 애틋한 추억을 간직하고 있기 때문이다. 나 역시 어릴 적에 여행 광고물을 모으는 취미가 있어서 종종 아버지의 휴지통을 뒤졌다. 그런데 아버지가 광고우편물을 받으면 보지도 않고 바로 휴지통에 던져버린다는 걸 알고부터는 속이 상했다. 그런 태도는 일찍부터 내가 몸으로 익힌 경제관념에 위배되는 것이기 때문이다. 누군가가 뭔가를 궁리해서 글로 쓰고, 인쇄까지 해서 봉투에 넣고 우표를 붙인 다음, 우체국에서 우리집 주소로 우편물을 배달하는 보이지 않는 채널을 통해 전달된다. 그러기까지 도안을 한 사람과 문구를 쓴 사람, 인쇄공, 소인을 찍는 우체국 말단직원이 흘린 땀이 도대체 얼마인가. 게다가 우편물 종류에 따라 다양한 요금으로 돈까지 지불되지 않는가 말이다. 이 모든 노력과 돈을 들였는데, 정작 수신자의 눈길 한번 받지 못하고 바로 휴지통에 처박힌다는 게 도대체 말이 되는가.

당시 열한살이던 나는 그래서 아버지가 관청으로 출근하자마자 휴지통을 뒤져 버린 광고물들을 유심히 살펴보고 종류에 따라 분류해서, 원래는 장난감 상자로 쓰던 상자에 보관해두었다. 그렇게 해서 열두살이 되자 나는 엄청난 양의 리슬링 포도주 광고전단과 가공꿀 광고전단과 미술사 서적 홍보물을 소장하게 되었으며, 여행 광고물 소장품은 세계지도를 설명하는 백과사전을 만들어도 될 만큼 엄청나게 불어났다. 달마티안은 스웨덴의 피요르드만큼이나 내게 친숙했고, 스코틀랜드는 차코파네(폴란드 남쪽 끝에 있는 휴양도시——옮긴이)만큼이나 가까웠으며, 보헤미아(오늘날의 체코 지방——옮긴이) 지방의 숲들을 떠올리면 나도 모르게 마음이 편안해지는가 하면, 대서양의 파도를 생각하면 덜컥 겁이 났다. 어떤 때는 돌쩌귀 광고도 날아왔고, 주택매매 광고물이 오는가 하면 단추 광고물도 왔다. 그리고 정당들에서는 나의 지지를 호소했고, 구호재단들은 적선을 호소해왔다. 갖가지 복권들은 부(富)를 약속해주었고, 쎅트주(酒)는 빈곤을 약속했다(금주단체의 홍보물을 받았다는 뜻——옮긴이). 그리하여 내가 열일곱살이 되었을 때 나의 소장품이 어느 정도 규모까지 늘어났는지는 독자 여러분의 상상에 맡기겠다. 아무튼 나는 열일곱살이 되면서 갑자기 광고물 수집에 흥미를 잃고 내 소장품을 고물상에 넘겼는데, 고물상 주인은 칠 마르크 육십 페니히를 쳐주었다.

그사이 고등학교를 졸업한 나는 아버지를 인생의 모범으로 삼기로 작정하고, 공무원이 되기 위한 준비과정의 수순을 밟기 시작했다.

나는 칠 마르크 육십 페니히로 모눈종이 한묶음과 색연필 세 개를 샀는데, 막상 공무원이 되기 위한 준비과정은 생각처럼 순탄하지 않았고, 공무원 수습생 처지가 불행하다는 생각이 고개를 드는 사이에 우편물 분류 일을 하면 행복할 것 같다는 생각이 슬슬 들기 시작했다. 나는 여가시간이면 쉴새없이 갖가지 계산에 몰두했다. 그리하여 스톱워치, 연필, 계산자, 모눈종이는 나의 걷잡을 수 없는 탐구열에 요긴한 소도구가 되었다. 나는 인쇄물을 소형, 중형, 대형 싸이즈로, 또 그림이 있는 것과 없는 것으로 분류하고, 각각의 인쇄물을 개봉해 얼른 보고 쓸모있는 인쇄물인지 아닌지 정확히 판단해 쓸모없는 것들을 휴지통에 버리는 데까지 과연 시간이 얼마나 걸리는지 계산해보았다. 최소한 오초가 걸리고 최대한으로 잡으면 이십오초가 걸리는 일거리였다. 인쇄물의 문구나 그림이 자극적인 경우에는 거기에 혹해서 시간을 끌다보면 몇분씩 걸리기도 했고, 십오분씩이나 걸릴 때도 있었다. 또한 인쇄소에 광고물 제작주문을 하는 척하면서 최소 제작비도 알아보았다. 나는 지칠 줄 모르고 연구한 결과들을 다시 검토해 문제점을 개선해나갔다. (그렇게 두 해가 지난 후에는 청소부 아줌마가 휴지통을 비우는 데 걸리는 시간도 계산에 포함시켜야 한다는 것을 깨닫게 되었다.) 그리고 나의 연구결과를 열명, 스무명, 백명 혹은 그 이상의 직원이 일하는 우체국에 적용하여 경제전문가라면 주저없이 놀라운 아이디어라고 격찬했을 법한 결론에 이르게 되었다.

그래도 내가 일하는 직장에 충성해야 한다는 생각에서 나는 먼저 내가 소속된 부서의 상급기관에 내가 얻은 지식들을 보고했다. 물론 공무원들이 고맙다는 인사를 제대로 챙겨줄 거라고는 기대하지 않았다. 하지만 아무리 그래도 은혜를 원수로 갚는 데는 경악을 금할 수 없었다. 나는 근무태만이라고 문책을 당했고, 허무주의 혐의가 있다는 소리까지 들었으며, 결국 정신이상이라는 판정을 받아 해고당했다. 그리하여 나는 전도양양한 공무원 코스를 포기했고, 선량한 부모님들께 근심걱정을 안겨드렸다. 그러고는 다른 직장을 다니다가 그것도 그만두었고, 결국 따스한 온기가 도는 부모님 집에서도 나와서 이미 말한 대로 사람들이 알아보지 못하는 천재로 살아가게 되었다. 나는 내가 생각해낸 아이디어들을 가지고 이 회사 저 회사 찾아다니면서 문전박대를 당하는 수모도 마다하지 않았고, 그렇게 꼬박 사년 동안 사회를 외면한 채 복된 시간을 보냈는데, 너무나 철저하게 사회를 외면했기 때문에 원래 '정신이상'이라고 기록되어 있던 중앙부서의 국민신상기록부에는 '반사회적 인물'이라는 딱지가 몰래 추가되었다.

이런 사정을 뻔히 아는 사람이라면, 나의 반짝이는 아이디어를 듣고 마침내 누군가의—다름아닌 '우비아' 보험회사 지배인의—눈이 반짝했을 때, 내가 얼마나 놀랐는지 쉽게 납득될 것이다. 그리고 나 같은 야인(野人)이 초록빛 넥타이를 매고 다닌다는 게 얼마나 치욕스러운 일인지도 쉽게 이해될 것이다. 그렇지만 나는 정체가 탄로날까봐 이런 식으로 계속 위장하고 돌아다닐 수밖에 없다. 신통치 않은 농담에도 장단을 맞추어 함께 웃어줘야 할 때면 나는 정말 우습다는 표정을 지으려고 애쓴다. 아침마다 전철 안에 널려 있는 자칭 익살꾼들의 농담보다 더 허황된 것은 없는 법이다. 이따금 나는 오늘 아침 내가 없애야 하는 인쇄물들을 전날 제작한 사람들이 전철 안에 잔뜩 타고 있지나 않을까 겁이 나기도 한다. 인쇄공, 식자공, 디자이너, 광고 카피라이터, 그래픽 디자이너, 인쇄물을 봉투에 집어넣는 사람, 포장하는 사람, 다양한 업종의 수습사원 등으로 일하는 사람들이 얼마나 많은가. 그럼에도 나는 아침 여덟시부터 아홉시까지 훌륭한 인쇄소에서 나온 제품들, 품위있는 인쇄물, 독창적인 디자인, 재능있는 작가들이 쓴 텍스트 등을 가차없이 없애버리는 것이다. 마음을 독하게 먹고, 코팅된 종이,

금색지, 동판인쇄물 등 정말 값나가는 인쇄물들을 우체국에서 가져온 그대로 묶어 폐휴지를 사들이는 고물상에 넘기는 것이다. 그리하여 나는 불과 한시간 만에 이백시간이나 들여서 만들어낸 제품들을 없애고, 그렇게 해서 '우비아' 보험회사 직원들한테는 백시간을 절약해준다. 그러니까 합산하면 나는 1:300의 (나의 전문용어를 쓰는 것을 양해하기 바란다) '고농축작업'을 하는 셈이다. 그렇게 해서 수위의 부인이 빈 커피잔과 여행 광고물을 챙겨들고 일어설 때면 벌써 내가 퇴근할 시간이다. 나는 손을 씻고, 작업복을 양복으로 갈아입고, 다시 조간신문을 챙겨들고는 '우비아' 보험회사 건물의 뒷문을 빠져나간다. 나는 시내를 배회하면서 어떻게 하면 이런 식으로 전술을 실행에 옮기는 일에서 벗어나 다시 원대한 전략을 수립하는 연구생활로 돌아갈 수 있을지 궁리해본다. 내가 한때 멋진 작업공정이라고 열광했던 작업방식도 막상 실행에 옮겨보니 실망스러웠다. 간단히 처리할 수 있는 일로 밝혀졌기 때문이다. 이런 수준의 응용전술은 단순노동자도 능히 해낼 수 있다. 어쩌면 장차 우편물 분류 기술 교습학원을 설립해야 할 것 같았다. 그리고 우편물 분류 기술자들을 양성해서 우체국과 인쇄소 등에 투입해야 할 것 같았다. 그러면 월급이 아깝지 않게 정열과 재능을 겸비한 유능한 인력을 활용할 수 있을 테고, 예산을 절약할 수 있을 것이며, 심지어 광고물을 이미 고안해 디자인과 식자까지 마쳤다 할지라도 인쇄 단계까지는 넘어가지 못하게 사전에 막을 수도 있을 것이다. 그런데 이 모든 문제들을 해결하려면 철저한 사전연구가 필요하다.

어떻든 이제 나는 단순히 우편물을 분류해서 버리는 작업에는 흥미를 잃었다. 이 작업방식을 개선하려고 해도 뭔가 기본공식을 세워야 한다. 그래서 이미 오래전부터 나는 봉투에 들어 있는 우편물과 상자로 포장된 우편물에 관련된 계산에 몰두하고 있다. 이 두 종류의 우편물을 좀더 간단히 처리하는 일은 아직까지 전인미답의 분야로 남아 있으며, 이 문제를 해결할 수만 있다면 사람들을 힘들게 하는 쓸데없는 헛수고를 덜어줄 수 있을 것이다. 매일같이 수십억의 사람들이 광고인쇄물을 버리는 일로 에너지를 허비하고 있는데, 그 에너지를 잘만 활용하면 지구의 모양을 바꾸고도 남을 터이다. 우선 백화점 같은 데서 실험해보는 것이 중요할 것 같았다. 그러니까 굳이 상품을 포장해주지 않아도 고객들이 수긍하는지, 또 포장대 옆에 숙달된 인쇄물 분류 기술자를 배치해서 포장된 상품을 다시 꺼내고 포장지는 고물상에 넘길 수 있도록 즉석에서 제대로 묶어내면 어떨지, 이런 실험들을 해볼 필요가 있는 것이다. 이런 문제들은 신중히 따져볼 필요가 있다. 어떻든 내가 확인한 바로는 대부분의 백화점에서 고객들은 구입한 물건을 제발 포장하지 말고 그냥 달라고 통사정을 하지만, 결국 직원의 뜻대로 포장하게 되는 경우를 흔히 볼 수 있다. 병원의 신경정신과에 가보면 향수병 포장곽이나 프랄린(아몬드, 호두 등을 넣은 사탕과자——옮긴이) 과자통 혹은 담뱃갑을 뜯다가 화가 나 신경쇠약에 걸렸다는 환자들의 사례가 즐비하다. 그래서 나는 지금 이웃집에 사는 한 청년의 사례를 면밀히 연구하고 있는 중이다. 잡지에 서평을 기고해 근근이 먹고사는 이 청년은 어느날 갑자기 우편으로 보내오는 서적 소포의 포장을 뜯을 수 없게 되어서 결국 잠시 직업활동을 중단하는 처지가 되었다. 소포상자를 칭칭 감은 노끈도 풀기 힘들었거니와, 설령 이 노끈까지는 어떻게 풀었다 하더라도, 책을 두껍게 둘둘 감싼 비닐과 다시 그 위에 붙인 테이프는 도저히 어떻게 해볼 도리가 없다고 했다. 그래서 낙심하던 끝에 할 수 없이 보내오는 책들을 읽지도 않고 서평을 쓰기 시작했고, 소포는 뜯지도 않은 채 책장에 꽂아두었다. 이런 일이 우리의 정신생활에 어떤 중대한 악영향을 초래할지는 독자 여러분의 상상에 맡기겠다.

열한시부터 한시 사이에 시내를 이리저리 산책하는 동안 나는 갖가지 지식을 습득한다. 나는 눈에 띄지 않게 백화점을 둘러보고, 상품포장대를 이리저리 만져보기도 한다. 담배가게와 약방 앞에 서서 몇가지 사소한 통계를 내보기도 한다. 때로는 직접 물건을 사기도 하면서 물건을 포장하는 쓸데없는 공정을 직접 체험해보는데, 고객들이 갖고 싶어하는 물건을 손에 넣기까지 얼마나 많은 노력이 투여되는지 직접 확인해보기 위해서다.

이런 식으로 열한시부터 한시 사이에 나는 남부럽지 않은 양복을 입고 한가롭게 시간을 보내면서 유복한 사람의 모습을 보여준다. 한시가 되면 나는 작은 단골 레스토랑에 들어가서 최고급 메뉴가 적혀 있는 페이지를 건성으로 훑어보면서 맥주잔 받침에다 뭔가를 끼적거리는데, 그 내용이 증권시세에 관한 것인지 습작시인지 나 자신도 아리송했다. 나는 고기류의 품질에 대해 최고급 요리사도 내가 이 분야의 전문가라는 걸 인정할 만큼 조리있게 칭찬하거나 타박할 줄도 알고, 또 후식으로 치즈나 케이크나 아이스크림 중에서 뭘 골라야 할지 세련된 표정으로 뜸을 들일 줄도 안다. 그러고나서 내가 끼적거리고 있던 문구를 단숨에 완성하고나면, 그제야 그건 습작시가 아니라 증권시세에 관한 내용이라는 걸 알게 된다. 나는 증권시세에 대한 계산결과에 깜짝 놀라면서 작은 레스토랑을 나온다. 어디 조그만 까페가 없나 하고 찾는 동안 내 표정은 점점 심각해진다. 까페에서는 세시까지 석간신문을 읽으며 시간을 보낼 수 있을 터이다. 그러다가 세시가 되면 나는 오후 우편물을 처리하기 위해 다시 '우비아' 보험회사 건물의 뒷문으로 들어간다. 오후 우편물은 거의 대부분이 광고인쇄물이다. 그중에서 열통 남짓한 편지를 가려내는 일은 기껏해야 십오분이면 끝난다. 이 작업을 마치고서는 굳이 손을 씻을 필요도 없기 때문에 손을 탁탁 털고서 수위한테 편지를 전해주고는, 건물을 나와서 마리엔 광장 역에서 전철을 탄다. 퇴근할 때는 시청 공무원의 허황된 쇼에 장단을 맞춰줄 필요가 없어서 좋다. 그리고 전차 옆을 지나가는 트럭의 검은색 뒷면이 차창 밖으로 보일 때면 지금 내 표정이 어떤지 그려본다. 긴장이 풀린 표정이다. 다시 말해 생각에 잠겨 있는 것도 같고 짜증스러운 것도 같은 표정이다. 아침에 동승했던 승객들 중에 이 시간에 벌써 퇴근하는 사람은 아무도 없을 테니 퇴근시간에는 굳이 표정관리를 하지 않아도 좋다는 잇점이 있다. 나는 론 가에서 내려 갓 구운 빵 두어 개와 치즈나 쏘시지 한덩어리, 인스턴트커피 등을 사가지고 층계를 올라가 내가 사는 작은 방으로 들어간다. 이미 말했다시피 방의 사방 벽마다 삐쭉삐쭉한 선이 그려져 있는 그래프 그림들이 붙어 있다. 나는 다시 X축과 Y축 사이에 열심히 선을 그리기 시작하고, 선은 점점 높이 상승곡선으로 올라간다. 사실 내가 그린 그래프 중에서 하강곡선으로 내려가는 그래프는 단 하나도 없다. 내가 발견한 공식들은 하나도 예외없이 모두 나를 흥분시키기 때문이다. 무궁무진하게 떠오르는 경제학적 상상력을 주체할 수 없어서 나는 미처 커피물이 다 끓기도 전에 계산자와 메모와 연필과 종이를 제자리에 챙겨서 작업에 들어갈 준비를 한다.

가구라고는 거의 없는 내 방은 실험실을 방불케 한다. 나는 서서 커피를 마시고, 쏘시지를 끼워넣은 빵도 후딱 먹어치운다. 얼마 전까지만 해도 한가롭게 시내구경이나 하던 사람의 모습이라고는 전혀 찾아볼 수 없다. 나는 식사 후 손을 씻고, 담배를 한대 피워물고, 스톱워치를 켜놓고, 오전에 시내를 오가다가 사두었던 신경안정제를 꺼낸다. 신경안정제 포장은, 약봉지 안에 쎌로판용지 곽이 들어 있고, 곽을 열면 고무줄로 묶여 있는 설명서가 나오는 식으로 되어 있다. 이 포장을

다 풀기까지는 삼십칠초가 걸린다. 포장을 푸는 동안 소모되는 신경의
양은 이 약이 나에게 제공해줄 신경회복 에너지량을 초과한다. 물론
여기에는 주관적인 요인도 있겠지만, 이 점은 계산에 포함시키지 않기
로 한다. 어떻든 분명한 것은 포장을 푸는 데 소모되는 가치가 내용물
의 가치보다 더 크다는 것, 그리고 스물다섯 개의 노란색 알약 가격이
이 약의 실제가치보다 비싸다는 것이다. 그런데 이런 생각을 자꾸 하
다보면 도덕적인 판단의 차원으로 문제가 옮겨갈 수도 있으나, 나는
원칙적으로 도덕과는 무관한 사람이다. 내 전문분야는 오로지 경제학
인 것이다.

아직도 수없이 많은 물품들의 포장을 개봉해보아야 하고, 물건마다
가격이 적정한지 감정해보아야 한다. 감정결과를 등급에 따라 초록색,
빨간색, 파란색 연필로 표시할 것이다. 모든 준비가 완벽하게 되어 있
다. 이렇게 실험에 몰두하다보면 대개는 밤늦게 잠자리에 드는데, 꿈
속에서도 공식들이 머릿속에서 떠나지 않고, 쓸데없는 온갖 포장지들
이 머리 위를 날아다니기도 한다. 어떤 공식들은 마치 다이너마이트처
럼 폭발하기도 하는데, 그 폭발음은 커다란 웃음소리처럼 들릴 때도
있다. 정말 내가 웃는 소리에 놀라 잠이 깰 때도 있다. 시청 공무원의
허황된 쇼가 우스워서, 아니, 그 공무원이 무서워서, 그렇게 자다가 가
끔 웃음을 터뜨린다. 어쩌면 그 공무원은 국민신상기록부에 접근할 수
있을지도 모르고, 펀치카드로 암호화되어 있는 내 신상카드를 들여다
보고는 내가 '정신이상자'일 뿐 아니라 그보다 더 위험한 '반사회적 인
물'이라는 사실까지 알아냈을지도 모를 일이다. 그럼에도 내가 그 공무
원의 허튼 쇼에 웃을 수 있는 것은, 어쩌면 내가 철저히 정체를 드러내
지 않고 익명으로 위장하고 있기 때문에 가능한지도 모르겠다. 나는
내 이름이 '광고물 폐기자'라는 걸 굳이 입으로 얘기하고 싶지는 않고,

이렇게 글로 쓰는 것이 더 편하다.

더 읽을거리
국내에 번역된 단편집으로 『아담, 너는 어디에 있었느냐?』 (홍경호 옮김, 범우사 1999)와 『운전 임무를 마치고』 (정찬종 옮김, 책세상 2002)를 꼽을 수 있다.

Alexander Kluge

| 알렉산더 클루게 |

1932~

독일 중동부의 소도시 할버슈타트에서 태어나 대학시절에는 법학과 역사학을 전공했다. 대학졸업 후 잠시 변호사 생활을 하다가 그만두고 본격적으로 영화제작과 소설창작을 시작했고, 특히 1960년대 독일의 전위적 영화운동인 '뉴 저먼 씨네마' 그룹에 주도적으로 참여하여 첫 작품 「어제와의 이별」(1966)에 이어 다수의 영화를 제작했으며, 1968년 베니스 영화제에서 「써커스장에서 혼란에 빠진 예술가들」로 황금사자상을 수상했다. 클루게의 단편소설들은 영화감독답게 독특한 모자이크 형식으로 역사의 폭력과 광기에 희생되는 개인의 운명을 다룬 작품이 주종을 이룬다.

어느 사랑의 실험 Ein Liebesversuch

이 작품은 히틀러 치하에서 강제수용소의 생체실험에 가담한 전력이 있는 의사가 훗날 당시의
실험상황에 대하여 자기가 묻고 답하는 형식을 취하고 있다. 당시 생체실험의 유일한 증인인 이 의사의
'진술'을 통해 어떻게 역사가 왜곡되고 심지어 '허구'로 날조될 수 있는가를 깊이 생각하게 하는 작품이다.

어느 사랑의 실험

강제수용소에서 한꺼번에 대량으로 불임시술을 하기 위한 가장 손쉬운 방법으로 1943년에 방사선 시술이 도입되었다. 하지만 그렇게 시술된 불임상태가 지속되는지가 미심쩍었다. 그래서 우리는 남자 포로 한 명과 여자 포로 한명을 한방에 집어넣고 실험을 해보기로 했다. 실험실로 사용할 방은 보통 감방보다 더 컸고, 바닥에는 수용소 지도부에서나 쓰는 양탄자를 깔았다. 이렇게 신방처럼 꾸며놓은 방에서 남녀 포로들이 실험에 만족스러운 반응을 보이기 바랐으나, 그런 희망은 수포로 돌아갔다.

두 남녀는 불임시술이 성공했다는 걸 알고 있었던 걸까?
그렇다고 보기는 어려웠다. 마룻바닥에 양탄자까지 깔아놓은 방으로 들어간 두 남녀는 제각기 다른 구석에 앉아 있었다. 밖에서 방안을 관찰할 수 있게 달아놓은 동그랗게 생긴 작은 유리창으로는 둘을 한 방에 넣은 후 과연 서로 이야기나 나누긴 했는지도 확인하기 힘들었다. 어떻든 관찰하는 동안에는 이들은 서로 아무 말도 하지 않았다. 우리는 이런 수동적인 태도가 마음에 들지 않았다. 더구나 고위급 손님들이 이 실험을 시찰하러 오겠다고 사전통보를 해온 터여서 더더욱 그랬다. 그래서 실험의 진행속도를 올리기 위해 이 수용소의 수석의사인 실험책임자는 두 포로의 옷을 벗기라고 지시했다.

실험대상들은 서로 부끄러워했을까?

그렇다고 단언하기는 힘들었다. 근본적으로 따지면, 그들은 옷을 벗은 상태에서도 원래 자리에 그대로 있었고, 잠을 자는 것처럼 보였다. 좀 깨워야겠군, 하고 실험책임자가 말했다. 그래서 전축을 가져와서 틀어놓았다. 유리창을 통해 보니 두 포로는 처음에는 음악에 반응을 보였다. 하지만 얼마 안 있어 그들은 다시 멍한 무감각 상태로 빠져들었다. 이 실험에서 중요한 것은 실험대상들이 어떻게든 실험에 응하는 일이었다. 그래야만 해당 포로들에게 몰래 시술한 불임상태가 장기적으로도 효력이 있는지 확실하게 확인할 수 있기 때문이다. 이 실험에 관여하는 인력은 실험실 출입문에서 불과 몇미터 떨어져 있는, 이 성채의 통로에서 대기하고 있었다. 그들은 대체로 아주 침착한 태도를 유지하고 있었다. 그들은 서로 의사소통을 할 때도 귓속말로 조용히 하라는 지시를 받은 터였다. 관찰자 한명이 실험실 내부에서 사태의 추이를 예의주시하고 있었다. 하지만 남녀 포로에겐 방안에 자기들 둘밖에 없다고 믿도록 꾸며놓았다.

그럼에도 방안에서는 에로틱한 긴장관계가 전혀 조성되지 않았다. 실험을 책임지고 있는 인사들은 좀더 작은 방을 골랐어야 하지 않을까 하는 생각마저 들었다. 실험대상 자체는 아주 신중하게 선발한 터였다. 신상카드에 따르면 두 실험대상은 서로에게 상당한 성적 관심을 갖고 있었던 것이다.

그런 사실을 어떻게 알아냈을까?

브라운슈바이크 주정부의 고위직 관료의 딸인 J는 1915년생, 그러니까 지금은 스물여덟살쯤 되었고, 남편은 아리안 혈통이다. J는 김나지움을 마치고 대학에서 미술사를 전공했으며, 니더작센 주(州)의 소도시 G에서 지금의 실험대상 남자를 만나 서로 떨어질 수 없는 사이가 되었다. P라는 이름의 이 남자는 1900년생에, 무직이다. P 때문에 J는 자기를 보호해줄 수 있는 남편을 포기했다. 그녀는 애인을 따라 프라하로 갔다. 1938년 P를 독일제국 영토 안에서 체포하는 데 성공했다. 며칠 뒤 P를 수소문하기 위해 J가 제국영토 안에 나타났고, 마찬가지로 체포되었다. 감옥에 있을 때나 수용소에 있을 때나 두 사람은 여러 차례 서로 접촉을 시도했다. 사정이 이러한데도, 지금 우리를 실망시키고 있는 것이다. 이제 드디어 서로 뭐든지 할 수 있게 되었는데, 이들은 아무것도 하지 않으려고 하는 것이다.

실험대상들이 고분고분하지 않았는가?

근본적으로 실험대상들은 온순했다. 내 입장에서 보면, 고분고분했다고까지 할 수 있다.

실험대상들의 영양상태는 양호했는가?

실험을 시작하기 오래전부터 실험대상으로 지목된 포로들은 아주 특별한 영양공급을 받았다. 그런데도 벌써 이틀째 한방에 있으면서 서로 접촉하려는 시도조차 하지 않고 있다. 우리는 실험대상들에게 계란으로 만든 단백질 젤리를 마시게 했고, 포로들은 이 단백질을 게걸스럽게 먹어치웠다. 친위대(히틀러 직속의 나치친위대——옮긴이)의 빌헬름 소령은 야외에서 두 포로한테 호스로 물을 뿌리게 했고, 그러고는 추워서 벌벌 떠는 포로들을 다시 마룻방으로 끌고 갔으나, 그들은 서로 몸을 따뜻하게 해줄 생각이 전혀 없는 것 같았다.

실험대상들은 지금 자신들이 당하고 있는 이 무신론적 실험을 두려워하고 있는 것일까? 그들은 이 시련에서 자신들의 도덕성을 입증해야 한다고 생각하고 있는 것일까? 불행한 수용소 경험이 둘 사이를 장벽처럼 가로막고 있는 것일까?

만약 임신할 경우에는 두 사람 모두 해부하여 검사할 거라는 사실을 알고 있었을까?

실험대상들이 그런 사실을 알고 있었다거나 어렴풋하게나마 짐작했을 개연성은 희박했다. 수용소 지도부는 실험에 성공하면 살아서 나갈 수 있다고 누차 긍정적인 다짐을 해준 터였다. 그렇다면 내 생각에는 두 사람은 살아서 나갈 의사가 없는 것이다. 일부러 여기까지 먼 길을 달려온 친위대 대령 A. 체르프스트와 그의 수행원들은 실험이 전혀 진척되지 않자 크게 실망했다. 어떤 수단을 동원해도, 폭력을 동원해도, 실험은 성공적으로 진척되지 않았던 것이다. 우리는 두 남녀의 몸을 밀착시킨 다음 양쪽에서 눌러보기도 했고, 서로 살갗이 닿게 한 다음 서서히 몸을 달구어주기도 했고, 알코올로 몸을 마싸지해주기도 했고, 계란을 탄 붉은 포도주를 먹여보기도 했고, 고기를 먹이고 샴페인도 마시게 했고, 조명을 바꿔주기도 했다. 그런데 어떻게 해도 두 사람은 도무지 흥분하지 않았다.

그럼 모든 수단과 방법을 동원했단 말인가?

나는 모든 수단 방법을 동원했다고 자신있게 말할 수 있다. 우리 실험팀 중에는 이런 문제에는 이골이 난 친위대 소령이 한명 포함되어 있었다. 그는 보통 경우에는 백퍼센트 확실하게 효과가 있는 온갖 방법을 차례대로 모조리 써보았다. 그러다가 나중에는 다른 사람들은 아예 실험실 안에 들어오지도 못하게 했다. 우리가 직접 나서서 효과가 있는지 없는지 운을 시험해보는 것은 우리 인종의 수치라는 거였다. 하지만 그 모든 수단을 동원해도 두 남녀를 흥분시킬 수 없었다.

우리 자신은 흥분했던가?

어떻든 방안에 있는 두 남녀보다는 더 흥분했다고 할 수 있다. 적어도 겉보기에는 다들 그랬다. 그런데 이런 실험을 수행하는 특별한 경우가 아니면, 그렇게 흥분하는 것은 금지되었다. 따라서 나는 우리가 흥분했다고는 생각하지 않는다. 어쩌면 실험이 제대로 되지 않아서 흥분했을 수는 있겠지만.

나는 사랑으로 그대의 것이 되려고 하니,
그대, 오늘밤 내게로 오지 않으려오?

실험대상들이 분명한 반응을 보이게 할 수 있는 가능성은 전혀 없었고, 그래서 실험은 아무런 성과 없이 중단되고 말았다. 나중에 실험대상을 교체해 다시 실험이 재개되었다.

실험대상들은 어떻게 되었을까?
말을 듣지 않는 실험대상들은 총살되었다.

이 실험은 불행이 일정한 도를 넘으면 더이상 사랑을 작동시킬 수 없다는 걸 말해주는 것일까?

Marie Luise Kaschnitz

| 마리 루이제 카슈니츠 |

1901~74

카슈니츠는 칼스루에에서 태어나 서점원으로 일하다가 1920년대말부터 작품활동을 시작했다. 첫 장편소설 『사랑이 시작되다』(1933)를 발표한 이후 시와 소설, 방송극에 걸쳐 다수의 작품을 남겼다. 카슈니츠의 단편소설은 평범한 일상생활을 소재로 하여 삶을 옥죄는 어두운 힘을 섬세하고도 절제된 여성적 필치로 포착하는 데 뛰어나다.

■ 제니퍼의 꿈 Jennifers Träume

여덟살짜리 딸 제니퍼의 꿈의 세계가 어떤 방식으로 어머니 앤드류 부인이 처해 있는 자폐적인
생활상과 감정을 드러내고 있는가에 유의하며 읽기 바란다.

제니퍼의 꿈

4월 2일에 제니퍼의 여덟번째 생일파티가 있었다. 제니퍼는 엄마가 직접 구워 은색 진주포장 사탕으로 꾸민 파이를 선물로 받았고, 친구들을 초대해도 좋다는 허락을 받았다. 저녁이 되자 제니퍼는 아빠 방에서 한시간을 보냈는데, 변호사인 아빠 앤드류 씨는 여가가 날 때마다 녹음기에 음악을 녹음하거나 듣는 데 열중했다. 이날 저녁 앤드류 씨는 제니퍼를 기쁘게 해주기 위해 쇼스타코비치의 심포니 곡을 틀어놓고 지휘를 했는데, 이 모든 소리가 정말로 아빠의 지휘에 따라 울려나온다고 믿는 제니퍼는 아빠를 쳐다보며 감탄했다.

4월 3일 제니퍼는 잠자리에서 일어나자마자 엄마한테 간밤에 꾸었던 꿈 이야기를 해주었다. 꿈에서 제니퍼는 아치형 다리를 건너가다가 연꽃이 가득 피어 있는 연못을 보았다고 했다. 진흙탕물이 고여 있는 연못 안에는 암소들이 배까지 물이 닿을 정도로 깊이 들어가 있었고, 연못가 마당 쪽으로는 빨간색 소형 자동차 한대가 지나가고 있었으며, 전나무 가지가 바람에 흔들려 윙 하는 소리가 울렸다고 했다. 앤드류 부인은 이 꿈 이야기가 그다지 흥미롭지도 않았고 더구나 우습지는 않았으나, 제니퍼는 꿈 이야기를 하는 동안 얼굴에 웃음기가 가득했다.

4월 4일 아침 제니퍼는 전날과 마찬가지로 환한 표정으로 잠자리에서 일어났다. 제니퍼는 꿈에서 어린 백조들과 거울로 된 방을 보았다고 했다. 거울로 된 방에서 제니퍼는 눈부시게 반짝이는 거울에 붙어 있던 거미줄을 떼어냈다고 했다. 앤드류 부인은 제니퍼가 감격해하는 걸 보고 절로 웃음이 나왔다. 평소에 제니퍼는 집안일을 거들어달라고 해도 여간해서는 꿈쩍도 하지 않았던 것이다.

4월 5일 앤드류 부인은, 언젠가 꿈에서는 그날 낮에 겪은 일들이 되살아난다는 이야기를 들은 기억이 생각나 제니퍼의 그림책이며 교과서 등을 들춰보았다. 하지만 딸이 꿈에서 보았다는 것들과 일치하는 것은 전혀 찾아볼 수 없었다. 이날 저녁 앤드류 부인은 남편한테 제니퍼가 꿈 이야기를 할 때 너무 좋아한다고 얘기했다. 그리고 제니퍼가 밤마다 꾸는 꿈을 전혀 꿈이라고 생각하지 않는다는 얘기도 덧붙였다. 어젯밤에 어디어디에 갔고, 어떤 일들을 했다고 이야기한다는 것이었다. 앤드류 씨는 이 얘기를 듣고도 놀라지 않았다.

4월 7일 제니퍼는 지난 며칠과 똑같이 행복한 표정으로 깨어났다. 그런데 이날은 아무 얘기도 하지 않아서 앤드류 부인이 이런저런 질문을 던져보았다. 또 근사한 꿈을 꾼 모양이구나. 그런데 오늘은 우리 강아지가 어째 아무런 이야기도 해주지 않지. 말문아 열려라, 뚝딱. 그러자 제니퍼는 환한 표정이 사라진 시무룩한 얼굴로 잼이 발린 빵을 우적우적 씹어먹었다.

4월 8일 앤드류 부인은 제니퍼가 창백해 보이고 눈 주위에 피곤할 때 생기는 다크서클이 생긴 것을 발견했다. 앤드류 부인은 제니퍼를 데리고 병원으로 가서 기생충 검사를 해보았으나, 속으로는 제니퍼의 안색이 좋지 않은 것은 밤마다 꾸는 꿈 때문이라고 확신했다.

그런데 4월 10일부터는 제니퍼가 다시 기분이 좋아져서 꿈 이야기를 했다. 어젯밤에는 덩굴이 자라는 정원에 갔었는데, 길을 잃었다가 다시 찾았고, 검은색 갈기가 달린 말도 탔고, 그러다가 깜깜한 방안에 갇혔어요. 앤드류 부인은 이 '깜깜한 방'에 대해 좀더 자세히 알아보려고 했으나 허사였다. 다만, 제니퍼가 그 방에 혼자 있지 않았고, 한 여자가 손수건으로 제니퍼의 눈물을 닦아주었다는 얘기까지는 들을 수 있었다. 그럼 너 울었구나? 앤드류 부인이 깜짝 놀라 물었다. 제니퍼는, 나도 모르게 눈물이 나왔어요, 하지만 슬퍼서 그런 건 아니에요, 하고 대답했다.

4월 13일 저녁 앤드류 부인은 남편한테 제니퍼 때문에 걱정이라는 얘기를 꺼냈다. 이제는 이따금 엄마를 한참 차갑고 비난하는 듯한 표정으로 쳐다본다는 것이었다. 그러자 앤드류 씨가 시큰둥하게 말했다. 애를 좀 가만히 내버려두라고. 이것저것 묻지도 말고, 자꾸 말을 시키지도 말고. 그 나이 때는 금방 지나가니까. 앤드류 부인은 평소에 사람이 진지하고 바깥출입을 거의 하지 않는 남편을 무척 존중해온 터라 이제부터는 제니퍼한테 꿈에 대해 묻지 않겠다고 결심했다. 하지만 이 결심을 지키지 못할 거라는 것도 알았다.

4월 15일 앤드류 부인은 소나기가 쏟아지는 날씨에 시내로 나갔다. 현상소에 맡긴 사진을 찾아오기 위해서였다. 그 사진들은 얼마 전에 찍은 것들이었다. 그중 몇장은 햇살이 따스하던 삼월 어느날 교외에 있는 작은 주말농장을 배경으로 찍은 것들이었는데, 화단의 흙을 갈아 엎는 남편의 사진과, 집 문간의 계단에 앉아 말할 수 없이 짜증스러운 표정으로 어디에도 눈길을 주지 않는 제니퍼의 사진도 들어 있었다. 앤드류 부인은 제니퍼의 사진을 갈가리 찢은 다음 쓰레기통을 열고 연탄재와 찻잎 찌꺼기 등을 헤집고 밑바닥에 파묻었다.

4월 17일 아침에 제니퍼는 다시 그 낯선 여자 얘기를 했다. 그 여자가 손에 피를 흥건히 묻힌 채로 큰 그릇에 담겨 있는 집토끼 고기를 씻고 있었다고 했다. 제니퍼는 무서워서 도망치려고 했다. 그래도 여자는 제니퍼를 나무라지 않았고, 콸콸 쏟아지는 물에 손을 씻자 나중에는 피가 말끔히 사라졌다. 여자는 제니퍼를 정원으로 데리고 가서 꼭 끌어안아주었다. 그럼 그 여자가 너한테 키스도 했겠구나? 앤드류 부인이 발끈해서 물었다. 제니퍼는 뭐라고 꼬집어 대답하지는 않았지만, 키스라는 말이 나오자 입을 맞출 때의 행복감은 이루 말로 다할 수 없었다는 표정이 역력했다. 앤드류 부인은 질투심이 끓어올라 남편한테 이 이야기만큼은 절대로 하지 않았다.

4월 21일 저녁 앤드류 부인은 제니퍼가 평소에 잠자리에 들기 전에 한없이 늦장을 부리던 것과는 딴판으로 저녁을 먹자마자 자러 가겠다고 하자 한시간 동안이나 딸의 침대 머리맡에 앉아 있었다. 그러면서 제니퍼가 더 어릴 때 이야기도 들려주고, 책도 읽어주고, 가사도 제대로 모르는 노래도 불러주었다. 가사가 막힌 앤드류 부인은 그다음 가사가 뭐더라, 가사 생각나니? 하고 물었다. 하지만 제니퍼는 벌써 한참 전에 잠들어 있었다. 제니퍼는 얼굴을 벽쪽으로 돌린 채 자고 있었다.

4월 23일 앤드류 부인은 딸이 마귀한테 홀렸다고 믿고, 런던에서 온갖 신성하고도 기이한 방식으로 마귀를 쫓아낸다고 알려져 있는 목사들 가운데 한분을 불러올까 하고 궁리했다. 하지만 밤중에 소란을 피우면 곤란할 것 같았고, 터무니없는 미신을 믿는다고 남편이 화를 낼까봐 겁이 나서 이 생각을 실행에 옮기지는 못했다.

4월 25일 앤드류 부인은 딸한테 그 낯선 여자 얘기를 더 해보라고 다그쳤다. 어떻게 생겼니? 머리칼은 무슨 색이야? 나이는 얼마쯤 들었어? 어떤 옷을 입고 있니? 네 옆에서 함께 자니? 어떤 방에서, 어떤 침대에서 자지? 하지만 제니퍼는 한마디도 대답하지 않았고, 아침 먹은 걸 토하는 바람에 학교에도 한시간이나 늦게 갔다.

4월 30일 아침에는 꿈 이야기를 꺼내지도 않았는데 제니퍼가 다시 아침 먹은 걸 토했다. 앤드류 부인은 주치의를 불러왔다. 의사는 제니퍼와 우스운 이야기를 주고받다가 아— 하고 입을 벌리라고 해서 구강을 진찰했고, 아래쪽 눈거풀을 아래로 당겨서 눈을 살폈다. 의사가 아무 이상이 없다고 하자 앤드류 부인은 조바심을 내며 서둘러 의사를 내보냈다. 문을 열고 나가던 의사는 문지방에서 뒤돌아서면서 앤드류 부인을 향해 이렇게 말했다. 그런데 앤드류 부인, 오히려 부인께서 아이한테 이상하게 보이겠는데요. 자신의 안색이 좋지 않고 안절부절못하는 습관이 있다는 걸 스스로 잘 아는 앤드류 부인은 화를 내며 말했다. 난 아무 이상 없어요. 멀쩡하다고요. 단지 제니퍼 때문에 신경이 쓰이는 것뿐이에요. 남편은 별 도움이 되지 않아요. 그 양반은 어떤 문제에도 신경쓰지 않거든요.

5월 3일 앤드류 부인은 남편이 제니퍼의 꿈에 대해서는 완전히 모르쇠를 하고 제니퍼한테 직접 들은 이야기 말고는 믿지 않는다고 생각하니 마음이 심란했다. 저녁 무렵 남편의 방에 들어가자 제니퍼가 남편 발치에 놓여 있는 낮은 의자에 앉아 있었고, 남편은 제니퍼의 기다란 머리칼을 쓰다듬고 있었다. 앤드류 부인은 부녀가 몰래 이야기를 나누다가 마치 음모의 현장에서 들킨 공모자들처럼 자기가 들어오자 이야기를 중단한 듯한 느낌이 들었다. 밤중에 앤드류 부인은 잠자리에서 일어나 훌쩍거리면서 하소연했다. 당신과 제니퍼, 제니퍼와 그 여자는 서로 통하는데, 나한테는 아무도 신경써주지 않아. 나는 혼자야. 앤드류 씨는 부인을 달랬다. 제니퍼와 꿈 이야기를 한 적은 한번도 없으며, 제니퍼가 가끔 저녁때, 주로 음악을 틀어놓았을 때 자기 방으로 찾아오긴 하지만 그런 경우는 아주 드물다고 했다.

5월 10일 아침 제니퍼는 엄마한테 다시 꿈 이야기를 했는데, 이번에는 그 미지의 여자에 대해서만 얘기했다. 손은 하얗고, 웃을 때는 흐드러지게 웃고, 머리칼은 금발이라고 했다. 엄마보다 예쁘고, 엄마보다 자상하다는 거였다. 이런 말을 듣자 앤드류 부인은 제니퍼가 간밤에 꿈을 꾼 것이 아니고 전에도 꿈을 꾼 적이 없으며 단지 엄마한테 상처를 주려고 이 모든 이야기를 지어냈다는 생각이 퍼뜩 들었다. 제니퍼가 꿈이라고 둘러댄 이야기들을 낱낱이 떠올려보았다. 그러자 꿈처럼 황당한 구석이 별로 없다는 생각이 들었다. 제니퍼는 늘 똑같은 장소에서 똑같은 여자를 만난 거잖아? 앤드류 부인은 생각했다. 꿈이 그럴 수는 없지. 지어낸 얘기야. 그것도 어떤 의도를 가지고, 나쁜 의도를 가지고 지어낸 얘기가 틀림없어.

　5월 13일 앤드류 부인은 잠자리를 치울 때나, 쇼핑을 할 때나, 요리를 할 때나, 다리미질을 할 때나, 그 생각에서 벗어날 수 없었다. 잠자리에 들기 전 그녀는 남편한테 가서 정신없이 말했다. 이제 알겠어요. 꿈을 꾼 게 아니에요. 애가 반쯤 돌았나봐요. 고약한 녀석이에요. 깜짝 놀란 앤드류 씨는 의자를 끌어와 부인을 앉히고는 머리를 어루만져주었다. 그리고 위로의 말을 해주고는, 모두 너무 과민한 것 같으니 긴장을 좀 풀어야겠다, 함께 여행이라도 가면 어떻겠느냐고 했다. 아직 방학은 한참 남았으니 주말에 소풍이라도 가자고 했다. 앤드류 씨네는 시골에 사는 친척도 없었고 아는 사람도 거의 없었는데, 앤드류 부인은 한참 끝에 한때 이웃에 살던 부부를 생각해냈다. 그 부부는 구 년쯤 전에 시골로 이사를 갔다. 당시 양쪽 집의 젊은 부부는 서로 친밀한 관계를 유지했고, 지금도 새해가 되면 진심으로 한번 놀러 오라는 얘기가 담긴 연하장을 서로 주고받았다. 앤드류 부인은 퍼거슨 씨네가 있잖아요, 하고 그 부부가 생각난 것에 기뻐했다. 남편은 다소 머뭇거리면서도 부인의 제안에 동의했다.

5월 16일 목요일에 앤드류 씨 부부는 오랜 친구인 에디 퍼거슨 씨와 리츠 퍼거슨 부인에게 찾아가겠다는 전화를 걸었다. 그날과 그 다음날 앤드류 씨 부부는 소풍 채비를 차렸다. 이 조촐한 여행 소식에 크게 들뜬 제니퍼도 자기 물건들을 챙겼다. 저녁때 부모들이 지도를 펴놓고 상당히 외진 곳에 떨어져 있는 친구 부부의 집을 찾아가는 코스를 확인하는 동안 제니퍼는 줄곧 그 옆에 함께 있었다. 앤드류 부인은 제니퍼에게 스코틀랜드 풍의 저고리를 지어주었고, 세 식구가 함께 세차를 했는데 차가 새것처럼 반짝거리자 모두들 기뻐했다.

5월 18일 아침 여덟시에 앤드류 씨네 가족은 차를 몰고 집을 나섰다. 날이 흐리고 공기가 눅눅했지만, 교외의 뜰에는 어느새 라일락, 까마귀밥여름나무 등의 꽃들이 만발해 있었다. 가장이 기분이 좋아서 실례합니다 부인, 하면서 가속페달을 밟으면 모녀는 가장이 앉아 있는 운전석 쪽으로 매달렸고, 제니퍼는 킥킥거리며 짐짓 뒤로 살짝 넘어가는 시늉을 했다. 앤드류 부인은 딸을 팔로 안으면서, 진작에 이랬어야 하는데, 이렇게 한번쯤 일상에서 벗어나면 만사가 순조로웠을 텐데, 하는 생각이 들었다. 제니퍼는 처음에는 눈을 반짝이며 사방을 둘러보다가, 얼마 안 가서 졸기 시작하더니 결국 잠이 들었다. 제니퍼가 다시 깨어났을 때는 열한시 무렵이었는데, 거리도 집도 보이지 않고 초원과 숲들뿐이었다.

5월 18일 열한시에 차는 길가에 멈추었다. 앤드류 씨 부부는 지도를 펴놓고 길을 찾았는데, 다음 교차로에서 어느 쪽 길로 접어들어야 할지 부부간에 의견이 일치하지 않았다. 왼쪽 길이에요, 하고 제니퍼가 천연덕스럽게 말했다. 앤드류 씨 부부는 웃었지만, 정말로 왼쪽 길로 꺾어서 작은 시골마을을 향해 갔다. 마을을 벗어날 무렵 다시 부부의 의견이 엇갈리자 제니퍼가 쯧쯧 하는 시늉으로 고개를 설레설레 젓더니 떡갈나무가 서 있는 오른쪽 길이라고 했다. 맞은편에서 자전거를 타고 오던 사람도 그쪽 길로 가라고 일러주어서 앤드류 씨는 떡갈나무를 지나 오른쪽 길로 접어들었다. 그렇게 가다가 저지대 숲속 한가운데서 다시 길이 갈라지자 앤드류 씨는, 자 이제는 어느 쪽으로 갈까요 꼬마 점쟁이님, 하고 흥겹게 딸에게 물었다. 그러자 제니퍼는 주위를 아주 꼼꼼히 살피더니 왼쪽 숲길로 가면 돼요, 숲을 벗어나면 바로 아빠 친구집으로 건너가는 다리가 보일 거예요, 하고 말하는 것이었다. 그 순간 제니퍼는 기쁨으로 환하게 빛나는 얼굴로 자리에 앉은 채 이리저리 몸을 흔들었다. 그러면 아빠가 운전하시는 데 방해되잖아, 하고 앤드류 부인이 나무라는 어조로 말했고, 그러는 동안 앤드류 씨는 어안이 벙벙해서 옆자리에 앉아 있는 제니퍼를 바라보고 있었다. 숲길을 가는 동안 나뭇가지들이 차창에 쏠려서 스쳐 지나갔고, 달팽이 냄새와 버섯 냄새가 났다. 숲길을 벗어나자 정말 아치형 다리가 나왔고, 외양간 몇채가 눈에 띄었으며, 진흙물이 고인 연못 안에는 암소들이 배까지 물이 닿게 들어가 있었다. 앤드류 부인은 갑자기 후텁지근할 정도로 더운 느낌이 들어 목에 두르고 있던 스카프를 벗었다. 제니퍼는 친구분 집은 외양간을 돌아서 언덕 위로 올라가야 해요, 하고 재촉하듯이 말했다. 앤드류 부인은 조금 전까지 좋았던 기분이 싹 가시면서, 뭘 안다고 그러니, 넌 아무것도 몰라, 하고 쏘아붙였다. 하지만 제니퍼의 말이 맞았다. 언덕 위에 오르자 정말 집 한채가 나왔다. 크지는 않았지만 하얗게 꽃이 핀 목련이 몇그루 서 있어서 집이 눈부시게 돋보였다. 층계에서 기다리고 있던 리츠 퍼거슨 부인이 어느새 계단을 내려와 마당을 가로질러 달려왔다. 앤드류 씨 부부는 리츠 퍼거슨 부인이 너무나 젊어 보여서 깜짝 놀랐다. 두 집 식구가 서로 헤어지던 구년 전보다 더 젊어 보일 정도였다. 앤드류 부인은 인사를 나누고 나서 애가 제니퍼예요, 하고 말하면서 제니퍼가 있는 쪽으로 몸을 돌렸다. 그러자 평소에는 그렇게 내성적이던 애가 어느새 리츠 퍼거슨 부인의 목을 얼싸안고 키스를 하는 것이었다.

5월 18일 열두시경까지는 아직 바깥주인이 출타중이었으므로 앤드류 씨 부부는 집안으로 들어가지 않고 오랜 친구의 안내를 받아 집 주변을 둘러보았다. 주위에는 덩굴줄기가 자라는 정원이 있었고, 어린 백조 새끼들, 검은색 갈기가 달린 일년생 말이 보였다. 일행은 차를 타고 지나왔던 아치형 다리 위로 올라가보았다. 다리 위에서 리츠 퍼거슨 부인은 제니퍼에게 조용히 뭐라고 얘기했는데, 앤드류 부인에게도 그 얘기가 들렸다. 너한테는 정말 아무것도 설명할 필요가 없구나. 너는 다 알잖아. 늘 여기에 있으니까. 그러자 제니퍼는 기뻐하면서 고개를 끄덕였다. 일행은 반쯤 무너져내린 지하통로를 따라갔는데, 거기서 제니퍼가 다소 무서워하자 리츠 퍼거슨 부인이 마치 지켜주겠다는 듯이 제니퍼의 어깨를 잡아서 꼭 끌어안았다. 앤드류 부인은 조마조마한 기분이 들어 남편을 한쪽 옆으로 데리고 가서 오늘 저녁에 떠나면 안 되겠느냐고 물었다. 앤드류 씨는 반대하지 않고 그러기로 했다.

5월 18일 에디 퍼거슨 씨가 빨간색 자동차를 몰고 농장을 향해 달려오고 있었다. 그는 벌써 멀리서부터 손을 흔들고 소리쳐 불렀고, 차에서 내리자마자 금방 예전처럼 유쾌하고 친밀하게 굴었다. 거울방 비슷하게 꾸민 방에서 식사를 할 때나, 산책을 할 때나, 차를 마실 때나 옛날 추억거리들과 농담을 주고받았다. 앤드류 부인은 이제 기분이 나아져서, 제니퍼가 줄곧 옛 친구의 손을 잡고 줄곧 그녀의 얼굴을 뚫어지게 바라보고 있는 것에는 신경쓰지 않으려고 했다. 남편과 리츠 퍼거슨 부인이 몇차례 눈길을 주고받는 것도 모른 체하려 했다. 하지만 두 사람이 주고받는 눈길은 정말 묘했다. 말없이 그윽한 눈길, 당치 않게 진지한 감정조차 느껴지는 눈길이었다.

5월 18일 저녁 여섯시 무렵 퍼거슨 부부는 자고 가라고 여러 차례 진심으로 권했지만, 앤드류 씨 식구는 친구 집을 나섰다. 집으로 돌아오는 길에 제니퍼는 아빠 품에 안겨 잠이 들었고, 이번에는 앤드류 부인이 차를 몰았다. 아이를 깨우지 않으려고 부부는 아무 말도 하지 않았다. 집에 도착하자 앤드류 부인은 제니퍼를 바로 침대에 뉘었다. 그러고는 아주 오랫동안 잊고 있었던 일을 했다. 남편의 서재에 들어가 남편이 음반을 틀어놓고 듣는 음악에 귀를 기울였다. 창문은 열려 있었고, 정원의 습기와 여린 잎사귀들의 냄새가 방안으로 들어왔다. 앤드류 부인은 평소에 제니퍼가 이용하는 낮은 의자에 앉았다. 그렇게 앉아 있으니 소녀시절이 언뜻언뜻 생각나면서, 이상하고 허망한 느낌이 들었다. 피아노곡이 끝나자 부인이 말했다. 내일은 잊지 말고 함석장이를 불러야겠어요. 그래, 잊지 말고 그래야지. 남편이 말을 받으면서 부인을 사랑스럽게 바라보았다.

5월 19일부터 제니퍼는 매일 저녁 잠자리에 들기 전 한없이 꾸물대면서 엄마한테 자꾸만 이야기를 해달라고 보챘다. 그러던 어느날 아침 제니퍼는 간밤에 꿈을 꾸었다며 온갖 희한한 이야기를 늘어놓았는데, 다리와 물속의 암소들과 지하통로와 낯선 여자 얘기는 더이상 나오지 않았다.

Ingeborg Bachmann

| 잉에보르크 바흐만 |

1926~73

현대 독일어권 여성작가 중에서 가장 널리 알려진 오스트리아 출신 작가다. 2차대전 종전 직후 대학에 입학하여 철학, 심리학, 독문학을 공부했으며, 빈 대학에서 마르틴 하이데거에 관한 논문으로 박사학위를 받았다. 1950년대 초반에 '47그룹'에 데뷔하면서 본격적인 창작활동을 시작했고, 대표작으로 시집 『유예된 시간』(1953), 방송극 『맨하탄의 선신(善神)』(1958), 단편집 『삼십세』(1961)와 『동시에』(1972), 그리고 미완성 3부작 소설 『죽음의 방식들』의 제1부에 해당되는 장편소설 『말리나』(1971) 등이 있다. 바흐만의 문학은 어두운 시대를 살아가는 여성들의 운명과 가족의 비극을 대범하고 깊이있는 심리묘사와 시적이고 함축적인 언어로 형상화한 것으로 평가받는다.

개 짖는 소리 Das Gebell

　　아들을 위해 일생을 바친 요르단 노파의 희생적인 어머니상이 며느리인 프란치스카에게 희생
적인 아내의 삶으로 대물림되는 양상을 세심하게 살펴보고, 이 두 여성을 희생자로 몰아가는 레오의 극단
적 권위주의가 어떤 시대적 배경에서 형성되고 체질화되었는가를 생각하면서 읽기 바란다.

개 짖는 소리

요르단 노파는 벌써 삼십년째 '요르단 할머니'라는 소리를 들어왔다. 삼십년 전에 맞아들인 며느리가 젊은 요르단 부인으로 불렸고 지금도 새며느리가 있기 때문이다. 요르단 노파는 히칭(빈 서쪽 끝자락에 있는 구역—옮긴이)에 살았는데, 집은 낡았고, 단칸방 한구석에 작은 조리대가 딸려 있었으며, 욕실이 있긴 했지만 반욕조뿐이었다. 이 노파의 아들은 유명한 교수였는데, 그 아들한테서 매달 천 실링을 받아 생활비로 충당하고 있었다. 하지만 지난 이십년 사이에 천 실링의 가치가 너무 떨어져서, 일주일에 두 번씩 이 단칸방을 '빠끔 들여다보고' '도저히 봐주기 힘든 것'만 대충 치워주는 아그네스라는 여자한테 인건비를 주기도 수월치 않았다. 그런데도 요르단 노파는 그 천 실링 중에서 얼마씩 아껴두었다가 교수 아들과 첫번째 며느리한테서 얻은 손자의 생일 선물이나 크리스마스 선물을 챙겨주었다. 아들의 첫번째 부인과 함께 사는 손자는 크리스마스 때가 되면 어김없이 찾아와 선물을 받아갔는데, 정작 아들은 너무 바빠서 크리스마스든 노모든 아들이든 신경쓸 겨를도 없었다. 국내에서 얻은 명성이 전세계로 뻗어나가자 아들이 할 일은 더더욱 많아졌다. 최근에 새며느리로 맞아들인 젊은 요르단 부인이 틈나는 대로 찾아오면서부터 비로소 노파의 생활에 변화가 생겼다. 노파는 젊은 새며느리가 정말 싹싹하고 정이 많은 아가씨라는 걸 금방 알게 되었고, 새며느리가 찾아올 때마다 이렇게 말했다. 프란치스카, 이럴 필요 없어요. 이렇게 자주 오면 어떡해요. 이 얼마나 낭비야. 두 식구만 해도 씀씀이가 클 텐데. 아무튼 레오는 정말 착한 녀석이야!

프란치스카는 올 때마다 맛있는 음식이나 셰리주(酒), 직접 구운 과자 등을 챙겨왔다. 프란치스카는 시어머니가 약주를 즐긴다는 것뿐만 아니라 뭔가 '대접할 거리'를 챙겨두는 일을 무척 중시한다는 것도 알아차렸다. 그러니까 어쩌다가 아들 레오가 찾아오더라도, 어머니 집에 대접할 거리가 아무것도 없고, 어머니가 어떻게 하면 궁색한 생활비를 쪼개 아들과 손자한테 줄 선물 비용을 마련하나 하는 고민으로 하루종일 머리를 쥐어짠다는 사실을 아들이 눈치채지 못하게 해야 했던 것이다. 노파의 방은 아주 청결했지만 노인네 냄새가 약간 났는데, 노파 자신은 그런 냄새가 나는 줄도 몰랐으나 레오 요르단은 노인네 냄새라면 질색을 했다. 물론 레오 요르단은 어차피 어머니를 찾아올 겨를도 없었고, 막상 찾아온다 해도 여든다섯살이나 된 노모와 도대체 무슨 얘기를 나눠야 할지 막막한 터였다. 프란치스카가 아는 바로는, 레오가 어머니한테 관심을 갖는 것은 가끔 유부녀와 관계를 가질 때뿐이었다. 그럴 때면 노인네는 잠을 이루지 못했고, 레오와 관계를 가지는 여자들의 남편들이 질투심에 피의 복수를 할지도 모르는 위험한 존재라는 것을 기묘하고도 장황하게 에둘러서 말했다. 그러다가 레오가 마침내 프란치스카와 결혼하자 비로소 노인네는 다시 마음을 놓았다. 프란치스카한테는 질투심에서 복수의 기회를 노리는 남자가 따로 없었고, 젊고 성격이 명랑했으며, 사별한 양친이 대학 출신은 아니었지만 남동생은 대학을 나왔다. 요르단 노파는 대학을 나온 집안과 사람을 무척 중시했는데, 정작 노파 자신은 대학 근처에도 가보지 못했고, 온 가족이 대학을 나온 집안도 있다는 얘기만 들었을 뿐이다. 그렇지만 자기 아들만큼은 대학을 나온 집안의 딸과 결혼할 권리가 있다고 생각했다. 노파와 프란치스카는 거의 레오 얘기만 했다. 두 사람의 대화에서 오직 레오만이 실속있는 화제가 될 수 있었기 때문이다. 그래서 프란치스카는 레오의 사진첩을 수없이 봐야만 했는데, 유모차를 타고 있는 레오, 유치원생 레오, 해수욕장에 갔을 때의 레오, 야외로 소풍을 갔을 때의 레오, 편지에 우표를 붙이는 레오 등 군복무 시절에 이르기까지 한해도 빠짐없이 찍은 레오의 사진들을 훑어보았다.

노인네가 얘기하는 레오는 지금 프란치스카가 결혼한 레오와는 전혀 딴사람이었다. 새며느리와 함께 셰리주를 마실 때면 가끔 시어머니는 이렇게 얘기했다. 어릴 때는 성격이 까다롭고 특이했어. 장차 크게 될 거라고 일찍부터 알아봤다우.

게다가 어머니한테 아주 잘했고 너무나도 극진히 보살펴주었다고 다짐했는데, 프란치스카도 한동안은 그런 얘기를 듣고 기분이 좋았다. 하지만 어느 순간 시어머니의 얘기가 사실과는 다르다는 걸 알아차리게 되었고, 그 이유를 확인하고는 깜짝 놀랐다. 노인네는 아들을 두려워하고 있었던 것이다. 이를테면 노인네는 이따금 다급한 마음을 숨기면서 슬쩍 지나가듯이 이렇게 말했다. 제발 레오한테는 아무 말도 하지 마요. 그애가 내 걱정을 얼마나 하는지 잘 알잖우. 내 무릎이 아프다는 걸 알면 크게 신경이 쓰일 테니 제발 얘기하지 마. 그애가 워낙 이런 사소한 일에도 지나치게 걱정하는 성격이잖우. 노인네는 프란치스카가 남편을 너무나 우러러보기 때문에, 짐짓 이렇게 말하면 자기가 아들을 겁낸다는 걸 눈치채지 못할 거라고 생각했던 모양이다.

프란치스카는 레오가 도대체 누구한테 신경쓰는 성격이 아니며 적어도 어머니한테는 신경쓰지 않는다는 걸 잘 알고 있어서 시어머니의 얘기를 건성으로 듣기는 했지만, 시어머니가 남편을 두려워한다는 걸 아는 내색은 하지 않았다. 무릎이 아프다는 건 벌써 남편한테 얘기한 터였으나, 절대로 그 얘기는 하지 않겠다고 시어머니한테 다짐했다. 어차피 레오는 처음에는 짜증스럽다는 반응을 보이더니 프란치스카를 안심시키는 말을 하고는 그런 사소한 일 때문에 히칭까지 갈 수는 없지 않겠느냐고 했던 것이다. 그러면서 레오는 재빨리 두어 가지 약 이름을 대면서 이런저런 약을 사드시고, 되도록이면 몸을 적게 움직이고 밖에 나돌아다니지도 마시라고 얘기해드리라고 했다. 프란치스카는 아무 대꾸도 못하고 약을 사들고 히칭으로 가서, 남편 밑에 있는 인턴의사를 몰래 찾아가 누구라고 얘기하지 않고 증세를 말했더니 이 약을 권하더라고 노인네한테 얘기했다. 하지만 간병인도 없는데 어떻게 침대에만 누워 계시라고 해야 할지는 정말 막막했다. 그리고 이 문제로 레오와 상의할 엄두도 나지 않았다. 간병인을 구하려면 돈이 들게 마련이었다. 프란치스카는 진퇴양난의 당혹감에 빠졌다. 노인네는 간병인 얘기는 꺼내지도 말라고 펄쩍 뛰었고, 남편은 남편대로, 물론 전혀 다른 이유에서, 그런 얘기는 들은 체도 하지 않았다. 그래서 프란치스카는 노인네의 무릎 염증이 도지던 무렵 몇차례 남편한테는 미장원에 간다는 핑계를 대고 히칭으로 달려가 단칸방을 치우고, 먹을 것도 잔뜩 가져다드리고, 소형라디오도 사다드렸다. 물론 그러고도 마음은 편치 않았다. 레오가 이런 지출을 눈치챌 것이기 때문이었다. 그래서 자기 명의로 만든 통장의 금쪽같은 비상금을 털어서 노인네한테 지출한 금액을 채워넣었다. 이 비상금을 털어야만 하는 부득이한 사태가 발생하지 않기를 바랐건만. 프란치스카는 이렇게 아껴둔 보잘것없는 금액을 쪼개 남동생한테 부쳐주는 형편이었다. 남동생은 온 식구가 죽고서 유일하게 살아남은 혈육으로, 캐른텐(오스트리아 최남단에 있는 고산지대—옮긴이) 남쪽에 있는 다 쓰러져가는 집에 살고 있었다. 프란치스카는 어떻게든 통장을 채워넣은 다음 가까운 병원의 레지던트 의사를 불러와 잠시 시어머니를 진찰하도록 했고, 이 비용 역시 금쪽같은 비상금에서 지출했다. 비상금을 지출하는 것보다 훨씬 더 마음이 쓰였던 것은, 이 의사한테 자기가 누구인지, 또 이 노파가 누구인지 전혀 눈치채지 못하게 하는 일이었다. 자기와 시어머니의 신원이 탄로나면 레오의 명성에 흠집이 생길 터였다. 프란치스카 역시 레오의 명성을 중시했다. 하지만 시어머니는 정말 사심 없이 레오의 명성을 끔찍이도 중시했기에, 유명한 의사인 아들한테 당신의 무릎을 한번 봐달라는 얘기도 꺼내지 못했다. 시어머니는 전에도 지팡이를 사용하긴 했지만, 무릎이 아프고부터는 지팡이에 의지하지 않고는 걸을 수 없게 되었고 그래서 프란치스카는 이따금 시내로 쇼핑하러 갈 때는 시어머니를 차로 모셨다. 고령의 노인네를 모시고 함께 쇼핑을 하기란 그리 수월치 않았다. 한번은 빗을 사러 갔는데, 시어머니가 '젊은 시절'에 쓰던 빗은 찾을 수가 없었다. 노인네는 가게를 둘러보면서 점잖은 태도로 그렇게 말하고, 신상품으로 나와 있는 빗들의 가격표를 미심쩍은 듯 살펴보더니 도저히 참지 못하고 프란치스카한테 귓속말로 정말 도둑놈들이구나, 다른 가게로 가보는 게 낫겠다, 하고 얘기했는데, 노인네 딴에는 귓속말로 한다는 게 크게 틀렸기 때문에 어린 여점원이 발끈했다. 이 노인네한테 빗 하나 장만하는 일이 얼마나 중대사인지 짐작할 리 없는 점원은 무례하게도 어느 가게에 가도 이보다 싼 가격으로는 빗을 못살걸요, 하고 쏘아붙였다. 프란치스카는 당황해서 시어머니를 달래고 마음에 드는 빗을 하나 골랐으나, 노인네는 그 빗 가격이 한 밑천 날리는 큰돈이라 여기는 눈치였다. 프란치스카는 얼른 값을 치르고 시어머니한테 이렇게 말했다. 저와 남편이 드리는 크리스마스 선물이라고 생각하세요. 미리 드리는 셈치면 되잖아요. 하지만 어느 가게를 가도 정말 물건 값이 이렇게 겁나게 뛰었을 줄은 미처 몰랐다. 노인네는 아무 말이 없었다. 자기가 졌다고 생각하는 눈치였다. 예전에는 이런 빗 하나에 이 실링밖에 하지 않았는데 요즘은 육십 실링이나 하다니, 도대체 세상이 어떻게 돌아가는 판인지 알 수 없구나, 하는 눈치였다.

'효자' 이야기도 화제가 바닥나자 프란치스카는 종종 노인네 자신에 관한 이야기로 화제를 돌렸다. 사실 프란치스카가 이 집 식구들에 대해 아는 거라고는 레오의 부친이 층계를 올라오다가 심장마비인지 뇌졸중인지로 급사했고, 그것도 햇수를 꼽아보면 아득한 예전의 일이라는 정도가 전부였다. 그 일로 레오의 어머니는 거의 오십년 전에 과부가 되었고, 그후로는 오로지 외아들을 잘 키우는 데에만 신경쓰면서 살다보니 어느새 아무도 관심을 가져주지 않는 할머니가 되고 말았다. 시어머니는 남편이 살아 있던 당시의 결혼생활에 대해서는 한마디도 하지 않았고, 오직 레오와 관계되는 맥락으로만 언급했을 뿐이다. 사실 아버지 없이 자란 레오도 무척 힘들었다고 했다. 노인네는 레오한테 정신이 팔려 일찍 부모를 여읜 프란치스카의 심정은 미처 헤아리지 못했다. 오직 당신의 아들만 힘들었다는 거였다. 그러다가 나중에는 형편이 좀 나아졌는데, 먼 사촌뻘 되는 친척이 레오의 학비를 대주었다고 했다. 이 이야기를 듣기 전까지만 해도 프란치스카는 요하네스라는 그 친척에 대해서는 거의 들은 바가 없었다. 어쩌다가 그 친척 이름이 입에 오르내릴 때도, 돈을 물 쓰듯 하고 평생 백수건달로 지내왔으며, 나이가 지긋해서는 꼴불견으로 미술에 관심을 갖기 시작하더니 중국제 골동품 도자기를 수집하는 취미가 생겼는데, 어느 집안에나 이런 날건달은 꼭 한명씩 있게 마련이라는 둥 얕잡아보거나 비난하는 말이

고작이었다. 그 친척이 동성애자라는 건 프란치스카도 들어서 아는 사실인데, 레오처럼 직업상의 이유에서라도 동성애 문제나 다른 현상들에 대해서 학문적으로 중립적인 판단을 내려야 할 사람이 이 사촌 이야기만 나오면 사촌이 마치 부당하게 미술품을 사들이고 동성애를 즐기고 상속받은 유산을 낭비하기라도 하듯이 성토하는 바람에 그럴 때마다 프란치스카는 적잖이 당황했다. 하지만 당시만 해도 프란치스카는 남편을 극진히 받들었기 때문에 남편의 그런 태도에 대해 속으로 혼란스럽고 마음이 아픈 정도 이상으로는 다른 반응을 보일 수 없었다. 그래서 다시 힘들던 시절이 화제에 올랐을 때, 당시 레오가 학비를 대주던 사촌한테 얼마나 고마워했는지 모르며, 또 사촌 요하네스가 입에 담기 뭣한 개인적인 곤란을 겪을 때마다 숱하게 도와주었다는 이야기를 듣고서야 프란치스카는 마음이 좀 홀가분해졌다. 노인네는 사촌이 무슨 곤란을 겪었는지 말하기를 꺼리다가, 자기 앞에 있는 새며느리가 정신과 의사의 부인이라는 사실에 용기를 얻어서 말했다. 요하네스는 섹스에 문제가 있었거든.

이 말을 들은 프란치스카는 웃음을 참느라고 애를 먹었다. 그 말은 지난 몇년 동안 노인네가 한 말 중에 가장 과감한 표현이었던 것이다. 프란치스카와 함께 있는 시간이 길어지면서 노인네는 차츰 더 솔직한 심정을 털어놓게 되었다. 그래서 종종 요하네스가 레오한테 조언을 구했으며, 당연히 진료비는 따로 지불할 필요가 없었다는 이야기도 했다. 그래도 요하네스는 호전될 기미가 보이지 않았다우. 그렇다고 요하네스가 좋은 쪽으로 마음을 고쳐먹을 위인도 아니니까 레오 같은 애가 상처를 입은 건 당연하지. 요하네스는 자기 고집대로 해야 직성이 풀리는 성미거든. 예전이나 지금이나 그렇다우. 프란치스카는 노인네가 들려주는 이 단순한 이야기가 구체적으로 무슨 뜻인지 조심스럽게 실제상황으로 옮겨서 짐작해보려 했으나, 그럴수록 어째서 레오가 이 사촌 얘기만 나오면 펄쩍 뛰는지 더더욱 아리송했다. 당시만 해도 프란치스카는 어째서 레오가 사촌한테 빚진 추억을 싫어하고 또 어머니와 전부인들에 대한 추억을 싫어하는지 납득할 만한 이유를 찾을 수 없었다. 전부인들 얘기만 나오면 레오는 이전의 결혼들은 빚쟁이들의 음모에 못 이겨 마지못해 했던 것일 뿐이며, 부인과 단둘이 있을 때나 다른 사람들이 있을 때나 개의치 않고 부인을 줄곧 무시하는 방식으로 겨우 그 여자들한테서 빠져나올 수 있었다고 말했다. 특히 첫번째 부인을 꼭 그런 식으로 이야기했는데, 레오의 말대로라면 첫번째 부인은 사나운 욕쟁이에 이해심도 없는 천박한 여자가 틀림없었다. 그런 성품은 이혼할 무렵에 드러났는데, 평소에 귀족 집안이랍시고 거드름을 피우는 장인이 변호사를 내세워 결혼할 당시—그 무렵 그는 의사 초년생으로 그의 인생에서 두번째 힘든 시절을 맞고 있었다—여자 쪽에서 그에게 주었던 지참금 일부를 아이 양육비 조로 되찾으려 했다는 거였다. 프란치스카는 그 금액이 얼마인지 듣고는 너무나 엄청나서 기겁했으나, 그저 잠자코 듣고만 있었다. 레오 말로는 그 '남작 딸내미'—그는 첫번째 부인을 늘 이렇게 빈정거렸다—한테서는 그런 반응밖에 달리 기대할 게 없다고 했다. 그렇지 않아도 평소에 처가 쪽에서는 자기가 얼마나 대단한 인물이 될지 꿈에도 모르고 그저 벼락출세한 인간 정도로 취급했다는 거였다. 그런데 그 '남작 딸내미'는 자기와 헤어진 후 재혼하지 않고 완전히 혼자 틀어박혀서 살고 있는데, 당시의 자신처럼 비록 어수룩하고 가난한 청년이라 하더라도 도대체 어떤 얼간이가 그렇게 까다로운 여자와 결혼하겠냐고 열변을 토했다. 그 '남작 딸내미'는 남편이 하는 일에 대해 아무 관심도 없었고 아무것도 몰랐다고 했다. 그래도 아들을 맡아 키우는 일에 관해서는 '공정'한 태도를 보여서, 정기적으로 아들을 아버지한테 보내주고 아버지를 존경하는 태도를 가르치는 것까지는 좋았는데, 그것도 따지고 보면 귀족이랍시고 체통을 과시하기 위한 것 말고는 다른 이유가 없다는 거였다.

한 천재적인 의사가 험난한 가시밭길을 헤치며 승승장구한 이야기는 어느새 프란치스카의 신앙처럼 되었다. 그녀는 레오가 끔찍한 결혼생활의 장애에도 불구하고 이루 말할 수 없는 노력을 쏟아서 상승가도를 달려온 과정을 떠올려보았다. 경제적으로나 도의적으로 어머니가 안겨주는 부담 역시 만만치 않았고, 프란치스카의 존재 역시 그 부담을 조금도 덜어주지 못했다. 그런 부담을 의식하지만 않았던들 여가를 노인네와 함께 보내는 데까지는 생각이 미치지 못했을 테지만, 레오를 생각하면 노인네와 함께 보내는 시간들은 이를테면 서로 손을 마주 잡는 것과 같은 특별한 애정의 표시처럼 여겨졌다. 프란치스카가 노인네와 함께 있어주는 시간만큼 레오는 자기 일에 전념할 수 있었던 것이다.

레오 역시 그녀에게 잘해주어서, 그녀가 노인네 걱정을 하면 그럴 필요까지는 없어, 가끔 전화나 드리면 되지 뭐, 하고 말했다. 아닌게아니라 두어 해 전에 노인네 집에 전화를 놓아드렸다. 하지만 노인네는 전화기를 좋아하기는커녕 겁을 냈다. 전화를 걸 때는 언제나 수화기에 바짝 대고 목청을 높여야 했고, 상대방의 말을 잘 알아듣지 못해서인지 전화를 거는 일 자체를 꺼렸다. 게다가 노인네가 보기에는 전화요금도 너무 많이 나왔는데, 당연히 그 얘기도 레오한테 하지 말라고 프란치스카에게 신신당부했다. 프란치스카 덕분에 기분이 좋아져 두번째 셰리주 잔까지 비운 노인네는 다시 옛날 얘기를 꺼내기 시작했는데, 이번에는 아주 아득한 옛 시절의 얘기였다. 프란치스카는 시어머니의 가족 중에 대학을 나온 식구가 없었다는 사실을 처음으로 알게 되었다. 시증조부는 오스트리아 남쪽 지방에 있는 어느 조그만 공장에서 장갑과 양말을 만드는 직공으로 일했고, 시어머니는 팔남매 중 맏이였다. 소녀시절에는 남의 집에 가서 집안일을 거들어주기도 했는데, 어느 그리스 사람 집에 있던 시절을 생각하면 정말 꿈만 같다고 했다. 엄청나게 부자인 그 집에는 어린 아들이 하나 있었는데, 노인네가 지금까지 본 아이 중에 제일 예뻤다고 했다. 그러니까 나는 그 아이의 보모로 일하게 되었는데, 그 시절 보모는 절대로 천한 자리가 아니라 아주 버젓한 자리였지. 게다가 그리스인 주인양반의 젊은 부인한테는 부리는 사람도 많았으니까 정말 운이 좋았어. 당시에 그렇게 좋은 자리를 얻기란 여간 어렵지 않았거든. 꼬마의 이름은 키키였어. 이름이 좀 이상하긴 했지만, 어떻든 온 집안식구들이 그렇게 불렀지. 시어머니의 회상에서 키키 이야기가 점점 더 잦아졌다. 키키가 어떤 말을 했고, 얼마나 개구쟁이이며, 얼마나 귀엽고, 둘이서 어디로 산책을 나갔는지 하는 등의 이야기들을 자세히 하면 할수록 노인네의 눈에는 정작 당신 자신의 어린시절을 얘기할 때는 보이지 않던 광채가 빛났다. 노인네가 목소리에 힘을 주면서 말했다. 키키는 정말 어린 천사였다우. 물론 개구쟁이 짓도 했지. 사실 온갖 개구쟁이 짓을 다 했지 뭐. 헤어질 때는 아이가 하도 안 떨어지려고 해서 결국 내가 떠나는 걸 키키한테 숨겨야만 했다우. 그날 집에 돌아와서는 밤새도록 울었지. 여러 해가 지난 뒤에 그 집 소식을 수소문해봤더니 여행을 떠나고 없다고도 하고, 다시 그리스로 돌아갔다고도 했는데, 아무튼 키키 소식은 끝내 알아낼 수 없었어. 살아 있다면 지금쯤 예순이 넘었을 텐데. 그래, 틀림없이 예순은 넘었어. 노인네는 생각에 잠겨 말했다. 그러니까 우리가 헤어지던 당시에 그 그리스 가족은 처음으로 아주 긴 여행을 떠날 일이 생겼는데, 날 함께 데려갈 수는 없으니까 내보내야 했던 모양이야. 헤어질 때 젊은 안주인한테서 정말 깜짝 놀랄 작별선물을 받았더랬지. 노인네는 자리에서 일어나 조그만 함을 뒤지더니 키키의 엄마가 주었다는, 아마도 키키 엄마가 아끼던 것을 내주었을 법한, 브로치를 보여주었다. 형형색색의 귀한 보석들이 박혀 있는 명품 브로치였다. 그 시절을 다시 생각해보니까 지금은 키키가 엄마보다는 보모 누나한테 더 매달린다는 걸 젊은 애엄마가 눈치채고 날 내보냈던 게 아닐까 하는 생각이 들어. 설령 정말 그랬다고 해도 이해하지만, 아무튼 그 일로 충격이 너무 커서 평생동안 그때 받은 상처는 지금도 아물지 않았다우. 프란치스카는 브로치를 찬찬히 살펴보았다. 매우 값나가는 보석으로 보이긴 했지만, 이런 장신구 보석에는 워낙 까막눈이었다. 다만, 지금 노인네가 이야기하는 키키라는 아이가 노인네한테는 레오보다 더 소중한 존재였을 거라는 사실만큼은 브로치를 보자마자 분명히 직감할 수 있었다. 그러고 보니 노인네가 레오의 어린시절을 얘기할 때는 곧잘 망설였고, 얘기를 시작했다가도 갑자기 흠칫하고 중단하면서 황급히 이렇게 둘러대는 일도 있었다. 애들이 하는 짓이 다 그렇지 뭐. 사내애들은 원래 키우기 힘들다잖아. 그애가 일부러 그런 건 아닐 거야. 게다가 당시에는 애가 정말 힘들어할 때였으니까. 나는 그 힘든 생활을 달갑게 받아들였다우. 나중에 애가 커서 제 길을 찾아가고 유명해지면 수천배로 돌려받을 테니까. 알다시피 그애는 정말 나보다는 제 아비를 더 많이 닮았다니까.

프란치스카가 조심스럽게 브로치를 돌려주자 노인네가 흠칫했다. 제발, 프란치스카, 이 얘기는 절대로 레오한테 하지 마요. 브로치 얘기도 하면 안돼. 그애는 이 브로치가 있는 줄도 몰라. 그런데 이런 브로치를 여태 숨겨왔다면 화를 내지 않겠수. 사실 내 나름대로 계획이 있어 몰래 간직해온 건데. 내가 병들어 누우면 이 브로치라도 팔아서 아들한테 부담이 되지 않으려고. 프란치스카는 떨리는 가슴을 진정할 수 없어서 노인네를 꽉 끌어안았다. 절대로 그러지 마세요! 이 브로치는 절대로 팔지 않겠다고 약속해주세요! 어머니는 우리한테 짐이 되지 않아요!

프란치스카는 집으로 돌아오는 길에 일부러 이러저리 돌아서 차를 몰았다. 가슴이 너무나 울렁거렸다. 레오와 함께 여행을 하고 손님을 치르느라 지출이 많다 하더라도 이 불쌍한 노인네가 브로치만은 팔지 않도록 해야 할 것 같았다. 집으로 오는 동안 줄곧 레오한테 뭐라고 말을 붙여야 할지 궁리해보았다. 하지만 어쩐지 말해서는 안된다는 느낌이 들었다. 그녀의 마음속에 처음으로 어렴풋이 경고의 신호등이 켜졌다. 노인네가 비록 변덕을 부리고 과장하긴 해도, 어떤 면에서는 노인네 말이 옳다는 확신이 들었던 것이다. 그래서 집에 와서는 아무 말도 않고 짐짓 유쾌한 표정으로 어머니가 아주 잘 지내신다는 말만 했다. 학술회의에 참석하는 레오와 함께 런던으로 떠나기 전에, 프란치스카는 자동차도 빌려주고 택시 예약도 받아주는 렌터카 쎈터를 남편 몰래 찾아가 계약을 맺고 비용을 지불했다. 그리고 여행을 떠나기 전에 노인네한테는 이렇게 말했다. 혼자서 멀리까지 가시면 안되니까 레오와 상의해서 묘안을 찾았어요. 필요하시면 언제든지 택시를 부르세요. 요금도 거저나 다름없어요. 레오의 단골 환자분 중에 어떤 양반이 호의를 베풀어주셨어요. 그렇다고 운전하는 분한테 아는 내색은 하지 마시고요. 특히 레오한테는요. 레오 성격 잘 아시잖아요. 어머니가 아들한테 고마워하는 건 달가워하지 않잖아요. 그러니까 필요한 게 있으면 시내에도 가보세요. 그냥 차를 언제 오라고 전화만 하시면 되는데, 꼭 피나이더 씨를 찾으세요. 젊은 양반이에요. 그 양반은 아픈 자기 아버지를 레오가 봐준다는 것도 몰라요. 잘 아시겠지만, 원래 환자에 대해서는 발설하지 않는 것이 의사들의 불문율이잖아요. 방금 그 젊은 기사양반을 만나고 오는 길이에요. 그럼 이 차를 이용하시는 거예요. 레오를 위해서라도요. 그러시면 우린 정말 안심이 돼요. 그런데 이 첫 시험기간 동안에는 노인네가 차를 거의 이용하지 않아서 프란치스카는 런던에서 돌아와 노인네를 타박했다. 그사이 다시 무릎이 악화되었는데도 노인네는 당연하다는 듯 장을 보러 갈 때면 무조건 혼자 다녔던 것이다. 한번은 히칭에서 제대로 물건을 구할 수 없어 전철을 타고 시내 중심부까지 간 적도 있었다. 그 말을 듣고 프란치스카는 말 안 듣는 아이를 나무랄 때처럼 두번 다시 그러시면 안돼요, 하고 버럭 소리를 질렀다.

1차대전이 일어나기 전 빈에서 결혼 전에 보모 생활을 하며 키키를 돌보던 이야기를 하던 때도 한참 지났고, 이제는 프란치스카 혼자 이야기할 때도 가끔 있었다. 특히 여행에서 돌아오면 레오가 학술대회에서 얼마나 근사한 강연을 했는지 얘기했고, 레오가 강연원고 별쇄본을 어머니한테 드리라고 했다며 가져오기도 했다. 그러면 노인네는 간신히 강연 제목을 떠듬떠듬 읽었는데, 이를테면 '강제수용소 구금 및 탈주 전력이 있는 사람들에게 나타나는 편집증 및 우울증 성향의 이상심리 형성과정에서 주관적 요인과 환경적 요인이 차지하는 비중' 같은 제목이었다. 프란치스카는 단언하기를, 이런 것은 레오가 작업중인 방대한 저서의 준비를 위한 소논문에 지나지 않는다고 했다. 지금은 프란치스카 자신도 레오의 작업에 동참하고 있는데, 아마 이 분야에서 가장 중요한 저서가 될 것이며, 이 저서가 얼마나 막중한 의의가 있는지는 책이 나오기 전에는 아무도 모른다고도 했다.

그러면 노인네는 이상하게 말이 없었는데, 이런 작업이 얼마나 중요한지 이해하지 못하는 것은 당연했다. 아마 아들이 하고 있는 일 자체가 어떤 것인지도 몰랐을 것이다. 그런데 뜻밖에도 이런 말을 했다. 그런 일로 여기 빈에서 적을 많이 만들지만 않으면 좋겠구나. 그렇기만 하다면야……

프란치스카는 흥분해서 말했다. 적이 생기면 오히려 더 좋은 거죠. 이런 일은 어차피 다른 학자들에 대한 도전이기도 한걸요. 그리고 레오는 그 누구도 두려워하지 않아요. 사실 레오는 이 저서의 학문적인 가치보다도 학계에 대한 도전 자체를 훨씬 더 중시해요.

물론 그럴 테지. 노인네가 얼른 말을 받았다. 그애는 자기 자신을 방어할 능력이 있으니까. 어차피 유명해지면 적이 생기게 마련이지. 나는 요하네스 생각만 했어. 벌써 오래전 일이지. 요하네스가 전쟁이 끝날 때까지 일년 반 동안 강제수용소에 있었다는 얘기를 했던가? 프란치스카는 깜짝 놀랐다. 그런 사실은 몰랐을뿐더러, 어째서 강제수용소에 갇혔는지도 얼른 납득되지 않았다. 노인네는 더이상 그 얘기는 하지 않으려고 하다가 다시 얘기를 이어갔다. 잘 알겠지만, 그 시절엔 그런 친척이 있다는 사실만으로도 레오한테는 위태로운 일이었다우. 예, 그랬지요. 프란치스카가 말을 받았다. 하지만 마음이 다소 혼란스러웠다. 노인네는 무슨 얘기를 해도 꼭 뭔가를 숨기듯 에둘러서 말하는 버릇이 있었고, 그럴 때면 갈피를 잡을 수 없었던 것이다. 하지만 이번에는 불현듯 레오의 집안에도 그렇게 끔찍한 일을 견뎌낸 분이 있다는 사실이 자랑스러웠다. 그런데도 레오가 워낙 겸손해서 이런 얘기를 털어놓지 않았고, 의사 초년생 시절에 그런 위험까지 감수했다는 사실을 숨겨왔다고 생각하니 더더욱 자랑스러웠다. 어떻든 이날 오후에는 노인네가 더이상 이야기를 하고 싶어하지 않았고, 이야기를 하는 대신 뜬금없이 이렇게 물어왔다. 이 소리가 들리우?

무슨 소리요?

개 짖는 소리 말이야. 노인네가 말했다. 예전에는 히칭에 개들이 이렇게 많지 않았는데. 또 개 짖는 소리가 들리네. 밤에도 이렇게 짖는다우. 옆집에 사는 쉰탈 부인 집도 지금은 푸들을 키워. 하지만 그 녀석은 별로 짖지 않아. 아주 귀여운 놈이라니까. 장 보러 갈 때마다 안주인과 마주치지. 하지만 우린 그저 인사나 하고 지내는 사이야. 그 집 남편은 대학을 나오지 않았거든.

이날 프란치스카는 황급히 집으로 돌아왔다. 이번에는 시어머니가 어떤 내막으로 갑자기 개 이야기를 하시는지, 혹시 고령의 나이와 관계있는 심상치 않은 징조는 아닌지, 레오한테 물어보고 싶었다. 그런 생각이 들자 얼마 전에 노인네가 갑자기 흥분했던 일도 생각났다. 십 실링을 식탁 위에 얹어두었는데, 아그네스 부인이 다녀간 후에 사라졌다는 것이었다. 십 실링이 없어졌다고 그렇게 흥분하시다니. 착각하시는 게 분명할 텐데. 그것도 심상치 않은 증세의 하나였다. 청소해주는 아주머니가 그걸 가져갔을 리 만무했다. 그 아주머니는 여러 군데 양갓집에서 청소일을 해주는데, 사람이 아주 얌전하다고 평이 자자했고, 노인네 집에 와서 청소를 해주는 것도 돈 때문이 아니라 노인네가 불쌍해서였다. 사실 이 집 청소비로 몇푼 받는 돈은 그 아주머니한테는 있어도 그만 없어도 그만이었고, 단지 선의에서 도와주는 것일 뿐 그 이상은 아무 뜻도 없었다. 노인네가 선물로 받아둔 보잘것없는 물건들이나 수십년 동안 사용해서 닳아빠진 지갑이나 그밖에 쓸데없는 물건들이 뭐가 탐나서 오겠는가. 또한 노인네한테나 아들한테나 제대로 된 보상 따위를 기대할 수 없다는 건 진작부터 알고 있었다. 그리고 프란치스카가 마음을 졸이면서 이런 사정을 개선해보려고 애쓰고 있다는 사실조차 아그네스 부인은 눈치채지 못했다. 결국 프란치스카는 노인네를 아이 다루듯이 잘 타이르는 수밖에 없었다. 노인성 정신장애로 인한 터무니없는 오해 때문에 귀한 도움의 손길을 놓쳐버릴 수는 없는 노릇이었다.

　프란치스카가 찾아갈 때마다 노인네가 창가에 앉아 있는 모습이 점점 자주 눈에 띄었다. 그리고 프란치스카가 함께 셰리주를 마시고 과자를 먹으려고 찾아와도 이제는 자리를 함께하기 힘들었고, 난청이 점점 심해지고 있는데도 노인네는 자꾸 개 짖는 소리가 들린다고 했다. 프란치스카는 어떻게 해야 좋을지 난감했다. 이러다가는 무슨 일이 벌어질 것만 같았다. 레오한테는 이 모든 얘기를 털어놓지도 못하는 터에 어느날 갑자기 어머니가 쓰러진다고 해서 레오가 달려와서 돌봐줄 리도 없었다. 그런데 바로 그 무렵 레오와 그녀의 관계가 미묘해지기 시작했다. 프란치스카 역시 레오한테 질려서 자기도 모르게 레오를 두려워하고 있다는 걸 깨달았던 것이다. 하지만 적어도 한번은 이 끝모를 두려움을 극복하고 예전의 용기를 발휘해 저녁식사를 할 때 레오한테 이런 제안을 한 적이 있었다. 어머니를 우리집으로 모셔오면 안될까요. 집도 널찍하잖아요. 그럼 우리 로지도 늘 곁에서 돌봐주실 수 있으니 당신이 신경쓸 필요도 없고요. 게다가 아주 조용하고 뭘 해달라고 보채는 분도 아니잖아요. 당신한테 방해가 될 리도 만무하고, 저한테는 더더욱 그렇고요. 당신을 위해서 이런 얘기를 하는 거예요. 당신이 어머니 때문에 걱정하는 걸 아니까요. 레오는 이날 저녁 기분이 좋았고 어떤 이유에서인지 유쾌해 보였는데, 프란치스카는 영문은 몰랐지만 어쨌든 기회라고 생각하고 어머니 얘기를 꺼냈던 것이다. 프란치스카의 말에 레오는 웃으면서 이렇게 대답했다. 무슨 생각을 하는 거야. 당신은 정말 상황판단을 못하는군그래. 노인네를 식물처럼 옮겨심으면 안된다고. 그러면 답답해한다니까. 노인네는 그저 자유롭게 내버려둬야 해. 수십년을 혼자 살아온 강인한 분이잖아. 당신은 아직 이 노인네를 잘 모르는 모양인데, 내가 아는 한 여기 오시면 좌불안석이라 돌아가실 거야. 특히 우리집에 오는 손님들 때문에. 그리고 욕조를 이용하시라고 하면 아마 몇시간은 고민하실걸. 우리 식구 중에 누가 들어오면 어쩌나 하고 불안해서 말이야. 프란치스카, 제발 그런 표정 짓지 마. 당신 마음씨는 정말 기특하지만, 그러면 오히려 노인네 숨이 넘어간다니까. 당신의 기발한 발상 덕분에 말이야. 제발 내 말 믿어. 이런 문제는 내가 더 잘 안다고.

그런데 왜 자꾸 개 이야기를 하시는 거죠? 프란치스카가 더듬거리며 물었다. 사실 개 이야기를 꺼낼 생각은 없었고, 앞서 꺼냈던 말도 할 수만 있다면 다시 집어삼키고 싶은 심정이었다. 속은 타는데 말이 제대로 나오지 않았다.

뭐라고? 노인네가 아직도 개새끼를 키우고 싶어한다고? 남편이 조금 전과는 완전히 다른 어조로 되물었다. 무슨 얘기를 하는 거예요, 하고 프란치스카가 되받았다. 당신이 그러지 않았어, 노인네가 개를 키우고 싶어한다고. 어떻게 그런 생각을 할 수가 있지?

어떻든 이 한심한 해프닝들이 제발 빨리 지나갔으면 좋겠어. 그 연세에 어떻게 개를 키우겠어. 자기 한몸 돌보기도 바쁠 텐데. 나한테는 노인네 건강이 더 중요하단 말이야. 개를 키우는 게 얼마나 성가신 일인지 노인네는 아무것도 몰라. 게다가 치매증세는 갈수록 심해지는데 말이야. 그런 말씀 하신 적 없어요. 프란치스카는 풀이 죽어서 대꾸했다. 제가 보기엔 개를 키우고 싶어하시는 건 아니에요. 전혀 다른 뜻으로 얘기를 꺼낸 건데. 하지만 중요한 얘기는 아니에요. 미안해요. 꼬냑 한 잔할래요? 작업을 계속할 거면 타이핑을 도와줄까요?

그다음에 노인네를 찾아갔을 때 프란치스카는 뭔가를 단단히 감추고 있는 노인네가 어떻게 하면 속내를 털어놓을지 한참 궁리했다. 어떻게 해서든 노인네의 속을 알고 싶었다. 그래서 넌지시 말을 돌려 무심결에 생각난 것처럼 이야기를 꺼냈다. 그런데 있잖아요, 오늘 여기 오는 길에 쉰탈 부인 집의 푸들을 봤지 뭐예요. 정말 귀여운 개더군요. 저도 푸들을 좋아하거든요. 원래 동물은 다 좋아해요. 시골에서 자랐으니까요. 우린 늘 개를 키웠어요. 그러니까 저희 할아버지 때부터 온 동네 사람들이 다 개를 키웠어요. 물론 고양이도 키웠고요. 개를 한번 키워보시면 어떨까요? 고양이도 좋고요. 이젠 책 읽기도 힘드시잖아요. 그런 걸로 소일하실 때는 지났어요. 저 같으면 정말 개를 키우겠어요. 아시다시피 시내에서 개를 키우기란 정말 힘들거든요. 하지만 히칭에서라면 정원에서 마음대로 뛰어놀 수도 있고, 함께 산책도 갈 수 있고……

노인네가 갑자기 흥분해서 말했다. 개라고? 아니야, 안돼! 개는 안 키워! 프란치스카는 자기가 뭔가 잘못 말했다는 느낌이 들면서도, 이를테면 앵무새나 카나리아를 키워보시라고 했다면 자존심이 상했겠지만(새를 키우라고 하면 이제 바깥출입은 힘드니 집안에만 있으라는 뜻으로 받아들일 수 있다는 말—옮긴이), 그런 문제도 아닌 것 같았다. 저토록 흥분하는 데에는 뭔가 다른 이유가 있는 게 분명했다. 잠시 후 노인네는 아주 차분한 어조로 이야기를 시작했다. 한때 누리라는 아주 예쁜 개를 키운 적이 있다우. 그 개랑 사이가 좋았거든. 가만있자, 그게 언제였더라. 생각할 시간 좀 주오. 그러니까 벌써 다섯 해가 지났군그래. 하지만 결국 개를 다른 사람한테 주고 말았다우. 임자 없는 개들을 수용하는 시설이나 아니면 다른 어딘가로 팔려갔을 테지. 레오가 개를 싫어했거든. 아니, 그런 게 아니고 그 개한테는 특이한 구석이 있었는데, 나도 그 이유는 몰랐지만 레오를 지독하게 싫어했다우. 레오만 보면 달려들어서 미친 듯이 짖어댔지. 레오가 문간에만 나타나도 그랬어. 그러다가 한번은 물릴 뻔한 적도 있어서 레오가 잔뜩 화를 냈지. 개가 그렇게 사납게 구니 화가 나는 것도 당연하잖아. 그런데 그 개가 평소에는 전혀 그러지 않았거든. 낯선 사람한테도 안 그랬어. 그래서 결국 개를 다른 사람한테 줄 수밖에 없었던 거라우. 누리가 레오를 보고 사납게 짖어대거나 물기라도 하면 안되니까. 아무렴, 정말 너무 심했어. 레오가 날 찾아왔을 때는 기분이 좋아야지, 버릇없는 개 한마리 때문에 짜증이 나서야 되겠어.

그런데 레오는 자기만 보면 못 견디고 달려드는 그 개가 사라진 후에도 발길이 뜸하지 않은가. 더구나 프란치스카가 레오 대신 오면서부터는 아예 발길을 끊다시피 하고 있지 않은가. 프란치스카는 이런 생각이 들었다. 레오가 어머니 집을 찾아온 것이 도대체 언제였지? 언젠가 셋이서 바인 가를 지나 헬레네 계곡으로 짧은 드라이브를 한 후에 어머니를 모시고 식당에서 함께 식사를 한 기억은 있지만, 그때를 제외하고는 프란치스카 혼자만 찾아왔다.

레오한테 개 이야기는 하지 마요. 누리 때문에 무척 혼이 났으니까. 알다시피 그애가 상처를 잘 받는 성격이잖아. 지금도 내가 그때 왜 그렇게 이기적으로 누리를 데리고 있으려 했는지 생각만 해도 나 자신이 용납되지 않는다우. 뭐, 어차피 늙으면 이기적으로 되잖아. 프란치스카는 아직 너무 젊고 착해서 내 말이 무슨 뜻인지 모를 거야. 사람이 폭삭 늙으면 이기적인 근성이 생긴다우. 양보라는 걸 모르게 되지. 레오가 나한테 신경써주지 않았더라면 내가 어찌되었겠수. 아버지가 갑자기 돌아가셔서 눈앞이 캄캄한데다 돈은 한푼도 없었지. 남편이 약간 경솔한 사람이었거든. 아니, 뭐 그렇다고 씀씀이가 헤펐다는 말은 아니고, 형편도 안 좋았고 돈 버는 재주도 없는 사람이었는데, 그건 레오가 제 아비를 닮았다우. 그래도 애는 키워야겠고 해서 나 혼자 일을 했지. 그때는 아직 젊었으니까. 지금 같으면 무슨 일을 할 수 있겠수? 그

런데 내 유일한 근심은 양로원에 가는 신세가 되면 어쩌나 하는 거였
는데, 하지만 레오가 그런 일은 절대로 용납하지 않을 거야. 그나마 이
집이라도 없었으면 양로원에 갈 뻔했어. 하마터면 개팔자 될 뻔했지.
마음졸이며 노인네의 이야기를 듣고 있던 프란치스카는 속으로 이런
생각이 들었다. 그랬구나. 그랬었구나. 아들 때문에 개를 내보냈구나.
남편은 도대체 어떤 사람일까? 스스로에게 물어보았으나 도무지 아무
생각도 나지 않았다. 우리는 대체 어떤 인간들인가! 우리는 얼마나 야
비한 인간들인가! 모든 걸 차지하고 있는 건 우리인데도 노인네는 당
신이 이기적이라고 하다니! 그녀는 눈물을 보이지 않으려고 황급히
'마이늘'(빈의 슈퍼마켓 체인점 이름—옮긴이)에서 사온 자질구레한 것들
을 꺼내면서, 짐짓 아무 말도 못 들은 시늉을 했다. 어머나, 제가 정신
이 팔려서 차와 커피, 연어 나부랭이와 러시아식 쌜러드밖에 못 사왔
네요. 서로 어울리지도 않는 것들이네요. 오늘 장 볼 때 정신이 나갔나
봐요. 레오가 학술회의 때문에 떠나야 하는데 아직 강연원고도 덜 됐
다고 난리잖아요. 하지만 오늘 저녁에는 어머니한테 전화를 드릴 거예
요. 하긴 뭐 일주일 후면 돌아오긴 해요.

　그애가 긴장을 좀 풀고 푹 쉬어야 할 텐데. 노인네가 말했다. 그럴 수
있게 신경 좀 써줘요. 그러고 보니 올해 들어서는 둘이서 휴가도 못 갔
잖아. 프란치스카가 활기를 띠며 말을 받았다. 정말 좋은 생각이에요.
어떻게 해서든지 그이를 설득해보겠어요. 그러려면 꾀를 짜내야겠죠.
어떻든 지금 말씀은 정말 좋은 충고예요. 그이는 늘 과로해서 제가 한
번씩 제동을 걸어야 하거든요.

　그런데 프란치스카는 이번에 노모를 찾아온 것이 마지막 방문이 될
줄은 꿈에도 몰랐다. 그리고 레오와 함께 휴가를 가기 위해 꾀를 짜낼
필요도 없어졌다. 노인네는 물론 다른 일도 다 잊을 정도로 불의의 사

건들이 그녀를 태풍처럼 강타했기 때문이다.

　노인네는 아들한테 전화를 걸어보긴 했지만, 어쩐지 겁이 나서 왜 프란치스카가 찾아오지 않는지는 물어보지 못했다. 노인네는 불안했지만, 아들의 목소리는 쾌활하고 아무 걱정도 없는 것 같았다. 한번은 노모가 사는 집을 찾아와 이십분쯤 함께 있기도 했다. 그는 노모가 내온 과자에는 손도 대지 않았고 셰리주도 마시는 시늉만 했다. 프란치스카 얘기는 입에 올리지도 않고 자기 얘기만 잔뜩 늘어놓았는데, 그러자 노모는 아주 기뻐했다. 레오 이야기를 들은 지가 너무 오래되었던 것이다. 레오는 이제 여행을 떠나 푹 쉴 생각이라고 했다. 행선지가 멕시코라는 얘기를 듣고 노모는 흠칫하며 놀랐다. 거기엔 전갈도 있고, 혁명도 일어나고, 사나운 들짐승도 나오고, 지진도 일어난다던데. 하지만 레오는 웃어넘기고 노모한테 키스로 작별인사를 하면서 편지를 드리겠다고 약속했다. 정말로 레오는 그림엽서를 몇장 보내왔고, 노모는 감동에 젖어서 엽서를 읽었다. 그런데 엽서에는 프란치스카의 인사말이 없었다. 그러던 어느날 캐른텐에서 프란치스카가 전화를 걸어왔다. 노인네는 속으로 생각했다. 아이구, 젊은 애들이 정말 돈을 여기저기 뿌리고 다니는구먼! 프란치스카는 다른 내색은 하지 않고 평소처럼, 잘 지내시지요, 하고 안부만 물었다. 그러고서 두 사람은 레오 이야기를 했는데, 하지만 노인네는 수시로, 그럼 비용이 너무 많이 들지 않니 아가, 하고 뜬금없는 소리를 했다. 그러거나 말거나 프란치스카는 노인네가 하는 말을 받아주면서, 예, 레오가 여행을 떠나도록 하는 데 성공했어요, 드디어 푹 쉴 수 있게 됐네요, 하고 말을 이어갔다. 지금은 해결할 문제가 생겨서 남동생한테 와 있어요. 그래서 레오를 따라 함께 여행도 가지 못했고요. 캐른텐에 있는 집안 일이에요. 집 문제 때문이에요. 그 전화가 있은 후 노인네는 다시 이상한 편지 한통을 받았는데, 프란치스카가 보내온 그 짤막한 편지는 비록 어조가 다정다감하긴 했지만, 어머니한테 사진을 한장 보내드리고 싶어서 사진을 동봉한다는 게 내용의 전부였다. 제머링(빈 남쪽에 있는 알프스 자락—옮긴이)엔가 갔을 때 프란치스카가 직접 찍었다는 그 사진에서 레오는 설경을 배경으로 커다란 호텔 앞에서 웃으며 서 있었다. 노인네는 레오한테는 아무 얘기도 하지 말아야겠다고 생각했다. 어차피 레오가 묻지도 않을 터였다. 노인네는 그 사진을 작은 함에 들어 있는 브로치 밑에 넣어두었다.

노인네는 이제 책은 전혀 읽을 수 없었고 라디오를 듣는 것도 싫증냈는데, 아그네스 부인이 가져다주는 신문만은 자꾸 보고 싶다고 찾았다. 몇시간씩 걸려서 신문을 읽을 때마다 노인네는 부고란도 읽었는데, 자기보다 나이가 적은 사람이 죽었다는 부고를 접하면 어쩐지 마음이 놓였다. 이런, 하더러 교수는 많아야 일흔살밖에 안되었을 텐데. 쉰탈 부인의 모친도 돌아가셨네. 암이었구나. 일흔다섯도 안되었을 텐데. 노인네는 쉰탈 부인의 우유가게에 가서 뻣뻣한 태도로 조문을 하고는 푸들은 거들떠보지도 않고 다시 집으로 돌아와 창가를 서성댔다. 늙으면 잠이 없어진다고들 하지만 이 노인네는 그렇게 잠이 없지는 않았고, 종종 자다가 깨보면 개 짖는 소리가 들려왔다. 어느날 청소해주는 여자가 찾아오자 노인네는 흠칫 놀랐다. 프란치스카가 오지 않게 된 후로는 누가 찾아와도 성가시게만 느껴졌고, 자기가 그사이에 많이 변했다는 생각이 들었던 것이다. 이러다가 정말 길거리에서 갑자기 쓰러지기라도 하면 어쩌나, 시내에 장 보러 갔다가 까무러치기라도 하면 어쩌나, 하고 정말로 걱정이 되기 시작했다. 그래서 외출할 때면 프란치스카가 일러준 대로 젊은 택시기사 피나이더 씨를 불렀고, 그 젊은 이는 노인네가 원하는 데까지 태워다주었다. 노인네는 신상의 안정을 생각해서 이런 작은 호사에 적응하게 되었다. 이제는 시간감각도 완전히 없어졌다. 한번은 레오가 검게 그을린 얼굴로 잠깐 들른 적이 있었는데, 노인네는 그사이 아들이 멕시코에서 돌아온 것인지, 언제 멕시코에 갔었는지 하는 것도 도무지 생각나지 않았다. 하지만 그런 걸 물어보지 않을 만큼은 정신이 있었고, 아들이 '이쉬아'(이딸리아의 나뽈리 항구 북서쪽에 있는 섬—옮긴이)에서 막 돌아오는 길이라는 말을 듣고는 이딸리아에 갔다 왔구나 하고 짐작했다. 노인네는 정신이 오락가락하면서도, 그래, 좋았겠구나, 하고 한마디했다. 아들이 노모한테 이런저런 이야기를 하는 사이에 개들이 짖기 시작했다. 여러 마리가 동시에 짖는 소리였고, 아주 가까이서 들려왔다. 노인네는 온 사방에서 개 짖는 소리가 들려오는데다 이제는 아들이 두렵지 않다는 사실에 흠칫 놀라면서 마음이 그렇게 편할 수가 없었다. 평생 노인네를 짓눌러온 두려움이 갑자기 사라져버린 것이다.

그런데 레오가 자리에서 일어나면서 이렇게 말했다. 다음번에는 엘피를 데려올게요! 그 여자하고 친해지셔야죠! 그러자 노인네는 도대체 누구 얘기를 하는지 몰라 어리둥절했다. 그럼 프란치스카하고도 헤어졌단 말인가? 도대체 언제 헤어진 거지? 그리고 이번이 도대체 몇번째 여자지? 하지만 아들이 언제 프란치스카를 만났고 얼마 동안 함께 살았는지도 생각나지 않았고, 그냥 이렇게 말했을 뿐이다. 그렇게 하려무나. 너만 좋다면 좋은 거지. 그런데 바로 그 순간 누리가 다시 이 집을 찾아와서 레오한테 달려들어 짖어댈 거라는 틀림없는 직감이 얼핏 스쳤다. 개 짖는 소리는 그만큼 가까이서 들려왔다. 아들이 빨리 떠나주었으면 싶었고, 혼자 있고 싶었다. 노인네는 자리에서 일어서는 아들한테 으레 그렇듯이 조심스럽게 고맙다는 말을 했다. 아들은 의아하다는 듯이 되물었다. 뭐가 고맙다는 거예요? 참, 그러고 보니 책을 가져온다는 걸 깜빡했네. 엄청난 호응을 얻고 있거든요. 우편으로 부쳐 드리죠 뭐.

그래, 정말 고맙구나. 우편으로 부치렴. 하지만 이 어미는 이제 책도 제대로 못 읽고, 멍청해서 이해도 못한단다.

아들은 작별인사로 노인네를 포옹해주었고, 이제 노인네 혼자 개 짖는 소리에 에워싸였다. 히칭에 사는 개들이 모조리 몰려오는 것 같았고, 이 짐승들의 공격이 시작되었다. 개들은 점점 가까이 다가와 노인네를 향해 짖어댔다. 노인네는 늘 그렇듯 똑바로 그 자리에 서 있었다. 그날 이후 노인네는 그리스인의 집에서 키키와 함께 보낸 시절이나 마지막 남은 십 실링짜리 지폐가 없어지고 어린 레오가 자기를 속이던 날의 일 따위는 더이상 생각하지 않기로 했다. 대신 몰래 숨겨온 물건들을 더 잘 숨기는 데 온 신경을 쏟았다. 특히 브로치와 사진은 자신이 죽은 후에도 레오가 전혀 알지 못하게 치워버릴까 하는 생각도 해보았지만, 막상 마땅히 숨길 만한 데가 떠오르지 않았다. 쓰레기통이 생각나긴 했지만, 아그네스 부인도 갈수록 점점 더 믿기 힘들었다. 이제는 요강도 그 여자가 치우는 형편이었다. 아무래도 이 여자가 쓰레기통을 치우다가 브로치를 발견할 것 같아서 마음이 놓이지 않았다. 그런저런 생각 끝에 노인네는 어느날 아그네스 부인한테 퉁명스럽게 이런 말을 했다. 그렇게 죄다 버리지 말고 뼈다귀나 음식물 찌꺼기는 개들한테 주지그래요.

청소해주는 아주머니는 의아하다는 듯이 노인네를 쳐다보면서 되물었다. 개들이라니요? 개가 어디 있다고 그러세요? 그래도 노인네는 주인 행세를 한답시고 주장을 굽히지 않고 소리쳤다. 그 개들 있잖아요. 그 개들한테 남은 음식을 먹이면 좋겠어요! 못 믿을 여자로군. 도둑년 같으니라고. 뼈다귀는 아마 자기 집에 가져갈 거야.

개들한테 주란 말이오. 내 말도 못 알아들어요? 귀가 잘 안 들리는 거요? 하긴 이젠 그럴 나이도 됐지.

그후로는 개 짖는 소리가 점점 잦아들었다. 노인네는 생각했다. 누가 개들을 쫓아낸 모양이로군. 아니면 몇마리는 내다 판 걸까. 전처럼 크고 우렁찬 소리가 아니었고, 전처럼 그렇게 자주 들리지도 않았다. 개 짖는 소리가 점점 희미해질수록 노인네는 우렁차게 개 짖는 소리가 다시 들려오기를 더더욱 집요하게 기다렸다. 아직 그 정도는 참고 기다릴 줄 아는 인내심이 있었다. 그러다가 마침내 개 짖는 소리가 들리지 않게 되었다. 전에는 틀림없이 이웃집 개들이 짖는 소리가 들렸건만, 이제는 그르렁거리는 소리조차 들리지 않았다. 그런데 이따금 딱 한마리가 엄청나게 사납고 당당하게 포효하는 소리가 들려왔고, 뒤이어 다른 개들이 모조리 멀리 달아나면서 낑낑대는 소리가 들려왔다.

마르틴 라너 박사는 누나 프란치스카가 죽은 지 두 해째 되던 어느날 피나이더 택시회사에서 보내온 청구서를 받았다. 택시요금 청구서였는데, 거기에는 자세한 날짜가 기록되어 있었고, 프란치스카 요르단 부인 명의로 이미 계산된 것도 있었지만, 미지급 요금을 청구하는 내용이 대부분이었다. 그런데 요르단 부인이 살아 있을 때는 겨우 몇번밖에 이용하지 않았고 대부분 죽은 다음에 승차한 걸로 기록되어 있어서 라너 박사는 택시회사에 이 수수께끼 같은 계산 방식을 해명해달라고 요구했다. 해명을 들어도 잘 이해되지 않았지만, 누나의 전남편한테 전화를 걸기도 싫었고 그자를 살아생전에 두 번 다시 보고 싶지 않았기 때문에, 생전 본 적도 없고 자기와는 아무 상관도 없는 한 노파가 탄 택시요금을 자기가 떠맡아 할부로 지불했다. 그는 피나이더 택시를 이용한 요르단이라는 노파가 얼마 전에 죽은 모양이라고 짐작했다. 그런 생각이 든 것은 택시회사에서 마지막 몇달간 이용한 택시요금은 지운 채로 청구서를 보냈기 때문인데, 아마도 조의를 표하느라고 그런 게 아닌가 싶었다.

■ 더 읽을거리

바흐만의 단편집은 차경아 교수의 번역으로 국내에 완역되어 있다. 첫 단편집 『삼십 세』(문예출판사, 초판 1975)는 30여년 전에 처음 번역된 이래 지금까지 꾸준히 중쇄를 거듭하고 있으며, 두번째 단편집 『동시에』(예문 1995) 역시 믿을 만한 번역이다.

Siegfried Lenz

| 지크프리트 렌츠 |

1926~

독일 북동부의 폴란드 접경지대에 있는 소도시 리크에서 태어나 2차대전에 종군했다. 종전 후 일간지 『세계』(*Die Welt*)의 창간 발기인으로 참여했으며, 1950년대 초반부터 '47그룹'에 합류하면서 본격적인 창작활동을 시작했다. 렌츠는 주로 히틀러 시대의 어두운 참상과 그 역사적 잔재를 비판적으로 조명하는 소설을 많이 썼으며, 하인리히 뵐, 귄터 그라스와 함께 전후의 대표적인 참여작가로 꼽힌다. 대표작으로 장편소설 『독일어 시간』(1968)이 있다.

■　발라톤 호수의 물결 Die Welle des Balatons

　　　　이 작품은 과거 동서독의 이산가족 상봉기를 통해 상이한 체제에서 살아온 남매가 가족의 정을
나누기도 힘들 만큼 서로 다른 삶에 길든 모습을 보여준다. 작품의 무대가 되는 발라톤 호수에 대하여 라
이문트는 '풍속에 비해 파도가 세기로 유명한' 곳이라고 표현한다. 서로 다른 생활환경 속에서 누적된 생
활방식과 가치관의 차이가 넘어설 수 없는 장벽으로 커졌다는 것을 암시하는 말로 읽을 수 있다. 역으로
그 장벽을 허물기 위해서는 서로 작은 차이들부터 하나씩 인정하고 이해하는 포용의 자세가 필요하다는
것을 시사한다.

발라톤 호수의 물결

발라톤 호수(헝가리 중서부에 있는 큰 호수—옮긴이)에서는 수영을 해도 상쾌하지가 않다. 그는 몸을 구부리고 목까지 물에 잠긴 채 적막한 호수의 반짝이는 물결에 눈이 부셔서 눈을 감으며 말했다. 호수가 너무 얕은 것 같아, 유디트. 물이 너무 빨리 미지근해져. 키가 작고 얼굴에 주근깨가 있는 아내는 모랫바닥을 차서 허리가 물밖으로 나올 정도로 떠오르는 동작을 반복하면서, 손바닥으로 물을 튕겨 그에게 물을 끼얹는다. 그녀가 말했다. 다시 버스가 두 대 왔네. 어쩌면 저 버스를 타고 왔을지도 몰라. 보여, 베르티? 남편은 일어서서 고목들 사이에 서 있는, 새로 지은 밝은 회색 건물의 호텔 쪽을 바라보며 말한다. 독일 버스가 아니야, 유디트. 독일 버스가 아니라고.

물이 뚝뚝 떨어지는 축축한 수영복을 입은 채 자동차의 트렁크를 열고 있는데 호텔 지배인이 지나간다. 머리칼이 엷은 회색이고 체격이 다부진 이 사내는 뭐라고 혼잣말을 지껄이고 있는데, 말다툼이라도 하다가 왔는지 씩씩거리는 소리가 들려온다. 어느새 지배인도 지나갔다. 그때 문득 수영복을 입은 서독 손님을 조금 전에 목격한 것이 생각나 얼른 몸을 돌려 그 사람이 있는 쪽으로 가서 거들어주었다. 두 사람은 함께 목욕수건, 바람을 넣어 부풀릴 수 있는 고무 매트리스, 무거운 목욕가운, 수영신발, 여행상비품, 가죽가방, 화보잡지 몇권 등을 호숫가로 나른 다음 고목 그늘 아래 자리를 잡았다. 땅 위로 드러나 있는 고목의 뿌리는 마치 구근류(球根類)의 뿌리처럼 생겨서 먹어도 될 것 같았다. 호텔 지배인이 서툰 독일어로 말한다. 오늘은 발라톤 호수가 정말 멋집니다. 손님이 묻는다. 담배 피우세요?

그는 고무 매트리스에 드러누운 채 담배를 피우면서 아내가 있는 쪽을 바라본다. 아내는 팔을 휘젓고 몸을 돌려 물살을 헤치면서 물가로 나오는 중이다. 군살 없는 배에 물이 튀겨서 물거품이 인다. 가까운 쪽의 호숫가는 햇살에 반사되어 눈이 부셨고, 보트 선착장이 있는 먼 쪽 호숫가는 잉어의 등처럼 푸르스름한 빛깔을 띠고 있다. 아내는 물에서 나오기 전에 두 손으로 수영복의 고무줄을 잡고 허벅지 아래까지 훌러덩 끌어내린다. 아내는 먼저 윗도리를 풀어헤치고 그다음에는 아랫도리를 둘둘 말아 벗어내리고는 발끝으로 모래사장에 집어던진다. 아내가 감청색 가운을 몸에 걸치는 동안 그는 둘 다 오스트리아에서 온 버스던데, 하고 말한다. 그녀가 말을 받는다. 슈트랄준트(독일 북동부에 있는 도시 이름—옮긴이)를 거쳐서 여기까지 오는 구간은 아무리 운전을 잘해도 제시간에 오기는 어렵겠어. 그는 불을 붙인 담배를 아내에게 내밀면서 말한다. 이러다간 시간을 많이 까먹겠어. 원래는 사흘인데, 이틀하고 반나절밖에는 이야기를 못하겠는걸.

남편은 화보잡지를 뒤적인다. 버스가 오는지 귀를 기울이느라 고개를 쳐든 채 건성으로 몇페이지를 넘겼다. 그는 차들이 많이 다니고 가로수로 가려져 있는 호반도로 쪽에 귀를 기울이고 있는 중이다. 저쪽이 오르막길이군. 저 정도 경사라면 누가 운전한다고 해도 기어를 바꿔야겠는걸. 그는 갑자기 예민해져서 아내에게 묻는다. 당신도 이 냄새가 나? 이쪽에서 사용하는 가솔린 냄새야. 꼭 성냥불 냄새 같은데. 당신은 이 냄새 안 나? 주유소에 들렀을 때 어째서 옥탄수치가 이렇게 낮냐고 주유소 직원한테 물었더니 글쎄 뭐라는 줄 알아? 이러더라니까. 당신네 쪽에서는 어떻게 하는지 모르겠지만, 우리는 옥탄수치를 공산주의 기준에 맞추거든요. 대체 무슨 소린지 이해돼, 유디트?

수영모자를 썼는데도 아내의 머리칼은 젖어 있었다. 발을 따뜻한 모래 속에 파묻은 채 동그란 손거울을 보면서 아내는 한숨을 쉬며 머리를 평소 모양대로 단정하게 묶으려고 애쓰는 중이다.

그는 갑자기 조바심을 내며 가죽가방을 열고 뒤지더니 상자 하나를 꺼냈다. 상자 안에는 다양한 크기의 사진이 잔뜩 들어 있었다. 사진을 들여다보고 싶은 것이 아니라, 단지 그가 특별히 중시하는 것을 챙겨왔다는 걸 확인하는 것일 뿐이다. 상자 뚜껑을 열자 구석 쪽 사진첩에서 빼내온 것이 분명한 사진 한장이 보인다. 사진 전체가 엷은 갈색으로 빛이 바랬다. 이 사진 좀 봐, 유디트. 트루디와 내가 네발 자전거를 타고 있네. 트루디가 일곱살때였을 거야. 녀석, 꼭 애늙은이처럼 생기지 않았어? 지금은 마흔이지만 얼굴은 거의 변하지 않았을 거야.

아내는 손거울을 닫고는 자기 몸에 더이상 신경쓰지 않고, 자기네 자동차 옆에 서 있는 부부 쪽을 바라보았다. 서로 고개를 끄덕이는 걸 보니 누군가 아는 사람을 본 모양이다. 그런데 이쪽을 바라보는 걸로 봐서 유디트 부부를 아는 사람인 모양이었다. 키가 큰 부인 쪽은 이마에 깊은 주름이 패서 의심이 많아 보였는데, 폴로셔츠를 입은 기운이 없어 보이는 남편을 잡아끌고 호숫가 쪽으로 오려고 했다. 부인의 성화에 못 이겨 마지못해 따라오는 남편은 부인 뒤에 처져 있는 걸로 봐서 부인 쪽에서 먼저 말을 꺼내게 할 심산인 듯했다. 유디트는 들고 있던 거울을 자기도 모르게 떨어뜨리고, 턱을 괴고 엎드려 있는 남편 쪽으로 몸을 돌리며 다급하게 말했다. 손님이야, 베르티. 어떡하지, 불청객은 싫은데. 남편은 머뭇거리며 몸을 돌렸다. 아니, 이럴 수가! 베르티, 저기 오는 사람이 누군지 알아? 슈스터 피르샬라 부인이야. 브레멘에서 나한테 마싸지해주던 여자 말이야. 노상 '생체리듬'을 입에 달고 다니는 여자 있잖아. 오게 내버려두지 뭐. 베르티가 말했다.

서로 인사를 주고받을 때 유디트는 남편을 스스럼없이 '타페 박사'라고 불렀다. 외국에서 만나서 그런지 서로 아주 반기는 기색이었다. 일행은 호숫가에서 일어나 초록색 야외 테이블로 자리를 옮겼다. 테이블 위에 칠한 자국이 줄무늬로 남아 있는 페인트는 오래되어서 벗겨지고 있었다. 유디트가 말했다. 여기 앉는 게 좋겠어요. 커피라도 한잔 시키죠 뭐. 슈스터 피르샬라 부인은 느긋하게 모기를 쫓으면서 귀찮다는 표정으로 멋쩍게 웃으며 한마디했다. "나한테만 달려드는 걸 보니 그래도 내 피가 달긴 단 모양이지." 이 나라에 들어온 지 삼주째라고 했다. 이 나라 식당종업원들은 코가 빠지게 기다려도 오고 싶으면 오고 아니면 말고, 천하태평이라고 했다. 그녀가 말했다. 우린 고향에 다녀오는 길이에요. 남편은 젊은 시절부터 품어온 소원을 드디어 풀었어요. 푸스타(헝가리 남서부에 있는 행정구역—옮긴이)에 가서 야생마도 구경했으니까요. 그렇지, 에리히?

베르티는 칠이나 좀 제대로 해놓지, 하면서 테이블에서 들떠 있는 페인트 조각을 뜯어내어 물속으로 던졌다. 그러니까 내 말은, 색칠만 제대로 하면 여러 가지 흠을 감출 수도 있을 텐데, 여긴 온통 회색뿐이라니까. 그러면서 그는 지금 막 들어오고 있는 버스의 번호판을 보려고 몸을 앞으로 숙였다. 버스는 끼익 하는 소리를 내면서 자갈이 깔려 있는 주차장으로 들어서고 있었다. 저 차가 맞아? 유디트가 물었으나, 베르티는 이번에도 오스트리아 차라고 대답했다. 잠시 후 베르티는 앞에 앉아 있는 동향인 부부한테 설명해줄 필요가 있다고 생각했는지 그저 지나가는 말처럼 여기까지 온 용무를 말해주었다. 여기서 누굴 만나기로 했어요. 제 누이동생과 매제를 만나기로 했거든요. 달리 뾰족한 수가 없어서 여기 발라톤 호반에서 보기로 했습니다. 동생 부부는 슈트랄준트에서 버스를 타고 이리 오기로 했지요. 거긴 동독땅 아니에요. 슈스터 피르샬라 부인이 되물었다. 그러면서 급하게 지나가는 종업원을 불러세우는 데 성공했는데, 종업원은 커피 주문을 받긴 하지만 여기 호숫가 테이블까지는 날라오지 못하고 '볕이 드는 테라스'까지만 가능하다고 했다. 마싸지해주는 여자와 그 남편은 커피가 당겼는지 자리에서 일어서서 헤어졌다. 저녁때 또 만날 터였다. 두 부부는 올 때처럼 앞서거니 뒤서거니 하면서 볕이 내리쬐는 경사가 완만한 오르막길을 따라 호텔 쪽으로 걸어갔다.

다시 매트리스로 돌아와 앉은 유디트는 사진이 들어 있는 상자를 끌어당겨 고무줄로 묶어놓은 작은 사진봉투들을 바닥에 쏟았다. 조심해. 사진이 뒤섞이지 않게. 베르티가 말했다. 유디트는 그중 봉투 하나에 들어 있는 사진들을 꺼내 마치 카드를 할 때처럼 양손으로 사진을 잡고 엄지손가락으로 사진을 넓게 폈다가 다시 눈깜짝할 사이에 모아 쥐었다. 아내가 문득 생각난 듯이 말했다. 트루디한테 말을 놓기 힘들 것 같아. 편지에서는 말을 놓았는데, 막상 직접 만나면…… 게다가 라이문트한테는 더 힘들겠지. 그 사람에 대해서는 선박 하역 일을 한다는 것과, 글씨를 작고 삐뚤게 쓴다는 것 말고는 아는 게 없잖아. 만나면 알게 될 거야. 멋쟁이라던데. 어떻든 그 친구 때문에 트루디가 공부도 중간에 그만두고 유치원 보모로 일하잖아. 베르티가 말했다. 하지만 그 사람 지난 몇년 동안 당신 동생이 보내온 편지에다 매번 자기 이름만 달랑 써보냈잖아. 그렇게 나직이 말하면서 아내는 살펴보면 뭔가

해답이라도 나올 것처럼 아주 신중한 태도로 사진들을 골라서 모았다. 그녀는 사진을 찬찬히 살펴보면서 어떤 사진은 빼놓고 나머지 사진들은 다시 하나로 합쳤다. 그러고는 이렇게 물었다. 그런데 트루디가 웃는 사진이 하나도 없다는 거 당신도 알아? 지난 몇년 동안 그렇게 많은 사진을 보내왔는데. 꼭 웃어야 하나 뭐, 하고 남편이 대꾸하자 아내는 하나씩 확인하는 어조로 말했다. 여기 정원에서 찍은 사진에서도 웃는 얼굴이 아니고, 여기 등대 앞에서 찍은 사진에서도 아니고, 그런데 꼭대기가 둥글고 초록색인 이건 등대겠지? 라이문트가 일하는 배로 보이는 증기선의 갑판에서 찍은 이 사진에서도 아니고. 왜 그런지 모르겠어, 베르티. 아무리 친척이라고 하지만 낯설어. 어느 사진을 봐도 트루디의 얼굴에는 늘 똑같이 뭐라고 말할 수 없는 우수 같은 게 배어 있어. 마치 사진을 찍기 싫다는 듯한 표정도 엿보이고. 남편은 화보잡지를 덮고, 담배 한개비를 꺼내 내용물이 다져지게 담뱃갑에다 톡톡 치면서 멋쩍게 웃으며 이렇게 말했다. 그러다가는 라이문트는 넥타이도 없다는 소리까지 나오겠군. 넥타이를 매고 찍은 사진이 하나도 없잖아. 그러자 유디트가 되받았다. 그런 식으로 나오면 하나 더 일러주지. 당신 동생의 남편 되는 사람은 어떤 사진을 봐도 위장하고 있는 것처럼 보여. 그러니까 원래는 인텔리인데, 노동자로 하방당해서 그들의 생활방식에 적응하려고 애쓰는 사람 같다니까. 제발 그만해둬. 타페 박사가 말했다. 나는 차라리 막 새로 심은 듯한 이 나무들 앞에 세워놓은 기념비에 뭐라고 쓰여 있는지나 알고 싶군그래. 그럼 말해줄게. 이 나무들을 심어놓고 숭배하는 사람들의 이름과 직업과 공적 등이 적혀 있네. 시인도 있고, 우주비행사도 있고, 정치국원 이름도 있어. 그런데 당신 동료 이름은 없네. 변리사는 한명도 없어.

그때 유람선 경적소리가 울렸다. 녹슨 자국투성이인 구식 유람선은 잔교(棧橋)에서 뱃머리를 돌려 막 떠나고 있었는데, 배기통 옆에 달려 있는 싸이렌을 삑삑 울려대며 딴에는 위용을 과시했다.

그러고 나서 악단의 흥겨운 연주가 들려오자 유디트는 화들짝 놀랐다. 나무들이 서 있는 뒤로 나무로 지은 작은 악단용 무대가 보였는데, 악사들은 거기에 자리를 잡고 '야외 춤곡'을 연주하기 시작했다. 개시곡은 「블루문」(Blue Moon)이었다. 남녀 몇쌍이 쭈뼛거리며 나무판자를 댄 둥근 무대 위로 슬며시 올라서고 있었다. 유디트가 말했다. 저남자들 좀 봐. 모두들 당신 매제처럼 넥타이를 매지 않고 칼라가 넓은 셔츠를 입고 있네. 당신 매제도 저렇게 춤을 출까? 이봐 유디트, 내가 천리안이라도 되는 줄 알아? 그걸 내가 어떻게 알아? 실은 나도 당신만큼밖에 모르잖아. 그 친구가 편지에 서명한 거 말고 아는 게 뭐 있어? 자기 이름 끝 글자(라이문트(Reimund)의 마지막 철자 d를 말함—옮긴이)의 마지막 획을 휘갈겨 멋을 내는 것밖에 모르잖아. 그건 그렇고 우리가 춤이나 추자고 여기 온 게 아니잖아. 그러고는 흥분된 어조로 말했다. 두고 보면 알겠지만 첫날은 이야기도 제대로 못하고 그냥 지나갈거야. 그러면 이틀밖에 안 남잖아. 월요일 저녁까지는…… 당신이 빈에 가야 하니까. 유디트가 말을 이어주었다. 다시 남편이 말했다. 십삼년 만이야. 그동안 가슴에 쌓인 사연이 얼마나 많겠어.

유디트는 고목 아래 시원한 그늘에 계속 드러누워 있고 싶었지만, 남편을 거들어 호숫가에 있는 옷가지와 물건들을 차로 옮겨 나른 다음 그를 따라 호텔 안으로 들어갔다. 호텔 라운지는 널찍했고, 근사한 가구들로 꾸며져 있었다. 짧은 하늘색 유니폼을 입은 안내양 아가씨들은 독일어 실력과 미모뿐 아니라 아주 나긋나긋한 제스처 덕분에 뽑혀왔다는 걸 한눈에 알 수 있었는데, 서로 눈짓으로 자기들 중에 누가 서독에서 온 손님을 안내해야 할지 의논하는 눈치였다. 타페 박사가 말을 붙였다. 한가지 부탁이 있는데요, 슈트랄준트에서 버스가 오면 알려주시겠어요? 우린 방에 올라가서 좀 쉬고 있을게요. 아가씨는 알았다는 시늉으로 고개를 끄덕였다. 계단을 올라가는데 유디트가 말했다. 그런데 그 아가씨, 우리 방 번호도 물어보지 않았잖아?

아내는 수영 옷가지를 헹구고 짜서 창문 아래 걸쳐놓았다. 그러고는 창가에 앉아 사람들이 붐비는 작은 선착장 쪽을 내려다보는 것 같았다. 그러는 사이에 남편은 안락의자를 끌어당겨 호반도로가 조금 보일 만한 위치로 자리를 옮겼는데, 검회색 띠로 희미하게 보이는 도로를 따라 반짝거리는 차들의 형체가 겨우 보였다. 대신 호텔로 들어오는 길 입구는 잘 보였다. 그는 다시 화보잡지를 뒤적였는데, 정신이 산만해서 건성으로 급하게 페이지를 넘겼기 때문에 그때마다 마치 가볍게 채찍질을 하는 듯한 소리가 났다. 뭐라고 설명하기 힘든 중압감에 짓눌리는 듯한 느낌이 점점 심해지면서 모든 게 마음에 들지 않았고 신경이 곤두섰다. 대체 뭐 하는 거야? 아내한테 따지듯이 물었다. 아내는 꼼짝도 않고, 아무 소리도 내지 않고, 가만히 앉아 있건만. 트루디 생각만 하면 이상한 기분이 들어. 유디트가 말했다. 고개를 살짝만 돌리면 얼굴의 흉터가 안 보일 텐데. 그런데 트루디는 일부러 흉터를 내보이려는 것 같아. 그것도 매번. 트루디 성격이 원래 그래. 남편이 말을 받았다. 그애는 누구한테도 자기를 숨기지 않거든. 그애가 우리 식구들한테 처음으로 라이문트 얘기를 했을 때 어떤 식이었는지 알아? 내가 떠나오기 며칠 전이었어. 그때만 해도 어머니가 살아 계셨지. 어머니와 나는 함께 라디오를 듣고 있었어. 어머니가 라디오 듣는 걸 좋아하셨거든. 특히 동독 민요를 좋아하셨지. 그때 트루디가 평소보다 무척 늦게 집으로 들어왔어. 그날 라이문트를 만났던 거야. 그애가 이렇게 말하더라니까. 너무 늦어서 미안해. 라이문트 볼터라는 남자를 만났는데, 글쎄 인민의 소유인 선적화물을 아무 생각 없이 유용해서 이년 반 동안 감옥살이를 한 적이 있대. 지금은 복직되기는 했지만. 이야기가 통하는 남자야. 글쎄 이러더라니까. 말도 안돼. 유디트가 말했다. 사진으로 보면 전혀 말이 안 통할 사람 같던데. 사진을 한번 봐. 정말 침울해 보이지. 과묵하고 속을 알 수 없는 사람의 표정이잖아. 여기, 정원 울타리 옆에서 찍은 사진을 좀 봐. 게다가 양미간이 좁은 인상이야…… 이제 그만 하지, 유디트. 하지만 잠시 후 남편은 다시 말을 꺼냈다. 그런데 당신 사진도 전부 당신이 현상하지 않으려는 걸 내가 억지로 현상해서 찾은 것들뿐이잖아. 그러니 내가 당신 사진을 보고 어떤 생각이 들지 한번 생각해봐. 그러자 유디트가 말했다. 어떻든 내가 공산주의자처럼 보이지는 않겠지 뭐. 그러자 남편이 다그쳤다. 그럼 매제가 공산주의자 인상을 풍긴다 이거군. 뭔가를 따지려 드는 사람 표정 말이야. 도대체 공산주의자는 어떻게 생겼는데? 당신이 그걸 안다면, 당신이야말로 공산주의자의 인상이 어떤지 아는 유일한 사람일 거야.

남편은 손에 들고 있던 화보잡지를 홱 집어던졌다. 잡지는 테이블 위에서 미끄러져 바닥에 떨어졌다. 유디트, 내려가서 뭐 좀 마시자고. 두 사람은 식당으로 내려가 커다란 화분이 놓여 있는 기둥 옆자리로 걸어갔다. 젊은 남자 종업원이 느긋하게 뒤따라왔는데, 두 사람이 자리에 앉자마자 친근한 어조로 손님, 위스키를 드릴까요? 위스키 두 잔요? 하고 물었다. 갓 배운 독일어를 써먹으려고 애쓰는 표정이 역력했다. 타페 박사는 포도주 한병을 주문하고는 이 지방에서 나온 포도주로 부탁해요, 하고 덧붙였다. 베르티, 저기 좀 봐! 또 뭔데 그래? 또 '생체리듬'이야! 옷차림 좀 봐! 슈스터 피르샬라 부인과 남편이 식당에 들어서고 있었는데, 부인은 금색 실이 치렁치렁 매달려 있는 허리띠를 두른

핑크빛 야회복 차림이었다. 키가 부인의 어깨께까지 오는 남편은 하얀색 바지에 가슴 언저리에 큼직한 마크가 새겨진 진홍색 운동복을 입고 있었다. 우리를 못 보면 좋겠는데. 유디트가 말했다. 하지만 벌써 두 사람을 보고 말았다. 마싸지해주는 여자가 알은체를 하면서 반가운 내색을 했고, 무표정한 남편을 잡아끌어 화분 있는 쪽으로 가자고 방향을 가리켰다. 여자가 다가와서 물었다. 합석해도 괜찮겠지요?

슈스터인지 피르샬라인지 남편 되는 사람은 포도주잔을 뚫어지게 바라보고 있었다. 온 정신을 집중해 뭔가를 탐구하기라도 하는 사람처럼 보였는데, 세 명의 집시악사가 테이블로 다가왔을 때도 여전히 그러고 있어서 딱해 보일 정도였다. 마싸지해주는 여자는 바이올린을 들고 있는 악사한테 어깨 너머로 구겨진 지폐 한장을 건네고는 곡을 신청했다. 악사들이 자리를 뜨자 슈스터 피르샬라 부인이 말했다. 박사님, 이 악사들은 모두 생체리듬이 좋아요. 중요한 건 생체리듬이죠. 생체리듬이 좋으니까 심지어 공산주의 치하에서도 쾌활하잖아요. 그러면서 그녀는 꾸부정한 자세로 멍하게 앉아 있는 남편 쪽을 못마땅한 표정으로 바라보았다. 남편 되는 사람이 입고 있는 운동복의 마크를 보자 유디트는 사냥꾼들이 사용하는 과녁이 연상되었다. 저길 쏘면 한방에 가겠군. 부인의 눈총을 의식했는지 남편 되는 사람은 자리에서 일어나 등허리를 꾹 누르면서 멋쩍게 웃었다. 조금 있으면 슈스터 피르샬라 부인은 푸스타에서 야생마를 키우는 남자들의 생체리듬이 어땠는지 한번 말해보라고 남편을 다그칠 터였다. 유디트 부부는 그들과 함께 모닥불을 피워놓고 노래도 부르고 커피도 마셨다고 했다. 그때 갑자기 타페 박사가 벌떡 일어나더니 소리쳤다. 바로 저 사람들이야, 유디트! 그애들이 왔어!

남편은 어깨를 들썩거리며 출입문 쪽으로 달려갔는데, 벌써 문이 비줍도록 손님들이 몰려오고 있었다. 손님들은 벌겋게 상기되고 피곤해 보이는 얼굴로 쭈뼛거리면서도 호기심 어린 눈길로 식당 안을 둘러보았다. 이곳만이 만남의 장소로 사용하도록 지정되어 있었다. 손님들은 한참이나 머뭇거리고 서서 빈자리에 가서 앉을 엄두도 내지 못했다. 식당 지배인이나 여행 가이드가 일일이 어느 자리에 앉으라고 지정해주어야 한단 말인가! 그때 유디트가 저기 왔네, 시누이랑 그 남편, 하고 나직이 말했다. 그러자 마싸지해주는 여자가 서로 못 본 지 얼마나 됐나요, 타페 부인? 하고 물어왔다. 우린 한번도 만난 적이 없어요. 사진으로만 봤을 뿐이에요. 이번이 처음이죠. 저기, 요즘은 보기 힘든 모자를 쓰고 있는 저 여자인가요? 다시 슈스터 피르샬라 부인이 물었다. 유디트는 맞다고 했다. 그 옆에 넥타이를 안 매고 칼라 넓은 셔츠를 입은 사람이 남편이에요.

타페 박사는 누이동생을 마치 들어올리기라도 할 듯이 힘차게 격의 없이 끌어안았고, 그러고는 좀더 신중한 자세로 매제를 끌어안았다. 매제 되는 사람은 몸이 다소 뻣뻣하긴 했지만, 꼭 이렇게 격식을 차릴 필요까지 있나 하는 표정으로 허물없이 웃으면서 그동안 잘 계셨느냐면서 인사말을 건넸다.

테이블 쪽에서는 유디트가 그들을 기다리며 앉아 있었다. 그녀는 트루디의 두 손을 잡으며 인사를 건넸고 얼굴을 살짝 쓰다듬어주었다. 칼라가 넓은 셔츠를 입은 라이문트와는 가볍게 악수만 했다. 그리고 여기 이분들은 브레멘에서 잘 알고 지내는 분들인데, 여기서 우연히 만났어요, 슈스터 피르샬라 씨 부부예요, 하고 시큼들큼한 어투로 소개를 해주었다. 그 부부와 트루디 부부는 테이블을 마주보며 서로 악수를 나누었다. 타페 박사는 브레멘에서 온 부부가 제발 이 자리를 떠나 자기네 '생체리듬'으로 돌아가길 기대하면서, 그런데 어쩌지, 이 테이블엔 의자가 다섯 개밖에 없네, 하고 말했다. 그러자 마싸지해주는 여자가 옆자리 의자를 하나 가져와서 앉으시죠, 하고 말하면서 라이문트 쪽을 쳐다보면서 뜬금없이 살가운 미소를 흘렸다. 둘 다 목이 마르겠네요. 배도 고플 텐데. 그렇게 오래 차를 타고 왔으니 얼마나 피곤하겠어요. 얼른 뭐 좀 시켜줘요, 베르티! 유디트가 말했다. 그러자 트루디가 말했다. 괜찮아요. 마지막에 조금 더웠을 뿐이에요. 그러면서 트루디는 모자를 벗고 머리를 흔들어 폈고, 구깃구깃해진 치마를 쓸어서 무릎 아래로 내리고는 동행으로 보이는 중년 부부 쪽을 보면서 살짝 눈짓을 했다. 그러고는 자, 이제야 만났군요, 좀 늦었죠, 하지만 우리 탓은 아니에요, 하고 덧붙였다. 타페 박사가 라이문트를 보고 물었다. 이렇게 한참 목마를 땐 뭘 마시는 게 제일 좋지? 우린 이럴 때 마시는 게 정해져 있어요. 트루디는 맥주 한 잔, 저는 맥주 두 잔요. 아주 간단하죠. 라이문트는 그렇게 대답하고 낯선 여자 쪽으로 몸을 돌려 금색 실이 달려 있는 허리띠와 역시 금실을 박아넣은 핸드백을 훑어보았다. 그는 이 여자가 자기한테 미소를 보내는 건 뭔가 물어보고 싶기 때문이라는 걸 알아차리고는 선수를 쳤다. 헝가리에는 오래 계실 건가요? 그러자 슈스터 피르샬라 부인은 고향에 다녀오는 길이에요, 하고 대답하더니 묻지도 않았는데 남편이 불과 삼주 만에 평생소원을 풀었다는 얘기도 덧붙였다.

타페 박사는 동생과 다시 만난 기념으로 건배를 하는 자리에 이 낯선 부부가 끼어 있는 것이 영 떨떠름했다. 그래서 그 부부가 눈치채지 않도록 아내한테 어떻게 좀 해보라는 신호를 보냈으나 아내 역시 어깨를 으쓱하며 자긴들 어떻게 하겠냐는 시늉을 했다. 어떻든 유디트는 남편이 이 불청객들과 합석한 게 아내 탓이라고 여긴다는 것까지는 알아차렸으나, 그렇다고 그 부부를 쫓아보낼 묘안도 떠오르지 않자 얼굴을 돌려 트루디의 표정을 살폈다. 그런데 슈스터 피르샬라 부인이 또다시 말을 꺼냈다. 동독에서 오셨다면서요? 요즘 동독 형편은 어때요? 전반적으로 어떻게 돌아가느냐고요? 그러자 라이문트는 어떻게 대답해야 할지 모르겠다는 표정으로 트루디 쪽을 바라보았고, 트루디는 잠자코 집게손가락으로 맥주잔만 쓸어내리고 있었다. 부인의 질문 성격으로 보아 아마도 이를테면 동독에도 속고물을 넣은 빵이 있는지 알고 싶으신 모양이군요. 저는 동독에 사는 사람으로서 아직도 그런 빵이 있다고 확실히 말씀드릴 수 있습니다. 타페 박사는 더이상 못 참겠는지 두 사람의 대화를 끊으며 말했다. 이제 뭐 좀 시켜서 먹어야겠는데. 그런데 여섯명이 앉기에는 자리가 좁겠는걸. 그러자 마싸지해주는 여자가 또 천연덕스럽게 말했다. 그럼 조금씩 좁혀서 앉죠. 제 남편과 저는 어차피 그렇게 자리를 많이 차지하진 않을 테니까요. 우린 쌜러드나 한 접시 시킬까 하거든요. 그러자 트루디가 말을 꺼냈다. 그럼 식사시간 동안은 우리가 함께 온 일행들 자리로 옮겨도 되는데. 오빠 생각은 어때? 베르티는 그럴 것까지야 없지, 하면서 짜증스러운 목소리로 종업원을 불러서 주문을 받으라고 했다.

아버지는 어떻게 지내시니? 타페 박사가 테이블 건너쪽에 앉은 트루디에게 물었다. 그러자 트루디는 그 질문에는 대답하기 곤란한 듯한 표정을 지으며 오빠를 한참 바라보다가 나직한 목소리로 대답했다. 나도 잘 모르겠어. 이젠 많이 늙으셨다는 생각이 가끔 들어. 하지만 어떤 때는 다시 회춘하신 게 아닌가 싶기도 해. 특히 몸가짐이 그래. 아버지가 오빠한테 안부 전해달랬어. 잠시 침묵이 흐르는 틈을 이용해 다시 슈스터 피르샬라 부인이 끼어들었다. 원래 남자들은 늙으면 그렇게 돼요. 어느 단계가 되면 지나치다 싶을 정도로 몸가짐에 신경을 쓰죠. 게다가 장모님의 열성까지 물려받으셨지요. 라이문트가 말을 받았다. 정말 둘도 없는 라디오광이 되셨거든요. 잠이 드시면 그제야 우리가 라디오를 꺼드린답니다.

종업원이 주문 내용을 착각한 모양이었다. 잉어 수프를 주문한 사람은 네 명뿐인데 다섯 접시나 가져온 것이다. 종업원은 난감한 표정으로 남는 접시를 멀거니 바라보았다. 김이 모락모락 나는 접시에서 볼록한 잉어 뱃살의 비늘이 반짝거렸다. 슈스터 피르샬라 부인이 나서서 남는 건 주방으로 다시 가져가라고 했다. 그러자 유디트가 말을 잘랐다. 그냥 두세요. 내가 먹을게요. 타페 박사도 한마디 거들었다. 내가 먹지 뭐. 트루디한테 한번 물어보라고. 내가 클 적에 얼마나 수프에 환장했는지. 안 그래, 트루디? 그런데 슈스터 친첼라(이름을 틀리게 발음하여 별로 친한 사이가 아니라는 걸 드러내고 있음—옮긴이) 씨께서는 원래 수프는 안 드시는 모양이죠? 그러자 여자의 남편 되는 사람이 몸을 쭈뼛거리면서 웃으며 말했다. 수프에는 질렸답니다. 군대 있을 때 노상 수프만 먹었거든요. 그랬더니 질리더라고요. 그건 그렇고, 제 이름은 슈스터라고 합니다. 그러자 타페 박사는 불쾌한 기분을 꾹 참으면서 한마디했다. 그럼 우리가 수프를 맛있게 먹어도 아무렇지도 않으시겠네요? 그럼요, 어서 드세요. 슈스터 씨가 손짓까지 해가면서 어서 먹으라고 권했다. 어서 드시라니까요. 난 아무렇지도 않아요. 마싸지해주는 여자는 바이올린 악사한테 손짓했고, 악사는 알았다고 고개를 끄덕였다. 악사들이 테이블 사이를 헤치고 오는 사이에 부인이 또 말을 꺼냈다. 주민들 먹고사는 형편은 좀 나아졌나요? 어때요? 제 얘기는, 동독에서 말이에요. 트루디는 못 들은 척했고, 라이문트 역시 아주 맛있게 숟가락질만 했다. 그러자 부인이 다시 보릿고개를 넘는 형편이라고 들었는데요, 하고 말하자 라이문트가 되받아쳤다. 이제 주메뉴가 나오면 과연 어느 쪽이 보릿고개를 넘고 있는지 알게 되겠죠. 그러자 슈스터 피르샬라 부인이 말했다. 두 분 입장을 난처하게 할 뜻은 없어요. 우린 샐러드 작은 접시면 충분해요. 그때 타페 박사가 한마디했다. 아무래도 이 자리는 너무 답답해. 우리가 다른 테이블을 찾아보면 어떨까? 어떻게 생각해, 유디트? 저쪽 구석에 큰 테이블이 있네요. 슈스터 피르샬라 부인이 또 나섰다. 여덟 명은 충분히 앉겠어요.

잠자코 고개를 숙인 채 미소를 짓고 있던 트루디는 핸드백을 열더니 아주 오래된 것으로 보이는 작은 연두색 갑을 얼른 꺼내 슈스터 씨를 통해 건너편 자리의 오빠한테 건네주고는 이렇게 말했다. 아버지가 주신 거야. 전해주라고 자꾸 고집을 부리시잖아. 시계인 모양이네요. 또 슈스터 피르샬라 부인이 나섰다. 이제 좌중은 모두 타페 박사가 갑을 열고 회중시계를 꺼내는 것을 지켜보았다. 마싸지해주는 여자가 어디 한번 차보세요, 하고 참견했다. 저런, 시계태엽을 감아놓지 않은 모양이네요. 트루디는 오빠의 일거수일투족을 유심히 지켜보았다. 이런 선물까지 받다니 믿어지지 않는다는 듯한 표정과 감동의 기색, 그리고 생각에 잠긴 듯한 기쁨의 표정까지 하나도 놓치지 않았다. 그러면서 양해를 구하듯 이렇게 말했다. 그게 전부야. 다른 건 아무것도 가져오지 못했어. 유디트 언니가 편지에서 신신당부해서 더 가져올 엄두도 내지 못했고. 그러자 유디트가 의아해했다. 무슨 말이에요? 언젯적 편지 얘기예요? 트루디가 차분한 어조로 대답했다. 지난번 편지에서 부족한 건 없으니 아무것도 가져오지 말라고 그랬잖아요. 그때 편지에서 언니네 집에는 물건이 풍족하다고, 아니 부족한 건 없다고 그랬더랬죠. 이제 그 얘기는 그만해요. 그때 타페 박사가 말했다. 시계가 가네. 정말 잘 가는데. 시곗줄이 가늘어서 단춧구멍에 끼울 수도 있겠어. 그때 갑자기 그의 등뒤에서 악사들의 연주가 시작되었다. 타페 박사는 마치 주사라도 맞은 것처럼 움찔 놀라면서 짜증스러운 표정으로 눈을 질끈 감은 채 양손으로 시계를 마치 보호라도 하듯이 꼭 감싸쥐고 있었다. 라이문트가 그를 향해 뭐라고 말했으나, 그는 무슨 말인지 알아듣지 못했다.

잉어 대가리만 달랑 남기고 접시를 다 비우자 라이문트는 고개를 약간 기울인 자세로 이쑤시개로 이 사이를 후비면서 말했다. 위생을 챙겨야죠. 혁명을 위한 첫걸음이니까요. 트루디는 그런 남편의 모습을 보고 기분이 좋아 보였는데, 다시 또 슈스터 피르샬라 부인이 참견했다. 너무 위생만 찾는 것도 안 좋아요. 사람 몸에 사는 박테리아들이 얼마나 중요한지 대부분 사람들은 모르거든요. 그러자 타페 박사는 몸을 부들부들 떨다시피 하면서 시계를 꼭 움켜쥔 채 몸을 뒤로 젖히더니 부인 쪽을 보면서 위협조의 저음으로 한마디 쏘아붙였다. 정말 모르시는 게 없군요. 부인은 무안한 듯 어리둥절한 표정으로 남편 쪽을 바라보았다. 그리고 이렇게 말했다. 어째서 그렇게 흥분하세요? 위생이라는 건 정말…… 타페 박사는 화를 내면서 제발 그만하라고 여자의 말을 막아버렸다. 유디트가 그의 어깨에 팔을 살짝 올리면서 진정시키려고 했으나, 그는 시계를 소리나게 테이블 위에 올려놓으면서 흥분을 억지로 참으며 말했다. 당신한테 사람 몸에 사는 박테리아 얘기나 들으려고 내가 브레멘에서 여기까지 온 건 아니라는 걸 제발 좀 아셨으면 합니다. 아직도 사태 파악을 못하시나 본데, 내가, 우리 식구가 여기까지 온 것은 오랫동안 헤어져 있던 가족을 다시 만나서 함께 기쁨을 나누기 위해서란 말입니다. 가족들이 상봉하는 자리예요. 그런데 자꾸 방해하면 어떡합니까. 유디트가 남편 쪽으로 몸을 기대면서 베르티, 하고 달랬다. 그러자 슈스터 피르샬라 부인은 억울하다는 듯이 항변했다. 나한테 이렇게 심한 말을 한 사람은 여태까지 아무도 없었어요! 마른하늘에 날벼락도 유분수지! 우린 지금까지 서로 기분좋게 앉아 있었잖아요! 그리고 다른 사람이 말할 땐 들어줘야죠! 우리가 이 자리에 방해가 되는 모양이에요, 에리히. 갑시다. 그러자 유디트가 그러지 마세요, 하고 만류했다. 남편이 그런 뜻으로 말한 건 아니에요. 어떻든 나쁜 뜻은 아니었어요, 그렇지 베르티? 그러자 슈스터 피르샬라 부인이 울상이 되어 소리를 내질렀다. 우리가 불청객이라는 말이지 뭐예요! 우리가 가족잔치를 방해했다는 말이 아니고 뭐예요! 안 일어나고 뭐 해요, 에리히! 부부는 인사도 않고 자리를 떠나 이 테이블에서 가장 멀리 떨어져 있는 테이블을 찾아서 기웃거렸다. 미안하구나. 하지만 도저히 더는 참을 수가 없었어. 타페 박사가 말했다. 하지만 너무 심했어요. 듣기 좋은 말로 타일러서 보낼 수도 있었을 텐데. 유디트가 한마디했다. 그렇게도 해봤잖아. 지금까지 내내 그 마싸지해주는 여자한테 여기는 낄 자리가 아니라는 걸 알아듣게 하려고 애썼어. 베르티가 발끈했다. 에이, 그만들 하세요. 라이문트가 우습다는 표정으로 입맛을 쩝쩝 다시면서 말했다. 저기 주메뉴가 나오잖아요. 진짜 헝가리식 사슴 불고기네요.

이제 타페 박사는 까무잡잡하게 그을린 말쑥한 얼굴을 들고 트루디 얼굴만 바라보면서 동생 쪽으로 자기 잔을 내밀면서 말했다. 이젠 우리 식구뿐이구나. 한번 더 우리끼리 건배를 하자꾸나. 그때 종업원이 쭈뼛거리며 다가와 쌜러드 두 접시를 어떻게 할지, 이 자리에서 드실 게 아닌지 물었고, 그러자 타페 박사가 퉁명스럽게 대꾸했다. 저기 뒤쪽 자리에 갖다줘요. 저기 출입문 옆에 있는 테이블 말이오. 저 인간들 쌜러드 오길 기다리고 있을 거요. 음식을 한참 맛있게 먹은 라이문트가 말했다. 음식도 근사하고, 악사들도 있고, 이 정도면 언제든지 이곳 헝가리까지 한번 와볼 만하네요.

유디트가 화장실에 다녀와야겠다고 양해를 구했다. 그런데 화장실에 가려면 어쩔 수 없이 브레멘에서 온 부부가 쎌러드를 먹고 있는 자리를 지나가야 했다. 트루디는 올케언니가 그 테이블에 다가가 다급하게 뭐라고 얘기하는 모습을 바라보았다. 아마 달래는 모양이었다. 베르티가 말했다. 오늘 만남을 얼마나 고대했는 줄 아니? 너희가 타고 온 버스가 연착해서 기다리는 그 몇시간이 얼마나 길었는지 모른단다. 그런데 글쎄 저 불청객들이 끼어든 거야. 그러자 라이문트가 말했다. 프라하를 거쳐오느라고 늦었어요. 한 아가씨가 프라하에 내려야 한다고 한사코 우겨서 거길 들러서 오는 길이거든요. 대충 무슨 얘긴지 알겠죠? 그 아가씨가 프라하에서 경박한 서쪽 남자를 만나기로 되어 있고, 남자는 아마 여자를 서쪽으로 데려가려는 모양이라고 나중에 버스 승객들이 수군거리더라고요. 베르티가 그럴 수도 있는 일이지 뭐, 하고 말하자 라이문트가 어깨를 으쓱하며 말했다. 난 도무지 이해가 안돼요. 트루디가 말을 거들었다. 이를테면 아버지는 그때 오빠가 서쪽으로 떠난 걸 지금까지도 이해 못하거든요. 가끔 그애가 우릴 남겨놓고 떠나다니, 하고 말씀하세요. 베르티는 뭐라고 대꾸하려고 했으나, 바로 그때 가까운 테이블에서 집시 악사들의 연주가 시작되었다. 악사들은 벌써 여러 테이블에서 환영을 받고 잔뜩 흥이 올랐기 때문에 베르티가 뭐라고 떠들어도 제대로 들을 것 같지 않았다. 베르티는 손사래를 치고는 얘기하기를 포기했다.

이 고장 사람들은 식사 후 커피 대신 자두로 담근 술을 한잔씩 하는 습관이 있었다. 모두들 그 술을 한잔씩 하기로 했고, 유디트도 동의했다. 유디트는 아주 조신하게 잠자코 있었는데, 라이문트한테는 실망한 눈치였지만 기분은 좋아 보였다. 자, 이제 처음부터 얘기해봐, 트루디. 아주 편안하게. 그래, 어떻게 지내니? 트루디는 오빠 얼굴을 물끄러미 바라보면서 어깨를 으쓱했다. 사연이 너무 많아서, 아니면 오빠 앞에서 이런 얘기를 해본 적이 없어서, 대체 무슨 얘기부터 꺼내야 할지 몰랐다. 아이 참, 그렇게 막연하게 물으면 내가 뭐라고 대답해? 집은 그대로 있고, 아버지는 건강하셔. 오빠가 쓰던 방에는 몇해 전부터 인정많은 노파 한분이 사시는데, 젊은시절엔 리가(오늘날 리투아니아의 수도 리가를 가리킴―옮긴이)에서 아이들을 가르쳤대. 그런데 그 할머니는 창문에 달려 있는 차양을 언제나 닫고 계셔. 라이문트가 종업원을 불러 빈잔을 내밀며 한잔 더 달라고 했다. 그러고는 흐뭇한 표정으로 트루디의 흉터진 얼굴을 쓰다듬으면서 이야기를 중단시켜 미안하다고 하고는 자신이 말을 이었다. 만약 제가 그런 일반적인 질문에 대답해야 하는 입장이라면, 저 같으면 먼저 중요한 것부터 부각시키겠습니다. 제가 형편이 어떠냐는 질문을 받는다면, 물자 부족이 가장 큰 문제라고 답하겠습니다. 그리고 어느 정도나 부족한지 하나씩 대겠어요. 이를테면 지붕에서 내려오는 빗물통을 갈아줘야 하는데 일년 반이나 기다려도 구할 수가 없어요. 욕실 샤워기의 꼭지도 칠주 전에 망가졌는데 여태껏 구하지 못했습니다. 그리고 잘 아시겠지만 집 외벽을 칠해야 하는데, 넉 달 전에 페인트를 배급해주겠다고 약속은 받았지만 아직까지 못 구했습니다. 그리고 접었다 폈다 할 수 있는 사다리는 기다린 지 너무 오래되어서 제가 직접 하나 만들까 하는 중이고요. 짐작하시겠지만, 사정이 이렇다보니 벌써 많은 사람들이 팔자를 고쳐보려고 동쪽과 서쪽을 놓고 저울질을 하는 중이죠. 그러자 베르티가 말했다. 꼭 그렇게 볼 것만은 아냐. 물자가 부족한 대신 집세는 비교도 안되게 싸잖아.

타페 박사가 제안해서 모두 방으로 올라가기로 했다. 방에서는 방해받지 않고 우리끼리 얘기할 수 있잖니, 트루디. 또 방에 있는 동안에는 함께 온 일행한테서도 좀 떨어져 있을 수 있고. 그는 계산서를 달라고 했다. 그런데 추가로 포도주 두 병을 방에 갖다달라고 하자 종업원은 터무니없이 비싼 팁을 요구했다. 베르티가 트루디의 팔을 잡고 먼저 움직였고, 라이문트도 유디트와 함께 뒤따랐다. 일행은 즐비하게 늘어서 있는 테이블 사이를 지나 출구 쪽으로 걸어갔다. 아직까지 문가 테이블에 있던 브레멘 부부는 고개를 돌려 그들을 외면했다.

이것 봐, 트루디. 라이문트가 말했다. 이 방은 우리 집 방보다 두 배나 크네. 책상도 있고, 발코니도 있고, 손님용 안락의자까지 있잖아. 그런데 우리나라의 사회주의를 이끄는 동지들은 어째서 우리를 이렇게 잘 대우해주지 못하는 걸까? 그는 창턱에 수영복이 널려 있는 것을 보더니 덧붙였다. 아하, 알고 보니 벌써 발라톤 호수에도 들어갔다 왔군요. 정말 특이한 호수죠. 그런데 어째서 특이한지 아세요? 전 세계를 다 뒤져도 이 호수만큼 바람과 파도가 불균형인 호수는 없어요. 다시 말해 이 호수는 그때그때 풍속에 비해 파도가 엄청 세거든요.

유디트는 등뒤에 있는 가방을 열고는 제대로 묶어서 포장된 선물꾸러미 두 개를 꺼내들고 트루디와 라이문트가 있는 쪽으로 갔다. 두 사람한테 주려고 선물을 가져왔는데, 별건 아니에요. 이건 라이문트 당신 거고, 이 네모난 건 트루디 거예요. 베르티가 과연 선물을 제대로 골랐을까 미심쩍어하는 표정으로 고개를 설레설레 저으며, 기왕에 준비한 건데 놓고 올 수야 없잖니, 하고 말했다. 라이문트는 포장을 뜯고는 백금으로 도금한 두툼한 단추 세트를 꺼내들고 말했다. 이봐, 트루디, 당신 이제 이 단추에 어울리는 와이셔츠를 장만해줘야겠는데. 하지만 트루디는 남편 쪽은 쳐다보지도 않고, 시계가 내장되어 있고 반짝거리는 보석이 박혀 있는 팔찌를 꼼짝 않고 뚫어지게 바라보고 있었다. 자기가 도대체 이런 선물을 받을 자격이 있는지 골똘히 생각하는 눈치였다. 그러고는 아, 오빠, 정말 뭐라고 해야 할지 모르겠어, 하고 말했다.

호텔 방에 있는 전등 세 개가 모두 켜졌다. 베르티는 트루디와 함께 동생네 식구들의 사진들을 보고 있었고, 유디트는 라이문트에게 브레멘 근교에 있는 자기 집의 위치며 구조 등을 설명해주고 있었다. 불과 이십년 전만 해도 우리 집이 있는 곳은 허허벌판이었는데, 상상도 못할 거예요. 어둑어둑해질 무렵 테라스에 앉으면 그리 멀지 않은 베저 강을 따라 등불을 밝힌 배들이 지나가는 게 보여요. 그런데 믿기지 않겠지만, 정말 배들이 초원 위로 움직이는 것 같다니까요. 베르티가 이야기에 끼어들었다. 그 배들 중에는 어쩌면 라이문트 자네가 선적한 배도 있을지 몰라. 그러면서 베르티는 동생 부부한테 새로 찍은 사진들을 꺼내 보였다. 이게 집안 내부 모습이야. 여기는 내가 취미삼아 이 것저것 작업하는 방이고, 여기는 거실을 남향에서 카메라로 잡은 모습이고, 이건 유디트의 침실인데, 이 방 뒤에는 유디트 혼자 쓰는 휴게실이 따로 있어. 그러자 라이문트가 물었다. 그럼 이 많은 공간들을 다 건사하느라고 일일이 인부들을 불렀어요? 베르티가 대답했다. 유디트가 말이야, 직접 바닥도 깔고, 벽칠도 하고, 서가까지도 직접 조립했다니까. 단 한가지, 전기 배선만은 자신이 없어서 엄두를 못 냈지. 그럼 우리집에서 트루디가 하는 일이랑 같네요. 라이문트가 말했다. 유디트가 포도주잔을 채우면서, 올케네 사진도 좀 보여줘요, 했더니 트루디는 사진이라뇨, 하나도 안 가져왔는데, 하고 말했다.

유디트는 포도주잔을 들고 잔 너머로 올케를 찬찬히 뜯어보았다. 아무리 봐도 어쩐지 트루디가 자기보다 더 당당하다는 느낌이 들어서 의아했고, 도대체 어째서 그런지 이유를 알아야 직성이 풀릴 것 같았다. 트루디의 옷차림을 살펴보았다. 버클이 달려 있는 평범한 쌘들, 올리브색 옷차림, 그나마도 먼 길을 오느라 엉망으로 구겨져 있다. 옷깃에는 배지 비슷하게 생긴 브로치를 달고 있는데, 범선 문양으로 봐서 옛날 한자동맹에 속해 있던 항구도시들에서 파는 싸구려 기념품이 분명했다. 유디트는 원래는 뭔가 다른 말을 하고 싶었으나 자기도 모르게 불쑥 이렇게 말했다. 트루디, 그사이에 보내준 물건들이 마음에 들었다니 다행이야. 우리가 쓰던 물건이라서 찜찜했거든. 그러자 트루디가 다 정말 좋던데요 뭐, 우리 쪽에서는 구하기 힘들어요, 심지어 적십자사에서도 보고는 깜짝 놀라더라고요,라고 했다.

베르티가 포도주를 한병 더 시키자고 하자 라이문트는, 에이, 그걸 뭘 저한테 물어보세요, 하는 시늉을 하면서 한병 더 시키자고 하고는, 조금 전까지 베르티와 하던 말을 다시 계속했다. 이쪽 사정을 잘 모르시는 모양인데요. 요즘은 어딜 가봐도 자유라는 게 없더라고요. 부서마다 약간씩 차이는 있지만, 답답한 관료주의가 판을 쳐요. 물론 그건 그쪽도 마찬가지겠죠. 어떤 물자를 구하려고 해도, 아무리 출세의 기회를 엿보아도, 아무리 조직에서 열심히해도, 아무리 신임을 얻으려고 해도, 도대체 관료주의 때문에 되는 게 없잖아요. 물론 제 말은, 그래도 우리쪽 관료주의가 그나마 그쪽보다는 더 낫다, 이겁니다. 그러니까 사회주의의 수출 가능성이 그만큼 더 커지고 있다, 이겁니다. 그러자 베르티가 말을 잘랐다. 분명히 말하는데, 라이문트, 자네 증손자들 시절이 되어도 왜 사회주의가 약속한 게 아직 실현되지 않느냐고 아우성일 거야. 그러니까 내 말은, 사소한 자유도 왜 허용되지 않느냐는 거야. 그건 그렇고, 우리가 괜히 정치문제로 말다툼할 일은 없으니까, 이런 얘긴 그만하세.

타페 박사가 종업원에게 추가주문을 왜 그렇게 더디게 처리하느냐고 나무라자 종업원은 못 알아들은 척했다. 그는 종업원에게 팁도 주지 않고 아예 외면한 채 내보냈다. 그는 여전히 언짢은 기색으로 유디트에게 카메라 플래시가 준비됐느냐고 물었다. 너희가 괜찮다면 우리 함께 사진이나 몇장 찍자꾸나. 네 사람은 방에서 독사진도 찍고, 부부끼리도 찍고, 짝을 바꾸어서 찍기도 했다. 카메라 플래시가 너무 강했기 때문에 유디트는 사진들이 전부 눈을 감은 채 찍힌 게 아닌지 걱정될 정도였다. 사진을 다 찍고나서 타페 박사는 그래도 사진 정도는 남겨야지, 하고 말했다. 그러고는 트루디와 라이문트에게, 일정을 확인하려고 그러는데 헝가리에 며칠간 머물 거냐고 물었다. 이주일이나? 어쩌나, 나는 월요일 저녁까지는 빈에 가야 하는데.

네 사람은 다시 술잔을 들었다. 타페 박사가 트루디에게 말했다. 자, 이젠 막내 쏘냐 얘기 좀 들어보자. 쏘냐의 딸이 수영선수라고 했지. 랄프와 브루노 소식도 궁금하구나. 트루디는 미소를 지으며 대답했다. 쏘냐의 딸은 계속 신기록을 세우고 있어. 쏘냐는 브루노와 결혼했는데, 브루노는 내가 알기로는 지금쯤 판사가 됐을 거야. 그런데 랄프는…… 물에 빠져서 익사했어. 요트를 타고 북해를 횡단하려다가 그렇게 된 거야. 브루노가 판사라니, 타페 박사가 의아하다는 듯 되묻자, 트루디는 그게 어쨌다고 그래, 판사가 되지 못할 이유라도 있어, 하고 대꾸했다. 베르티가 말했다. 그래도 내가 그 친구하고 학교를 같이 다녔잖니. 그래서 그 친구 집에도 자주 놀러갔는데, 그애 아버지는 늘 경찰과 마찰이 있었거든. 물론 그랬지. 트루디가 말했다. 하지만 그 시절만 해도 경찰과 마찰이 있어도 별 탈 없었어.

라이문트는 기지개를 켜면서 하품을 하자 조잡한 물고기뼈 무늬가 있는 조끼가 목덜미까지 올라왔다. 그가 말했다. 그런 거죠 뭐. 아무래도 사람은 환경에 물드는 모양입니다. 생각이나 생활방식이나 사물이 돌아가는 이치나 모두 어떤 곳에서 사느냐에 따라 다르게 마련이죠. 그는 또 하품이 나오자 미안하다고 하면서 오늘 아홉 시간이나 무더운 버스를 타고 왔더니 자꾸 하품이 나온다고 했다. 그러고는 와이셔츠의 칼라가 조끼 위로 오게 추스르고 칼라를 반듯하게 폈다. 베르티가 조금 전 라이문트의 말에 토를 달았다. 그런데 라이문트, 난 자네 생각에 완전히 동의하진 않아. 자기 고유의 색깔이 없거나 희미한 사람들은 환경에 물들지 모르겠지만, 자기 고유의 바탕색을 가진 사람은 그렇지 않아.

트루디와 라이문트가 방으로 돌아가려고 복도에 나섰을 때 양쪽 부부는 낮은 목소리로 함께 아침식사를 할 시간을 의논했다. 라이문트는 아홉시를 고집했다. 아홉시 전에는 도무지 식욕이 나지 않는다는 거였다. 그래서 아침 아홉시에 다시 보기로 하고, 서로 악수를 하고 손짓을 하면서 헤어졌다.

베르티는 말없이 긴장한 채 옷을 벗으면서 마지막 담배를 피워물었다. 유디트는 벌써 더블베드의 자기 쪽 자리에 누워 있었다. 평소처럼 함께 잠자리에 누워 그날 있었던 일 전부는 아니어도 가장 중요한 경험만은 함께 정리해보고 싶어하는 눈치였다. 잠시 후 그녀가 먼저 말을 꺼냈다. 이제부터 슈스터 피르샬라 부인을 못 볼 거라는 것 하나는 분명해. 그렇게 난리를 쳤으니. 그러자 베르티가 말했다. 피실라인지 친칠라인지 그 여자를 안 보게 돼서 잘됐지 뭐. 당신한테 마싸지해줄 사람은 줄을 서 있다고. 눈치코치 모르는 그 여자가 왜 하필 오늘 여길 왔을까? 어떻든 유디트, 당신은 그 여자를 다른 식으로 대했어야 해. 그러자 유디트가 말했다. 다른 식이라니, 어떻게? 남의 집안잔치에까지 밀고 들어오는 여자를 어떻게 하겠어? 자기가 한 식구라도 되는 양 먼저 말을 꺼내고 주절거리는 여자를 어떻게 해? 가만있자, 어쩌면 그 집도 동쪽에 친지가 있을지 모르겠네. 정말 어떻게 된 영문인지 모르겠어. 그러자 베르티가 말했다. 이 골치아픈 여자를 어떻게 피할지 잘 궁리해둬. 오늘 저녁 분위기를 다 망쳤잖아. 그러자 유디트가 한마디

했다. 어쨌거나 낮에 호숫가에서 그 부부를 발견했을 때 오게 내버려 두라고 한 건 당신이잖아.

두 사람은 평소처럼 침대에 나란히 누워 있었다. 둘 다 오른손으로 뒷머리를 받친 채 시선은 천장을 향하고 있었다. 야간등만 켜져 있었다. 유디트가 말했다. 그런데 어쩐지 트루디하고 서먹서먹한 것 같아. 내가—때로는 당신도 모르게—트루디한테 보낸 물건들을 모조리 적십자사에 보냈다는 걸 나더러 알아들으라고 천연덕스럽게 말하는 거 당신도 들었지? 그러자 베르티가 말했다. 설마 그랬으려고. 난 그런 뜻으로 들리지는 않던데. 트루디가 원래 그래. 아무튼 이 이야기는 내일 다시 하지. 참, 아침식사 하러 갈 때 유디트 팔찌시계를 챙겨가라고. 라이문트는 안 그러던데, 트루디는 선물을 깜빡 잊고 놓고 갔지 뭐야. 유디트가 느릿한 어조로 말했다. 라이문트한테는 호감이 가. 당신은 어땠어? 베르티는 잠시 생각하더니 대답했다. 그러고 보니 내 직업이 뭔지도 물어보지 않았잖아.

타페 박사는 꽃무늬가 있는 여행용 바지 차림으로, 유디트는 빛이 바랬으나 단정하게 다리미질을 한 반바지 차림으로, 두 사람은 동생네한테 해줄 인사말을 미리 중얼거리면서 카펫이 깔려 있는 계단을 내려갔다. 식당에 들어가기 전에 두 사람은 신문과 잡지 등이 꽂혀 있는 안내 창구 쪽으로 갔다. 품이 헐렁한 안내원 복장을 하고 있는 청년은 멋쩍게 웃고 있었는데, 너무 헐렁한 옷차림이 상대방에게 어떤 인상을 주는지 본인도 아는 눈치였다. 어떻든 그 안내원 청년은 타페 박사한테 편지 한통을 건네주었다. 유디트는 그림엽서들이 꽂혀 있는 매점에서 남편이 편지를 개봉해 읽는 걸 지켜보았다. 남편은 편지를 읽고 나더니 손에서 떨어뜨렸다가, 다시 집어들고 재차 읽고서는 넋을 놓고 유디트가 어디 있는지 두리번거렸다. 유디트는 남편 쪽으로 가서, 빈에서 온 거야? 벌써 떠나야 해? 하고 물었다. 트루디 편지야. 자, 당신도 한번 읽어봐. 믿어지지 않을 거야. 그러면서 남편은 화난 표정을 지으면서도 별거 아니라는 듯이 말했다. 글쎄, 오늘 새벽에 푸스타에 있는 마지막 야생마를 구경하러 가자는 제의를 받았다는 거야. 그래서 함께 소풍을 가기로 했다는데, 유감스럽게도 월요일 저녁 전까지는 돌아오기 힘들다는군. 편지를 읽은 유디트가 천천히 고개를 들면서 말했다. 이건 핑계야, 베르티. 순전히 핑계일 뿐이라고. 일이 단단히 꼬였어. 어째서 이렇게 됐는지 영문은 모르겠지만, 단단히 꼬인 건 분명해. 식당으로 가. 아침을 먹으면서 이 문제에 대해 좀더 얘기해보자고.

더 읽을거리

렌츠의 대표작 『독일어 시간』(민음사 2000)이 정서웅 교수의 번역으로 국내에 소개되어 있다. 동서독 분단문제를 다룬 다른 작가의 작품으로 크리스타 볼프의 『나누어진 하늘』(전영애 옮김, 민음사 1993)을 참고할 수 있다.

Christoph Hein

| 크리스토프 하인 |

1944~

옛 동독의 라이프치히 근교의 소도시에서 성장했고, 라이프치히와 베를린에서 철학을 공부한 후
1970년대 후반부터 극작가 겸 소설가로 활동하기 시작했다. 동독 사회를 배경으로 여성의 감정적
피폐와 자아상실의 위기를 다룬 첫 소설 『낯선 연인』(1982)으로 동베를린 예술원이 수여하는 하인
리히 만 상을 수상했고, 서독에서도 '용의 피'라는 제목으로 동시에 출간되어 서독비평가협회 상
을 수상했다. 1950년 후반 동독사회의 어두운 시대상과 보이지 않는 정치적 갈등을 다룬 장편소설
『호른의 최후』(1985)와, 루쉰의 소설 『아Q정전』을 '자유연상' 기법으로 각색하여 동독 지식인들이
사회주의 건설 이데올로기에 직면하여 겪는 무기력증을 성찰한 동명의 희곡이 대표작으로 꼽힌
다. 독일 통일 후 1998년부터 2000년까지 독일 펜클럽 회장을 역임했다.

■　　인도로 가는 항로는 없었다 Kein Seeweg nach Indien
　　　　독일 통일 직후인 1990년에 발표된 작품으로, 동독의 몰락과 통일 후 동서독 통합문제를 콜럼
버스의 '서인도 항해'에 빗대어 우화 형식으로 다루고 있다.

인도로 가는 항로는 없었다

그 항해는 애초부터 조짐이 좋지 않았다. 우두머리 선장의 포부를 믿고 정말로 바다 건너 인도로 가는 항로를 발견할 수 있다고 생각한 선원은 극소수에 불과했다. 하지만 나머지 선원들도 다른 선택의 여지가 없었다. 큰 전쟁을 치른 뒤여서 나라는 초토화되었고, 굶어죽지 않으려면 배를 타고 떠나는 수밖에 없었던 것이다. 그래도 떠나지 않겠다고 버티는 사람들은 본인의 뜻과 무관하게 강제로 승선해야만 했다. 그런 사람은 우두머리 선장이 하는 말에 설득을 당했다. 하지만 항구의 빈민가에서는 떠나지 않겠다고 버티는 사람들을 윽박질렀다는 소문이 나돌았다.

전쟁으로 손상된 노후한 배들에는 형형색색의 깃발들과 거창한 구호들이 내걸렸다. 고향에 그대로 남아 있던 사람들은 선단이 출항하자 냉소와 조소로 작별인사를 대신했다.

배들이 망망대해에 이르자 우두머리 선장은 저 대양 너머에 야자수가 우거진 해안이 있다고 확성기로 고함을 질러댔다. 그러면서 선장은 낙원의 땅이 그려져 있는 아주 오래된 지도들을 펴서 보여주었다.

항해는 끝없이 계속되었다. 선원들의 기분을 맞추기 위해 모든 배에서 종종 선상축제가 벌어졌다. 배들은 각양각색이었지만, 선원들은 신성한 서약과 갖가지 행진, 음악과 춤과 술로 일치단결과 공동의 목표를 다짐했다. 무장한 선원들의 행진은 선단의 위용과 불굴의 전투력을 과시했다. 이미 지나온 항해를 자축하는 소식이 끊임없이 공표되었고, 조만간 인도에 상륙할 거라는 보도 역시 날마다 들려왔다. 그런 식으로 우두머리 선장은 바른 항로를 가고 있다고 배에 탄 사람들에게 줄곧 주지시켰다.

하지만 바다와 하늘은 여전히 잿빛으로 잔뜩 찌푸려 있었고, 큰바다의 사나운 폭풍으로 배들은 거의 조난 직전의 위기를 맞았다. 부러진 돛대들은 망망대해에서 임시변통으로 수리할 수밖에 없었고, 돛들은 어느새 누더기를 기워놓은 모양새가 되었다.

사람들은 분노와 절망감에 휩싸였고, 아무리 인내심이 강한 사람도 참기 힘든 지경에 이르렀다. 마침내 소요가 일어났고, 처음 한 척에서 시작된 소요사태는 금방 다른 배들로 번져갔다. 우두머리 선장은 신속하고 단호하게 반란을 진압했다. 선장은 심지어 유혈진압도 서슴치 않았다. 그런데도 저항과 소요는 곳곳에서 계속되었다.

몇몇 사람들이 갑자기 흔적도 없이 사라졌다. 선상에서는 흉흉한 소문이 나돌았고, 우두머리 선장의 지시로 일부 선원들이 배에 탄 다른 사람들을 감시하고 있다는 사실이 이내 확인되었다. 마침내 사람들은 서로 불신에 빠졌고, 더불어 절망감도 더해갔다. 야음을 틈타 배에서 도망치는 사람들도 생겼다. 그러자 우두머리 선장은 선박 감시를 한층 강화하여 무장병력을 투입했다.

우두머리 선장의 직속 부하인 장교들과 선장의 친구들 중에서도 항로가 틀렸다고 말하는 사람들이 생겨났다. 그러자 우두머리 선장은 낙원이냐 아니면 죽음이냐 양자택일밖에 없다고 응수했고, 항로가 틀렸다고 말하는 친구들과 장교들을 반역자로 몰아 사형에 처했다.

이따금 이들이 떠나온 옛 고향에서 배로 소식이 전해져왔다. 그러자 배에 탄 사람들은 모두 고향에서 온 편지와 사진을 보기 위해 몰려들었고, 모두들 옛 고향의 눈부신 생활상에 놀랐다. 그러자 우두머리 선장은 이 우편물들이 적의 악선전일 뿐이라고 단언했고, 선상신문의 편집자들에게 대응선전물을 발행하라고 지시했다. 배를 타고 온 우리들이 승자이며 옛 고향의 형편은 점점 악화되고 있다는 보도가 나오자 사람들은 코웃음을 쳤고, 마침내 우두머리 선장의 선상신문에 실려 있는 보도는 한마디도 믿지 않게 되었다.

선상의 이끼 낀 나무벽과 녹슨 철골 구조물은 온통 선전전단으로 뒤덮였다. 모든 전단에는 지상낙원의 섬들이 그려져 있었고, 이런 문구가 적혀 있었다. '바다 건너에는 야자수가 우거진 해변이 있고, 그리로 가는 길은 단 하나뿐이다.'

매일 아침마다 새 전단이 나붙었는데, 밤사이에 전단에는 다음과 같은 구호가 적혔기 때문이다. '바다 건너에는 옛 고향 아니면 죽음뿐이다. 두 가지 길 중에 하나를 택해야 한다.'

그러던 어느날 비교적 규모가 작은 배들 중의 한척을 지휘하던 어떤 선장이 전체 선단을 향해 확성기로 이렇게 말했다. '바다 건너에 낙원이 있는 것은 분명하나, 당장 항로를 변경해야 낙원에 도달할 수 있다.' 배에 탄 모든 사람들은 이 작은 배의 선장이 하는 말에 귀를 기울이면서 다시 희망을 걸었다. 하지만 작은 배의 선장이 항로를 채 바꾸기도 전에 선단의 모든 함포들이 이 작은 배를 겨누고 공격태세에 돌입했다. 우두머리 선장은 이단적인 도발을 한 작은 배의 선장을 해임하고 다른 사람을 선장으로 임명했다. 그리하여 선단은 원래의 방향대로 항해를 계속했다. 그때부터 바다는 더 어두운 잿빛으로 변했고, 수

평선은 더 아득히 멀어져만 갔다.

사람들은 모두 쓸쓸한 심정으로 의욕을 상실한 채 일을 하면서 옛 고향에 대한 꿈에 젖어들었다. 돌이켜보면 볼수록 옛 고향이 점점 더 아름답게 느껴졌고, 본래의 지상낙원처럼 여겨졌다. 불만은 점점 고조되었고, 우두머리 선장의 밀정들은 갈수록 할일이 늘어났으며, 그리하여 과중한 업무를 제대로 수행하려면 점점 더 많은 밀정들을 새로 채용해야만 했다.

어느날 아침 우두머리 선장은 여느 날과 마찬가지로 지휘선박의 층계를 올라가서 확성기로 바다 건너에는 야자수가 우거진 해안이 있다고 부르짖었다. 그러고는 평소와 다름없이 망원경으로 수평선을 관찰하면서 자신이 목적지로 약속한 인도 해안이 보이는지 살펴보았다. 그런데 이날도 전과 마찬가지로 망원경을 아무리 들여다보아도 바다의 물결밖에 보이지 않자 선장은 갑자기 망연자실한 느낌이 들었다. 사실은 선장 자신도 지상의 온갖 보화가 가득한 축복의 땅이 있을 거라고는 기대하지도 않았던 것이다. 우두머리 선장 역시——비록 겉으로 그런 내색을 하거나 솔직히 털어놓지는 않았지만——이미 진작부터 지상낙원 찾기를 포기했던 것이다.

이날 아침 선장은 갑자기 원래 나이보다 몇십년은 더 늙은 느낌이 들었다. 그는 다리를 후들거리며 겨우 층계를 내려왔다. 그리고 여느 날과 마찬가지로 선원들은 맥없이 불평조로, 도대체 축복의 땅에는 언제나 다다르냐고 선장한테 물었다. 그러자 하루아침에 노인네가 된 선장은 예전처럼 주먹을 휘두르며 '낙원이냐 죽음이냐' 하고 호통을 치는 것이 아니라, 어쩔 줄 몰라하면서 겁먹은 태도로 혼잣말을 중얼거리더니 황급히 선실 안으로 모습을 감추었다.

바로 그날 밤 모든 배에서 봉기가 일어났다. 사람들은 안에서 잠가놓은 선실문을 부수고 들어갔으며 선장들은 체포되었는데, 특히 미움을 많이 산 선장들은 즉시 돛대에 묶어 세워놓았다. 직급이 낮은 수병들이 새 선장으로 임명되었고, 수습선원들이 장교로 임명되었다. 밀정들은 몸을 숨기기에 급급하거나, 아니면 새 주인들에게 봉사하겠다고 자청했다.

같은 날 밤 배의 조종간들이 부서졌고, 노후한 소형선박의 목재골조들은 금방이라도 부서질 듯이 우지끈거리는 소리를 냈다. 하지만 회항을 서둘러서 얼마 후에는 다시 옛 고향에 닿을 수 있었다. 옛 고향 사람들이 기쁨에 들떠서 환호하는 외침이 배에서도 들릴 만큼 크게 들려왔다. 하지만 한때 바다 건너에서 낙원을 찾겠다고 떠났던 바보들을 비웃는 소리도 들려왔다.

배들이 항구에 정박하고 사람들이 뭍에 오를 채비를 하자, 배들은 완전히 망가지고 다시 고향에 돌아온 사람들의 몰골도 너무나 초라해서 처음에는 환호하거나 비웃던 사람들 사이에서 우려의 목소리가 들려오기 시작했다. 이 사람들이 뭍에 올라와서 아름다운 도시를 헤집고 다니면 그 비용을 과연 누가 감당할 것인가 하는 우려의 목소리였다.

다시 고향에 돌아온 뱃사람들은 옛 고향의 부유함에 눈이 휘둥그레졌다. 항구도시의 시민들은 흥분을 가라앉히고 귀향자들에게 인사를 보냈으며, 그들이 시내로 들어오지 않고 배에 그대로 머물러 있기만 하면 도와주겠다고 약속했다. 그러자 배에 타고 있는 사람들이나 도시에 사는 사람들이나 앞날이 어떻게 될지 모르는 불안감 때문에 기쁨이 사라졌다. 다만 장사꾼들만 환호성을 지르며 배에 올라가서 배에 타고 있는 사람들이 오랫동안 만져보지도 못한 물건들을 팔았는데, 그 물건들은 감히 누구도 살 엄두를 내지 못할 만큼 엄청나게 비싸거나, 도시에 사는 사람들은 아예 거들떠보지도 않는 싸구려였다.

도시측의 협상가들은 새 선장들과 항복조건에 대해 협상을 했다. 이런 일에 경험이 없는 선장들은 배가 회항을 하던 날 밤에 외쳤던 투쟁의 구호, 즉 '우리가 민중이다'라는 구호가 조약 제1조에 명시되어야 한다고 요구했다. 하지만 도시측의 협상가들은 그런 요구조건은 어림도 없다고 일축했고, 결국 양측은 조약의 조항을 다소 수정하기로 합의했다. 그렇게 해서 체결된 조약의 제1조는 '인간의 자유와 존엄은 불가침의 권리이다'라는 문구로 확정되었는데, 배에서 빠져나와 도시로 들어오는 사람들한테는 생계비를 단 한푼도 지원해줄 수 없다는 단서가 붙었다.

　상당기간 동안 검역을 위한 격리가 불가피하다고 도시측의 협상가들은 말했다. 선상에 어떤 질병이 있는지 알 수 없다는 이유였다. 당신들의 부패한 조각배들 때문에 우리의 번창한 도시가 질병에 감염되는 것은 원치 않는다고 했다.

　새 선장들은 이 조약에 서명을 하면서, 이런 조건이라면 선상의 분위기가 뒤숭숭해질 거라고 걱정스럽게 말했다.

　그러자 도시측의 협상가들은 자기들이 만반의 대비책을 강구했노라고 느긋하게 말했다.

　도시와 선상에는 새로운 전단들이 나붙었다. 전단에는 '바다 건너에는 낙원이 아니라 죽음이 있을 뿐이다'라는 문구가 적혀 있었다. 그리고 원하는 사람은 누구나 이 문구에 동의하는 서명을 할 수 있었다. 그리고 도시나 선상에서 이 문구에 서명하지 않는 사람은 우두머리 선장의 추종자이거나 밀정이었을 거라는 의심을 받았다.

　그러자 한참 동안 망설인 끝에 마침내 콜럼버스도 전단의 문구에 동의하는 서명을 했다.

그런데 작가들은 어떻게 했을까? 선상에도 작가들이 있긴 있었던가?

물론 있었다. 항해를 하는 동안 내내 작가들은 할일이 많았다. 세상 어디서나 그렇듯이 작가들은 그들 자신에 대해, 그들이 사는 세계에 대해 이야기를 해야만 했다. 그런데 선상신문에는 우두머리 선장의 선전물 말고는 읽을거리가 없었기 때문에 작가들이 쓴 책은 매우 인기가 좋아서 많이 읽혔다. 그리고 이 작가들이 칭송받고 높이 평가되고 때로는 과대평가되기도 한 것은 비단 선상에서만 벌어진 일은 아니었다.

물론, 우두머리 선장한테 아부하는 글만 썼던 작가들도 있었다. 하지만 선상의 사람들은 그런 작가는 경멸하고 잊어버렸다. 우두머리 선장은 이따금 이 고분고분한 얼치기 작가들을 선장실로 불러들여 함께 식사도 하고 때가 되면 주기적으로 공로훈장을 수여하기도 했지만, 그런 작가들이 선장실 밖으로 나가는 순간 선장 자신도 그들의 이름을 까먹었다.

우두머리 선장은 밀정들로 하여금 작가들을 엄중히 감시하고 괴롭히게 했다. 그래서 몇몇 작가들은 어쩔 수 없이 항해 도중에 배를 떠나고 말았다. 그런가 하면 어떤 작가들은 정신질환 선고를 받고 감호소에 수감되었으며, 상당수의 작가들은 집필금지 처분을 받았다.

하지만 아무리 그렇게 억눌러도 작가들은 계속 글을 썼다. 실제로 선상의 형편이 어떠한지, 실제로 선상에서 오가는 목소리들이 무엇인지, 계속 써나갔다. 작가들은 선단의 항로에 관해 서술하면서, 그 항로가 옛날의 항해지도에 기술된 항로에서 애초부터 벗어났다는 것을 상기시켰다. 그런 방식으로 작가들은 함께 배를 타고 가는 사람들에게 불안과 의구심을 일깨워주었다. 속으로 불만을 품은 승무원들 중에도 상당수는 자신의 생각을 바른대로 말할 용기가 없어서 작가들의 글을 인용하곤 했다.

선원들이 마침내 배를 회항하는 데 성공하던 날 밤 작가들 역시 바보들이 지휘하는 배에 관해 굽힘없이 글을 써온 공로로 한참 동안 치하를 받았다.

나중에 도시측의 협상가들이 배에 올랐을 때는 아무도 이 작가들에게 신경도 쓰지 않았다. 배에 있던 사람들은 모두 부유한 항구도시의 재정을 관리하는 재무관들이 뭐라고 말하는가에만 촉각을 곤두세웠기 때문이다. 그리하여 작가들은 다시 그들의 책상으로 돌아가서 주위 사정에 휘둘리지 않고 글쓰기를 계속했다.

작가들 중 일부는 배의 항로가 잘못되었을 뿐이지 바다 건너에는 여전히 풍요로운 땅이 누군가에 의해 발견되기만 기다리고 있다고 했다. 그들은 바다 건너의 땅을 인도 혹은 아메리카 혹은 유토피아라고 부르기도 했다. 반면에 다른 작가들은 그렇게 오랫동안 항해를 하고도 아무것도 발견하지 못했으니 바다 건너에는 좌절한 희망밖에 없다고 했다.

이런 토론을 벌인 후에 작가들은 각자의 책상으로 돌아가서 자기 자신과 세상에 관해 글을 썼고, 그때부터 아주 다양한 작품들이 나오기 시작했다. 작가들도 아주 다양해졌고 세상도 무척이나 다양해졌기 때문이다.

바보들의 배를 타고 항해한 기간은 잃어버린 시간이 아니냐는 질문을 받으면 작가들은 미소를 지으면서 이렇게 대답했다. 우리는 선상에서 사람들이 필요로 하는 존재였고, 뭔가를 경험했습니다. 그러니까 뭔가를 경험한 만큼은 더 풍요로워진 셈이지요. 삶과 글쓰기를 위해 무엇보다 소중한 것이 곧 사랑과 경험이니까요.

더 읽을거리

『낯선 연인』(전영애 옮김, 현대소설사 1991)과 『阿Q정전』(노영돈 옮김, 성균관대출판부 2006), 그리고 자서선 『처음부터』(한경희 옮김, 생각의나무 2001)가 국내에 번역 소개되어 있다. 크리스토프 하인의 아들로 의사인 야코프 하인(Jakob Hein)도 소설가로 활동중인데, 1980년대 동독사회를 배경으로 청소년들의 분방한 생활감정과 체제의 외압을 대비시킨 소설 『나의 첫번째 티셔츠』(배수아 옮김, 샘터 2004)가 국내에 소개되어 있다.

독일 현대소설의 다양한 가능성들

임홍배

　이 책에 수록된 17편의 독일 단편소설은 그 형식과 스타일이 매우 다양하다. 한국 독자의 입장에서 볼 때 우선 눈에 띄는 외형상의 특징으로 작품의 분량이 고르지 않다는 점을 꼽을 수 있겠다. 한국의 경우 단편소설 분량이 문학잡지의 편집 관행에 따라 대개 20면(200자 원고지 80매) 내외로 정형화되어 있는 것과는 대조적이다. 촌철살인의 미학이 단편소설 장르의 핵심적 특징이라면, 작품의 분량은 단지 양적 기준의 문제가 아니라 단편소설을 단편소설답게 해주는 핵심적 구성 원리와 직결되어 있다. 예컨대 작품의 분량을 미리 20면으로 고정해놓고 작품을 써나가는 글쓰기 방식과, 작가의 문제의식 여하에 따라 가변적 가능성을 열어놓고 글쓰기를 하는 방식은 설령 동일한 소재와 주제를 다루더라도 결과적으로 전혀 다른 작품을 낳을 수 있는 것이다.

　다른 한편 똑같이 짧은 이야기라 하더라도 주제와 독자층을 어떻게 설정하는가에 따라 전혀 다른 스타일의 작품이 나오게 마련이다. 가령 헤벨의 「뜻밖의 재회」는 단편소설 중에서도 '달력이야기'라는 독특한 형식과 평민층을 주독자로 삼는 쓰임새가 작품의 형식과 내용을 결정적으로 규정한다. 그리고 클루게의 「어느 사랑의 실험」 같은 작품은 나치의 생체실험이라는 역사적 사건을 전후 세대가 어떤 방식으로 기억하고 평가할 것인가 하는 주제에 걸맞게 다큐멘트와 픽션의 절묘한 중간 형식을 취하고 있다. 그런가 하면 크리스토프 하인의 짧은 이야기 「인도로 가는 항로는 없었다」는 동독과 동구권의 몰락, 그리고 독일통일이라는 장구한 시기의 무거운 역사적 주제를 우의적 형식을 통해 적절히 소화하고 있다.

뛰어난 단편소설은 이처럼 작품 하나하나가 단편소설의 역사에서 새로운 가능성을 탐색한 흔적을 보여준다. 이 책에 수록된 작품의 대부분이 문학사적으로 그 시대를 대표하는 전형성을 띠지만 그렇다고 특정한 문학사조나 시대정신을 예시하는 '물증'으로 읽어서는 곤란한 것도 그런 이유에서다. 가령 괴테의 「정직한 법관」은 이 작품을 청탁한 장본인이자 당대 최고의 이론가이기도 했던 쉴러가 자신의 고전주의 미학이론과 정치관을 구현한 작품이라고 격찬했고 문학사에서 흔히 그렇게 평가되어왔지만, 작품의 심층부를 들여다보면 괴테가 이 작품에서 쉴러의 생각에 비판적인 거리를 두고 있다는 것을 알 수 있다. 괴테의 작품을 쉴러의 생각과 다르게 새로운 관점에서 읽을 수 있는 결정적인 실마리는 작품의 마지막 부분에서 찾을 수 있다. '젊은 부인'은 '정직한 법관'의 조언에 감사하면서 정치지도자와 시민들이 갖춰야 할 덕목을 얘기하면서 작품이 끝나는데, 부인의 발언에 대해 법관이 아무런 반응도 보이지 않는 묵묵부답의 '침묵'이 새로운 해석의 실마리다. 이 침묵은 법관이 부인의 말에 전적으로 공감하는 표시일 수도 있지만, 그 반대로 과연 법관의 금욕 처방이 옳은 것인지 고개를 갸우뚱하게 만드는 의외의 문제제기를 함축하고 있다고 볼 수도 있다. 얼른 독자의 눈에 띄지 않는 이 침묵의 언어 내지 텍스트의 빈 자리에 이 작품의 심층적 이해를 위한 핵심적 열쇠가 들어 있다. 장편소설의 경우에도 어느정도 해당되는 말이지만 특히 단편소설에서는 텍스트의 디테일 하나하나가 작품 전체와 긴밀하게 연관되어 있고, 경우에 따라서는 단 하나의 문장이나 어구가 작품의 핵심을 함축한다. 그런 부분들을 제대로 읽어내는 것이 작품 이해의 관건이 되는데, 작품마다 개성이 강하고 작가 특유의 문제의식을 담고 있기 때문에 작품의 이해를 돕기 위해 각 작품마다 별도로 짤막한 해설을 달았다.

괴테「정직한 법관」: 인간본성의 심연과 공동체의 윤리

「정직한 법관」(1795)은 쉴러가 발행하던 잡지 『호렌』(*Die Horen*)에 처음 발표되었다. 괴테는 독일 고전주의의 기관지 구실을 한 이 잡지에 『독일 피난민들의 담화(談話)』라는 소설을 연재했는데, 이 소설은 프랑스혁명 후 프랑스군이 독일로 침공해오던 당시 피난민 몇명이 모여서 서로 돌아가면서 이야기를 하나씩 들려주는 형식을 취하고 있다. 『데카메론』과 유사한 액자소설 형식의 이 소설에 들어 있는 짧은 이야기들 중 하나가 「정직한 법관」이다.

이딸리아 항구도시의 부호로 등장하는 상인은 쉴러가 『인간의 미적 교육에 관한 편지』에서 '이 시대 최고의 우상'[1]이라 일컬었던 새로운 인간형 즉 '경제적 효용과 이윤'만 추구하는 자본가 유형이다. 평생 사업에만 몰두하던 그는 쉰살에 가정의 행복에 눈떠서 고향도시 최고의 미인으로 알려진 16세의 어린 신부를 아내로 맞이한다. 그런데 상인이

1) 쉴러, 안인희 옮김 『인간의 미적 교육에 관한 편지』, 청하 1995, 15면 참조.

가정에서 느끼는 행복은 가령 '부인의 미모가 보석 때문에 더욱 돋보였다'는 게 아니라 '보석이 부인의 미모 덕분에 더욱 돋보였다'는 식으로 묘사된다. 부인의 미모도 철저하게 '자본의 방식대로' 느끼는 것이다. 결혼한 지 일년 만에 다시 사업여행을 떠나고 싶어 몸져눕기까지 하는 것은 당연한 귀결이다.

상인이 다시 무역여행을 떠나기 전 젊은 부인에게 하는 말에서 핵심적인 것은 '본능의 욕구가 대개는 이성을 압도하게 마련'이라는 것이다. 그의 예상은 적중해서 애초에 정절을 지키겠다고 맹세했던 부인은 뭇 남자들의 유혹에 걷잡을 수 없는 혼란에 빠지고, 마침 남편이 일러준 남자친구의 자격에 딱 들어맞는 청년, 즉 '정직한 법관'을 만난다. 상인과 오래전부터 알고 지내온 이 법관은 절묘한 꾀를 생각해내어 부인에게 금욕생활의 처방을 내리고, 금욕생활 2주 만에 완전히 탈진한 부인은 마침내 '정직한 법관'의 뜻을 알아차리고는 사람의 마음속에는 본능적인 감정을 극복하게 해주는 분별심이 있다는 깨달음으로 이성을 회복한다. 작품 마지막에서 부인은 본능의 충동을 극복하고 마침내 이성적 자각에 도달한 자신의 경험을 한 나라의 시민과 통치자가 갖추어야 할 덕목으로 일반화하고 있다. "누구나 마음속에 올곧은 미덕의 힘이 보이지 않는 곳에서도 싹트고 있다"는 것을 깨우쳐주는 사람이야말로 "나라의 아버지"로 받들어진다는 것이다. 이처럼 공동체의 구성원 모두가 마음속에 깃들어 있는 '이성의 법'에 대한 자발적 각성을 통해 성숙한 시민으로 거듭나고, 그런 사람들의 총화가 곧 진정한 이상국가의 바탕이 된다는 생각은 쉴러의 『인간의 미적 교육을 위한 편지』에 표명된 유기체적 국가론과 일맥상통하며,[2] 괴테·쉴러 시대의 고전

2) 쉴러, 앞의 책 25면 참조.

적 교양이념의 핵심이기도 하다. 쉴러가 이 작품의 결말을 극구 칭찬한 것은 우연이 아니다.

그러나 부인의 회심과 그 소회를 액면 그대로 받아들이면 작품의 핵심을 놓치게 된다. 우선 젊은 부인이 '금욕고행'의 방식으로 이성적 자각에 도달했다는 것부터 문제적이다. 작품에 묘사된 초인적 금욕고행은 중세 성인전에서나 가능한 방식이다. 다시 말해 '누구나의 마음속에 올곧은 미덕의 힘'을 키울 수 있는 방식과는 전혀 거리가 멀다. 어떤 정신나간 통치자가 '모든' 국민을 '성인'으로 만들려고 하겠는가! 만약 그런 통치자가 있다면 신을 참칭하는 광신자거나 독선적 폭군일 수밖에 없다. 부인의 금욕고행과 작품 결말부의 메씨지는 서로 앞뒤가 맞지 않는다.

젊은 부인과 남편의 관계 역시 간단치 않다. 부인이 욕정에 시달리면서 떠올리는 생각들이나 법관에게 자신의 감정을 전달하는 대목들을 보면 곳곳에 미묘한 아이러니가 숨어 있다. 가령 부인에게 구애하는 '귀여운' 남자들은 '신뢰감'을 주지 못하고 '신뢰감'을 주는 남자는 '매력'이 없다고 느끼는 딜레마를 남편에게 적용해보면 남편은 영락없이 후자에 해당된다. 남편의 엄청난 부와 명석한 사리판단에 기가 죽어서 말을 못할 뿐이지 이 어린 부인에게 남편은 사실상 '보호자' 겸 '감시인'일 뿐이다. 남편이 다시 돌아온 후 두 사람의 부부관계가 과연 어떻게 전개될지는 독자의 상상에 맡길 수밖에 없지만, 작품 결말부의 메씨지를 금과옥조로 미화하지 않는 한 행복한 부부생활을 기대하긴 힘들다.[3]

---

3) 클라이스트의 「주워온 자식」은 괴테의 작품에서 공백으로 남아 있는 이 부분을 패러디한 작품으로 읽어도 무방하다.

결국 남편은 자기 같은 사람만 남자친구로 사귀라고 주문한 셈이며, 평생 일만 해서 체질화된 자신의 금욕주의를 이제 막 성적 욕구에 달아오른 젊은 여성에게 강요한 것이다. 금욕고행으로 몸이 거덜난 부인에 대한 묘사에서 보듯이 그것은 정상적인 남녀관계의 척도로 보면 사실상 물리적 폭력과 다름없다. 그런데 젊은 부인 자신은 그런 과정을 통해 얻은 이성적 자각을 국민과 통치자의 덕목으로 일반화하고 있으므로, 그런 정치적 맥락과 이 금욕주의의 강요는 서로 긴밀한 연관성이 있다. 이 맥락에서 문제되는 것은 로베스삐에르의 공포정치에 바탕이 된 정치철학이다. 로베스삐에르가 숱한 정적들을 단두대로 보낼 때마다 내세웠던 슬로건은 '절대로 매수당하지 마라!'[4]는 것이었다. 숙청을 정당화하기 위한 그러한 도덕적 엄숙주의는 젊은 부인을 계속 자신의 '부'로 '소유'하기 위한 이 자본가의 억압적 금욕주의와 내적 친화성을 지닌다.

작품의 심층에 감춰져 있는 이러한 아이러니를 통해 괴테는 승승장구하는 자본의 위세에 휩쓸려가는 시대정신과 프랑스혁명기의 공포정치에 대한 치열한 대응을 보여주고 있다. 이처럼 당대의 세계사적 현안을 직접적인 정치경제 이야기로 꺼내지 않고 절묘한 아이러니로 풀어가는 솜씨야말로 괴테의 대가다운 면모다. 이 이야기는 험악한 난세에 그저 마음 수양이나 하자는 게 아니라 난세의 실상을 똑바로 보자는 얘기인 것이다.

---

4) '절대로 혁명의 적들에게 매수당하지 마라!'는 뜻이다. 괴테의 작품에서 남편과 젊은 부인의 관계에 대응시키면 '절대로 외간남자들의 유혹에 넘어가지 마라!'는 뜻으로 패러프레이즈가 된다.

티크「기발한 페르머」: 이백년 전의 베스트쎌러 씬드롬

독서문화는 한 사회의 문화적 수준을 가늠하는 중요한 척도가 된다. 특히 문자 이외의 다른 매체가 없던 시절에는 문화생활에서 독서가 결정적인 비중을 차지했다. 독일의 문화사에서 책이 소수 식자층의 전유물이 아니라 일반시민에게 널리 보급되고 오늘날의 의미로 독서시장이 형성된 것은 18세기 후반이다. 당시 독서문화의 양상을 상징적으로 보여주는 사건이 익히 알려진 '베르터 씬드롬'이다. 괴테가 스물다섯살에 쓴 소설 『젊은 베르터의 슬픔』(1774)이 발표된 이후 독일은 물론 유럽 전역에서 주인공 베르터와 똑같은 복장을 하고 주인공을 따라 모방자살을 하는 독자들이 속출했던 것이다. 소설의 주인공 베르터 자신이 독서광이었고, 자연풍경을 접할 때나 사모하는 여인 로테를 대할 때나 그의 머리와 가슴 속에는 언제나 자신의 심정을 대변해주는 이전 시대의 문학작품들이 따라다녔다. 그런데 괴테의 이 소설은 당시 베스트쎌러이면서 문학사에 고전으로 남은 유일한 경우다. 그때나 지금이나 사정은 그다지 다르지 않아서 당시 독서시장을 석권한 것은 통속문학이었던 것이다.

티크의 초기 작품 「기발한 페르머」(1797)는 당시의 베스트쎌러 통속문학에 대한 풍자로 읽을 수 있다. 자기가 천재라는 착각에 빠져 있는 주인공 페르머는 자신이 읽은 문학작품 속의 인물이나 줄거리에 따라 감정과 행동을 연출한다. 그런데 그의 주된 독서물이 바로 당시의 베스트쎌러 통속물이며, 시대착오적인 기사모험담이나 값싼 애국심을 자극하는 게르만족 이동 시대의 무용담 등에 들떠 있는 페르머 자신도 통속 베스트쎌러 작가 지망생이다. 주인공을 추남 중의 추남으로 등장시킨 것은 이중적 의미에서 당시 문단의 스캔들이다. 작가가 불쑥 작품 속에 튀어나오는 것 자체가 당시 통용되던 소설규범을 조롱하는 도발이다. 그러면서 작가/화자는 문학작품에서 묘사되는 선남선녀들은 눈을 씻고 찾아봐도 어디에도 없다는 말로 작가들이 받드는 '미의 이상'을 비웃는다. 이로써 티크는 당시 범람하던 천박한 통속문학을 통렬히 비판하는 한편, 그가 보기에는 현실과 동떨어지고 너무나 고답적인 이상주의 문학관에 대해서도 야유를 퍼붓는 셈이다. 작가가 겨냥한 그 이상주의 문학관의 발원지는 다름아닌 괴테와 쉴러다. 잡다한 통속물 외에 유독 두 작가의 작품이 페르머에게 '영감'을 주는 중요한 원천으로 인용되는 것은 그런 이유에서다. 괴테의 희곡『클라비고』는 남자한테 버림받은 여성의 비극을 다루고 있다. 그러니까 "루이제는 잠시 잊고" 나네테한테 편지를 쓰려는 페르머는 자기가 두 여성 중 한명을 골라잡을 수 있다는 허황된 우월감에 들떠서 원작의 비극적인 이야기를 자신의 희극적 상황에 끌어다붙이는 것이다. 그런가 하면『스텔라』의 남자 주인공은 두 여성과 사귀다가 헤어지는데, 세월이 지나서 세 남녀가 다시 만나 삼각관계가 형성된 상황에서 두 여성이 이 남자를 '공유'하기로──즉 세 남녀가 함께 살기로──한다는 내용이다. 그러나 당시 연극 관객들은 이 '이상주의적' 결말에 시큰둥한 반응을 보였고, 나중에 괴테는 작품의 결말을 둘 중의 한 여성이 자살하는 식으로 수정하지 않을 수 없었다. 천하의 괴테도 독자의 반응에 그만큼 민감했던 것이다. 두 판본 중에 페르머가 읽은 것은 괴테가 고치기 이전의 작품이다. 그러니까 페르머는 내심 루이제와 나네테 두 여성을 함께 데리고 살겠다는 허황된 망상에 빠진 것이다. 어디까지나 페르머 자신의 눈높이로 두 작품을 견강부회하는 것은 물론이다.

티크의 이 작품이 발표되자 당시 평단에서는 어떻게 고전적 작가의 작품들을 허섭스레기 통속물과 나란히 열거하느냐고 작가의 몰취미를 공격했다. 하지만 그런 비판은 작중인물 페르머에겐 해당되어도, 일부러 이 몰취미한 인물을 내세워서 천박한 독서취향을 비판하는 한편 '이상주의적' 미의 관념을 해체하고자 했던 작가의 의도를 간과한 것이다. 티크는 이 작품을 발표했을 때 스물네살로, 괴테가 『젊은 베르터의 슬픔』을 집필하던 때의 나이와 같다. 훗날 문학사에 '낭만주의의 제왕'이라 일컬어지는 신예작가 티크는 페르머라는 추하고 우스꽝스러운 인물을 통해 '포스트 괴테' 시대의 새로운 문학방향을 예고하고 있는 것이다.

클라이스트 「주워온 자식」: 악의 사회적 근원에 대한 탐구

은혜를 원수로 갚는 이야기는 예로부터 문학작품의 단골 소재였다. 클라이스트가 살던 시대에 익히 알려진 고전적 선례로 몰리에르의 희곡 『따르튀프』를 꼽을 수 있다. 이 희곡의 주인공 따르튀프는 은인의 부인을 넘보고 재산을 가로채려다가 결국 법의 심판을 받는다. 반면 클라이스트의 「주워온 자식」(1811)에서 따르튀프에 해당되는 니꼴로는 '합법적으로' 재산을 가로채지만 은인이자 양부인 삐아찌에게 죽임을 당하고, 삐아찌 자신도 교수형에 처해진다. 이 파국적 결말은 클라이스트의 작품이 소박한 권선징악의 메씨지를 설파하려는 의도와는 무관하다는 것을 시사한다. 그렇다면 양모를 범하려다 죽게 만들고, 생명의 은인인 양부를 결국 집안에서 쫓아내는 니꼴로의 파렴치한 죄악을 통해 인간본성에 숨어 있는 절대악을 파헤치려는 것일까? 삐아찌가 니꼴로에게 베푸는 선행들이 예외 없이 니꼴로에겐 악의 계기로 역전

되는 양상에 비추어 그렇게 이해할 소지가 다분하다. 그러나 작품을 자세히 읽어보면 니꼴로의 악행은 악마의 장난도 아니고 악의 본성을 타고났기 때문도 아니다.

주목할 것은 니꼴로가 삐아찌의 양자로 입적된 후의 생활환경이다. 니꼴로는 스무살 전에 삐아찌의 사업을 물려받을 정도로 새로운 환경에 성공적으로 적응한 것처럼 보인다. 그러나 니꼴로의 감정교육은 이중의 위험에 노출되어 있다. 우선 사회적 교제의 환경이 치명적이다. 장차 니꼴로가 상속받을 유산에 눈독을 들이고 그에게 접근하여 여자까지 붙여주는 까르멜 교단은 작품 마지막에서 니꼴로와 '악의 세력'이 승리를 거두는 데 결정적인 발판이 된다. 양부모와 양자의 관계는 한층 더 미묘하다. 작품의 문맥을 재구성해보면, 지금 엘비레의 나이는 28세, 삐아찌는 60세, 그리고 니꼴로는 21세다. 이런 관점에서 작품의 디테일을 눈여겨볼 필요가 있다. 엘비레가 신혼초에 열병을 앓았다는 것은 생명의 은인 꼴리노에 대한 그리움이 사무쳐서 삐아찌를 남자로 받아들일 수 없었다는 뜻이다. 엘비레와 삐아찌는 온전한 부부의 연을 맺지 못한 채 함께 살고 있는 것이다. 그리고 삐아찌가 니꼴로한테 재산을 물려주고 엘비레와 함께 '은거상태'에 들어가는 것은 문자 그대로 '이팔청춘'인 엘비레에게 '양로원' 생활을 강요한 것과 진배없다. 물론 엘비레 자신도 죽은 꼴리노 말고는 다른 남자한테 일절 관심이 없긴 하다. 그런데 사춘기의 감정상태에 사로잡힌 채 (꼴리노가 죽던 당시 엘비레는 16세였다) 단 한번도 나이에 어울리는 이성을 사귀지 못한 (18세에 삐아찌의 아내가 되었으므로 그사이에 이성을 사귈 기회도 없었다) 엘비레의 편집증적 강박상태야말로 양자 니꼴로에게 끔찍한 흉심을 품게 하고 온 가족을 죽음으로 몰아가는 불씨가 된다.

이 모든 불길한 정황을 치명적 재앙으로 몰아가는 최초의 도화선은 엘비레가 자기 방에 몰래 감춰놓고 흠모하는 꼴리노의 초상이다. 하필이면 크사비에라의 딸이 이 그림을 보자마자 '니꼴로 아저씨네요!'라고 확인시켜줌으로써 니꼴로는 엘비레가 자기를 몰래 좋아하고 있다는 치명적 착각에 빠지는 것이다. 꼴리노(Colino)의 이름철자를 다르게 조합하면 니꼴로(Nicolo)가 되는 아나그람(Anagramm) 역시 니꼴로의 착각이 우연과 필연의 불가사의한 착종에 연유한다는 것을 시사한다. 니꼴로가 엘비레의 방에 잠입하여 그녀를 범하려는 장면에서 니꼴로가 그림을 검은 천으로 가리는 행위는 신성모독의 상징적 의미를 지닌다. 니꼴로 자신의 의도는 그림 속의 인물이 '환생'했다고 믿게 하려는 술책이다. 그런데 엘비레의 입장에서 꼴리노의 세례명 '알로이시우스' 성자처럼 목숨을 바쳐 자기 생명을 구해준 꼴리노는 사실상 그녀의 수호성자나 다름없다. 중세 성담(聖譚)에서 천국의 성자를 흠모하여 황홀경을 맛보는 것은 죄가 되지 않을뿐더러 신앙의 신비로 정절을 지키는 미덕으로 칭송되었다. 바로 엘비레의 경우가 그렇다. 그녀는 수호성자 꼴리노에 대한 '정절'을 지키며 '성녀'로 살아온 셈이다. 이런 구도로 보면 니꼴로는 '환생한' 성인을 참칭하는 사탄으로서 '성녀'를 범하려는 형국이다. 그런데 니꼴로를 악의 소굴로 끌어들인 무리는 바로 까르멜 교단 사람들이므로 결국 교회가 니꼴로라는 악의 도구를 사주하여 최악의 신성모독을 범한 셈이다. 작품 마지막에서 교황 자신이 교회법을 어기고 죄의 사함 없이 삐아찌를 사형시키라고 한 대목과도 부합한다.

삐아찌 자신도 결국 악의 제물로 바쳐진다. 삐아찌가 니꼴로를 죽이고 니꼴로의 승소 내용이 적혀 있는 판결문을 죽은 니꼴로의 입에 처넣는 것은 파렴치하게 가로챈 재산이니 지옥까지 가져가라는 저주이자, 정의의 이름으로 불의를 편드는 실정법 체계에 대한 저주다. 그러나 삐아찌의 심정에 거리를 두고 냉정하게 돌이켜보면, 재산을 불리는데에만 급급했던 맹목적 소유욕 때문에 결국 자식의 정도 없던 니꼴로에게 '합법적으로' 재산을 물려준 셈이다. 요컨대 삐아찌의 소유권을 보장해준 똑같은 법률에 발등이 찍힌 꼴이다. 삐아찌 자신도 악의 굴레에서 빠져나올 도리가 없고, 그리하여 한시바삐 지옥에 떨어지고 싶어도 '법의 보호' 때문에 제지당하는 기막힌 사태가 벌어진다.

결국 니꼴로의 악행은 그가 소년기에 겪은 극한의 공포와 상처, 겉돌았던 양자생활, 하루아침에 벼락부자가 된 주체하기 힘든 행운, 젊은 양모에 대한 성적 호기심, 그리고 무엇보다 그를 악의 소굴로 끌어들인 교회 등이 총체적으로 가세하여 저질러진 합작품이다. 얼핏 읽으면 중세의 악마전 같은 이 소설은 인간악의 근원을 사람살이의 이치로 묘파한 문제작이다.

헤벨 「뜻밖의 재회」: '세상에서 가장 아름다운 이야기'

19세기초까지만 해도 독일에서 식자층이 아닌 일반인들의 읽을거리는 성경, 교리문답서, 찬송가집, 달력이야기가 거의 전부였다. 우리에겐 생소한 '달력이야기'란 말 그대로 일년치 달력에 절기별로 어울리는 짤막한 이야기를 써넣은 것이다. 짧게는 몇줄에서 길게는 두어 페이지 되는 아주 짧은 분량에 흥미롭고 교훈적인 내용을 담은 이야기를 읽는 재미는 따로 책 읽을 겨를이 없는 농사꾼이나 이 작품에 등장하는 광부 같은 평민 내지 하층민들에겐 독서의 공백을 채워주는 별미였다. 헤벨은 독일문학사에서 주옥같은 달력이야기를 가장 많이 남긴 작가로, 특히 「뜻밖의 재회」(1811)는 헤벨의 달력이야기 중에 가장 유명한 작품이다. 철학자 에른스트 블로흐(E. Bloch)는 이 작품을 '세상에서 가장 아름다운 이야기'라고 격찬했고, 발터 벤야민(W. Benjamin)은 「이야기꾼」(Der Erzähler)이라는 에쎄이에서 헤벨을 전통적인 이야기꾼의 대가로 평가하면서 이 작품을 이야기의 원형이 농축되어 있는 빼어난 작품이라고 상찬한 바 있다.

이야기의 첫 부분은 두 사람이 이미 하느님의 축복으로 결합되어 있다는 것을 강하게 시사한다. 그런데 "당신이 없는 데서 사느니 차라리 무덤 속이 나을 거예요"라는 신부의 말은 이중의 복선으로 연결된다. 당연히 신랑에 대한 사랑이 영원히 변함없을 거라는 다짐인데, 실제로 신부는 이 다짐을 지켜서 훗날 신랑의 시신이 발견될 때까지 '50년상(喪)'을 치른다. 다른 한편 신부의 순정과는 무관하게 이 말은 정말로 신랑이 광산에 매몰되는 불행의 전조가 된다. 바로 다음 문장은 인간의 선의에 거스르는 숙명적 힘이 심지어는 하느님의 축복까지 거두어갈 만큼 막강한 위세로 엄습할 수 있다는 것을 보여준다. 당시 가톨릭 혼례의 관례에 따라 싼타 루치아 축일 2주 전 주일(主日)에 이미 성당 미사에서 두 사람의 결혼 공지가 있었고, 결혼 1주일을 앞둔 주일에 '두번째' 공지가 있었으므로, 두 사람은 사실상 신도들 앞에서 두 번씩이나 하나님의 축복을 받은 거나 다름없기 때문이다. 앞에 길게 종속절이—"그런데 신부님이 〔…〕 두번째로 외쳤을 때"—이어지고, 느닷없이 "죽음이 찾아왔다"고 불쑥 주절(主節)이 튀어나오는 가파른 문장구조도 하느님의 뜻에 따라 무르익은 사랑이 결실을 눈앞에 앞두고 불가항력의 재난에 의해 무참히 파괴하는 사태에 상응한다. '죽음'을 주어로 내세워서 의인화한 것도, 그리고 뒤에 매몰 사고의 전말에 대한 설명이 일절 없는 것도, 이 죽음의 필연적 숙명성을 더 날카롭게 부각시킨다.

다음에 서술되는 세계사적 사건들은 얼핏 보면 기적적으로 광부의 시신이 발견되기까지 50여년 동안이나 신부가 수절하며 죽은 신랑 생각만 했다는 세월의 공백을 메우기 위해 '달력'이야기의 용도에 맞게 그사이에 벌어진 갖가지 굵직한 사건들을 임의로 나열한 것처럼 보인다. 일절 수식어가 없는 주어와 술어의 단순반복도 그런 느낌을 준다. 그러나 여기에 제시되는 16개의 사건들은 그 내용과 사건의 배열방식에서 신랑신부의 운명과 절묘한 방식으로 결합되어 있다. 가령 첫번째 사건으로 배치된 리사본 대지진(1755)은 하루아침에 리사본을 완전히 폐허로 만든 재난으로, 당시 희생자가 10만여명이었으니 지금의 도시 규모로 환산하면 수백만 명이 목숨을 잃었던 셈이다. 그때 일곱살이던 괴테가 이 지진으로 인한 엄청난 충격을 나중에 자서전『시와 진실』의 앞머리에서 길게 언급할 정도로 당시 유럽인들에게는 상상을 불허하는 대재앙으로 받아들여졌다. 특히 인간 이성의 전능을 믿고, 자연 역시 신의 섭리에 따라 완벽한 질서로 운행한다고 믿었던 계몽의 시대에, 이 대재난은 인간의 이성과 자연의 조화로운 운행, 나아가서 신의 섭리에 대한 믿음조차 송두리째 뒤흔들었다. 그런 점에서 리사본 대지진은 광부에게 닥친 불의의 매몰사고와 연결된다. 죽은 신랑을 50년 넘게 평생 애도하는 신부에게 광부의 매몰사고는 리사본 지진과 같은 천재지변이었던 것이다. 이처럼 한 개인의 인생에 닥친 불행과 세계사적 재난은 인간의 의지와 선의, 신의 축복과 섭리조차 거스르는 불가항력에 휩쓸린다는 점에서 내적으로 긴밀하게 연결되어 있다. 다른 한편 이 사건들의 한가운데 배치된 두 사건은 신대륙에서 미국이 당당하게 독립하는 동안 구대륙에서는 아직도 한뼘도 안되는 땅을 놓고 유럽 열강들이 아귀다툼을 벌이는 양상을 극적으로 대비시킨다. 이와 아울러 다섯 번이나 반복되는 제왕들의 서거, 프랑스혁명과 그뒤의 기나긴 전쟁들은 유럽에서 구체제가 결정적으로 몰락하고 새로운 세계가 열리기 시작하는 과도기의 시대상을 압축해서 보여준다.

사멸과 신생의 리듬을 타는 세계사의 도도한 흐름은 다시 이야기의 마지막 부분으로 자연스럽게 연결된다. 마지막 부분이 시작되는 문장은——"그러는 중에도 농부들은 씨를 뿌리고 양식을 거두었다."——격변의 세계사와 동떨어져 있는 것 같지만, 자연과 우주의 순환이라는 관점에서 보면 세계사의 부침이나 씨를 뿌리고 수확을 거두는 농사의 주기나 근본적으로 다를 바 없다는 것이다. 이로써 이야기의 무대는 자연스럽게 다시 광부와 그의 약혼자의 운명으로 되돌아오는데, 작품의 마지막 부분이 압권이다. 우선 그사이에 꼬부랑 할머니가 된 '신부'와, 지하갱도에 고여 있던 황산염수 덕분에 젊은시절의 모습을 고스란히 간직하고 있는 '신랑'의 대비가 절묘하다. 거꾸로 얘기하면 '신부'는 꼬부랑 할머니가 되었으나 50년간 죽은 신랑 생각만 했기에 아직 결혼식을 일주일 앞둔 당시의 마음을 그대로 간직하고 있어서 '사랑의 불꽃'을 지필 수 있다. 반면 신랑은 육체의 젊음은 그대로 간직하고 있으나 그 사랑의 불꽃을 느낄 수는 없다. 또한 50년 전에는 신랑이 신부집의 창문만 노크하고 지나갔으나, 이제 고인이 되어 처음으로 '신부'의 방에 들어가는 몸이 된다. '신랑'의 장례식을 혼례식처럼 받아들이는 '신부'의 변함없는 사랑에 힘입어 두 사람은 시간을 초월한 영원의 복된 세계로 들어선다. 젊음과 늙음, 이승과 저승의 구별까지 넘어선 이 사랑의 역사(役事)야말로 세상의 풍파에 흔들리지 않고 씨를 뿌리고 수확을 거두는 농부들의 묵묵한 믿음과 통하는 것이며, 더 멀리 보면 세상이 바뀌는 이치기도 한 것이다.

쌴타 루치아 축일 무렵 이야기가 시작되어 세례 요한 축일 무렵 끝나는 것도 절묘한 시간설정이다. 쌴타 루치아 축일(12월 13일)은 서양에서 동지에 해당한다. 따라서 밤이 가장 긴 이 절기에 신랑은 기나긴 어둠 속에 갇히게 된다. 그런데 밤이 가장 길다는 것은 역으로 이때부터 낮이 점점 길어지기 시작한다는 뜻도 된다. 신랑을 캄캄한 어둠속에 묻고 지상에서 애도하는 신부의 '낮시간' 즉 기다림의 시간은 점점 더 길어지기만 하는 것이다. 그리하여 그 기다림의 시간이 절정에 이르렀을 때──세례 요한 축일(6월 24일)은 하지에 해당한다──드디어 지하에서 올라온 신랑과 '뜻밖의 재회'를 하게 된다. 기독교에서 싼타 루치아 성녀는 원래 박해를 피해 지하동굴에 숨어서 예배를 드리는 신도들에게 희망의 빛을 밝혀주는 '광명의 성녀'로 알려져 있다. 그렇게 보면 50년 동안 남편을 애도한 은덕으로 어둠에 갇혀 있던 신랑이 광명을 되찾았다고 볼 수 있다. 작품의 마지막에서 '신부'는 '신랑'의 무덤을 돌아보면서 이제 곧 동이 틀 거라고 말한다. 노파 자신이 싼타 루치아 성녀의 현신(顯身)으로 평생을 살아왔기에, 무덤이 신방으로 바뀌는 기적 아닌 기적이 일어난 것이다.

호프만스탈 「672일째 밤의 동화」: 한 유미주의자의 삶과 죽음

호프만스탈이 21세에 발표한 「672일째 밤의 동화」(1895)는 19세기말 빈 모더니즘의 성향을 가장 잘 농축한 작품으로 정평이 나 있지만, 누구나 공감할 수 있는 명쾌한 해석이 없기로도 악명이 높다. 작품을 이해하기 힘든 주된 이유는 이야기가 처음부터 끝까지 '상인의 아들'로 지칭되는 작중인물의 시각으로만 서술되고 있고, 작가의 설명이나 개입이 전혀 없기 때문이다. 문체도 작중인물에 거리를 두는 반어적 뉘앙스가 거의 없다. 더구나 이 작중인물의 지각은 '눈'에만 의존하고 있어서 이 단성화된 감각은 다른 형태의 지각과 비교하여 생각해볼 여지를 차단한다. 그리고 '상인의 아들' 외에 이 인물과 의미있는 반응을 주고받는 작중인물도 전무하다.

'상인의 아들'은 스물다섯의 나이에 벌써 인생에 환멸을 느끼고 일체의 인간관계까지 끊은 대신 유독 자기 집 가재도구와 장신구 들의 아름다움에는 도취해 있다. 거기에 아로새겨진 "장식 문양들이 곧 이 세상의 감춰진 신비를 상징하는 마법의 형상"이라고 생각하는 것이다. 다시 말해 그 '마법의 형상'에서 지고의 아름다움을 느끼는 그의 마음속에 이미 우주가 들어 있으므로 굳이 사람들과 부대끼며 살아야 할 필요를 느끼지 않는다. 삶의 권태에 견디다 못해 삶의 내용에는 전혀 관심이 없고, 삶의 형식적 외양의 아름다움에서만 자족감을 느끼는, 세기말 특유의 쇠락한 유미주의자의 심성이다.

'상인의 아들'이 은거의 장소로 찾아가는 깊은 산중의 별장과 정원은 그의 이러한 심성이 외적 시공간으로 재현된 것이라 할 수 있다. 이 장면에서 하인들에 관한 묘사를 유심히 살펴보면 그들은 '상인의 아들'이 빠져 달아나려는 삶의 현장으로 그를 끊임없이 되돌려보내려 하고, 그의 나르씨스적인 자발적 고립을 끊임없이 방해하는 존재들임을 알 수 있다. '개처럼 그의 주위를 맴도는' 이 하인들은 마치 카프카의 작품에서 주인공의 일탈을 감시하는 쌍둥이 꼭두각시처럼 주인을 감시하고 있다. 세 명의 여자 하인은 삶의 근원적 동력인 에로스적 충동의 상이한 발현태를 연상케 한다. 십대 중반의 소녀는 출구를 찾지 못한 에로스적 충동이 자학적인 죽음에의 충동으로 전화된 경우다. 몇살 위의 또다른 소녀는 '상인의 아들'이 '가장 좋아하는 모든 것'과 동렬에 있는 에로스 그 자체다. 그런가 하면 노파는 삶의 원초적 충동을 모두 소진하고 데스마스크로 변해가는 형상이다. 현실적 존재라기보다는 에로스적 충동의 '표본' 즉 알레고리[5]에 해당되는 이들은 관점을 달리하면 '상인의 아들'이 '가장 아름다운 모든 것'에만 침잠하기 위해 스스로 억누르고 있는 삶의 충동을 의인화한 것이라 볼 수도 있다. 그가 지워 없애려고 하는 자신의 분신들인 셈이다. 보지 않고도 그들의 동태가 낱낱이 감지되는 것도 그 때문이다.

2부의 무대는 심산유곡의 별장과 극명하게 대비되는 대도시 공간이다. '상인의 아들'은 지금까지 그가 격절했던 삶의 한가운데로 들어선 만큼 그가 '좋아하는 모든 것'의 세계가 날것의 삶의 위협에 노출될 수밖에 없다. 그가 도시의 미로 속으로 빠져드는 과정을 유심히 살펴보면, 시간이 흐를수록 아무 생각 없이 발길 닿는 대로 자동인형처럼 걸어가고 템포도 점점 빨라진다. 그리고 갈수록 전후좌우상하의 분간이 불가능해질 만큼 공간관념이 해체되고 결국 도시의 미로 속에 꼼짝없이 갇히고 만다. 지금까지 자기 삶의 주인이라고 당당하게 자부하고 바깥의 삶을 내팽개쳤지만, 이젠 거꾸로 삶의 보이지 않는 힘이 그를 블랙홀처럼 집어삼키고 있는 것이다. 대도시의 미로를 최초로 탁월한 영상으로 담아낸 프리츠 랑(F. Lang)의 영화 「메트로폴리스」(1929)를 연상시킨다.

유리온실이 있는 정원의 장면에서 그런 양상은 한층 더 고조된다. 예

---

5) 호프만스탈은 파격적인 알레고리를 즐겨 구사했다. 「인생의 시골길」(Landstraβe des Lebens, 1893)이라는 작품에는 다음과 같은 파노라마식 묘사의 알레고리도 등장한다: "정원에는 바람 말고는 사랑만 살고 있었다. 사랑이 나무그늘 아래서 뇌우를 꿈꾸자 파란 하늘에서 따사롭고 향기로운 빗방울이 떨어졌다. 저 아래 도로에서는 삶 전체가 지나가고 있었다: 초등학교 아이들, 개를 데리고 가며 노래를 부르는 학생들, 어린 소녀들. 죽음은 말 한마리가 끄는 마차로 노신사와 직공청년, 기품있는 여행객, 거지, 행운을 몰래 실어가고 있었다."

컨대 그에게 우주의 신비를 느끼게 해주었던 화초들은 이제 귀신 같은 소리를 내며 죽음의 검은 손길처럼 그를 쫓아오기 시작한다.[6] 그리고 1부에서 그의 공상을 부풀렸던 '알렉산더 대왕의 기마병들'은 작품 마지막에서 말의 시종처럼 말발굽을 씻어주고 있다. 더구나 '상인의 아들' 자신은 그 말시종만도 못하게 말발굽에 채여 죽는다. 결국 그의 공상을 부풀렸던 끝모를 자아도취가 죽음을 자초한 화근이었던 셈이다. 호프만스탈은 '죽음은 곧 삶의 의미를 계시하는 사건'이라고 했다. 주인공에게 최후의 일격을 가한 흉측한 말의 몰골은 곧 '상인의 아들'이 살아온 삶의 얼굴이다. 유아론적 탐미주의와 데까당스에 심취해 있던 세기말의 빈 문단 분위기를 비판한 작품으로 읽을 수 있다.

토마스 만 「루이스헨」: '금발의 야수'는 어떻게 몰락했는가

「루이스헨」(1897)은 애초에 여러 잡지에서 '게재 불가'로 퇴짜를 맞은 끝에 집필 후 3년 만에 간신히 발표되었을 만큼 도발적인 이야기다. 작품의 시대적 배경인 1890년대의 독일은 독일 역사상 최고의 경제부

---

6) 대도시의 인공정원을 가위눌린 악몽의 한 장면으로 묘사한 이 대목은 문학사에서 훗날 1920, 30년대 초현실주의 문학에서 핵심적 토포스가 된 대도시의 아케이드 묘사를 선구적으로 보여준다. 가령 아라공(L. Aragon)의 초현실주의 소설 『빠리의 시골사람』(*Le Paysan de Paris*, 1926)에서 아케이드는 깊은 바닷속에 가라앉은 수족관으로 묘사되며, 아케이드 상점에 진열되어 있는 마네킹은 박제된 인어처럼 묘사된다. 그리고 아케이드 거리를 지나가는 '빠리의 산책자'는 마치 깊은 바닷속에 가라앉은 전설의 대륙 아틀란티스를 유영(遊泳)하는 인물처럼 묘사된다. 첨단 상품문화의 전시장을 지구 멸망 이후의 '초현실' 시점으로 포착하는 발상과, '상인의 아들'이 '가장 좋아하는 모든 것'을 죽음의 손길에 휩쓸린 장면으로 묘사하는 작가적 태도는 비록 상황설정은 달라도 깊은 내적 친화성을 보여준다.

홍기였다. 19세기 내내 시민혁명의 불발로 인해 귀족계급의 뒷전에 밀려 있던 시민계급이 경제적 부의 축적을 통해 사회적 주도권을 장악하기 시작한 것도 바로 이 무렵이다. 토마스 만의 집안 자체가 곡물 수입상으로 큰 재산을 모아 북독일의 무역항 뤼벡의 시의원을 배출했듯이, 부유한 중산층이 상류사회로 진입한 시기였다. 이런 시대적 배경에 비추어보면 「루이스헨」에 등장하는 변호사와 그의 부인은 당대의 부유한 중산층 중에서도 특별한 유형에 해당된다. 남편은 물질적 부와 사회적 지위에 반비례하여 인간관계에서는 끝모를 열등감에 시달리고 한심한 노예근성을 드러낸다. 이러한 모순은 그의 육체에도 그로테스크하게 구현되어 있다. '코끼리의 다리'와 '곰의 등짝'과 '너무 많이 먹여서 비대해진 개'로 형용되는 그로테스크한 외모는 물질적 부는 주체할 수 없이 비대해 있지만, 아니 바로 그렇기 때문에, 사물에 대한 판단력이 마비되고 지성은 공동화된 인간형의 표본이다. 이런 외모의 남자가 암라라는 젊은 미인을 아내로 맞이한 것은 비현실적으로 보일 수도 있지만, 남자의 재산에 힘입은 정략결혼이라고 보면 전혀 이상할 것도 없다. 그리고 '참새머리'에다 욕정에 눈이 먼 암라의 사람됨 역시 오로지 동물적 본능에만 충실하다는 점에서 서로 짝이 맞는다. '동물적 본능'이라는 관점에서 보면, 암라가 남편을 공개적으로 웃음거리로 만들고 결국 죽음에 이르게 하는 과정은 예컨대 여왕벌이 무능한 일벌을 공개적으로 단죄하고 처형하는 형국에 비견될 수 있다. 남편의 무능함은 무엇보다 '성적' 무능함인데, 암라가 굳이 남편을 무대로 끌어내는 것도 성적 무능함을 조롱하기 위해서다. 암라가 손수 만들었다는 '새빨간 아기옷' 의상은 거구의 남편이 실은 남자로서는 '어린애'일 뿐이라는 것, 게다가 '여가수'로 분장시켜서 남자 구실을 못한다는 것을 공공연히 드러내는 것이다. 더구나 "주름이 없고 헐렁한 옷이 발치까지 흘러"

내린 것이나 "밀가루로 분칠한 흉한 목덜미가 드러나 보이도록" 재단이 되어 있는 차림새는 영락없이 단두대에 세워진 사형수를 떠올리게 한다. 암라의 무의식적 살의(殺意)를 실행에 옮기는 로이트너의 '걸작' 역시 철저히 동물적 생체리듬에 자극을 가하는 음악적 기교로 연출된다. 졸도 직전 자기가 지금까지 이 무대에서 꼭두각시 노릇을 했고, 더구나 오쟁이를 졌다는 사실을 만인이 보는 앞에서 불현듯 알아차린 변호사는 걷잡을 수 없는 수치심과 격분 때문에 치명적인 충격을 받는다. 그 장면에서 "얼굴로 피가 쏠리면서 그가 입고 있는 옷색깔처럼 새빨갛게 달아올랐다가 금방 안색이 밀랍처럼 누렇게 시르죽었다"는 묘사는 숨이 넘어가는 상태를 '발기부전'을 암시하는 방식으로 묘사함으로써 그로테스크의 극치를 보여준다. 점잖은 중산층이나 상류사회 독자들이 읽는 잡지의 편집자라면 당연히 '게재 불가' 판정을 내릴 수밖에 없는 해괴망측한 장면들이다.

엽기적이라는 말이 무색한 이 그로테스크한 이야기는 겉으로는 당당한 권세를 누리는 것처럼 보이는 상류사회가 불활성 에너지의 과부하로 인해 속으로 곪아터져 함몰하는 양상을 신랄하게 풍자하고 있다. 그런데 세태풍자와는 또다른 차원에서 등장인물의 자잘한 인상묘사에 고도의 상징성을 부여하는 토마스 만 특유의 기법에 유의할 필요가 있다. 변호사의 인상착의에서 특기할 것은 '온몸에 듬성듬성 금발의 털'이 나 있는 흉물스러운 몰골이다. 그런데 암라는 파티에서 그에게 '길쭉한 금발의 가발'을 씌운다. 그리고 이 연출을 마무리하는 로이트너는 젊음의 매력을 발산하는 댄디풍의 '금발'이다. 토마스 만의 작품에 등장하는 '금발'은 왕성한 생명력과 성적 매력의 상징이다. 그리고 바그너와 더불어 토마스 만의 지적 성장에 가장 결정적인 영향을 주었던 니체는 그 '금발'을 '아리안족'의 상징으로 일반화하여 '금발의 야수'라

일컬었다. 그런 맥락에서 보면 「루이스헨」에 등장하는 변호사는 '털이 뽑히고 거세된 금발의 야수'에 해당된다. 그에게 암라가 '금발의 가발'을 씌우는 것은 지난날의 후광으로만 연명하는 무기력한 존재에 대한 야유라 할 수 있다. (19세기 소설에 흔히 등장하지만, 멍청하고 무능한 귀족들이 허세를 과시할 때 프랑스혁명 이전 루이 왕조 시대의 우스꽝스러운 가발을 쓰곤 한다.) '새빨간 아기옷'으로 곡마단의 원숭이를 연상시킴으로써 '금발의 야수'에 대한 야유는 극대화된다. 다른 한편 로이트너의 '금발'에는 아직 젊음의 윤기가 흐르고, 무기력한 연적을 제거할 만큼은 '수컷'의 힘이 남아 있다. 그렇지만 예술가로서는 인생을 즐기는 것으로 예술을 대신하는 '조무래기 예술가' 즉 얼치기 딜레땅뜨다. 요컨대 예술적 창조력이 고갈된 점에서는 역시 명이 다한 '금발의 야수'다. 이런 정황을 종합해보면, 한때의 '금발의 야수'가 '거세되어' 사멸하는 이 기괴한 이야기는 독일의 위세가 하늘을 찌르던 시대에 아리안족 중심주의의 신화를 절묘한 방식으로 해체한 문제작으로 읽을 수 있다. 물론 작가가 과연 이런 문제의식까지 염두에 두었는지 작가 자신의 발언으로 확인할 길은 없다. 토마스 만의 정치의식으로 말하면 삼십대 후반까지도 1차대전을 옹호하는 글을 써서 형 하인리히 만과 '의절'할 정도로 한심했고, 그러다가 히틀러가 등장한 이후에야 제정신을 차리고 비로소 형과 화해했다. 그렇지만 작가 자신도 의도하지 않게 현실의 깊은 속내를 예리하게 감지하는 능력이야말로 진정한 대가의 감수성이라고 한다면, 그런 점에서 「루이스헨」은 스물두살의 작가 초년생 스스로도 자각하지 못한 놀라운 통찰력을 구현한 작품이다.

슈니츨러 「장님 제로니모와 그의 형」: 고독과 사랑의 이중주

「장님 제로니모와 그의 형」(1900)은 슈니츨러가 본격 모더니즘으로 접어들기 전 시기의 작품으로, 굳이 따로 설명이 필요없을 만큼 아름답고 감동적인 이야기다. 20년째 거지생활을 해온 형제한테 낯선 행인의 짓궂은 장난으로 갑자기 사소한 오해가 생기고, 그 오해는 20년 동안 쌓아올린 형제간의 정의(情誼)를 하루아침에 송두리째 허물어뜨릴 기세로 걷잡을 수 없이 증폭된다. 결국 어린시절 실수로 동생의 양쪽 눈을 잃게 한 형의 죄책감과 동생을 향한 사랑의 힘으로 오해가 풀리고, 형은 20년 만에 처음으로 동생이 눈을 잃기 전의 해맑은 얼굴을 보게 된다. 그러기까지의 우여곡절을 작가는 군더더기 없는 간결한 문장과, 형제의 심리변화의 추이에 부합하는 정교한 상황묘사로 서술한다.

시공간의 설정과 형제가 움직이는 동선, 그리고 감정의 변화는 절묘하게 엮여 있다. 오스트리아와 이딸리아의 접경지대에 걸쳐 있는 남부 티롤 지방은 알프스 최고의 절경을 자랑하는 곳으로, 형제는 그 남부 티롤 지방으로 접어드는 협곡의 길목에서 구걸을 하고 있다. 협곡을 통과하면 바로 티롤 알프스의 절경이 펼쳐지지만, 형제가 구걸하는 길목에서는 협곡의 절벽에 가로막혀 티롤의 절경이 보이지 않는다. 앞을 못 보는 제로니모의 운명과 기묘하게 상응하면서도 처연하게 대조되는 공간설정이다. 그리고 이야기가 진행되는 시간은 20년의 거지생활 중에서 단 하루 동안이다. 어느 오후부터 그 다음날 오전까지 이어지는 짧은 시간의 이야기를 통해 작가는 두 형제가 지난 20년 동안 겪었을 온갖 고초와 애환을 고스란히 보여주고 있다. 지난 20년 동안 형은 동생에 대한 죄책감에서 단 한번도 자유롭지 못했고 또 동생은 동생대로 자기 눈을 잃게 한 형에 대한 원망을 가슴속 깊이 감춰왔다는 사실이 작품의 마지막에 가서야 분명히 드러난다. 다시 말해 20년 동안 묵은 감정이 하루 사이에 겪은 일을 계기로 비로소 말끔히 풀리고, 그리하여 형제는 동생이 눈을 잃은 후 처음으로 서로의 사랑을 확인한다. 이야기의 진행과정에서 형이 손님의 돈을 훔치는 사태까지 가기 전에 오해를 풀 수 있는 계기가 딱 한번 나오는데, 오해의 불씨를 제공한 문제의 청년이 다시 나타난 것이다. 그리고 형 까를로는 밤중에 그 청년이 길에서 자기와 마주치자 화들짝 놀랐던 일까지도 나중에 생각이 났다고 묘사되어 있다. 그렇다면 독자의 입장에서는 왜 그 다음날에라도 그 청년한테 사태의 진상을 해명하라고 따지지 못했을까 하는 안타까운 생각이 들게 마련이다. 하지만 형은 어떻게 하면 동생의 오해를 풀까 하는 생각에만 골몰한 나머지 문제의 청년이 처음 마차에서 내리던 모습을 보았음에도 불구하고 앞뒤를 연결해볼 정신이 없다. 동생에 대한 죄책감이 그만큼 뿌리깊다는 것을 보여주는 대목이다. 물론 그 죄책감은 동생에 대한 지극한 사랑의 이면이다. 작품 막바지에서 오해가 풀리기 직전, 동생이 자기 말을 믿어주기만 한다면 감방에서 10년을 썩어도 좋다고 생각하는 것도 죄책감과 사랑이 하나로 뭉쳐진 참혹한 진심의 토로다. 이렇듯 인간내면에 대한 섬세한 통찰을 정교한 언어로 형상화할 줄 아는 밑바탕이 든든한 덕분에 훗날 모더니즘 시기의 슈니츨러는 꿈의 영상처럼 몽상적이면서도 허황되지 않고 삶의 진경을 보여주는 작품을 쓸 수 있었을 것이다.

헤쎄 「짝짓기」: 사춘기의 방황과 자아에 눈뜨기

헤쎄의 「짝짓기」(1908)는 사춘기의 방황을 거쳐 자아에 눈뜨는 과정
을 잔잔한 필치로 묘사한 성장소설의 미니어처라 할 수 있다. 헤쎄는
『데미안』이나 『나르치스와 골트문트』 같은 장편 분량의 본격적인 성장
소설에서는 강렬한 개성과 예민한 감수성을 지닌 주인공을 등장시켜
서 인물의 치열한 내면적 갈등을 부각시킨다. 그와 달리 이 단편에서
는 좀 모자라고 어수룩한 인물이 주인공으로 등장하기 때문에 내면적
갈등은 희석되고, 인물의 성격적 결함 내지 순진한 무지와 대비되는
주위 상황의 괴리에서 빚어지는 희극적 요소가 주조를 이룬다. 열일곱
살에 시작된 사춘기 소년의 이성에 대한 그리움이 서른살 노총각이 될
때까지 똑같은 형태로 지속되는 것이다. 원래부터 소심하고 열등감에
시달리던 안드레아스가 엉뚱하게도 가장 젊고 예쁜 마르가레트를 짝
사랑하는 것은 그가 모자랄 뿐 아니라 지독하게 순진하기 때문이다.
그 순진함으로 인해 자기보다 어린 친구들한테 줄곧 놀림감이 되며,
결국 마르가레트가 보는 앞에서 무참하게 웃음거리가 된 연후에야 마
르가레트에 대한 선망이 분에 넘치는 허황된 꿈이었음을 깨닫는다. 아
울러 그 순진한 성격을 좋게 보는 파울라라는 착한 노처녀의 사려깊은
배려로 말을 더듬는 버릇도 고치고, 자신의 못난 면까지도 감싸주고
이끌어주는 파울라야말로 자기한테 어울리는 천생연분의 배필이라는
것을 깨닫게 된다. 비록 정도의 차이는 있더라도 남녀를 불문하고 누
구나 사춘기에 한번쯤 겪었음직한 감정의 추이를 담담한 어조로 담아
낸 소품이다.

카프카 「학술원에 드리는 보고」: 원숭이의 눈으로 본 인간세상

카프카의 단편 「학술원에 드리는 보고」(1917)는 1917년 신학자 마르틴 부버(M. Buber)가 주필로 있던 『유대인』(*Die Juden*)이라는 잡지에 발표되었다. 원숭이가 인간사회에 적응하는 소재와 발표지면의 성격에 비추어 이 작품은 발표 당시부터 유대인이 서구사회에 동화되는 과정에서 겪는 간난신고의 비유담으로 해석되었다. 아프리카 원시림에서 잡혀와 우리 안에 갇혔다가 결국 곡예단의 배우가 되기까지 원숭이 '빨간 페터'가 겪는 혹독한 적응과정은 서구 역사에서 뿌리깊은 유대인 박해의 수난사를 거쳐 겨우 '게토'에 갇히는 형태로 시민권을 인정받은 유대인의 역사적 운명을 상기시키는 바 크다. 카프카의 아버지 역시 보헤미아의 시골 출신으로 14세에 프라하로 상경하여 자수성가한 사람이다. 그런 부친은 당연히 카프카에게 입신양명을 기대했으나, 그런 요구를 외면하고 작가의 길을 택한 카프카에게 유대인의 동화문제는 작가적 정체성과도 직결되는 절실한 사안이었다.

카프카의 모든 작품이 그렇듯이 이 작품에도 카프카의 자전적 요소가 강하게 투영되어 있지만, 차원을 달리하여 보편적인 인간실존의 문제로 해석될 소지 또한 풍부하다. 작품의 화자로 등장하는 원숭이 '빨간 페터'의 화두는 그가 어떻게 해서 우리 안에 갇힌 원숭이 신세에서 동료 원숭이를 조련하는 인간의 지위로까지 진화할 수 있었는가 하는 문제다. 그 자신의 표현을 빌리면 우리에서 벗어나 '출구'를 찾는 문제이고, 인간의 추상적인 언어로 말하면 '자유'의 문제다. 그런데 '빨간 페터'는 '자유'라는 말은 기만적이니 한사코 '출구'라는 말만 고집한다. 그의 이런 태도가 곧 작품이해의 열쇠가 된다. '빨간 페터'가 찾은

'출구'가 과연 자유에 값하는 것인가? 그가 인간사회에 적응하는 과정에서 겪는 고통과 보람은 과연 어떤 의미인가?

'빨간 페터'의 인간사회 적응과정은 사회적 동물인 인간이 한 사회에 편입되는 과정을 그대로 보여준다. '악수'와 '음주' 등 인간사회의 교제에 필요한 규범과 관습을 익히고, 드디어는 '인간의 언어'로 말까지 하게 되는데, 이 언어습득은 '빨간 페터'가 자의식을 가진 사회구성원이 되었다는 것을 뜻한다. 그런데 적응과정에서 겪은 신체적 고통을 회상하는 방식이 흥미롭다. 가령 적응 훈련의 첫번째 '선생님'을 칭찬하면서, 제대로 못하면 담뱃불로 몸을 지졌다가 다시 '커다랗고 자비로운 손'으로 불을 꺼주었다고 고맙게 여기는 것이다. 사회규범에 적응하지 못하는 자에 대한 처벌에 반항할 때는 고립과 도태를 감수해야 하므로 그러한 처벌까지 달게 받아들이는 것이 사회적 약자가 취할 수 있는 차선의 생존전략이다. 그다음 단계의 본격적인 조련과정에서 '빨간 페터'는 스스로 자기 몸에 채찍질을 하고 제 살을 후벼파면서 '원숭이 근성'을 제거하려고 안간힘을 쏟는다. 이제는 외적 강제나 처벌이 없어도 알아서 기는 경지로 '진화'한 것이다. 이 자학적 단련과정 역시 사회적 강제에 적응하려는 고도의 생존전략에 해당된다. 자유로웠던 원시상태를 의식적으로 망각하려는 몸부림이며, 그렇게 해서 자유를 망각해야 좀더 편한 마음으로 부자유의 상태를 감내할 수 있는 것이다. 그런데 그 과정에서 몸으로 겪는 신체적 고통은 역설적이게도 의식적으로 지우려고 하는 기억을 상기시키는 직접적인 계기가 된다. 배에서 우리 안에 갇혀 있을 때 인간들의 '파렴치한 짓'으로 생긴 빨간 흉터가 그것이다. 카프카는 일기에 "그 무엇으로도 훼손되지 않는 불가항력의 유일한 진실은 육체적 고통이다"라는 말을 남긴 적이 있다. 추상적인 사변으로 아무리 거창한 자유를 설파해도, 이 원숭이한테

'빨간 페터'라는 이름을 안겨준 육체적 화인(火印)만큼 자유의 결핍을 생생하게 증거하는 진실에는 미치지 못한다. 물론 스스로 인간이 되었다고 자부하는 '빨간 페터' 자신도 지금은 그 흉터를 무슨 훈장처럼 여기는 한에는 그의 몸에 각인된 진실을 배반하고 있다. 그래야 '원숭이 근성'을 티내지 않고 '인간 구실'을 할 수 있기 때문이다. 한때의 생생한 진실이 진실 아닌 것의 도구가 되기도 하는 것이다.

니체의 『차라투스트라는 이렇게 말했다』에서 차라투스트라는 이런 말을 한다. "인간에게 원숭이란 어떤 존재인가? 인간을 한없이 조롱하는 존재, 혹은 괴로운 수치심을 상기시키는 존재다." 카프카의 원숭이 '빨간 페터'가 꼭 그렇다. 인간이 진화와 문명의 개가로 극복했다고 생각하는 '괴로운 수치심'을 수시로 상기시키며, 원숭이의 곡예를 보고 '천장이 무너지게 폭소를 터뜨리는' 인간들 역시 원숭이 꼴이다. '빨간 페터'의 말마따나 '침팬지 새끼의 발바닥이나 아킬레스의 발바닥이나 간지럼을 타기는 마찬가지'다. 나중에는 '다섯개의 방에 원숭이들을 집어넣고 동시에' 조련시키는 '빨간 페터'는 자신의 육체에 가해진 폭력을 통해 습득한 기술, 즉 고문기술을 인간 조련사들보다 더 능숙하게 휘두른다. 하나를 배우면 열을 실행할 줄 아는 학습능력은 만물의 영장인 인간만의 능력이므로 조련사 '빨간 페터'는 사실상 인간의 본모습이다. 그래서 '빨간 페터'를 조련하려다가 오히려 원숭이 흉내도 못 따라가는 조련사들은 심지어 '정신병원'에 가야 하는 웃지 못할 희극까지 벌어진다. '빨간 페터'는 드디어 슈퍼맨까지 된 것이다. 인간의 제어를 벗어난 문명의 진보가 종국에는 인간 스스로의 족쇄가 되는 형국이다. 작품 말미에서 '빨간 페터'는 이처럼 "지구상에 전례가 없는 피눈물나는 노력 끝에 유럽인의 평균수준에 해당하는 교양인"이 되었다고 술회한다. 인류가 각고의 노력 끝에 도달한 문명과 교양의 이면에 인간이 된 체하는 원숭이의 모습이 남아 있지는 않은지 되새겨보라는 소리다.

이 작품은 제목 그대로 '학술원에 드리는 보고'의 형식을 취하고 있다. 그렇기 때문에 문체가 건조하고, 보고자인 '빨간 페터'의 어조는 시종일관 진지하다. 그러나 인간으로 진화했다고 자처하는 태도에서 독자의 웃음을 유발하는 희극성이 연출된다. 이러한 특성으로 인해 이 작품은 카프카 생시부터 곧잘 낭송공연이나 팬터마임 무대에 올라서 각광을 받았다. 카프카의 가장 절친한 친구로 카프카 유고(遺稿)의 편집자이기도 한 막스 브로트(M. Brod)의 아내 엘자 브로트가 맨 처음 이 작품을 유대인 모임에서 낭송해서 히트를 쳤는데, 그녀는 카프카에게 보낸 편지에서 낭송을 하는 동안 정말 스스로 원숭이가 된 것처럼 진땀이 나고 몸에서 원숭이 냄새까지 났노라고 작품에 매료된 심경을 피력한 바 있다. 독일에서는 1963년 유명한 연극배우 클라우스 카머(K. Kammer)가 이 작품의 장기공연을 시작한 이래 지금까지 수많은 배우들의 단골 메뉴로 자리잡았다. 한국에서는 작고한 배우 추송웅 씨가 1980년대에 '빨간 피터의 고백'이라는 제목의 팬터마임으로 각색하여 커다란 반향을 얻은 바 있다. 지금의 한국 상황에서 이 작품을 무대에 올린다면 어떤 각색이 가능할까?

브로흐「바르바라」: 어두운 시대의 연인들

브로흐의「바르바라」(1935)는 비극적인 사랑 이야기다. 비극성의 공통분모는 주인공 의사와 바르바라가 경험한 극도로 피폐한 삶이다. 의사는 다른 특별한 계기도 없이 바르바라가 머리를 빗어넘기는 손길에서 불현듯 여성적인 매력을 느끼는데, 그 '손길'은 30년 전 어머니가 머리를 빗어넘기던 모습을 보았을 때 이후 처음 느끼는 '여성의 손길'이다. 막연히 30년 전이 아니고 '어머니가 마지막으로 머리를 빗어넘기시던 바로 그날'로 기억이 고정되어 있다. 다시 말해 '그날'을 마지막으로 열두살의 어린 나이에 어머니를 여의었다는 뜻이다. 홀어머니 밑에서 자랐을 거라는 짐작도 가능하며, 사춘기와 청년기를 거치는 동안 한번도 이성에 눈뜰 기회가 없었다는 말도 된다. 바르바라의 성장 과정 역시 피폐하기는 마찬가지다. 어머니의 '정략결혼'과 이혼, 어머니의 재혼 후 의붓아버지의 모진 박대, 십대 중반에 가출한 후 방탕한 생활을 거친 끝에 뒤늦게 공부를 시작하여 소아과 의사가 된 것이다. 그런데 남자 의사가 단지 자신의 생존만을 위해 의사가 된 것과 달리 바르바라한테는 특별한 소명감이 있고, 바로 그 때문에 두 사람의 관계는 결정적으로 어긋난다. 바르바라가 의사가 되기로 결심한 것은 성장기에 겪었던 '불결한 것을 씻어내고 싶어서'였고, 게다가 공산당 비밀조직의 '행동대원'이기도 하다. 소아과 여의사이면서 공산당 행동대원이라는 '이중직업'은 부자연스러워 보이지만, 이 작품의 시대적 배경인 1920년대 초반의 공산주의운동에 전문직 인텔리들이 가담한 것은 그리 드문 일이 아니었다. 작품의 문맥에서 더 중요한 사실은, 바르바라가 '불결한 것을 씻어내려는' 자기치유의 강박증이 의사라는 직업세계에서는 해소되지 못했기 때문에 결국 더 강력하고 보편적인 이념적 준거로 공산주의를 택했다는 것이다. 그 과정에는 '여성'으로서의 삶을 포기하겠다는 자기억압이 동반한다. 결혼하고 아이를 낳고서 공산당 행동대원을 겸할 수는 없는 것이다. 그럼에도 바르바라 역시 남자 의사의 감정에 응답하는 데는 그럴 만한 이유가 있다. 우선, 아무리 정의를 위해 개인적 삶을 희생하겠다는 대의에 충실하더라도 바르바라 역시 이팔청춘의 피끓는 여성이다. 더구나 사춘기를 너무나 황폐하게 보낸만큼 자신의 여성성을 억압할수록 그 반작용으로 여성적 욕구는 더 강하게 응축되게 마련이다. 바르바라가 결혼은 하지 않겠다고 했다가도 아이를 갖고 싶다는 모순된 태도를 보이는 것은 그 때문이다. 다른 한편 바르바라는 자신이 추구하는 이념과 삶의 괴리를 스스로 의식하고 있다. 그녀는 자신에게 불행을 물려준 어머니의 사진을 방에 걸어놓고 '정의를 이루기 전까지는 아이도 낳지 말아야 할 인류에 대한 경고'라고 말하며 쓴웃음을 짓는다. 그녀가 선택한 이념이 삶에서 해결될 수 없는 모순의 이념적 전가물이라는 것을 자각하고 있는 것이다. 그럼에도 '집단 속에 있으면 혼란과 곤경을 가장 빨리 잊을 수 있다'는 자기최면 상태에서 '집단을 위해 개인을 바쳐야 한다는 가혹한 요구'도 감내한다. 바르바라의 이 자기분열은 비극적 파국의 결정적 화근이 되는데, 그 직접적인 계기는 자신의 오진으로 환자 아이가 죽었다는 자책감이다. 사랑의 감정에 마음이 흔들려서 직관적 판단력이 흐려졌다고 자신의 감정을 단죄하고, 결국 자신의 뱃속에 생긴 아이 때문에 다른 아이가 죽었다는 극단적 결론에 이른다. 남자 의사한테는 지나가듯이 그런 말을 하지만 아마 당조직에서 그런 식으로 자아비판을 했을 것이다. 그리고 아마도 그 '과오'를 행동으로 보상하기 위해 남자가 모르는 사이에 꾸데따 행동대원으로 나섰다가 꾸데따가 실패하자 여관방에서 음독자살을 한다. 남자가 뒤늦게 발견한 그녀의 유서에 적혀 있는 말("당신을 정말 사랑했어요")은 아마 진실일 것이다. 바로 그렇기 때문에 그녀가 택한 죽음은 더더욱 참혹하고 비극적이다. 그녀 자신도 믿지 못하는 '사상누각'을 위해 자신의 목숨과 뱃속의 아이까지 제물로 바친 것이다. 이 파국적 결말을 통해 작가는 이 단편소설이 수록되어 있는 바깥이야기에서 다루는 히틀러의 파시즘적 전체주의와 나란히 좌익 전체주의의 맹목성도 함께 비판하고 있다.

남자 의사 역시 다른 차원에서 문제적인 인물이다. 인생의 '혹한기'를 견디고 '봄날'을 맞은 그는 바르바라와 함께 평범한 가정을 이루길 소망하지만 정작 '공산당 행동대원이 어떤 정치적 의미를 갖는지도 모를' 만큼 현실에 무지하며, 그것은 그가 30년 전의 기억으로 남아 있는 '어머니의 손길' 말고는 여성에 대해 무지한 것에 상응한다. 바르바라 한테서 느끼는 여성적 매력을 통해 그는 지금까지 살아온 것과는 다른 삶의 리듬을 어렴풋이 감지하는데, 그 과정에서 그는 미묘한 이중감정을 느낀다. 한편으로는 자신이 인생의 유일한 목표로 추구해온 의사라는 직업세계가 실상은 '의사라는 엔지니어'의 세계 혹은 '끊임없이 반복되는 죽음의 리듬'에 갇혀 있는 세계로 낯설게 보이기 시작한다. 그러면서 그는 그가 갇혀 있는 기계적 메커니즘의 세계와는 다른 차원의 '제2의 현실'을 소망하며, 다름아닌 바르바라와의 결합을 통해 그런 소망이 이루어지길 열망한다. 그렇지만 바르바라의 입장에서 보면 그가 소망하는 세계는 그녀가 어머니의 삶과 단절하면서 떠나온 세계로 되돌아가는 것일 뿐이며, 더구나 그녀의 정치활동과 양립할 수도 없다. 적어도 바르바라와의 관계에서 남자의 소망은 결코 현실에 뿌리내릴 수 없는 공상인 셈이다. 바르바라와 처음 잠자리를 함께하던 날의 희열이나 '제2의 현실'에 대한 갈망이 예외없이 '의식의 흐름' 기법으로 서술되는 것은 그런 연유에서다. 다시 말해 '의사라는 엔지니어'로서의 자아의 검열을 피해 직업세계의 굴레를 벗어나고 싶은 환상적 욕망의 우회적 표현인 것이다. 그러나 파편화된 이미지 조각들로 나열되는 그러한 소망은 강고한 현실원칙의 위력에 힘없이 무너지고 만다. 요컨대 바르바라가 죽음을 결행하기까지 그는 아무것도 몰랐고 속수무책이었다.

바르바라와 남자 의사는 좌우익 전체주의가 발흥하기 시작하는 1920년대의 시대상황과 관련하여 시대적 전형성을 띤다. 헤르만 브로흐가 미국에 망명해 있던 시절 교분이 두터웠던 사회철학자 한나 아렌트(H. Arendt)는 그녀의 주저 『전체주의의 기원』에서 20세기 전반의 전체주의가 득세한 조건으로 두 가지 흥미로운 가설을 제시한 바 있다. 1차대전과 더불어 전통적인 시민사회 질서와 가치관이 전면적으로 붕괴했으며, 그럼에도 생활세계와 사회조직은 고도의 도구적 합리성에 따라 작동된다는 것이다. 가치관의 붕괴로 인한 정신적 공황상태는 목적을 위해 수단과 방법을 가리지 않는 맹목성을 부추기는 한편, 자기성찰적 의식을 둔화시키는 대신 자동화된 메커니즘에 안주하고 순응하는 심성을 키우는 것이다. 바르바라와 남자 의사는 제각기 그런 사태의 문제점을 어느정도 자각하고 있으면서도 결국 그 마신(魔神)의 파괴적 힘에 희생된 인물들이다.

아이힝어 「달나라 이야기」: '말할 수 없는 것'의 경계에서 글쓰기

아이힝어의 「달나라 이야기」(1949)는 남자에게 버림받은 젊은 여성이 물에 빠져 죽으려다가 삶과 죽음의 경계선에서 떠오르는 상념과 환영을 서술한 이야기다. 소재 자체는 극히 평범하다. 실연에 비관해서 자살하는 여성의 이야기는 뻔하게 내막이 짐작되는 사건으로 치부되는 것이다. 그런데 살아 있는 사람들이 정말로 그런 여성의 심정을 안다고 할 수 있을까? 아마 누구도 선뜻 그렇다고 답하지 못할 것이다. 누구보다 당사자 자신도 결코 스스로의 심정을 납득하거나 설명하지 못할 것이다. 「달나라 이야기」에서 서술되는 사건들이 불가사의한 것

도 이런 이유에서다. 작가는 일상생활에서 누구나 당연하다고 여기는 작은 사건을 소재로 삼아 어째서 그 사건이 설명하기 힘들며, 더구나 그 내막을 언어로 전달하기란 얼마나 어려운 일인지 문제삼고 있다.

소설의 첫머리부터 독자는 혼란에 빠진다. 세번째 문장은 처음 두 문장의 서술내용을 없던 일로 부정하는데, 부정의 논거도 전혀 제시되지 않는다. 더구나 중립적인 3인칭 시점으로 서술되고 있기 때문에 과연 누구의 입장에서 부정되는지도 모호하다. 이런 양상은 첫 단락의 마지막까지 점점 고조된다. 여기까지의 서술에서 논리적으로 의미있는 진술내용을 추론하기란 불가능하다. 다만 어렴풋이 유추할 수 있는 것은, 미인의 기준은 사람마다 천차만별이며, 자기가 미인인지 아닌지를 판단하는 방식도 사람마다 다르다는 것이다. 거꾸로 말하면, 바로 그렇기 때문에 미인의 기준은 이러저러한 것이라고 누구나 동의할 수 있는 말로 설명하기란 불가능하다. 그렇게 보면 소설의 첫 단락은 바로 그 설명 불가능한 사태를 일부러 앞뒤가 맞지 않는 부조리의 언어로 서술한 것이라 할 수 있다. 그다음에 이어지는 서술 역시 독자가 기대하는 논리적 정합성이 어떤 방식으로 균열을 일으켜서 부조리한 진술로 뒤바뀌는가 하는 데 유의하여 읽어야 한다.

가장 파격적인 대목은 달나라 여행이다. '미스 지구'를 달나라에 보내자는 제안을 하는 심사위원은 이 여성을 버린 남자로 암시되고 있다. 그의 '말장난'에 다른 심사위원들이 처음에는 어이가 없어서 폭소를 터뜨리다가 나중에는 그 난쎈스에 말려드는 과정은 부조리의 극치로 묘사되어 있다. 이 달나라 여행 장면을 그로테스크나 판타지, 동화나 우화 등의 장르적 틀에 맞추어 설명하기 힘든 것도 그 때문이다. 이처럼 무미건조하고 단조로운 언어들로 뜻밖의 불가사의한 세계를 조형해내는 창작방식의 동기를 작가는 이렇게 설명한다.

우리가 대면하는 세계는 너무 익숙해졌다. 우리는 이 세계를 온갖 방식으로, 전방위로 누비고 다녔고, 우리가 타고 다닌 비행기와 선박의 항로들로 이 세계의 지도를 떡칠해놓아서 아무것도 볼 수 없게 되었다. 이제 처녀지는 거의 남아나지 않게 되었다. 우리는 그림엽서를 넘기듯이 세계의 끝에서 끝까지 샅샅이 뒤지고 다녔다. 그렇게 끝에서 끝까지 모두 섭렵했지만, 정작 시작은 어디인지 알 수 없게 되었다. 장소를 구별할 줄 알고 장소마다 이름을 부여할 줄 아는 어린아이의 눈을 잃어버린 것이다.[7]

다시 말해 인간의 언어와 사고는 속속들이 기성관념에 물들어 있기 때문에 사물을 있는 그대로 볼 수 있는 '어린아이의 눈'이 필요하다는 것이다. 그렇다고 소박한 동심의 세계로 돌아가자는 것도 아니고 현실과 절연된 환상으로 탈출하자는 얘기도 아니다. 아이힝어는 노년의 인터뷰에서 "어릴 때부터 환상적인 이야기는 싫어했다"고 언급한 적이 있거니와, 이 작품의 달나라 역시 그저 환상은 아니다. 마치 암호처럼 던져져 있는 이 장면에서 '오필리아'는 '암호 속의 암호'라 할 수 있다. 이 이중의 암호를 해독할 단서를 찾기 위해서는 셰익스피어의 『햄릿』에 나오는 오필리아를 상기할 필요가 있다. 오필리아는 원래 햄릿을 사랑하지만, 그녀의 아버지 폴로니우스는 햄릿의 부왕을 죽인 햄릿의 숙부 클라우디우스와 한패가 되어 햄릿을 제거할 궁리를 한다. 어느날 햄릿은 어머니의——즉 아버지를 죽인 숙부의 아내가 된 왕비의——방에서 커튼 뒤에 숨어 있는 사람이 숙부일 거라 짐작하고 칼로 찔러 죽

7) Ilse Aichinger, "Die Sicht der Entfremdung", *Frankfurter Hefte*, Nr. 9(1954), S. 46.

이는데, 그는 숙부가 아니라 오필리아의 아버지였다. 또 한가지 상기할 것은, 햄릿을 제거하려는 세력이 오필리아를 미끼로 햄릿을 죽일 음모를 꾸민다는 것이다. 그 사실을 간파한 햄릿은 오필리아의 면전에서 그녀를 '창녀'라고——즉 음모의 도구로 미모를 판다고——욕하면서 죄악의 씨를 퍼뜨리지 말고 수도원에나 가라고 면박을 준다. 사랑하는 햄릿이 아버지를 죽이고 자신을 능멸하는 이중의 고통으로 인해 오필리아는 광기에 휩싸여 자살을 택한다. 요컨대 『햄릿』의 오필리아는 이중의 의미에서 버림받은 여성이다. 사랑하는 남자로부터 '창녀'라는 소리까지 들어가며 버림받고, 악의 도구로 희생되는 것이다. 「달나라 이야기」에서 '심사위원'들 중에 오필리아의 환영을 가장 먼저 발견한 사람은 달나라에 오자고 장난을 쳤던 심사위원, 즉 이 여성을 버린 남자다. 그의 죄책감 때문에 오필리아의 환영이 어른거렸을 수도 있지만, 어떻든 그와 심사위원들이 '미스 지구'에게 오필리아의 운명을 강요하는 것은 남자에게 버림받은 운명과 미인대회 이데올로기의 폭력성을 시사한다. 그런데 이 장면에서 '미스 지구'가 질겁하고 우주선으로 도망가다가, 다시 오필리아와 하나가 되었다가, 결국에는 오필리아 역할을 반납하기까지의 과정이 작품 전체에서 이 여성의 의식변화와 성숙을 읽어낼 수 있는 실마리를 제공한다. '미스 지구'가 자신도 모르게 오필리아로 변신하는 과정은 실제 상황으로는 『햄릿』의 오필리아처럼 몸이 완전히 물속에 잠겨서 거의 의식을 잃은 상태를 암시한다. 또한 까무룩한 의식 속에서 오필리아와의 상상적 동일시가 이루어지는 것은 오필리아의 참혹한 운명을 고스란히 자신의 것으로 체험하고 받아들이는 과정으로 이해될 수 있다. 그런 연후에 미인대회 심사위원인 옛 애인이 오필리아로 변신한 '미스 우주'를 보고 아름답다고 감탄하지만 정작 칭찬받는 당사자는 전혀 들뜨지 않는다. "자신이 도대체 무엇을 판정하는지도 모르는 심사위원의 말은 그녀에게 더이상 감동을 주지 못했"기 때문이다. 이로써 이 여성은 미인대회의 이데올로기적 자장에서 벗어나고 심사위원들과 한통속인 남자에게 버림받은 상처를 치유할 계기를 찾게 된다. 이 상상적 동일시와 분리 과정의 흔적으로 남아 있는 것이 작품 마지막에서 병상에 누운 이 여성이 꼭 움켜쥐고 있는 '수초'다.

아이힝어는 글쓰기를 '사물의 흔적 더듬기'에 비유한 적이 있다. 진실 자체는 그 어떤 언어로도 표현할 수 없고, 작가가 할 수 있는 것은 다만 진실을 느끼게 해주는 사물의 흔적을 더듬는 글쓰기일 뿐이라는 것이다. 아이힝어는 그 흔적을 감지하기 위해서는 '유리컵을 잡되 손의 지문이 묻지 않게' 글을 써야 한다고 했다. 아이힝어의 작품에 합당한 독서의 태도로도 들어맞는 말이다. 슈니츨러, 호프만스탈, 브로흐, 바흐만의 예에서 보듯이 오스트리아 작가들은 인간내면의 미로를 추적하는 데 뛰어난 언어의 마술사들이다. 작품의 메씨지를 찾는 데 급급하기보다 텍스트가 어떻게 하나의 직물로 짜여 있는지 세심하게 살펴보는 것이 중요하다.

뵐 「광고물 폐기자」: 자본주의 소비사회의 만화경

하인리히 뵐의 「광고물 폐기자」(1957)는 1인칭 주인공 시점으로 서술되어 있는데, 주인공이 자신의 직업에 부여하는 소명감과 현실 사이의 괴리에서 유머와 풍자의 공간이 생겨난다. 그가 매일 한 시간씩 일해서 버리는 광고물의 양은 그의 계산에 따르면 200시간을 들여 제작된 인쇄물의 분량이고, 거기에 더하여 보험회사 직원들이 직접 광고물을 치울 때 드는 100시간이 추가된다. 그리하여 그는 매일 1:300의 '고농축작업'을 하는 '숨은 천재'라고 자부한다. 그러나 보험회사에서 이 유능한 '분류 기술자'를 채용한 것은 회사 직원들의 노동강도를 높여서 더 많은 이윤을 내기 위해서다. 그리고 이런 '분류 기술자'가 늘어날수록 광고물의 양도 비례해서 늘어나게 마련이다. 이 '광고물 폐기자'는 딴에는 자원을 절약한다는 뜻으로 광고물 폐기에 열을 올리지만, 그럴수록 자본주의적 생산과 소비의 거대한 체계는 더 활기차게 돌아갈 수밖에 없다. 어디까지나 시장의 필요에 따라 움직이는 생산체계가 경제성에 어긋나는 인위적 개입에 의해 제지될 리 만무하다. 이처럼 주인공의 행동은 항상 그의 의지와 상반되는 방향으로 귀결된다. 물론 주인공 자신은 전혀 의식하지 못하는 그러한 모순이 곧 고도화된 자본주의 체제에서 소비사회에 길들여진 보통사람들의 일상적 운명이기도 하다. 이 '광고물 폐기자'는 우스꽝스러운 인물로 그려져 있지만, 그가 하는 일은 못난 인간의 예외적 행동이 아니라 실은 멀쩡한 사람들이 매일 악착같이 하는 일이다. 주인공의 신경쇠약증은 소비문화에 중독된 황폐한 영혼의 징후라 할 수 있다.

주인공의 노이로제는 꿈에서도 계속 작업을 하는 양상으로 나타나고, 그러다가 "어떤 공식들은 마치 다이너마이트처럼 폭발하기도 하는데, 그 폭발음은 커다란 웃음소리처럼 들릴 때도 있다"는 식으로 묘사된다. 작품의 거의 마지막에 나오는 이 대목은 다양한 의미를 함축한다. 우선 주인공이 심혈을 기울여 만들어낸 '공식'들이 '다이너마이트처럼 폭발'한다는 것은 주인공의 행위가 그의 선의와 상반되게 결과적으로 소비사회의 모순을 증폭시키는 데 기여한다는 뜻일 것이다. 실제로 광고인쇄물을 체계적으로 폐기하는 데 기여하는 그의 사회적 실천과 '공식'들은 소비와 생산의 악순환을 더욱 격화시키는 구실을 하는 셈이다. 그가 그리는 그래프는 모두 '상승곡선'뿐이라는 말에도 이미 그런 뜻이 함축되어 있다. '다이너마이트처럼 폭발'한다는 말 역시 자본주의 체제의 내적 모순이 폭발 직전까지 격화될 수 있다는 의미로 읽을 여지가 없지 않다. 그 폭발음이 '커다란 웃음소리처럼' 들리기도 한다는 말은, 꿈속에서 '공식들'이 갑자기 허물어지는 시각적 장면이 자다 말고 난데없이 웃어재끼는 소리와 동시적으로 겹쳐진 것이라 할 수 있다.[8] 그런데 이 대목에서 '다이너마이트가 폭발하는 것처럼' 들리는 이 웃음소리의 정체가 묘하다. 주인공이 공들여 만들어낸 '공식들'이 한꺼번에 붕괴되는 건 분명히 악몽인데, 미친 듯이 웃다니?! 실은 이 의문 속에 해답이 들어 있다. 주인공의 피와 살이나 다름없는 '공식들'이 다이너마이트를 맞은 것처럼 갈가리 찢겨져나가므로, 이 악몽이 너무 끔찍해서 실성한 사람처럼 미친 듯이 웃어대는 것이다. 자기 웃음소리에 놀라서 가끔 깬다는 말도 그 점을 뒷받침한다. 주인공의 노이로제는 중증의 분열증에 접어든 셈이다.

뵐의 「광고물 폐기자」는 길지 않은 분량의 단편에 한 사회체제가 안고 있는 모순과 부조리를 밀도있게 조명한 수작이다. 작가 스스로 이 작품을 자신의 중단편소설 중에 가장 아끼는 작품이라고 언급한 적도 있는데, 체제 풍자의 무거운 주제를 절묘한 유머감각으로 소화해내고 있다. 이 작품이 처음 발표된 50년 전과는 비교도 안되게 소비사회의 점입가경으로 진입한 오늘날 독자들에게 이 작품은 오히려 더 실감나게 읽힐 수 있을 것이다.

---

8) 이를테면 다다(Dada)의 시에서, 알파벳 철자들이 고함소리에 날려서 어지럽게 흩날리고, 그리하여 시각과 청각의 경계가 사라지고 혼성적 감각으로 뒤섞인 텍스트를 연상할 수 있다.

클루게 「어느 사랑의 실험」: 아우슈비츠와 역사적 기억

　1948년 뉘른베르크 전범재판이 끝난 직후 유대인 학살과 생체실험에 관여했던 의사들에 대한 심문 조서가 『인간성이 실종된 의학』(*Medizin ohne Menschlichkeit*)이라는 기록문서로 출간되었다. 이 기록에 따르면 강제수용소에서 자행된 갖가지 생체실험 중에는 방사선을 이용하여 포로들을 몰래 집단으로 거세한 만행도 포함되어 있다. 또한 이 기록문서 편집자의 고증에 따르면, 1942년 7월 10일 나치친위대장 히믈러(Himmler)는 친위대 장교에게 보낸 편지에서 "일정한 기간 동안 유대인 남녀 포로를 한방에 가둬놓고 어떤 일이 벌어지는지 실험해보는 것도 괜찮겠다"는 해괴한 제안을 했다고 한다. 클루게는 이런 역사적 사실을 바탕으로 「어느 사랑의 실험」(1962)을 썼다.

　작품은 질의응답 식으로 서술되어 있는데, 과연 누가 묻고 누가 답하는지 얼른 파악되지 않는다. 세번째 문장을 보면 "그래서 우리는 〔…〕 실험을 해보기로 했다"는 구절이 나오므로 답변자가 생체실험에 가담했던 의사일 거라는 추정은 가능하다. 그럼 질의자는 누구일까? 전범에게서 죄상의 자백을 받아낼 수 있는 사람은 당연히 전범재판 당시의 심문관일 터이므로, 이 이야기는 전범자에 대한 심문 조서 형식을 취한 것처럼 보인다. 그러나 이야기의 거의 끝부분에 이르면 "우리 자신은 흥분했던가?"라는 질문이 나온다. 그러니까 이 질의응답은 전범 의사 자신의 자문자답 형식을 취하고 있는 것이다. 범죄의 당사자가 유일한 증인인 셈이다. 더구나 작가는 끝까지 이 전범의 진술에 개입하지 않고 오로지 그의 입장에서만 서술하기 때문에 독자는 이 전범의 증언에 의존하여 사태에 접근할 수밖에 없다. 의사의 증언에서 죄책감

이나 뉘우침은 티끌만큼도 찾아볼 수 없다. 첫 문장부터 마치 제3자의 입장에서 남의 나라에서 벌어진 사건을 서술하는 듯한 태도를 보인다. 그리고 '거세'라는 표현 대신 '불임시술'이라는 가치중립적 의학용어를 사용함으로써 그저 의사의 직분에 충실했을 뿐임을 내비친다. 이런 태도는 생체실험과 대량학살에 가담했던 의사들과 나치정권에 적극 협력했던 관료와 민간인 들의 전형적인 태도였다.

'증인'은 중간중간에 그래도 자기는 적극 가담자는 아니었다고 은근히 발뺌을 하기도 한다. 실험대상이 실험에 응하지 않자 나중에는 '전문가'가 나서서 온갖 방법을 동원했고 "그러다가 나중에는 다른 사람들은 아예 실험실 안에 들어오지도 못하게 했다"는 것이다. 그러니까 본인은 포로들을 직접 고문하거나 성적 학대를 가하는 짓까지는 하지 않았다는 말이다. 그러나 이 의사의 '증언'은 당시에 자행된 생체실험이 극한적인 예외 상황이 아니라, 치밀한 준비를 거쳐 체계적으로, 일상적으로 자행되었다는 것을 드러낸다. 실험대상도 임의의 남녀를 고른 게 아니라, 포로들의 신상기록을 면밀히 검토해서 골랐다는 것이 밝혀진다. 또한 친위대 대령이—나치친위대 대령은 친위대장급이다—실험현장을 시찰하겠다는 통보가 왔을 정도면 정권의 최고 실세들이 생체실험을 직접 주도했다고 볼 수 있다. 변호사 자격증이 있는 법률전문가이기도 한 클루게는 이처럼 '조서'의 중간중간에 더 심층적인 진상규명의 단서가 될 만한 여지를 남기고 있다. 하지만 진상규명의 가능성은 적어도 이 이야기에 비춰보면 매우 불투명하다. "우리 자신은 흥분했던가?"라는 질문에 대하여 의사 스스로 얼떨결에 "두 남녀보다는 더 흥분했다"고 했다가 다시 말을 바꾸어 "어쩌면 실험이 제대로 되지 않아서 흥분했을 수는 있겠"다고 하는 것이다. 유대인 집단학살 이후 불과 몇년 만에 잔혹한 과거사는 손에 피를 묻힌 당사자의 손에 의해 허구적 픽션으로 날조되고 있는 것이다. 그 바로 다음에는 뜬금없이 이런 구절이 나온다.

나는 사랑으로 그대의 것이 되려고 하니,
그대, 오늘밤 내게로 오지 않으려오?

철지난 유행가 가사로 짐작되는데, 이 노래가 흘러나오는 싯점이 애매하다. 이야기 전반부에 보면 남녀가 실험에 응하지 않자 에로틱한 무드를 조성하기 위해 전축을 갖다놓고 음악도 틀어주었다는 진술이 나온다. 그렇게 보면 당시에 정작 실험대상들은 끝까지 '흥분'하지 않았는데, 오히려 실험팀 구성원들이 '흥분'했던 일을 떠올리면서 자기도 모르게 당시의 유행가가 떠오르는 상황이다. 바로 앞에서는 그런 성적 흥분이 금지되어 있었으므로 성적으로 '흥분'한 게 아니라 실험이 실패해서 '흥분'했다고 궤변을 늘어놓긴 했지만, 당시의 (성적) '흥분'을 떠올리면 지금도 몸이 '흥분'된다는 해괴망측한 이야기다. 어쩌면 지금 바로 그 음반을 틀어놓고 있을 수도 있다. 야만적 생체실험을 뉘우치기는커녕 성적 쾌감을 유발하기 위한 자위의 수단으로 회상하고 있는 것이다.

작품의 마지막 문장은 이렇게 끝난다. "이 실험은 불행이 일정한 도를 넘으면 더이상 사랑을 작동시킬 수 없다는 걸 말해주는 것일까?" 독자는 당연히 인도적인 견지에서 이 질문에 동의할 테지만, 그러는 순간 이 전범 의사가 파놓은 함정에 보기좋게 걸려든다. 질문을 역으로 재구성해보면, 이처럼 '극단적인 불행'에 처한 경우가 아니면, 다시 말해 폭력의 정도가 좀 덜했더라면 사랑을 '작동'시킬 수 있었다는 말이 성립되거니와, 그런 발상은 이 생체실험을 '가동'시켜 사랑을 '작동'시킬 수 있다고 생각하는 논리와 다르지 않다. 나치정권의 야만적 학살은 사랑도 빠블로프 실험처럼 실험대상이 될 수 있다는 발상과 같은 뿌리에서 나온 것이기 때문이다.

이 작품이 발표되던 당시 독일 의학계는 뒤늦게라도 사죄하기는커녕 끝까지 모르쇠로 침묵했다. 그리고 1979년 어떤 교사는 학생들한테 이 '포르노'를 읽혔다는 이유로 징계를 받은 일도 있다. 독일이 일본에 비하면 훨씬 철저하게 과거사 청산을 했다고는 하지만, 아우슈비츠의 기억은 단지 일회성 재판만으로는 치유될 수 없는 깊은 상처를 남겼고, 그 상처는 아직도 다 아물지 않았다. 당시의 희생자집단이 다시 다른 종족을 '게토'화하고 정의의 이름으로 폭력을 휘두르고 있는 한, 아우슈비츠는 여전히 극복되지 않았다.

카슈니츠 「제니퍼의 꿈」: 딸의 꿈에 투영된 여성 정체성의 위기

카슈니츠의 「제니퍼의 꿈」(1969)은 어머니와 딸의 관계를 통해 가정에서 어머니이자 아내인 여성의 정체성 문제를 다루고 있다. 우울증과 편집증 징후를 보이는 어머니의 등장 자체는 그다지 새로운 것도 아니지만, 이 작품이 그리 단순하지 않은 것은 어머니와 딸의 갈등과 분열을 통해 새로운 사랑의 방식이 무엇인지 집요하게 천착하고 있기 때문이다. 소설은 제니퍼의 여덟살 생일잔치로 시작된다. 작가는 노련하게도 제니퍼를 여성 성징이 나타나기 이전의 나이로 설정해놓았다. 그 때문에 제니퍼의 꿈은 성징분화 이후의 여아들처럼 여성적 정체성에 눈뜨고 그것을 확인하려는 호기심과 집착의 표현이 아니라, 이 가족 내의 모종의 결핍을 보상하려는 욕구의 발현으로 읽을 수 있다. 그 결핍의 구체적 양상은 제니퍼의 꿈을 관찰하는 어머니의 태도와 반응을 통해 드러난다.

앤드류 부인에 대한 성격묘사에서 눈에 띄는 대목은 '평소에 진지하고 바깥출입을 하지 않는 남편'을 끔찍이 '존중'한다는 것이다. 남편이 바깥출입을 하지 않는다는 것은 일반적인 맥락에서는 가정에 충실하다는 뜻이며, 가장이 변호사인 전형적인 중산층 가정의 안정된 분위기를 말해주는 것처럼 보인다. 그러나 집안에서 남편은 음악에만 빠져 있기 때문에 남편이 바깥출입도 하지 않는다는 것은 이 가정의 분위기를 오히려 더 숨막히게 하는 요인이 된다. 그리고 성품이 진지하다는 것도 뒤집어보면 유머가 없다는 말이다. 그런 남편을 부인이 존중하는 것은 그녀의 몸속에 청교도적 금욕주의로 정화된 결벽증의 피가 흐르고 있음을 시사한다. (작품의 배경은 독일이 아니라 영국이다!) 이 집 안에 남편과 딸 외의 그 어떤 이질적 요소도 틈입하는 것을 용납하지 못하는 것이다. 제니퍼가 꿈의 세계에 빠져들자 '기생충 검사'를 시키려는 것이나, 마귀를 쫓아내는 성직자를 부르려 하는 것도 병적인 결벽증에 강박되어 있음을 나타낸다. 결국 앤드류 부인은 누가 강요해서가 아니라 그녀 자신이 스스로를 자기만의 방에 유폐시킨 형국이다. 이 부부 사이에 가로놓인 최대의 문제는 이러한 집안 분위기를 지극히 당연하게 여기면서 살아왔다는 것이다. 그러나 어른들보다 자연에 더 가깝고 의식적인 자기억제를 모르는 여덟살짜리 딸 제니퍼는 이 숨막히는 집안 분위기에 가장 먼저 민감한 반응을 보이면서 꿈의 세계에 빠져든다.

제니퍼의 꿈이 최고조의 몽환성에 이르는 대목은 '4월 17일' 꿈에서 여자가 손에 피를 묻히며 토끼고기를 손질하는 장면이다. 서양의 기독교 전통에서 양이나 토끼를 잡는 것은 순교자의 피로 죄를 씻고 거듭

나는 대속(代贖)의 제의(祭儀)를 상징한다. (이 무렵이 부활절 시기라는 것도 그런 짐작을 뒷받침한다.) 집안 분위기에 비추어보면 어떤 형태로든 모녀와 부부의 관계가 거듭나지 않고는 파탄의 위기를 맞을 수밖에 없다는 뜻이다. 제니퍼가 꿈의 세계에 빠져들수록 앤드류 부인의 신경증은 병적인 상태로 치달으며, 딸과 남편이 함께 음악을 듣는 장면을 보고는 '음모의 현장'이라고까지 믿게 된다.

퍼거슨 씨 부부가 사는 전원주택을 찾아가서 제니퍼가 꿈에서 본 장면들을 꿈보다 더 꿈 같은 현실로 확인하기까지의 과정은 대담한 환상으로 묘사되어 있다. 제니퍼가 생전처음 가는 복잡한 길을 천리안처럼 알아맞힌다거나, 꿈에서 본 여인이 다름아닌 퍼거슨 부인으로 현실에 존재한다거나 하는 장면들은 괴기스러운 느낌마저 주지만, '깜깜한 방'에서 벗어나고자 하는 욕구가 그만큼 절박했다고 생각하면 황당하지만은 않다.

「제니퍼의 꿈」이 수록되어 있는 카슈니츠의 작품집에는 '섬뜩한 이야기들'이라는 부제가 붙어 있다. 이 '섬뜩함'의 일상심리에 대하여 프로이트는 일상생활에서 가장 친숙한 것 속에 우리 자신을 불안과 공포로 몰아가는 섬뜩함이 잠복해 있다고 설명했다. 친숙한 것은 의식을 타성화하고 무의식적 욕구를 억눌러서 섬뜩한 병을 키운다는 것이다. 「제니퍼의 꿈」에서 앤드류 부인이 딸의 어머니와 남편의 아내로서 겪는 정체성의 위기도 그렇게 설명될 수 있다. 짐작건대 그녀의 금욕주의적 결벽증은 이미 결혼 전부터 누대에 걸쳐 가풍으로 전해오는 가정교육에 따라 체질화되었을 것이 분명하며, 결혼생활 역시 철저히 자신의 그러한 가치기준에 맞추어서 꾸렸을 것이다. 이처럼 그녀 스스로 당연하다고 여겨온 삶의 방식이 결국 자승자박의 결과를 초래하고 말았던 것이다. 카슈니츠는 오이디푸스 콤플렉스라든가 남편의 가부장적 권위주의 혹은 불륜과 같은 상투형을 전혀 건드리지 않으면서, 너무나 유복하고 정상적으로 보이는 중산층 가정에서 조신한 여성이 겪을 수 있는 정체성의 위기를 섬세하고도 대범한 심리묘사와 일상의 시간적 경과를 마치 스냅사진으로 찍은 듯한 독특한 형식으로 담아냈다.

바흐만 「개 짖는 소리」: 여성 희생자들을 통해 본 권위주의와 가족

독일어권 국가에서 1900년을 전후해서 태어난 세대가 겪은 사회변동은 크게 세 측면으로 요약해서 말할 수 있다. 첫째는 전통적 가족주의에 기반을 둔 시민사회가 1차대전을 계기로 급속히 붕괴된 것을 꼽을 수 있는데, 그러나 가족제도의 형태는 바뀌어도 전통적 가족관계에서 형성된 가치관은 지속적으로 그 명맥을 유지했다. 이 세대는 또한 나치체제를 견디고 생존해야 했는데, 나치 지배는 바이마르 공화국 시기(1918~33)에 급속히 해체되었던 전근대적 권위주의 가치관을 다양한 형태로 부활시켰다. 그리고 마지막으로는 바이마르 공화국 시기에 발양된 민주주의와 다원주의를 새로운 시대의 가치관으로 받아들여야 했는데, 사람들의 일상생활에서 그것은 곧 갈수록 치열해지는 경쟁사회에서 살아남아야 한다는 것을 뜻했다.

바흐만의 「개 짖는 소리」(1972)는 85세의 요르단 노파와 그녀의 젊은 며느리 프란치스카, 그리고 아들 레오를 통해 바로 그러한 사회변동에 따른 가정 내 여성의 역할을 문제삼고 있다. 남편과 일찍 사별하고 오직 아들을 키우는 데에만 평생을 바친 요르단 노파는 유명한 정신과 의사가 된 아들을 숭배하는 동시에 겁내는 이중감정을 드러낸다. 성장기의 아들을 짐짓 '효자'로 둔갑시켜 회상하는 것 역시 남처럼 멀어진 아들로 인한 상실감을 어떻게든 메워보려는 보상욕구가 그만큼 절실하다는 뜻도 되지만, 다른 한편 아들에 대한 맹목적 순종과 자기검열의 일단을 보여준다. '개 짖는 소리'의 환청은 노파의 의식적 자기검열이 미치지 못하는 원망의 감정을 우회적으로 표현한 것이라 할 수 있다. 그런데 개 짖는 소리의 마지막에는 갑자기 엄청나게 큰 개가 나타나서 사자 같은 소리로 짖어대자 다른 동네 개들은 모조리 꼬리를 감추고, 그뒤로는 개 짖는 소리도 더이상 들리지 않게 된다. 아들에 대한 서러운 감정이 솟구치다가도 결국 아들의 권위에 굴복하여 다시 평소대로 아들을 숭배하는 자세로 되돌아가는 암시로 읽을 수 있다. 가령 노인네 모르는 사이에 아들 레오가 프란치스카를 버리고 새 여자를 데려오겠다고 하자 노인네는 '너만 좋다면 좋은 거지'라고 할 만큼, 친딸보다 더 잘해주던 프란치스카는 어찌되었냐고 물어볼 엄두도 내지 못하는 것이다.

노파의 아들 레오 요르단은 자신을 키우는 데 평생을 바친 노모를 남처럼 대하는 냉혈한이다. 그런데 그의 못된 성격은 하늘에서 떨어진 게 아니라 자유주의 경쟁사회가 만들어낸 비정하고 추악한 인간형의 표본이다. 그는 학술적 업적 자체보다 학계에 대한 도발 자체를 중시할 만큼 사회적 인정욕구와 권위욕 내지 지배욕에 매몰되어 있다. 집안에서는 부인의 살림주머니까지 감시한다. 레오가 정략결혼으로 결혼했다가 헤어진 첫부인을 회상하는 방식을 보면, 해괴한 궤변으로 전부인을 악녀로 만들고 자기 정당성을 강변하기에 바쁘다. 더 끔찍한 것은 노모가 그사이에 며느리가 몇번 바뀌었는지 모를 정도로 여자를 거의 스트레스 해소 수준으로 갈아치운다는 것이다. 사회적 권력욕에 눈이 멀어 도대체 누구한테도 정을 주지 않는 일중독 성격을 떠올리면 여성에 대한 그런 태도는 문자 그대로 스트레스 해소의 방편이다.

프란치스카 역시 남편의 권위에 무조건 순종하는 점에서는 시어머니의 희생자적 삶의 방식과 가치관을 오히려 더 순수한 형태로 구현한 인물이라 할 수 있다. 시어머니가 세상의 변화에 적응하지 못하듯이, 세상이 급변해도 이전 세대의 가치관은 유전되는 것이다. 물론 프란치스카는 남편과 시어머니의 관계에서 남편이 분명히 잘못하고 있다는 것을 깨닫긴 하지만, 감히 잘못을 고치려는 시도까지는 하지 못하며, 다만 남편 대신 자기가 나서서 몸으로 때우는 궁여지책에 만족할 수밖에 없다. 그러나 프란치스카의 가상한 효부 역할도 남편에게 뉘우침의 계기가 되기는커녕 가부장적 독재를 더더욱 당연시하는 역작용을 가져올 뿐이다. 프란치스카는 결국 레오한테 새 애인이 생기자 남동생이 있는 고향으로 돌아가서 불과 몇해 만에 목숨을 거둔다. 천사처럼 심성이 고운 이 프란치스카의 죽음에 접하여 독자는 가슴이 울컥해지지만, 작가의 의도는 독자의 감상적 눈물을 자아내는 것과는 거리가 멀다. 프란치스카의 죽음은 작품 마지막에서 "마르틴 라너 박사는 누나 프란치스카가 죽은 지 두 해째 되던 어느날"이라는 식으로 일체의 감상을 배제한 채 짤막하고 무미건조하게 서술되고 있거니와, 작가는 프란치스카의 비극적 희생을 보여줌으로써 여성들에게 각성을 촉구하고 있는 것이다. 이 작품의 서술방식도 그런 작가적 의도에 부합한다. 시어머니와 며느리의 생각을 인용부호 없는 직접화법으로 제시함으로써, 전통적인 희생자 역할을 하는 여성의 내면심리를 투명하게 드러내 보이고 독자에게 비판적 사고를 촉발하는 것이다.

레오에 대한 묘사에서 특이한 것은 손위 사촌뻘 되는 요하네스 얘기만 나오면 펄쩍 뛰면서 화를 낸다는 것이다. 요하네스는 집은 부유했으나 젊은시절 동성애자였고, 나치치하 강제수용소에 감금된 적이 있다. 유대인이어서 감금되었다면 레오도 감금되었어야 앞뒤가 맞다. 요하네스가 감금된 이유는 동성애자였기 때문이다. 이상하게 들릴지 모르지만 동성애자까지 강제수용소에 수감한 것은 나치정권의 유대인 학살과 맥을 같이한다. 알다시피 아리안족과 유대인을 인종서열의 꼭대기와 밑바닥에 배치시킨 나치정권의 우생학적 인종주의의 관점에서 보면 장애자와 동성애자 역시 인류의 '진화'를 위해 '제거'되어야 할 대상이었고, 실제로 장애인과 동성애자들의 상당수가 생체실험의 대상이 되었다. 그렇게 보면 레오가 요하네스 얘기만 나오면 펄쩍 뛰는 가장 결정적인 이유는, 만약 요하네스가 수용소에서 누구와 상대했느냐고 심문을 받다가 '레오'라는 이름을 불었으면 자기도 꼼짝없이 끌려갔을 거라는 아찔한 생각 때문이다. (작품을 자세히 읽어보면 요하네스의 '성기능'이 고쳐지지 않자 레오가 요하네스의 동성애 파트너 노릇을 해주고 그 댓가로 학비를 지원받았을 거라는 추측이 가능하다.) 그리고 나아가서, 동성애자를 제거해야 할 열등한 인간으로 취급했던 나치정권의 논리와 흡사하게, 자기는 요하네스 같은 동성애자 부류와는 다른 인간이라는 것을 차별화하려고 짐짓 화를 내는 것이다. 레오의 가부장적 권위주의와 권력욕은 나치시대의 치부를 숨기고 그 극악한 죄상을 암묵적으로 승인하는 이데올로기와 표리관계에 있다.

렌츠 「발라톤 호수의 물결」: 이산가족 상봉기를 통해 본
분단의 장벽

독일이 동서독으로 분단되어 있던 시절 이산가족 상봉이 시작된 것은 1970년대말이다. 렌츠의 「발라톤 호수의 물결」(1980)은 이산가족 상

봉이 막 시작되던 무렵의 이야기를 소재로 삼고 있다. 만남의 장소가 제3국인 헝가리로 설정되어 있는 것도 이산가족 상봉 초기의 사정을 반영한다. 서쪽의 가족인 타페 박사는 13년 전에 동독을 탈출하여 지금은 서독에서 변리사로 일하고 있고, 가족 상봉 후 업무차 빈에 가야 한다는 말로 미루어볼 때 상당히 유능한 변리사로 짐작된다. 요컨대 서독사회에 아주 성공적으로 안착한 탈동독민이라 할 수 있다.

타페 박사 부부와 트루디 부부 사이의 대화는 크게 두 가닥으로 살펴볼 수 있다. 13년 만에 재회한 오빠와 여동생이 서로를 대하는 태도, 그리고 타페 박사와 라이문트 사이에 오가는 대화가 그것이다. 여동생 트루디와 아버지가 서쪽으로 넘어간 오빠/아들을 지금도 이해하지 못하는 데에는 가족의 정과 이념적 차이가 동시에 작용한다. 오빠 쪽에서 보내준 생활용품들을 동독 적십자사에 헌납하는 트루디의 태도에도 그런 이중감정이 깔려 있다. 서쪽에 있는 오빠를 그리워하면서도 야속해하는 트루디의 입장에서는 오빠가 보내준 물건들을 집에 두고 쓰면 볼 때마다 오빠 생각이 날 것이다. 그리고 동쪽의 빈궁한 살림을 생각하면 그 물건들은 서쪽과 동쪽의 생활형편의 차이를 자꾸만 상기시킬 것도 뻔하다. 트루디가 "그때 편지에서 언니네 집에는 물건이 풍족하다고, 아니 부족한 건 없다고 그랬더랬죠"라고 말을 고치는 장면을 보면, 빈궁에 시달리는 주부로서 서쪽 사회의 풍족함에 대한 선망이 없지 않다는 것을 짐작할 수 있다. 이런 감정들과 더불어, 어떻든 예나 지금이나 당에 충직한 그녀의 신념 때문에도 동쪽에서는 구하기 힘든 그 귀한 물건들을 국가에 헌납하는 것이다. 트루디는 오빠가 떠나올 때도 당에 충직했지만, 오빠가 서독으로 넘어가고부터는 그 허전함을 달래기 위해서라도 아마 더 열성당원이 되었을 것이다.

이념적 차이의 문제는 타페 박사와 라이문트의 대화에서 주로 얘기되는데, 이 대목에서 유의할 것은 라이문트의 태도가 조금씩 바뀐다는 것이다. 처음에는 이쑤시개를 혁명과 연결시키는 초열성 당원의 모습을 보이다가, 차츰 동독사회에도 문제가 많다는 것을 여러가지 방식으로 털어놓는 것이다. 그런데 '출세'를 하고 싶어도 관료주의 때문에 안된다는 그의 말은 은연중에 라이문트 자신도 관료주의의 폐해에 어느 정도 감염된 상태라는 것을 드러낸다. 그러면서 마치 이념투쟁이나 당대회 보고라도 하는 듯한 경직된 어조라든가, 그래도 동쪽의 관료주의가 서쪽의 관료주의보다는 낫다고 강변하는 태도 등은 동독 사회주의의 형해화된 모습의 일단을 보여준다. 나중에는 사람은 환경에 물들게 마련이라고 다분히 자조적인 발언까지 한다. 그런데 타페 박사는 라이문트의 말을 끝까지 물고 늘어지면서 "색깔이 없거나 희미한 사람들은 환경에 물들지 모르겠지만, 이른바 자기 고유의 바탕색을 가진 사람은 그렇지 않아"라고 자기주장을 굽히지 않는다. 개인의 자유와 개성을 무시하는 전체주의 체제에 대한 비판이지만, 다른 한편 동쪽의 가족을 버리고 서쪽 사회에 안착해서 살고 있는 자신의 정당성을 주장하고 싶은 것이다.

다음날 아침 트루디 부부가 편지만 남기고 사라진 사건은 전날의 첫 상봉에서 한번도 마음편하게 속을 터놓지 못한 채 줄곧 서로의 차이만 확인한 어긋남의 결과다. 그런데 편지에서 트루디 부부가 헝가리 어느 시골의 '마지막 남은 야생마'를 구경하러 간다는 얘기는 훗날 서독에 의한 동독의 흡수통일을 예감케 하는 씁쓸한 여운을 남긴다.

이처럼 오빠와 여동생은 13년 동안 떨어져 있던 세월의 회포를 풀기는커녕 차라리 만나지 못한 것만도 못하게 이별하고 만다. 아마 이렇게 헤어졌다면 이 오빠와 여동생이 두번 다시 만나긴 힘들 것이다. 작가는 이 착잡한 이산가족 상봉의 이야기를 통해 진정한 동서화해와 통일의 조건이 무엇인지를 독자들이 풀어야 할 숙제로 남기고 있다. 이 작품이 남긴 숙제는 이미 그사이에 통일을 이룬 독일의 독자들보다는 통일의 시대를 맞이하고 있는 한국의 독자들에게 한층 절실한 과제로 다가올 것이다.

크리스토프 하인 「인도로 가는 항로는 없었다」: 독일 통일 후 동서통합의 조건들

「인도로 가는 항로는 없었다」(1990)는 아주 짧은 이야기에 동독의 몰락과 동서독 통일이라는 무거운 역사적 주제를 짜임새 있는 구성과 간결한 문체로 소화하는 데 성공한 작품이다. 전쟁으로 초토화된 고향을 등지고 바다 건너 이상향을 찾아서 출항을 하는 이야기는 2차대전 후 독일이 동독과 서독으로 분단되고 동독이 사회주의의 기치 아래 새 국가 건설을 시작하던 상황을 떠올리게 한다. '출항'을 원치 않는 사람들도 '강제'로 출항해야만 했던 상황은 한국의 분단과 마찬가지로 독일의 분단이 소련과 서방연합국 사이의 전후문제 처리과정에서 외적 강제로 부과되었던 측면을 상기시킨다. 나아가서 동구권 전체로 보면, 동구권 주민들이 종전 후 개개인의 의사와 무관하게 사회주의 조국을 '선택당했던' 역사적 맥락에도 상응한다. 그렇게 보면 바다 건너에 지상낙원이 있다며 선단을 끌고 가는 '우두머리 선장'은 옛 동독의 권력수장과 사회주의권의 맹주였던 소련의 권력수장을 동시에 가리킨다. 예컨대 선상의 소요사태에 대한 유혈진압은 1953년 6월 17일 동독 지역의 노동자들이 총파업과 함께 가두시위를 했을 때 유혈진압을 했던 역사적 사실과 결부된다. 다른 한편 작은 배를 이끄는 선박의 선장이

'항로가 틀렸다'고 하자 강압으로 교체하는 에피쏘드라든가 우두머리 선장한테 반기를 드는 동료와 장교들을 '이단'으로 숙청하는 이야기는 동구권의 소요사태를 유혈진압했던 소련의 개입을 상기시킨다. 가령 수천명의 희생자를 낸 1956년 헝가리 봉기 당시 헝가리 민중의 개혁열 망을 수렴하고자 했던 임시혁명정부의 수반 임레 나지(Imre Nagy) 총리는 소련의 무력 개입 이후 비밀리에 처형되었고, 소련을 등에 업고 권좌에 오른 야노스 카다르(Janos Kadar) 서기장은 동구권이 무너지기 시작하는 1988년 5월까지 33년 동안 독재자로 군림했다.

'우두머리 선장'의 전횡을 뒤엎고 회항에 성공하는 이야기는 동구권과 동독에서 자생적인 시민운동의 힘으로 독재체제를 종식시킨 역사적 격변에 해당된다. 선단이 회항하여 다시 옛 고향으로 돌아온 싯점의 이야기는 동독과 동구권이 붕괴한 직후의 상황을 진단하는데, 귀향자들의 '항복 조건'에 관한 협상은 독일 통일 이후의 체제통합 문제와 사회적 갈등을 압축해서 보여준다. 귀향자들의 입장에서 보면 '민중의 힘으로' 독재체제를 무너뜨렸으므로 귀향자들의 역사적 정통성을 확인하는 뜻에서 '우리가 민중이다'라는 문구를 조약의 '제1조'로 삼고 싶어하지만 '도시측의 협상가들'은 '어림도 없다'고 이들의 요구를 일축한다. 익히 알려진 바와 같이 '우리가 민중이다'라는 슬로건은 라이프치히 등지를 중심으로 동독의 반체제 시민운동이 거세게 끓어오르던 당시의 상징적 슬로건이었다. 그러나 동독이 붕괴된 이후 '도시측의 협상가들' 즉 서독정부는 현실사회주의 체제가 몰락한 이후에도 다시 '진정한 사회주의'의 이상을 떠올리게 하는 '민중적' 슬로건은 통합('항복')의 조건에서 철저히 배제했던 것이다. '도시측 협상가들'이 배에 있는 사람들을 일정 기간 격리하여 '검역 대상'으로 묶어두는 것도 그런 사정과 무관하지 않다. '질병'의 확산을 두려워하는 것은 선상반란의 동력이 '민중의 힘'에서 나왔다는 것을 서방체제와 맞지 않는 이질적인 요인으로 경계하는 것이며, 다른 한편 단기간 내에는 '복구비용'을 감당하기 힘든 경제적 부담 때문에도 그들을 격려하여 관리하려는 것이다. 역사적 사실에 비추어보면, 독일 통일 후 90년대 중후반까지도 옛 동독 지역은 '3분의 2 사회'라는 냉소적인 신조어가 나돌 만큼 경제적으로 열악한 처지를 감수해야 했다. 거의 모든 직종에서 옛 동독 지역 노동자들은 서독 지역의 '3분의 2'에도 못 미치는 임금을 받았다.

작품의 종반부에서는 '작가들'의 역할이 비중있게 다뤄지고 있다. 작품에 묘사된 대로 실제로 옛 동독의 뛰어난 작가들은 동독사회의 내부 문제를 예리하게 파헤친 작품들을 발표하여 반체제 저항운동의 공론(公論)을 형성하는 데 결정적인 역할을 했다. 그로 인해 작품에서 '우두머리 선장의 밀정들'이라고 언급되는 정보기관의 감시에 시달려야 했던 것도 사실이다. 그러나 다른 한편에서 보면 옛 동독의 작가들은—적어도 반체제 작가로서 어느정도 지명도를 확보한 경우에는—80년대에 들어와서는 비교적 자유롭게 서독을 왕래할 수 있었고, 중요한 동독 작가들의 대부분 작품이 서독에서 출판될 수 있었다. 그런 맥락에서 크리스토프 하인은 작가들의 역할을 너무 과대평가하는 것도 온당치 않다고 겸손한 입장을 표명하고 있다. 그런데 옛 동독에서 반체제 작가로 활동하던 대부분의 작가들은 동독이 몰락한 이후에도 일방적인 서방 편입에는 비판적 거리를 두면서 '민중적 요구'를 담은 유토피아적 희망을 피력했다. 그런 연유로 통일 직후 한동안 서독의 보수적인 평단에서는 이런 유형의 작가들에 대한 집중성토와 여론재판이 들끓었다. '바보들의 배'를 타고 갔던 실패한 항해에도 불구하고 아직도 '진정한 사회주의'에 대한 미련을 버리지 못했다는 것이 비판의 핵심적인 이유였다. 그 여론재판에 가장 극심하게 시달린 작가로 이를테면 국내에도 비교적 많이 소개된 여성작가 크리스타 볼프(Christa Wolf)를 들 수 있는데, 보수적인 서독 비평가들은 크리스타 볼프를 언급할 때면 '동독문학의 퍼스트레이디'라는 야유조의 호칭을 거침없이 사용한다. 옛 동독을 대표하는 여성작가를 과거 청산의 상징적 표적으로 치켜세워서 일거에 매도하는 그런 비평적 태도야말로 악의적인 '과대평가'의 숨은 정치적 저의라는 것을 크리스토프 하인은 "이 작가들이 칭송받고 높이 평가되고 때로는 과대평가되기도 한 것은 비단 선상에서만 벌어진 일은 아니었다"는 완곡한 표현으로 에둘러서 말하고 있다.

그렇다 하더라도, 현실 역사에서 동독이 몰락하고 일방적으로 서독에 편입되는 상황에서 '아주 오래된 옛날 지도'에만 의존하여——다시 말해 '유토피아적 사고'로만 해석된 맑스의 전거에 따라——'유토피아'를 역설할 때는 그 유토피아의 자리를 '아메리카'에 넘겨주는 대세에 말려든다는 것이 작가 크리스토프 하인의 핵심적 전언이다. 유토피아의 꿈은 그 이상향을 추구했던 사람들의 삶의 행적에 의해 언제든지 논박될 수 있는 빌미가 되기 때문이다. 그런 점에서 작품의 마지막 구절은 실패한 역사를 과연 어떤 방식으로 미래의 희망을 위한 역사적 기억으로 되새기고 내면화해야 할 것인가를 생각하게 해준다. 동독 혹은 동구권 시민들이 절박한 실존적 이유에서 필요로 했던 글쓰기를 몸소 실천한 기억은 과거의 동구권 체제가 단지 국가권력의 감시와 억압에 의해 황폐화된 역사적 시공간이 아니라 그 안에서 작가와 독자가 서로 사랑의 믿음을 공유하며 살았다는 역사적 기억이다. 그리고 서독 혹은 서구의 시민들이 한때 비웃었고 지금은 냉대하는 그들의 삶은 서쪽 사람들이 결코 경험하지 못한 뿌듯한 사랑과 연대의 체험이다. 그 사랑의 체험을 함께 나누지 못한 서쪽 사람들이 그 기억을 함께 가슴을 열고 되살리는 것이야말로 진정한 동서통합의 시발점일 것이다.

| 수록작품 출전 |

정직한 법관
Goethes Werke, Hamburger Ausgabe, Bd. 6. Wegner Verlag. 1948.

기발한 페르머
Tieck, Ludwig, *Frühe Erzählungen und Romane*, Bd. 1. Winkler Verlag. 1963.

주워온 자식
Kleist, Heinrich von. *Sämtliche Werke*, Bd. 3. Deutscher Klassiker Verlag. 1990.

뜻밖의 재회
Hebel, Johann Peter. *Sämtliche Schriften*, Bd. 2. Verlag C. F. Müller. 1990

672일째 밤의 동화
Hofmannsthal, Hugo von. *Sämtliche Werke*, Bd. 28. S. Fischer Verlag. 1975

루이스헨
Mann, Thomas. *Erzählungen*. S. Fischer Verlag. 1958.

장님 제로니모와 그의 형
Schnitzler, Arthur. *Gesammelte Werke*, Bd. 1. S. Fischer Verlag. 1961.

짝짓기
Hesse, Hermann. *Liebesgeschichten*. Suhrkamp Verlag. 1995.

학술원에 드리는 보고
Kafka, Franz. *Erzählungen*. S. Fischer Verlag. 1946.

바르바라
Broch, Hermann. *Die Verzauberung*. Suhrkamp Verlag. 1976.

달나라 이야기
Aichinger, Ilse. *Der Gefesselte. Erzählungen*. S. Fischer Verlag. 1989.

광고물 폐기자
Böll, Heinrich, *Erzählungen*. Verlag Kiepenheuer & Witsch. 1972.

어느 사랑의 실험
Kluge, Alexander. *Lebensläufe*. Suhrkamp Verlag. 1962.

제니퍼의 꿈
Kaschnitz, Marie Luise. *Sämtliche Werke*, Bd. 4. Insel Verlag. 1983.

개 짖는 소리
Bachmann, Ingeborg. *Simultan. Neue Erzählungen*. Piper Verlag. 1972.

발라톤 호수의 물결
Lenz, Siegfried. *Erzählungen*. Hoffmann und Campe Verlag. 1980.

인도로 가는 항로는 없었다
Baier(Hg.), Lothar. *Christoph Hein. Texte, Daten, Bilder*. Sammlung Luchterhand Verlag. 1990.

| 원저작물 계약 상황 |

짝짓기
「Die Verlobung」 from Liebesgeschichten by Hermann Hesse
ⓒSuhrkamp Verlag GmbH, Frankfurt am Main 1995

달나라 이야기
「Mondgeschichte」 from Der Gefesselte. Erzahlungen by Ilse Aichinger
ⓒS. Fischer Verlag GmbH, Frankfurt am Main, 1953

광고물 폐기자
Erzahlungen by Heinrich Böll
ⓒ1957, 1994, 2005 by Verlag Kiepenheuer & Witsch, Köln

어느 사랑의 실험
Ein Liebesversuch by Alexander Kluge

©Suhrkamp Verlag GmbH, Frankfurt am Main 1966

제니퍼의 꿈
Ja, mein Engel by Marie Luise Kaschnitz
©Insel Verlag GmbH, Frankfurt am Main 1966

개 짖는 소리
Das Gebell by Ingeborg Bachmann
©Piper Verlag GmbH, Munchen 1978

발라톤 호수의 물결
Die Wellen des Balaton by Siegfried Lenz
©Hoffmann und Campe Verlag, Hamburg, 1975

인도로 가는 항로는 없었다
Kein Seeweg Nach Indien by Christoph Hein
©Suhrkamp Verlag GmbH, 1990